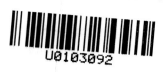

鍥不舍齋論學集

陳新雄自署

自序

余自成童入學，所讀者皆「來上學，去遊戲」之語，粗淺俚俗，識字之外，別無內涵。翰藻之義，旣無所歸；沈思之事，亦未與聞。經史子集，固未浸淫；詩詞歌賦，尤罕習染。腦中空白，粗識之無而已。民國四十四年，余考入國立臺灣師範大學國文學系就讀，其時神州陸沈非久，海島飄零未定。而標榜言文一致、手口相將之僞儒；妄改文字、拋棄國故之淺識。方且高踞學界，風靡一世。言辭章則務逐淺俚，語文字則盡變本源。正所謂「天地閉，賢人隱」之時也。先師瑞安林景伊先生，本其瑞安家學，蘄春師授，以名父之子，名師之徒，登壇講學。懲空疏之多弊，痛學術之淪亡，乃出其邃密之舊學，深沈之新知，以啟迪顓蒙，拯救危亡。余適逢其會，先生授以治學之方，勉以勤學之要。於是始稍知語言文字之本源，略識類族辨物之大義。

迨入國文研究所碩士班及博士班，所長本師高郵高仲華先生，哀學術之凋零，國故之沈淪。首以識本原、培根柢、求博雅、務通貫、貴專精、尙篤實、重創獲、去成見八項目標昭示吾人，庶幾免泛濫而知歸宿，袪固陋而能通貫。教學之重點，着重於根柢之培養，與乎方法之傳授。爲培養吾人之根柢也，乃以說文研究、廣韻研究、古音研究爲其必修科目，欲加深文字之學識，作爲識古之基礎。研究期間，碩士班必須精讀圈點毛詩、左傳、禮記、論語、孟子、荀子、楚辭、文選、文心雕龍、說文解字等十部基本要籍。博士班則除此之外，另加十三經注疏及四史。爲傳授吾人之方法也，則以治學方法，文學研究法爲必修科目。俾知治學之途徑，奠立辭章之根柢。以撰寫讀書日記、心得報告、論文習作爲其考覈之方。先生更親自檢閱吾人所圈點之書籍，撰寫之日記。討論其句讀，商榷其同異。至於論文習作，則揭示題材，講解方法。而時時相勉自動自發，行健不息。林、高二師協力同心，合作無間，携手前進，鼓勵後學。三十年來，造就固有學術傳人，難以勝數。我中華學術危而復興，衰而復振，二師同心，與有力焉。

余以顓蒙，幸承誨迪，乃漸識治學之方，與聞學術之緒。偶有所得，亦筆之於篇，逐次發表於各學術期刊及各大學學報。累日既久，積稾亦夥，然散佈於外，翻檢爲難，學友門人，無從索閱。今得臺灣學生書局之助，乃將歷年所撰論文擇其要者二十五篇，彙集刊行。今行年五十，出其五十以前之著作，俾海內外博雅君子商榷其得失，論證其是非。一以上報恩師之教誨，一以作五十後之自勵。倘未因敝帚之自珍，而貽笑於方家，則厚幸焉。鍥而不舍，金石可鏤。往昔服膺斯言，取以名齋，今復以「鍥不舍齋論學集」名斯書云。是爲序。

中華民國七十三年歲次甲子七月二十二日

陳新雄 序於臺北市和平東路鍥不舍齋

鍥不舍齋論學集

目錄

萬緒千頭次第尋

——談讀書指導

現在各大學的中國文學系，多數在一年級都設有讀書指導一課，這是非常正確而且必要的。特別是大一的學生剛剛進入中文系，一切都感到茫然，眞可以說是萬緒千頭不知從何讀起。他們習慣了中學裏的教學方法，不知在大學裏讀書跟中學到底有甚麼不同？讀中文系的主要任務是甚麼？目的何在？學習的範圍是怎麼樣的？應該從何處着手？如何開始？這一連串的問題，都須有人指導，方能解除迷惑，而引起興趣。在我主持中國文化學院中文系系務的時候，曾經親自擔任讀書指導這門課，而諸生學習的情緒也很高昂，沈浸其中，不以爲苦。因此，我願意把我的構想跟施教的步驟，摘要地報導於後，提供就讀中文系的同學參考，並就正於海內外的方家學者，敬請不吝指教。

一、輔導圈點資治通鑑

研讀中國文學，不可以不知中國的歷史，不知歷史，是非就沒有標準，忠奸也無從辨別。所謂「讀聖賢書，所學何事。」有了歷史上的大是大非的標準，才能夠辨識古往今來的忠奸賢愚，也才能尚友古人，作爲一生行事立身的軌範。「士必先器識而後文藝」，歷史的可貴，在於能教導我們做一個「富貴不能淫，貧賤不能移，威武不能屈」的大丈夫，而中國文化與文學所要薰陶培養的，也就是有這種器識的大丈夫。中國數不盡的歷史書中，編得最好的一部通史，就是宋朝司馬光編的資治通鑑。當我剛進入大學的時候，我們的師長，像林尹、潘重規、程發軔、許世瑛、唐傳基等教授，就鼓勵我們在大學四年中，最低限度應該把資治通鑑讀完，我聞教以後，也的確在四年的大學生涯裏，把二百九十四卷的資治通鑑從頭到尾讀過一遍。通鑑的確是中國史學上最偉大的著述，也樹立了中國通史的典型。司馬光以編年體寫成的這部通史，上起戰國，下迄五代，共計一千三百六十二年，敍述歷代治亂的興衰，用提要鈎玄的筆法，凡正史中重要的事實，無不畢具。其採用的史料，除正史外，其屬于雜史的又三百二十二種，前後歷時十九年，一生精力，盡萃此書。司馬光不僅是一位偉大的史學家，而且也是一位文學家兼政治家，他以生動的文筆，編寫的資治通鑑，讀起來就像看小說一樣，人物活潑，興味盎然。所以凡是研究文學的人都應該閱讀。我讀過以後，對中國歷史的確具備了深刻的印象。而每讀到賈誼、班固、范曄、習鑿齒、司馬光等人的史論，更是抄錄模擬，也試著學習評論，發舒一己的感想，記錄讀史的心得。

大學說：「知止而后有定，定而后能靜，靜而后能安，安而后能慮，慮而后能得。」這種定、靜、安、慮、得的功夫，是一個從事於學術研究的人必須具備的。圈點古書最大的功效，就是能够磨練我們性情安定，靜下心來。所以我輔導諸生圈點通鑑的時候，我首先要求他們使用毛筆正襟危坐圈點，目的就在養成他們安靜的心境。我把全班分成八組，每組五至六人，每一個月檢查一次，在檢查的時候，告訴他們作劄記的方法，垂訊他們閱讀的心得，糾正他們句讀的錯誤，提醒他們重點的所在，勉勵他們有恆的閱讀，希望他們在四年當中圈點完成。大多數的學生也都能够按照我的指示循序漸進，在四年之中，完成通鑑的圈點工作，也並不認爲困難。記得有一位學生圈點完畢全部二百九十四卷的通鑑後，曾給我寫了一封長信，報導他的心得，並提出許多問題跟我討論。我看他實在用心，一時興起，曾題了兩首詩勉勵他。詩云：

夜讀君書意慨然，胸中翻滾若奔泉，囊螢映雪風流遠，不料今朝在眼前。
篤學如君志意誠，他年自可入雲程，雙肩任負興亡責，非汝微言孰與賡。

由此可見，學生們的可塑性很高，要在指導如何耳。

二、指導利用工具書籍

在輔導學生圈點通鑑的過程中，當然他們會遭遇許多問題。這時候，我就乘此機會指導他們有系統地利用工具書來解決問題。我曾經寫過一篇「如何利用工具書」的文章，發表在「創新週刊」，後來又被學粹雜誌轉載，在那篇文章中，我寫了十類工具書的用法，雖然還不算完備，但對於初學的人來說，也大致可以勉強够用了。每一種工具書，我都介紹他們的編輯要旨、體例、過程、內容跟使用的方法，每一類都舉出了實例。我所列舉的十類工具書是：

第一類：檢查字義的工具書：康熙字典，經籍纂詁、經傳釋詞。

第二類：檢查典故的工具書：佩文韻府，淵鑑類函。

第三類：檢查十三經經文之書名篇名的工具書：十三經索引、羣經引得。

第四類：檢查古今人名的工具書：中國人名大辭典、室名索引、別號索引、古今人物別名索引。

第五類：檢查古今地名的工具書：中國古今地名大辭典、讀史方輿紀要。

第六類：檢查歷代名人生卒的工具書：歷代名人年譜、歷代名人年里碑傳總表。

第七類：檢查某人是否正史有傳的工具書：二十五史人名索引，二十四史傳目引得。

第八類：檢查年月日的工具書：春秋釋例經傳長曆、歷代帝王年表、二十史朔閏表、近世中西史日對照表、兩千年中西曆對照表。

第九類：檢查事物起源的工具書：事物紀原，格致鏡原。

第十類：檢查書籍內容的工具書：四庫全書總目提要、四庫未收書目提要、四庫大辭典、清代文集篇目分類索引（所收文集提要）

講解工具書的用法，也不能過於呆板，否則易流於枯燥乏味，影響聽課學習的興趣。所以實例的選擇，講授的穿揷，也非常重要。

例如在講第一類檢查字義的工具書，講到「經傳釋詞」的時候，除介紹「經傳釋詞」的體例、內容之外，也順便介紹作者王引之的生平及其學術，並把王引之所處的乾嘉時期的學派學風作一詳盡的講述。並指出當時學者勤奮向上的精神，爲當時學者的基本精神。同時引述洪亮吉報孫季逑書：

「每覽子桓所論，日月逝於上，體貌衰於下，忽然與萬物遷化；及長沙所述，佚遊荒醉，生無益於時，死無聞於後，是自棄也。感此數語，掩卷而悲，並日而學。備力之暇，餘晷尚富，疏野之質，本乏知交。雞膠膠則隨暗影以披衣，燭就跋則携素册以到枕。衣上落虱，多而不嫌；凝塵浮冠，日以積寸。非門外入刺，巷側過車，不知所處在京邑之內，所居界公卿之間也。

夫人之智力有限，今世之所謂名士，或縣心于貴勢，或役志于高名，在人者未來，在己者已失。又或放情于博奕之趣，畢命于花鳥之妍。勞瘁旣同，歲月共盡，若此皆巧者之失也。間嘗自思，使楊子雲移研經之術以媚世，未必勝漢廷諸人，而坐廢深沉之思；韋宏嗣舍著史之長以事棊，未必充吳國上選，而拚亡漸漬之效。二子者，專其所獨至，而置其所不能，爲足妒耳。」

除爲諸生講解此文的要旨，強調勤學的重要外，也借此以諷諫那些日夜沉浸麻將桌上的人，不但是生無益於時，也必然是死無聞於後。因爲乾嘉時代的學者，具有那種勤奮的精神，所以他們的成就，往往是超邁往古，而能解決一些古人無法理解的問題。像王引之的「經傳釋詞」就是顯著的一例。譬如我們讀李善注昭明文選司馬子長報任少卿書：

「假令僕伏法受誅，若九牛亡一毛，與螻蟻何以異？而世又不與能死節者。」

這一段文字當中，前一句的「與」當然是普通的常語，與白話的「跟」或「和」相當；末一句的「與」字就不能以常語解釋。李善注：「與，如也。言時人以我之死，又不如能死節者，言死無益。」李善的注把「與」解釋爲「如」，當作「比」或「像」來解，但要加上很多話才說得清楚。終不如王氏在經傳釋詞第一卷「與」字下，把「與」解作「謂」來得明白。王氏說：

「家大人曰：與猶謂也。大戴禮夏小正傳曰：獺獸祭魚，其必與之獸何也？曰：非其類也。與之獸，謂之獸也。來降燕乃睇室，其與之室何也？操泥而就家，入人內也。與之室，謂之室也。曾子事父母篇曰：夫禮，大之由也，不與小之目也。不、非也；與，謂也。言禮在由其大者，非謂由其小者而已也。李善本文選報任少卿書曰：假令僕伏法受誅，若九牛亡一毛，與螻蟻何以異？而世又不與能死節者。言世人不謂我能死節也。」

王氏把「與」解釋爲「謂」，可說文從字順，非常愜理厭心。而後人不知「與」作

「謂」解。於是漢書司馬遷傳作「不與能死節者比。」五臣本文選作「不能與死節者次比。」都是不曉文義而妄加增改的。

又例如在講第二類檢查典故的工具書，講到「淵鑑類函」時說：「我們怎樣利用此書呢？可從兩方面來說。一方面讀書看到典故，有所不明，可查此書以助瞭解。譬如我們讀姜白石疏影詞：

「猶記深宮舊事，那人正睡裏，飛近蛾綠。」

不知白石所用何典？就可查淵鑑類函，因爲深宮必與帝王后妃有關。查目錄，后妃部在五十七卷與五十八卷，類函五十八卷公主三下所增有「梅花妝」一詞，下注云：「翰苑新書曰：宋武帝女壽陽公主，人日臥於含章簷下，梅花落公主額上，成五出之花，拂之不去，自後有梅花妝。」白石的暗香疏影兩闋詞是詠梅花的，那麼這裏正是用的壽陽公主的舊事。當然在爲諸生講解這個典故的時候，也就同時把白石的暗香、疏影兩闋詞稍加分析講解。總之，常常可以利用某一實證，把一些有關的常識，爲諸生解剖；這樣，豐富了他們的常識，而教材也比較能作靈活的運用，聽講的人興味也就更濃厚些。另一方面，當我們寫文章想借一些歷史上的故實來襯托自己的意思，一時之間卻又想不到適當的例子，這時候也可以查淵鑑類函。例如想要稱揚某教授的教學成就，其弟子在政界都有極高的地位。此時可查目錄，在二百五十二卷師三下可查到有「蘇張從學，房杜受業」一類的話，確是妥切的典故而可用。

三、領導美讀文章詩歌

現在的學生，大多數不能美讀詩文，不能把詩文裏的抑揚頓挫用鏗鏘的音讀朗誦，而作爲人師的，也很少主動傳授詩文美讀。然而學生們對此並不是沒有興趣，相反的，興趣還相當的高呢！在介紹工具書「佩文韻府」的時候，我曾舉蘇東坡雪後書北臺壁詩爲例，指導學生查索典故。蘇氏原詩是：

「城頭初日始翻鴉，陌上晴泥已沒車，凍合玉樓寒起粟，光搖銀海眩生花，遺蝗入地應千尺，宿麥連雲有幾家，老病自嗟詩力退，空吟冰柱憶劉叉。」

一方面指導學生查「玉樓」、「銀海」兩詞的出處，一方面也爲諸生解釋此詩的意義及其佈局，最後爲全體學生吟誦一遍，不料此後諸生每每要求爲之講詩吟詠。所以我就決定把詩文美讀也作爲課業的一部分。通常的情形，都是我先吟誦全文，而由學生錄音，然後率領全體學生逐句逐段吟詠。課後，同學們再隨著錄音帶自行練習，一年下來，也有不少學生吟誦得頗有意味的。在文章方面，多數選自昭明文選跟古文觀止，像李陵答蘇武書、諸葛亮出師表、李密陳情表、陶潛歸去來辭、江淹恨賦、別賦，王勃滕王閣序，駱賓王爲徐敬業討武曌檄。韓愈祭十二郎文、蘇軾前後赤壁賦等，詩則古今體詩五六十首，從古詩十九首，直選到金代元遺山爲止，長篇的像曹植贈白馬王彪，白居易的長恨歌、琵琶行，短的則五、七言的絕句。根據我的經驗，五七言的律體詩，因爲格律有一定，學生最易學習，只要把五、七言律詩平仄的基本格式吟詠熟了，讀詩就容易了。五言律詩的四種平仄格式如下：

甲、仄起式

(1)首句不入韻　杜甫：春望

仄仄平平仄❶　國破山河在，
平平仄仄平。❷　城春草木深。
平平平仄仄❸　感時花濺淚，
仄仄仄平平。　恨別鳥驚心。
仄仄平平仄　烽火連三月，
平平仄仄平。　家書抵萬金。
平平平仄仄　白頭搔更短，
仄仄仄平平。　渾欲不勝簪。

(2)首句入韻　杜甫：月夜憶舍弟

仄仄仄平平。　戍鼓斷人行，
平平仄仄平。　秋邊一雁聲。
平平平仄仄　露從今夜白，
仄仄仄平平。　月是故鄉明。
仄仄平平仄　有弟皆分散，

平平仄、仄平。
平、平平、仄仄
仄、仄仄平平。

無家問死生。
寄書長不達，
況乃未休兵。

乙、平起式

(1)首句不入韻

平、平平、仄仄
仄、仄仄平平。
仄仄平、平仄
平平仄、仄平。
平、平平、仄仄
仄、仄仄平平。
仄、仄平、平仄
平平仄、仄平。

王維：山居秋暝

空山新雨後，
天氣晚來秋。
明月松間照，
清泉石上流。
竹喧歸浣女，
蓮動下漁舟。
隨意春芳歇，
王孫自可留。

(2)首句入韻

平平仄、仄平。
仄、仄仄平平。
仄、仄平、平仄
平平仄、仄平。

李商隱：晚晴

深居俯夾城，
春去夏猶清。
天意憐幽草，
人間重晚晴。

平、平平、仄仄　併添高閣迥，
仄、仄仄平平。　微注小窗明。
仄、仄平、平仄　越鳥巢乾後，
平平仄、仄平。　歸飛體更輕。

七言律詩的四種基本平仄格式如下：

甲、仄起式

(1)首句不入韻　杜甫：聞官軍收河南河北

仄、仄平、平平、仄仄❹　劍外忽傳收薊北，
平、平仄、仄仄平平。　初聞涕淚滿衣裳。
平、平仄、仄平、平仄　卻看妻子愁何在？
仄、仄平平仄、仄平。　漫卷詩書喜欲狂。
仄、仄平、平平、仄仄　白日放歌須縱酒，
平、平仄、仄仄平平。　青春作伴好還鄉。
平、平仄、仄平、平仄　即從巴峽穿巫峽，
仄、仄平平仄、仄平。　便下襄陽向洛陽。

(2)首句入韻　李商隱：安定城樓

仄、仄平平仄、仄平。　迢遞高城百尺樓。

平、平仄、仄仄平平。
平、平仄、仄平、平仄
仄、仄平平仄、仄平。
仄、仄平、平平、仄仄
平、平仄、仄仄平平。
平、平仄、仄平、平仄
仄、仄平平仄、仄平。

綠楊枝外盡汀洲。
賈生年少虛垂涕，
王粲春來更遠遊。
永憶江湖歸白髮，
欲廻天地入扁舟。
不知腐鼠成滋味，
猜意鵷雛竟未休。

乙、平起式

(1)首句不入韻

平、平仄、仄平、平仄
仄、仄平平仄、仄平。
仄、仄平、平平、仄仄
平、平仄、仄仄平平。
平、平仄、仄平、平仄
仄、仄平平仄、仄平。
仄、仄平、平平、仄仄
平、平仄、仄仄平平。

蘇軾：和子由澠池懷舊

人生到處知何似？
應似飛鴻踏雪泥。
泥上偶然留指爪，
鴻飛那復計東西。
老僧已死成新塔，
壞壁無由見舊題。
往日崎嶇還記否？
路長人困蹇驢嘶。

(2)首句入韻

蘇軾：六月二十日夜渡海

平、平仄、仄仄平平。　參橫斗轉欲三更，
仄、仄平平仄、仄平。　苦雨終風也解晴。
仄、仄平、平平、仄仄　雲散月明誰點綴？
平、平仄、仄仄平平。　天容海色本澄清。
平、平仄、仄平、平仄　空餘魯叟乘桴意，
仄、仄平平仄、仄平。　麤識軒轅奏樂聲。
仄、仄平、平平、仄仄　九死南荒吾不恨，
平、平仄、仄仄平平。　茲遊奇絕冠平生。

練熟了律詩的調子，絕句只不過截律詩四句而成，或截前四句，或截中四句，或截後四句，不管是平起式抑仄起式，調子都包括在律詩的基本格式當中了。

除了由我爲諸生吟詠外，我也介紹學生聽吾友邱燮友教授編的「唐詩朗誦」，在那裏，邱教授錄下了許多名流學者朗誦唐詩的腔調，包括名教授劉太希、潘重規、林尹、程發軔、戴君仁、齊鐵恨等多人，因爲方言不同，腔調不一，也可隨學生之所好，自己選擇喜歡的腔調去練習。

四、穿揷介紹國學常識

關於這一項，爲了不跟國學導讀重複，所以沒有固定的形式，最好是隨機應變，適時介紹。譬如說，我們談到律詩平仄的格律，可是現在的學生很多都搞不清楚怎麼樣區別平仄，因為國語沒有入聲，把入聲字分別轉變成了一、二、三、四各個聲調去了。大致說來，國語的第一、二聲，相當於平聲，國語的第三、四聲，相當於仄聲。但是國語的第一、二聲當中，仍雜有不少的入聲字，作詩的時候，仍舊要歸到仄聲裏去的。所以我們只要把這部分入聲字辨識出來就可以了。因此，我就順便把辨識入聲的方法告訴他們。下面就是辨識的原則：

(一)凡ㄅ〔p〕❺、ㄉ〔t〕、ㄍ〔k〕、ㄐ〔tɕ〕、ㄓ〔tʂ〕、ㄗ〔ts〕六母的第二聲字，都是古入聲字。例如：

ㄅ：拔跋白帛薄孛別蹩脖柏舶伯百勃渤博駁。

ㄉ：答達得德笛敵嫡覿翟跌迭疊碟蝶牒獨讀牘瀆毒奪鐸掇。

ㄍ：格閣蛤胳革隔膈葛國虢。

ㄐ：及級極吉急擊棘即瘠疾集籍夾袷嚼潔結劫杰傑竭節捷截局菊掬鞠橘決訣掘角厥橛蹶脚钁覺爵絕。

ㄓ：扎札紮鍘宅擇翟著折摺哲蜇軸竹妯竺燭築逐酌濁鐲琢濯啄拙直值殖質執侄職。

ㄗ：雜鑿則擇責賊足卒族昨。

(二)凡ㄉ〔t〕、ㄊ〔tʻ〕、ㄌ〔l〕、ㄗ〔ts〕、ㄘ〔tsʻ〕、ㄙ〔s〕等六母跟韻母ㄜ〔ɤ〕拼合時，不論國語讀何聲調，都是古入聲字。例如：

ㄉㄜ：得德。

ㄊㄜ：特忒慝螣。

ㄌㄜ：勒肋泐樂埒垃。

ㄗㄜ：則擇澤責嘖賾簀笮迮窄舴賊仄昃。

ㄘㄜ：側測廁惻策筴册。

ㄙㄜ：瑟色塞嗇穡濇澀圾。

(三)凡ㄎ〔k'〕、ㄓ〔tʂ〕、ㄔ〔tʂ'〕、ㄕ〔ʂ〕、ㄖ〔ʐ〕五母與韻母ㄨㄛ〔uo〕拼合時，不論國語讀何聲調，都是古入聲字。例如：

ㄎㄨㄛ：闊括廓鞹擴。

ㄓㄨㄛ：桌捉涿著酌灼濁鐲琢諑啄濯擢卓焯倬踔拙茁斲斫斮鷟浞棁。

ㄔㄨㄛ：戳綽歠啜輟醊惙齪娖。

ㄕㄨㄛ：說勺芍妁朔搠槊箾爍鑠碩率蟀。

ㄖㄨㄛ：若鄀箬鰯弱爇蒻。

(四)凡ㄅ〔p〕、ㄆ〔p'〕、ㄇ〔m〕、ㄉ〔t〕、ㄊ〔t'〕、ㄋ〔n〕、ㄌ〔l〕七母跟韻母ㄧㄝ〔ie〕拼時，無論國語讀何聲調，都是古入聲字，只有「爹」ㄉㄧㄝ字例外。例如：

ㄅㄧㄝ：鼈憋別蹩癟彆。

ㄆㄧㄝ：撇瞥。

ㄇㄧㄝ：滅蔑篾蠛蠛。

ㄉㄧㄝ：碟蝶喋堞蹀牒諜鰈跌迭眣昳垤耋絰咥褶疊。

ㄊㄧㄝ：帖貼怗鐵餮。

ㄋㄧㄝ：捏隉聶躡鑷臬闑鎳涅櫱蘖孽齧囓。

ㄌㄧㄝ：列冽烈洌獵躐鬣劣。

㈤凡ㄉ〔t〕、ㄍ〔k〕、ㄏ〔x〕、ㄗ〔ts〕、ㄙ〔s〕五母與韻母ㄟ〔ei〕拼合時，不論國語讀何聲調，都是古入聲字。例如：

ㄉㄟ：得。
ㄍㄟ：給。
ㄏㄟ：黑嘿。
ㄗㄟ：賊。
ㄙㄟ：塞。

㈥凡聲母ㄈ〔f〕，跟韻母ㄚ〔a〕、ㄛ〔o〕拼合時，不論國語讀何聲調，都是古入聲字。例如：

ㄈㄚ：法發伐砝乏筏閥罰髮。
ㄈㄛ：佛縛。

㈦凡讀ㄩㄝ〔ye〕韻母的字，都是古入聲字。只有「嗟」ㄐㄩㄝ，「瘸」ㄑㄩㄝˊ，「靴」ㄒㄩㄝ三字例外。例如：

ㄩㄝ：曰約噦月刖玥悅閱鉞越樾樂藥耀曜躍龠籥鑰瀹爚禴礿粵岳嶽鸑軏。
ㄋㄩㄝ：虐瘧謔。
ㄌㄩㄝ：略掠。
ㄐㄩㄝ：噘撅決抉鴂訣玦倔掘桷崛角劂蕨厥橛蹶獗噱臄譎鐍玨孓腳覺爵嚼爝絕蕝矍攫躩屩。
ㄑㄩㄝ：缺闕卻怯確榷殼愨埆确闋鵲雀碏。

ㄒㄩㄝ：薛穴學雪血削。

(八)一字有兩讀，讀音爲開尾韻❻，語音讀ㄧ〔i〕或ㄨ〔u〕韻尾的，也是古入聲字。

例如：

讀音ㄜ〔ɤ〕，語音爲ㄞ〔ai〕的：色册摘宅翟窄擇塞。

讀音爲ㄛ〔o〕，語音爲ㄞ〔ai〕的：白柏伯麥陌脈。

讀音爲ㄛ〔o〕，語音爲ㄟ〔ei〕的：北沒。

讀音爲ㄛ〔o〕，語音爲ㄠ〔au〕的：薄剝。

讀音爲ㄨㄛ〔uo〕，語音爲ㄠ〔au〕的：烙落酪著杓鑿。

讀音爲ㄨ〔u〕，語音爲ㄡ〔ou〕的：肉粥軸舳妯熟。

讀音爲ㄨ〔u〕，語音爲ㄧㄡ〔iou〕的：六陸衄。

讀音爲ㄩㄝ〔ye〕，語音爲ㄠ〔iau〕的：藥瘧鑰嚼覺脚角削學。

根據上面的分析，大部分的入聲字，都可從國語的讀音來加以辨別，能如此，則對於詩的格律，自也不會覺得有甚麼困難了。

除了告訴學生們認識入聲外，也適時爲他們講解一些文字構造的原理，反切注音的方法，雙聲疊韻跟假借的關係，古書注解的體例跟術語，一些虛字的用法，理解古書句讀的要領，古文中的修辭等等。因爲這幾項都是同學們在點讀資治通鑑時常遭遇的問題，適時的講解，同學們的體認就顯得特別親切了。這裏因限於篇幅，就不再細說了。

由於教材的靈活運用，一年的課程，同學們學習的情緒非常高昂，而施教者本人也心情愉快，眞可以說是達到了師生相悅以解的境地。

民國六十七年六月二十日脫稿於臺北市和平東路鍥不舍齋

附註：

❶字右加、的，表示可平可仄。這裏只為初學說法，故從寬來說，詳細的情形，仍有許多講究。

❷字旁加圈的，表示是韻腳。

❸這種句型，第三字如用仄，則第一字必須用平。

❹這種句型，如第五字用仄，第三字就必須用平。

❺注音符號下的音標是國際音標〔I.P.A.〕。

❻所謂開尾韻就是以主要元音收尾的韻母。

（原載幼獅月刊四十八卷二期民國六十七年八月）

古音學與詩經

一　古音學的起源

研究古音學是因研究詩經而引起的，詩經也是我們研究古音學最重要的材料。後世學者讀詩經，發現有些韻腳仍然非常和諧。像周南關雎首章：

關關雎「鳩」。在河之「洲」。窈窕淑女，君子好「逑」。

以鳩、洲、逑押韻，直到現在仍舊是十分和諧的。但是像四章：

參差荇菜，左右「采」之。窈窕淑女，琴瑟「友」之。

這采、友兩字就不和諧了。也許有人懷疑這兩個字根本就不是韻腳，它們到底算不算是韻呢？比較了二章與五章的韻以後，也許就可以瞭解了。

參差荇菜，左右「流」之。窈窕淑女，寤寐「求」之。二章

參差荇菜，左右「芼」之。窈窕淑女，鐘鼓「樂」之。五章

流跟求，芼跟樂，我們今天讀起來還是很和諧，所以它們是韻脚。流求，芼樂既然是韻脚，我們就沒有理由說采友不是韻了，只不過它們的音讀，後來差別太大，覺得不和諧罷了。於是就有徐邈毛詩音的「取韻」，沈重毛詩音的「協句」，陸德明經典釋文的「協韻」，顏師古漢書注的「合韻」等種種說法，來改讀毛詩入韻字的字音，使它讀起來稍爲和諧。例如沈重毛詩音在邶風燕燕的首章及三章，注野協句時預反，南協句宜乃林反。這兩章詩如下：

燕燕于飛，差池其「羽」。之子于歸，遠送于「野」協句宜時預反。
瞻望弗及，泣涕如「雨」。首章

燕燕于飛，下上其「音」。之子于歸，遠送于「南」協句宜乃林友。
瞻望弗及，實勞我「心」。三章

野音時預反，南音乃林反，就是沈重改讀的音，這樣讀起來野與羽雨，南與音心就比較和諧了。但是影響所及，到了宋代，就變本加厲起來了。像朱子詩集傳裏的「叶音」就幾乎

無不可叶了。例如同一個「家」字，在周南桃夭

桃之夭夭，灼灼其「華」。之子于歸，宜其室「家」。

這個「家」字，要跟「華」押韻，因爲在朱子讀起來，也還和諧，所以朱子沒有注音，也就是認爲在這首詩裏，讀「家」字的本音就可以了。至於豳風鴟鴞：

予手拮「据」。予所捋「荼」。予所蓄「租」。予口卒「瘏」。曰予未有室「家」。

小雅我行其野：

我行其野，蔽芾其「樗」。昏姻之故，言就爾「居」。爾不我畜，復我邦「家」。

這兩個「家」字朱子以本音讀起來，跟据、荼、租、瘏及樗、居等字押韻就不和諧了。所以朱子就把「家」字叶音古胡反，把「家」字讀成「姑」字的音。尤其荒唐的是召南行露第二章及第三章：

誰謂雀無「角」。何以穿我「屋」。誰謂女無家，何以速我「獄」。雖速我「獄」。室家不「足」。

誰謂鼠無牙，何以穿我「墉」。誰謂女無家，何以速我「訟」。雖速我「訟」。亦不女「從」。

這兩個「家」字本來是不押韻的，而朱子以爲是要押韻，所以把二章的「家」字叶音谷，三章的「家」字，叶音谷空反。這樣一來，同一個「家」字，意義不變，而卻有 ka, ku, kuk, kuŋ 四種讀法，這樣任意地改讀，當然是匪夷所思，絕無此理的。

故明代的焦竑、陳第就竭力反對叶音的說法，以爲古人有古人一定的讀音，不是可以隨便改讀的。焦竑說：

詩有古韻、今韻，古韻久不傳，學者于毛詩、離騷，皆以今韻讀之，其有不合，則強爲之音，曰此叶也。予意不然，如騶虞一虞也，既音牙而叶葭豝，又音五紅反而叶蓬豵；好仇一仇也，既音求而叶鳩與洲，又音渠之反而叶逵，如此則東亦可音西，南亦可音北，上亦可音下，前亦可音後，凡字皆無正呼，凡詩皆無正字矣。豈理也哉！

陳第在毛詩古音考裏說得更爲透徹。他說

時有古今，地有南北，字有更革，音有轉移，亦勢所必至。

因爲古人自有本音，從詩經的韻腳，去分析歸納古人用韻的眞相，古音學遂由斯起。

二 古韻分部的概略

宋鄭庠詩古音辨分古韻爲東、支、魚、眞、蕭，侵六部，是爲古韻分部之始。清顧炎武取陳第古本音說，著音學五書，增歌、陽、耕、蒸四部，於是把古韻分爲十部，古韻分部乃初奠規模。其後江永著古韻標準，又分出元、尤、談三部，而有十三部。段玉裁著六書音均表分十七部，多出脂、之、諄、侯四部。孔廣森著詩聲類分十八部，多、合部是他的創獲。王念孫著古韻譜，江有誥著音學十書，各分廿一部，祭、緝、盇三部是他們共同的創見，至部獨立則王氏獨見。章炳麟撰國故論衡及文始，分出隊部，成爲廿三部。戴震的聲類表採陰陽入三分法，成廿五部。黃侃撰音略，以章氏廿三部爲基礎，參以戴氏陰陽入三分的辨法，將屋、沃、鐸、錫、德五部獨立，而成廿八部。王力漢語音韻採黃永鎭肅部（王氏改名覺部）獨立之說，並自行分出微部，而得三十部。我撰古音學發微，採黃侃晚年談、添、盇、怗分四部的說法，增談盇兩部，於是古韵分部從考古與審音兩方面得到最後的結果就是三十二部，現在錄在後面，並附所擬韻值。

陰聲	入聲	陽聲	
1 歌〔a〕	2 月〔at〕	3 元〔an〕	第一類

4 脂〔ɐi〕	5 質〔ɐt〕	6 眞〔ɐn〕	第二類
7 微〔əi〕	8 沒〔ət〕	9 諄〔ən〕	第三類
10 支〔ɐ〕	11 錫〔ɐk〕	12 耕〔ɐŋ〕	第四類
13 魚〔ɑ〕	14 鐸〔ɑk〕	15 陽〔ɑŋ〕	第五類
16 侯〔ɑu〕	17 屋〔ɑuk〕	18 東〔ɑuŋ〕	第六類
19 宵〔ɐu〕	20 藥〔ɐuk〕		第七類
21 幽〔əu〕	22 覺〔əuk〕	23 冬〔əuŋ〕	第八類
24 之〔ə〕	25 職〔ək〕	26 蒸〔əŋ〕	第九類
	27 緝〔əp〕	28 侵〔əm〕	第十類
	29 怗〔ɐp〕	30 添〔ɐm〕	第十一類
	31 盍〔ɑp〕	32 談〔ɑm〕	第十二類

至於介音，則一等無，合口爲〔u〕，二等爲〔e〕，三等爲〔ĭ〕，四等爲〔i〕。

照上列擬音選錄幾篇詩的韻例如下：

⊙**關雎**

○關關雎鳩〔kĭəu〕，在河之洲〔tĭəu〕。窈窕淑女，君子好逑〔ɣĭəu〕。○參差荇菜，左右流〔lĭəu〕之。窈窕淑女，寤寐求〔ɣĭəu〕之。○求之不得〔tək〕。寤寐思服〔b'ĭuək〕。悠哉悠哉，輾轉反側〔tsĭək〕。○參差荇菜，左右采〔ts'ə〕之。窈窕淑女，琴瑟友〔ɣĭuə〕之。○參差荇菜，左右芼〔mɐu〕之。窈窕淑女，鐘鼓樂〔ŋeau〕之。

⊙葛覃

○葛之覃兮，施于中谷〔kauk〕。維葉萋萋〔ts'iei〕。黃鳥于飛，集于灌木〔mauk〕。其鳴喈喈〔keai〕。○葛之覃兮，施于中谷〔kauk〕與上章遙韻。維葉莫莫〔mak〕。是刈是濩〔ɣuak〕。爲絺爲綌〔k'ĭak〕。服之無斁〔dĭak〕。○言告師氏，言告言歸〔kĭuəi〕，薄汙我私，薄澣我衣〔ʔĭəi〕。害澣害否〔pĭuə〕。歸寧父母〔muə〕。

⊙綠衣

○綠兮衣兮，綠衣黃裏〔lĭə〕。心之憂矣，曷維其已〔dĭə〕○綠兮衣兮，綠衣黃裳〔d'ĭaŋ〕。心之憂矣，曷維其亡〔mĭuaŋ〕。○綠兮絲〔sĭə〕兮。女所治〔d'ĭə〕兮。我思古人，俾無訧〔ɣĭuə〕兮。○絺兮綌兮，淒其以風〔pĭuəm〕。我思古人，實獲我心〔sĭəm〕。

⊙燕燕

○燕燕于飛〔pĭuəi〕。差池其羽〔ɣĭua〕。之子于歸〔kĭuəi〕。遠送于野〔dĭa〕。瞻望弗及。泣涕如雨〔ɣĭua〕。○燕燕于飛〔pĭuəi〕。頡之頏〔ɣaŋ〕之。之子于歸〔kĭuəi〕。遠于將〔tsĭaŋ〕之。瞻望弗及〔ɣĭəp〕。佇立以泣〔k'ĭəp〕。○燕燕于飛

〔piuə̆i〕下上其音〔ʔiə̆m〕。之子于歸〔kiuə̆i〕。遠送于南〔nəm〕。瞻望弗及。實勞我心〔siə̆m〕。○仲氏任只，其心塞淵〔ʔiuə̆n〕。終溫且惠，淑慎其身〔t'iə̆n〕。先君之思，以勗寡人〔niə̆n〕。

三、古音學與詩經的關係

㈠不識古音，不能辨別詩經的句讀。

魏風陟岵一篇，坊間的句讀都錯了，像新興書局影印的古注十三經，商務印書館繆天綬選注的人人文庫本詩經，甚至於屈萬里先生的詩經釋義，也把這一篇點斷成下面的情形。

陟彼岵兮，瞻望父兮。父曰：「嗟！予子行役，夙夜無已。上慎旃哉！猶來無止。」

陟彼屺兮，瞻望母兮。母曰：「嗟！予季行役，夙夜無寐。上慎旃哉！猶來無棄。」

陟彼岡兮，瞻望兄兮。兄曰：「嗟！予弟行役，夙夜必偕。上慎旃哉！猶來無死。」

古注十三經本詩經則以「父曰嗟予子行役」作一句讀，下兩章「母曰」「兄曰」同。在林林總總許多詩經本子當中，只有江有誥的音學十書詩經韻讀才是對的。江有誥是這樣子表示的。

陟彼「岵」兮瞻望「父」兮魚部父曰嗟予「子」句行役夙夜無「已」上愼旃哉猶來無「止」之部。

下兩章句讀同，只是韵部不同。他在「子」、「季」、「弟」下各加一句字，可見他是以父曰嗟予子爲一句，行役夙夜無止爲一句的。陳奐的詩毛氏傳疏也是這樣句讀的。陳氏說：「父曰嗟予子，母曰嗟予季，兄曰嗟予弟，皆五字句。小箋云：子與已止韻，季與寐棄韻，弟與偕死韻。案顧炎武句讀已如此。」還有王先謙的詩三家義集疏也是如此句讀的。

高本漢的詩經注釋句讀雖與古注十三經的詩經句讀同，但是他的漢文典詩經的韻讀卻明白指出子〔tsĭəg〕、已〔zĭəg〕、止〔tĭəg〕；季〔kĭwɛd〕、寐〔mĭɛd〕、棄〔k'ĭɛd〕；弟〔dĭər〕、偕〔kɛr〕、死〔sĭər〕。子、季、弟既然都是韻，那末在三百篇中，有沒有用一個句中的字，來跟另外兩句的末字押韻的，遍查三百篇，除此篇外，可說絕無僅有的。文心雕龍聲律篇說：「同聲相應謂之韻。」韻是要相呼應的，豈能隨便與句中一字相呼應的嗎？不僅三百篇沒有，就是幾千年來詩篇，也很難找到這樣怪的押韻方式的。魏風陟岵一篇三章都是轉韻詩，轉韻詩往往轉韻時的奇數句都是入韵的，所以像江有誥、陳奐等以「父曰嗟予子」爲句，正合於轉韻詩首句入韻的規律。自古迄今，還沒有轉韻詩與奇數句中間一字押韻的。雖然，在文法上兩種句讀都可通。然而韻文的韻也是十分重要的。吾友戴璉璋兄在「詩經疑義考辨」一文發現在歎詞「嗟」下皆爲詞組，而且都是點斷的。茲錄其例於後：

1. 嗟我懷人，寘彼周行。——周南卷耳。
2. 嗟行之人，胡不比焉。——唐風杕杜。
3. 嗟我農夫，我稼既同。——豳風七月。
4. 嗟我婦子，曰爲改歲。——豳風七月。
5. 嗟我兄弟，邦人諸友。——小雅沔水。
6. 嗟爾君子，無恒安處。——小雅小明。
7. 嗟爾君子，無恒安息。——小雅小明。
8. 嗟爾朋友，予豈不知而作。——大雅桑柔。

父曰嗟予子，母曰嗟予季，兄曰嗟予弟。嗟下的予子、予季、予弟不也是詞組嗎？所以照詩經的通例，子、季、弟下都該點斷的。

㈡**不識古音，不能通曉詩經的詞義。**

詩經裏頭有很多詞義，因爲毛傳或鄭箋作了這樣的解釋，所以歷代就相因襲用，至於何以能作此解釋，就不再考究。例如周南關雎次章。

參差荇菜，左右流之。窈窕淑女，寤寐求之。

毛傳：「流、求也。」毛傳的解釋不錯，因爲四章左右采之，五章左右芼之，都是指人之采擇，則此章當也指人之求，絕不是隨水之自流。流本訓水行，何以可以訓求？高本漢以爲是罶的同音假借字。罶、說文：「曲梁寡婦之笱魚所留也。」罶既是捕魚器，所以引申有求取義。罶從留得聲，流留相通的例子，古書上的例字是很多的，邶風旄丘的「流離」就是「留離」「鶹離」；莊子天地篇留動，別本或作流動。流留的上古音都是〔liĕu〕。

再如秦風無衣一篇：

豈曰無衣，與子同「袍」。王于興師，脩我戈「矛」。與子同仇。一章豈曰無衣，與子同「澤」。王于興師，脩我矛「戟」。與子偕「作」。二章豈曰無衣，與子同「裳」。王于興師，脩我甲「兵」。與子偕「行」。三章

二章的澤，毛傳訓作「潤澤」，與首章「同袍」、三章「同裳」不相應，袍、裳都是衣類，所以澤絕不是潤澤，也應是衣類。澤齊詩作襗對了，襗說文訓袴，袴是脛衣，也是衣類，今云「袍澤」取義於此。澤原是襗的同音假借字。二字古音皆爲〔d'eak〕，襗又讀〔d'ak〕，也是同部相近的。

又如秦風終南一篇：

終南何有？有條有「梅」。君子至止，錦衣狐「裘」。顏如渥丹，其君也「哉」！

一章終南何有？有紀有「堂」。君子至止，黻衣繡「裳」。佩玉將「將」。壽考不「忘」。二章

二章「有紀有堂」，毛傳：「紀，基也；堂，畢道平如堂也。」乍一看，根本就不知道毛傳講的是甚麼？再翻陳奐的詩毛氏傳疏，陳氏說：「小箋云：定本作平如堂非也，此自兩崖壁立言之，平如堂則自道言之矣。案段說是也。爾雅釋厓岸，畢、堂牆，此傳所本。畢者，道名，謂終南山之道，有厓岸如堂牆者也。傳釋紀爲基，基爲山厓之下，堂爲山厓之邊。」删掉一個平字，另加了許多解釋，我們才得到一初略的概念。就是基爲山厓下的路基，堂爲壁立的山厓。實在此章韓詩作「有杞有棠」，紀堂只是杞棠的借字，而與首章「有條有梅」才能相應。毛傳：「條，槄；梅，柟也。」爾雅釋木：「槄，山榎。」注：「今之山楸。」陸機詩疏：「槄，山楸也。皮葉白，材理好，宜爲車板。」柟就是楠。本草李時珍曰：「楠木生南方，黔、蜀諸山尤多。」杞就是枸杞，落葉灌木。棠就是棠棃，本草李時珍曰：「棠棃樹似棃而小。」從這裏看來，條、梅、杞、棠都是指終南山所生產的樹木名。故柳宗元終南山祠堂碑曰：『其物產之厚，器用之出，則璆琳琅玕，夏書載焉；紀堂條梅，秦風詠焉。』柳氏以紀堂爲終南之物產，顯然也是以紀爲杞，堂爲棠的假借字的。

㈢不識古音，不能確識詩經的韻例：

關於這點，我不須多舉例，像王念孫的合韻譜，就常常以非韻而爲韻。例如召南何彼襛矣首章，王氏以襛雝爲韻，但看全篇：

何彼襛矣，唐棣之「華」。曷不肅雝，王姬之「車」。首章。字外加、者王氏以爲押韻。

何彼襛矣，華如桃「李」。平王之孫，齊侯之「子」。二章

其釣維何，惟絲伊「緡」。齊侯之子，平王之「孫」。三章

對照二、三兩章，襛孫非韻，何子非韻，則有甚麼理由肯定襛雝是韻呢！且襛〔ni̯euŋ〕、雝〔ʔi̯auŋ〕古韻也不相同，無由牽合，這都是受後世音讀的影響，硬湊上去的。王氏又以爲良耜的崇墉爲韻，也是犯了同樣的毛病，請看周頌良耜下列數句：

荼蓼「朽」止。黍稷「茂」止。穫之挃「挃」。積之栗「栗」。其崇如墉，其比如「櫛」。以開百「室」。

顯然的，此詩以「朽茂」爲韻，然後轉韻，以「挃栗櫛室」爲韻，崇〔dz'i̯euŋ〕、墉〔di̯auŋ〕非韻，而且韻也不同。這兩個韻例，照孔廣森的東多分部，根本不成問題。以小學訓詁冠當朝的王念孫尚有此失，其他的人就更不必說了。

㈣不識古音，不能體悟詩經的興體。

甚麼是興？文心雕龍比興云：「比者，附也；興者，起也。」照文心雕龍的解說，比與的興似應讀平聲，後世讀去聲，恐怕都是積非成是。蔣善國三百篇演論說：「鍾嶸說：『文已而意有餘興也。』他誤以興做去聲。」興起的興，應讀平聲，起就是開個頭。蘇軾是中國最偉大的詩人之一，有詩仙李白的才華，詩聖杜甫的功力，詩的各體

無不擅長，當然他對於詩經有很深的體認。他的詩論說：或謂詩論乃蘇轍著，其實此無礙其論詩之見解，因為兩兄弟意見如出一轍。子由嘗云：「撫我則兄，誨我則師。」縱然詩論是蘇轍所作，亦必與其兄討論過。

「夫興之爲言猶曰其意云爾，意有所觸乎當時，時已去而不可知，故其類可以意推，而不可以言解也。殷其雷，在南山之陽，此非有所取乎雷也。蓋必其當時所見，而有動乎其意，故後之人，不可以求得其說，此其所以爲興也。若夫關關雎鳩，在河之洲，是誠有取於摯而有別，是以謂之比而非興也。」

鄭樵的六經奧論從蘇氏此說而益加闡述。鄭樵說：

「凡興者，所見在此，所得在彼，不可以事類推，不可以義理求也。」

王應麟的困學紀聞則引李仲蒙的說法，說得更爲透徹些。李氏說：

「敍物以言情，謂之賦，情盡物也。索物以紀情，謂之比，情附物也，觸物以起情，謂之興，物動情也。」

如何起情呢？屈萬里先生詩經釋義引了兩首魯西歌謠來說明。鈔錄於後：

擀麵杖，兩頭尖。俺娘送俺泰安山。泰安山上鶯歌叫。俺想娘，誰知道。說着說着哥來叫。問爹好，問娘安。問問小姪歡不歡。

小草帽，戴紅纓。娘說話，不中聽。媳婦說話笑盈盈。娘病了，要吃梨。又沒街道又沒有集。又沒有閒錢買東西。媳婦病了要吃梨。又有街道又有集。又有閒錢買東西。打着傘，踏着泥。買來了燒餅買來了梨。打掉了根蒂去了皮。偷偷地放在媳婦手心裏。別叫老娘看見了，老娘看見不歡喜。別叫老天看見了，老天看見打雷劈。

擀麵杖，小草帽一開頭的兩句，都跟歌謠的本意毫無關係。只是「先言他物，以引起所詠之詞」而已。這樣說來，興只是起個頭而已。所以興就是借物以引起情或事，而物在先，情事在後；或者本來專講其事，而虛用兩句帶起，然後再接續下去。無論是那一種情況，借物引起也好，虛用帶起也好，所起的頭，跟後面引起以言的情事，都是要押韻的，而在意義上可以沒有任何關連。以這種標準來看詩經，則唐風的山有樞，小雅的南山有臺，都是標準的興體詩了。

先看唐風的山有樞：

山有樞〔t'i̯ɑu〕，隰有榆〔di̯ɑu〕。子有衣裳，弗曳弗婁〔lɑu〕。子有車馬，弗馳弗驅〔k'i̯ɑu〕。宛其死矣，他人是愉〔di̯ɑu〕。首章

山有栲〔k'əu〕，隰有杻〔ni̯əu〕。子有廷內，弗洒弗埽〔səu〕。子有鐘鼓，弗鼓弗考〔k'əu〕。宛其死矣，他人是保〔pəu〕。二章

山有漆〔tsʻĭĕt〕。隰有栗〔lĭĕt〕。子有酒食，何不日鼓瑟〔sĕt〕。且以喜樂，且以永日〔nĭĕt〕。宛其死矣，他人入室〔ɕĭĕt〕。三章

再看小雅南山有臺：

南山有臺〔dʻə〕。北山有萊〔lə〕。樂只君子，邦家之基〔kĭə〕。樂只君子，萬壽無期〔ɣĭə〕。首章

南山有桑〔saŋ〕。北山有楊〔dĭaŋ〕。樂只君子，邦家之光〔kuaŋ〕。樂只君子，萬壽無疆〔kĭaŋ〕。二章

南山有杞〔kʻĭə〕。北山有李〔lĭə〕。樂只君子，民之父母〔mə〕，樂只君子，德音不已〔dĭə〕。三章

南山有栲〔kʻəu〕。北山有杻〔nĭəu〕。樂只君子，遐不眉壽〔dʻĭəu〕。樂只君子，德音是茂〔məu〕。四章

南山有枸〔kĭau〕。北山有楰〔dĭau〕。樂只君子，遐不黃耇〔kau〕。樂只君子，保艾爾後〔ɣau〕。五章

小雅南山有臺的首章，如果以我們現在的音讀起來，臺〔tʻai〕萊〔lai〕跟基〔tɕi〕期〔tɕʻi〕的音差得很遠，怎麼會想到基期是用臺萊起頭而引起下文押韻的興體呢！

但有了古音的知識，這種押韻就非常自然了。所以我們說，不識古音不能體會詩經的興體，道理就在此了。

民國七十一年五月十四日夜脫稿於臺北市和平東路鍥不舍齋

（原載輔仁學誌第十二期、民國七十二年六月）

從詩經的合韻現象看諸家擬音的得失

提要：本文的主旨，想從詩經合韻的現象，探索上古韻部各部主要元音的構擬，比較各家擬音，看看誰的擬音，或如何擬構，才能滿足這種例外押韻的現象。然後再從古韻部的擬音，來說明一些假借的條件，希望能對訓詁及古漢語的教學方面有所幫助。

古韻學的研究，到了段玉裁以後，有所謂古合韻之說，那就是不同古韻部的字在一起押韻。而且古韻部分析愈爲精細，則異部合韻的情形就更多些。關於古合韻的詩經韻例，前人分析的已經很多了。這裏用不着把三百篇詩從頭到尾逐篇觀察，只要把前人已經舉出來的合韻的例子，詳加審核就可以了。王念孫晚年的韻譜合韻譜稿，於合韻的例子，網羅最爲詳盡❶。現在就以王氏的合韻譜稿來細加審核一遍。

在審核韻例之前，先談古韻分部，古韻分部有考古派的二十四部及審音派的三十二部，這裏只打算談各部的主要元音，不擬談韻尾的問題，所以二十四部跟三十二部是一樣的。因爲王念孫的合韻譜稿是分二十二部的，所以就以二十四部來說明，這樣與王氏的合韻譜就比較接近了。我們這裏所說的二十四部，是以王念孫合韻譜稿的二十二部，加上章炳麟的隊部❷，王力的微部❸。但把隊部跟微部合稱爲微部；微部分出以後的脂部跟王念孫的至部合稱爲脂部。所以總數還是二十二部，董同龢的上古音韻表稿就是這二十二部。我們再加上黃侃所分的添怗二部❹，就是二十四部了。下面是我們的十二類二十四部：

第一類：	歌	祭	元
第二類：	脂		眞
第三類：	微		諄
第四類：	支		耕
第五類：	魚		陽
第六類：	侯		東
第七類：	宵		
第八類：	幽		冬
第九類：	之		蒸
第十類：		緝	侵
第十一類：		怗	添
第十二類：		盍	談

在王念孫的合韻譜稿裏共收了一百六十五個韻例，加上王力確宜認爲脂微合韻的二六個韻例，總共有一九一個韻例。其中有二一個韻例是同類異部合韻的例子，不影響韻部主要元音的擬測，可以不計。此外，王念孫的合韻譜稿認爲是合韻，但其實不是韻的，這部分共有

四十五個韻例。像召南何彼襛矣的「襛雝」，良耜的「崇墉」，都不能算韻，而王氏以爲合韻。試看何彼襛矣原文：

○何彼襛矣，唐棣之華韻曷不肅雝，王姬之車韻○何彼襛矣，華如桃李韻，平王之孫，齊侯之子韻○其釣維何，惟絲伊緡韻，齊侯之子，平王之孫韻

顯然的，這首詩只有偶句韻，奇句不入韻，今不以爲韻。良耜的原文如下：

穫之挃挃，積之栗栗，其崇如墉，其比如櫛，以開百室。

很顯然的，此詩是以「挃栗櫛室」爲韻腳，「崇墉」非韻。但也有些合韻的例子，似乎可以不必以爲韻，但比照別章的韻例，我們仍承認它是合韻。例如大雅文王有聲二章：

文王受命，有此武功，既伐于崇，作邑于豐。

王念孫以爲「功崇豐」爲東冬合韻，有人主張此章偶句入韻，奇句非韻，則僅「功豐」東部自韻。但是我們看首章：

文王有聲，遹駿有聲，遹求遹寧，遹觀其成。

我們無法說「寧」字非韻，比照看起來，所以也就承認二章的「崇」也當入韻，王念孫的說法就對了。還有些篇章，本來可以說是轉韻，但比較前後章的韻例。仍認爲合韻較爲妥善。例如小雅蓼蕭四章：

蓼彼蕭斯，零露濃濃。既見君子，鞗革忡忡。和鸞雝雝，萬福攸同。

有人或以爲此章「濃忡」多部韻，「雝同」轉東部韻。但比較二章與三章後，我們就無法說不是合韻了。二、三章的原文是：

蓼彼蕭斯，零露瀼瀼。既見君子，爲龍爲光。其德不爽，壽考不忘。

蓼彼蕭斯，零露泥泥。既見君子，孔燕豈弟。宜兄宜弟。令德壽豈。

前面兩章句法與此章相同，都是一韻到底，沒有轉韻，那麼我們有什麼理由說第四章是轉韻呢？我們對是否合韻界定較嚴，雖然如此，仍有不少合韻的韻例，值得我們正視的。今錄於後。

㈠歌部：

一、歌脂合韻：。祁河宜何商頌玄鳥

二、歌支合韻：地。裼瓦儀議罹（小雅斯干九章）

三、歌侯合韻：寇。可詈歌（大雅桑柔十六章）

四、歌支宵合韻：翟△髢。揥。晳。帝（鄘君子偕老二章）

㈡祭部：

一、祭脂合韻：結。厲滅威（小雅正月八章） 滅。戾勩（小雅雨無正二章） 淠。嘒。駟。屆（小雅采菽二章） 翳。栵（大雅皇矣二章） 惠。厲瘵。屆（大雅瞻卬一章）

二、祭微合韻：旆瘁。（小雅出車二章） 旆檖。（大雅生民四章）

三、祭脂微合韻：嘒。淠。屆。寐△（小雅小弁四章）

四、祭之合韻：以。饁婦。士。耜。畝。（周頌載芟）

五、祭侯合韻：穀。活達傑（周頌載芟） 穀。活（周頌良耜）

㈢元部：

一、元脂合韻：筵秩。（小雅賓之初筵一章）

二、元脂支合韻：泚瀰鮮邶新臺一章

三、元眞合韻：民嫄大雅生民一章

四、元微合韻：山歸豳東山一二三四章　嵬萎怨小雅谷風三章

五、元諄合韻：羣錞苑秦小戎三章　熯愆孫小雅楚茨四章

六、元耕合韻：菁睘姓唐杕杜二章

七、元陽合韻：言行大雅抑九章

八、元東合韻：筵恭反幡僊小雅賓之初筵三章

(四)脂部：

一、脂微合韻：枚飢周南汝墳一章　祁歸召南采蘩三章　薇悲夷召南草蟲三章　萋晞湄躋坻秦蒹葭二章　遲萋喈祁歸夷小雅出車六章　萋悲萋悲歸小雅杕杜二章　飛躋小雅斯干四章　師氏維毗迷師小雅節南山三章　夷違節南山五章　薇桋哀小雅四月六章　尸歸遲私小雅楚茨五章　維葵膍戾小雅采菽五章　惟脂大雅生民七章　郿歸大雅崧高六章　騤喈齊歸大雅烝民八章　追綏威夷周頌有客　枚回依遲魯頌閟宮一章　違齊遲躋遲祇圍商頌長發三章　尾燬燬邇周南汝墳三章　韡弟小雅常棣一章　泥弟弟豈小雅蓼蕭三章　穉火小雅大田二章　依濟幾依大雅公劉四章　葦履體泥大雅行葦一章

二、脂微諄合韻：類○君△比 大雅皇矣四章

三、脂微支合韻：訿△哀○違○依○底○ 小雅小旻二章

四、脂諄合韻：偕近邇○ 小雅杕杜四章

五、脂支合韻：濟積秭醴妣禮○ 周頌載芟

六、脂之合韻：子○室 豳風鴟鴞一章　淢○匹 大雅文王有聲三章

㈤眞部：

一、眞諄合韻：鄰○云○慇 小雅正月十二章

二、眞耕合韻：天○定○生○寧○醒○成○政○姓 小雅節南山六章　領○騁 節南山七章　領○屛 小雅桑扈三章　人○刑○聽○傾 大雅蕩七章

三、眞陽合韻：岡○薪 小雅車舝四章

四、眞多合韻：躬○天 大雅文王七章

五、眞多蒸合韻：頻○中○弘△躬 大雅召旻六章

六、眞侵合韻：天○臻○矜 小雅菀柳三章　玄○矜○民 小雅何草不黃三章　旬○民○塡○天○矜 大雅桑柔一章

㈥微部：

一、微諄緝合韻：退遂瘁○訊△答退（小雅雨無正四章）

(七)諄部：

一、諄耕合韻：倩盼○（衛碩人二章）　訓刑○（周頌烈文）

(八)支部：

一、支侯合韻：局○蹐脊蜴（小雅正月六章）

(九)耕部：

一、耕陽合韻：王○刑（大雅抑三章）

二、耕侵合韻：今○政（大雅抑三章）

(一〇)魚部：

一、魚侯合韻：鼓○奏祖（小雅賓之初筵二章）　瞽虡羽鼓圉○奏舉（周頌有瞽）　禡○附○侯（大雅皇矣八章）

二、魚東之合韻：武緒野虞女旅功父子魯宇輔（魯頌閟宮二章）

三、魚幽合韻：休逑怓憂休（大雅民勞三章）

四、魚多之合韻：士祖父戎（大雅常武一章）

五、魚之合韻：膴腜（小雅小旻五章）　呶欺郵（小雅賓之初筵四章）　膴飴謀龜時茲（大雅緜三章）　者謀虎（小雅巷伯六章）

六、魚盍合韻：業作（大雅常武一章）

(二)陽部：

一、陽多合韻：崇皇（周頌烈文）

二、陽談合韻：瞻相臧腸狂（大雅桑柔八章）　監嚴濫遑（商頌殷武四章）

(三)侯部：

一、侯幽合韻：槱趣（大雅棫樸一章）　楡蹂叟浮（大雅生民七章）　欲孝（大雅文王有聲三章）　綠匊局沐（小雅采綠一章）

二、侯宵合韻：豆飫具孺（小雅常棣六章）

三、侯多合韻：務戎（小雅常棣四章）

(三)東部：

一、東幽合韻：調同（小雅車攻五章）

二、東多合韻：濃沖雝同（小雅蓼蕭四章）　功崇豐（大雅文王有聲二章）

(四)宵部：

一、宵幽合韻：陶翿敖（王風君子陽陽二章）　滔儦敖（齊載驅四章）　葽蜩（豳七月四章）　譙翛翹搖曉（豳鴟鴞四章）　酒殽（小雅正月十二章）　皎僚糾悄（陳月出一章）　廟保（大雅思齊三章）　酒紹（大雅抑三章）　糾趙蓼（周頌良耜）

(五)幽部：

一、幽之合韻：紑俅基牛鼒觩柔休（周頌絲衣）　造士（大雅思齊五章）　有收（大雅瞻卬二章）　茂止（大雅召旻四章）　好食（唐有杕之杜一、二章）　穋麥（豳七月七章）　備戒告（小雅楚茨五章）　夙育稷（大雅生民一章）　匐嶷食菽（生民四章）　告則（大雅抑二章）　稷福穋麥國穡（魯頌閟宮一章）

二、幽緝合韻：猶集咎道（小雅小旻三章）

(六)冬部：

一、冬侵合韻：中驂（秦小戎二章）　沖陰（豳七月八章）　飲宗（大雅公劉四章）　諶終（大雅蕩一章）　蟲宮宗臨躬（大雅雲漢二章）

(七)之部：

一、之緝合韻：飭服熾急國（小雅六月一章）　式入（大雅思齊四章）

(八)蒸部：

一、蒸侵合韻：膺弓滕興音（秦小戎三章）　林蒸夢勝憎（小雅正月四章）　林興心（大雅大明七章）　乘縢弓綅增膺懲承（魯頌閟宮五章）

(九)緝部：

一、緝怗盍合韻：業捷及（大雅蒸民七章）

(十)侵部：

一、侵添談合韻：菡儼枕 陳澤彼三章

㈠**怗部：**

見前

㈡**添部**

見前

㈢**盍部**

見前

㈣**談部**

見前

根據以上合韻的例子，我們可以列成一表，來看各部之間合韻的關係。從各韻韻例統計表上，我們可以看出，合韻最多的韻部，是脂微兩部的二十六個韻例，依次爲幽之的十一，

古韻二十四部異類各韻韻部合韻韻例統計表

	歌	祭	元	脂	眞	微	諄	支	耕	魚	陽	侯	東	宵	幽	冬	之	蒸	緝	侵	怗	添	盍	談
歌	×	×	×	1				2				1		1										
祭	×	×	×	6		3						1					1							
元	×	×	×	2	1	5	2		1		1		1											
脂	1	6	2	×	×	26	2	2									2							
眞			1	×	×		1		4		1					2		1		4				
微		2	2	26		×	×												1					
諄			2	1	1	×	×		2										1					
支	2		1	2				×	×			1								1				
耕			1		4		2	×	×		1													
魚										×	×	3	1		1	1	6						1	
陽			1		1					×	×					1								2
侯	1	2						1		3		×	×	1	4	1								
東			1							1		×	×		1	2								
宵	1											1		×	10									
幽										1		3	1	10	×	×	11		1					
冬					2					1	1	1	2		×	×				5				
之		1		2						6					11		×	×	2					
蒸					1												×	×		4				
緝						1	1								1		2		×	×	1		1	
侵					4				1							5		4	×	×		1		1
怗																			1		×	×		
添																				1	×	×		
盍										1									1				×	×
談											2									1			×	×

幽宵十，魚之六，元微、多侵各五，眞耕、眞侵、蒸侵各四……，這些合韻的現象，我們該怎麼樣去解釋它，這就有待於擬音了。這廿四部主要各家的擬音如下：

韻部名稱	高本漢5	董同龢6	王力7	李方桂8	周法高9
(一)歌祭元	ɑ,ɑr;ɑd,ɑt,ɑn	a;ad,at;an	a;at;an	ɑrd;ɑt;ɑn	a,ar;at;an
(二)脂眞	ər,ed,et;en	ed,et;en	ei,et;en	id,it;in	er,et;en
(三)微諄	ər,əd,ət;ən	əd,ət;ən	əi,ət;ən	əd,ət;ən	ər,ət;ən
(四)支耕	eg,ek;eŋ	eg,ek;eŋ	e,ek;eŋ	ig,ik;iŋ	eɣ,ek;eŋ
(五)魚陽	ɑg,ɑk;ɑŋ	ag,ak;aŋ	ɑ,ɑk;ɑŋ	ag,ak;aŋ	aɣ,ak;aŋ
(六)侯東	ug,uk;uŋ	ug,uk,uŋ	o,ok;oŋ	ug,uk;uŋ	ewɣ,ewke;wŋ
(七)宵	og,ok;	ɔg,ɔk;	ɑu,ɑuk;	agʷ,akʷ;	awɣ,awk;
(八)幽冬	ôg,ôk;ôŋ	og,ok;oŋ	əu,əuk;əm	əgʷ,əkʷ;əŋʷ	əwɣ,əwk;əwŋ
(九)之蒸	əg,ək;əŋ	əg,ək;əŋ	ə,ək;əŋ	əg,ək;əŋ	əɣ,ək;əŋ
(一〇)緝侵	əp;əm	əp;əm	əp;əm	əp;əm	əp;əm
(一一)怗添 (一二)盍談	ɑp;ɑm	ɑp;ɑm	ap;am	ɑp;ɑm	ap;am

先從各家擬音完全一致的幾個韻部來看，到底合韻的條件是什麼？蒸侵合韻有四個韻例，蒸-əŋ，侵-əm兩部主要元音相同，韻尾不同；侵談，緝盍各有一例，侵-əm，談-ɑm；緝-əp，盍-ɑp，主要元音不同，韻尾相同，而主元音的差距不得超過標準元音表的一

格半。從這樣的條件來檢視各家的擬音，似乎或多或少都不能滿足這種合韻的要求。下面再根據合韻的多寡，來看各家的擬音。

合韻次數	高本漢	董同龢	王力	李方桂	周法高
脂微26	ər, ed; ər, əd	ed, et; əd, ət	ei, et; əi, ət	id, it; əd, ət	er, et; ər, ət
幽之11	ôg, ôk; əg, ək	og, ok; əg, ək	əu, əuk; ə, ək	əgʷ, əkʷ; əg, ək	əwɣ, əwk; əɣ, ək
宵幽10	og, ok; ôg, ôk	ɔg, ɔk; og, ok	ɑu, ɑuk; əu, əuk	ɑgʷ, ɑkʷ; əgʷ, əkʷ	awɣ, awk; əwɣ, əwk
魚之6	ɑg, ɑk; əg, ək	ag, ak; əg, ək	ɑ, ɑk; ə, ək	ɑg, ɑk; əg, ək	aɣ, ak; əɣ, ək
祭脂6	ɑd, ɑt; ər, ed, et	ad, at; ed, et	a, at; ei, et	ɑd, ɑt; id, it	aɣ, at; er, et
冬侵5	ôŋ; əm	oŋ; əm	əm; əm	əŋʷ; əm	əwŋ; əm
元微5	ɑn; ər, əd	an; ər	an; əi	ɑn; əd	an; ər
眞耕4	en; eŋ	en; eŋ	en; eŋ	in; iŋ	en; eŋ
眞侵4	en; əm	en; əm	en; əm	in; əm	en; əm
蒸侵4	əŋ; əm	əŋ; əm	əŋ; əm	əŋ; əm	əŋ; əm
祭微3	ɑd; ər	ɑd; əd	at; əi	ɑd; əd	ar; ər
魚侯3	ɑg; ug	ag; ug	ɑ, ɑk; o, ok	ɑg; ug	aɣ; əwɣ
歌支2	ɑ, ɑr; eg	a; eg	a; e	ɑr; ig	a, ar; eɣ
元脂2	ɑn; ər, ed	an; ed	an; ei	ɑn; id	an; er
元諄2	ɑn; ən	an; ən	an; ən	ɑn; ən	an; ən
脂諄2	ər, ed; ən	ed; ən	ei; ən	id; ən	er; ən

脂支2	ər, ed; eg	ed; eg	ei; e	id; ig	er; eɤ
脂之2	ər, ed; əg	ed; əg	ei; ə	id; əg	er; əɤ
眞冬2	en; ôŋ	en; oŋ	en; əm	in; əŋʷ	en; əwŋ
諄耕2	ən; eŋ	ən; eŋ	ən; eŋ	ən; iŋ	ən; eŋ
陽談2	ɑŋ; ɑm	aŋ; am	ɑŋ; am	ɑŋ; ɑm	aŋ; am
東冬2	uŋ; ôŋ	uŋ; ɔŋ	oŋ; əm	uŋ; əŋʷ	ewŋ; əwŋ
之緝2	əg; əp	əg; əp	ə; əp	əg; əp	əɤ; əp
歌脂1	ɑ, ɑr; ər, ed	a; ed	a; ei	ɑr; id	a, ar; er
歌侯1	ɑ, ɑr; ug	a; ug	a; o	ɑr; ug	a, aɤ; ewɤ
歌宵1	ɑ, ɑr; og	a; ɔg	a; ɑu	ɑr; ɑgʷ	a, ar; awɤ
祭侯1	ɑd; ug	ad; ug	at; o	ɑd; ug	ar; ewɤ
祭之1	ɑd; əg	ad; əg	at; ə	ɑd; əg	ar; əg
元眞1	ɑn; en	an; en	an; en	ɑn; in	an; en
元耕1	ɑn; eŋ	an; eŋ	an; eŋ	ɑn; iŋ	an; eŋ
元陽1	ɑn; ɑŋ	an; aŋ	an; ɑŋ	ɑn; ɑŋ	an; ɑŋ
元東1	ɑn; uŋ	an; uŋ	an; oŋ	ɑn; uŋ	an; ewŋ
眞諄1	en; ən	en; ən	an; ən	in; ən	en; ən
眞陽1	en; ɑŋ	en; aŋ	en; ɑŋ	in; ɑŋ	en; aŋ
眞蒸1	en; əŋ	en; əŋ	en; əŋ	in; əŋ	en; əŋ

微緝1	ər, əd; əp	əd; əp	əi; əp	əd; əp	əd; əp
諄緝1	ən; əp	ən; əp	ən; əp	ən; əp	ən; əp
支侯1	eg; ug	eg; ug	e; o	ig; ug	eɣ; ewɣ
耕侵1	eŋ; əm	eŋ; əm	eŋ; əm	iŋ; əm	eŋ; əm
魚東1	ɑg; uŋ	ag; uŋ	ɑ; oŋ	ɑg; uŋ	aɣ; ewŋ
魚幽1	ɑg; ôg	ag; og	ɑ; əu	ɑg; əgʷ	aɣ; əuɣ
魚冬1	ɑg; ôŋ	ag; oŋ	ɑ; əm	ɑg; əŋʷ	aɣ; əwŋ
陽冬1	ɑŋ; ôŋ	aŋ; oŋ	ɑŋ; əm	ɑŋ; əŋʷ	aŋ; əwŋ
侯宵1	ug; og	ug; ɔg	o; ɑu	ug; ɑgʷ	ewɣ; awɣ
侯冬1	ug; ôŋ	ug; oŋ	o; əm	ug; əŋʷ	ewɣ; əwŋ
東幽1	uŋ; ôg	uŋ; og	oŋ; əu	uŋ; əgʷ	ewŋ; əwɣ
幽緝1	ôg; əp	og; əp	əu; əp	əgʷ; əp	əwɣ; əp
緝怗1	əp; ɑp	əp; ap	əp; ɑp	əp; ɑp	əp; ap
緝盍1	əp; ɑp	əp; ap	əp; ɑp	əp; ɑp	əp; ap
侵添1	əm; ɑm	əm; am	əm; ɑm	əm; ɑm	əm; am
侵談1	əm; ɑm	əm; am	əm; ɑm	əm; ɑm	əm; am
怗盍1	ɑp; ɑp	ap; ap	ɑp; ɑp	ɑp; ɑp	ap; ap
添談1	ɑm; ɑm	am; am	ɑm; ɑm	ɑm; ɑm	am; am

現在大家都推崇李方桂先生的上古韻母系統，從詩經異部合韻的現象看來，李先生把幽

多類擬作 $əg^w$, $ɔk^w$, $əŋ^w$，在說明幽之合韻，宵幽合韻，多侵合韻，幽緝合韻都十分理想，但是把脂眞，支耕類擬作 -id, --in, ig, -iŋ。侯東擬作 -ug, -uŋ，在遇到祭脂合韻，魚侯合韻，歌支合韻，歌脂合韻，歌侯合韻，祭侯合韻，元眞合韻，元耕合韻，眞陽合韻，支侯合韻，侯宵合韻時，元音相去太遠，就不好解釋了。且合韻最多的脂微，照李先生的系統也不是很好的韻腳。就合韻的觀點看來，我倒覺得周法高先生的系統，頗能照顧異部合韻的關係。但是上列合韻的幾部，除支侯好解釋外，其他各部，雖比李先生的元音差距近些，但相去還是很遠的。

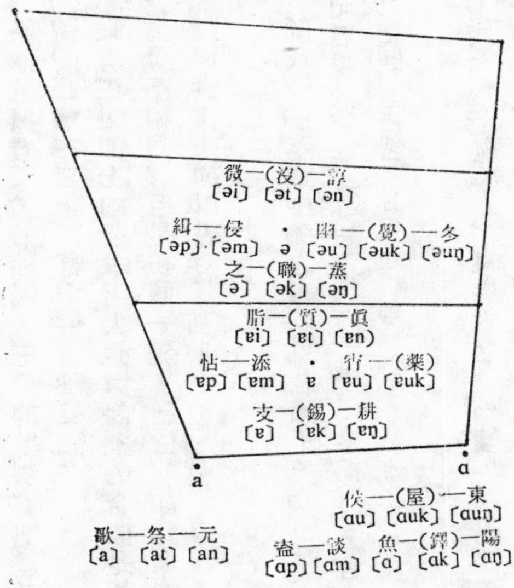

現在我參考各家的擬音，按着陰陽入三分的辦法。把這二十四部擬成上列的樣子。凡是外加( )號的韻部在二十四部中併入陰聲韻。

中國文字的假借在韻部上的要求，大致與詩經的合韻是相平行的。聲母相同，韻部可以在合韻的範圍；聲母不相同，但是在同一發音部位，如此則韵部必求同部，否則必求主要元音相同。下面舉幾個實例來加以說明：

①周禮地官師氏：「掌國中失之事，以教國子弟。」注：「故書中爲得。杜子春云：當爲得，記君得失，若春秋是也。」中、冬部，上古音 *tjəuŋ，得，之部，上古音 *tək。聲母同，主要元音相同。⑩

②詩鄘風干旄：「素絲祝之，良馬六之。」箋：「祝當作屬，屬、著也。」祝、幽部，上古音 *tjəuk，屬、侯部，上古音 *tjauk。聲母同，韻頭、韻尾同，主要元音相近。

二十四部合韻示意圖

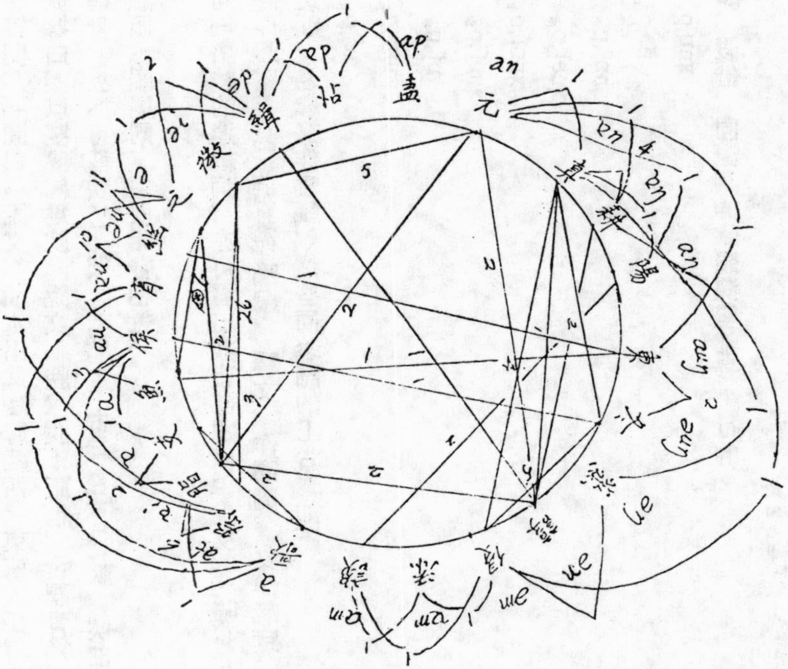

③章炳麟小學答問：「問曰：說文：油水出武陵孱陵西，東南入江，今以油爲膏，本字云何？黃侃答曰：以雙聲藉爲肔。說文：肔、腹下肥也。古謂膏爲肥。說文：膏、肥也，肥可稱膏，故亦可稱肔。」油、幽部，上古音 *d'jeu。肔、侯部，上古音 *d'jau。聲母同，韻頭、韻尾同，主要元音相近。

另外我們從同一語義的連綿詞，亦可看出其韻部關係。說文：峙躇、不前也。詩經邶風靜女作踟蹰，韓詩作躊躇，易經姤卦作蹢躅，釋文本作躑躅，又作蹢𨂐。禮記三年問作蹢躅，釋文踟蹰作踶蹰。易緯又作騠䮷。這些同義詞的上古音如下：

峙躇　*d'je *d'ea
踟蹰　*d'je *d'jau
躊躇　*d'jeu *d'ja
蹢躅　*d'jek *d'jauk
躑躅　*d'jek*d'jauk
蹢𨂐　*d'jek *d'jeuk
蹢躅　*d'jek *d'jauk
踶蹰　*d'je *d'ea
騠䮷　*d'je *d'auk

可見無論合韻、假借，同源詞的聲韻演變都是平行的。

民國七十年八月三日撰於臺北。

註解及參考資料

❶ 王氏合韻譜見陸宗達王石臞先生韻譜合韻譜遺稿跋（北大國學季刊三卷一號）王石臞先生韻譜合韻譜稿後記（北大國學季刊五卷二號）及先師許世瑛先生由王念孫古韻譜考其古韻二十一部相通情形（燕大文學年報第六期）拙著古音學發微（文史哲出版社）

❷ 章炳麟說見國故論衡及文始·在章氏叢書（世界書局）中。

❸ 王力說見上古韻母系統研究（清華學報十二卷三期）

❹ 黃侃說見談添盍怗分四部說在黃侃論學雜著（中華書局）中。

❺ 高本漢說見 "Compendium of phonetics in Ancient and Archaie Chinese" 1970, Göteborg.

❻ 董同龢說見上古音韻表稿（史語所集刊十八本）

❼ 王力說見漢語史稿（科學）及漢語音韻（中華）

❽ 李方桂說見上古音研究（清華學報新九卷第一、二期合刊）

❾ 周法高說見論上古音（香港中文大學中國文化研究所學報第二卷第一期）

❿ 關於四等介音及各部韻尾的擬構仍遵拙著古音學發微之說。

（原載輔仁學誌第十一期、民國七十一年六月）

羣母古讀考

蘄春黃季剛先生在與人論治小學書裏曾列表說明廣韻四十一聲類中，有本聲，有變聲。其中有些聲母的正變，是發音部位的改變，像本聲有舌頭音的端、透、定、泥；變聲有舌上音的知、徹、澄、娘；正齒音的照、穿、神、審、禪；半齒音的日。本聲有齒頭音的精、清、從、心；變聲有正齒音的莊、初、牀、疏。本聲有重脣音幫、滂、並、明；變聲有輕脣音的非、敷、奉、微等。凡屬於發音部位改變的，黃先生統名之爲輕重相變。除此之外，又有些聲母的正變，是由於發音方法的改變。像本聲喉音的影；變聲有喉音的爲、喻；本聲有牙音的溪，變聲有牙音的羣；本聲有齒頭音的心，變聲有齒頭音的邪。這類發音的方法改變的正變聲母，在本聲都是清聲，在變聲都是濁聲。所以黃先生統名之爲清濁相變。現在把黃侃的本聲變聲表抄錄於後：❶

本聲	變聲
（喉）	（喉）
影 清	爲 濁 喻 濁（清濁相變）

本聲	變聲
曉 清	
匣 濁	

本音	變音
（牙）見清 溪清 疑濁	（牙）羣濁（清濁相變）
（舌頭）端清 透清 定濁 泥濁	（舌上）知清 徹清 澄濁 娘濁
	（正齒）照清 穿清 審清 神濁 禪濁
（半舌）來濁	（半齒）日濁
（齒頭）精清 清清 從濁 心清	（正齒）莊清 初清 牀濁 疏清
	邪濁（清濁相變）
（重脣）幫清 滂清 並濁 明濁	（輕脣）非清 敷清 奉濁 微濁
本音凡十九類	變音凡二十二類

黃先生並且說：「變聲與本聲同列者，明其在古不分。」上表中，凡是屬於部位改變的正變聲母，經過歷來學者的討論，幾乎均已證明其正確性。關於方法改變的正變聲母，則其可靠性大成問題。譬如在喉音方面，黃先生認爲爲、喻兩母都是影母的變聲。而曾運乾的喻

母古讀考一文，則考明「喻母三等字（即黃氏為母字）古隸牙聲匣母。」「喻母四等字（即黃氏喻母字）古隸舌聲定母。」❷羅常培先生曾譽「曾運乾的喻母古讀考，在錢大昕古無輕脣音和舌音類隔之說不可信以後，對於古聲母的考證上，是一篇很有貢獻的文章。」❸在齒頭音方面，黃先生認為邪母是心母的變聲，而錢玄同先生有古音無邪紐證一文❹，戴君仁先生有古音無邪紐補證一文❺，都證明邪紐古歸定紐。後世論者，都許與錢大昕、章太炎之作，同其不刊。黃先生的本聲變聲表，談到清濁相變的共有三處，那就是喉音的影、為、喻；齒頭音的心、邪；及牙音的溪、羣。喉音與齒頭音的本聲與變聲之清濁相變，既經曾運乾、錢玄同、戴君仁三先生證明其不確，則剩下來的牙音溪羣清濁相變的可靠性也就相對的減少了。所以在我撰寫古音學發微❻的時候，對於溪羣的清濁相變的說法，曾大為置疑。並經考明羣與匣古應同出一源，絕非溪紐之變聲。當時因限於體例及時間，未曾詳加闡發，今願就羣紐的古讀問題，再詳加申說，以補古音學發微的不足，並就教於海內外諸博雅君子。

為探索羣母的古讀究竟何似之前，且先瞭解羣母古讀的歷史。首先論及羣母古讀的，當然是蘄春黃季剛先生，黃氏在音略裏說：「羣、此溪之變聲，今音讀羣者，求古音皆當改入溪類。」❼至於羣紐何以為溪紐之變聲，則未曾解說。蓋黃先生據錢大昕、章炳麟之所考，得知非、敷、奉、微；知、徹、澄、娘、日九紐為變聲，於是創一紐經韻緯表，此持古音所無之九紐，進察廣韻二百零六韻，凡無此九紐之韻或韻類，亦必無喻、為、羣、照、穿、神、審、禪、莊、初、牀、疏、邪等十三紐。則此十三紐必與非、敷、奉、微、知、徹、澄、娘、日九紐同一性質，即亦應屬於變聲，黃氏由此考得羣紐為變聲。而自方以智、江永以來，談到聲母的發音方法，都把牙音的溪、羣兩紐當作送氣聲，戴震的聲類表亦將溪羣兩母列入喉牙音的第二位為位同，所以黃先生就根據舊說而認為羣母為溪母的變聲。

符定一編的聯緜字典，有羣紐古讀同見證一文⑧，列出五類證據，證明見羣二紐古聲相同。今節錄其說於后：

甲、見紐羣紐字經典互用，足徵見羣古同聲也。此類之證十有八。易小畜：月幾望。釋文：幾徐音祈，又音機，子夏傳作近。說文：幾、機居衣切見，祈渠稀切，近渠遴切羣，證一。……

乙、見紐羣紐字說文互讀，足徵見羣古同聲也。此類之證有九。虍部虔讀若矜，渠焉切羣，矜居陵切見，證一。……

丙、一字具有見羣二紐，足徵見羣古同聲也。此類之證有二十。詩小雅庭燎：夜如何其。釋文：其音基。基見紐，詩曹風候人：彼其之子。釋文：其音記、記居吏切見，證一。……

丁、見紐字孳乳為羣紐者，足證其本通羣也。此類之證，二十有九。說文：畺、居良切見，畺聲之彊，強之籀文𧕨，勥之古文𠡍，均巨良切，畺聲之鱷，渠京切羣，證一。……

戊、凡羣紐字孳乳為見紐者，足徵羣本通見也。此類之證有八。說文：局渠綠切羣，局聲之挶，居玉切見，證一。……符氏的結語說：「已上所列八十四證，足以塙定見羣二紐古通。」

敖士英關於研究古音的一個商榷一文⑨，根據羣經異字同讀的音，推論出羣紐應併入見，並且進一層認為匣紐也應該併入見紐。敖氏說：

「匣紐字；合於牙聲，這是更明瞭的事實；不過這紐的字既然相同的牙聲，就可以幷入牙聲相同的紐，不必在牙聲另立一目。考牙聲各紐——見、溪、羣、疑——羣紐應幷入見，溪、見相近，古聲亦多相雜，但二紐有發聲送氣的分別，是否古人有沒有這種區別，不敢斷定；因爲傍紐相雜，各類都同，不是顯無別異的，暫不相幷。匣紐字和見溪二紐字古音實同，卽可將匣幷入該紐。」

敖氏雖說匣與見溪二紐字古音實同，而實際上他是把匣紐並入於見紐的。敖氏云：

「淺喉一類——見、溪、羣、疑——羣、見相幷。曉、匣在古音亦當入淺喉；但匣紐字與見溪二紐字既同，不必再另立一紐，在前類已經說過了。不過曾先生主張喻紐三等字(于)本屬于牙音匣紐，現在將匣紐併於見，于紐豈不又無所附麼？」

因爲敖氏主張匣羣兩母古音併於見，所以後來在古代濁聲考一文⑩，也就特別強調匣見與羣見關係之密切。敖氏說：

「匣母字偏旁的聲類，見母居然占了五分之四，我們就此一點，可以看出匣母和見母的關係是非常密切。」

又說：

「把羣母的偏旁聲類總括起來，見母實占全部的最多數。」

敫氏根據諧聲字的關係及羣經異字同讀的證據，而考證出，羣匣兩母古併入見之說，不但把羣母歸入見母，又把匣母也一併歸入了見母。

謝雲飛先生自諧聲中考匣紐古讀一文[11]，是繼敫氏後，主張匣母古讀同見母考證最詳的一篇文章。謝氏此文收錄廣韻全部匣紐字一〇六四字，逐字予以考證，以各字不同的情況而加以分析。謝氏說：

「其第一類爲諧聲於今於古皆屬見紐，而所諧之字於後世屬匣紐者，則以文字發生之先後論，證明諧聲偏旁早出於所諧之字，而認定所諧之字應從偏旁之古音而歸於見紐。此類匣紐字最多，計有七五諧聲偏旁，統六四一字。第二類爲諧聲偏旁於今屬匣紐，而其所諧之字於今於古皆有屬於見紐者，則據所諧之見紐字以證諧聲偏旁本屬見紐，以語音多變之故，諧聲偏旁至後世已變爲匣紐，而所諧之字尚保留古之見紐，旣證此一匣紐之偏旁古屬見紐矣，則從此一偏旁所諧之字；於後世雖亦爲匣紐，而其上古必見紐也。此類字計有十八諧聲偏旁，統二〇〇字。第三類爲諧聲偏旁屬見系，或其所諧之字有屬見系而與見紐僅發聲、送氣或清濁之小異者，則據前文『匣紐古歸見』之假設及第一類、第二類以諧聲爲證之事實結果，而證此類見系之音，上古本屬見紐，至後世始漸次衍變至見系其它三紐者，故第三類考證卽在求此類匣紐字本爲見系，而與見紐爲子姓之關係，以其關係如此，故亦認定其爲古見紐字。此類字計有十四諧聲偏旁，統六二字。第四類爲捨前述三種現象外，其於後世爲匣紐字，而以音訓、假借、或體、讀若、又音及方音可考其古音屬見紐者。此類字計有四二諧聲偏旁，統一六二字。以上四類共爲九六五字，皆可考其古歸見紐之由者也。」

上來所引各家的說法，他們認爲羣母及匣母古音應併入見母，主要的依據就是諧聲字中，羣與匣都大量的跟見母諧聲。事實上諧聲系統並沒有充分的證據，足以證明羣匣二母應歸見母。充其量只不過可以說明羣母跟匣母與見母的聲母發音部位相同罷了。其實羣匣二母不但跟見母在諧聲上大量接觸，跟所有的舌根聲母甚至於喉音的影母也常接觸。下面的例子，是從沈兼士的廣韻聲系⑫摘錄下來的。我把它分成八類，現在迻錄於後。

第一類：諧聲字的聲符屬見母，而所諧的字遍及牙喉各母。例如：

①工（古紅切k-）：空（苦紅切kʻ-）叿（呼東切x-）紅（戶公切ɣ-）蛩（渠容切gʻ-）

②共：（九容切k- 渠用切gʻ-）恭（九容切kʻ-）䢼（渠容切gʻ-）烘（呼東切x-）洪（戶公切ɣ-）

③奇（居宜切k- 渠羈切gʻ-）：畸（居宜切k-）騎（渠羈切gʻ-）綺（去奇切kʻ）錡（魚倚切ŋ-）猗（於離切ʔ-）

④規（居隨切k-）：槻（居隨切k-）闚（去隨切kʻ-）嫢（求癸切gʻ-）嫢（胡典切ɣ-）

⑤眗（舉朱切k-）：瞿（九遇切k- 其俱切gʻ-）臭（況予切x-）爽（舉朱切k-）衢（其俱切gʻ-）玃（居縛切k-）

躩（丘縛切kʻ-）戄（具籰切gʻ-）嬳（憂縛切ʔ-）籰（王縛切j-）矆（許縛切x-）

⑥圭（古攜切k-）佳（古膎切k-）奎（苦圭切kʻ-）崖（五佳切ŋ-）烓（烏攜切ʔ-）眭（許規切x-）

窐（戶圭切ɣ-）

⑦君（舉云切k-）：捃（舉云切k-）輑（去倫切k'-）羣（渠云切g'-）頵（於倫切ʔ-）焄（許云切x-）
痻（五還切ŋ-）
⑧軍（舉云切k-）：皸（舉云切k-）䡣（五困切ŋ-）崋（丘愧切k'-）運（王問切j-）惲（於粉切ʔ-）
揮（許歸切x-）驒（戶昆切ɣ-）
⑨斤（舉欣切k-）：蘄（居衣切k- 巨希切g'-）赾（丘謹切k'-）祈（渠希切g'-）近（其謹切g'-）犷（語斤切ŋ-）
欣（許斤切x-）蚚（胡輩切ɣ-）
⑩干（古寒切k-）：汗（古寒切k- 胡安切ɣ-）靬（苦寒切k'-）赶（巨言切g'-）豻（俄寒切ŋ-）罕（呼旱切x-）
邗（胡安切ɣ-）
⑪官（古丸切k-）：棺（古丸切k-）婠（一丸切ʔ-）逭（胡玩切ɣ-）
⑫豣（古賢切k-）：栞（苦寒切k'-）妍（五堅切ŋ-）訮（呼煙切x-）睨（戶圭切ɣ-）
⑬喬（舉喬切k- 巨嬌切g'-）：驕（舉喬切k-）橋（巨嬌切g'-）蹻（去遙切k'-）嚻（許嬌切x-）
⑭交（古肴切k-）：跤（口交切k'-）齩（五巧切ŋ-）咬（於交切ʔ-）詨（呼教切x-）效（明教切ɣ-）
⑮高（古勞切k-）：膏（古勞切k-）敲（口交切k'-）蒿（呼毛切x-）豪（胡刀切ɣ-）
⑯臯（古勞切k-）：槔（古勞切k-）皡（呼毛切x-）嗥（胡刀切ɣ-）翺（五勞切ŋ-）
⑰瓜（古華切k-）：孤（古胡切k-）㼌（苦瓜切k'-）窊（烏瓜切ʔ-）柧（況于切x-）狐（戶吳切ɣ-）
⑱加（古牙切k-）：嘉（古牙切k-）伽（求迦切g'-）妿（烏何切ʔ-）賀（胡箇切ɣ-）
⑲亢（古郎切k- 苦浪切k'-）：秔（古行切k-）伉（苦浪切k'-）炕（呼郎切x-）航（胡郎切ɣ-）
⑳光（古黃切k-）：胱（古黃切k-）骶（苦光切k'-）洸（烏光切ʔ-）黃（胡光切ɣ-）晄（呼晃切x-）
㉑京（舉卿切k-）：景（居影切k-）勍（渠京切g'-）影（於丙切ʔ-）

㉒ 冋（古螢切k-；戶頂切ɣ-）：炯（古迥切k-）迥（戶頂切ɣ-）絅（口迥切k'-）詗（火迥切x-）

㉓ ㇄厷（古弘切k-）：⿱罒厷（古橫切k-）雄（羽弓切j-）宏（戶萌切ɣ-）泓（烏宏切ʔ-）強（巨良切g'-）

㉔ 句（古侯切k-；其俱切g'-）：鉤（古侯切k-）怐（恪侯切k'-）劬（其俱切g'-）欨（況于切x-）詾（胡溝切ɣ-）

㉕ 今（居吟切k-）：金（居吟切k-）欦（口含切k'-）黔（巨今切g'-）吟（魚金切ŋ-）霠（於金切ʔ-）

㪁（許兼切x-）　含（胡男切ɣ-）

㉖ 甘：（古三切k-）柑（古三切k-）㽉（口含切k'-）黚（巨今切g'-）蚶（呼談切x-）酣（胡甘切ɣ-）

㉗ 兼（古甜切k-）：鶼（古甜切k-）謙（苦兼切k'-）鹻（語廉切ŋ-）嫌（戶兼切ɣ-）

㉘ 鬼（居偉切k-）：瑰（公回切k-）魁 苦回切k'-）䫥（求位切g'-）嵬（五灰切ŋ-）磈（於鬼切ʔ-）

槐（戶恢切ɣ-）

㉙ 古（公戶切k-）：罟（公戶切k-）苦（康杜切k'-）胡（戶吳切ɣ-）腒（強魚切g'-）葫（荒烏切x-）

㉚ 解（古隘切k-；胡懈切ɣ-；佳買切k-；胡買切ɣ-）：檞（佳買切k-）蟹（胡買切ɣ-）⿱解力（苦駭切k'-）

㉛ 果（古火切k-）：裹（古火切k-）窠（苦禾切k'-）婐（烏果切ʔ-）夥（胡果切ɣ-）

㉜ 叚（古疋切k-）：假（古疋切k-）䯌（枯駕切k'-）煆（許加切x-）遐（胡加切ɣ）

㉝ 咼（古瓦切k-）：緺（苦咼切k'-）拐（求孵切g'-）過（古禾切k-）渦（烏禾切ʔ-）諣（呼卦切x-）

禍（胡果切ɣ-）

㉞ 九（舉有切k-）：鳩（居求切k-）尻（苦刀切k'-）仇（巨鳩切g'-）虓（許交切x-）⿱九日（烏侯切ʔ-）

㉟ 旡（居豪切k-）：旣（居豪切k-）㤅（烏代切ʔ-）⿰黑旡（許旣切x-）慨（苦蓋切k'-）暨（具冀切g'-）

㊱ 匄（古太切k-）：曷（胡曷切ɣ-）葛（古達切k-）渴（苦曷切k'-）揭（其謁切g'-）餲（於葛切ʔ-）

歇（許竭切x-）

㊲戒（古拜切k-）：誡（古拜切k-）烒（苦戒切k'-）㖂（許介切x-）械（胡介切ɣ-）

㊳丯（古拜切k-）：㓞（恪八切k'-）害（胡蓋切ɣ-）絜（古屑切k-）齧（五結切ŋ-）䲒（火犗切x-）

㝣（於計切ʔ-）

㊴夬（古賣切k-）：決（古穴切k-）快（苦夬切k'-）抉（於決切ʔ-）闋（呼決切x-）

㊵艮（古恨切k-）：根（古痕切k-）豤（苦痕切k'-）痕（戶恩切ɣ-）銀（語巾切ŋ-）

㊶見（古電切k-／胡甸切ɣ-）：絸（古典切k-）峴（胡典切ɣ-）俔（苦甸切k'-）硯（吾甸切ŋ-）蜆（呼典切x-）

㊷告（古到切k-）：誥（古到切k-）祰（苦浩切k'-）晧（胡老切ɣ-）

㊸竟（居慶切k-）：境（居影切k-）檍（渠京切g'-）竸（於丙切ʔ-）

㊹臼（居玉切k-）：學（胡覺切ɣ-）覺（古岳切k-）嚳（苦沃切k'-）鸒（五角切ŋ-）譽（烏谷切ʔ-）

㊺吉（居質切k-）：拮（居質切k-）結（詰利切k'-）姞（巨乙切g'-）聐（五鎋切ŋ-）壹（於悉切ʔ-）

欯（許吉切x-）黠（胡八切ɣ-）

㊻𠯑（居月切k-）：舌（下刮切ɣ-）括（古活切x-）蛞（苦栝切k'-）𦧇（烏括切ʔ-）䛡（火怪切x-）

㊼𠄌（居月切k-）：戉（王伐切j-）泧（呼括切x-）越（戶括切ɣ-／王伐切j-）

㊽欮（居月切k-）：闕（去月切k'-）蹶（居月切k-）橛（其月切g'-）

㊾骨（古忽切k-）：鶻（古忽切k-）顝（苦回切k'-）歾（烏沒切ʔ-）滑（戶骨切ɣ-）

㊿各（古落切k-）：閣（古落切k-）恪（苦各切k'-）咎（其九切g'-）頟（五陌切ŋ-）貉（下各切ɣ-）

䏿（許尤切x-）

(51)郭（古博切k-）：廓（苦郭切k'-）霩（虛郭切x-）

(52)鬲（古核切k-）：隔（古核切k-）槅（楷革切k'-）鞹（五革切ŋ-）篙（許激切x-）磆（下革切ɣ-）

㊿③合（古沓切k-／侯閤切ɣ-）：閤（古沓切k-）郃（侯閤切ɣ-）㭘（其輒切gʻ-）哈（五合切ŋ-）䶎（呼洽切x-）弇（衣儉切ʔ-）

㊿④夾（古洽切k-）：恢（苦協切kʻ-）姎（呼牒切x-）綊（胡頰切ɣ-）瘱（於計切ʔ-）

㊿⑤甲（古狎切k-）：鉀（古盍切k-）鴨（烏甲切ʔ-）呷（呼甲切x-）狎（胡甲切ɣ-）

第二類：諧聲字的聲符屬溪紐，而所諧的字遍及牙喉各母。例如：

①凵（去魚切kʻ-）：去（羗舉切kʻ-）弆（居許切k-）劫（居業切k-）鯫（於輒切ʔ-）㕅（胡臘切ɣ-）

②區（豈俱切kʻ-／烏侯切ʔ-）：軀（豈俱切kʻ-）謳（烏侯切ʔ-）蓲（香句切x-）

③臽（苦感切kʻ-／戶韽切ɣ-）：峪（苦紺切kʻ-）陷（戶韽切ɣ-）䧟（古覽切k-）淊（乙咸切ʔ-）嚂（呼覽切x-）

④气（去旣切kʻ-）：笴（許訖切x-）訖（居乞切k-）刉（渠希切gʻ-）疙（魚迄切ŋ-）麧（下沒切ɣ-）

⑤肖（苦角切kʻ-）：㱿（苦角切kʻ-）穀（古祿切k-）㱿（呼木切x-）縠（胡谷切ɣ-）

⑥㲉（苦擊切kʻ-）：繫（古詣切k-／胡計切ɣ-）謷（呼麥切x-）

第三類：諧聲字聲符屬羣母，而與喉牙各母相諧聲。例如：

①堇（巨巾切gʻ-）：勤（巨斤切gʻ-）謹（居隱切k-）螼（弃忍切kʻ-）鄞（語斤切ŋ-）暵（呼旰切x-）

②㞷（巨王切gʻ-）：狂（巨王切gʻ-）匡（去王切kʻ-）汪（烏光切ʔ-）往（于兩切j-）暀（乎曠切ɣ-）

③求（巨鳩切gʻ-）：救（居祐切k-）脙（許尤切x-）

④臾（求位切gʻ-）：貴（居胃切k-）喟（丘愧切kʻ-）聵（五怪切ŋ-）䃣（荒內切x-）讃（胡罪切ɣ-）

⑤谷（其虐切gʻ-）：卻（居勺切k-）郤（丘矱切kʻ-）郤（下革切ɣ）

⑥及（其立切g'-）：汲（居立切k-）級（去劫切k'-）岌（魚及切ŋ-）吸（許及切x-）

第四類：諧聲字聲符屬疑母，而與喉牙各母相諧聲。例如：

①危（魚爲切ŋ-）：詭（過委切k-）跪（去委切k'- 渠委切g'-）

②堯（五聊切ŋ-）：驍（古堯切k-）趬（苦么切k'-）翹（渠遙切g'-）蟯（於霄切ʔ-）膮（許么切x-）

③敖（五勞切ŋ-）：𠢕（胡刀切ɣ-）

④元（愚袁切ŋ-）：冠（古丸切k-）完（胡官切ɣ-）梡（苦管切k'-）院（王眷切j-）

第五類諧聲字聲符屬影母，而與喉牙各母相諧聲。例如：

①焉（於乾切ʔ- 有乾切j-）：嘕（許延切x-）[木焉]（戶恩切ɣ-）

②㫃（於幰切ʔ-）：倝（古幹切k-）[𠦝合]（痛寒切k-）乾（渠焉切g'-）韓（胡安切ɣ-）

③蒦（一虢切ɣ- 胡麥切ʔ-）：[弓蒦]（胡麥切ɣ-）擭（一虢切ʔ-）[走蒦]（求獲切g'-）瓁（五郭切ŋ-）篗（王縛切j-）矆（許縛切x-）

第六類：諧聲子聲符屬爲母，而與喉牙各母相通諧。例如：

①囗（雨非切j-）韋（雨非切j-）員（王分切j-）肙（烏縣切ʔ-）涓（古玄切k-）鋗（火玄切x-）蜎（狂兗切g'-）琄（胡畎切ɣ-）[彳惠]（魚祭切ŋ-）

②爲（薳支切j-）：嬀（居爲切k-）譌（五禾切ŋ-）蟡（於爲切ʔ-）噅（許爲切x-）[門爲]（苦緺切k'-）

③于（羽俱切j-）：扝（苦胡切k'-）紆（憶俱切ʔ-）訏（況于切x-）釫（戶花切ɣ-）

④又（于救切j-）：有（云久切j-）蛕（戶恢切ɣ-）絠（古亥切k-）郁（於六切ʔ-）賄（呼罪切x-）

第七類：諸聲字聲符屬曉母，而與喉牙各母相通諧。例如：

①虍（荒烏切x-）：虛（朽居切x-、去魚切k'-）獻（語居切ŋ-）䝣（強魚切g'-）

②丂（虎何切x-）：可（許我切k'-）舸（古我切k-）何（胡歌切ɣ-）阿（烏何切ʔ-）訶（虎何切x-）

③敻（許縣切x-）：矎（火玄切x-）讂（古縣切k-）瓊（渠營切g'-）寏（胡官切ɣ-）

④孝（呼教切x-）：教（古孝切k-）𤔛（五教切ŋ-）

第八類：諸聲字聲符屬匣母，而與喉牙音各聲母互相通諧。例如：

①夅（下江切ɣ-）：絳（古巷切k-）𩏂（苦感切k'-）憦（呼孩切x-）

②兮（胡鷄切ɣ-）：伬（五稽切ŋ-）誃（烏奚切ʔ-）䝚（呼鷄切x-）

③寒（胡安切ɣ-）：蹇（居偃切k-）搴（去乾切k'-）謇（其偃切g'-）騫（虛言切x-）

④玄（胡涓切ɣ-）：誸（姑泫切k-）牽（苦堅切k'-）絃（許縣切x-）

⑤爻（胡茅切ɣ-）：殽（古肴切k-）鴞（花交切x-）郩（烏晧切ʔ-）

⑥皇（胡光切ɣ-）：揘（永兵切j-）諻（虎橫切x-）

⑦熒（戶扃切ɣ-）：檾（口迥切k'-）犖（渠營切k'-）瑩（烏莖切ʔ-）榮（永兵切j-）謍（虎橫切x-）

⑧恒（胡登切ɣ-）：揯（古恒切k-）佢（丘伽切k'-）晅（況晚切x-）

⑨咸（胡讒切ɣ-）：緘（古咸切k-）㦸（丘廉切k'-）羬（巨淹切g'-）黬（五咸切ŋ-）喊（呼覽切x-）

⑩戶（侯古切ɣ-）：雇（古暮切k-）戽（呼古切x-）

⑪亥（胡改切ɣ-）：頦（古亥切k-）㱾（苦哀切k'-）硋（五溉切ŋ-）餩（於辖切ʔ-）
⑫后（胡口切ɣ-）：垢（古厚切k-）㸸（苦后切k'-　烏后切ʔ-）詬（呼漏切x-）
⑬寉（胡沃切ɣ-）：榷（古岳切k-）確（苦角切k'-）𤚹（五角切ŋ-）臛（呼木切x-）
⑭夏（胡雅切ɣ-　古下切k-）：榎（古疋切k-）嗄（於辖切ʔ-）
⑮或（胡國切ɣ-）：戫（古獲切k-）彧（於六切ʔ-）域（雨逼切j-）䎀（呼麥切x-）

從以上八類九十四個諧聲聲符跟喉牙音各母通諧情況的普遍看來，在形聲字上實在看不出羣匣二母有歸見母的跡象。如果因爲羣匣二母可以跟見母諧聲，就斷定羣匣歸見。那末，溪疑影曉各母都可以跟見母諧聲，是否也可以說古音裏頭，這幾個聲母也都歸見母呢？答案顯然是否定的。高本漢在中文分析字典⑬說：

「諧聲的部分跟全字不必完全同音。例如咸、減、喊、感四字在古音是 ɣam, kam, xam, kâm 四個音，假如在上古音的時候是完全同音的，而到古音的時候各自變成那四個不同的音了，那照一切語言史的經驗上看起來是不會有的事情。」

高氏又說：

「在有一大類的字，差不多佔諧聲字的大多數，它的主諧字跟被諧字，就說在古音中，也是有相同或相近的聲母輔音。……假如在古音中主諧字跟被諧字的聲母不同，至少大都是發音部位相同的，例如古 kuo：苦 k'uo，干 kân：罕 xân，干 kân：旱

ɣân 等等都是舌根音，或般 puân：盤 b'uân，半 puân：判 p'uân 等等都是脣音。」

從高本漢這兩段話看來，非常明顯的，我們不能根據般：盤的諧聲關係，就把並母 b'- 併入幫母 p-；也不能根據半：判的諧聲關係，把滂母 p'- 併入幫母 p-；當然，干：罕的諧聲關係，也不能把曉母 x- 併入見母 k-。那麼，怎麼可能根據干：旱的諧聲關係，把匣母 ɣ- 併入見母 k- 呢？或者根據甘 kâm：鉗 g'i̯am的諧聲關係，把羣母 g'- 併入見母 k- 呢？由此可知，純就形聲字的諧聲關係來說，還無法證明見匣羣是同出一源的。頂多根據諧聲通則，它們在古音裏頭聲母的發音部位相同罷了。

不過，符定一，敖士英、謝雲飛等人，除了諧聲的關係外，他們又引用了一些羣經異字同讀的音及音訓等作爲證據。我也承認這些證據在考訂古聲上的重要性，現在且讓我們來檢查一下這些證據的可靠性的程度。錢大昕在十駕齋養新錄裏的古無輕脣音跟舌音類隔之說不可信兩文，是第一個引用異文假借來考證古聲母的人。現在就從這兩篇文章各選一個例子來說明。錢氏在古無輕脣音一文裏舉例說：「書：『方鳩僝功』，說文兩引一作『旁逑僝功』，一作『旁救孱功』。」那就是說方旁兩字是異文假借，這個例子也只能說明古音方與旁的聲母發音部位相同，並不能證明方的聲母非 pf-，與旁的聲母並 b'-，在古音裏是一個聲母。錢氏在舌音類隔之說不可信一文也舉過這樣的例子：「詩：『綠竹猗猗』釋文：『韓詩竹作𦺇。』」也是在說明竹𦺇兩字爲異文假借，但也只能說明竹𦺇的聲母在古音裏頭發音部位相同，亦還不能證明竹的聲母知 ȶ-，與𦺇的聲母定 d'-，在古音裏頭是一個聲母。可見異文假借的功用還是有一定的局限性，並不能證明兩個異文的音是完全相等的。至於音訓材料，聲母完全相同的固然很多，但也不是說凡是用來作爲音訓的字，聲母一定相同。包擬古的釋名研究⑭就這樣說過：

「仍有許多音訓的字組顯示出不可忽視相異的程度，有些（聲母）的差異，由於作者從寬解釋而被認爲是合乎標準的。那就是某些見母 k- 字用羣母 g'- 或溪母 k'- 來解釋的例子。」

由此可見音訓也並沒有嚴格地要求聲母完全相同的程度，像說文：「天，顚也。」就是一個很好的例子，天顚的韻母完全相同，而聲母則天屬透母 t'-，顚爲端母 t-，我們不能根據這個例子，推斷說透母跟端母在古音裏原是一個聲母。如此說來，盡管有了諧聲、異文、音訓等方面的證據，還得加上其他的資料與合理的解說才行。

從以上的資料，固然符氏等人不足以證明羣匣與見母是同出一源，但我仍沒有證實絕不可同出一源。所以還得從別的方面來設想。我國文字有一字兩音，而往往有意義上的差別，也就是所謂「以聲別義」。高本漢稱爲形態變化（morphology）⑮。周祖謨的四聲別義釋例一文⑯，歸納漢語文法形態的變化，約有四端：(a)聲調變讀，(b)變調兼變聲母，(c)變調兼變韻母，(d)調值不變僅變聲韻。並且認爲這種來源，遠自漢代即已開始。周法高先生語音區別詞類說一文的結論說⑰：

「根據記載上和現代語中所保留的用語音上的差異來區別詞類或相近意義的現象，我們可以推知這種區別可能是自上古遺留下來的；不過好些讀音上的區別（尤其是漢以後書本上的讀音）却是後來依據相似的規律而創造的。」[18]

周氏在文中又說：

「我們現在要問：那些語音上的差異，來區別詞類或相近的意義的現象，是不是後起的呢？我覺得有兩點須先弄清楚。第一，某字的讀音最先見於記載的時期和它存在於語言中的時期並不見得一致。它可能在見諸記載以前早已存在於口語中，也可能雖見於記載而只是書本上的讀法，在口語裏並不存在。根據此點，那些討論一字兩讀起於葛洪、徐邈，抑或起於後漢的人，只能證明其最早出現於記載的時期，而不能斷定其在語言中使用的時期。第二、某些字讀法上的區別發生是後起的，並不能證明所有屬於這類型的讀音上的區別都是後起的，可能某些字讀音的區別發生很早，而某些則是後來依着這類型而創造的。」[19]

周法高先生這一看法，非常中肯，而且也很重要，這對於我們分析上古的聲母有極大的助益。因爲在一字兩讀而具有區別意義的作用上，有許多的例子，韻母跟聲調完全相同，用來區別意義的，只是聲母的不同，往往是用一個全清的聲母跟一個全濁的聲母來對比。下面我們按着脣、舌、齒各種部位舉一些例子來看看它們的對比的情形：

一、脣音幫 p- ～並 b- 的對比：

別、離別皮列切並母bʻ-，分別彼列切幫母p-。

敗、自破曰敗薄邁切並母bʻ-，破他曰敗補邁切幫母p-。

般、般樂薄官切並母bʻ-，般運北潘切幫母p-。

蕃、蓄息附袁切並母奉母古屬bʻ-，蓄屏甫煩切非母古屬幫母p-。

藩、薠菜附袁切奉母古屬並母bʻ-，藩籬甫煩切非母古屬幫母p-。

方、縣名符方切奉母古屬並母bʻ-，四方府良切非母古屬幫母p-。

二、舌音端 t-～定 dʻ- 的對比：

斷、斷絕都管切端母t-，已絕徒管切定母dʻ-。

襡、衣袖當口切端母t-，短衣徒口切定母dʻ-。

殿：宮殿堂練切定母dʻ-，殿後都甸切端母t-。

朝、朝旦陟遙切知母古屬端母t-，朝見直遙切澄母古屬定母dʻ-。

著、附著陟略切知母古屬端母t-，置定直略切澄母古屬定母dʻ-。

柱、支柱知庾切知母古屬端母t-，支木直主切澄母古屬定母dʻ-。

折、自折曰折市列切禪母古屬定母dʻ-，見折曰折之舌切照母古屬端母t-。

屬、屬辭章玉切照母古讀端母t-，係屬時玉切禪母古屬定母dʻ-。

三、齒音精 ts-～從 dz'- 的對比：

湔、水名則前切（精母 ts-），藥名昨先切（從母 dz'-）。

盡、極盡卽忍切（精母 ts-），終竭慈忍切（從母 dz'-）。

載、年載作代切（精母 ts-），載運昨代切（從母 dz'-）。

埩、埩池士耕切（牀母古屬從母 dz'-），理治側莖切（莊母古屬精母 ts-）。

曾、姓氏作滕切（精母 ts-），曾經昨稜切（從母 dz'-）。

從以上脣、舌、齒三類以全清跟全濁的聲母作爲區別意義的標準來看，那末，脣音的幫母就絕不可能合併於並母。同理，舌音的端母不可能合併於定母，齒音的精母也不可能合併於從母。否則，就無法用聲母來區別意義了。那麼，牙音的情形是如何呢？牙音裏作爲形態變化的，常以見匣作爲對比，也有以見羣作爲對比，分別迻錄於後：

㈠牙音全清見 k-～全濁匣 ɣ- 的對比：

紅、女紅、古紅切（見母 k-），紅色、戶公切（匣母 ɣ-）。

湝、水流皃、古諧切（見母 k-），風雨不止、戶皆切（匣母 ɣ-）。

汗、可汗、胡安切（匣母 ɣ-），餘汗縣名、古寒切（見母 k-）。

閒、中間、古閑切（見母 k-），空閒、戶閒切（匣母 ɣ-）。

解、解釋、佳買切（見母 k-），旣釋、胡買切（匣母 ɣ-）。

解、解除、古隘切k-見母，曲解、胡懈切ɣ-匣母。
夏、諸夏、胡雅切ɣ-匣母，夏楚，古疋切k-見母。
繫、縛繫、古詣切k-見母，繫屬、胡計切ɣ-匣母。
會、合會、黃外切ɣ-匣母，會計、古外切k-見母。
壞、自壞、戶怪切ɣ-匣母，毀之、古壞切k-見母。
見、看見、古甸切k-見母，見露、胡甸切ɣ-匣母。
滑、滑稽、古忽切k-見母，滑亂，戶骨切ɣ-匣母。
活、水流聲、古活切k-見母，不死、戶括切ɣ-匣母。
合、合同、侯閤切ɣ-匣母，合集、古沓切k-見母。
郃、郃姓、侯閤切ɣ-匣母，水名，古沓切k-見母。
嗑、噬嗑、卦名、胡臘切ɣ-匣母，多言、古盍切k-見母。
蓋、苫蓋、胡臘切ɣ-匣母，姓氏、古沓切k-見母。

(二)牙音全清見 k-～全濁羣 g'- 的對比：

奇、奇異、渠羈切g'-羣母，不偶、居宜切k-見母。
其、不其邑名、居之切k-見母，語辭、渠之切g'-羣母。

幾、幾近、渠希切g'-羣母。庶幾、居依切k-見母。

刉、以血塗門、渠希切g'-羣母。斷切、居依切k-見母。

喬、高、巨嬌切g'-羣母，句如羽喬、舉喬切k-見母。

鞠、推窮、居六切k-見母，蹋鞠、渠竹切g'-羣母。

從牙音見匣的對比跟見羣的對比看來，如果脣音的並母 b'- 不可合併於幫母 p-；舌音的定母 d'- 不可合併於端母 t-，齒音的從母 dz'- 不可合併於精母 ts-；則牙音的匣 ɣ- 跟羣 g'- 當然也不可合併於見 k- 了。至於溪母 k'- 與羣母 g'- 的關係，差不多跟見羣的關係是相平行的。現在也舉出若干例子爲證：

蹻、驕慢、巨嬌切g'-羣母，舉足高、去遙切k'-溪母。

跪、跪拜、去委切k'-溪母，跟跪、渠委切g'-羣母。

樻、木名，求位切g'-羣母，樻椐、丘愧切k'-溪母。

這樣看來，羣母 g'- 當然也不能合併於溪母 k'- 了。

那末，羣母 g'- 既不能合併於見母 k-，那它的古音究竟如何呢？我覺得從分配上羣母應可與匣母合併爲一個聲母，因爲見 k-～匣 ɣ- 的對比只限於一二四等的字，一等字有紅、汗、滑、會、活、合、郃、嗑、蓋；二等字有湝、解、閒、夏、壞；四等字有繫、見；而見 k-～羣 g'- 的對比全部都是三等字。正像脣、舌、齒的全濁聲母並 b'-、定 d'-、從 dz'- 一樣本來都是兼備四等的，後來起了分化一二四等爲匣，三等變羣，這是很可能的。否則，不應有牙音見匣的對比，見羣的對比，正像脣音幫並，舌音端定，齒音精從一樣。

我們說匣羣同源，在異文跟音讀方面也可以得到一些證據，足以支持我們這一看法。儀禮士昏禮：「加于橋。」注：「今文橋爲鎬。」按橋廣韻巨嬌切，羣母；鎬胡老切，匣母；春秋左氏昭公十二年經：「大夫成熊。」穀梁作「成虔」。熊，羽弓切，爲母古歸匣母；虔，渠焉切，羣母。說文：「㞷，艸木妄生也。讀若皇。」㞷，巨王切，羣母；皇，戶光切，匣母。書微子：「我其發出狂」，史記宋世家引作「往」。狂，巨王切，羣母；往，于兩切，爲母古歸匣母；水經泗水注：「灃水又東合黃水，時人謂之狂水，蓋狂黃聲相近，俗傳失實也。」按：狂，巨王切，羣母；黃，戶光切，匣母。孟子萬章：「晉亥唐」，抱朴子逸民作「期唐」。亥，胡改切，匣母；期，渠之切羣母。說文：「䕼、華榮也。从舜㞷聲。讀若皇。爾雅曰䕼、華也。葟、䕼或从艸皇。」䕼从㞷聲，㞷，巨王切，羣母，葟从皇聲，皇，戶光切，匣母。俇或作徍。俇从狂聲，狂，巨王切，羣母；徍从往聲，往、于兩切，爲母古歸匣母。從以上的證據看來，我們說羣匣同源，應該是可以說得通的。

匣羣同源的前題決定了，那末，究竟羣是從匣分出來的，還是匣從羣分出來的。這又需要作進一步的考索了。高本漢在中文分析字典的敍論裏說：

「關於舌根音——g- 或 ɣ-——不難就得到一個結論。咱們已經知道 k-, k'-, l- 等聲母在古音或是簡單的跟韻母相接：哥 kâ，古 ku，見 kien，或是有舌面附顎作用的(yodicized 就是 加j)：蹇 kjiän，幾 kji，可是匣 ɣ- 母的字總是用在沒有顎附作用的韻母前的(何 ɣâ，胡 ɣu，縣 ɣien) 而羣 g'- 母的字總是用在有附顎作用的韻母前的(乾

ɡ'jiaŋ 強 ɡ'jiaŋ，其 ɡ'ji）那麼說它在上古音本來是一個聲母，到後來因韻母的不同而分歧爲兩個聲母，倒也是近理的說法。現在所以有兩種可能：

上古（Arch.）　古（Anc.）

1. ｛何 ɡ'â ——→ ɣâ
　　其 ɡ'i ——→ ɡ'ji　或是

2. ｛何 ɣâ ——→ ɣâ
　　其 ɣi ——→ ɡ'ji

從這上不難看出前者比後者較合乎音理一點。而且古音的ɣ-母的確是從上古的ɡ'-來的，還可以從諧聲上頭證出來。從字典裏可以看出 k-：x（干 kân：罕 xân）相諧的例極罕，而 k-：ɣ-（古 kuo：胡 ɣuo）相諧的例很多——總有幾百個例，前者的 k-：x- 都是清音，豈不比後者 k-：ɣ- 一清一濁更切近一點？假如古音的 ɣ- 就是上古的 ɣ- 傳下來的，那麼 k-：ɣ- 多於 k-：x- 的例就不可解了。可是假如咱們假定 ɣ- 是從上古的 ɡ'- 來的，那個問題就解釋了。因爲 k-：x-（一個破裂音，一個摩擦音）相諧雖是罕見，而 k-：ɡ'-（兩個都是破裂音）常常相諧那倒是當然的事情了。」⑳

後來高氏在中國聲韻學大綱裏，因鑒於爲母也只在三等韻出現，因此在三等跟匣（一二四等）互補的究竟應該是爲？還是羣？也一併提出來討論。高本漢說：

「在中古韻裏，我們看到非常突出的現象，匣 ɣ-只出現於未軟化的韻母前（何 ɣâ，

寒 ɣân，見 ɣien，痕 ɣən，胡 ɣuo，紅 ɣung 等）卽是一、二、四等韻中，而另一方面，羣 gʻ- 只出現三等軟化韻母前（乾 gʻi̯ɛn，強 gʻi̯ang，喬 gʻi̯ɛu，求 gʻi̯əu，窮 gʻi̯ung，其 gʻji 等），恰巧上述 g——j 列（王 ji̯wang，爰 ji̯wɒn，域 ji̯wək，爲 jwie）失去舌根聲母的，正是有關軟化韻母的問題。現在最合理的推想是：一二四等的匣 ɣ- 和三等中另一個聲母互補，所以二者來自同一個上古聲母，後來因爲不同的韻母，而在中古音中分裂成兩個聲母。這本可自圓其說，但是問題跟着來了，在三等韻裏的到底是羣 gʻ-，還是爲 j- 來跟一二四的匣 ɣ- 相配呢？換言之，我們應當擬作：

上古音　　中古音

皇 *gʻwâng——→ɣwâng

王 *gʻi̯wang——→gʻi̯wang

或是

皇 *ɣwâng——→ɣwâng

王 *ɣi̯wang——→ji̯wang

前者表示中古的 ɣ- 是從上古的 gʻ- 而來，在一二四等韻中出現（*gʻâ>ɣâ，gʻân>ɣân，*gʻien>ɣien，*gʻən>ɣən，*gʻung>ɣung），後者則表示上古音中本作 ɣ-（ɣâ，ɣân 等），而在三等韻母裏變成 j-（ɣzi̯wang>ji̯wâng，*ɣi̯wân>ji̯wɒn，ɣi̯wək>ji̯wək）。

其間取舍，不容置疑，自然是前者正確，理由有幾點：

首先可從諧聲字證明，一個塞音 k- 和一個擦音 x- 雖然都是清音，但卻很少互諧，（例如干古音 kân：罕古音 xân）如果把 k- 和 ɣ- 關連起來，更無可能，因爲前者是清塞音，後者是濁擦音。但事實上互諧的情形卻極普通：古 Anc. kuo 是胡 Anc. ɣuo 的音符，干 Anc. kân 是旱 Anc. ɣân 的聲符等，假如採用第一種說法，古音的 ɣ- 是從上古的 gʻ- 變來，那麼在系統上顯得更爲自然。*kuo 是 gʻuo 的聲符，kân 是 gʻân 的聲符——雙方都是以塞音爲聲母。

其次，從語言形態學中，亦可得到不少助益，上古音中一個字根通常而必然的分化，是介于不送氣清音及送氣濁音之間：k：gʻ-；t-：dʻ-；p-：bʻ-；ts-：dzʻ- 等，如乾 Anc. kân 及 gʻi̯ăn，分 Anc. pi̯uən 及 bʻi̯uən，長 Anc. ti̯ang 及 dʻi̯ang，中 Anc. ti̯ung 及仲 dʻi̯ung，曾 Anc tsəng 及層 dzʻəng。總有好幾百個例子。我們現在看到見 Anc. kien 及 ɣien，解 Anc. kai 及 ɣai，干 Anc. kân 及扞 ɣân 等，我們如果說中古的 ɣ- 來源爲上古的 gʻ-（見 k-；gʻ-，解 k-；gʻ-干 k-；扞 gʻ-）那麼這些字便能很自然地，很適合地歸入上面的大類中，以送氣清濁與否來分辨異義，這項證據眞的非常有力。

既然這個失去的舌根聲母（上表 g——k 行）不可能是上古的 ɣ-，而上古音的 k-，kʻ-，gʻ- 又本見於其他組別中，我們很自然而有把握地採納我們剛才的假定——這是一個普通的 gʻ- 而上古音中也就整套俱存了：k（光 *kwâng）kʻ（匡 *kʻiwang）g（王 *giwang）gʻ（狂 *gʻiwang）。

但假如王字上古作 *giwang 而不是 *ɣiwang，那麼，有的地方可以看得出來，從 *giwang 到 jiwang 的演變過程中，這個聲母實在是經過了一個擦音階段：*giwang > ɣiwang > jiwang。而最後的 j- 一定是很晚才告定型，恐怕只在中古韻以前，因爲甚至在切韻之中，尙有些未變的例子，如在一種寫本中，雲上古音 *gi̯wən，還是作戶分切

ɣ(uo)-(p)i̯ uen=ɣi̯uen，」㉑

爲母的上古音讀，經過曾運乾、葛毅卿㉒、羅常培、董同龢諸人的討論，可以說已闡發無餘了。董同龢先生說：

「假定匣于(爲)上古爲一，事實上也不是毫無理由。除六世紀的情形比切韻可用一點之外，我們還可以參看 k-k'-ng-x- 的辦法。依反切，所謂『見溪疑曉』諸母不是要分成一二四等的 k-k'-ng-x- 與三等的 ki̯-k'i̯-ngi̯-xi̯- 嗎？又在上古音的擬測過程中，不是誰都毫不猶疑的暫信 k-k'-ng-x- 與 ki̯-k'i̯-ngi̯-xi̯- 都從 *k-*k'-*ng-*x- 來嗎？旣然如此，又何必單獨不信六世紀的 ɣ- 與 ɣi̯- 同是後一個 *ɣ- 來呢！」㉓

因此董先生認爲匣于的演變情形爲：

ɣ— (六世紀初) ⎧一二四等韻——→ɣ(切韻匣母)
　　　　　　　 ⎩三等韻——→j(切韻于母)㉔

不過于母在變 j- 之前還經過了一個 ɣ(i̯)- 的階段。

高本漢根據諧聲匣 ɣ- 常與見 k- 溪 k'- 諧，曉 x- 則不跟見 k- 等諧，故認爲匣 ɣ- 原本是塞音 g'-，這點董同龢已明白指出高氏所據材料的不當，並舉出 x- 與 k-k'- 相諧的例子作爲反證。例如㉕：

灰 xuậi：恢 k'uậi

蒿 xâu：高 kâu

虖 xuo：虧 k'i̯wlĕ

厂 xân：雁 ngan：彥 ngi̯ăn：屵 ngât

夐 xiwen：讂 kiwen：瓊 g'i̯wăng

化 xwa：訛 nguâ

曉 xieu：鐃 kieu：磽 k'au：堯 ngieu

皀 xi̯ang：卿 k'i̯ɐng

旭 xi̯wok：九 ki̯ə̌u：馗 K'i̯ĕu：仇 gi̯ə̌u：厹 ńź(←*gń)i̯ə̌u

[目+求] xi̯ə̌u：救 ki̯ə̌u：求 g'i̯ə̌u

獢 xi̯ău：驕 ki̯ău 蹻 k'i̯ău 喬 g'i̯ău

虩 xi̯ɐk：綌 k'i̯ɐk

稾 xi̯u：䀠 ki̯u：瞿 g'i̯u

鎎 xi̯ĕi：氣 k'i̯ĕi

㤅 xi̯ĕi 旡 ki̯ĕi

墍 xi̯ĕi：既 k'i̯ĕi：慨 k'âi：暨 g'i

吸 xi̯ə̌p：芨 ki̯ə̌p 及 g'i̯ə̌p

蛩 xi̯wong：巩 ki̯wong：恐 k'i̯wɐng：蛩 g'i̯wong（又音）

㲉 xi̯ung：宮 ki̯ung：䓖 k'i̯ung

忻 xi̯ən：斤 ki̯ən：近 g'i̯ən．听 ngi̯ən

廞 xi̯əm：欽 k'i̯əm：廞 ngi̯əm

朽 xi̯əu：丂 k'âu
昫 xi̯u：句 kə̯u, k'i̯u：竘 k'i̯u：劬 g'i̯u
霩 xuâk：郭 k'uâk：鞹 k'uâk
懽 xuân：藿 kuân：勸 k'i̯wɐn：權 g'i̯wän
鷔 xau, kau：敎 kau
疦 xi̯wet, ki̯wet：夬 kwai：缺 k'i̯wät
昋 xiwei：枅 kiei：羿 ngiei
儗 xậi, ngâi：疑 ngi
謔 xi̯ak：虐 ngi̯ak
汻 xuo：許 xi̯wo：午 nguo
頊 xi̯wok, ngi̯wok：曲 k'i̯wok：玉 ngi̯wok
羲 xjiĕ：義 ngjiĕ

從這些純粹 x- 跟 k-k'- 等相諧的例子看來，x- 跟 k-k'- 等的關係不可說不深。所以董氏說：

「在這種情形下，如果以爲 x- 在上古是個擦音，就絕對沒有理由說 ɣ- 當來自塞音（無論是 g'- 或是 g-）。」㉖

據董氏此說，那麼，高本漢認爲匣 ɣ- 在上古原是塞音的說法，實在站不住腳。匣既非塞音，但卻一定是個舌根音，在舌根音裏頭找尋濁音，除去 g‘-g- 以外，就只有 ɣ- 了。匣應爲濁擦音 ɣ-，從匣跟曉常諧聲的事實看來，也可得到證明。就像董同龢所舉的例：㉗

乎 ɣuo：呼 xuo　曷 ɣât：喝 xât

口 xi̯wän：患 ɣwan　脅 xi̯ɐp：協 ɣiep

曉匣相諧的例子，在全部諧聲系統中，數目也不在少數，曉既認爲是摩擦音 x-，則匣自應爲摩擦音 ɣ- 了。

高本漢又認爲在語言形態學中，像解 Anc kai 及 ɣai 等的變化，也是一項強有力的證據，證明 ɣ- 來自上古的 g‘-，這樣可與 t-：d‘-，p-：b‘-，ts-：dz‘- 的變化相當。關於這一點，我們且先觀察別的聲母中形態變化，再作推論。現在且舉一些曉母與匣母相變的例。

葫　葫瓜、戶吳切 ɣ- 匣母；大蒜、荒烏切 x- 曉母

絃　弓絃、胡田切 ɣ- 匣母　文彩、許縣切 x- 曉母

華　草盛、戶花切 ɣ- 匣母　華荂、呼瓜切 x- 曉母。

喤　泣聲、戶盲切 ɣ- 匣母　眾聲、虎橫切 x- 曉母

戽　戽斗、呼古切 x- 曉母　抒也、侯古切 ɣ- 匣母

蜆　縊女、胡典切 ɣ- 匣母　小蛤、呼典切 x- 曉母

㖃　欲吐、胡口切 ɣ- 匣母　厚怒聲、呼后切 x- 曉匣

詯　休市、荒內切 x- 曉母　胡市、胡對切 ɣ- 匣母

坑穴、呼決切x- 曉母 空深貌、胡決切ɣ- 匣母 [28]

從這些例子看來，如果 ɣ- 是從上古的 gʻ- 變來，則一個清擦音跟一個濁塞音，也可以構成形態的變化。反之，一個清塞音跟一個濁擦音當然也可構成形態的變化，正因爲牙音裏頭既有見匣的形態變化，又有曉匣的形態變化，所以匣母正可保留它爲 ɣ-，並不需要跟脣音的 p-：bʻ-，舌音的 t-：dʻ- 一樣完全相同。也就是說，在舌根音裏 ɣ- 就相當於脣音的 bʻ-，舌音的 dʻ-，都可以跟不送氣的清塞音聲母，構成形態的變化，來區別意義。至於曉匣的對比，正是以 x-：ɣ- 擦音的清濁作爲形態的變化。因爲舌根音裏有一個清擦音曉 x-，跟脣音、舌音之無清擦音者不同，所以在舌根音一類可以有一個全濁的擦音 ɣ-。

匣既然是個摩擦音 ɣ-，匣羣在上古又同出一源，則羣自亦應讀 ɣ- 爲宜。如此，則匣羣的關係，當以高氏在中文分析字典敍論裏的後一項假設爲是。卽：

上古 Arch　　中古 Anc.

何　ɣâ ——————→ ɣâ

其　ɣi ——————→ gʻji

然若作此假設，而羣紐 gʻ- 與爲紐 j- 同在中古三等韻出現，又發生衝突，我們應該怎樣來解釋上古的 ɣ-，演變到中古的三等韻裏既變 j- 又變 gʻ- 的現象呢？關於這一點，李方桂先生上古音研究提出富有啟示性的解釋。李先生說：

「舌根音中還有匣母 ɣ- 跟羣母 g-，喻母三等 j- 的相配合的問題。高本漢以匣母跟羣母相配合，擬爲上古的 *gh-，在一二四等韻前變爲中古的匣母，在三等韻前變爲羣母，他又把喻母三等認爲是從上古的 *g- 來的。董同龢以匣母跟喻母三等相配合，擬爲上古的 *ɣ-，一二四等字在中古的仍保留爲 ɣ-，三等字則變爲 j-，他把羣母仍擬爲 *gh-，又擬了一個 *g- 來代表與舌根音諧聲的喻母四等字。我們旣然認爲上古音系中沒有分辨濁母吐氣或不吐氣的必要，所以他們的擬測不容易接受。最值得注意的是喻母三等多數是合口字（其中少數的開口字可以暫時保留另有解釋），因此我們可以認爲喻母三等是從圓脣舌根濁音 *gw+j- 來的，羣母是不圓脣的舌根濁音 *g+j- 來的，或者是 *gw+j+i- 來的，開口的喻母三等字常見的爲矣 ji，焉 jän 都是語助詞，語助詞在音韻的演變上往往有例外的地方（失去合口成分）。其他喻三開口字也多數可以用脣音異化作用（dissimilation）去解釋。如鴞 jäu 可以認爲是 *gwjagw > *jwäu > jäu，爗 jäp 可以認爲是 *gwjap > *jwäp > jäp 等的演變程式。此外雖然仍有不易解釋的例子還要進一步的研究，但是大體上我們只須要有 *g- 及 *gw- 就可以解釋大多數的字，其演變律如下：

上古 *g+j（三等）> 中古羣母 g+j-

上古 *g+（一、二、四等韻母）> 中古匣母 ɣ-

上古 *gw+j > 中古喻三 jw-

上古 *gw+j+i > 中古羣母 g+j+w-

上古 *gw+（一、二、四等韵母）> 中古匣母 ɣ+w-」[29]

李先生此種解釋，對於匣爲羣三紐的關係頗爲透徹，但仍存在一個問題。董同龢先生批許高本漢說：

「我覺得他用了 g'- 非但是沒有可靠的憑藉，而且也有背古代送氣濁塞音演變的通例，既有 *b'-→b'-；*d'-→d'-，d̂'-；*d̂'-→dź'；*ĝ'-→dź'-，何以 *g'- 只三等變 g'- 而一二四等却變 ɣ- 呢！」㉚

也許李先生主張古無濁擦音，而 g->ɣ- 也較合於語音演變的通則。但是董同龢先生指出來的問題依然存在。在李先生所擬的古聲母系統中，幾乎所有的單純聲母，在一四等韻前，都保持它們原來的形式而不變，在三等韻前則多半變成別的聲母，然則何以 *g- 跟 *gw- 卻正好相反呢？通常我們認爲三等韻的特徵，最足以影響聲母的變化，而今卻維持原來的形式不變，一四等韻，特別是一等韻，因爲沒有任何介音，聲母最不易起變化，而卻變成了別的音。這實在是一個值得深思的問題。

我想我們應該檢討的是上古漢語到底有沒有濁擦音的問題。首先，從現代方言來看，也許可找出一些線索。漢語方音字滙收了十七個現代方言，具有濁擦音的方言計有北平、濟南、西安、太原、成都、蘇州、溫州、長沙、雙峯、梅縣、廣州等十一處方言，沒有濁擦音的方言有漢口、揚州、南昌、厦門、潮州、福州等六處方言。但是這六處沒有濁擦音的方言，仍有探究的餘地。事實上漢口的 ɹ- 大致相當於成都的 z-，也應算作是濁擦音，最少也是濁擦音變來的。至於揚州、南昌、福州三處則全是由於濁音清化的結果，因爲這三處方言中，連濁的塞音跟塞擦音也都清化了。我們不能因爲它們的塞音跟塞擦音清化了，就說上古沒有濁塞音跟濁塞擦音，所以也不能說沒有濁擦音。只有厦門跟潮州特別一些，這兩處方言都有濁塞音跟濁塞擦音，卻沒有濁擦音，好像顯示出上古沒有濁擦音的痕跡。但是根據羅常培[31]周辨明[32]、袁家驊[33]的研究，厦門話裏濁塞音跟濁塞擦音並不是保留住原來的音，實在是後來的鼻音，邊音跟鼻塞擦音變來的，原來的濁塞音跟濁塞擦音也都淸化了。所以我們也不能說它們原來就沒有濁擦音。潮州話跟厦門話是相近的，也是同樣的情形。我們雖然不能根據現代方言有濁擦音的事實斷然認定上古一定有濁擦音，但最低限度可以反證上古音中沒有濁擦音的話，並不是十分可靠的。

丁邦新先生「漢語上古音中的 g-，gw-，ɣ-，ɣw-」把李先生的 g-，gw- 的演變規則改定爲：

g+j→羣母開口（gj-）

gw+j→羣母合口（gju-）

ɣ+j→云母開口（j-）

ɣw+j→云母合口（ju-）

ɣ+非 j 韻母→匣母開口（ɣ-）

ɣw+非 j 韻母→匣母合口（ɣu-）[34]

如此可把李先生系統中的例外字，變得規則些，雖然他把匣云合成一類，羣另立一類，跟我們前面說的匣爲羣同源不同，但是承認上古有濁擦音，是值得參考的。周法高先生的論上古音一文[35]，把羣紐跟匣紐擬作 g-，喻云紐擬作 ɣ-，也認爲上古音中具有濁擦音[36]。蒲立本的古音中的聲母系統一文也爲上古音構擬出了 ɦ-，ɦw 一類的濁擦音[37]。最可注意的是包擬古的釋名研究，根據禍毀、號呼、紈煥一類音訓的例子，認爲最保險的說法就是在釋名的時代或劉熙的方言，僅有一個 ɣ- 代表中古的 ɣ-。並以爲釋名裏頭 gi̯-（爲母）不跟 ki̯ 或 k'i̯ 相訓，卻有四個跟 g'(ɣ)，兩個跟 xi̯ 相訓，這些資料顯示出來 gi̯ 是個濁擦音，也就是那時期的 ɣi̯，在音韻結構上這個軟化的聲母跟 ɣ- 相配合。㊳

這樣說來，上古漢語既有濁擦音。因此，我覺得仍可採用董同龢先生的一些說法來解決匣爲羣三母同源的問題。董先生說：

「于母（僅見於切韻三等韻）在六世紀初年跟匣母（僅見於切韻一二四等韻）本爲一體的事實已經由許多不同的方面得到了充分的證明，其演變情形爲：

ɣ（六世紀初）{ 一二四等韻←ɣ（切韻匣母）
三等韻→j（切韻于母）

有了這一點新知識，我們非但可以確認中古匣母所以獨缺三等音的緣由，並且更進一步的得知于母在變 j- 之前還經過了一個 ɣ(i)- 的階段。」㊴

根據包擬古的研究，這個 ɣ(i)- 的來源很早，在釋名時代已經形成了㊵，而羅常培更把它推到了上古。這樣說來，我們在擬音的時候，只要把爲紐在寫法上區別開來，把爲紐寫作 ɣj-，在上古跟匣羣的 ɣ- 相配成一個聲母，像 k-，k'-，與 kj-，k'j- 的相配一樣就可以了。下面是我的擬音及其演變的情形：

上古　釋名到六世紀初　切韻

*ɣ ─┬─ ɣ- ─┬─ +非 i̯- 韻母 → ɣ-（匣母）
　　│　　　└─ +i̯ 韻母 ──→ g'-（羣母）
　　└─ ɣj- + i̯ 韻母 ───→ j-（爲母）

這樣構擬，我們既不違背漢語聲母在一等韵前不變的通則，也能照顧到匣爲羣同源的關係，演變到中古也沒有例外。只是我們把爲的 ɣj- 時間稍向前推就是了，至於爲何這樣分化，我只根據包擬古研究的事實說明，也許承認切韻論「古今通塞，南北是非」的性質就好瞭解了㊷。或者說 ɣj 的時代在某種韻母前較早形成就好了。至於像廣韻文韻雲王分切，羣渠云切；仙韻湲王權切，權巨員切；宵韻鴞于嬌切，喬巨嬌切；陽韻王雨方切，狂巨王切等衝突的音，李先生的上古音研究寫作下面的樣子：

雲 *gwjən>juən　羣 *gwjiən>gjwən
湲 *gwjan>jwän　權 *gwjian>giwän㊸
鴞 *gwjagw>jäu　喬 *gjagw>giäu
王 *gwjang>jwang　狂 *gwjiang>gjwang

它們的韻母相同，甚麼樣的音爲 gw+j-，甚麼樣的音爲 gw+j+i-，如果不是着眼在聲母本來不同的立場，就韻母來說，實在無從區別。然則我們從聲母本來不同的立場，把羣寫作 ɣ+i̯-，爲寫作 ɣj+i̯ 也無所不可了。這幾個衝突的字，照我的擬音，可改寫作

雲 *ɣj̯i̯uɛn>j̯i̯uən　羣 *ɣi̯uɛn>gi̯uən
湲 *ɣj̯i̯uan>j̯i̯uän　權 *ɣi̯uan>g'i̯uän
鴞 *ɣj̯i̯ɑu>j̯i̯äu　喬 *ɣi̯ɑu>g'i̯äu

王 *ɣjuaŋ>jiuaŋ 狂 *ɣiuaŋ>gʻiuaŋ

也就沒有甚麼例外了。也許有人會說，以 ɣ-→gʻ- 有無語言史上的先例，我想三等的羣母 gʻi-，在音值上應該是舌面中的送氣濁塞音即 ɟʻ-，只不過在音位上因與 k-，kʻ-，ŋ-，x- 等相配的關係，把它寫作 gʻi- 罷了。Henry M. Hoenigswald 所著的"Language Change and Linguistic Reconstruction"一書，曾舉出原始閃語 (proto-Semitic) c 與 ɣ（設構擬正確）在多數閃語中（例如希伯來 Hebrew）就語音而言（約如符號 cɣ 所示）ɣ 音變向 c。如後圖所示：

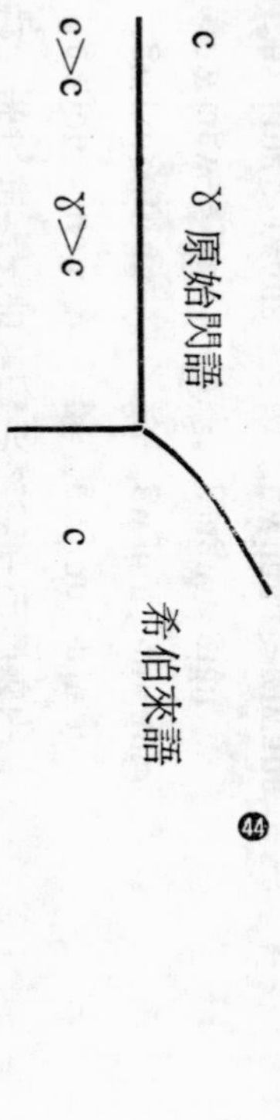

[44]

如此說來，則語言史上舌根濁擦音 ɣ- 變成舌面塞音也是有先例可循的。ɣ- 之所以變 ɟʻ- 很可能就是受介音的影響，把發音部位拉前升高的結果。

或者還有人說，你把匣羣的分化定在這麼晚，有甚麼證據？我前面曾引了些異文假借跟音讀的例證，其中有葛洪的抱朴子跟酈道元的水經注，據晉書葛洪大約與王導（A.D. 267-330）同時[45]，酈道元卒於西元五二七年，距切韻的成書六〇一年，相去僅七十四年[46]，他寫水經注的時候，正是所謂的六世紀初。最可注意的是，無論是葛洪或酈道元，他們的資料都顯示出匣 ɣ- 跟羣 gʻ- 的接觸，那麼，我們說匣羣比較接近，也不是沒有緣故的。

李榮根據閩語方言像「寒、汗、猴、厚、懸、咬」等匣母字讀塞音的例子，寫了一篇從從現代方言論古羣母有一、二、四等的文章㊼，好像跟我的說法 *ɣ-→g'- 有些衝突。關於這點，我沒有甚麼更好的理由來反駁。但是切韻的匣母字現代方言讀擦音的仍最多，即以閩語而論，切韻的匣母字仍是以讀擦音的爲多，而且漢字的偏旁，跟一字兩音的讀法也會影響讀音。縱然這不算甚麼證據，我們可從曉母字提一旁證，曉母字大家都認爲是 *x-→x 的清擦音，但是曉母的呼字，厦門讀 ˓kɔ，蒿福州讀 ˓kɔ，況北平、濟南、西安、漢口、成都、揚州、潮州讀 k'uaŋᶜ，太原讀 k'uɒ̃ᶜ，長沙讀 k'uanᶜ，雙峯讀 kaŋᶜ，南昌讀 k'uɔŋᶜ，梅縣讀 ᶜk'ɔŋ，都是塞音㊽。我們不能根據這類塞音的讀法，說曉母古代也是塞音。以此類推，自也不能根據匣母少數塞音的讀法說匣母是個塞音。我想這點非常值得我們參考。

六十九年六月十五日脫稿於臺北鍥不舍齋

註解及參考資料

❶ 黃侃論學雜著一五五至一五六頁，參考林尹中國聲韻學通論四四至四六頁及劉賾聲韻學表解二〇至二二頁。

❷ 曾運乾喻母古讀考見東北大學季刊第二期，又見楊樹達輯古聲韻討論集（學生書局印行）

❸ 見羅常培經典釋文和原本玉篇反切中的匣于兩紐史語所集刊第八本第一分，又載羅常培語言學論文選集一一七至一二一頁。

❹ 錢玄同古音無邪紐證見師大國學叢刊一卷三期。

❺ 戴君仁古音無邪紐補證見輔仁學誌十二卷一、二期合刊。

❻ 拙著古音學發微（文史哲出版社）一二一二頁至一二二四頁曾談及此問題，與本文之解釋稍有不同。

❼ 黃侃音略見論學雜著六二至九二頁。

⑧ 符定一羣紐古讀同見證見聯緜字典六七至七七頁。

⑨ 敖士英關於研究古音的一個商榷載北大國學季刊二卷三期。

⑩ 敖士英古代濁聲考載輔仁學誌二卷一期。

⑪ 謝雲飛自諧聲中考匣紐古讀載南洋大學學報第四期，謝氏匣古歸見說又見所著中國聲韻學大綱（蘭臺書局印行）二九八至二九九頁。

⑫ 沈兼士廣韻聲系臺灣中華書局印行。

⑬ B. Karlgren: "Analytic Dictionary of Chinese and Sino-Japanese", 1923 本字典的敍論趙元任譯作高本漢的諧聲說轉載於上古音討論集（學藝出版社）。

⑭ Nicholas Cleaveland Bodman: "A Linguistic Study of the Shih Ming", 1954 本節所引譯自原文 p.9。又原書第三章竺家寧譯作釋名複聲母研究見六十八年六月國立臺灣師範大學國文研究所畢業同學會編中國學術年刊第三期五九至八三頁。

⑮ 見 B. Karlgren: "Compendium of phonetics in Ancient and Archaic Chinese" 1970 p.275 此書張洪年譯作中國聲韻學大綱（中華叢書委員會）

⑯ 周祖謨四聲別義釋例載輔仁學誌第十三卷一、二合期。

⑰ 周法高語音區別詞類說載杜其容譯中國語之性質及其歷史附錄二，一五一頁至一七三頁。

⑱ 見周法高語音區別詞類說一七〇頁至一七一頁。

⑲ 前文一六七頁至一六八頁。

⑳ B. Karlgren "Analytic Dictionary" pp. 21-22趙譯高本漢的諧聲說十頁至十二頁。

㉑ B. Karlgren "Compendium" pp. 274-275, 張譯中國聲韻學大綱 pp. 93-95。

㉒ 葛毅卿 "On the Consonantal Value of 喻 Class words"（通報 1932），及喻三入匣再證史語所集刊八本一分。

㉓ 見董同龢上古音韻表稿三七頁。

㉔ 見董氏上古音韻表稿三三頁。

㉕ 下列例證見董著表稿三五頁至三六頁。

㉖ 見董著表稿三六頁。

㉗ 下列例證見董著表稿三七頁。

㉘ 以上資料來源見廣韻及金周生廣韻一字多音現象初探（六十八年五月輔大中文研究碩士論文）。

㉙ 李方桂上古音研究清華學報新九卷第一二期合刊。見十三頁至十四頁。

㉚ 見董著表稿三五頁。

㉛ 羅常培廈門音系（古亭書屋）。

㉛ 周辨明厦語音韻聲調之構造與性質及其於中國音韻學上某項問題之關係（古亭書屋）。

㉜ 袁家驊漢語方言概要二四三頁至二四五頁。

㉞ 丁邦新說見六十二年九月十九日油印討論大綱，題目為「漢語上古音中的 g, gw, ɣ, ɣw」。

㉟ 周法高論上古音香港中文大學中國文化研究所學報第二卷第一期(1969)抽印本。

㊱ 見周著論上古音一三八頁。

㊲ 見 E. G. Pulleyblank: "The Consonantal system of old Chinese." Part I. Asia Major 9, p. 141 (1962)。

㊳ 見 Nicholas C. Bodman: "A Linguistic study of the Shih Ming." p. 25

㊴ 見董著上古音韻表稿三八頁。

㊵ 參見附註㊳。

㊶ 見羅常培經典釋文和原本玉篇反切中的匣于兩紐一二〇頁。

㊷ 參見拙著切韻性質的再檢討六十八年六月中國學術年刊第三期。

㊸ 湲權二字李先生原文無，今據其所擬古音系統增補。

㊹ Henry M. Hoenigswald: "Language Change and Linguistic econstruction" p.91。 此承吳匡教授為余解說翻譯，特此致謝。

㊺ 見晉書葛洪傳。

㊻ 參見拙著酈道元水經注裏所見的語音現象一文，六十七年六月中國學術年刊第二期。

㊼ 李榮從現代方言論古聲母有一二四等中國語文一九六五年第五期。

㊽ 本文所引的方言資料悉見漢語方音字滙。

（原載輔仁學誌第十期、民國七十年六月及中央研究院國際漢學會議論文集民國七十年十月）

廣韻以後韻書簡介

一　韻略

韻略一書，今已無存。大致說來，與廣韻乃詳略之異。王應麟玉海卷四十五云：

『景德四年，龍圖待制戚綸等，承詔詳定考試聲韻。綸等以殿中丞丘雝所定切韻同用、獨用例及新定條例參定。按崇文目，雝撰韻略五卷，略取切韻要字，備禮部科試。』

據王氏此言，則所謂韻略也者，實爲刪節廣韵而成，以備禮部科試之用。故戴震聲韵考云：

『是時無禮部韻略之稱，其書名韵略，與所校定切韵同日頒行，獨用、同用例不殊。』

明年，切韻改賜新名廣韻，而廣韻、韻略爲景德、祥符間詳略二書。』

據戴氏所考，可知韻略與廣韻在韻部與韻目上並無實質之差異，其惟一不同者，只在詳略之間。至於其韻部之獨用、同用之注，與今本廣韻頗有差異，今據戴震所考列目于后：

上平聲	上聲	去聲	入聲
東一 獨用	董一 獨用	送一 獨用	屋一 獨用
冬二 鍾同用	湩䳉等字附見腫韻	宋二 用同用	沃二 燭同用
鍾三	腫二 獨用	用三	燭三
江四 獨用	講三 獨用	絳四 獨用	覺四 獨用
支五 脂之同用	紙四 旨止同用	寘五 至志同用	
脂六	旨五	至六	
之七	止六	志七	
微八 獨用	尾七 獨用	未八 獨用	

魚九 獨用　虞十 模同用　模十一　齊十二 獨用　佳十三 皆同用　皆十四　灰十五 咍同用　咍十六

語八 獨用　麌九 姥同用　姥十　薺十一 獨用　蟹十二 駭同用　駭十三　賄十四 海同用　海十五

御九 獨用　遇十 暮同用　暮十一　霽十二 祭同用　祭十三　泰十四 獨用　卦十五 怪夬同用　怪十六　夬十七　隊十八 代同用　代十九

眞 十七 諄臻同用
諄 十八
臻 十九
文 二十 獨用
欣 二十一 獨用
元 二十二 魂痕同用
魂 二十三
痕 二十四
寒 二十五 桓同用
桓 二十六

軫 十六 準同用
準 十七 [illegible]齔字附 見隱韻
吻 十八 獨用
隱 十九 獨用
阮 二十 混很同用
混 二十一
很 二十二
旱 二十三 緩同用
緩 二十四

廢 二十 獨用
震 二十一 稕同用
稕 二十二 齔字附 見焮韻
問 二十三 獨用
焮 二十四 獨用
願 二十五 慁恨同用
慁 二十六
恨 二十七
翰 二十八 換同用
換 二十九

質 五 術櫛同用
術 六
櫛 七
物 八 獨用
迄 九 獨用
月 十 沒同用
沒 十一
曷 十二 末同用
末 十三

刪二十七 山同用
山二十八
下平聲
先一 仙同用
仙二
蕭三 宵同用
宵四
肴五 獨用
豪六 獨用
歌七 戈同用
戈八

潸二十五 產同用
產二十六
上聲
銑二十七 獮同用
獮二十八
篠二十九 小同用
小三十
巧三十一 獨用
晧三十二 獨用
哿三十三 果同用
果三十四

諫三十 襇同用
襇三十一
去聲
霰三十二 線同用
線三十三
嘯三十四 笑同用
笑三十五
效三十六 獨用
号三十七 獨用
箇三十八 過同用
過三十九

黠十四 鎋同用
鎋十五
入聲
屑十六 薛同用
薛十七

麻九 獨用
陽十 唐同用
唐十一
庚十二 耕清同用
耕十三
清十四
青十五 獨用
蒸十六 登同用
登十七
尤十八 侯幽同用
侯十九

馬三十五 獨用
養三十六 蕩同用
蕩三十七
梗三十八 耿靜同用
耿三十九
靜四十
迥四十一 獨用
拯四十二 等同用
等四十三
有四十四 厚黝同用
厚四十五

禡四十 獨用
漾四十一 宕同用
宕四十二
映四十三 諍勁同用
諍四十四
勁四十五
徑四十六 獨用
證四十七 嶝同用
嶝四十八
宥四十九 候幼同用
候五十

藥十八 鐸同用
鐸十九
陌二十 麥昔同用
麥二十一
昔二十二
錫二十三 獨用
職二十四 德同用
德二十五

幽 二十
侵 二十一 獨用
覃 二十二 談同用
談 二十三
鹽 二十四 添同用
添 二十五
咸 二十六 銜同用
銜 二十七
嚴 二十八 凡同用
凡 二十九

黝 四十六
寑 四十七 獨用
感 四十八 敢同用
敢 四十九
琰 五十 忝同用
忝 五十一
豏 五十二 檻同用
檻 五十三
儼 五十四 范同用
范 五十五

幼 五十一
沁 五十二 獨用
勘 五十三 闞同用
闞 五十四
豔 五十五 㮇同用
㮇 五十六
陷 五十七 鑑同用
鑑 五十八
釅 五十九 梵同用
梵 六十

緝 二十六 獨用
合 二十七 盍同用
盍 二十八
葉 二十九 怗同用
怗 三十
洽 三十一 狎同用
狎 三十二
業 三十三 乏同用
乏 三十四

二 禮部韻略

景祐四年，刊修韻略，改名爲禮部韻略。禮部韻略共五卷，其獨用同用之例，已非廣韻之舊矣。戴震聲韻考云：

『景祐四年，更刊修韻略，改稱禮部韻略；刊修廣韻，改稱集韻。集韻成於禮部韻略頒行後二年，是爲景祐、寶元間詳略二書。獨用、同用之例，非復切韻之舊，次第亦稍有改迻矣。』

禮部韻略爲宋代官韻，禮部科試，悉以爲憑。陳振孫書錄解題云：

『雍熙殿中丞邱雍，景德龍圖待制戚綸所定，景祐知制誥丁度重修，元祐太常博士增補。其曰「略」者，舉子詩賦所常用，蓋字書聲韻之略也。』

其書雖較廣韻爲簡略，然因定爲官書，凡有增損，必經廷議，故其去取，隻字不苟。邵長蘅古今韻略敍錄云：

『禮部韻略五卷，宋景祐四年詔國子監頒行。藝文志載景祐禮部韻略五卷，又淳熙監本禮部韻略五卷。吾意當時雖有廣韻集韻二書，不甚通行，蓋廣韻多奇字，集韻苦浩繁也。禮韻雖專爲科舉設，而去取實亦不苟。每出入一字，必經兩省看詳，禮部頒下，故又有申明續降諸字。字旣簡約，義多雅馴，學士歙然宗之。中閒奇字僻韵多遭刊落，頗爲嗜古者所少；其實沿用至今。』

至其與廣韵之異同，蓋有三端：

㈠韻目之改易

⑴廣韵上平聲二十一殷，禮部韵略改爲二十一欣，「殷」避宣祖諱。

⑵廣韵二十三魂，禮部韵略改爲二十三䰟，以「魂」爲第二字

⑶廣韵二十六桓，禮部韵略改爲二十歡，「桓」避欽宗諱。

⑷廣韵下平二仙，禮部韵略改爲二僊，以「仙」爲第二字。

⑸廣韵五肴，禮部韵略改爲五爻。

⑹廣韵上聲五十二儼，禮部韵略改爲五十二广。

⑺廣韵去聲三十七号，禮部韵略改爲三十七號，於「號」字上注云：「亦作号。」

⑻廣韵四十三映，禮部韵略改爲四十三敬。

⑼廣韵入聲八物，禮部韵略改爲八勿。

⑽廣韵十五鎋，禮部韵略改爲十五轄。以「鎋」爲第二字。

⑾廣韵三十怗，禮部韵略改爲三十四帖。

(二)通用之寬嚴

戴震聲韻考云：

『顧炎武音論曰：此書始自宋景祐四年，而今所傳者則衢州免解進士毛晃增注，于紹興三十二年十二月表進。與廣韻頗有不同。廣韻上平聲二十一殷，改爲二十一欣（殷字避宣祖諱），廣韻二十文獨用，二十一殷獨用，今二十文與欣通。廣韻二十四鹽二十五添同用，二十六咸二十七銜同用，二十八嚴二十九凡同用，今升嚴爲二十六與鹽添同用，降咸爲二十七，銜爲二十八，與凡同用。廣韻以六韻通爲三韻，今通爲兩韻，廣韻上聲十八吻獨用，十九隱獨用，今十九吻與隱通，廣韻去聲二十三問獨用，二十四焮獨用，今二十三問與焮通，廣韻入聲八物改爲八勿，廣韻八物獨用，九迄獨用，今八勿與迄通，廣韻三十怗改爲三十帖，廣韻二十九葉三十怗同用，三十一洽三十二狎同用，三十三業三十四乏同用，今升業爲三十一，與葉帖同用，降洽爲三十二，狎爲三十三與乏同用，廣韻㠯六韻通爲三韻，今通爲兩韻。

按景祐中㠯賈昌朝請韻窄者凡十三處，許令附近通用，于是合欣于文，合隱于吻，合焮于問，合迄于物，合廢于隊代，合嚴于鹽添，合儼于琰忝，合釅于豔㮇，合業于葉帖，合凡于咸銜，合范于豏檻，合梵于陷鑑，合乏于洽狎。顧氏考唐宋韻譜異同，舉其八而遺其五，當爲之補曰：廣韻五十琰五十一忝同用，五十二豏五十三檻同用，五十四儼五十五范同用，今升广爲五十二（音論云：廣韻五十二儼改爲五十二广，今按當云五十四儼改爲五十二广）與琰忝通，降豏爲五十三，檻爲五十四，與范通。廣韻以六韻通爲三韻，今通爲兩韻。廣韻十八隊十九代同用，二十廢獨用，今十八隊與代廢通，廣韻五十五豔五十六㮇同用，五十七陷五十八鑑同用，五十九釅六十梵同用，今升釅爲五十七與豔㮇通，降陷爲五十八，鑑爲五十九與梵通，廣韻以六韻通爲三韻，今通爲兩韻。』

㈢字數之多寡

廣韻原收二萬六千一百九十四字，禮部韻略只收九千五百九十字，申明續降一百八十三字。紹興三十二年毛晃表進其所撰增修互註禮部韻略五卷，共增二千六百五十五字。

至其版本，則四庫全書總目提要云：

『其傳於今者，題曰附釋文互註禮部韻略。每字之下，皆列官注於前，其所附互注則題一「釋」字別之。凡有二本；一爲康熙丙戌曹寅所刻，冠以余文焴所作歐陽德隆押韻釋疑序一篇，郭守正重修序一篇，重修條例十則，淳熙文書式一道。一本爲常熟錢孫保家影鈔宋刻。』

現存禮部韻略則有郭守正重修本及毛晃增修本。

三　集韻

集韻共十卷，平聲四卷，上去入聲各二卷，字數五萬三千五百二十五，比廣韻多二萬七千三百三十一。宋以前羣書之字，略見於此矣。斯書可謂集傳統韻書大成之作，亦爲自切韻以來最後之一部傳統韻書，多有變更廣韻之部居者。王應麟玉海云：

『集韻十卷，景祐四年翰林學士丁度等承詔撰，寶元二年九月書成，上之，十一日進呈頒行』

集韻韻例曰：

『先帝時令陳彭年丘雍因法言韻就爲刊益，景祐四年太常博士直史館宋祁、太常丞直史館鄭戩建言彭年雍所定多用舊文，繁略失當，因詔祁戩與國子監直講賈昌朝王洙同加脩定，刑部郎中知制誥丁度、禮部員外郎知制誥李淑爲之典領，今所撰集，務從該廣，經史諸子及小學書更相參定。凡字訓悉本許愼說文，愼所不載，則引它書爲解。凡古文見經史諸書可辨識者取之，不然則否。凡經典字有數讀，先儒傳授各欲名家，今竝論著，以粹羣說。凡通用韻中，同音再出者，既爲冗長，止見一音。凡經史用字，類多假借，今字各著義，則假借難同，故但言通作某。凡舊韻字有別體悉入子注，使奇文異畫，湮晦難尋；今先標本字，餘皆竝出，啓卷求義，燦然易曉。凡字有形義竝同，轉寫或異，如坪垩、杏叺、心忄、水氵之類，今但注曰或書作某字。凡一字之左，舊注兼載它切，既不該盡，徒釀細文，況字各有訓，不煩悉箸。凡姓望之出，舊皆廣陳名系，既乖字訓，復類譜牒，今之所書，但曰某姓；惟不顯者，則略箸其人。凡字有成文，相因不釋者，今但曰闕，以示傳疑。凡流俗用字，附意生文，既無可取，徒亂眞僞；今於正文之左，直釋曰俗作某非是。凡字之翻切，舊以武代某，以亡代茫，謂之類隔，今皆用本字。述夫宮羽清重，篆籀後先，總括包并，種別彙聯，列十二凡箸于篇端云。字五萬三千五百二十五（新增二萬七千三百三十一字），分十卷，詔名曰集韻。』

集韻之韻數，與廣韻全同，韻目則與廣韻、禮部韻略均有異同，如改麌爲噳，改鎋（禮韻作轄）爲舝之類。外此歧異，尙可得而言：

㈠獨用同用之注

戴震聲韻考云：「景祐中以賈昌朝請，韻窄者凡十三處，許令附近通用，于是合欣于文，合隱于吻，合焮于問，合迄于物……」

茲據錢學嘉韻目表所附改併十三處表，照錄於後，以資說明：

	考定廣韻舊次	集韻改併
(一)	二十文獨用 二十一欣獨用	二十文與欣通 二十一欣
(二)	二十四鹽添同用 二十五添 二十六咸銜同用	二十四鹽與沾嚴通 二十五沾 二十六嚴
(三)	二十七銜 二十八嚴凡同用 二十九凡	二十七咸與銜凡通 二十八銜 二十九凡
(四)	十八吻獨用 十九隱獨用	十八吻與隱通 十九隱
(五)	五十琰忝同用 五十一忝 五十二豏檻同用	五十琰與忝广通 五十一忝 五十二广
(六)	五十三檻 五十四儼范同用 五十五范	五十三豏與檻范通 五十四檻 五十五范
(七)	十八隊代同用 十九代 二十廢獨用	十八隊與代廢通 十九代 二十廢
(八)	二十三問獨用 二十四焮獨用	二十三問與焮通 二十四焮
(九)	五十五豔㮇同用 五十六㮇 五十七陷鑑同用	五十五豔與㮇驗通 五十六㮇 五十七驗
(一〇)	五十八鑑 五十九釅梵同用 六十梵	五十八陷與鑑梵通 五十九鑑 六十梵
(一一)	八物獨用 九迄獨用	八勿與迄通 九迄
(一二)	二十九葉帖同用 三十帖 三十一洽狎同用	二十九葉與帖業通 三十帖 三十一業
(一三)	三十二狎 三十三業乏同用 三十四乏	三十二洽與狎乏通 三十三狎 三十四乏

然上表所列廣韻獨用同用例之舊第，與今通行廣韻亦復有殊。其故則四庫提要云：

『今以廣韻互校，平聲併殷於文，併嚴於鹽添，併凡於咸銜，上聲併隱於吻，去聲併廢於隊代，併焮於問，入聲併迄於物，併業於葉帖，併乏於洽狎，凡得九韻，不足十三。然廣韻平聲鹽添咸銜嚴凡與入聲葉帖洽狎業乏皆與本書部分相應，而與集韻互異，惟上聲併儼於琰忝，併范於豏檻，去聲併釅於豔㮇，併梵於陷鑑皆與本書部分不應，而乃與集韻相同，知此四韻亦集韻所併，而重刊廣韻者，誤據集韻以校之，遂移其舊第耳。』

㈡韻中收音之殊

每韻中所收之音，其歧異處頗多，今表之如下：

⑴諄準稕魂混緩換戈果九韻，廣韻僅有合口呼，集韻兼有開口呼。

⑵隱焮迄恨四韻廣韻僅有開口呼，集韻兼有合口呼。

⑶集韻軫震二韻只有照系及日紐字，其他各紐在廣韻屬軫震者，於集韻全屬準稕。

⑷廣韻平聲真韻影喻兩紐及見系開口四等字，於集韻入諄韻。

⑸廣韻吻問物三韻之喉牙音，於集韻屬隱焮迄。故集韻吻問勿僅有脣音字。

⑹廣韻痕很兩韻之疑紐字，於集韻屬魂混。

⑺集韻慁韻僅有喉牙音，其他各紐於廣韻屬慁韻者，在集韻屬恨韻。

⑻廣韻旱翰兩韻之舌音，齒音，半舌音，於集韻盡入緩換。

⑼集韻平聲歌韻僅有喉牙音，其他各紐在廣韻屬歌者，於集韻盡入於戈。

⑽廣韻諄韻無舌頭音，集韻諄韻有舌頭古音（如顛天田年）屬開口呼。

㈢改類隔爲音和

集韻韻例謂：『凡字之翻切，舊以武代某，以亡代茫，謂之類隔，今皆用本字。』例如鈹廣韻敷羈切，集韻攀糜切，皮廣韻符羈切，集韻蒲糜切，悲廣韻府眉切，集韻逋眉切，眉廣韻武悲切，集韻旻悲切。樁廣韻都江切，集韻株江切，凡廣韻爲類隔者，集韻悉改爲音和。

㈣盡删互注切音

廣韻一字兩音互注切語，例如中陟弓切又陟仲切，集韻則僅有陟隆切一音。

㈤字次先後有序

廣韻一韻之中，字之先後，雜亂無章，翻檢匪易；集韻據聲紐發音之類別以安排字之先後，例如同屬舌頭音端透定泥則韻字前後相屬，此類安排，顯受等韻之影響。

㈥改進切語上字

廣韻切語上字往往與所切之字，聲調不同；集韻於此等處往往改爲同一聲調。卽平聲字反切上字用平聲，上聲字反切上字用上聲等。又集韻四等字反切上字亦改用四等字，而廣韻中只三等字反切上字自成一類，其餘一二四等並無區別。

(七)反切上字增多

考廣韻反切上字僅四百五十餘字，集韻則增加爲八百六十多字。

(八)字音多寡不同

廣韻所收反切共三千八百七十五音，集韻共有四千四百七十三音，計增五百九十八音。

(九)聲紐數目有異

廣韻聲紐據陳澧黃侃二氏所考爲四十一；集韻聲紐據白滌洲氏集韻聲類考所考爲三十九類，較守溫三十六字母照穿牀審分出莊初崇生與章昌船書八類，喻母分以云二類，而泥娘不分，船禪無別。

四 五音集韻

五音集韻爲金韓道昭所撰，道昭字伯暉，眞定松水人，與其子德恩、猶子德惠，婿王德珪以廣韻爲本，歸其五音，逐三十六字母而列之，訂爲五音集韻一書，書成於崇慶元年（或說泰和八年）道昭自序云：

『嘗謂以文學爲事者，必以聲韻爲心，以聲韻爲心，必以五音爲本，則字母次第，其可忽乎！故先覺之士，其論辨至詳，惟求其明，箸書立言，蔑無以加；然愚不揆度，欲修飭萬分之一。是故引諸經訓，正諸訛舛，陳其字母，序其等第。以見母牙音爲首，終于來日字。』

由此序可知韻書中以三十六字母，各分四等，排比諸字之先後，實始於韓道昭五音集韻。其所收字以廣韻爲主，增入字則以集韻爲據，共收五萬三千五百二十五字。斯書變更廣韻集韻最顯著者，尤在韻部。廣韻二百六部之目，集韻雖有改併，只在獨用同用之間，至五音集韻乃併爲一百六十部，於是廣韻之面目，乃大變矣。茲錄其一百六十韻于后：

上平聲	上聲	去聲	入聲
一東	一董	一送	一屋
二多		二宋	二沃
三鍾	二腫	三用	三燭
四江	三講	四降	四覺
五脂支之	四旨紙止	五至寘志	
六微	五尾	六未	
七魚	六語	七御	
八虞	七麌	八遇	
九模	八姥	九暮	

十齊	九薺	十霽	
		十一祭	
		十二泰	
十一皆（佳）	十駭（蟹）	十三怪（卦夬）	
十二灰	十一賄	十四隊	
十三咍	十二海	十五代	
		十六廢	
十四眞（臻）	十三軫	十七震	五質（櫛）
十五諄	十四準	十八稕	六術
十六文	十五吻	十九問	七物
十七殷	十六隱	二十焮	八迄
十八元	十七阮	二十一願	九月
十九魂	十八混	二十二慁	十沒
二十痕	十九很	二十三恨	
二十一寒	二十旱	二十四翰	十一曷
二十二桓	二十一緩	二十五換	十二末
二十三山（刪）	二十二產（潸）	二十六諫（襇）	十三鎋（黠）
下平聲			
一仙（先）	二十三獮（銑）	二十七線（霰）	十四薛（屑）

二宵 蕭
三肴
四豪
五歌
六戈
七麻
八陽
九唐
十庚 耕
十一清
十二青
十三蒸
十四登
十五尤 幽
十六侯
十七侵
十八覃 談
十九鹽 添
二十咸 銜

二十四小 篠
二十五巧
二十六晧
二十七哿
二十八果
二十九馬
三十養
三十一蕩
三十二梗 耿
三十三靜
三十四迥
三十五拯
三十六等
三十七有 黝
三十八厚
三十九寢
四十感 敢
四十一琰 忝
四十二豏 檻

二十八笑 嘯
二十九效
三十號
三十一箇
三十二過
三十三禡
三十四漾
三十五宕
三十六映 諍
三十七勁
三十八徑
三十九證
四十嶝
四十一宥 幼
四十二候
四十三沁
四十四勘 闞
四十五豔 㮇
四十六陷 鑑

十五藥
十六鐸
十七陌 麥
十八昔
十九錫
二十職
二十一德
二十二緝
二十三合 盍
二十四葉 怗
二十五洽 狎

二十一凡嚴　四十三范儼　四十七梵釅　二十六乏業

與廣韻相較，共計合併四十六部，故爲一百六十部，而其部次，雖不盡據廣韻原序，亦不依集韵改定之序。四庫提要謂此足以訂正後重刋廣韵之譌，其併合處，亦多取於廣韵舊例，故景祐所變更之十三處，猶犂然可考。然細察之，併合處雖有取於廣韵之舊例，然與唐人同用之例，亦有參差，可能參考當時北方之實際語音而訂定。

五　壬子新刋禮部韻略

將二百六部加以合併，雖始於韓道昭；然劉淵壬子新刋禮部韻略則更合併爲一百七部。於是廣韵部目乃完全變更，非復隋唐之舊矣。其書今已不傳，其韵目爲黃公紹古今韵會所採用。且韵會凡例中於劉淵之上，每冠以「江北平水」四字，故後人多以劉氏書爲平水韻。韻會凡例云：

『舊韵上平聲廿八韻，下平聲廿九韻，上聲五十五韵，去聲六十韵，入聲三十四韵。近平水劉淵始併通用之類以省重複；上平聲十五韵，下平聲十五韵，上聲三十韻，去聲三十韵，入聲一十七韵。』

劉書將通用諸韵合併爲一部，此外又將不同用之徑、證、嶝三韵亦併爲一部，故爲一百零七部。茲錄其一百七韵韵目如后：

上平：一東，二冬，三江，四支，五微，六魚，七虞，八齊，九佳，十灰，十一眞，十二文，十三元，十四寒，十五刪。

下平：一先，二蕭，三肴，四豪，五歌，六麻，七陽，八庚，九青，十蒸，十一尤，十二侵，十三覃，十四鹽，十五咸。

上聲：一董，二腫，三講，四紙，五尾，六語，七麌，八薺，九蟹，十賄，十一軫，十二吻，十三阮，十四旱，十五潸，十六銑，十七篠，十八巧，十九晧，二十哿，二十一馬，二十二養，二十三梗，二十四迥，二十五拯，二十六有，二十七寑，二十八感，二十九琰，三十豏。

去聲：一送，二宋，三絳，四寘，五未，六御，七遇，八霽，九泰，十卦，十一隊，十二震，十三問，十四願，十五翰，十六諫，十七霰，十八嘯，十九效，二十號，二十一箇，二十二禡，二十三漾，二十四敬，二十五徑，二十六宥，二十七沁，二十八勘，二十九豔，三十陷。

入聲：一屋，二沃，三覺，四質，五物，六月，七曷，八黠，九屑，十藥，十一陌，十二錫，十三職，十四緝，十五合，十六葉，十七洽。

以上一百七部，盡變傳統韵書之面目，顧炎武音論嘗評之云：

『平水劉氏，師心變古，一切改併；其以證嶝併入徑韻，則又景祐之所未許，毛居正之所不議；而考之於古，無一合焉者也。』

按廣韻二百六韻之分，酌古沿今，兼顧南北，以之審音誠信美矣。然自唐以來，語言多變，作文之士，苦其苛細，故許敬宗初奏合於唐世，賈昌朝再請併於景祐也。故二百六部之併合爲一百七部，乃因語言變遷之趨勢，爲今韻書自然變遷之結果，故亦難以「師心變古」而訾之也。蓋欲究古今音變之跡，自應以廣韻爲宗；欲爲行文賦詩之便，則當以劉書爲寬。

六　平水新刊禮部韻略

錢大昕見元槧本王文郁平水新刊韻略，乃疑併韻之書非起於劉淵，蓋出自王文郁。錢氏跋云：

『平水新刊韻略許古敍云：「平水書籍王文郁携新韻見頤庵老人曰：稔聞先禮部韻略，或譏其嚴且簡。今私韻歲久，又無善本。文郁留意隋方，見學士大夫精加校讎，又少添注語，不遠數百里，敬求韻引。」』

錢氏據許古序稱平水書籍王文郁，又據金史地理志，平水在平陽府屬，王文郁爲平水書籍之官，故其書名平水韻略，至江北劉氏，不應有平水之稱。錢氏云：

『許敍稱平水書籍王文郁，初不能解。後讀金史地理志，平陽府有書籍，其倚郭縣平陽有平水，是平水卽平陽也。史言有書籍者，蓋設局置官於此。元太宗八年，用耶律楚材言，立經籍所於平陽，當是因金之舊。然則平水書籍者，文郁之官稱耳。劉淵亦題平水，而黃公紹韻會凡例，又稱江北劉氏，平陽與江北相去甚遠，何以有平水稱？是又可疑也。』

其實劉氏書一百七韻，而王氏書上平下平各十五，上聲爲二十九，去聲三十，入聲十七，僅一百六韻。已併上聲拯韵入迥韵，蓋當時功令如此，故二者皆有所據也。王國維觀堂集林書金王文郁新刊韵略張天錫草書韵會後一文論之云：

「自王文郁新刊韵略出世，人始知今韻一百六部之目，不始於劉淵矣。余又見張天錫草書韻會五卷，前有趙秉文序，署至大八年二月（一三二九），其書上下平各十五韵，上聲二十九韵，去聲三十韵，入聲十七韵，凡一百六部，與王文郁韵同，王韻前有許古序，署至大六年己丑季夏，前乎張書之成才一年有半。又王韻刊於平陽，張書成於南京，未必卽用王韵部目，是一百六部之目，並不始於王文郁。蓋金人舊韵如是，王張皆用其部目耳。何以知之？王文郁書名平水新刊禮部韵略，劉淵書亦名新刊禮部韵略，韵略上冠以「禮部」字，蓋金人官書也。宋之禮部韵略，自寶元迄於南渡之末，場屋用之者二百年。後世遞有增字，然必經羣臣疏請，國子監看詳，然後許之。惟毛晃增注本，加字乃逾二千，而其書於三十二年表進，是亦不啻官書也。然歷朝官私所修改，惟在增字增注，至於部目之分合，則無敢妄議者，金韵亦然。許古序王文郁韻，其於舊韻，謂之簡嚴。簡謂注略，嚴謂字少，然則文郁之書，亦不過增字增注，與毛晃書同；其於部目，固非有所合併也。故王韻幷宋韻同用諸韻爲一韻，又幷宋韻不同用之迥拯等及徑證嶝六韻爲二韻者，必金時功令如是。考金源詞賦一科，所重惟在律賦，律賦用韻，平仄各半，而上聲拯等二韻，廣韻惟十二字，韻略又減焉。金人場屋，或曾以拯韻字爲韻，許其與迥通用，於是有百七部之目，如劉淵書，或因拯及證，於是有百六部之目，如王文郁書張天錫所據韻書。至拯證之平入兩聲猶自爲一部，則因韻字較寬之故。要之，此種韻書爲場屋而設，故參差不治如此，殆未可以聲音之理繩之也。』

王氏所論，頗爲入理。然則劉淵江北人，何以亦有平水韻之稱，按黃氏韻會凡例所稱江北劉淵，實與江南毛晃對擧者，蓋元時以江南指南宋，江北指金元，實爲中國北部之汎稱，平水屬平陽，自在江北範圍，設若劉淵爲平水人，又何嫌黃氏冠以江北之名乎！

七　古今韻會

古今韻會，元黃公紹撰。黃氏此書，實承襲集韻五音集韻體例，將韻目與等韻配合，以爲審音辨讀而設。其部目據劉淵，字紐從道昭，本之說文，參以古籀隸俗，以至律書、方伎、樂府、方言、經、史、子、集、六書、七音、靡不研究。可謂彙集元以前韻書字書之大成。因「編帙浩瀚，四方學士，不能徧覽」。熊忠乃取禮部韻略，增以毛劉二韻及經傳當收未載之字，別爲韻會擧要一編。擧要雖非黃氏原本，然其與韻會之間，所異亦不過詳略增損之間。舉要作於大德元年丁酉。書中分一百七韵，仍依劉淵舊目。四庫提要評之云：

「自金韓道昭五音集韻，始以七音四等三十六母，顚倒唐宋之字紐，而韻書一變；忠此書字紐遵韓氏法，部分從劉氏例，兼二家所變而用之，而韻書舊第，至是盡變無遺。』

忠此書，表面上雖依據傳統韻書，實際上已隱含元代實際上之語音系統。其凡例云：

『舊韻所載，考之七音，有一韻之字，而分爲數韵者，有數韵之字而併爲一韵者，今每韵依七音韵各以類聚。注云「已上案七音屬某字母韵。」』

舊韵卽傳統韵部，某字母韵乃元代實際語音系統。

八　韻府羣玉

韻府羣玉，元陰時夫撰。清四庫提要云：

『元代押韵之書，今皆不傳，傳者以此書爲最古，又今韻稱劉淵所併，而淵書亦不傳；世所通行之韵，亦卽從此書錄出。是韻府、詩韻皆以爲大輅之椎輪。』

按此書時夫所撰，其弟中夫所注，實爲一以韻隸事之類書。其凡例云：

『尋索事實，易於指掌，不專爲詩詞而設，亦或考辯疑義，訓釋奇事，場屋或一助云。』

可見此書非純爲審音而作，乃明清數百年來政府考試功令，文人撰作詩賦，皆奉爲準率。明潘恩依其部目，作詩韻輯略五卷，其後潘雲杰作詩韻釋要，注釋聲韵，參訂頗詳。梁應圻更因以翻刻補葺，實爲坊間詩韻所自出。清康熙時所作佩文韻府，亦用其部目，實襲陰書之成緒也。

佩文韵府奉清聖祖敕撰，康熙四十三年敕撰，五十年書成，歷時八年。此書分韵隸事，薈萃韵府羣玉，五車韵綸。而大加增補。首列「韵藻」即二書所已錄者，次標「增字」，即新收之字也。皆以二字三字四字相從，依末字分韵，分隸於韵目之下。故其書雖無聲韵之價值，然卻爲檢查典故之重要工具書。

茲錄一〇六韵與廣韵部目對照於後：

平聲			上聲			去聲			入聲		
次第	詩韻	廣韻	次第	詩韻	廣韻	次第	詩韻	廣韻	次第	詩韻	廣韻
1	東	東	1	董	董	1	送	送	1	屋	屋

2	3	4	5	6	7	8	9	10
冬	江	支	微	魚	虞	齊	佳	灰
冬鍾	江	支脂之	微	魚	虞模	齊	佳皆	灰哈

2	3	4	5	6	7	8	9	10
腫	講	紙	尾	語	麌	薺	蟹	賄
腫	講	紙旨止	尾	語	麌姥	薺	蟹駭	賄海

2	3	4	5	6		8	9	10	11
宋	絳	寘	未	御	遇	霽	泰	卦	隊
宋用	絳	寘至志	未	御	遇暮	霽祭	泰	卦怪夬	隊代廢

2	3
沃	覺
沃燭	覺

11	12	13	14	15	1	2	3	4
眞	文	元	寒	刪	先	蕭	肴	豪
眞諄臻	文欣	元魂痕	寒桓	刪山	先仙	蕭宵	肴	豪

11	12	13	14	15	16	17	18	19
軫	吻	阮	旱	潸	銑	篠	巧	皓
軫準	吻隱	阮混很	旱緩	潸產	銑獮	篠小	巧	皓

12	13	14	15	16	17	18	19	20
震	問	願	翰	諫	霰	嘯	效	號
震稕	問焮	願慁恨	翰換	諫襇	霰線	嘯笑	效	号

4	5	6	7	8	9
質	物	月	曷	黠	屑
質術櫛	物迄	月沒	曷末	黠鎋	屑薛

13	12	11	10	9	8	7	6	5
覃	侵	尤	蒸	青	庚	陽	麻	歌
談覃	侵	幽侯尤	登蒸	青	清耕庚	唐陽	麻	戈歌
27	26	25	24		23	22	21	20
感	寢	有	迥		梗	養	馬	哿
敢感	寢	黝厚有	等拯迥		靜耿梗	蕩養	馬	果哿
28	27	26	25		24	23	22	21
勘	沁	有	徑		敬	漾	禡	箇
闞勘	沁	幼候有	嶝證徑		勁諍敬	宕漾	禡	過箇
15	14		13	12	11	10		
合	緝		職	錫	陌	藥		
盍合	緝		德職	錫	昔麥陌	鐸藥		

14	鹽	鹽添嚴	28	儉	琰忝儼	29	豔	豔㮇釅	16	葉	葉怗業
15	咸	咸銜凡	29	豏	豏檻范	30	陷	陷鑑梵	17	洽	洽狎乏

九　中原音韻

金元以後，我國政治中心，漸移黃河下游各省，即今所謂北音區域也。北音勢力之發展，乃象徵傳統韻書，雖時時爭持於紙上，實節節失敗於口中。首先以當時實際語音爲依據，脫離傳統韻書之羈絆者，乃元高安周德清所著之中原音韻。周書非字書，乃專爲唱曲或作曲者審音辨字而設。至於審音辨字之標準，則純取當時權威作家之作品而定。其自序云：

『欲作樂府，必正言語，必宗中原之音。樂府之盛之備之難，莫如今時；其盛則自搢紳及閭閻歌詠者衆，其備則自關鄭白馬一新製作，韻共守自然之音，字能通天下之語。』

可見周氏之書，原始即爲北曲文學而作，故又稱爲曲韻。其書約收五、六千字，按北曲之押韻將所收之字，分為十九類，每類取二字標目，即所謂之十九韻是也。

茲錄其十九韻於后，並附以近人所擬韻值。

一東鍾：uŋ iuŋ　二江陽：aŋ iaŋ uaŋ
三支思：ï　四齊微：i ei uei
五魚模：u iu　六皆來：ai iai uai
七眞文：ən iən uən iuən　八寒山：an ian uan
九桓歡：ɔn　十先天：ien iuen
十一蕭豪：au iau ieu　十二歌戈：o io uo
十三家麻：a ia ua　十四車遮：ie iue
十五庚青：əŋ iəŋ uəŋ iuəŋ　十六尤侯：ou iou
十七侵尋：əm iəm　十八監咸：am iam
十九廉纖：iem

此十九韻與傳統韻書，並不相同。傳統韻書每一韻只含一聲調；而中原音韻每韻皆含四類聲調，而所謂聲調，又非廣韻之平上去入；乃平聲陰，平聲陽，上聲與去聲。易言之，即傳統韻書先分聲調，後分韻部，中原音韻則先分韻類，後分聲調。中原音韻之聲調，雖與廣韻有殊，但與國語聲調，則大致相合。

中原音韻於「支思」「齊微」「魚模」「皆來」「蕭豪」「歌戈」「家麻」「車遮」「尤侯」九韻中，平聲之後，又有所謂「入聲作平聲」之字，首次出現時，注明「陽，後同。」上聲與去聲之後，亦有所謂「入聲作上聲」，「入作聲去聲」之字。世所謂「入聲」，乃傳統韻書以及元代其他方言仍與「平」「上」「去」有區別之一種聲調。然此種聲調，於北曲語言中，已分別變入「陽平」「上聲」「去聲」各調中矣。實際上周氏應將此類字直接併入上述三調而毋庸區分。然而周氏究係南人，不免受方言之影響。其中原音韻正音作詞起例云：

『平上去入四聲，音韻無入聲，派入平上去三聲，前輩佳作中間備載明白。但未有知之者，今撮其同聲。』

此足明當時北曲語言中，確無入聲。然周氏又云：

『入聲派入平上去三聲者，以廣其押韻，爲作詞而設耳，然呼吸言語之間，還有入聲之別。』

此言正足說明周氏之方言中，尚有入聲。故其措置爲：

『入聲派入三聲……次本韻後，使黑白分明，以別本聲。』

聲調之下，中原音韻將同音之字，歸列一紐，而以○與不同音之字分開。該書與今國語最大不同處，則爲侵尋、監咸、廉纖三部，尚保有收 -m 之韻尾。然此三部之收 -m 音，究係保存古音，抑當時實際語音如此？吾人傾向於後者，其故有三：

㈠周氏屢斥廣韵爲閩浙䮕舌之音，設北曲語言無此三部，周氏必不據廣韵而保存之。

㈡詞曲家相傳以「侵尋」等三部爲閉口韵，則當時必讀閉口，周氏云：「江淮之間，緝至乏俱無閉口。」故周氏於緝乏諸韻字悉歸入齊微歌戈諸部，而不以之配侵凡，可知緝乏雖非閉口，而侵尋等部仍爲閉口。

㈢「閉口韻」之字，當時已有混入收-n尾之韻部，如眞文上聲有「品」，寒山陽平有「帆」「凡」，去聲有「範」「泛」「范」「犯」等。亦有已混入收 -ŋ 尾之韵部者，如庚青上聲有「稟」字，周氏並未依據傳統韵書歸入侵尋等部。由此可知周氏全以實際語音系統爲依據。蓋品稟帆凡等字皆爲脣音收尾，凡脣音韵尾當時均已由 -m 變成 -n或-ŋ，此在語音學上稱爲異化作用(Dissimilation)。此一理由尤足證明周氏仍保存有「閉口韻」也。

至其聲母，據羅常培之研究，約有二十類，茲錄于后，並附以董同龢氏所擬音值：

㈠幫〔p〕並　㈡滂〔p‘〕並

㈢明〔m〕　㈣非〔f〕敷奉

㈤微〔v〕　㈥端〔t〕定

㈦透〔t‘〕定　㈧泥〔n〕娘疑

㈨來〔l〕　㈩見〔k〕羣

(一一)溪〔k'〕群
(一二)曉〔x〕匣喻
(一三)影〔o〕喻疑
(一四)照〔tʃ〕牀澄知
(一五)穿〔tʃ'〕徹牀澄禪
(一六)審〔ʃ〕牀禪
(一七)日〔ʒ〕
(一八)精〔ts〕照從
(一九)清〔ts'〕穿從
(二〇)心〔s〕審邪牀

惟 p, p', m, f, t, t', n, l 與國語全符合，其他各紐均微有差異。

十　中州樂府音韻類編

卓從之所著中州樂府音韻類編，據趙蔭棠中原音韻研究一文所考，乃據周德清之中原音韻未定稿編成。其書體例內容大致與中原音韻相同，故亦簡稱中州音韻，或中州韵。與中原音韵惟一不同者，乃平聲之下又分陰、陽與陰陽三類。茲舉江陽韵平聲爲例：

陰——姜邦雙章商漿莊岡桑康光當

陽——忙良穰忘娘郎航囊昂

陰陽——驄牀香降鎊傍腔強蔫陽方防昌長湯塘湘詳槍牆匡狂倉藏荒黃

凡陰類屬陰平調，陽類屬陽平調，陰陽類前一字屬陰平，後一字屬陽平。其所以如此者，則以字之有陰無陽者概歸陰類，有陽無陰者概歸陽類，其陰陽可以偶配者則歸陰陽類。

十一　洪武正韻

是書爲明樂韶鳳等奉敕撰，書成於洪武八年，參與撰集者有樂韶鳳（安徽全椒）、宋濂（浙江浦江）、王僎、李叔允、朱右（浙江臨海）、趙壎（江西新喻）、朱廉（浙江義烏）、瞿莊、鄒孟達、孫蕡（廣東順德）、荅祿與權（蒙古）諸人，除荅祿與權外，皆爲南人。然而其書受「中原雅音」之影響甚深。是書與中原音韻之主要差異爲：

㈠聲調分平上去入，平聲不分陰陽。

㈡入聲字獨立，自成十韻，分別與各陽聲配合，韻尾有 -p -t -k 之區別。

㈢聲母據劉文錦之研究，共有三十一類：

古類見	苦類溪	渠類群	五類疑
呼類曉	胡類匣	烏類影	盧類來
博類幫	普類滂	蒲類並	莫類明
方類非敷	符類奉	武類微	以類喻及疑一部分
陟類知照	丑類徹穿	直類澄牀	
時類禪及牀一之部	而類日	子類精	所類審
昨類從及牀澄二母一部分	蘇類心	徐類邪	七類清
佗類透	徒類定	奴類泥娘	都類端

其最大特色則爲尙保留濁塞聲，濁塞擦聲及濁擦聲。

(四)韵部共分七十六部，平上去三聲共六十六部。

下附趙蔭棠所擬音値。

一東董送 uŋ　二支紙寘 ï　三齊薺霽 i
四魚語御 y　五模姥暮 u　六皆解泰 ai
七灰賄隊 ei　八眞軫震 en　九寒旱翰 œn
十删產諫 an　十一先銑霰 iɛn　十二蕭筱嘯 au
十三爻巧效 ɑu　十四歌哿箇 O　十五麻馬禡 a
十六遮者蔗 ɛ　十七陽養漾 ɑŋ　十八庚梗敬 eŋ
十九尤有宥 ou　二十侵寢沁 im　二十一覃感勘 ɑm
二十二鹽琰豔 iɛm

入聲十部，分別配陽聲，其部目如下：

一屋 uk 配東　二質 et 配眞　三曷 œt 配寒
四轄 at 配删　五屑 iɛt 配先　六藥 ɑk 配陽
七陌 ek 配庚　八緝 ip 配侵　九合 ɑp 配覃
十葉 iɛp 配鹽

十二　瓊林韻雅

是書爲明寧獻王朱權所作，大致根據卓從之中州音韻而作，但與卓氏書亦有不同：

㈠韻目字面改變：韻雅雖亦分十九韻，然十九韻之韻目，每兩字均有意義，與中原、中州不同者一，茲錄於次：

一 穹窿　二 邦昌　三 詩詞　四 丕基　五 車書
六 泰階　七 仁恩　九 安閑　九 觽鸞　十 乾元
十一 簫韶　十二 珂和　十三 嘉華　十四 硨磟　十五 清寧
十六 周流　十七 金琛　十八 潭嚴　十九 恬謙

㈡平聲不分陰陽：中原、中州平聲皆分陰陽，是書爲繼洪武正韻後取消陰陽之分之第一部曲韵，此其不同者二。

㈢所收字數加多：中州韵只收四千零九十四字，是書增爲八千一百六十七字多出一倍有奇，此其不同者三。

十三　菉斐軒詞林韻釋

是書據趙蔭棠考證，乃明陳鐸所著，其書韻目字面，有同乎中原、中州者，亦有同乎瓊林韻雅者。其目如左：

一 東紅　二 邦陽　三 支時　四 齊微　五 車夫
六 皆來　七 眞文　八 寒閒　九 鸞端　十 先天
十一 簫韶　十二 和何　十三 嘉華　十四 車邪　十五 清明

十六　幽游　十七　金音　十八　南三　十九　占炎

顯然可知其書實爲中原、中州與韻雅拼合而成，是書有註釋，與瓊林韻雅異，但其註釋亦襲洪武正韻而成。

十四　中州全韻

是書爲范善臻撰。其書亦分十九韻與周、卓二氏同，惟字面有異：

一　東同　二　江陽　三　支思　四　機微　五　居魚

六　皆來　七　眞文　八　干寒　九　歡桓　十　天田

十一　蕭豪　十二　歌羅　十三　家麻　十四　車蛇　十五　庚亭

十六　鳩尤　十七　侵尋　十八　監咸　十九　廉纖

另一特色則去聲分陰陽。

十五　韻略易通

明蘭茂（廷秀）爲欲便於認字，因撰爲韻略易通，以爲平民識字之用。其言曰：

『玉篇見字之形始知其音，廣韻卽字之聲而尋其文，深有便於學者，然其間有「古文」「籀文」「通用」等字，又有形同音異，形異音同；數十萬言，難於周覽。

此編惟以應用便俗字樣收入，其音義同而字形異者，止用其一，故曰「韻略」。』

『篇韻之字，或有音切隱奧，疑似混淆，方言不一，覽者不知孰是。且字母三十有六，犯重者十六，似有惑焉。此編以早梅詩一首，凡二十字爲字母，標題於上；卽各韵平聲字爲子，叶調於下，得一字之平聲，其上聲去聲入聲字一以貫之，故曰「易通」。一切字音皆可叶矣。』

蘭氏韻略共分二十韻，其目如左：

一 東洪	二 江陽	三 眞文	四 山寒	五 端桓
六 先全	七 庚晴	八 侵尋	九 緘咸	十 廉纖
十一 支辭	十二 西微	十三 居魚	十四 呼模	十五 皆來
十六 蕭豪	十七 戈何	十八 家麻	十九 遮蛇	二十 幽樓

以早梅詩一首，代表二十類聲母。詩云：

『東風破早梅，向暖一枝開，氷雪無人見，春從天上來。』

此二十字所代表之聲母如下：

p冰	p‘破	m梅	f風	v無	t東	t‘天	n暖	l來	ts早	ts‘從	s雪
tʃ枝	tʃ‘春	ʃ上	ʒ人	k見	k‘開	x向	o一				

分韻與聲母承襲中原音韻，入聲附陽聲，則承襲洪武正韻。

十六 韻略滙通：

明畢拱辰撰，畢氏據蘭氏韻略更加『分合刪補，期於簡便明備，爲童蒙入門嚆矢耳，稍易其名，曰韻略滙通。』若將其書凡例與內容加以考察，可得下列結果：

㈠平聲分上平下平卽今之陰平陽平。

㈡東洪與庚晴稍有調動。此表現 uŋ⇌ueŋ 互混

㈢端桓 œn→an 歸於山寒。

㈣緘咸由 am→an 歸於山寒，少數齊齒音入於先全。

㈤侵尋由 im→in 歸於眞文，合稱眞侵。

㈥廉纖由iem→ien 歸於先全。

（㈣㈤㈥）此表現-m→-n卽-m韻尾消失。

㈦西微之i歸居魚，所餘者爲ei 改稱灰微。

㈧入聲配陽聲，然已非蘭氏之舊。

其十六部及擬音如下：

一 東洪 uŋ	二 江陽 aŋ	三 眞尋 in en	四 庚晴 iŋ eŋ
五 先全 ien	六 山寒 an	七 支辭 ï	八 灰微 ei
九 居魚 y,i	十 呼模 u	十一 皆來 ai	十二 蕭豪 au
十三 戈何 o	十四 家麻 a	十五 遮蛇 ɛ	十六 幽樓 ou

十七　曲韻驪珠

清沈乘麐著，其書分二十一韻及入聲八韻。其目如左：

東同（鼻音）　江陽（鼻音）　支思（直音）　機微（直音）　灰回（收噫）　居魚（撮口）
姑模（滿口）　皆來（收噫）　眞文（抵腭）　干寒（抵腭）　歡桓（抵腭）　天田（抵腭）
蕭豪（收嗚）　歌羅（直音）　家麻（直音）　車蛇（直音）　庚亭（鼻音）　鳩侯（收嗚）
侵尋（閉口）　監咸（閉口）　纖廉（閉口）

入聲八韻

屋讀（滿口）　恤律（撮口）　質直（直音）　拍陌（直音）　約略（直音）　曷跋（撮口）
豁達（直音）　屑轍（直音）

十八　五方元音

清樊騰鳳著，其書併韻部十二，與今國語益趨接近。茲錄其十二韻於左，擬音據趙蔭棠。

(一)天 an　(二)人 en　(三)龍 uŋ eŋ　(四)羊 aŋ
(五)牛 ou　(六)獒 au　(七)虎 u　(八)駝 o
(九)蛇 ε　(一〇)馬 a　(一一)豺 ai　(一二)地 i, y, ei, ï

分聲母為二十，其名為：

梆p　匏p'　木m　風f

斗t　土t'　鳥n　雷l

竹tʂ　蟲tʂ'　石ʂ　日ʐ

剪ts　鵲ts'　絲s　雲o(i y)

金k,tɕ　橋k' tɕ'　火x,ɕ　蛙o(a,u)

聲調與畢氏韻略滙通同，入聲併入陰聲韻。

（原載木鐸第九期、民國六十九年十一月）

如何從國語的讀音辨識廣韻的聲韻調

一 前言

任何語音的演進，都是漸變的，不是突變的。每一種語音都有它歷史的根源，雖然，影響語音變化的因素很多，而例外的情形不是沒有。但是，大多數的語音，都是有所承繼的，因此根據現在的國語讀音來辨識廣韻的聲、韻、調，大多數仍是有條例可尋的，如果我們知道的條件愈多，我們辨識起來也就愈清晰，也就愈準確，本文的目的，就是想從這一觀念上，來跟初學聲韻學的人談談，如何就我們已有的知識基礎，進一步探索我們所不知道的語音。因爲廣韻一書跟所有漢語方言都存在着對應規律，在理論上，根據任何一種漢語方言，都有可能推尋出廣韻的聲母、韻母跟聲調來。我所以特別選擇從國語著手，就是因爲在臺灣三十幾年來的推廣國語。已有顯著的成就，幾乎受過教育的人，沒有不能說國語的或近於國語的普通話。縱然二者之間仍有差距，但大致是相去不遠。彼此是可以瞭解的。所以我就從國語的讀音着手，來說明這種辨識的方法。

二　廣韻聲母的國語讀音

廣韻聲母一共有四十一個，現在按照喉、牙、舌、齒、脣的次序，分別說明其音讀於後，並於每一聲母下酌舉例字，以資參證。

喉音：

影讀無聲母〔o〕：烏哀紆央。

喻讀無聲母〔o〕：余與以羊。

爲讀無聲母〔o〕：云有于王。

牙音：

見洪音讀ㄍ〔k〕：古公高岡。

細音讀ㄐ〔tɕ〕：君居舉姜。

溪洪音讀ㄎ〔k'〕：客苦枯康。

細音讀ㄑ〔tɕʻ〕：去丘起羌。

羣平聲洪音讀ㄎ〔kʻ〕：逵狂。

細音讀ㄑ〔tɕʻ〕：求強。

仄聲洪音讀ㄍ〔k〕：跪櫃。

細音讀ㄐ〔tɕ〕：巨彊。

疑大部分讀無聲母〔o〕：吾宜語昂。

少數開口細音字讀ㄋ〔n〕：擬逆牛凝。

曉洪音讀ㄏ〔x〕：火海呼荒。

細音讀ㄒ〔ɕ〕：休喜許香。

匣洪音讀ㄏ〔x〕：胡侯何黃。

　細音讀ㄒ〔ɕ〕：下賢玄降。

舌音：

舌頭音：

端讀ㄉ〔t〕：都得多當。

透讀ㄊ〔t‘〕：託他吐湯。

定平聲讀ㄊ〔t‘〕：徒田同堂。

　仄聲讀ㄉ〔t〕：杜地導宕。

泥讀ㄋ〔n〕：奴乃內囊。

舌上音：

知大部分讀ㄓ〔tʂ〕：陟豬中張。

少數梗攝入聲二等字讀ㄗ〔ts〕：舴。

徹讀ㄔ〔tʂʻ〕：癡丑坼倀。

澄平聲讀ㄔ〔tʂʻ〕：除池懲場。

仄聲大部分讀ㄓ〔tʂ〕：直箸治丈。

少數梗攝入聲二等字讀ㄗ〔ts〕：擇澤。

娘讀ㄋ〔n〕：女尼拏娘。

半舌音：

來讀ㄌ〔l〕：盧樓落郎。

齒音：

齒頭音：

精洪音讀ㄗ〔ts〕：茲遭祖臧。

細音讀ㄐ〔tɕ〕：即借精將。

清洪音讀ㄘ〔ts‘〕：此雌醋倉。

細音讀ㄑ〔tɕ‘〕：千遷取鏘。

從平聲洪音讀ㄘ〔ts‘〕：從才徂藏。

細音讀ㄑ〔tɕ‘〕：齊秦前牆。

仄聲洪音讀ㄗ「ts〕：自在皂藏。

細音讀ㄐ〔tɕ〕：薺漸就匠。

心洪音讀ㄙ〔s〕：蘇思損桑。

細音讀ㄒ〔ɕ〕：先息心相。

邪洪音讀ㄘ〔ts'〕：辭詞；亦讀ㄙ〔s〕：隨俗。

細音讀ㄑ〔tɕ'〕：囚；亦讀ㄒ〔ɕ〕：徐詳。

正齒音：

照讀ㄓ〔tʂ〕：煑之照章。

穿讀ㄔ〔tʂ'〕：充吹春昌。

神平聲讀ㄔ〔tʂ'〕：乘船；又讀ㄕ〔ʂ〕神繩。

仄聲讀ㄕ〔ʂ〕：實食。

審讀ㄕ〔ʂ〕：詩書識商。

禪平聲讀ㄔ〔tʂ'〕：臣成承常；又讀ㄕ〔ʂ〕：時殊。

仄聲讀ㄓ〔tʂ〕：殖埴；又讀ㄕ〔ʂ〕：是市。

莊大部分讀ㄓ〔tʂ〕：輜齋爭莊。

深攝及梗曾通攝入聲字讀ㄗ〔ts〕：簪責仄。

初大部分讀ㄔ〔tʂʻ〕；差釵楚瘡。

深攝及梗曾通攝入聲字讀ㄘ〔tsʻ〕：參策測。

牀平聲大部分讀ㄔ〔tʂʻ〕：崇牀豺查。

深攝讀ㄘ〔tsʻ〕；岑涔。

仄聲大部分讀ㄓ〔tʂ〕：乍棧助狀；又讀ㄕ〔ʂ〕：士事。

少數讀ㄗ〔ts〕：驟；又讀ㄙ〔s〕俟。

疏大部分讀ㄕ〔ʂ〕：沙生山霜。

深攝及梗曾通攝入聲字讀ㄙ〔s〕：森色縮澀。

半齒音：

日大部分讀ㄖ〔ʐ〕：人若儒穰。

止攝開口讀無聲母〔o〕：爾兒二耳。

脣音：

重脣音：

幫讀ㄅ〔p〕；布伯巴幫。

滂讀ㄆ〔p'〕；普匹披滂。

並平聲讀ㄆ〔p'〕：平皮蒲旁。

仄聲讀ㄅ〔p〕：步便並傍。

明讀ㄇ〔m〕：眉美莫忙。

輕脣音：

非讀ㄈ〔f〕：風非甫方。

敷讀ㄈ〔f〕：豐妃拂芳。

奉讀ㄈ〔f〕：馮符肥房。

微讀無聲母〔o〕：文武無亡。

從上面的分析，我們可以得到下列的結果，現在分別說明於後：

㈠國語零聲母的來源。

所謂零聲母，是指以元音起頭的字，因爲沒有輔音起頭，所以叫做零聲母。通常我們以〔o〕這個符號來代表它。零聲母可以分爲四種情況：⑴韻頭或全韻是i的，叫做i類零聲母。⑵韻頭或全韻是y的，叫做y類零聲母。⑶韻頭或全韻是u的，叫做u類零聲母。⑷沒有韻頭而主要元音以a o ə e ɤ ɚ起頭的叫做a類零聲母。i y兩類零聲母有一個共同的情況，他們都是從影、喻、爲、疑四母變來的。u類零聲母則除上述四母以外，又多了一個微母的來源。至於a類零聲母大部分都只有影、疑兩類來源，少數止攝開口字。它的韻母是ɚ的，則全是從日母變來的。

茲將國語零聲母的來源列表於後：

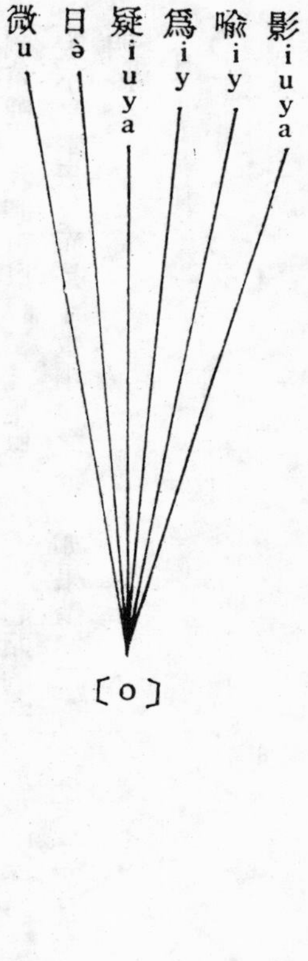

以等的觀點來說iy兩類都是三四等韻的字，不過後來二等開口字的喉牙音也變成了i類零聲母。u類是合口一二等及合口三等字。a類是開口一等，至於ə類只限於止攝三等開口字。從聲母跟等的配合關係，也可以看出它們的來源，喻、爲兩母只出現三等韻，所以只在iy兩類出現，開口屬i類，合口屬y類。影、疑兩母一二三四等俱全，所以四類同時出現，日母只出現三等韻，在止攝變成無聲母，故只在ə韻出現。微母只出現合口三等韻，所以只有u類。

㈡國語ㄅ〔p〕、ㄆ〔p‘〕、ㄇ〔m〕、ㄈ〔f〕的來源：

(1)ㄅ〔p〕的來源，只有兩類，一是幫母字，二是並母的仄聲字。幫母是全清聲母，在平聲裏一定唸第一聲，並母是全濁聲母，古代的上聲字，如果聲母是並母，國語一定讀第四聲，不讀第三聲。因此我們可以說凡是ㄅ〔p〕起頭的字，國語讀第一聲或第三聲的，一定是廣韻的幫母字。茲列表說明於後：

幫 ——→ ㄅ〔p〕
並仄 ——→ ㄅ〔p〕

(2)ㄆ〔p'〕的來源，也只有兩類，一是滂母字，二是並母平聲字。滂母是次淸聲母，在平聲裏一定唸第一聲；並母是全濁聲母，在平聲裏一定唸第二聲。根據這一點，我們可以說，凡是以ㄆ〔p'〕起頭的字，國語讀第一聲、第三聲、第四聲的，一定是廣韻的滂母字；讀第二聲的一定是廣韻的並母字。其來源如下表：

滂 ——→ ㄆ〔p'〕
並平 ——→ ㄆ〔p'〕

(3)ㄇ〔m〕的來源一定是古代的明母。沒有其他的來源。卽明——ㄇ〔m〕。

(4)ㄈ〔f〕的來源有三，非母、敷母跟奉母：奉母是全濁聲母，古代的平聲字，如果屬奉母，現在一定讀第二聲；古代的上聲字，如果屬奉母，現在一定第四聲。根據這個原則，我們可以說，凡是以ㄈ〔f〕起頭的字，如果國語讀第一聲或第三聲，一定不是奉母，而是非敷兩母之一，如果讀第二聲，那末一定是奉母無疑了。列表說明於後：

非 ——→ ㄈ〔f〕
敷 ——→ ㄈ〔f〕
奉 ——→ ㄈ〔f〕

（三）國語ㄉ〔t〕、ㄊ〔t'〕、ㄋ〔n〕、ㄌ〔l〕的來源：

(1) ㄉ〔t〕的來源有兩個，一是端母字，二是定母仄聲字。端是全清聲母，古代的平聲字，如果屬端母，現在國語一定唸第一聲；定母是全濁聲母，古代的上聲字，如果屬定母，國語一定唸第四聲。因此可以說，凡是以ㄉ〔t〕起頭的字，現在國語讀第一聲或第三聲的，一定是端母字。列表說明其來源於後：

端
定仄
→ ㄉ〔t〕

(2) ㄊ〔t'〕的來源也只有兩個，一是透母字，二是定母平聲字。透是次清聲母，古代的平聲字，如果屬透母，國語讀第一聲；定是全濁聲母，古代的平聲字，如果屬定母，國語讀第二聲。由此可知，凡是以ㄊ〔t'〕起頭的字，現在國語讀第一聲、第三聲、第四聲的字，一定是廣韻的透母字；如果是第二聲，則一定是定母字。ㄊ〔t'〕的來源如下表：

透
定平
→ ㄊ〔t'〕

(3) ㄋ〔n〕的來源有三個，一是泥母，一是娘母，另外疑母有一部分開口細音字。它們是齊韻的霓倪、止韻的擬、陌韻開口三等的逆、屑韻的齧臬隉、薛韻的孽蘖、尤韻的牛、蒸韻的凝、藥韻的虐瘧。除了這些字以外，可以說ㄋ〔n〕母的來源是相當穩定的。表之於下：

泥
娘
疑（齊開、止、陌開三、屑開、薛開、尤、蒸開、藥開、）
→ ㄋ〔n〕

(4)ㄌ〔l〕的來源只有一個，來自廣韻的來母。它的變化是來——————ㄌ〔l〕

四國語ㄍ〔k〕、ㄎ〔k‘〕、ㄏ〔x〕的來源。

(1)ㄍ〔k〕的來源有二，一是見母洪音，一是羣母仄聲的洪音。這裏所謂的洪音，指現代國語韻母而言。見母是全清聲母，古代平聲字現代國語讀第一聲。羣母是全濁聲母，古代的上聲，現代國語讀第四聲。所以若是ㄍ〔k〕起頭的字，凡是國語讀第一聲跟第三聲的字，一定是見母。如果以等韻來說，凡一等及二等合口字，古代如屬見母的，現在一定是讀ㄍ〔k〕的。三四等有少部分見母與羣母字例外地也讀ㄍ〔k〕了，如通合三的弓，恭；止合三的規、龜、歸；蟹合四的桂都是的。他們的演變如下表：

見洪 ——→ ㄍ〔k〕
羣仄洪 ——→ ㄍ〔k〕

(2)ㄎ〔k‘〕的來源有二，一是溪母的洪音，一是羣母平聲的洪音。溪母是全清聲母，古代平聲字，如果屬溪母，現代國語讀第一聲；如果屬羣母，現代國語讀第二聲。所以只要是ㄎ〔k‘〕起頭的字，如果是第一聲、第三聲、第四聲一定是溪母，如果是第二聲，當然就是羣母了。表之於後：

溪洪 ——→ ㄎ〔k‘〕
羣平洪 ——→ ㄎ〔k‘〕

(3)ㄏ〔x〕的來源有二：一是曉母的洪音，一是匣母的洪音。曉母是清聲母，現代國語照例把古代平聲字讀成第一聲；匣母是全濁聲母，照例把古代的平聲字讀成第二聲，上聲字讀成第四聲。因此可以說，凡是以ㄏ〔x〕起頭的字，現在國語讀第二聲的一定是匣母，讀第一聲跟第三聲的一定是曉母。它的來源如下表：

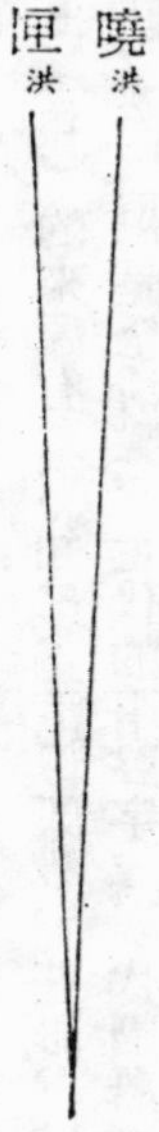

(五)國語ㄐ〔tɕ〕、ㄑ〔tɕʻ〕、ㄒ〔ɕ〕的來源：

(1)ㄐ〔tɕ〕的來源有四：一是見母的細音，一是羣母仄聲的細音，一是精母的細音，一是從母仄聲的細音。見精兩母是全清聲母，古代的平聲字，現代國語讀第一聲，羣從兩母是全濁聲母，古代的上聲字，現代國語讀第四聲。因此，凡是以ㄐ〔tɕ〕起頭的字，如果是第一聲跟第三聲，一定是見精兩母之一了。它們的來源如下表：

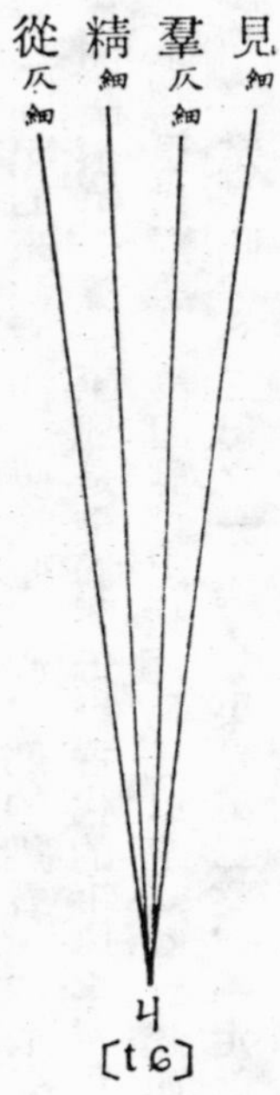

(2)ㄑ〔tɕʻ〕的來源有五：溪母的細音，羣母平聲的細音，清母的細音，從母平聲的細音，邪母平聲的細音。溪清兩母是次清聲母，古代的平聲字現代國語讀第一聲；羣從邪都是全濁聲母，古代的平聲字現代國語讀第二聲。因此，凡以ㄑ〔tɕʻ〕起頭的字，如果是第一聲、第三聲、第四聲。那一定就是溪清兩母之一了。如果是第二聲，就一定是羣從邪三母之一了。表之於後。

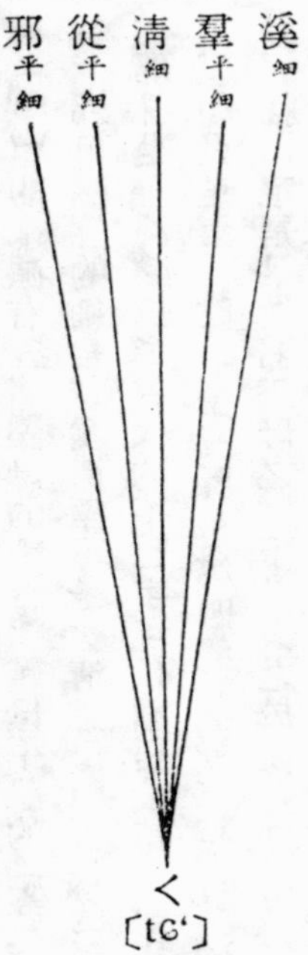

(3)ㄒ〔ɕ〕的來源有四：曉、匣、心、邪的細音。曉心是清聲母，古代的平聲字，現代國語讀第一聲，匣邪是全濁聲母，古代的平聲字，現代國語讀第二聲；古代的上聲字，現代國語讀第四聲。因此，凡是以ㄒ〔ɕ〕起頭的字，如果是第一聲、第三聲，一定是曉、心二母之一了。如果是第二聲，一定就是匣、邪二紐之一了。表之如後：

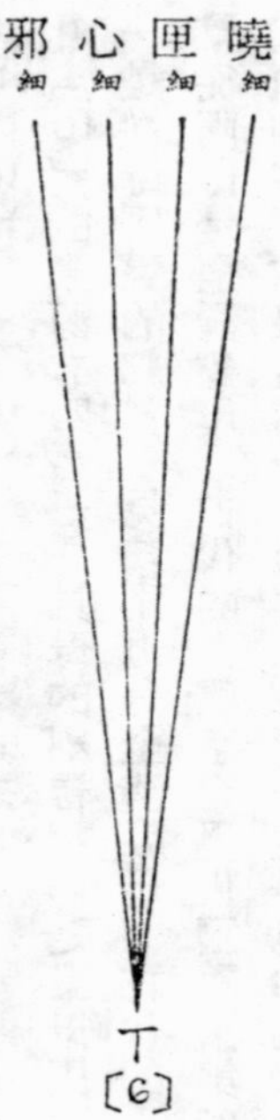

(六)國語ㄓ〔tʂ〕、ㄔ〔tʂʻ〕、ㄕ〔ʂ〕、ㄖ〔ʐ〕的來源：

(1)ㄓ〔tʂ〕的來源有六：知母、澄母仄聲、莊母、牀母仄聲、照母、禪母仄聲。知、莊、照三母是全清聲，古代的平聲字，現代國語讀第一聲。澄、牀、禪三母是全濁聲母，古代的上聲字，現代國語讀第四聲。所以，凡是以ㄓ〔tʂ〕起頭的字，如果讀第一聲與第三聲，一定是知莊照三母之一了。茲將其來源表列於后：

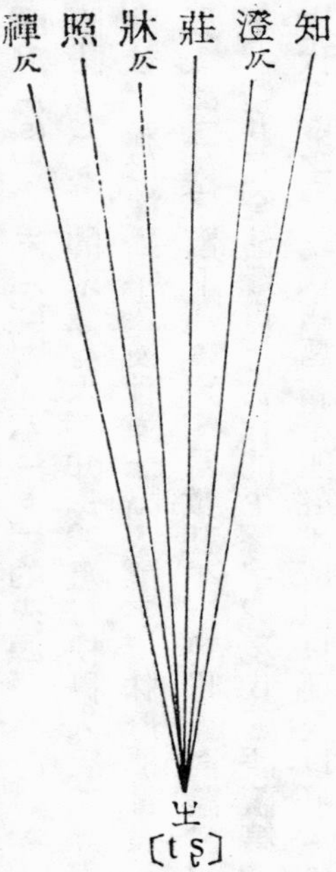

(2)ㄔ〔tʂ'〕的來源有七：徹母、澄母平聲，初母、牀母平聲、穿母、神母平聲、禪母平聲。徹初穿屬次清聲母，古代的平聲字，現代國語讀第一聲，澄牀神禪四母皆屬全濁聲母，古代的平聲字，現代國語讀第二聲。因此，只要是ㄔ〔tʂ'〕起頭的字，凡讀第一聲、第三聲、第四聲的字，一定是徹、初、穿三母之一；讀第二聲的字，一定是澄、牀、神、禪四母之一了。表列其來源於后：

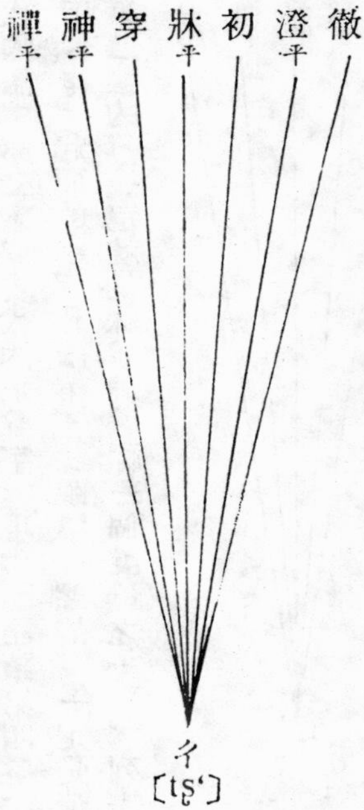

(3)ㄕ〔ʂ〕的來源有五：牀母仄聲、疏母、神母、審母及禪母。疏審是清聲母，古代

的平聲字，現代國語讀第一聲；牀、神、禪三母都是全濁聲母，古代的平聲字，現代國語讀第二聲，古代的上聲字，現代國語讀第四聲。從上面的分析，可知凡是以ㄕ〔ʂ〕起頭的字，凡讀第一聲跟第三聲的，一定是疏、審二母之一；如果國語讀第二聲的，一定就是牀、神、禪三個聲母之一了。列表說明其來源如下：

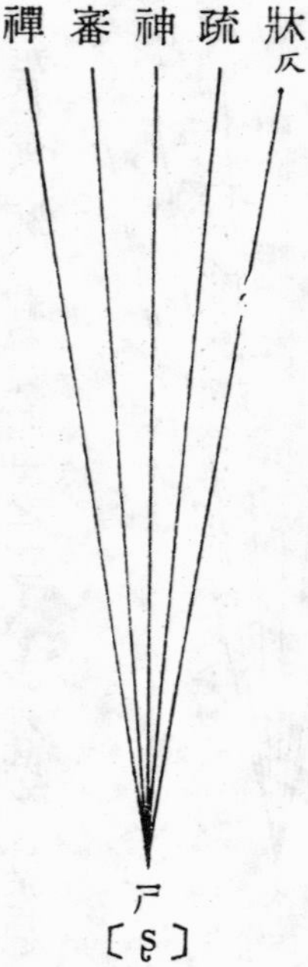

(4)ㄖ〔ʐ〕的來源只有一個，就是來自廣韻的日母，廣韻日母字，除了止攝三等讀成無聲母外，其他各韻全部都是讀ㄖ〔ʐ〕了。變化如下：

㈦國語ㄗ〔ts〕、ㄘ〔ts‘〕、ㄙ〔s〕的來源：

(1)國語ㄗ〔ts〕的來源有六：知母、澄母梗攝入聲二等字，精母的洪音，從母仄聲的洪音，莊母深攝字及梗曾通三攝入聲字，牀母梗曾通三攝入聲字。知澄兩母只限梗攝入聲二等字讀ㄗ〔ts〕，爲數甚少，可毋庸討論。現在剩下的只有四母要說明一下，精莊是全清聲母，古代的平聲字，現代國語讀第一聲，從牀兩母是全濁聲母，古代上聲字，現代國語讀第四聲。所以只要是以ㄗ〔ts〕起頭的字，國語讀第一聲或第三聲的，一定是精莊二母之一了，茲列表說明於后：

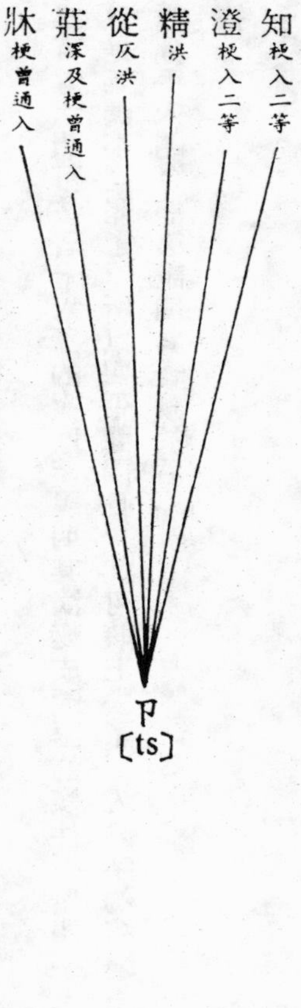

⑵國語ㄘ〔ts‘〕的來源有六：徹母梗攝入聲二等，清母洪音，從母平聲洪音，邪母平聲洪音，初母深及梗曾通入。牀母深攝平聲。徹母字只有梗攝入聲二等字讀ㄘ〔ts‘〕，影響不大，可無庸討論。清初兩母是全清聲母，古代的平聲字，現代國語讀第一聲。從邪牀三母是全濁聲母，古代的平聲字，現代國語讀第二聲。所以只要是以ㄘ〔ts‘〕起頭的字，國語讀第一聲的，深攝及梗曾通三攝入聲是初母，其他是清母。國語讀第二聲的，深攝是牀母，其他是從母，而邪母讀ㄘ〔ts‘〕只限於止攝之韻字。所以也很容易辨別了。茲列表說明於後：

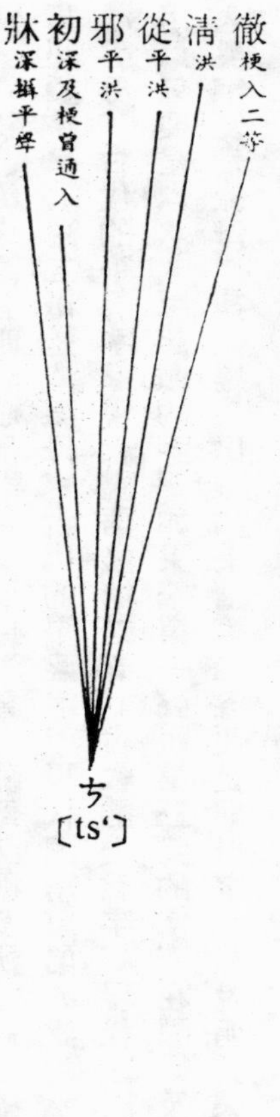

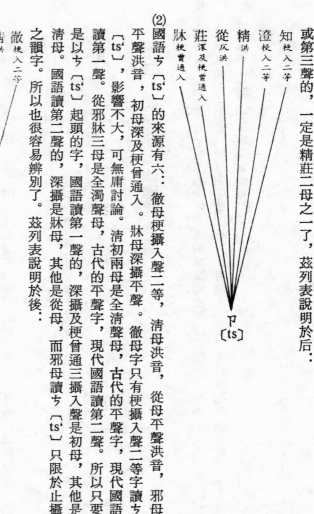

⑶國語ㄙ〔s〕的來源有四：心母洪音，邪母洪音，疏母深攝及梗曾通三攝入聲字，牀母止攝字。心疏二母是清聲母，古代的平聲字，現代國語讀第一聲，牀邪二母是全濁聲母，古代的平聲字，現代國語讀第二聲，古代的上聲字，現代國語讀第四聲。所以只要是ㄙ〔s〕起頭的字，如果讀第一聲跟第三聲的字，在深攝及梗曾通三攝入聲字便是疏母，其他屬心母。如果讀第二聲便是邪母字。茲說明其來源於後：

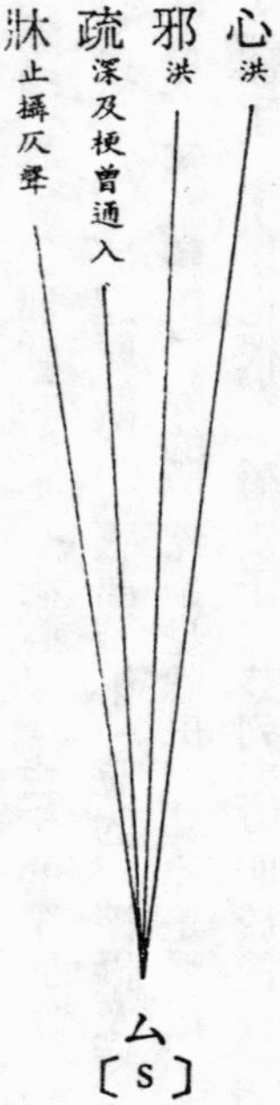

三　廣韻韻母的國語音讀

廣韻二百零六韻可按著十六攝的次序，說明其演變成國語的條件，廣韻平上去三聲的韻母相同，只是聲調不同罷了，所以舉平聲韻目，就可賅上去了，入聲字的演變稍覺差殊，故下列十六攝分平入開合等第說明其音讀於后：

㈠通攝

平聲，舉平以賅上去後放此。

一等：東冬。脣音讀ㄥ〔əŋ〕，如蓬蒙；其他讀ㄨㄥ〔uŋ〕，如東通宗叢公洪翁。
三等：東鍾。脣音讀ㄥ〔əŋ〕。如封峯馮瞢；喉音讀ㄩㄥ〔yuŋ〕，如邕庸；牙音讀ㄩㄥ〔yuŋ〕，如穹窮；又讀ㄨㄥ〔uŋ〕，如宮恭；其他讀ㄨㄥ〔uŋ〕，如中蟲鍾從松嵩。

入聲

一等：屋沃。讀ㄨ〔u〕，如木谷毒僕。
三等：屋燭。喉牙及娘母讀ㄩ〔y〕，如郁菊旭玉；脣音齒頭及來讀ㄨ〔u〕，如福足粟錄；知照兩系讀ㄨ〔u〕，如祝叔躅辱。又讀ㄡ〔ou〕，如熟粥肉（語音）。

㈡江攝

平聲

二等：江。脣音讀ㄤ〔aŋ〕，如厖龐邦；喉牙讀ㄧㄤ〔iaŋ〕，如江腔肤降；其他讀ㄨㄤ〔uaŋ〕，如雙窻幢樁。

入聲

二等：覺。脣音讀ㄛ〔o〕，如剝樸；又讀ㄠ〔au〕，如邈雹；喉牙讀ㄩㄝ〔ye〕，如覺學。語音又讀ㄧㄠ〔iau〕。影母及其他讀ㄨㄛ〔uo〕，如握濁犖娖。

㈢止攝陰聲各攝無入聲，故不分平入，擧平以賅上去

開口三等：支脂之微。脣音讀ㄧ〔i〕，如皮披；又讀ㄟ〔ei〕，如悲眉；喉牙及舌頭讀ㄧ〔i〕，如依欺基奇疑地；其他讀（ㄭ）〔ï〕。如知脂雌思兒。
合口三等：支脂微。脣音及娘來二母讀ㄟ〔ei〕，如非肥纍；微母讀ㄨㄟ〔uei〕，如

微；莊系讀ㄨㄞ〔uai〕，如衰；其他讀ㄨㄟ〔uei〕，如威鎚逵歸隹雅。

(四)**遇攝**

一等：模，讀ㄨ〔u〕，如烏姑租都鋪。

三等：魚虞。喉牙舌頭及齒頭讀ㄩ〔y〕，如于居於須女縷；其他讀ㄨ〔u〕，如初書豬。

(五)**蟹攝**

開口：

一等：咍泰。讀ㄞ〔ai〕，如咍開蓋泰艾賴蔡。

二等：皆佳夬。喉牙兩系中影溪讀ㄞ〔ai〕，如挨楷；其他讀ㄧせ〔ie〕，如皆諧鞋；佳韻少數字讀ㄧㄚ〔ia〕，如佳涯。其他各系讀ㄞ〔ai〕，如牌柴釵埋齋。

三等：祭。讀ㄧ〔i〕，如蔽祭藝。

四等：齊。讀ㄧ〔i〕，如齊堤低虀鷄黎。

合口

一等：灰泰。脣音及泥來二母讀ㄟ〔ei〕，如貝沛枚胚雷內；其他讀ㄨㄟ〔uei〕，如摧灰堆瑰隈會最；泰韻有些喉牙音讀ㄨㄞ〔uai〕，如外檜。

二等：皆佳夬。讀ㄨㄞ〔uai〕，如乖懷夬快。佳夬兩韻有少數喉牙音讀ㄨㄚ〔ua〕，如話卦蛙媧。

三等：祭廢。脣音讀ㄟ〔ei〕，如廢肺。其他讀ㄨㄟ〔uei〕，如穢喙衞芮贅脃。

四等：齊。讀ㄨㄟ〔uei〕，如圭桂睽觿。

(六)臻攝

平聲

開口

一等：痕。舌頭讀ㄨㄣ〔uən〕，如吞。其他讀ㄣ〔ən〕，如恩根痕。

二等：臻。讀ㄣ〔ən〕，如臻駪蓁。

三等：眞欣。莊知照三系讀ㄣ〔ən〕，如眞辰人珍陳；其他讀ㄧㄣ〔in〕，如因新津頻銀巾。

合口

一等：魂。脣音讀ㄣ〔ən〕，如門奔濆；其他讀ㄨㄣ〔uən〕，如魂昆溫尊存暾屯論。

三等：諄文。脣音讀ㄣ〔ən〕，如分芬墳，微母讀ㄨㄣ〔uən〕，如文。喉牙及齒頭讀ㄩㄣ〔yn〕，如熅勻均羣旬荀；又讀ㄨㄣ〔uən〕，如遵鷷。其他讀ㄨㄣ〔uən〕，如輪椿屯書。

入聲

開口

一等：麧。喉音讀ㄜ〔ɤ〕，如紇麧。

二等：櫛。讀ㄜ〔ɤ〕，如瑟。櫛讀ㄐㄧㄝˊ〔tɕie〕爲例外。

三等：質迄。莊知照讀（ㄭ）〔ï〕，如質實侍失日；其他讀ㄧ〔i〕，如一七匹吉逸栗疾必蜜。

合口

一等：沒。脣音讀ㄛ〔o〕，如沒勃。其他讀ㄨ〔u〕，如骨突忽兀窟卒。

三等：術物。喉牙及來母讀ㄩ〔y〕，如鷸橘律屈鬱；其他讀ㄨ〔u〕，如弗拂物術出朮黜猝。

(七)山攝

平聲

開口

一等：寒。讀ㄢ〔an〕，如安寒單難餐殘干看。

二等：刪山。喉牙讀ㄧㄢ〔ian〕，如姦顏閒艱；其他讀ㄢ〔an〕，如刪班攀潺斕。

三等：仙元。知照二系讀ㄢ〔an〕，如纏邅鋋然；其他讀ㄧㄢ〔ian〕，如錢延焉連篇棉言軒。

四等：先。讀ㄧㄢ〔ian〕，如煙賢顚田千箋邊眠牽。

合口

一等：桓。脣音讀ㄢ〔an〕，般槃潘饅。其他讀ㄨㄢ〔uan〕，如豌冠桓歡端團酸鑾鑽。

二等：刪山。讀ㄨㄢ〔uan〕，如關還彎。

三等：仙元。脣音讀ㄢ〔an〕，如翻煩，微母讀ㄨㄢ〔uan〕，如晚。喉牙及齒頭讀ㄩㄢ〔yan〕，如原鴛喧沿全權棬員宣旋；其他讀ㄨㄢ〔uan〕，如專傳穿栓遄堧。

四等：先，讀ㄩㄢ〔yan〕，如淵玄涓。

入聲

開口

一等：曷。喉牙讀ㄜ〔ɤ〕，如褐遏葛渴；其他讀ㄚ〔a〕，如怛達剌薩捺。
二等：鎋黠。喉牙讀ㄧㄚ〔ia〕，如黠戛軋瞎；其他讀ㄚ〔a〕，如察八紮刹獺捌。
三等：月薛。知照兩系讀ㄜ〔ɤ〕，如哲浙熱折徹掣；其他讀ㄧㄝ〔ie〕，如歇竭褻列傑孽滅揭瞥別。
四等：屑。讀ㄧㄝ〔ie〕，如屑切結迭鐵纈涅臬蔑噎。

合口

一等：末。脣音讀ㄛ〔o〕，如撥醱末。其他讀ㄨㄛ〔uo〕，如柮闊活奪斡捋掇撮脫。
二等：鎋黠。讀ㄨㄚ〔ua〕，如滑刮刷婠。
三等：薛月。脣音讀ㄚ〔a〕，如伐髮，微母讀ㄨㄚ〔ua〕，如韈。知照兩系讀ㄨㄛ〔uo〕，如拙輟說啜；其他讀ㄩㄝ〔ye〕，如雪絕缺悅厥掘月闕。
四等：屑。讀ㄩㄝ〔ye〕，如血玦穴闋。

(八)效攝

一等：豪。讀ㄠ〔au〕，如褒袍毛刀叨遭騷牢高蒿豪敖猱鏖。
二等：肴。喉牙讀ㄧㄠ〔iau〕，如交敲虓肴。影疑讀ㄠ〔au〕，如聱坳。其他讀ㄠ〔au〕，如包茅巢梢。
三等：宵。知照兩系讀ㄠ〔au〕，如超朝潮韶昭；其他讀ㄧㄠ〔iau〕，如焦樵消要嬌橋妖苗鏢瓢踋。
四等：蕭。讀ㄧㄠ〔iau〕，如蕭貂迢驍聊堯幺墽。

(九)果攝

開口

一等：歌。喉牙讀ㄜ〔ɤ〕，如歌莪何訶痾。其他讀ㄨㄛ〔uo〕，如蹉多娑駝羅那醝。

三等：戈。讀ㄧㄚ〔ia〕，如伽迦。

合口

一等：戈。喉牙讀ㄜ〔ɤ〕，如戈科禾；又讀ㄨㄛ〔uo〕，如鍋和倭。脣音讀ㄛ〔o〕如波頗婆摩；其他讀ㄨㄛ〔uo〕，如⿰阝朵莎牠贏矬。

三等：戈。喉牙讀ㄩㄝ〔ye〕，如鞾瘸。

㈠假攝

開口

二等：麻。喉牙讀ㄧㄚ〔ia〕，如嘉遐鴉牙煆。其他讀ㄚ〔a〕，如麻葩叉鯊柤茶杷查奓拏。

三等：麻。照系讀ㄜ〔ɤ〕，如車奢遮蛇；其他讀ㄧㄝ〔ie〕，如些耶嗟衺。

合口

二等：麻。讀ㄨㄚ〔ua〕，如瓜華誇洼髽檛。

㈡宕攝

平聲

開口

一等：唐。讀ㄤ〔aŋ〕，如唐郎當倉岡康湯滂航臧茫囊卬藏幫。

三等：陽。知照兩系讀ㄤ〔aŋ〕，如商章昌長張穰；莊系讀ㄨㄤ〔uaŋ〕，如創牀霜；

合口

其他讀一ㄤ〔iaŋ〕，如羊詳良香羌薑襄將娘牆央鏘強。

一等：唐。讀ㄨㄤ〔uaŋ〕，如汪荒黃光。

三等：陽。脣音讀ㄤ〔aŋ〕，如方芳房；微母讀ㄨㄤ〔uaŋ〕，如亡；其他讀ㄨㄤ〔uaŋ〕，如王匡狂。

入聲

開口

一等：鐸。喉牙讀ㄜ〔ɤ〕，如閣咢惡鶴；脣音讀音爲ㄛ〔o〕，如莫薄博。語音讀ㄠ〔au〕，如薄爆。其他讀ㄨㄛ〔uo〕，如鐸落託作錯索昨諾；語音讀ㄠ〔au〕如鑿落。

三等：藥。知照兩系讀音爲ㄨㄛ〔uo〕，如灼爍綽妁，語音讀ㄠ〔au〕，如勺著芍。其他讀音爲ㄩㄝ〔ye〕，如藥略腳約卻削爵鵲虐。語音爲一ㄠ〔iau〕，如鑰腳葯削瘧。

合口

一等：鐸。喉牙讀ㄨㄛ〔uo〕，如郭臒穫廓。

三等：藥。脣音讀ㄨ〔u〕，如縛霍。喉牙讀ㄩㄝ〔ye〕，如矍玃钁戄。

㈢**梗攝**

平聲

開口

二等：庚耕。喉牙讀一ㄥ〔iŋ〕，如行罌。又讀ㄥ〔əŋ〕，如庚坑亨耕鏗衡。其他讀ㄥ〔əŋ〕，如盲甍彭瞠傖澎棖生甍朾崢抨橙繃棚爭。

三等：庚清。知照兩系讀ㄥ〔əŋ〕，如成禎征呈聲；其他讀一ㄥ〔iŋ〕，如平驚明兵卿擎迎清情精盈嬰令屏名輕。

四等：青。讀一ㄥ〔iŋ〕，如青經刑庭丁星甹靈寧冥瓶。

合口

二等：庚耕。喉牙讀ㄨㄥ〔uŋ〕，如觥泓嶸宏轟。

三等：庚清。喉牙讀ㄩㄥ〔yuŋ〕，如兄瓊；又讀一ㄥ〔iŋ〕，如縈營。

四等：青。喉牙讀ㄩㄥ〔yuŋ〕，如扃坰，又讀一ㄥ〔iŋ〕，如螢。

入聲

開口

二等：陌麥。喉牙讀ㄜ〔ɤ〕，如客赫格覈隔厄。脣音讀音爲ㄛ〔o〕，如陌帛伯魄；語音爲ㄞ〔ai〕，如陌白百拍脈。其他讀音爲ㄜ〔ɤ〕，如磔柵窄宅賾責策摘；語音讀ㄞ〔ai〕，如窄擇債摘。

三等：陌昔。知照兩系讀（ㄭ）〔ï〕，如尺石隻擲ㄔ；其他讀一〔i〕，如隙逆戟昔積益繹席籍辟僻碧。

四等：錫。讀一〔i〕，如錫激霹靂的鶂檄倜荻績溺覓寂壁戚。

合口

二等：陌麥。喉牙讀ㄨㄛ〔uo〕，如虢砉獲蟈趪。

三等：昔。喻母讀ㄧ〔i〕，如役疫；其他讀ㄩ〔y〕，如瞁。

四等：錫。讀ㄩ〔y〕，如狊臭。

㈢曾攝

平聲

開口

一等：登。讀ㄥ〔əŋ〕，如登崩僧增恒瞢朋騰能恆楞。

三等：蒸。知照兩系讀ㄥ〔əŋ〕，如蒸承澂繩升仍徵；其他讀ㄧㄥ〔iŋ〕，如陵膺凭氷蠅兢凝殑興。

合口

一等：登。喉牙讀ㄨㄥ〔uŋ〕，如弘肱薨。

入聲

開口

一等：德。脣音讀音爲ㄛ〔o〕，如北墨仆；語音爲ㄟ〔ei〕，如北䁗。其他讀ㄜ〔ɤ〕，如德則勒忒刻特黑賊塞劾。語音讀ㄟ〔ei〕，如勒黑塞賊得肋。

三等：職。莊系字讀音爲ㄜ〔ɤ〕，如測色側；語音讀ㄞ〔ai〕，如色仄。知照兩系讀（ㄭ）〔ï〕，如職直敕陟食寔識；其他讀ㄧ〔i〕，如力息極匿憶殛弋卽逼堛愎嶷塱。

合口

一等：德。喉牙讀ㄨㄛ〔uo〕，如國或䮤。

三等：職。讀ㄩ〔y〕，如域洫。

㈣**流攝**

一等：侯。脣音讀ㄡ〔ou〕，如裒杯掊剖，又讀ㄨ〔u〕，如部戊仆畝，又讀ㄠ〔au〕如茂貿袤。其他讀ㄡ〔ou〕，如侯謳樓彄齁偷頭鉤鯫。

三等：尤幽。脣音讀ㄡ〔ou〕，如浮謀繆否；又讀ㄨ〔u〕，如浮芣副富輻婦；又讀ㄧㄠ〔iau〕，如彪滮繆。莊知照三系讀ㄡ〔ou〕，如抽犨周柔收掫鄒愁儔輈；其他讀ㄧㄡ〔iou〕，如尤幽虯憂劉秋猷牛遒修丘鳩休囚裘。

㈤**深攝**

平聲

三等：侵。知莊照三系讀ㄣ〔en〕，如琛斟沈諶任岑簪森。其他讀ㄧㄣ〔in〕，如侵林淫心祲欽吟歆金音尋。

入聲

三等：緝。知照兩系讀（ㄭ）〔ï〕，如十執蟄縶斟；日母讀ㄨ〔u〕，如入。其他讀ㄧ〔i〕，如緝習集揖及立急泣韐吸邑鵖。

㈥**咸攝**

開口

平聲

一等：覃談。讀ㄢ〔an〕，如覃參南諳含婪龕眈甘擔三藍酣慙蚶。

二等：咸銜。喉牙讀ㄧㄢ〔ian〕，如咸緘監銜嵌；其他讀ㄢ〔an〕，如摻詀諵讒巉衫攙。

三等：鹽嚴。知照兩系讀ㄢ〔an〕，如詹襜髯沾覘；其他讀一ㄢ〔ian〕，如鹽廉銛籤炎淹尖潛鉗肷嚴醃砭。

四等：添。讀一ㄢ〔ian〕，如添战甜謙兼嫌濂。

合口

三等：凡。脣音讀ㄢ〔an〕，如凡芝范汎梵。

入聲

開口

一等：合盍。喉牙讀ㄜ〔ɤ〕，如合閤溘欱盍磕；其他讀ㄚ〔a〕，如答颯沓雜帀拉納臘榻蹋卅。

二等：洽狎。喉牙讀一ㄚ〔ia〕，如洽夾鴨甲呷；其他讀ㄚ〔a〕，如牐眨插霎翣。

三等：葉業。知照兩系讀ㄜ〔ɤ〕，如攝涉輒懾；其他讀一ㄝ〔ie〕，如葉接獵捷聶業脅劫怯裛殜。

四等：帖。讀一ㄝ〔ie〕，如帖協牒鑈燮喋。

合口

三等：乏。脣音讀ㄚ〔a〕，如乏法。

從上面的分析，我們可以歸納出國語韻母的來源了，今按國語韻母排列的先後，列表說明於后：

㈠國語ㄚ〔a〕的來源：

- 假攝開口二等麻韻脣舌齒音
- 咸攝入聲
  - 開口一等合盍韻舌齒音
  - 開口二等洽狎韻舌齒音
  - 合口三等乏韻脣音
- 山攝入聲
  - 開口一等曷韻舌齒音
  - 開口二等鎋黠韻脣舌齒音
  - 合口三等月韻脣音

→ ㄚ〔a〕

(二)國語ㄛ〔o〕的來源：

- 宕攝入聲開口一等鐸韻脣音
- 曾攝入聲開口一等德韻脣音
- 梗攝入聲開口二等陌麥韻脣音
- 果攝合口一等戈韻脣音
- 臻攝入聲一等合口沒韻唇音

→ ㄛ〔o〕

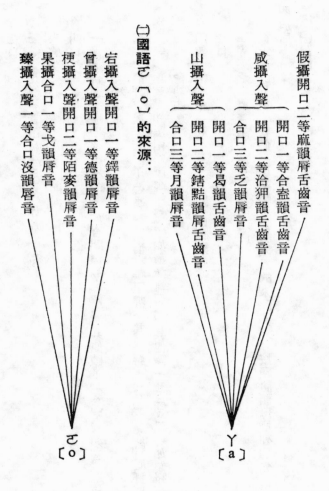

(三)國語ㄜ〔ɤ〕的來源：

- 果攝一等歌戈韻喉牙音
- 假攝開口三等麻韻知照系
- 咸攝入聲
  - 開口一等合盍韻喉牙音
  - 開口三等葉業韻知照系
- 山攝入聲
  - 開口一等曷韻喉牙音
  - 開口三等薛韻知照系
- 臻攝入聲
  - 開口一等沒韻喉音
  - 開口二、三等櫛質韻莊系
- 曾攝入聲
  - 開口一等德韻端精見系
  - 開口三等職韻莊系
- 梗攝入聲
  - 開口二等知莊系
  - 開口三等莊系

→ ㄜ〔ɤ〕

(四)國語ㄟ〔ei〕的來源：

- 止攝
  - 開口三等支脂韻脣音
  - 合口三等微韻脣音及支脂韻來母
- 曾攝入聲開口一等德韻的語音讀法
- 蟹攝
  - 合口一等灰泰韻脣音及泥母
  - 合口三等廢韻脣音

→ ㄟ〔ei〕

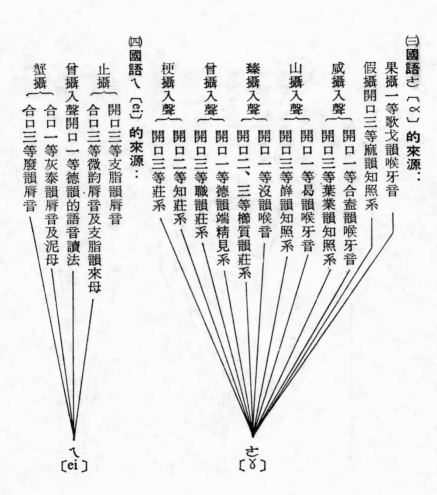

(五)國語ㄞ〔ai〕的來源：

- 蟹攝
  - 開口一等咍泰韻
  - 開口二等佳皆夬韻知莊系及溪母
- 曾攝入聲三等開口職韻莊系字語音
- 梗攝入聲開口二等陌麥韻知莊系語音

→ ㄞ〔ai〕

(六)國語ㄠ〔au〕的來源：

- 效攝開口一等豪韻
- 效攝
  - 開口二等肴韻脣舌齒及影母
  - 開口三等宵韻知照系
- 宕攝入聲
  - 開口一等鐸韻脣舌齒語音
  - 開口三等藥韻知照系語音
- 江攝入聲二等覺韻脣音語音
- 流攝一等侯韻脣音

→ ㄠ〔au〕

(七)國語ㄡ〔ou〕的來源：

- 流攝
  - 一等侯韻
  - 三等尤幽韻脣及莊知照系
- 通攝入聲三等屋燭韻知照系

→ ㄡ〔ou〕

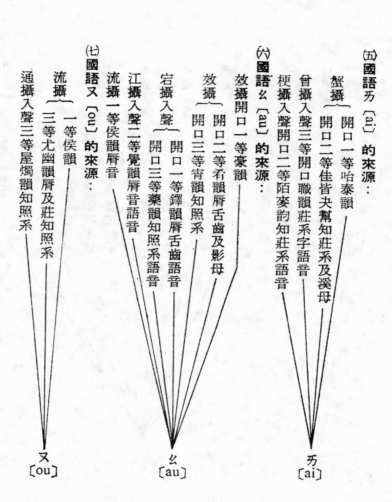

(八)國語ㄢ〔an〕的來源：

咸攝
- 開口一等覃談韻
- 開口二等咸銜韻知照系
- 開口三等鹽嚴韻知照系
- 合口三等凡韻脣音

山攝
- 開口一等寒韻
- 合口一等桓韻脣音
- 開口二等刪山韻脣舌齒音
- 開口三等仙韻知照系
- 合口三等元韻脣音

→ ㄢ〔an〕

(九)國語ㄣ〔ən〕的來源：

- 深攝開口三等侵韻莊知照系

臻攝
- 開口一等痕韻喉牙音
- 合口一等魂韻脣音
- 開口二三等臻眞欣知照莊系
- 合口三等文韻脣音

→ ㄣ〔ən〕

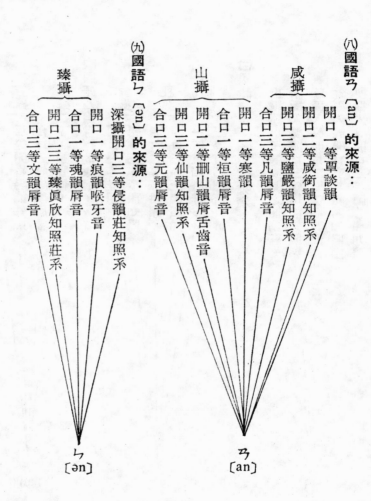

(一)國語ㄤ〔aŋ〕的來源：

- 宕攝
  - 一等開口唐韻
  - 三等開口陽韻知照系
  - 合口三等陽韻脣音
- 江攝二等江韻脣音

→ ㄤ〔aŋ〕

(二)國語ㄥ〔əŋ〕的來源：

- 曾攝
  - 開口一等登韻
  - 開口三等蒸韻知照系
- 梗攝
  - 開口二等庚耕韻
  - 開口三等庚清韻知照系
- 通攝
  - 一等東韻脣音
  - 三等東鍾韻脣音

→ ㄥ〔əŋ〕

(三)國語(帀)〔ï〕的來源：

〔ï〕本來代表帀儿兩音，這裏專用來代表帀的〔ɿ〕〔ʅ〕，儿用〔ə〕表示。

- 止攝開口三等支脂之韻精莊知照系
- 深攝入聲開口三等緝韻知照系
- 臻攝入聲開口二三等櫛質韻莊知照系
- 曾攝入聲開口三等職韻知照系
- 梗攝入聲開口三等陌昔韻知照系

→ (帀)〔ï〕

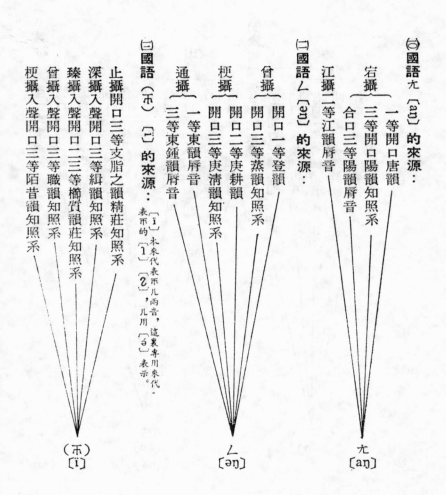

(三)國語儿〔ɚ〕的來源：

止攝開口三等支脂之韻日母。——儿〔ɚ〕

(四)國語一〔i〕的來源：

蟹攝開口三四等祭齊

止攝開口三等支脂之微脣喉牙及端系

深攝入聲開口三等緝韻喉牙及端精系

臻攝入聲開口三等質迄韻喉牙脣及端精系

曾攝入聲開口三等職韻喉牙脣及端精系

梗攝入聲開口三四等陌昔錫喉牙脣及端精系

——一〔i〕

(五)國語一丫〔ia〕的來源：

果攝開口三等戈韻牙音

假攝開口二等麻韻喉牙音

蟹攝開口二等佳韻喉牙音

咸攝入聲二等洽狎韻喉牙音

山攝入聲二等黠鎋韻喉牙音

——一丫〔ia〕

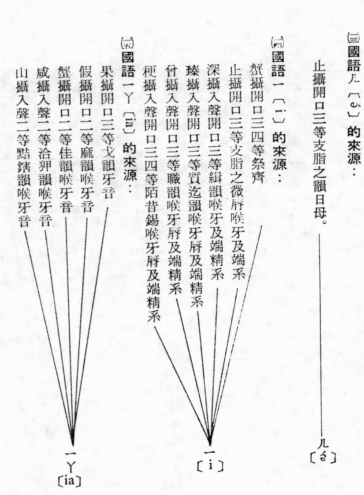

(六)國語ㄧㄝ〔ie〕的來源：

- 果攝開口三等戈韻牙音
- 假攝開口三等麻韻喉音及齒頭
- 蟹攝開口二等皆佳韻喉牙音
- 咸攝入聲三四等葉怗業喉牙及端精系
- 山攝入聲三四等月屑薛喉牙脣及端精系

→ ㄧㄝ〔ie〕

(七)國語ㄧㄠ〔iau〕的來源：

- 效攝
  - 二等肴韻喉牙
  - 三四等宵蕭韻喉牙脣及端精系
- 流攝三等幽韻脣音
- 江攝入聲二等覺韻喉牙語音
- 宕攝入聲三等藥韻喉牙脣及端精系語音

→ ㄧㄠ〔iau〕

(八)國語ㄧㄡ〔iou〕的來源：

- 流攝三等尤韻喉牙及端精系
- 流攝三等幽韻喉牙脣音

→ ㄧㄡ〔iou〕

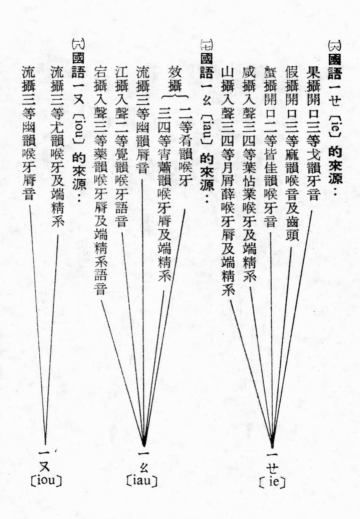

(十)國語一ㄢ〔ian〕的來源：

- 咸攝
  - 開口二等咸銜韻喉牙音
  - 開口三四等鹽添嚴韻喉牙脣及端精系
- 山攝
  - 開口二等刪山韻喉牙音
  - 開口三四等仙元先喉牙脣及端精系

→ 一ㄢ〔ian〕

(十一)國語一ㄣ〔in〕的來源：

- 深攝開口三等侵韻喉牙脣及端精系
- 臻攝開口三等眞欣韻喉牙脣及端精系

→ 一ㄣ〔in〕

(十二)國語一ㄤ〔iaŋ〕的來源：

- 宕攝開口三等陽韻喉牙及端精系
- 江攝開口二等江韻喉牙音

→ 一ㄤ〔iaŋ〕

(十三)國語一ㄥ〔iŋ〕的來源：

- 曾攝開口三等蒸韻喉牙脣及端系
- 梗攝
  - 開口二等庚耕韻喉牙音
  - 開口三等庚清韻喉牙脣及端精系
  - 開口四等青韻

→ 一ㄥ〔iŋ〕

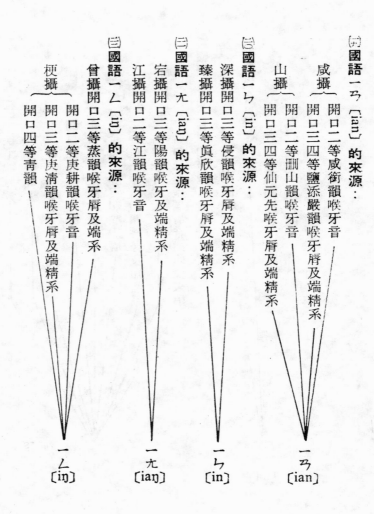

㈢國語ㄨ〔u〕的來源：

- 流攝一三等侯尤韻脣音
- 遇攝
  - 一等模韻
  - 三等魚虞韻脣音及莊知照系
- 深攝入聲開口三等緝韻日母
- 宕攝入聲合口三等藥韻脣音
- 臻攝入聲
  - 合口一等沒韻喉牙脣
  - 合口三等術物韻脣音及知照系
- 通攝入聲
  - 合口一等屋沃
  - 合口三等屋燭脣音齒頭及來娘

→ ㄨ〔u〕

㈣國語ㄨㄚ〔ua〕的來源：

- 蟹攝合口二等佳夬兩韻喉牙音
- 假攝合口二等麻韻
- 山攝入聲
  - 合口二等黠鎋韻
  - 合口三等月韻微母

→ ㄨㄚ〔ua〕

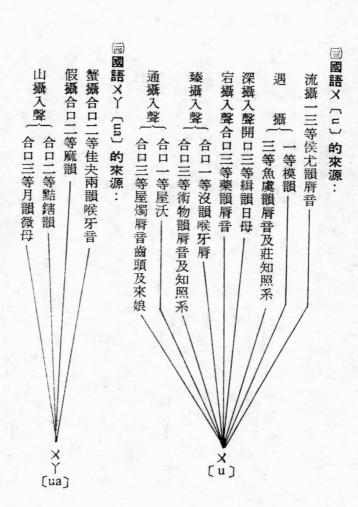

(二五)國語ㄨㄛ〔uo〕的來源：

- 果攝
  - 開口一等歌韻端精系
  - 合口一等戈韻除脣音外各系
- 山攝入聲
  - 合口一等末韻脣音以外各系
  - 合口三等月薛韻知照系
- 宕攝入聲
  - 開口三等藥韻知照系
  - 合口一等鐸韻喉牙音
- 江攝入聲二等覺韻知莊系及影母
- 曾攝入聲合口一等德韻喉牙音
- 梗攝入聲合口二等陌麥韻喉牙音

→ ㄨㄛ〔uo〕

(二六)國語ㄨㄞ〔uai〕的來源：

- 蟹攝
  - 合口一等泰韻喉牙音
  - 合口二等佳皆夬韻
- 止攝合口三等支脂韻莊系字

→ ㄨㄞ〔uai〕

(二七)國語ㄨㄟ〔uei〕的來源：

- 蟹攝合口
  - 一等灰泰韻脣音泥來以外各系
  - 三四等祭廢齊脣音外各系
- 止攝合口三等支脂微非敷奉及娘來以外各系

→ ㄨㄟ〔uei〕

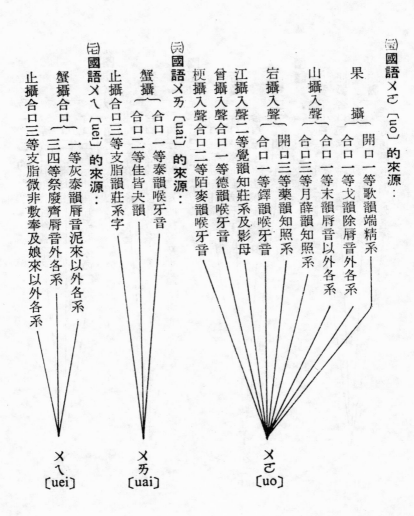

(二八)國語ㄨㄢ〔uan〕的來源：

- 山攝
  - 一等合口桓韻脣音外各系
  - 合口二等刪山韻
- 合口三等元仙莊知系及來微二母

→ ㄨㄢ〔uan〕

(二九)國語ㄨㄣ〔uən〕的來源：

- 臻攝
  - 開口一等痕韻端系
  - 合口一等魂脣音外各系
  - 合口三等諄文知照精系及來微二母

→ ㄨㄣ〔uən〕

(三〇)國語ㄨㄤ〔uaŋ〕的來源：

- 宕攝
  - 開口三等陽韻莊系字
  - 合口一等唐韻喉牙音
  - 合口三等陽韻喉牙及微母
- 江攝二等江韻知莊系

→ ㄨㄤ〔uaŋ〕

(三一)國語ㄨㄥ〔uŋ〕的來源：

- 曾攝合口一等登韻喉牙音
- 梗攝合口二等庚耕韻喉牙音
- 通攝
  - 一等東冬脣音以外各系
  - 三等東鍾喉脣以外各系

→ ㄨㄥ〔uŋ〕

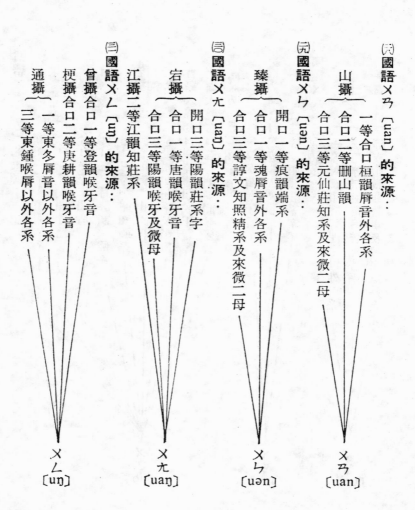

(廿二)國語ㄩ〔y〕的來源：

遇攝三等魚虞韻喉牙及精端系
臻攝入聲合口三等術物韻喉牙及端精系
曾攝入聲合口三等職韻喉音
梗攝入聲合口三四等昔錫韻喉牙音
通攝入聲三等屋燭韻喉牙及娘來

—— ㄩ〔y〕

(廿三)國語ㄩㄝ〔ye〕的來源：

江攝入聲二等覺韻喉牙音
果攝合口三等戈韻喉牙音
宕攝入聲 開口三等藥韻喉牙及端精系
宕攝入聲 合口三等藥韻喉牙音
山攝入聲合口三四等月薛屑喉牙及端精系

—— ㄩㄝ〔ye〕

(廿四)國語ㄩㄢ〔yan〕的來源：

山攝合口三四等元仙先喉牙及精系 —— ㄩㄢ〔yan〕

(廿五)國語ㄩㄣ〔yn〕的來源：

臻攝合口三等諄文喉牙及精系 —— ㄩㄣ〔yn〕

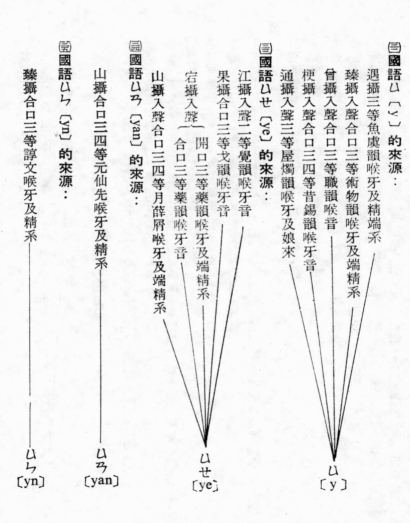

㈥國語ㄩㄥ〔yuŋ〕的來源：

梗攝合口三四等庚清青韻喉牙音 ┐
通攝三等東鍾喉牙音 ┘——ㄩㄥ〔yuŋ〕

四　廣韻聲調轉讀國語的聲調

廣韻聲調有四類，即傳統的平上去入四個聲調，這四個聲調跟國語的一、二、三、四聲，也是有對應的關係的，現在分別說明於後：

平聲：平聲字根據廣韻聲母的清濁，分成第一聲與第二聲兩類，如果是清聲母今讀第一聲，如果是濁聲母今讀第二聲。表之如下：

平聲清聲母——第一聲。如東通公空煎仙千天張商。

平聲濁聲母——第二聲。如同窮從容移期良常行靈。

上聲：上聲字，如果聲母是全濁的，國語讀第四聲，如果是清聲及次濁聲母，國語讀第三聲。

上聲清聲及次濁聲母——第三聲。如董孔勇美耳呂。

上聲全濁聲母——第四聲。如巨敍杜部蟹罪在腎。

去聲：廣韻去聲字，不論聲母的清濁，一律讀第四聲。

去聲——第四聲。如送貢弄洞夢避賜寄刺易至利寐。

入聲：入聲字變入國語聲調的情形，比較複雜。如果聲母是次濁的，國語讀第四聲，如果聲母是全濁的，國語以讀第二聲最多，偶爾也有讀第四聲的。清聲母最爲複雜沒有條例，一、二、三、四聲都有。但就總的數量來說，仍可以全清、次清作爲分化的條件，全清聲母以讀國語第一聲的爲數最多，次清聲母以讀第四聲的最多，因此，凡清聲母讀第一聲跟第三聲的，就可視作例外。

入聲次濁——第四聲。如木錄目褥嶽搦日栗律物月。

入聲全濁——第二聲。如疾直極獨濁宅白薄鐸合匣。

入聲全清——第二聲。如吉得竹足格革閣覺拔答札。

入聲次清——第四聲。如塞闢適黑赤速促客錯撻妾撤。

根據上面的說明，我們可以歸納出國語四個聲調廣韻聲調的來源了。

㈠國語第一聲〔˥〕的來源。

平聲的清聲母。包括全清與次清。

㈡國語第二聲〔˧˥〕的來源。

平聲的濁聲母。包括次濁與全濁。入聲的全濁聲母。入聲的全清聲母。

㈢國語第三聲〔˨˩˦〕的來源。

上聲的清聲母和次濁聲母。

㈣國語第四聲〔˥˩〕的來源。

去聲，入聲的次濁，入聲的次清。

廣韻入聲的清聲母，所以有第一聲和第三聲兩種聲調的讀法，很可能是語音的影響。例如得多則切，端母全清，今國語讀音爲ㄉㄜˊ，合於入聲全清聲母讀第二聲的規範，但語音讀ㄉㄟˇ，就不合規範了。又如切千結切，清母次清，今國語於密切的切讀ㄑㄧㄝˋ，合於入聲次清聲母讀第四聲的規範，但國語於切斷的切讀ㄑㄧㄝ，爲第一聲，就很可能是受口語音的影響。又如結古屑切，見母全清，今國語結論，結婚的結，讀ㄐㄧㄝ́，合於入聲全清聲母讀第二聲的規範，但於結果、結實的結讀ㄐㄧㄝ，爲第一聲，也很可能受口語音的影響。因爲現代國語口語音常有趨向於讀第一聲的傾向。例如微妙、危機、中庸等詞裏的微，危、庸本來都是讀第二聲的，現在也有第一聲的讀法了。至於谷、葛、鐵、尺、骨、筆等字的讀第三聲，則很可能是較早官話的遺留，因爲在中原音韻裏入聲派入三聲，無論全清次清，都以派入上聲的爲最多，所以這些字很可能是早期官話的遺留了。

五　自國語讀音辨識廣韻聲韻調的方法與例證

從廣韻演變成國音，聲韻調三方面是互相影響、互相制約的，一方面，聲母的分化，在發音方法上，主要的是以聲調爲條件的，在發音部位上，主要的是以韻母爲條件的。另外一方面，韻母的分化，是拿聲母的發音部位做條件的，而聲調的分化是以聲母的發音方法爲條件的。有了以上的瞭解，再加上前文所說的廣韻與國語聲韻調各方面的對應關係，我們就很容易根據國語的聲調，推斷出廣韻的聲母、韻母、跟聲調了。（而知道的條件越多，分得也就越清楚了。）

㈠先從聲母方面談：

例一：如國語「恩」讀ㄣ〔ən〕，是個無聲母，國語無聲母一共有影、喻、爲、疑、日、微六種來源，但「恩」是第一聲，廣韻平聲的清聲母才讀第一聲，以上六類聲母，只有影母才是清聲母，其他五類都是濁聲母，所以「恩」一定是廣韻的影母。

例二：如國語「昂」讀ㄤˊ〔aŋ˧˥〕，也是個無聲母，但是「昂」讀第二聲，一定是平聲的濁聲母來源，因此絕不可能是影母，現在昂的韻母讀ㄤˊ〔aŋ˧˥〕，也絕不會是微母，因為如果是微母，就應當讀ㄨㄤˊ而不會讀ㄤˊ了，也不能是日母，因為日母只在止攝讀無聲母，當日母讀無聲母時，韻母一定是ㄦ〔ɚ〕，現在讀ㄤˊ，當然也就不是日母了。喻為都是喉音，但此兩個聲母都只出現在三等韻，三等韻的喉牙音只讀ㄧㄤˊ或ㄨㄤˊ，不讀ㄤˊ，所以也不是喻為兩母，那麼剩下來的只有疑母了。

例三：如國語「退」讀ㄊㄨㄟˋ〔t'uei˥˩〕，國語聲母ㄊ有兩個來源，定母平聲、透母仄聲，如果是定母，就應當讀第二聲ㄊㄨㄟˊ，現在讀ㄊㄨㄟˋ為第四聲，所以就一定是「透」母了。

例四：如國語「酸」讀ㄙㄨㄢ〔suan˥〕，國語聲母ㄙ的來源有四：心母洪音，邪母洪音，牀母止攝字、疏母深攝及梗曾通三攝的入聲，酸讀第一聲，所以一定是平聲清聲母，因此不可能是牀母與邪母，深攝是開口，當讀ㄙㄣ，今既不讀ㄙㄣ，當然不是深攝字了，酸讀ㄙㄨㄢ，有鼻音韻尾，自不可能是入聲字，因此疏母也不可能，剩下的只有「心」母了。

例五：如國語「權」讀ㄑㄩㄢˊ〔tɕ'yan˧˥〕，ㄑ母有五個來源：溪母細音，羣母平聲細音，清母細音，從母平聲細音，邪母平聲細音。「權」讀第二聲，一定是平聲濁聲母變來的，溪清兩母是清聲母，所以不可能是溪清；邪母只在流攝三等讀ㄑ，而流攝三等韻母當為ㄧㄡ，故不可能是邪，剩下的只有羣從兩母了。以國語的音讀只能推到這裏為止了。前面說過知道的條件越多，分析得也就越清楚了。學過文字學的人，大概都知道，形聲字同一諧聲偏旁，它們聲母的發音部位都是相同的，「權」從「雚」聲，從「雚」得聲的字有「觀」、「灌」、「罐」聲母是ㄍ，有「歡」聲母是ㄏ，雚從兩母那一母與ㄍㄏ有關連呢？當然是羣了，因爲羣母的洪音平聲讀ㄎ，仄聲讀ㄍ，從母則不然，所以可以斷定「權」字一字是羣母了。

(二)**次從韻母方面說：**

例一、國語「饒」讀ㄖㄠˊ〔ʐau ˧˥〕，聲母ㄖ只有日母一個來源。韻母讀ㄠ的是效攝字，其他宕江兩攝入聲字也有讀ㄠ的，但都是語音，流攝讀ㄠ的是脣音字，饒既無另外一個讀音，也非脣音聲母，所以一定是效攝的字，日母爲次濁而只出現三等韻，今讀第二聲，一定是平聲韻，效攝平聲四韻，豪一等，肴二等，蕭四等，三等只有宵，所以「饒」字一定是屬於宵韻。

例二、國語「燈」讀ㄉㄥ〔təŋ ˥〕，ㄉ有兩個來源，端母及定母仄聲，「燈」讀第一聲，所以是端母，韻母ㄥ有曾攝一等，梗攝二等及三等，通攝一、三等脣音。端母只出現於一四等韻，四等韻沒有讀ㄥ韻母的，所以一定是一等韻，曾攝一等是登韻，因此，「燈」一定屬登韻。

例三、國語「敵」讀ㄉㄧˊ〔ti ˧˥〕，ㄉ有兩個來源，端母及定母仄聲，端定兩母都有可能，兩母都屬於舌頭音，舌頭音只出現在一、四等韻，一等韻是洪音，韻母不可能讀ㄧ〔i〕，四等韻讀ㄧ〔i〕的只齊薺霽與錫的開口韻了，無論是端母抑定母，在平上去三聲中，都不可能有第二聲ㄉㄧ的讀法，今敵讀ㄉㄧˊ，一定是錫韻無疑了。因爲入聲的全清與全濁聲母都以讀第二聲爲規範的。

例四、國語「紡」讀ㄈㄤˇ〔faŋ ˨˩˦〕，ㄈ的來源有三，卽輕脣音非敷奉，非敷奉只出現在三等合口韻，韻母ㄤ的來源有四，宕攝一等開口唐韻，三等開口陽韻知照系，三等合口陽韻脣音，江攝二等江韻脣音，國語的第三聲來自廣韻上聲清聲母及次濁聲母，非敷正是清聲母，所以「紡」字一定屬於陽韻的上聲養韻了。

例五、國語「含」字讀ㄏㄢˊ〔xan ˊ〕，ㄏ的來源有二，卽曉匣二母的洪音，今國語讀第二聲，一定來自匣母。韻母ㄢ的來源雖多，但由於聲母匣只出現一二三四等，喉牙音在二四等不可能讀ㄢ，只能讀ㄧㄢ，合口音一等的喉牙音讀ㄨㄢ，不讀ㄢ。如此一來只剩下山咸兩攝開口一等的寒、覃、談三韻了。到底屬那一韻？須加其他條件，「含」從口今聲，今古韻屬侵部，寒屬元部，覃屬侵部，談屬談部，所以知道「含」屬覃韻。

㈢末從聲調方面說：

例一、國語「雜」字讀ㄗㄚˊ〔tsa ˊ〕，聲母ㄗ的來源有六，知母梗攝入聲二等，澄母梗韻入聲二等，精母洪音，從母仄聲洪音，莊母深攝及梗曾通的入聲，牀母梗曾通的入聲。聲母的來源雖然很多，但由於韻母和聲調的制約，我們仍舊很容易判斷出它在廣韻中的聲調來。讀ㄚ的韻母，在平上去三聲中，只有假攝開口二等的麻馬禡。然而麻韻二等沒有精系字，雖有知莊兩系，但此兩系聲母在假攝只讀ㄓ〔tʂ〕，ㄔ〔tʂ〕，不可能讀ㄗ。換句話說，「雜」ㄗㄚˊ根本不是假攝字，除假攝外，韻母讀ㄚ的，都是入聲各攝的字，所以我們根據韻母制約的關係，很容易推斷出「雜」是入聲字。再從聲調制約的關係說，「雜」是第二聲，精知莊都是全清聲母，如果廣韻是平聲，應讀第一聲，如果是上聲應讀第三聲，去聲就應讀第四聲，只有入聲全清聲母讀第二聲才合規範；從澄牀三母是全濁聲母，平聲根本不是讀ㄗ，上去兩聲爲ㄗ但應讀第四聲，也只有入聲全濁聲母讀第二聲才合於規範。所以，從聲調的制約上，也很容易推斷出「雜」是入聲字。不僅此也，凡國語ㄅ、ㄉ、ㄍ、ㄐ、ㄓ、ㄗ六母若讀第二聲，都是廣韻的入聲，道理與此同。在拙著「萬緒千頭次第尋——談讀書指導」（幼獅月刊四十八卷第二期）一文，曾列舉辨別入聲字的方法（見本書十四頁），曾以此六母的第二聲舉例，但未分析爲甚麼此六母第二聲一定是入聲字的理由，讀者觀此應可知其概略了。

例二、國語「說」ㄕㄨㄛ〔ʂuo˥〕聲母ㄕ的來源雖有牀、疏、神、審、禪五個之多，但配合韻母的制約關係，我們也很容易推斷出它屬於廣韻的甚麼聲調。國語韻母ㄨㄛ，在平上去三聲中，只有果攝一等韻歌戈，但是一等韻是沒有莊照兩系的字，除果攝一等外，其他讀ㄨㄛ的都是入聲字，「說」的聲母ㄕ，既只有莊照兩系來源，當然它就不是果攝字，除果攝外，就只有入聲字了。因此我們敢大膽的說一句，凡國語ㄓ、ㄔ、ㄕ、ㄖ與韻母ㄨㄛ拼合的字，一定是廣韻的入聲。

例三：國語「髮」讀ㄈㄚˇ〔fa˨˩˦〕，髮讀第三聲，聲母有非敷兩個來源，不會是奉，因奉不可能讀第三聲。韻母ㄚ平上去的來源只有假攝二等的麻馬禡，但是輕脣聲母只出現三等合口，三等合口輕脣非系讀ㄚ的只有山咸兩攝的入聲月乏兩韻，所以「髮」一定是入聲韻。以此類推，假攝二等也沒有端精兩系字，則凡國語ㄉ、ㄊ、ㄗ、ㄘ、ㄙ五母與韻母ㄚ拼時，也應該是入聲字，只有他、打、大三字例外。

例四、國語「鐵」讀ㄊㄧㄝˇ〔tʰie˨˩˦〕，讀第三聲，聲母ㄊ有兩個來源，透母及定母的平聲，定爲全濁聲母，仄聲字讀ㄉ，全濁上聲應讀第四聲，所以不會是定母，應該是透母。韻母ㄧㄝ的來源有五類，果攝開口三等戈韻牙音，假攝開口三等麻韻喉及齒頭，蟹攝開口二等佳皆韻的喉牙音，咸攝入聲開口三四等葉怗業韻的喉牙音及端精系，山攝入聲開口三四等月脣薛韻的喉牙脣音及端精系。透母爲舌頭音端系，果假蟹三攝只有二三等韻讀一ㄝ，無論二等或三等都沒有端系字，所以「鐵」字不會是此三攝的字，四等韻有端系字，咸山兩攝的入聲韻，都有四等韻，所以「鐵」一定是入聲字。推而廣之，凡韵母一ㄝ，與ㄅ、ㄆ、ㄇ、ㄉ、ㄊ、ㄋ、ㄌ母拼合時，都是廣韻的入聲字。因爲只有山咸兩攝入聲韻讀一ㄝ時，才能跟以上的聲母結合。惟一的例外是「爹」字。

例五、國語「略」讀ㄌㄩㄝˋ〔lye V〕國語的韻母ㄩㄝ，除了果攝合口三等喉牙音外，其他都是入聲來源，例如宕攝入聲開合口三等的藥韻，江攝入聲開口二等的覺韻，山攝入聲合口三四等的月屑薛韻。所以凡是國語韻母讀ㄩㄝ的，不論其聲母爲何，都是廣聲的入聲字。只有果攝「靴」、「瘸」「嗟」三字例外。

例六、國語「責」讀ㄗㄜˊ〔tsɤ ʌ〕，韻母ㄜ的來源雖有十二類之多，但是以ㄜ跟ㄉ、ㄊ、ㄌ、ㄗ、ㄘ、ㄙ拼合的，只有曾攝入聲開口一等德韻的端精兩系，開口三等職韻的莊系，梗攝入聲開口二三等的知莊兩系。因爲莊系字在梗曾攝的入聲讀ㄗ組，知系字在梗攝入聲二等也讀ㄗ組。所以綜合起來，凡是韻母爲ㄜ的，而聲母是ㄉ、ㄊ、ㄌ、ㄗ、ㄘ、ㄙ的必定是廣韻的入聲字無疑。至於辨別平上去三個聲調，更爲容易些，這裏就不多贅說了。

六十九年三月十六日脫稿於臺北鍥不舍齋

主要參考書

廣韻　澤存堂本　藝文印書館影印本
韻鏡　古逸叢書本　藝文印書館等韻五種本
中原音韻　鐵琴銅劍樓本　海寧陳乃乾影印本
國音常用字彙　國語統一籌備委員會編　商務印書館印行
國語語音學　鍾露昇　語文出版社印行
音略證補　陳新雄　文史哲出版社印行

（原載輔仁學誌第九期　民國六十九年六月）

廣韻聲類諸說述評

廣韻聲類自陳澧切韻考定爲四十類以來，此後學者或增或減，多所歧異。爰就諸家所說一一詳述之。

一、陳澧四十聲類說：

陳氏切韻考卷一條例云：

「切語之法，以二字爲一字之音，上字與所切之字雙聲，下字與所切之字疊韻；上字定其清濁，下字定其平上去入。上字定清濁而不論平上去入，如東德紅切、同徒紅切，東德皆清，同徒皆濁也，然同徒皆平可也，東平德入亦可也。下字定平上去入而不論清濁，如東德紅切、同徒紅切、中陟弓切，蟲直弓切，東紅、同紅、中弓、蟲弓皆平也。然同紅皆濁、中弓皆清可也；東清紅濁、蟲濁弓清亦可也。東、同、中、蟲四字在一東韻之首，此四字切語已盡備切語之法，其體例精約如此，蓋陸氏之舊也。今考切語之法，皆由此而明之。

切語上字與所切之字爲雙聲，則切語上字同用者、互用者、遞用者聲必同類也。同用者如冬都宗切、當都郎切，同用都字也；互用者如當都郎切，都當孤切，都當二字互用也；遞用者如冬都宗切，都當孤切，冬字用都字，都字用當字也。今據此系聯之爲切語上字四十類，編而爲表直列之。

廣韻同音之字不分兩切語，此必陸氏舊例也。其兩切語下字同類者，則上字必不同類，如紅戶公切、烘呼東切，公、東韻同類，則戶呼聲不同類，今分析切語上字不同類者，據此定之也。

切語上字旣系聯爲同類矣，然有實同類而不能系聯者，以其切語上字兩兩互用故也。如多得都當四字，聲本同類；多、得何切，得、多則切，都、當孤切，當、都郎切，多與得，都與當兩兩互用，遂不能四字系聯矣。今考廣韻一字兩音者互注切語，其同一音之兩切語上二字聲必同類，如一東涷德紅切又都貢切，一送涷多貢切，都貢、多貢同一音，則都多二字實同一類也。今於切語上字不系聯而實同類者，據此以定之。」

陳氏根據此條例，將廣韻切語上字定爲四十聲類，今據其切韻考卷二聲類考錄之於後：

「今以切語上字四十類，分別清聲二十一類，濁聲十九類，又於每類取平聲字爲首，首一字清，則系聯一類皆清，首一字濁，則系聯一類皆濁，了然可知也。孫愐又曰：『紐其脣齒喉舌牙部仵而次之。』（唐韻序）仵者參錯無次第也。韻有一東、二冬、三鍾、四江之次第，而聲則無次第。如東字、冬字舌音，鍾字齒音，江字牙音而皆可爲韻部之首也。今於清聲二十一類，濁聲十九類，但以所見之先後爲次第，亦所謂仵而次之也。如第一類德字見一東東字德紅切，第二類陟字見一東中字陟弓切。

多得何得德多則丁當經都當孤當都郎冬都宗七字聲同一類丁以下四字與上三字切語不系聯，實同一類，詳見條例。

張陟良知陟離猪陟魚徵陟陵中陟弓追陟隹陟竹力卓竹角竹張六九字聲同一類。

之止而止諸市章諸良征諸盈諸章魚煑章與支章移職之翼正之盛旨職雉占職廉脂旨移十二字聲同一類。新雄案脂旨移切，移當作夷。

抽丑鳩癡丑之楮褚丑呂丑敕久恥敕里敕恥力七字聲同一類。

蘇素姑素桑故速桑谷桑息郎相息良悉息七思司息茲斯息移私息夷雖息遺辛息鄰息相即須相俞胥相居先蘇前寫息姐十七字聲同一類。

居九魚九舉有俱舉朱舉居許規居隋吉居質紀居里几居履古公戶公古紅過古臥各古落格古伯兼古甜姑古胡佳古膎詭過委十七字聲同一類古以下九字與上八字不系聯，實同一類，居九舉三字互用，古公二字互用，則不能兩相系聯耳。三十六養獷居往切又居猛切，三十八梗獷古猛切又居往切，古猛切即居猛切之音，是古居二字同一類也。

康苦岡枯苦胡牽苦堅空苦紅謙苦兼口苦后楷苦駭客苦格恪苦各苦康杜去丘據丘去鳩墟祛去魚詰去吉窺去隨羌去羊欽去金傾去營起墟里綺墟彼豈祛豨區驅豈俱二十四字聲同一類。去以下十四字與上十字不系聯，實同一類，康苦二字互用，去丘二字互用，則不能兩相系聯耳。三江椌苦江切，一東椌苦紅切又丘江切，丘江切即苦江切之音，是苦丘二字同一類也。

方府良卑府移并府盈封府容分府文府甫方矩鄙方美必卑吉彼甫委兵甫明筆鄙密陂彼爲畀必至十四字聲同一類。

敷孚芳無妃芳非撫芳武芳敷方披敷羈峯敷容丕敷悲拂敷勿九字聲同一類。

昌尺良尺赤昌石充昌終處昌與叱昌栗春昌脣七字聲同一類。

於央居央於良憶於力伊於脂依衣於希憂於求一於悉乙於筆握於角謁於歇紆憶俱挹伊入烏哀都哀烏開安烏寒煙烏前鷖烏奚愛烏代十九字聲同一類。烏以下六字與上十三字不系聯，實同一類，於央二字互用，烏哀二字互用，則不能兩相系聯耳。十遇汚烏路切，十一模汚哀都切又一故切，一故切即烏路切之音，是烏一二字同一類也。

倉蒼七岡親七人遷七然取七庾七親吉青倉經采倉宰醋倉故麤倉胡千蒼先此雌氏雌此移十四字聲同一類。此雌二字與上十二字不系聯；實同一類，親七二字互用，此雌二字互用，則不能兩相系聯耳。一先縓此緣切，三十三線縓七絹切又七全切，七全切即此緣切之音，是七此二字同一類也。

他託何託他各土吐他魯通他紅天他前台土來湯吐郎八字聲同一類。

將即良子即里資即夷卽子力則子德借子夜玆子之醉將遂姊將几遵將倫祖則古臧則郎作則落十三字聲同一類。

呼荒烏荒呼光虎呼古馨呼刑火呼果海呼改呵虎何香許良朽許久羲許羈休許尤況許訪許虛呂興虛陵喜虛里虛朽居十六字聲同一類。香以下九字與上七字不系聯，實同一類，呼荒二字互用，朽許虛三字互用，則不能兩相系聯耳。二十二元䚂況袁切。五支䚂許羈切又火元切，火元切即況袁切之音，是況火二字同一類也。

邊布玄布博故補博古伯百博陌北博墨博補各巴伯加八字聲同一類。

滂普郎普滂古匹譬吉譬匹賜四字聲同一類。匹譬二字與滂普二字不系聯，實同一類，滂普二字互用，匹譬二字互用，則不能兩相系聯耳。三十四果頗普火切，八戈頗滂禾切又匹我切，匹我切即普火切之音，是普匹二字同一類也。

山所閒疏疎所葅沙砂所加生所庚色所力數所矩所疏舉史疏士十字聲同一類。

書舒傷魚傷商式陽施式支失式質矢式視試式吏式識賞職賞書兩詩書之釋施隻始詩止十四字聲同一類。

初楚居楚創舉創瘡初良測初力叉初牙廁初吏芻測隅八字聲同一類。

莊側羊爭側莖阻側呂鄒側鳩簪側吟側仄阻力七字聲同一類。

右切語上字清聲二十一類二百四十四字。

徒同都同徒紅特徒得度徒故杜徒古唐堂徒郎田徒年陀徒何地徒四十字聲同一類。

除直魚場直良池直離治持直之遲直尼佇直呂柱直主丈直兩直除力宅場伯十一字聲同一類。

鋤鉏士魚牀士莊犲士皆崱士力士仕鉏里崇鋤弓査鉏加雛仕于俟牀史助牀據十二字聲同一類。

如人諸汝人渚儒人朱人如鄰而如之仍如乘兒汝移耳而止八字聲同一類。

余餘予以諸夷以脂以羊己羊與章弋翼與職與余呂營余傾移弋支悅弋雪十二字聲同一類。

于羽俱羽雨王矩云雲王分王雨方韋雨非永于憬有云久遠雲阮榮永兵爲薳支洧榮美筠爲贇十四字聲同一類。

文無分美無鄙望巫放無巫武夫明武兵彌武移亡武方眉武悲綿武延武文甫靡文彼莫慕各慕莫故模謨摸莫胡母莫厚十八字聲同一類。莫以下六字與上十二字不系聯，實同一類，文無武三字互用，莫慕二字互用，則不能兩相系聯耳。一東韻夢莫中切又武仲切，一送韻夢莫鳳切又亡中切，武仲切卽莫鳳切之音，亡中切卽莫中切之音，是武莫亡三字同一類也。

渠強魚強巨良求巨鳩巨其呂具其遇臼其九衢其俱其渠之奇渠羈暨具冀十字聲同一類。

房防符方縛符钁平符兵皮符羈附符遇符苻扶防無便房連馮房戎毗房脂弼房密浮縛謀父扶雨婢便俾十六字聲同一類。

盧落胡來落哀賴落蓋落洛盧各勒盧則力林直林力尋呂力舉良呂張離呂支里良士郎魯當魯郎古練郎甸十五字聲同一類。力以下六字與上六字不系聯，郎魯練三字與上十二字又不系聯，實皆同一類，盧落二字互用，力林二字互用，郎魯二字又互用，則皆不能相系聯耳。一東籠盧紅切，三鍾龍力鍾切又力東切，力東切卽盧紅切之音，十二霽蜦郎計切，十八諄蜦力迍切又力計切，力計切卽郎計切之音，是盧力郎三字同一類也。

胡乎戶吳侯戶鉤戶侯古下胡雅黃胡光何胡歌七字聲同一類。

才昨哉徂昨胡在昨宰前昨先藏昨郎昨酢在各疾秦悉秦匠鄰匠疾亮慈疾之自疾二情疾盈漸慈染十四字聲同一類。疾以下七字與上七字不系聯，實同一類。在昨二字互用，疾秦匠三字互用則不能相系聯耳。三鍾從疾容切，三用從疾用切又才容切，才容切卽疾容切之音，是疾才二字同一類也。

蒲(薄胡)步(薄故)裴(薄回)薄(傍各)白(傍陌)傍(步光)部(蒲口)七字聲同一類。

魚(語居)疑(語其)牛(語求)語(魚巨)宜(魚羈)擬(魚紀)危(魚爲)玉(魚欲)五(疑古)俄(五何)吾(五乎)研(五堅)遇(牛具)虞(愚俱)十五字聲同一類。

奴(乃都)乃(奴亥)諾(奴各)內(奴對)妳(奴禮)那(諾何)六字聲同一類。

時(市之)殊(市朱)常(市羊)嘗(市羊)蜀(市玉)市(時止)植(常職)殖(常職)寔(常職)署(常恕)臣(植鄰)承(署陵)是(承紙)氏(承紙)視(承矢)成(是征)十六字聲同一類。

尼(女夷)拏(女加)女(尼呂)三字聲同一類。

徐(似魚)祥(似羊)詳(似羊)辭(似兹)辞(似兹)似(詳里)旬(詳遵)寺(祥吏)夕(祥易)隨(旬爲)十字聲同一類。

神(食鄰)乘(食陵)食(乘力)實(神質)四字聲同一類。

右切語上字濁聲十九類二百八字。

凡切語上字清聲濁聲共四百五十二字。」

陳氏四十聲類，持與守溫三十六字母相較，則正齒音中多出莊、初、牀、山四類(此據其切語考外篇每類首一字定名)，喉音喻母分出于類；而字母於脣音分作明微二類，陳氏則併而不分。陳氏分出莊、初、牀、山、于五類甚是：蓋此五類聲母，無論從歷史演變觀之，或從當時切語觀之，皆有所不同，陳氏分之甚是。至於明微二母之合爲一，陳氏則未爲得也。若依正例。明微固當分也，若依變例，則幫非、滂敷、並奉亦當併而爲一，陳氏於彼則分之，於此則併之，是亦自亂其例也。若依從分不從合之原則言之，固當別爲二類方是。

二、黃侃四十一聲類說：

黃君音略二今聲云：

「僧守溫三十六字母如左：

見、溪、羣、疑牙音，端、透、定、泥舌頭音，知、徹、澄、娘舌上音，邦、滂、並、明重脣音，非、敷、奉、微輕脣音，精、清、從、心、邪齒頭音，照、穿、牀、審、禪正齒音，影、喻、曉、匣喉音，來半舌音，日半齒音。依陳君所考，照、穿、牀、審、喻應各分二類；而明、微合為一類據廣韻反切上字考得之。侃以為明、微應分二類，實得四十一。依喉、牙、舌、齒、脣自然之次，表之如左，並附發音之法。

今聲四十一類表據廣韻。

喉音	影	清	開齊合撮	埃	發
	喻	濁	齊撮	怡即影濁	發
	（為）	濁	齊撮	矣上作平	發
	曉	清	開齊合撮	咍	送
	匣	濁	開齊合撮	孩即曉濁	送
牙音	見	清	開齊合撮	該	發
	溪	清	開齊合撮	開	送
	羣	濁	齊撮	其即溪濁	送
	疑	濁	開齊合撮	皚	收

舌音

聲母	類	清濁	呼	例字	發送收
端	舌頭	清	開齊合撮	懛	發
透	舌頭	清	開齊合撮	胎	送
定	舌頭	濁	開齊合撮	苔 即透濁	送
泥	舌頭	濁	開齊合撮	能	收
來	半舌	濁	開齊合撮	來	收
知	舌上	清	開齊合撮	⿰齒來	發
徹	舌上	清	開齊合撮	扠	送
澄	舌上	濁	開齊合撮	廌 上作平即徹濁	送
娘		濁	開齊合撮	⿰⺷兒	收
日	半齒	濁	齊撮	而	收
照	舌齒間音	清	齊撮	之	發
穿	舌齒間音	清	齊撮	蚩	送
（神）	舌齒間音	濁	齊撮	示 去作平即穿濁	送
審	舌齒間音	清	齊撮	詩	送
禪	舌齒間音	濁	齊撮	時 即審濁	送
精	齒頭	清	開齊合撮	哉	發
清	齒頭	清	開齊合撮	猜	送
從	齒頭	濁	開齊合撮	才 即清濁	送
心	齒頭	清	開齊合撮	腮	送

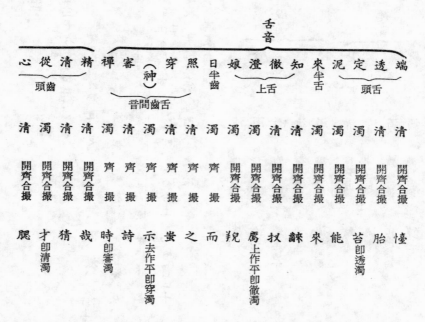

齒音	邪	濁	齊撮	詞即心濁	送
正齒	（莊）	清	開齊合撮	齋	發
	（初）	清	開齊合撮	差	送
	牀	濁	開齊合撮	柴即初濁	送
	（疏）	清	開齊合撮	認	送
脣音 重脣	邦	清	合撮	擺	發
	滂	清	合撮	姡	送
	並	濁	合撮	排即滂濁	送
	明	濁	合撮	埋	收
輕脣	非	清	撮	非	發
	敷	清	撮	妃	送
	奉	濁	撮	肥即敷濁	送
	微	濁	撮	微	收

內有括弧如（ ）者，今所定。」

黃君四十一聲類說，雖其開合、讀法等容有可參，然定聲類爲四十一，則頗合廣韻論「南北是非、古今通塞」之性質。蓋廣韻聲類之分，亦猶其韻部，從分不從合，凡方言中之有別者，則從其別。而析之爲四十一類，從音位學之立場言，各種區別，均可兼顧，迄今爲止，仍爲諸說之中，最符合廣韻之內容與性質者。

二、張煊三十三類說：

張氏求進步齋音論三十六字母與四十聲類節云：「煊嘗通考廣韻一字兩音之互注切。知陳氏所分之四十聲類，尚大有可合者在，聲類四十，尚非切之本眞。茲舉所得之證于下：

語韻	褚 丑呂切 又張呂切	本韻	楮 丁呂切	
線韻	傳 直戀切 又丁戀切	本韻	傳 知戀切	
陽韻	長 直良切 又丁丈切	養韻	長 知丈切	
候韻	噣 都豆切 又丁救切	宥韻	噣 陟救切	
祭韻	綴 陟衞切 又丁劣切	薛韻	綴 陟劣切	

準上五條，知陳氏所分爲端知兩類者，切韵反切本同一類，特以當都二字互用，竹陟張三字互用，故不能兩相系聯耳。又唐人寫本唐韻存于今者，尚有去聲之一部及入聲。褚長二字在平上二聲，爲殘本唐韻所無。其互注之切爲切韻原文，抑爲後人所加，已不可考；傳噣綴三字，其互注切語與唐人寫本同，可知爲切韻之舊。

魚韻	涂 直魚切 又直胡切	模韻	涂 同都切	胡字在模韻。
覺韻	掉 女角切 又杖弔切	嘯韻	掉 徒弔切	

準上二條，知陳氏所分之澄定二類本同一類，特以徒同二字互用，直除二字互用，故不能兩相系聯耳。

虞韻	獳人朱切 又女侯切	侯韻	獳奴鉤切
宵韻	橈如招切 又女教切	效韻	橈奴教切
黠韻	㕯女滑切 又女骨切	沒韻	㕯內骨切

準上三條，知陳氏所分之泥娘二類本同一類，特以奴乃二字互用，女尼二字互用，故不能兩相系聯耳。

董韻	菶蒲蠓切 又方孔切	本韻	菶邊孔切
廢韻	茷符廢切 又方大切	泰韻	茷博蓋切
諄韻	砏普巾切 又布巾切	眞韻	砏府巾切

眞臻二韻雜亂異常砏當在眞而入諄，餘誤者甚多。

先韻	萹布玄切 又北泫切	銑韻	萹方典切 泫字在銑韻胡畎切。

仙韻　篇芳連切又補殄切　銑韻　篇方典切　殄字在銑韻徒典切。

庚韻　榜薄庚切又甫孟切　映韻　榜北孟切

覺韻　犦蒲角切又甫沃切　沃韻　犦博沃切

支韻　鞞府移切又脯鼎切　迥韻　鞞補鼎切　上聲虞韻脯方矩切。

準上八條，知陳氏所分之幫非二類實同一類，以博補二字互用，方府二字互用，遂不能兩相系聯耳。

齊韻　紕邊兮切又芳脂切　脂韻　紕匹夷切

吻韻　忿敷粉切又敷問切　問韻　忿匹問切

尤韻　秠匹尤切又芳鄙切　旨韻　秠匹鄙切

尤韻　肧匹尤切又普回切　灰韻　肧芳杯芳

德韻　䞳蒲北切又孚豆切　候韻　䞳匹候切　豆在候韻田候切。

薛韻　瞥芳滅切又芳結切　屑韻　瞥普篾切　瞥唐寫本作覕義同。

隊韻　妃滂佩切又匹非切（非唐本作悲）　微韻　妃芳非切

準上七條，知陳氏所分之滂敷二類本同一類，特以匹譬滂普四字互用，敷芳二字又互用，故不能兩相系聯耳。

東韻　颩薄紅切又步留切　幽韻　颩皮彪切

先韻　軿部田切又房丁切　青韻　軿薄經切

準上二條，知陳氏所分之並奉二類本同一類，特以薄傍步三字互用符防二字互用，故不能兩相系聯耳。知徹澄古歸端透定，非敷奉微古歸幫滂並明，爲錢宮詹所證明，娘古歸泥，爲章太炎先生所證明，皆已成不磨之論。今知徹澄三類之反切，既與端透定三類同用，非敷奉三類之反切，亦與幫滂並三類同用，是陸氏作切韻時，舌上、舌頭、重脣、輕脣尚未分也。廣韻每卷之末，有新添類隔今更音和切數字，其文皆屬舌上舌頭重脣輕脣，由此可知陸氏作切韻時，舌上與舌頭，重脣與輕脣尚無區別，故互用作切。後世聲音發展，昔之讀舌頭者，今分半入舌上，昔之在重脣者，今別出爲輕脣，于是覺廣韻舊切不符所讀，又未明古讀今讀有殊，遂臆號謂類隔，而爲改成音和，此亦一證也。

統觀以上諸證，知四十聲類中之非敷奉，實與幫滂並合一，知澄娘實與端定泥合一，徹透雖無反切系聯之證，然以旁證察之，亦可斷其必相合一，總其餘實得三十有三。」

張氏三十三類乃併輕脣於重脣，舌上於舌頭，故較四十一類少八類。雖云據陳氏變例系聯，然透徹二類縱依變例亦難以系聯，故不得不據錢氏大昕舌音類隔之說不可信一文併之。

其意蓋謂聲類之演變，乃以類相從，當端定泥與知澄娘尙未分離之際，則透與徹亦不可能單獨分離也。所言雖亦有理，然陳氏於此數紐，所以不據變例而使之合併者，亦未嘗非無見，蓋隋唐之際，方音中於此數紐有不能區別者，亦有能區別者。廣韻又音中所重出之切語，多依據各地方音而甄錄之者，自不能僅據某一地方音之併，而置他處方音之別於不顧，從其別者，略其同者，自以分別爲是。根據羅常培知徹澄娘音值考一文之研究，從六世紀至十一世紀（592–1035）期間，知徹澄娘曾經讀過 ṭ, ṭh, ḍ, ṇ 之音，而佛典譯名梵華對音，亦以知徹澄娘對譯 ṭ, ṭh, ḍ, ṇ，與端透定泥對譯 t, th, d, n 者不同，則可知隋唐方音中知徹澄娘實與端透定泥有別，何況其後三十字母與三十六字母端知兩系，皆各自獨立。雖其時代稍晚，然亦必淵源有自，而非突然分化者也。等韻圖中較早之韻圖如韻鏡、七音略舌音有舌頭舌上之別，脣音有重脣輕脣之殊，則其分別，自非突變。元刊本玉篇所載切字要法所列雙聲三十類，即以亭田，陳纏對舉，可知舌頭與舌上不同類，切字要法或以爲魏晉間產物，雖未必可信，然當不致晚於三十字母與三十六字母，當屬可信。綜上所論，若吾人承認切韵之性質爲論古今之通塞、存南北之是非，則舌頭舌上，重脣輕脣仍以分別爲是，最少在廣韻一書中所反應之實況確係如此。張氏之併，未爲得也。

四、羅常培之二十八類說：

羅氏撰切韻探賾一文，據切韻殘卷、王仁煦刊謬補缺切韻、唐韻殘卷，並參照經典釋文、玉篇反切，比較諸書切語，以爲切韻無舌上、輕脣八組，即于、神、莊、初、山五紐亦不應分立。其舌上、輕脣之併於舌頭、重脣之說，與張煊之說全同，此不俱論，其他各說評述於后：

1.脂韻切韻遺以隹反、又于季反；至韻遺以醉反、又以隹反，于季以醉同音，故于喻聲同類。

按：關於于喻是否當系聯成為一類之問題，張煊求進步齋音論嘗論及之，其言甚辨，茲錄於次。張氏云：

脂韻　羨以脂切 又羊箭切　　線韻　羨于線切

據此則于喻似相系聯，然考唐寫本唐韵，線韻羨字作予線切；予在喻類。使唐寫本之予字為眞，則喻于二類，實不系聯。廣韻反切，凡同音字皆歸一紐，其分為二者，非韻有異，即聲不同。故一聲類在但俱一等之韵中，止宜有一紐，在俱二等之韵中，止宜有二。雖俱有二等三等之韻，然則同一等中亦止宜有一紐，今考廣韻各韻，虞尤止麌有遇宥皆但俱一等，而切分喻于兩紐，東屋二韻雖皆俱二等，其一等為古本韻，喻于皆今聲類，非古本韻所宜有，二韻皆俱喻于二紐，是一等而有二紐也。支脂仙紙旨寘至祭線諸韵之第二等，鹽緝葉之第一等，皆于一等中而俱于喻二紐，可知喻于二類，法言實分而不合，若謂此二類皆後人所誤改，非陸氏之本眞，則唐寫本所有各韻，凡上所曾舉者，其俱二類悉同今本，陸本固然，殆無可疑。若云本止一類，法言疏漏，誤爲二紐，則一二韻四五韻至矣。今俱二類于一等者，多至二十有一。法言縱或疏漏，當不至若是其甚也。且線韻羨下各字爲唐寫本所有者，玉篇皆以喻類字作切，無用于類字者，可知廣韻線韻羨下于線切，本當從唐寫本作予線切，于予二字實形同誤者。」

按張氏所說，實與陳澧分析條例相似，其兩切語下字同類者，上字必不同類。以東韻爲例，雄切羽弓，融切以戎，弓戎韻同類，則于喻聲非一類矣。以屋韻爲例，囿切于六，育切余六，其韻同類，則聲之于類與喻類不同矣。

2.支韻示巨支切又時至切，至韻示神至切，時至神至同音，故禪神同類。

按神禪二類，廣韻各韻中，同在一韻類中出現者雖較少，然亦非絕然不見者也。燭韻贖神蜀切、蜀市玉切；紙韻舓神帋切，是承紙切；至韻示神至切、嗜常利切；語韻紓神與切，野承與切；眞韻神食鄰切、辰植鄰切；諄韻脣食倫切，純常倫切；仙韻船食川切、遄市緣切；薛韻舌食列切，折常列切；麻韻蛇食遮切、闍視遮切；昔韻麝食亦切、石常隻切；蒸韻繩食陵切，承署陵切；證韻乘實證切，丞常證切；職韻食乘力切，寔常職切；寑韻葚食荏切，甚常枕切，以是觀之，絕不可謂神禪同類也，否則若神與辰，繩與承之類，其音何以別乎！

3.震韻振章刃切又之人切，眞韻振側鄰切，之人側鄰同音，故照莊聲同類；又號韻竈

切韻側到切，廣韻則到切；故精莊聲同類。是故羅氏以莊紐半入於照，半入於精也。則切韻廣韻無莊紐矣。

按廣韻陽韻將子良切，章諸良切，莊側羊切，則精照莊三紐非可合併也。考眞韻振與眞同音，廣韻側鄰切，然P3695，切三，全王皆作職鄰切，廣韻作側者蓋偶誤也。號韻竈字，廣韻、S6176、王一、全王、唐韻皆則到切，惟王二作側到反耳。蓋莊母古讀同精母，王二作側到切者，或保留較早之切語形式、或一時之字誤；然號爲一等韵，其絕無莊系字明矣。以是論之，羅氏之說不可從也。

4. 灰韻推他回切，又昌隹切；脂韻推叉隹切，故初穿聲同類。

按廣韻屋韻俶昌六切，珿初六切；支韻吹昌垂切，衰楚危切；至韻出尺類切，敪楚愧切；之韻蚩赤之切，輜楚持切；止韻齒昌里切，刺初紀切；志韻熾昌志切，廁初吏切。則穿初聲非同類也。考脂韻推字，P3696、切三、切二、王二、全王皆作尺隹切，廣韻作叉隹切者，蓋形似之誤也。再考本韵從隹得聲之字，如錐職追切，誰視隹切皆屬照系，無有讀莊系者，則推當爲尺隹切亦可明矣。

5. 切韻支韻䪎山垂反，玉篇革部䪎思危切，故疏心聲同類。

按廣韻屋韻肅息逐切，縮所六切；支韻眭息爲切，䪎山垂切；脂韻私息夷切，師疏夷切；綏息遺切，衰所追切，至韻邃雖遂切，帥所類切；止韻枲胥里切，史疎士切；志韻笥相吏切、駛疏吏切；魚韻胥相居切、疏所葅切；語韻諝私呂切，所疎舉切；御韻絮息據切、疏所去切。則心疏聲非同類也。考疏母古讀同心母，玉篇韉作思危切者，蓋保留較古之切語形式。是羅氏此說亦不足信矣。羅氏後亦覺此說之無據，故亦改從張煊氏三十三類之說矣。

五、高本漢、白滌洲、黃淬伯四十七類說：

㈠高本漢說：

高本漢在中國音韻學研究一書中，利用康熙字典所存切語，選其最常用者三千一百餘字，參照等韻切音指南各等排列法，其劃分聲類之特點，在於將j化（Yodisé）聲母專屬三等，其餘一二四等爲單純聲母。高氏以等之系聯法，先將此三千一百餘字反切一套一套歸納其類別，然後再據韵表分爲四等，於是找出三等字反切上字與一二四等顯然有別，因而區分爲兩類，乃將「見、溪、疑、曉、影、喻、照、穿、牀、審、來、非、敷、並、明」十五母一二四等反切上字分爲單純聲母，三等反切上字分爲j化聲母，共得三十類，再加只具一二四等之單純聲母「匣、泥、端、透、定、精、清、從、心、邪」十母，以及只具三等j化之聲母「郡、知、徹、澄、娘、禪、日」七母，共得四十七類。茲錄其四十七類於下，並附所擬聲值。

見：單純〔k〕：一二四等：古公工（沽）佳（革）過。

j化〔kj〕：三等：居舉九吉紀俱。

溪：單純〔kʻ〕：一二四等：苦康口空（肯）（闊）客。
　　j化〔kʻj〕：三等：去丘豈區祛詰墟。
郡：j化〔gʻj〕：三等：渠巨其求衢（彊）（共）。
疑：單純〔ŋ〕：一二四等：五（午）吾。
　　j化〔ŋj〕：三等：魚語愚牛宜危虞（儀）。
曉：單純〔x〕：一二四等：呼荒呵火。
　　j化〔xj〕：三等：許虛朽香況。
匣：單純〔ɣ〕：一二四等：胡戶侯乎黃候下何（瑚）。
影：單純〔ʔ〕：一二四等：烏於（哀都切）哀一（屋）伊。
　　j化〔ʔj〕：三等：於（央居切）央（英）。
喻：單純〔o〕：四等：以羊與余餘弋營夷（楊）。
　　j化〔j〕：三等：于王羽雨云永有洧雲（禹）。
知：j化〔ȶ〕：二三等：竹陟知張中。
徹：j化〔ȶʻ〕：二三等：丑敕恥。
澄：j化〔ȡʻ〕：二三等：直丈宅場持遲治除馳柱。
照：單純〔tʂ〕：二等：側阻莊。
　　j化〔tɕ〕：三等：之職章諸止旨脂征正支煮。
穿：單純〔tʂʻ〕：二等：初楚測創。
　　j化〔tɕʻ〕：三等：昌尺赤處（齒）。

狀：單純〔dʐʽ〕：二等：士鉏鋤仕牀雛。

j化〔dʑʽ〕：三等：食神乘。

審：單純〔ʂ〕：二等：所疏疎色山數沙。

j化〔ɕ〕：三等：式失書舒識賞商施始傷詩。

禪：j化〔ʑ〕：三等：市常是時承植署臣氏殖殊（上）（丞）。

日：j化〔nʑ〕：三等：而如人汝仍兒耳（爾）。

泥：單純〔n〕：一二四等：奴乃那諾。

娘：j化〔nj〕：二三等：女尼。

來：單純〔l〕：一二四等：盧郎魯落洛來（靈）。

j化〔lj〕：三等：力呂良里離林（龍）。

端：單純〔t〕：一二四等：都當多丁冬得德。

透：單純〔tʽ〕：一四等：他託吐土湯（它）天。

定：單純〔dʽ〕：一四等：徒同度唐田杜陀（大）（動）（待）特堂。

精：單純〔ts〕：一四等：則子作借茲（祚）（佐）卽將資（咨）。

清：單純〔tsʽ〕：一四等：倉七麤此千蒼采親雌（淺）。

從：單純〔dzʽ〕：一四等：昨徂在藏（胙）疾才秦慈匠情前。

心：單純〔s〕：一四等：蘇桑素息先思（損）私悉斯辛司寫須（錫）。

邪：單純〔z〕：四等：似徐詳祥辭旬夕。

非：單純〔p〕：一二四等：博補北布伯晡。

j化〔pj〕：三等：方府甫必卑兵筆陂并鄙分（比）。

敷：單純〔p'〕：一二四等：普滂匹譬。

j化〔p'j〕：三等：敷芳撫妃丕。

並：單純〔b'〕：一二四等：薄蒲步傍裴旁部。

j化〔b'j〕：三等：符房扶防附皮毗平縛婢（苻）（父）。

明：單純〔m〕：一二四等：莫慕母模謨。

j化〔mj〕：三等：武亡無文彌眉巫靡美望（密）。

高氏之分類，實際上乃將三等韻分出另為一類，其他各等合成一類。所得結果為韻圖分等之現象，非廣韻聲類之實況，且如東韻雄羽弓切，融以戎切，弓戎韻同類，如果j化現象視韻母而定，若羽為j化，則以不得視作單純。所以喻母分作兩類，並非由於j化與否，只是反切上字本不相同。至於精清從心邪五母高氏以為單純聲母，然鍾韻邕於容切，胷許容切，恭九容切，銎曲恭切、蛩渠容切、顒魚容切，縱即容切、樅七恭切、從疾容切、蜙息恭切、松祥容切。此數字韻母皆同，若於許九曲渠魚為j化聲母之反切上字，則即七疾息祥五字無理由說是單純聲母，特別是邪母字，韻圖雖置四等，然廣韻無論何韻，只要有邪母存在，皆與同韻喉牙音高氏以為j化者無從區分，可見高氏所謂j化與單純分界亦非截然，故其分類仍足存疑，未可以為確然也。

二白滌洲說：

白氏廣韻聲紐韻類之統計一文，以統計法亦得四十七類，其統計之方法，乃將廣韻一書所用之反切上字，依全書出現之次數，一一細數，視何類字出現次數多，何類字出現次數少，再參考前人所用之方法，斟酌分析，遂得四十七類，其計算每一反切上字出現之方法，乃將反切某字與相拼切之字音，盡抄錄於卡片上，如「古」字、由「古紅切公」、「古多切攻」、「古雙切江」……直抄至「古狎切甲」，如此將反切上字四百餘盡錄於卡片，然後一一計數，故得一統計數目。白氏計算反切上字出現之方法，抄錄之後，更依陳氏切韻考外篇將所切之字，註明呼等，然後分別計算總數一一列表。茲舉其見母表爲例：

反上切字	反切	呼等 1	2	3	4	缺等	共計
古	公戶	60	49		23	4	136
公	古紅	2	1		3		6
兼	古甜				1		1
各	古落	1					1
格	古伯		1				1
姑	古胡				1		1
佳	古膎		1				1
乖	古懷					1	1
規	居隋				1		1
吉	居質				1		1
居	九魚			62	15	2	79
舉	居許			7			7
九	舉有			5		1	6
俱	舉朱			3		1	4
紀	居理			2	1		3
几	居履			2			2
詭	過委			1			1
過	古臥			1			1
18		63	52	83	46	9	253

據右表，白氏以爲見母可分二類：「古」以下十字爲一類，切一二四等字，可稱爲「古」母；「居」以下八字爲一類，專切三等字，可稱爲「居」母。「乖」字切韻考不錄，只一

「乖買切芉」，據韻鏡芉係二等，反切上字又與古母一系系聯，故定爲「古」母一系。「規」「吉」反切上字雖屬居母，但只各切一個四等字；「詭」「過」反切上字雖屬古母，但只各切一個三等字。故以「規」「吉」屬古母，「詭」「過」屬居母。

白氏據此種方法，共得四十七類如下：

古甲見　苦甲溪　　　五甲疑
居乙見　去乙溪　羣　魚乙疑
端　透　定　泥
知　徹　澄　娘
博甲幫　普甲滂　蒲甲並　莫甲明
方乙幫　芳乙滂　符乙並　武乙明
精　清　從　心　邪
側甲照　初甲穿　士甲牀　所甲審
之乙照　昌乙穿　食乙牀　式乙審　禪
烏甲影　以甲喻　呼甲曉　匣
於乙影　于乙喻　許乙曉
盧甲來　日

力來乙

白氏雖用統計法而得四十七類，實際上仍是參酌韻圖之等列，可說係聲母在等列上分配之現象，尚難謂廣韻聲母之確實類別也。且如所云「規」「吉」二字，規廣韵居隋切，吉廣韻居質切，顯然屬居母，而白氏以爲各切一四等字，故以規吉屬之古母。然三十三線絹吉掾切，絹原爲三等韻，韻圖列四等者，純爲寄等借位之問題，觀掾仍列三等可知，則白氏於其持以統計之韻圖，排列結構，猶有未審，而以爲所得結果，確爲四十七類，孰能信之。殆見高本漢氏有四十七類之說，爲迎合其說，遂另標統計之名，以蒙混世人，殊無可取。

㈢黃淬伯說：

黃氏討論切韻的韻部與聲紐一文以爲切韻中一字兩音之互注切語，與正切不屬於同一語系，因此陳氏據變例以系聯切語上字之方法，黃氏以爲絕不可用，主張純粹依據正例而系聯之。正例不能系聯者從其分。於是亦得四十七類，茲據其慧琳一切經音義反切考所附切韻聲類錄其四十七類於后：

見古：古公戶 公古紅 過古臥 各古落 格古伯 兼古甜 姑古胡 佳古膎 詭過委

見居：居九魚 九舉有 俱舉朱 舉居許 規居隋 吉居質 紀居里 几居履

溪苦：苦康杜 康苦岡 枯苦胡 牽苦堅 空苦紅 謙苦兼 口苦后 楷苦駭 客苦格

溪丘：丘去鳩 去丘據 墟 袪去魚 詰去吉 窺去隨 羌去羊 欽去金 傾去營 起墟里

郡：渠強魚 強巨良 求巨鳩 巨其呂 具其遇 臼其九 衢其俱 其渠之 奇渠羈 曁具冀

疑吾：吾五乎 研五堅 五疑古 俄五何

疑魚：魚語居 疑語其 牛語求 語魚巨 宜魚羈 擬魚紀 危魚爲 玉魚欲 遇牛具 虞愚遇俱

曉呼：呼荒烏 荒呼光 虎呼古 馨呼刑 火呼果 海呼改 呵虎何

曉許：許虛呂 興虛陵 喜虛里 虛朽居 香許良 朽許久 羲許羈 休許尤 況許訪

匣：胡戶吳 侯戶鉤 下胡雅 黃胡光 何胡歌

影烏：烏哀都 哀烏開 安烏寒 煙烏前 鷖愛烏代

影於：於央居 央於良 憶於力 伊於脂 依於希 憂於求 一於悉 乙於筆 握於角 謁於歇 紆憶俱 挹於入

于：于羽俱 羽雨王矩 云雲王分 王雨方 韋雨非 永于憬 有云久 遠雲阮 榮永兵 爲薳支 洧榮美 筠爲贇

喻：余餘予以諸 夷以脂 以羊己 羊與章 弋與職 翼與職 與余呂 營余傾 移弋支 悅弋雪

知：張陟良 知陟離 猪陟魚 徵陟陵 中陟弓 追陟佳 卓陟角 竹張六

徹：抽丑鳩 癡丑之 楮丑呂 丑敕久 恥敕里 敕恥力

澄：除直魚 場直良 池直離 治持直之 遲直尼 佇直呂 柱直主 丈直兩 直除力 宅場伯

照：之止而 止諸市 章諸良 征諸盈 諸章魚 煮章與 支章移 職之翼 正之盛 旨職雉 占職廉 脂旨移

穿：昌尺良尺昌石充昌終處昌與叱昌栗春昌脣

乘：乘食陵神食鄰食乘力實神質

禪：時市之殊市朱常市羊嘗市羊蜀市玉市時止植殖寔常職署常恕臣植鄰承署陵是氏承紙視承矢成是征

審：書舒傷魚傷商式陽施式支失式質矢式視試式吏式識賞職賞書兩詩書之釋施隻始詩止

日：如人諸汝人渚儒人朱人如鄰而如之仍如乘兒汝移耳而止

莊：莊側羊爭側莖阻側呂鄒側鳩簪側吟側仄阻力

楚：楚創舉初楚居創瘡初良測初力叉初牙廁初吏芻測隅

牀：鋤鉏士魚牀士莊犲士皆崱士力士仕鉏里崇鋤弓果鉏加雛仕于俟牀史助牀據

疏：疏疎所菹山所間沙所加生所庚色所力數所矩所疏舉史疏士

端：多得何得德多則丁當經都當孤當都郎冬都宗

透：他託何託他谷土他吐他魯通他紅台土來湯吐郎

定：徒同都同徒紅特徒得度徒故杜徒古唐堂徒郎田徒年陀徒何地徒四

泥：奴乃都乃奴亥諾奴各內奴對嬭奴禮那諾何

娘：尼女夷拏女加女尼呂

來魯：魯郎古郎魯當練郎甸盧落胡來落哀賴落蓋落洛盧各勒盧則

來力：力林直林力尋呂力舉良呂張離呂支里良士

精：將即良子即里資即夷即子力則子德借子夜玆子之醉將遂姊將几遵將倫祖則古臧則郎作則落

清：倉蒼七岡親七人遷七然取七庾七親吉青倉經采倉宰醋倉故麤麁倉胡千蒼先此雌氏雌此移

從：才昨哉徂昨胡在昨宰前昨先藏昨郎昨酢在各疾秦悉秦匠鄰匠疾亮慈疾之自疾二情疾盈漸慈染

心：蘇素姑素桑故速桑谷桑息郎相息良悉息七思司息玆斯息移私息夷雖息遺辛息鄰須相俞胥相居先蘇前寫息姐

邪：徐似魚祥詳似羊辭辝似玆似詳里旬詳遵寺詳吏夕詳易隨旬爲

邦邊：邊布玄布博故補博古伯百博陌北博墨博補各巴伯加

邦方：方府良封府容分府文府甫方矩彼甫委兵甫明陂彼爲鄙方美筆鄙密卑府移并府盈必卑吉畀必至

滂滂：滂普郎普滂古匹譬吉譬匹賜

滂敷：敷孚芳無妃芳非撫芳武芳敷方峯敷容拂敷勿披敷羈不敷悲

並蒲：蒲薄胡步薄故裴薄回白傍陌傍步光部蒲口

並房：房防符方縛符钁附符遇符苻扶防無馮房戎浮縛謀父扶雨平符兵皮符羈便房連毗房脂房密婢便俾

明莫：莫慕各慕莫故模謨摸莫胡母莫厚

明武：武文甫 文無分 無巫武夫 亡武方 望巫放 美無鄙 靡文彼 明武兵 彌武移 眉武悲 綿武延

黃氏雖謂此四十七類，純由正例系聯而得，然覈之事實，實有未符，茲略舉數證於后：

1. 吾類與魚類據反切可系聯爲一類，黃氏分作二類，此不當分者也。
2. 都類與多類不系聯，而黃氏併爲端類，此不當併者也。
3. 來母依反切當分作魯、盧、力三類，黃氏僅分魯、力二類，此分析之未盡者也。
4. 七類與倉類不系聯，而黃氏併爲清類，此不當併者也。
5. 昨類與疾類不系聯，而黃氏併爲從類，此不當併者也。
6. 普類與別類不系聯，而黃氏併爲一類，此不當併者也。

以上數證，足見黃氏分合之際，皆進退失據，自亂其例，既非盡依廣韵切語上字系聯之結果，亦非當時語音實有之現象，其所以得此四十七類者，仍參酌韵圖等列，兼及音之洪細，絕非廣韻聲類之眞象也。

六、曾運乾、陸志韋、周祖謨五十一類說：

㈠曾運乾說：

曾氏切韻五聲五十一紐考一文以爲陳澧之四十類，照、穿、牀、審、喻各分二類，廣韻切語絕不相混，陳氏分爲十類，既得之矣。明微二母，陳氏囿於方音而併合之，非切韻本例然也。至於喉音之影，牙音之見溪曉疑，舌音之來，齒音之精淸從心凡十母，依切韻聲音之例，皆應各分二母者也。其所持之理由如下：

「蓋聲音之理，音侈者聲鴻，音弇者聲細，廣韻切語侈音例爲鴻聲，弇音例爲細聲，反之，鴻聲例用侈音，細聲例用弇音，此其例卽見於法言之自序，云支（章移切）脂（旨夷切）魚（語居切）虞（遇俱切）共爲一韻，先（蘇前切）仙（相然切）尤（于求切）侯（胡溝切）俱論是切，上四字移夷居俱明韻（卽切語下一字音學也）之易於淆惑者，下四字蘇相于胡（古聲及切韻匣于爲類隔）明切（卽切語上一字聲學也）之易於淆惑者，故支脂魚虞皆舉音和雙聲以明分別韻部之意，先仙尤侯皆舉類隔雙聲以明分別紐類之意，如先蘇前切，蘇相不能互易者，先爲眞韻之侈音，蘇在模韻亦侈音也。例音侈者聲鴻，故先爲蘇前切也。仙相然切，相蘇不能互易者，仙爲寒韻之弇音，相在陽韻亦弇音也。例音弇者聲細，故仙爲相然切也。又如尤于求切，于胡不能互易者，尤爲蕭韻之弇音，于在虞韻亦弇音也，例音弇者聲細，故尤于求切也。侯胡溝切，胡于不能相易者，侯爲虞韻之侈音，胡在模韻亦侈音也，例音侈者聲鴻，故侯胡溝切也。是故法言切語之法，以上字定聲之鴻細，而音之弇侈寓焉，以下字定音之弇侈，而聲之鴻細亦寓焉。見切語上字其聲鴻者，知其下字必爲侈音，其聲細者，知其下字必爲弇音矣。見切語下字其音侈者，知其上字必爲鴻聲，其音弇者，知其上字必爲細聲矣。試以一東部首東同中蟲四字證之，東同中蟲皆類隔雙聲，此與先仙尤侯一例，東德紅切、同徒紅切，德徒鴻聲也，亦侈音也；紅侈音也，鴻聲也。故曰音侈者聲鴻，聲鴻者音侈。中陟弓切，蟲直弓切，陟直細聲也，亦弇音也；弓弇音也，亦細聲也，故曰音弇者聲細，聲細者音弇。四字同在一韻，不獨德陟、徒直不能互易，卽紅弓亦不能互易，此卽陸生重輕有異之大例，東塾舉此四字以明清濁及平上去入，而不知聲音之侈弇鴻細卽寓其中，故其所分聲類，不循條理，囿於方音，拘於系聯，於明微之應分者合之，影等十母之應分者亦各仍其舊而不分，殆猶未明陸生之大法也。今輒依切語音侈聲鴻，音弇聲細之例，各分重輕二紐，陳氏原四十聲類，加入微、影二、見二、溪二、曉二、疑二、來二、精二、清二、從二、心二十一母，故四十類爲五十一紐也。」

曾氏據此而分切語上字爲五十一類，實則五十一類者，特就四十七類之基礎，再析齒頭音之精清從心四母各爲二類而已。茲將曾氏論齒音之分二類者錄之於后：

精一（鴻聲侈音）則（子德切，德韻侈音而用細聲，亦類隔切。又子字通用一二等。）臧（則郎切唐。）祖（則古切姥。）作（則落切鐸。）共四字遞用相聯系（江氏切韻表亦分爲一等。）

精二（細聲弇音）子（卽里切止。）卽（子力切職。）借（子夜切禡韻二。）玆（子之切之。）資（卽夷切脂。）將（卽良切陽。）醉（將遂切至。）姊（將几切旨。）遵（將倫切諄。）共九字子卽互用諸字遞用相聯系（江氏切韻表亦分爲四等。）

清一（鴻聲侈音）倉蒼（七岡切唐韻，侈音而用細聲。亦類隔切，又七字通用一二等。）采（倉宰切海。）醋（倉故切暮。）麤麁（倉胡切模。）千（倉先切先。）青（倉經切青。）共八字遞用相聯系（江氏切韻表亦分一等，唯千字隷四等誤。）

清二（細聲弇音）七（親吉切質。）親（七人切眞。）取（七庾切麌。）遷（七然切仙。）此（雌氏切紙。）雌（此移切支。）共六字，上四字親七互用，下二字此雌互用不相聯系，依音弇聲細例求之，知爲一類。（江氏四聲切韻表亦分爲四等。）

從一（鴻聲侈音）在（昨宰切海。）昨（在各切鐸。）才（昨哉切咍。）祖（昨胡切模。）前（昨先切先。）藏（昨郎切唐。）共七字，在昨互用相聯系（江氏四聲表亦分爲一等唯前字誤隸四等。

從二細聲弇音 秦匠鄰切眞。 匠疾亮切漾。 疾秦悉切質。 自疾二切至。 情疾盈切清。 慈疾之切之。 漸慈染切琰。 共七字，秦匠疾互用相聯系江氏切韻表亦定爲四等。

心一鴻聲侈音 桑息郎切唐韻，侈音用細聲，類隔切也，不通用於二等。 速桑谷切屋。 素桑故切暮。 蘇素姑切模。 先蘇前切先。 共五字遞用相聯系四聲表亦分爲一等唯先字誤隸四等。

心二細聲弇音 息相卽切職。 相息良切陽。 悉息七切質。 思息兹切之。 斯息移切支。 私息夷切脂。 雖息遺切脂。 辛息鄰切眞。 寫息姐切馬二。 須相俞切虞。 胥相居切魚。 共十二字，相息互用相聯系四聲表亦定爲四等。

曾氏所謂一二等者實兼賅四等字言之，其所謂細聲則純就三等字言之，此已與一般聲韻學家以一二等爲洪音，三四等爲細音之說不合，且縱從其說，就廣韻之切語及其所舉之例言之，亦多有鴻細雜用之現象，曾氏遂謂凡用細聲切侈音者皆爲類隔切，如所舉則子德切，倉七郎切是也。然廣韻切語中尚有以鴻聲切弇音者，如趲千仲切，錢昨仙切，靸先立切等是，曾氏則置而不言。以此言之，則所謂鴻聲切侈音，細聲切弇音之例，於廣韻書中實難定其界畫，其說實難成立，雖五十一類之說，屢爲人所徵引，實仍不能無疑也。

(二)陸志韋說：

陸氏證廣韻五十一聲類一文，亦主五十一類之說，陸氏云：

「五十一類之說，非謂唐代聲母實有51之數也，今本廣韻切語上字之互相係聯者，實分爲51組耳。」

陸氏聲母之分類與韻類有極密切之關係，陸氏將韻類分爲三一九類，然後將五十一聲類與三一九韻類列爲一表，五十一聲類之排列，以在陳書中發現之次弟爲先後，首「多」、次「都」、終「食」（各以一類中最多數之字為類名），直列三一九韻類，首「東」系，終「凡」系。此表造成後，先計算（甲）每一聲類發現於若干韻類，例如「多」15，「都」70、「陟」79……。（乙）每次發現與其他聲類何者相逢，何者不相逢。亦列爲一詳表。

例如：

	丑
	81
多	0
都	10
陟	53
之	54
……	

此表大旨謂：「丑」類發現於81韻類，與「多」類相逢於同一韻類者0次，與「都」類相逢者10次，與「陟」類相逢者53次，與「之」類相逢者54次，餘類推。凡兩類之和協衡突，視其相逢之次數，可得其大概。

陸氏用此法將廣韻聲類分爲兩大羣，一羣之內，各類協和，兩羣之間，此羣之任何一類與彼羣之任何一類，大致相衝突或無關係。所分兩大羣聲類如后：

甲羣：A組　之、昌、食、式、時、而、此、疾、徐、以凡10

（照三、穿三、牀三、審三、禪、日、清四、從四、邪、喻四）

B組　側、初、士、所、陟、丑、直、女、力凡9

（照二、穿二、牀二、審二、知、徹、澄、娘、來三）

C組　方、芳、符、武、于凡5

（非、敷、奉、微、喻三）

D組　居、去、渠、許凡4

（見三、溪三、羣、曉三）

以上甲羣ABCD四組共28類，皆相和協，然此28類之可顯然分為四組或五組則無疑義。

與甲羣任何一組，任何一類大致相反者為乙羣。

乙羣：E組　多、都、他、徒、奴、盧、郎、昨凡8

（端、端、透、定、泥、來一、來一、從一）

F組　博、普、蒲、莫凡4

（幫、滂、並、明）

G組　古、苦、呼、胡、烏凡5

（見一、溪一、曉一、匣一、影一）

甲羣28類，乙羣17類，共得45類。其餘無從歸類者為「五、四、子、七、蘇、於」等六類。

「五」類可視類中各字與甲羣或乙羣在同一韻類中相逢之情形決定；凡一字於某一韻類與甲羣同現者，於其他韻類亦必與甲羣同現，而不與乙羣同現，但可偶或錯誤耳。「五」類發現於163韻類，共164次。

與乙同用	字	與甲同用
82	五	0
4	吾	0
2	研	0
1	疑	0
1	擬	0
1	俄	0
0	魚	40
0	語	14
0	牛	10
0	宜	4
0	虞	2
0	遇	1
0	愚	1
0	危	1

陳澧系聯上述各字爲一類者，實以廣韻「疑語其切」「擬魚紀切」之偶疏也。今分「五」類爲乙羣G組，「魚」類屬甲羣D組。

「於」類亦可依各字與甲乙兩羣相逢之勢而分析之，「於」哀都切又央居切，孰爲哀都？孰爲央居？凡與「於」字系聯之字，其切上字當作「哀」乎？當作「央」乎？凡爲「哀」者，其字當與乙羣相逢，凡爲「央」者，則不得而知矣。今以「烏」「於」二類連同分析之，「烏」亦「哀都切」也。二類共發現於221韻類，計227次。

字	與甲同用
烏	0
安	0
哀	0
烟	0
鷖	0
愛	0
乙	2
一	1
握	0
委	0
於	89
伊	3
衣	2
央	2
紆	2
依	1
憶	1
挹	1
謁	1
憂	1

與乙同用
82
3
1
1
1
6
2
1
1
21
0
1
0
0
0
0
0
0
0

「烏」……「愛」六字爲烏類，無一次與甲羣同用者，「於」字與乙羣同用者21次，與甲羣同用者89次，「央」字顯係甲羣之字。今故以「於21乙8一3握1委1」歸入「烏哀都切」之類。餘「於89伊3……憂1」爲「於央居切」之類，此卽烏類與於類也。「烏」類必屬於乙羣G組，「於」類必屬於甲羣D組。

「蘇」類發現於130韻類，共131次。

與甲同用	←字→	與乙同用
0	蘇	41
1	先	12
0	桑	5
0	素	4
0	速	1
30	息	1
10	相	0
6	私	2
5	思	2
3	斯	0
2	胥	0
1	雖	0
1	率	0
1	須	0
1	寫	0
1	悉	0
1	司	0

然則「蘇」類明爲二類之混合，「蘇先」等5字爲一類，「息相」等12字爲一類，此卽「蘇」類與「息」類，亦卽宋人所謂「心一」與「心四」也。「心四」屬甲羣A組，「心一」屬乙羣E組。

「七」類發現於107韻類，共110次。

與甲同用	字	與乙同用
1	倉	22
2	千	8
0	蒼	3
0	麤	2
0	采	2
0	麁	1
0	青	1
43	七	19
2	親	0
1	醋	0
1	取	0
1	遷	0

「子」類發現於133韻類，共134次。

與甲同用	字	與乙同用
0	作	15
0	則	12
0	祖	5
0	臧	4
0	借	1
0	銼	1
1	茲	1
38	子	23
16	即	0
6	將	1
3	資	0
2	姊	1
2	遵	0
1	醉	0

「七」字與甲羣相逢43次，與乙羣相逢19次，則「七親」等5字可作一類，而「倉千」

等7字另作一類。

「子」字與甲羣相逢者38次，與乙羣相逢23次，故亦強可以「子郎」等7字爲一類，「作則」等5字爲一類。總而言之，「子」「七」「此」「疾」「息」「徐」同爲甲羣A組。宋人之精清從心邪四等是也，「作」「倉」「昨」「蘇」同爲乙羣E組，宋人之精清從心一等也。

「匹」類發現於33韻類。

字	與甲同用	與乙同用
匹	16	16
譬	1	0

「匹」與「普」又音相通者廣韻凡6見，與「芳」類相通者11見，「匹」類自當與「芳」類同類，始合於唐人乙羣不羼入甲羣之例。今爲愼重見，暫不合併。

凡兩類同組而永不相逢，是同類也，歸納爲五十一類。兩類同組者，謂兩類與組內其他各類關係相同，而與任何一類之關係亦大致相同也，內外關係相同，而彼此又不相逢，則不假思索，可知其爲同類也。

按陸氏統計法之出發點卽存有嚴重缺點，廣韻切語上字共四百餘字，陳澧依其同用、互用、遞用之關係而系聯爲五十一類。陸氏旣認爲系聯不系聯具有偶然之因素，則進行統計時，卽應將此四百餘字平列，逐字計算其在廣韵中各出現若干次，彼此相逢之情形若何？係「超乎機率之所得」，抑「遠不及機率所得」？最後按是否超乎機率而加以分類，如此始合於邏輯。然陸氏不此之圖，竟從陳氏五十一組出發，初始卽將陳氏以系聯條例系聯之「古」「公」等十字出現次數相加，作爲「古」類出現之次數，將「苦」「口」等十一字出現之次數相加，作爲「苦」類出現之次數。……然後計算「古」「苦」，「古」「呼」……「苦」「呼」相逢若干次，以爲統計結果充分表明「古」爲一類，「苦」爲一類。……實則「古」與「公」，「苦」與「口」是否同類，正有待于統計法之證明，而陸氏所用統計法，未顯出任何徵象，卽斷然視作同類，並謂此乃統計法證明確爲同類，是何等荒誕不稽！

蓋統計法之致命缺點，數字太小，統計卽無所施其計。四百餘切語上字，大多數字僅出現一次或二次，陸氏於「此」類之出現五次，「多」類之出現十五次，尙視作例外，若逕自四百餘字切語上字出發，則此種例外將達數以百計，陸氏自知出現數以百計之例外，則所用之統計法將無法取信於人，故不得不以此爲掩飾之手段。

且陸氏用統計法所統計之數字，亦無法顯示出切語上字分組之界限。陸氏云：「爲數相仿佛者，雖未必卽爲同屬；就爲數相逕庭者，似當爲異屬也。」然「之、昌、食、式、時、而、此、疾、徐、以」諸類彼此相逢在83—41之間，「側、初、士、所、陟、丑、直、女、力」相逢在56—26之間，「方、芳、符、武、于」相逢在57—41之間，「居、去、渠、許」在38—27之間。其數字之差距並非懸殊，且彼此尙有交錯出入處，並不能截然分開。陸氏卻分之爲A、B、C、D四組，並云：「各組之內，兩兩相逢，以A組之各數爲最大，B、C組次之，D組最小。」然A組中之「此」、「疾」與表上之「子」類彼此相逢亦在57－41之間，跟C組全同，B組中之「陟、丑、直、女、力」彼此相逢在47－40之間，較C組爲小，何以未將「此、疾」與「子」類併入C組，卻將「陟、丑、直、女、力」自B組分出，自成一組，置於C組之後？且其A、B、C、D四組之分界，與聲韻學上之分類亦不全同。陸氏之分組實純據切語上字之洪細以分類，而非據統計法所得之類別。尤有進者，陸氏用所謂統計法分析之結果，僅得四十五類，其餘各組則採用排比法以濟其窮。然而系聯若有錯誤，排比法亦無從得出正確結果，其中「茲」字與甲乙兩羣相逢各一次，究應歸於何類？於是陸氏根據「茲」字切語上字爲「子」，又據「子」類與甲羣關係大於乙羣，乃將「茲」字劃歸「子、即」之類。又如「匹」、「譬」二字之「匹」字組，雖與「普芳」之關係均爲63，排比結果，「匹」字與甲乙兩羣之關係均爲16，然「譬」字卻與甲羣發生一次關係，而與乙羣無關係。依其處理「茲」字歸類之原則，「匹」既只與甲羣發生關係之「譬」字出切，自應劃歸甲羣。然陸氏卻謂「匹類自當與芳爲同類，乃合乎唐人乙羣不羼入甲羣之例，今爲審愼起見，暫不合併。」正因陸氏將「匹」字組之分類保留，故所得結果爲五十二類，而非五十一類，結果竟文不對題。

陸氏之統計法，實以系聯法爲出發點，中間排除部分例外，再通過排比法，終於又沿用系聯法，迂迴曲折，煞費心機，始勉強符合預期之結論。其實乃陸氏心中原有51類之主見，於是遂有意將數字分析，使之大體接近51聲類，實非統計法眞有如此妙用，而得出如此之結果。

抑又有言，中國聲韻學昔日爲人蒙上一層陰陽五行之外衣，致令人視爲「天書」，望而生畏。民國以來之學者，又每以西洋學術玩弄之，使人莫測高深，同使聲韻學陷入玄境，不敢問津。今日吾人研究聲韻學應使之成爲一坦易之學科，發揮其文字訓詁上眞正之功效，則一切新舊魔障均應袪除，陸氏所用統計魔術，自亦不能例外。

㈢周祖謨說：

周氏陳澧切韻考辨誤之論廣韻聲類，亦主曾氏之說，以爲依反切上字之分組，當爲五十一，以音位論，則爲三十六。茲錄其五十一聲類之目於后，並附所擬聲值。

幫一p　滂一pʻ　並一bʻ　明一m
幫二pj　滂二pʻj　並二bʻj　明二mj
端 t　透 tʻ　定 dʻ　泥 n　來一l
知 t̂　徹 t̂ʻ　澄 d̂ʻ　娘 nj　日ńź　來二lj
精一ts　清一tsʻ　從一dzʻ　心一s
精二ts(i)　清二tsʻ(i)　從二dzʻ(i)　心二s(i)　邪z(i)
照二tṣ　穿二tṣʻ　牀二dẓʻ　審二ṣ
照三tś(i)　穿三tśʻ(i)　牀三dźʻ(i)　審三ś(i)　禪ź(i)
見一k　溪一kʻ　疑一ng
見二kj　溪二kʻj　羣gʻj　疑二ngj
喻 j

曉一x
曉二xj
匣一ɣ
匣二ɣj
影一ʔ
影二ʔj

周氏並謂精一精二之分，亦惟隋唐時精於音韻者始能道之，隋唐以前之爲反音者未必明辨若是。陸氏之書皆本於前代舊音，惟捃選精切，摘削疏緩而已，又未必一一改作也。廣韻之音切自切韻一系韻書而來，參錯之處，亦不能免。然廣韻中影母一二兩類相亂者固多，主四十七類之說既判別爲二，於精清從心則以爲不可，殊爲拘泥。精一精二之分，亦猶古之與居，呼之與許耳。精一用以切洪音字，精二用以切細音字（邪母爲細音）。界畫分明，區以別矣。精一精二之有類隔切，亦猶端知幫非之各有類隔切也。學者可以不必因其通而昧其分矣。

按周氏既謂隋唐以前之爲反音者尚未必明辨其分，陸氏切韻於前代舊音又未必一一改作，則精一精二之分，非廣韻聲類實有之類別，乃純由後接韻母洪細之殊可知矣。再者從音位觀點，聲母是否可以合併成一音位，除互補原則外，仍須觀其實際讀音是否不同，以作爲是否合併之標準。例如端知兩系無論從來源或互補言，皆可合併爲一音位，然今周氏亦不合併者，以知系字，確與端系不同音也。準此而言，三十六字母已併于於喻，則于母與匣母音讀已殊，非系三十六字母亦已獨立，則亦不能再併於幫系矣。照周氏處理端知兩系之原則言，則廣韻聲類就音位論，當爲四十一，而非三十六亦明矣。

七、姜亮夫四十八類說：

姜氏瀛涯敦煌韻輯論部六，根據S2071卷之切語上字三百五十八字，據陳澧切韻考同用互用遞用之原則系聯之得四十八系，即呼香曉胡匣於烏影余喻于于居古見康去溪渠羣魚五疑多丁端他透徒定奴泥盧力來如日知知褚徹池澄尼娘之照昌穿神神書審時禪莊莊初初鋤牀山山將精倉清才從蘇心徐斜補邦滂滂蒲並文模明方非敷敷房奉是也。

按此四十八類並無新奇之處，除與四十七類說全同外，復將端母分爲多丁二類，故爲四十八也。然多丁二類廣韻反切只偶不系聯耳，無論從何種角度以觀，皆不當分者也，陳氏雖以變例併爲一類，此能不拘泥處。戴震嘗云：「審音本一類，而古人之文偶有相涉，有不相涉，不得舍其相涉者而以不相涉爲斷，審音非一類，而古人之文偶有相涉，始可以五方之音不同，斷其爲合韻。」多丁二類無論何處方音皆無異讀，則審音本一類，故不得舍其相涉者而以不相涉爲斷，陳氏據變例合併，蓋其義也。

八、李榮三十六類說：

李氏切韻音系一文，根據陳澧基本條例同用互用遞用原則系聯全本王仁煦刊謬補缺切韻反切上字，若遇有實同類而不能系聯時，則視切語上字出現之機會爲互補抑對立，再參考韻圖之排列，若爲互補則併爲一類，若相衝突，則予分類，因此得三十六類。茲錄於后，並附所擬音值。

幫p 滂p' 並b 明m

端t 透t' 定d 泥n 來l

知t̂ 徹t̂' 澄d̂

精ts 清ts' 從dz 心s 邪z

莊tṣ 初tṣ' 崇dẓ 生ṣ 俟ẓ

章tś 昌tś' 船dź 書ś 常ź 日ń

見k 溪k' 羣g 疑ŋ 曉x 匣ɣ

影ʔ 喻○

以上三十六類，其異于四十一類者，併輕脣於重脣，併娘入泥，爲併于匣。全王綦俟淄反，俟綦史反，二字切語互用，韻圖置於禪母下二等，因據以別出俟母。併輕脣於重脣，在切韻或當如此，在廣韻則當分開。董同龢云：「反切方芳符武四類既分入重脣與輕脣兩系，重脣音與輕脣音就可以在三等韵並存，他們已是非分不可的兩系聲母了。」至於娘併入泥，在音韻結構分配上極不合理。周法高論切韻音嘗云：「有人把泥紐和娘紐合併，擬作n，而把日紐擬作ȵ，和知ȶ、徹ȶ'，澄ȡ相配。在音韻結構的分配方面最不合理的了，因爲端、透、定、泥諸紐，只出現在一等韻和四等韵，知、徹、澄、娘諸紐只出現在二等韻和三等韻，日紐只出現在三等韵。」于母併入匣母，在上古音系或當如此，中古音系則未必然，蓋匣母上聲字今國語變去聲，于母則保持讀上聲不變，與喻母相同，可見匣于在中古自應有別，故後來演變不同。至於俟母別出，僅有俟綦二字，亦甚可疑。姜亮夫云：「俟綦二字與上（指鋤助士）不系聯，止韻俟在士字鋤里切紐下，則俟不當再爲牀紐，而之韻漦字俟之切，當入牀紐，決無疑問，則俟字必屬士紐，不當獨爲一紐。然諸唐人韻書如 p2011，柏林藏行書本皆士俟分之，而俟又皆漦史切，故宮王仁煦本更作鋤使切，則其誤蓋自唐人始矣。（徐諧篆譜作牀史，亦次鋤里切之士下，則李舟亦同矣。）以意度之，漦史一切，當爲俟字之又切，唐人韻書，固有紐首不加圖志者，遂誤爲正切，然其事必起甚早，故唐人韻書無不襲其誤者矣。切韻考刪棄此字，是也。」董同龢亦云：「俟與士廣韵反切本來可以系聯，平聲之韵，漦俟之切，又上聲止韻，俟牀史切，牀屬士類，所以素來講中古音的人，都把漦俟兩字歸入崇母之內。……陳澧切韻考引徐鍇的說文反切，證明士與俟是一個音，也有見地，不過那應當是中古後期的變化了。」廣韻聲母系統當然應屬中古後期，所以俟母盡可併入牀母無庸區別。

九、王力三十六類說：

王氏漢語音韻論及切韻的聲母系統嘗謂：

「從廣韻的反切上字歸納，可以得出切韻時代的聲母36個，拿守溫三十六字來比較，則是：

1.應併者四個：非併于幫，敷併于滂，奉併于並，微併于明。

2.應分者四個：照穿牀審各分爲二。

3.應分而又併者一個：喻分爲二，其中之一併入匣母。

綜上所述，切韻的聲母如下表：

牙音：	見〔k〕	溪〔k'〕	羣〔g'〕	疑〔ŋ〕	
舌頭音：	端〔t〕	透〔t'〕	定〔d'〕	泥〔n〕	
舌上音：	知〔ȶ〕	徹〔ȶ'〕	澄〔ȡ'〕	娘〔ȵ〕	
脣音：	幫（非）〔p〕	滂（敷）〔p'〕	並（奉）〔b'〕	明（微）〔m〕	
齒頭音：	精〔ts〕	清〔ts'〕	從〔dz'〕	心〔s〕	邪〔z〕
正齒音：	莊〔tʃ〕	初〔tʃ'〕	牀〔dʒ'〕	山〔ʃ〕	
	照〔tɕ〕	穿〔tɕ'〕	神〔dʑ'〕	審〔ɕ〕	禪〔ʑ〕
喉音：	影〔ʔ〕	曉〔x〕	匣喻三〔ɣ〕	余喻四〔j〕	
半舌音：	來〔l〕				
半齒音：	日〔ʏ〕				

王氏三十六異于李榮者，未分俟母，娘母獨立，此二者以廣韻切語言，皆較李氏差勝。輕脣之併入重脣，切韵反切確是難分，然唐宋語音不可謂無輕重之別也。喻三入匣其理相同，前已論之，此不贅說。

十、周法高三十七類說：

周氏論切韻音主張切韵聲母當爲三十七類，其排列如后：

脣音 (labials)	幫 p 滂 pʻ 並 b 明 m
舌頭音 (dentals)	端 t 透 tʻ 定 d 泥 n 來 l (lateral) 來為半舌音
舌上音 (supradental stops)	知 ṭ 徹 ṭʻ 澄 ḍ 娘 ṇ
齒頭音 (apical sibilants)	精 ts 清 tsʻ 從 dz 心 s 邪 z
正齒音二等 (supradental sibilants)	照莊 tṣ 穿初 tṣʻ 牀崇 dẓ 審生 ṣ
正齒音三等 (palatal sibilants)	照章 tɕ 穿昌 tɕʻ 牀船 dʑʻ 日 ȵ 審書 ɕ 禪 ʑ 日為半齒音
牙音（曉匣舊隸喉音） (Velars)	見 k 溪 kʻ 羣 g 疑 ŋ 曉 x 匣 ɣ
喉音 (gutturals)	影 ʔ 喻云 j 喻以 o

周氏分類大致與王力相同，其云母自匣分出亦較王氏合理。以此系統而論切韻聲母，應無可疵議。若移之以言廣韻，則輕脣四母應加分別。自三十六字母以來，既立輕脣之目，則輕脣四母聲值自當與重脣有別，否則三十六字母不應別出輕脣四目。本師潘石禪（重規）先生韻學碎金一文，嘗見列寧格勒東方院所藏黑水城資料，其中一小册編列黑水城資料第二八二號，標題爲「解釋訶義壹畚」，其中有歌訣數句云：「幫非互用稍難明，爲侷諸師兩重輕，符今斆處事無傾，前三韵上分幫體，後一音中立奉行。」下釋義曰：「是非……母中字，在於後一韻中所收，於平聲五十九韻，并上去入聲共有二百七韻，在於二百七韵內分三十三輕韻，故曰後一音也。」此處所謂二百七韻內分三十三輕韻，最值吾人重視。細察廣韻輕脣四母出現之韻，正爲三十三韻，列目如下：

東		送	屋
鍾	腫	用	燭
微	尾	未	
虞	麌	遇	
文	吻	問	物
元	阮	願	月
陽	養	漾	藥
尤	有	宥	
凡	范	梵	乏
		廢	

是則此歌訣所據韻書毫無疑問已可分辨輕脣四母。石師云：「此小册子出於黑水城遺址，殆亦宋代西夏契丹流行於北方之作，作者闡釋門法歌訣，故名曰解釋歌義，其中折衷諸說，多從智公，故曰：『因君揩決參差後，』假令智公爲智光，則其作序時爲遼聖宗統和十五年，卽宋太宗至道三年（西元九九七），殘唐五代既訖，至此不過三十餘年。今觀解釋謌義所述，知智公指玄論之圖所本切韻，平聲韻爲五十九，全部爲二百零七韻，宋修廣韻爲二百零六韻，平聲僅五十七韻，知智公所本爲唐人增修之切韵。案：巴黎藏伯二〇一四號卷子三十仙之後，有三十一宣，末署『大唐刋謬補缺切韻一卷』，知唐修切韻有增加宣韻之本。又夏竦古文四聲韻齊第十二之後有移第十三，增多一部；下平先第一仙第二之後有宣第三，是唐修切韵平聲或有五十九韻之本。巴黎藏伯二〇一二號守溫韻學殘卷『定四等重輕』，蓋卽

據唐修切韻而定，智公爲五代宋初人，其時代亦與守溫頗近，故皆用唐修切韻爲作圖之本，然則等韻之興，淵源甚遠，必出於宋以前也。」無論何種韻圖皆能區分輕重脣，而其淵源既出於宋以前，苟如石師所云本之於唐修切韻二〇七韻之本，則輕脣別出，唐代已然，廣韻未有不能分辨之理。是則從音位觀點，加上實際語音之差別，廣韻聲類當於周氏三十七類之外，另分輕脣四母，則庶幾符合實情而無所遺漏矣。且從全國各大方言觀之，輕脣重脣皆界線分明，今據漢語方音字滙所錄各方言輕脣重脣各舉數例於下：

方言	輕脣					重脣				
	發	佛	敷	煩	風	八	潑	鋪	盤	蓬
北平	꜀fa	꜁fo	꜀fu	꜁fan	꜀fəŋ	꜀pa	꜀pʻo	꜀pʻu	꜁pʻan	꜁pʻəŋ
濟南	꜀fa	꜁fə	꜁fu	꜁fã	꜀fəŋ	꜀pa	꜀pʻə	꜀pʻu	꜁pʻã	꜁pʻəŋ
西安	꜀fa	꜁fo	꜀fu	꜁fã	꜀fəŋ	꜀pa	꜀pʻo	꜀pʻu	꜀pʻã	꜁pʻəŋ
太原	faʔ꜆	fəʔ꜆	꜀fu	꜀fæ̃	꜀fəŋ	paʔ꜆	꜀pʻə	꜀pʻu	꜀pʻæ̃	꜁pʻəŋ
漢口	꜁fa	꜁fu	꜀fu	꜁fan	꜀foŋ	꜁pa	꜀pʻo	꜀pʻu	꜁pʻan	꜁pʻoŋ
成都	꜁fa	꜁fu	꜀fu	꜁fan	꜀foŋ	꜁pa	꜀pʻo	꜀pʻu	꜁pʻan	꜁pʻoŋ
揚州	faʔ꜆	fəʔ꜆	꜀fu	꜁fɛ̃	꜀fɔuŋ	paʔ꜆	꜀pʻo	꜀pʻu	꜁pʻuõ	꜁pʻɔuŋ
蘇州	faʔ꜆	vɤʔ꜇	꜀fu	꜁vE	꜀foŋ	poʔ꜆	꜂pʻu	꜀pʻu	꜁bø	꜁boŋ
溫州	xo꜆	vai꜇	꜀fu	꜁va	꜀xoŋ	po꜆	꜀pʻu	꜀pʻθy	꜁bø	꜁boŋ
長沙	fa꜆	fu꜆	꜀fu	꜁fan	꜀xoŋ	pa꜆	꜂pʻo	꜀pʻu	꜁põ	꜁pʻoŋ
雙峯	꜁xua	꜁xəu	꜀xəu	꜁ɣuã	꜀xaŋ ꜀xən	꜁pa	꜂pʻʊ	꜀pʻu	꜀biɛ̃	꜁baŋ ꜁bən
南昌	ɸuat꜆	ɸut꜆	꜀ɸu	ɸuan꜄	꜀ɸuŋ	pat꜆	꜂pʻo	꜀pʻu	꜁pʻɔn	꜁pʻuŋ
梅縣	fat꜆	fut꜇	꜀fu	꜁fan	꜀fuŋ	pat꜆	꜀pʻɔ	꜀pʻu	꜁pʻan	꜁pʻuŋ
廣州	faːt꜆	fat꜇	꜀fu	꜁faːn	꜀fuŋ	paːt꜆	꜀pʻɔ	꜀pʻou	꜁pʻun	꜁pʻuŋ
廈門	huat꜆ puʔ꜆	pitʔ put꜇ hut꜆ hutʔ	꜀hu	꜁huan	꜀hɔŋ	pat꜆ pueʔ꜆	꜂pʻo	꜀pʻɔ	꜁puan ꜁puã	꜁pʻɔŋ ꜁pʻaŋ
潮州	huek꜆	huk꜇	꜀hu	꜁hueŋ	꜀huaŋ	poiʔ꜆	꜂pʻua	꜀pʻou	꜁pũã	꜁pʻoŋ
福州	xuaʔ꜆	xuʔ꜇	꜀xu	꜁xuaŋ	꜀xuŋ	paiʔ꜆	꜀pʻɔ pʻɔ꜄	꜀pʻuɔ	꜁puaŋ	꜁pʻuŋ

由此可知輕重脣之區別，各大方言中皆極爲顯著，則其來有自，吾人以爲廣韵有輕脣四母，絕非誇大之言。茲將所定四十一聲紐及其聲值錄后：

喉　音：影〔ʔ〕曉〔x〕匣〔ɣ〕喻〔○〕爲〔j〕

牙　音：見〔k〕溪〔k'〕羣〔g'〕疑〔ŋ〕

舌頭音：端〔t〕透〔t'〕定〔d'〕泥〔n〕

舌上音：知〔ȶ〕徹〔ȶ'〕澄〔ȡ'〕娘〔ȵ〕

半舌音：來〔l〕

半齒音：日〔ȵʑ〕

正齒音近舌者：照〔tɕ〕穿〔tɕ'〕神〔dʑ'〕審〔ɕ〕禪〔ʑ〕

正齒近齒頭者：莊〔tʃ〕初〔tʃ'〕牀〔dʒ'〕疏〔ʃ〕

齒頭音：精〔ts〕清〔ts'〕從〔dz'〕心〔s〕邪〔z〕

重脣音：幫〔p〕滂〔p'〕並〔b'〕明〔m〕

輕脣音：非〔pf〕敷〔pf'〕奉〔bv'〕微〔ɱ〕

民國六十八年九月廿二日脫稿於臺北鍥不舍齋

參考資料

廣韻　黎明文化事業公司印行
切韻考　陳澧　學生書局印行

音略證補　陳新雄　文史哲出版社
黃侃論學雜著　中華書局
求進步齋音論　張煊　國故第一期
聲韻學論文集　陳新雄于大成主編　木鐸出版社
切韻探賾　羅常培　國立中山大學語言歷史學研究所週刊第三集第二十五、六、七期合刊切韻專號
唐寫本王仁煦刊謬補缺切韻　廣文書局印行
瀛涯敦煌韻輯　姜亮夫　鼎文書局印行
瀛涯敦煌韻輯新編　潘重規　新亞研究所出版
瀛涯敦煌韻輯別錄　潘重規　新亞研究所出版
十韻彙編　學生書局印行
中國音韻學研究　高本漢(B. Karlgren)原著，趙元任羅常培李方桂譯　臺灣商務印書館印行
Compendium of phonetics in Ancient and Archaic Chinese B. Karlgren Göteborg (1970)
The Chinese Language R.A.D. Forrest London (1965)
廣韻聲韻類之統計　白滌洲　中國大辭典編纂處出版
討論切韻的韻部與聲紐　黃淬伯　國立中山大學語言歷史學研究所週刊第六集第六十一期
慧琳一切經音義反切考　黃淬伯　史語所專刊之六
切韻五聲五十一類考　曾運乾　東北大學季刊第一期
證廣韻五十一聲類　陸志韋　燕京學報第二十五期
批判陸志韋先生在漢語音韻學中的資產階級學術思想　周定一等　中國語文總第七十八期
陳澧切韻考辨誤　周祖謨　問學集下冊
切韻音系　李榮　鼎文書局印行
漢語音韻　王力　中華書局
論切韻音　周法高　香港中文大學中國文化研究所學報第一卷

中國聲韻學通論 林尹 世界書局印行
中國聲韻學 潘重規、陳紹棠 東大圖書公司出版
韻學碎金 潘重規 幼獅學誌第十四卷第二期
敦煌寫本守溫韻學殘卷跋 羅常培 史語所集刊第三本第二分
漢語音韻學 董同龢 廣文書局出版
六十年來之聲韻學 陳新雄 文史哲出版社
漢語方音字滙
等韻五種 藝文印書館

（原載華岡文科學報第十二期 民國六十九年三月）

廣韻四十一聲紐聲值的擬測

廣韻的聲紐當爲四十一，這幾乎是肯定了的。那末這四十一個聲紐的聲值應該是怎麼樣呢？這是本文討論的主題。本文是根據高本漢(B. Karlgren)中國音韻學大綱（Compendium of phonetics in ancient and archaic Chinese）一書擬音的步驟作一介紹，高氏的說法有欠妥善的地方，則參考其他各家的意見加以改進，因此這篇文章談不上有什麼特別的見解，只是一種基礎性的介紹，希望給初學的人一種比較淺易的說明，使他們也知道可以利用那些材料，如何去擬測聲值而已。

一、擬音的依據

㈠廣韻的切語跟韻圖

系聯廣韻的切語上字，可大致得到廣韻聲紐的類別，但是這一工作，只能讓我們瞭解到那些反切上字，屬於那類聲母。至於聲母的聲值，我們還得憑借韻圖來推測，重要的韻圖像韻鏡、七音略、四聲等子、切韻指掌圖、經史正音切韻指南等，對廣韻聲值的擬測，都有很大的幫助，特別是像早期韻圖韻鏡跟七音略的編排，尤多助益。

(二)域外的漢字譯音

這類材料像日本、韓國、越南等國，他們的文字中的中國古代借字特別多，由於中國文化的向外發展，數以千計的中國字，滲進了日本、韓國與越南，大多數都是學術性的轉借。這種情形，正如同拉丁文的字彙大量地流入現代英語的情形相似。因此可從日文、韓文、越文對譯漢字的情形，來探索他的規則。由於漢字譯作日文的時期分明，我們對於漢字在轉借時音值，獲得極大的啟示。當然有很多字，在轉借時聲值已產生了變化，然而這類變化只是爲了適合各國固有的語音習慣而已。日本人在這一方面尤其勇於修改，使它適合於日本話原有的形式。例如「天」t'ien 字日本譯作 ten，是因爲日本話沒有 ie 一類的複合元音之故，所以就把 -i- 介音給拋棄掉了。「疆」kiang 譯作 ki-ya-u（今音作 kyō），那是因爲日本話裏沒有-ng〔ŋ〕韻尾。「撻」t'at 作 ta-tu（今音 tatsu）或作 ta-ti（今音 tachi），這是因爲日本話裏頭沒有 -t 尾，爲了使這字成爲眞正的日本音，爲適合日本的語言習慣，乃加添一多餘的元音（u 或 i）。所幸日本與韓國的書寫系統極爲保守，因此尚能顯示出它們古代的音讀來。大多數韓國的中文借字，可溯源到公元六百年左右，即與切韻同時；日本借字的輸入，分爲兩次，一爲漢音，由中國北方輸入，時間大約在第七世紀。這方面像韓國譯音一樣，它的聲韻類別，跟切韻極爲接近。另一爲吳音，由中國東南（今之江浙）輸入，這類借字時間較早，大約在五世紀到六世紀，其聲韻類別與切韻相去較遠，但是這種差異，用來解釋切韵的音系，頗爲重要。越南譯音的時代稍晚，大約在唐代的末期，其中某些聲韻的差異，對於擬測切韵的音值，仍然極富有啟示性。

㈢國內的現代方言

我國境內的現代方言，彼此相互間的差異極大，但是就聲韻類別來說，差不多全與切韻跟廣韻的切語，取得規律的對應關係。這樣說來，考察各地方言的出入，自有助於切韻聲母音值的擬測。

二、擬音的方法

擬音的第一個步驟，首先得把韻圖的編排詳細加以研究。韻圖是以開口合口分圖的，如果前一圖的領字是「歌」，國語讀 Ko，後一圖則爲「戈」Kuo；前一圖爲「飢」Ki，後一圖則爲「龜」Kui；前爲「干」Kan，則後爲「官」Kuan；前爲「根」Ken，則後爲「昆」Kuen；前爲「岡」Kaŋ，則後爲「光」Kuaŋ。前一類的韻母稱爲開口呼，後一類的韻母稱爲合口呼，如以國語讀音來說明，則後一類合口呼有介音 -u-，前一類開口呼則沒有 -u- 介音。

每一種韻圖，從韵鏡到經史正音切韻指南，例字的排列，都是縱橫成行的。其中關係最密切的共在一個方框格子裏頭，橫的是聲母，直的是韻母，次序由上而下，從右到左。現在以通志七音略跟經史正音切韻指南的第一圖爲例。下面是通志七音略內轉第一圖的平聲：

下面是經史正音切韻指南通攝內轉第一圖一等

	日來	喩匣曉影	邪心從清精 禪審牀穿照	疑羣溪見	泥定透端 娘澄徹知	明並滂幫 微奉敷非	內轉第一
重中重 東	半商徵	宮	商	角	徵	羽	
	龍	洪烘翁	檧叢葱嵏	㟅空公	同通東	蒙蓬⿰亻夆	平
			崇⿰東隹				
	戎隆	雄[illegible]硧	充終	窮穹弓	蟲忡中	瞢馮豐風	
		融	嵩				

	日來	喩影匣曉	邪心從清精 禪審牀穿照	明並滂幫 微奉敷非	泥定透端 娘澄徹知	疑羣溪見	通攝內一
東	○籠	○翁洪烘	○檧叢怱葼	蒙蓬⿰亻夆○	⿰馬農同通東	㟅⿰凡頁空公	
董	○曨	○蓊澒嗊	○⿰甬攵嵸○總	蠓埲○琫	⿰馬農動侗董	湡○孔⿰革貢	
送	○弄	○瓮哄烘	○送⿰聚攵謥糉	幪⿰亻逢○○	⿰馬農洞痛涷	○○控貢	
屋	○祿	○屋穀嚳	○速族瘯鏃	木暴扑卜	耨獨禿縠	[illegible]○哭穀	

由上面的兩個表，可知韻圖的概略，聲母共分成六類，以七音略來說；共有羽、徵、角、商、宮、半徵商六大類，其中羽、徵、商各類聲母分作兩列，原因何在？正是本文極欲

探討的主題。

以經史正音切韻指南爲例，每行韵母共十六格，分別屬於四等，每一等的四格韻母，實際上就是同一音節的四個聲調。見母下是「公蘱貢穀」Kuŋˉ Kuŋˋ, Kuŋ', Kuk˙; 溪母下是「空孔控哭」K'uŋˉ, K'uŋˊ, K'uŋ', K'uk。如果聲調不計，那麼，一行十六格中，只有四類韻母應該加以研討，那就是所謂的一二三四等四種韵母而已。至於一二三四等韻母的差異，留待以後再說。

向來都認爲唐代就有了三十六字母，各種韻圖也都是以三十六字母來編排。上面所列韻表上的舌、脣、齒(即七音略的徵羽商)各欄下面，都有並列的兩類聲母，除脣音聲母容後討論外，舌、齒兩欄所以出現兩類聲母的緣故，因爲端、精兩系只出現在一四等，而知、照兩系則出現於二三等，因此這兩組聲母才能出現在同一欄內。至於它們的聲值究竟應該如何擬測，且等下文再談。

我們從三十六字母中，各選出若干個字，按照切韻指南排列的方式，先從國語音讀來觀察它們的聲母，究竟有些什麼啟示。

見：古公歌。tɕien (←kien), ku, kuŋ, Kɣ.

溪：苦口開。tɕ'i (←k'i), k'u, k'ou, k'ai.

羣：其求近。tɕ'yn (←k'yn), tɕ'i (←K'i), tɕ'iou (←k'iou), tɕin (←kin).

疑：鵝五牙。i, ɣ, u, ia.

端：多丁當。tuan, tuo, tiŋ, taŋ.

透：土湯體。t'ou, t'u, t'aŋ, t'i.

定：壇道田。tiŋ, t'an, tau, t'ien.

泥：奴乃能。ni, nu, nai, nəŋ.

知：展中豬。tʂï, tʂan, tʂuŋ, tʂu.

徹：丑恥寵。tʂ'ɤ, tʂ'ou, tʂ'ï, tʂ'uŋ.

澄：丈持住。tʂ'əŋ, tʂaŋ, tʂ'ï, tʂu.

娘：女尼扭。niaŋ, ny, ni, niou.

幫：補必兵。paŋ, pu, pi, piŋ.

滂：普匹怕。p'aŋ, p'u, p'i, p'a.

並：旁步盤。piŋ, p'aŋ, pu, p'an.

明：莫毛門。miŋ, mo, mau, mən.

非：甫反方。fei, fu, fan, faŋ.

敷：芬芳豐。fu, fən, faŋ, fəŋ.

奉：扶房馮。fəŋ, fu, faŋ, fəŋ.

微：無文亡。uei, u, uən, uaŋ.

精：左宗酒。tɕiŋ (←tsiŋ), tsuo, tsuŋ, tɕiou (←tsiou).

清：草寸取。tɕ'iŋ (←ts'iŋ), ts'au, ts'uən, tɕ'y (←ts'u)

從：在罪錢。ts'uŋ, tsai, tsuei, tɕ'ien (←ts'ien).

心：喪孫小。ɕin (←sin), saŋ, suən, ɕiau (←siau).

邪：詳寺旬。ɕie (←sie), ɕiaŋ (←siaŋ), sï, ɕyn (←syn).

照：至戰諸。tʂau, tʂï, tʂan, tʂu.
穿：初昌吹。tʂʻuan, tʂʻu, tʂʻaŋ, tʂʻuei.
牀：船乍順。tʂʻuaŋ, tʂʻuan, tʂa, ʂuen.
審：生手世。ʂen, ʂeŋ, ʂou, ʂï.
禪：辰受紹。tʂʻan, tʂʻen, ʂou, ʂau.
曉：海軒呼。ɕiau (←xiau), xai, xan, xu.
匣：孩寒胡。ɕia (←xia), xai, xan, xu.
影：哀烏安。iŋ, ai, u, an.
喻：以羊有。y, i, iaŋ, iou.
來：盧郎呂。lai, lu, laŋ, ly.
日：忍閏饒。ʐï, ʐen, ʐuen, ʐau.

雖然國語的演進，跟廣韻的聲母系統已經相差很遠了。但是仍可就上列的國語讀音中，看出一些音讀的大概情形。在韻表中前四欄頭兩個聲母，很明顯的可以看出來，一個是不送氣的清聲，一個是送氣的清聲。即見k-，溪kʻ-；端t-，透tʻ-；幫p-，滂pʻ-；精ts-，清tsʻ-從這種平行的關係看來，知與徹，照與穿也應該是兩對不送氣與送氣的清聲母。

其次，各欄中第四行聲母是鼻聲，分別與各欄中首兩行的塞聲相配，它們的發音部位是相同的。例如泥是n-，跟端t-透tʻ-相配；明是m-，跟幫p-滂pʻ-相配；以此類推，疑母當跟見k-溪kʻ-相配的舌根鼻聲ŋ-，疑讀舌根鼻聲ŋ-，在國語的讀音中，得不到任何線索。但從域外的漢字譯音跟其他地區的方言中，仍可看出它本來就是讀成舌根鼻聲的。例如「疑」，越南、福州讀 ŋi；「鵝」廣州、客家、汕頭、四川、平涼讀 ŋo；「五」越南讀 ŋo，福州上海讀ŋu；「牙」廣州、客家、福州、上海讀ŋa。娘母當然也是跟知徹同一發音部位的鼻聲。

比較複雜一點的是各欄中第三行聲母，例如羣母，國語有時候讀成 k-，有時候是 k'-，看不出它的正確音讀是什麼？不過從韻圖的排列看來，這個聲母應該是濁聲母，拿來跟一二兩行的淸聲母相配。假令見是k-，溪是 k'-，那麼就是g-了。同理定就是與端 t-透 t'-相配的 d-了，從就是跟精 ts-淸 ts'-相配的 dz-了。這樣說來，澄與牀也應該是某種濁聲，分別跟知徹與照穿來相配。我們作這樣的推斷，我們的根據是：日本的吳音，把第三行的聲母，都譯作濁聲母，拿來跟一二行的淸聲母相配。例如「羣」母的羣譯作 gun，其是gi，求是gu，近是gon與「見」母的見ken，古ku，公ku，歌 ka相對；「定」母的定 diyau，壇dan，道dau，田den，與「端」母的端tan，多ta，丁tiyau，當 tau 相對；「並」母的並 biyau，旁 bau，步bu，盤 ban與「幫」母的幫 pau，補pu，必 piti，兵 piyau相對。吳方言也還能保持淸濁的不同，上海羣爲 dʑyin，其爲dʑi，求爲 dʑiəu，近爲 dʑieŋ，與見 tɕie，古ku，公koŋ，歌 ku相對；定爲diŋ，壇爲dɛ，道爲dɔ，田爲die，與端tœ，多tu，丁tiŋ，當tɔŋ相對。

這樣看來，似乎羣、並、定三母就是g-，b-，d-了。但是 g- b-，d-這類的擬音，似乎仍不能令人感到滿意。因爲廣韻的濁聲母，在國語音讀中，如果是平聲則讀成送氣的淸聲。像羣母「其」tɕ'i，「求」tɕ'iou，定母「壇」t'an，「田」t'ien；並母「旁」p'aŋ，「盤」p'an；從母「從」ts'uŋ、「錢」tɕ'ien。如果讀仄聲則讀成不送氣的淸聲。像羣母「郡」tɕyn、「近」tɕin，定母「定」tiŋ、「道」tau；並母「並」piŋ，「步」pu；從母「在」tsai，「罪」tsuei。在客家方言中，羣、定、並、從各母均一律都是送氣音。以並母「盤」

字為例，我們不能假定它的演變是廣韻 ban→pan→p'an，因為另有幫母字同時存在。（例如「般」pan）如果說幫母的pan仍舊保持着pan而不變，並母的pan則變成了p'an，這就跟語音演變的通則不合了。另一方面 b'-→p'- 這種直接演變，也殊少可能。因此我們不能假定廣韻的濁聲母就是普通不送氣 g-, d-, b-，所以只好假定它們是送氣的濁音了。那麼：

羣是g'-定是d'-並是b'-從是dz'-

在客家方言裏頭，送氣的性質保持，濁聲全變作清聲的 k'-, t'-, p'-, ts'-。在國語裏頭，第一步平聲保持著送氣，仄聲則失掉了送氣。下面是平聲的例子：

其g'i　壇d'an　盤b'an　錢dz'ien

仄聲如下：

近ginˋ　定diŋˋ　並biŋˋ　在dzaiˋ

第二步，濁聲全變成了清聲。

其k'i　壇t'an　盤p'an　錢ts'ien

近kin　定tiŋ　並piŋ　在tsai

從上面討論的結果，我們可以確定見、端兩系的聲母當是：

見k-溪kʻ-羣gʻ-疑ŋ-

端t-透tʻ-定dʻ-泥n-

以此類推則幫、精兩系如下：

幫p-滂pʻ-並bʻ-明m-

精ts-清tsʻ-從dzʻ-

韻鏡以精清從爲齒頭音，心邪爲細齒頭音，這就表示心邪與精清從不完全相同，但是它們的發音部位仍舊是一樣的。所以可以把心母擬作摩擦音s-，邪母作z-。這也可從吳音（邪母邪ze、詳zau、寺zi、旬ziun）及吳方言（上海邪zia，詳dziaŋ、寺zi、旬dziŋ）得到支持。

現在可以討論較爲複雜的知、照兩系聲母了。見、幫兩系的聲母在韻圖裏均出現在一二三四等，三等韻通常有j介音，我們稱它爲-ja類韻母（a代表任何韻母），一等韻則沒有j介音，可稱爲-a類韻母。反切表現的情形，一等字所用的反切上字跟三等字所用的反切上字迥然不同。

一等無介音 j 的反切上字	三等有介音 j 的反切上字
古公工沽革佳過	居舉九吉紀俱
苦康口肯空客闊	去丘豈區祛詰墟
五午吾	魚語愚牛宜危儀
博補北布伯晡	必卑兵筆彼比方府
普滂匹譬	丕敷芳撫
薄蒲步旁傍部	皮毗平婢符房扶
莫慕母摸謨	彌眉美靡密武亡無

三等韻的 j 介音，既緊接在聲母的後頭，自然可以影響聲母而產生一種微弱的音變，因此在三等韻的 kja 類跟 ka 類之間，前後的 k 事實上已有音質上的差異，這種差異，就是所謂的軟化作用（yodization）。實際上舌根音中大部分的反切上字，由於軟化作用的結果，已經更進一步到現在國語全變成了舌面聲母。例如：

居 tɕy 舉 tɕy 九 tɕiou 吉 tɕi 紀 tɕi 俱 tɕy

去 tɕ'y 丘 tɕ'iou 豈 tɕ'i 區 tɕ'y 祛 tɕ'y 詰 tɕ'i 墟 tɕ'y

所以見、幫兩系聲母，由於等的不同，可以有下列的區別：

一等：	ka	k'a		ŋa	pa	p'a	b'a	ma
三等：	kjja	k'jja	g'jja	ŋjja	pjja	p'jja	b'jja	mjja

爲了書寫的方便，凡軟化符號 j 可以刪去，直接寫成 kja, k'ja 等等，因爲只要有 j 介音存在，聲母一定會軟化。

從韻圖中，我們可以明白宋代學者把知系與照系跟我們前面所討論過的聲母，合併成下列情形：

舌音				齒音				
端	透	定	泥	精	清	從	心	邪
t	t'	d'	n	ts	ts'	dz'	s	z
知	徹	澄	娘	照	穿	牀	審	禪
?	?	?	?	?	?	?	?	?

從韻圖的排列看起來，既然端 t 透 t' 定 d' 是塞聲，泥 n 是鼻聲，精 ts 清 ts' 從 dz' 是塞擦聲，心 s 邪 z 是擦聲；那麼，知徹澄亦應該是某種塞聲，娘當是某種鼻聲。照穿牀當是某種塞擦聲，審禪則當是某種擦聲。我們這種推斷，可從兩方面來證明。

首先從日本的譯音來看，古代的日本語沒有塞擦音 ts- 一類的聲母，所以舌尖音的精 ts 清 ts' 都譯 s。（精母字吳音精 sei 左 sa 宗 sou 酒 siu；清母清 sei 草 sau 寸 son 取 siyu）

但是塞聲 t-, t'- 則不變，仍舊譯爲塞聲。（如端母端 tan 多 ta 丁 tiyau 當 tau ；透母透 tou 土 to 湯 tau 體 tei）至於知系跟照系這類成問題的聲母，日本話中因沒有跟中文相等的聲值，所以只有拿相近的音來譯它。他所用以對譯的還是舌尖音，不過知組譯作塞聲，而照組譯作擦聲罷了。

知母漢音　知 ti 展 ten 中 tiu 豬 tiyo

照母漢音　照 seu 至 si 戰 sen 諸 siyo

其次則閩方言還能保存廣韻知照兩系的差異，知系讀舌尖塞聲，照系讀舌面塞擦聲。例如：

福州知母　知 ti 展 tieŋ 中 tyŋ 豬 ty

福州照母　照 tɕieu 至 tɕi 戰 tɕieŋ 諸 tɕy

因此，我們可以很穩當的推測到知照兩系的不同，知系一定是塞聲，照系一定是塞擦聲及擦聲。

知系見於三等韻（-ja類），正像舌根聲母之出現于三等韻（kja類）一樣，故出現在三等韻的知系亦一定具有軟化作用，跟軟化的kj-, k'j-等相配。這樣說來，知系聲母亦僅不過是跟純舌尖聲母端 ta、透 t'a、定 d'a、泥na相配的軟化聲母而已。卽知是 tja、徹t'ja、澄 dʻja、娘 nja，因為跟端系正好相配，所以韻圖合併成為舌音一欄。但是，這一說法絕難成立。因為宋代學者既立了知徹澄娘等新的聲母名稱，用來跟端透定泥等舊有聲母區別，那麼，很明顯地跟kja, kʻja 之與 ka, kʻa 合稱為見溪羣疑的不同。也就是說，韻圖所顯示的語音，端 ta 知 ?ja 的差別遠較見母的 ka, kja 兩類為大。在 ja 前面所產生的軟化作用，軟化的程度必定已使它們成為眞正的舌面聲母了，所以才立出這些新的聲母名稱來。既然已經知道是舌面聲母了，那麼它們的聲值就可確定了。

知是 ȶ- 徹是 ȶʻ- 澄是 ȡʻ- 娘 ȵ-

羅常培知徹澄娘音値考，根據佛典譯名的華梵對音及藏譯梵音等，認為知、徹、澄三母和梵文的「舌音」(linguals) 或稱 Cerebrals) ट(ṭ)ठ(ṭh)ड(ḍ)ढ(ḍh) 相當，應該讀作舌尖後音 (Supradentals) 的塞聲 (Plosives) 〔ʈ〕，〔ʈʻ〕，〔ɖ〕(或〔ɖʻ〕)，娘母也應當和ण(ṇ)相當，卽舌尖後的鼻聲〔ɳ〕。但是捲舌聲母跟 -ja 類韻母的結合，總是感到十分彆扭的。而且羅氏中原音韻聲類考認為知徹澄的聲母是讀作 tʃ-, tʃʻ- 的，假定國語音系是從中原音韻一系發展出來的，那麼它們從廣韻到國語的發展，就如同下式：(以「知」母為例)

t →tʃ→tʂ

這種先是捲舌聲，再變舌尖面混合聲，又回到捲舌聲一類的發展，也是不合邏輯的。所以我還是覺得高本漢的說法比較合理。它們的演變如下：

$$ȶ \rightarrow tɕ \rightarrow tʃ \rightarrow tʂ$$

照系跟莊系在韻圖裏雖然只是照穿牀審禪，但是在廣韻的反切，確是明白的分成兩套，照系只出現在三等韻，莊系字韻圖雖然只出現在二等，但是事實上它是兼出現在二等韻跟三等韻的。照系的反切既然只出現在三等韻，很明顯的，它所屬的韻母與具有軟化的舌根(kj-, k'j-)及脣音(pj-, p'j-)聲母的韻母，是同屬一類的，也就是正常的 -ja類韻母。所以韻圖裏牙音欄有「蹇」九輦切 kj-(汕頭 Kien)，而齒音欄就有「戰」之膳切，這樣說來，照系顯然也是軟化的聲母了。莊系字韻圖雖只列二等，但從反切來說，它跟具有軟化的舌根聲母的韻母，常是相同的。例如見系有「居」九魚切、「虛」去魚切；莊系則有「葅」側魚切、「初」楚居切等，可見見系如果是具有軟化性，則莊系也必然具有軟化性。

從聲母的發音部位來看，照莊兩系不可能是舌尖音，因爲舌尖音已見於端、精兩系，它也不可能是舌根音，因爲舌根音見於見系。那麼這兩系聲母的發音部位，一定在舌尖音 t- 跟舌根音 k- 之間，也就是語音學家所謂 č (中國音韻學研究譯本一九〇頁說 č 是清塞擦音，發音部位介於t與k之間)的發音部位。

前面我們已經談到，韻圖的照穿牀審禪一定也是某種塞擦聲跟擦聲，在 č 的發音部位中，一共有三套塞擦聲跟擦聲，一套是舌尖後的塞擦聲跟擦聲，一套是舌尖面混合的塞擦聲跟擦聲，另一套是舌面前的塞擦聲。高本漢看到韻圖把莊系安排到二等，所以認爲莊系一定是硬的聲母，於是擬測成莊 tʂ-、初 tʂʻ-、牀 dʐʻ-、疏 ʂ-。把莊初牀疏擬成捲舌聲母 tʂ-，tʂʻ-，dʐʻ- ʂ-。有兩點不合理，第一高氏把莊系出於三等韻跟 -ja 類韻母結合的事實根本不顧、捲舌聲母不便於與 -ja 類韻母結合一如知系，知系出現在二三等，莊系亦然，假如知系不可能是捲舌聲母，則莊系同樣是不可能的。第二、莊系字在中原音韻裏頭也是讀 tʃ，tʃʻ、ʃ，今國語則讀 tʂ、tʂʻ、ʂ。如果說莊系從廣韻到國語的變化是 tʂ→tʃ→tʂ，則仍是極其不合邏輯的。由此可知，高氏把莊系擬成捲舌音的說法絕不可從。

那末，現在除去捲舌聲的一套，在 č 的發音部位就只剩下兩套了。照系字，如前文所討論的，應該是軟化的聲母，這種聲母當然就是舌面前的塞擦聲跟擦聲了。我們作這樣的推測，還可從「知」系聲母類似的情形，而獲得進一步的證明。「知」系聲母已假定作舌面前塞聲 ȶ-、ȶʻ-、ȡʻ-、ȵ-，跟舌尖音「端」系 t-、tʻ-、dʻ-、n-相配，而「照」系聲母假定爲舌面前塞擦跟擦聲 tɕ-、tɕʻ-、dʑʻ-、ɕ- ʑ-，正好跟舌尖塞擦聲及擦聲的「精」系 ts-，tsʻ-，dzʻ-，s-，z-相配。把照系假設爲舌面前的塞擦聲跟擦聲，則莊系自然就是舌尖面混合的塞擦聲跟擦聲。我們把莊系擬測爲 tʃ-，tʃʻ-，dʒʻ-，ʃ-，也可以說明何以三十六字母把莊照兩系合併爲照、穿、牀、審、禪的緣故了。因爲它們是太接近了。從現代方言看來，照系比較接近知系，莊系比較接近精系，也可以證明我們把莊系擬測爲舌尖面音，不是沒有道理的。下面是我們假定的莊、照兩系的聲值：

莊系聲母	照系聲母
莊 tʃ-	照 tɕ-
初 tʃʻ-	穿 tɕʻ-

牀 dʒ'-　　神 dʑ'-
疏 ʃ-　　審 ɕ-
　　禪 ʑ-

喉音的曉匣影喻四個聲母，從國語音系看，曉母跟匣母已經沒有區別了，但從方言中仍極容易證明曉是清聲，匣是濁聲。這可從能夠分別 k-、g'-；t-、d'-的方言中觀察，即可得到證實。例如吳方言及日譯吳音

		曉	海	鼾	呼
曉	上海	hiɔ→(ɕiɔ)	he	hœ	hu
	吳音	keu	kai	kan	ku
		匣	孩	寒	胡
匣	上海	ɦa	ɦe	ɦœ	ɦu
	吳音	gapu	gai	gan	gu

上海方言匣母字讀濁聲 ɦ-，曉母字讀清聲 h-。在現在的國語中，對廣韻的平聲字，如果是清聲，現在讀陰平聲，濁聲則讀陽平聲。例如：

「單」廣韻 tan→國語 tan˥
「壇」廣韻 d'an→國語 t'an˧˥

曉匣兩母的差別，跟端定相同。例如：

曉母「鼾」國語讀 xan ˥；匣母「寒」讀 xan ˧˥。

從韻圖的排列上，也可知道曉母是清聲，匣母是濁聲，較早的韻圖像韻鏡跟七音略，在喉音欄下，都是把曉母排在第二行，匣母排在第三行。這類韻圖，牙、舌、齒、脣各欄下第二行都是清聲，第三行都是濁聲。那麼，曉母當然也是清聲，匣自然是濁聲。

曉匣兩母的發音部位如何？尚有待進一步的探討。在官話方言裏，無論什麼韵母，除了 -i-、-y- 介音外，曉匣兩母都是讀舌根擦聲 x- 。例如曉母的「海」讀 xai ，「鼾」讀 xan ，「呼」讀 xu 。假使 x- 就是廣韻曉母的音值，則與曉相配的匣當是 ɣ- ，爲舌根濁擦聲，如同北部德語 Wagen〔Vaɣən〕g 的發音。但是在南方方言中，幾乎都讀作喉擦聲，上海曉讀 ɕiɔ—hiɔ ，海讀 he ，鼾讀 hœ ，呼讀 hu ，如果我們把 h- 當作曉母的音值，則跟曉相配的匣母自然就是 ɦ- 了。

從古代域外的譯音來看，韓國跟越南都是h-，跟中國南方方言一樣；但是日本的譯音卻把曉匣二母都譯成舌根音，漢音尤富於啟示性。例如：

曉母曉 keu　海 kai　鼾 kon　呼 ko

匣母匣 kapu　孩 kai　寒 kan　胡 ko

假定廣韻曉匣的聲母讀舌根擦音 X-、ɣ-，則日本漢音用 K- 來對譯，雖不盡相同，但不難體會，因爲日語中根本沒有相同的 X-、ɣ- 二音。反過來，如果廣韻曉匣的聲母讀喉擦音 h-、ɦ-，則漢音的對譯，就無法解釋了，在語音史上，拿 K- 來對譯 h- 固然也是有的，但日本人把 ɦan 也對譯作 kan，就不近情理了。就這一現象來說，曉應該是 X-，匣當是 ɣ-了。

影喻兩母都屬於喉聲，域外譯音及南方方言韻母前都沒有口部輔音，故影母「安」韓國日本是 an，越南 an，廣州客家 on，汕頭 an，上海 œ 等。韻頭如果是 -i- 或 -y-，官話方言也沒有任何口部輔音。例如北平「英」iŋ「伊」i、「因」in、「紆」y、「鳶」yan。

喻母出現於具有軟化的 Kj-、Pj- 等三等韻前，國語讀音都以 i 或 y 開頭，今爲了分辨影喻兩類聲母，可就它們聲調的差異來辨別，廣韻平聲字清聲國語讀陰平，濁聲讀陽平，而影母爲陰平，喻母屬陽平，非常有規律。例如：

影母：	伊 i˥	因 in˥	英 iŋ˥	紆 y˥	鳶 yan˥
喻母	夷 i˧˥	寅 in˧˥	盈 iŋ˧˥	余 y˧˥	圓 yan˧˥

從這種對應的關係，顯然可知影是清聲母，喻是濁聲母，但此只表示影應該是跟見 K-幫P-、端 t- 等聲母相似的塞聲，就喉部的部位來說，就是聲帶突然張開的喉塞聲。像德文 die ʔEcke 或英文 the ʔaim 間的喉音，這跟一個元音自然舒暢地轉入另一個音的不同。所以「伊」是 ʔi，而「夷」是 i。因此我們可以把影母擬成爲〔ʔ〕。

喻母廣韻有兩類反切上字，分成喻母跟爲母。

喻母：以羊與餘弋營揚夷。

爲母：于王羽雨云迂永有雲禹。

喻爲兩母都只出現在三等韻 -ja 類，兩者都應是軟化的聲母，喻爲的區別，一般方言很難看得出來，不過越南語的漢語借詞裏仍保存著它們的分別，爲母是 V-，喻母是 ʑ-（寫作 d），例如「王」作 vôung〔vɯɑŋ〕，「陽」作 dôung〔ʑɯɑŋ〕，「雲」作 vân〔vən〕，「餘」作 du〔ʑɯ〕，「爲」作 vi〔vi〕，「惟」作 duy〔ʑui〕。關於這兩個聲母的音值，也許應該從它們上古的讀音來推測，喻母的上古音是 *d-，它的演變仍是 *dja→ja，d 在 j 前失落了，成爲零聲母 o。爲母的上古音是 *ɤ-，演變是 *ɤja→jja，ɤ 變作 j。有人認爲爲母應該是匣母的軟化聲母 ɤj-，這不近情理，爲母的上聲不變去聲，跟匣母的演變不同，因此我們不能采用此說。我們這樣擬音，也可以說明何以三十六字母把爲喻合成爲一個喻母的緣故。

來母最好解決，所有的資料顯示，它只是一個普通的舌尖邊音 l-。

日母最複雜，僅出現在三等韻 -ja 類韻母之前，所以它一定是個軟化的聲母，具有舌面音的性質。問題是發音方法不容易肯定，漢音及官話方言顯示的是濁擦音；吳音、越南及南方方言則顯示是鼻音。例如：

	日	忍	閏	饒
漢音：	zitu	zin	ziun	zieu

北平：ʐï　ʐən　ʐuen　ʐau
吳音：niti　nin　niun　neu
越南：ȵət　ȵən　ȵuen　ȵieu
客家：nit　ȵiun　(iun)　ȵiau
福州：nik　(iŋ)　nouŋ　nieu

從以上的方言音讀看來，我們不能說日母是舌面濁擦音，因爲禪母已經是ʑ了。禪母跟日母，無論是方言，反切跟韻圖都毫無混淆的跡象；我們也不能認爲它就是舌面前的鼻音，否則又跟娘母的 ȵ- 相混了。娘母跟日母的區別也是很明顯的。事實上日母一定帶有某種鼻音，跟某種擦音的性質。江永的音學辨微描寫日母的發音方法說：「娘字之餘，齒上輕微。」既說娘字之餘，就帶了些鼻音的成分，既云齒上輕微，就有些摩擦的性質。王力說：「古人舌與齒的性質，不是按發音部位來分，而是按發音方法來分，不管舌尖與齒接觸或舌面與齦腭間接觸，只要是塞音，都叫做舌音（舌頭、舌上）；只要是塞擦音或摩擦音，都叫做齒音（齒頭、正齒）。」由此可知日母既叫做半齒，必有某些摩擦成分。黃侃音略云：「按此（謂日母）禪字之餘，非娘餘也；半齒者，半用舌上，半舌齒間音，亦用鼻之力以收之。」黃氏以娘母讀作舌尖後的鼻聲，所以說非娘之餘。但是他對半齒音的描寫，實際上就是舌面前鼻音跟擦音的混合體。從諧聲上來說：屬日母的字，來源多是鼻音，（例如「汝」ʐu 的聲符爲「女」ny，「若」ʐuo 是「諾」nuo 的聲符，「弱」ʐuo 是「溺」ni 的聲符，「內」nei 是「芮」ʐuei 的聲符，「撚」nien 的聲符是「然」ʐan，「耨」nou 的聲符是「辱」ʐu 等）所以日母在上古時期是 *n-，然後在 -ja 類韻母前變作 ȵ-，如此始可在諧聲系統上獲得滿意的解釋。即上古音 *nja→ȵja，後逐漸在 ȵ 跟元音間產生一個滑音 (glide)，即一種附帶的擦音。跟 ȵ 同部位。即 *ȵja→ȵʑja，到切韵時代，這個滑音日漸明顯，所以日母應該是舌面前鼻音跟擦音的混合體，就是舌面前的鼻塞擦音（nasal affricative) ȵʑ。ȵʑja 演變成北方話的 ʑja，ȵ 失落了。日本漢音譯作 z-，國語再變作 ʐ-。南方比較保守，仍保存鼻音 ȵ-。所以在方言中才有讀擦音跟鼻音的分歧。

切韻的聲母輕重脣可能只是硬化的 p-，跟軟化的 pj- 的不同，所以沒有顯著的差別，但是唐代以後，軟化的脣音聲母逐漸在某種條件下演變成了輕脣音的非、敷、奉、微，分化的條件是，凡在 -ju 或 -jəu 前軟化的雙脣聲母變輕脣。然而，輕脣四母的聲值，尚有待討論，高本漢認爲是非 f、敷 f'、奉 v、微 ɱ。廣韻的反切非母與敷母分得非常清楚，絲毫沒有混淆，所以 f，、f' 的區別，似乎難以說明這種清楚的界限，錢玄同認爲非是 pf，敷是 pf'，奉是 bv'，微是ɱ，較高氏爲合理，不過 pf、pf'、bv'、ɱ在廣韵以後，很快就變成了 f、f'、v'、ɱ。所以在切韵指南裏非敷成了交互音。他們的演變是：

夫 pju→pfju→fu

反 pjuen→pfjuen→fan

富 pjəu→pfjəu→fu

現在把擬音的總結果，按照發音部位，排列於後：

重脣音 (bilabials)：幫〔p〕、滂〔p'〕、並〔b'〕、明〔m〕。

輕脣音 (labio-dentals)：非〔pf〕、敷〔pf'〕、奉〔bv'〕、微〔ɱ〕。

舌頭音(alveolars)：端〔t〕、透〔t'〕、定〔d'〕、泥〔n〕。
舌上音（prepalatal stops and nasal）：知〔ȶ〕、徹〔ȶ'〕、澄〔ȡ'〕、娘〔ȵ〕。
齒頭音（dentals）：精〔ts〕、清〔ts'〕、從〔dz'〕、心〔s〕、邪〔z〕。
正齒音（apico-dorsals）：莊〔tʃ〕、初〔tʃ'〕、牀〔dʒ'〕、疏〔ʃ〕。
舌齒間音（prepalatal affricatives and fricatives）：照〔tɕ〕、穿〔tɕ'〕、神〔dʑ'〕、審〔ɕ〕、禪〔ʑ〕。
牙音（velars）：見〔k〕、溪〔k'〕、羣〔g'〕、疑〔ŋ〕、曉〔x〕、匣〔ɣ〕。
喉音（gutturals）：影〔ʔ〕、喻〔o〕、爲〔j〕。
半舌音（alveolar lateral）：來〔l〕。
半齒音（prepalatal nasal affricative）：日〔nʑ〕。

民國六十八年雙十節脫稿於臺北市和平東路鍥不舍齋。

（原載木鐸第八期　民國六十八年十二月）

切韻性質的再檢討

切韻音系是中國聲韻學的基礎，切韻性質不明，則對中國聲韻學就無從徹底瞭解。本文試從自古以來對切韻性質討論的意見，廣為搜羅，重新檢討。認為傳統的說法「兼包古今方國之音」仍是不可非議的。不過應該把古今方國之音的「音」字，把它當作「書音」看待，而不應包含各方言的「話音」。

我們現在說的切韻，實際上是指切韻系韻書，也就是切韻、唐韻、廣韻、集韻這一系列的韻書。因此在文中提到這一系列韻書中的任何一書，都可視爲切韻的同義詞。雖然，這些韻書分韻的多寡，切語的用字，並不完全相同，但基本上韻系是相同的，性質是一樣的。那末這類韻書的基本性質是甚麼？傳統的說法，與後來的看法，有很大的分歧。這實在有重新檢討的必要。綜觀古來對切韻性質的說法，大概有下列的幾種看法：

(一) 兼包古今方國之音

江永古韻標準凡例云

「韻書流傳至今，雖非原本，其大致自是周顒、沈約、陸法言之舊，分部列字，雖不能盡合於古，亦因其時音已流變，勢不能泥古違今，其間字似同而音實異，部既別則等亦殊，皆雜合五方之言，剖析毫釐，審定音切，細尋脈絡，曲有條理。」

案江氏既云分部列字雖不能盡合於古。則切韻有合於古的地方，是可瞭解到的，但今音已變的，則不能泥古而違今，這就是說韻書斟酌了古今的音來分部列字。他說雜合五方之言，就是兼包方國的性質了。

戴震聲韻考卷三：

「隋、唐二百六韻……雖未考古音，不無合于今大戾于古，然別立四江以次東、冬、鍾後，殆有見于古用韻之文，江歸東、冬、鍾，不入陽、唐，故特表一目，不附東、冬、鍾韻內者，今音顯然不同，不可沒今音，且不可使今音古音相雜成一韻也；不次陽、唐後者，撰韻時以可通用字附近，不可以今音之近似而淆紊古音也。」

案向來批評的人，以爲切韻兼包古今方國之音是不可能的。因爲先秦古音的研究，直到明陳第，清顧炎武才粗具輪廓，迨王念孫、江有誥出，才把古音系統弄清楚。在此以前的學者，根本不知當時語音跟先秦語音的不同，當然就無法去照顧那個不知的古音系統了。戴氏明白指出韻書的分韻。有見于古人用韻之文的不同，而加以區分，已對上述的批評，加以正確的解答了。因爲陸法言明白地指出過「凡有文藻，卽須明聲韻。」可見韻書的主要目的，還是在文辭的運用，既然如此，那些編書的人，就不可能不去注意古代韻文押韻的情形了。

段玉裁六書音均表云：

「法言二百六部，綜周、秦、漢、魏至齊、梁所積而成典型，源流正變，包括貫通，長孫訥言謂『酌古沿今，無以加者』，可稱法言素臣。如支、脂、之三韻，分之所以存古，類之所以適今，用意精深，後人莫測也。」

又云：

「四江一韻，東、冬、鍾轉入陽、唐之音也。不以其字雜廁之陽、唐，而別爲一韻繫諸一東、二冬、三鍾之後；別爲一韻，以著今音也；繫諸一東、二冬、三鍾之後，以存古音也。」

案段玉裁不僅指出陸法言之分別部居，斟酌古今。而且指出古今的時代，上起周、秦，中包漢、魏，下迄齊、梁。又較江、戴二君更進一層了。

章炳麟國故論衡音理論云：

「季宋以降，或謂闔口、開口皆四等，而同母同收者可分爲八，是乃空有其名，其實使人哽介不能作語，驗以見母收舌之音，昆闔口、君撮口、根開口、斤齊齒以外，復有他聲可容其間邪？原其爲是破碎者，嘗覩廣韻、集韻諸書，分部繁穰，不識其故，欲以是通之爾。不悟廣韻所包，兼有古今方國之音，非並時同地得有聲埶二百六種也。且如東多于古有別，故廣韻兩分之，在當時固無異讀。是以李涪刊誤，以爲不須區別也。支、脂、之三韻，惟之韻無闔口音。而支脂開闔相間，必分爲二者，亦以古韻不同，非必唐音有異也。若夫東、鍾、陽、唐、清、青之辨，蓋由方國殊音，甲方作甲音者，乙方則作乙音；乙方作甲音者，甲方或作乙音，本無定分，故殊之以存方語耳。昧其因革，操繩削以求之，由是侏離，不可調達矣。唐韻分紐，本有不可執者，若五質韻中，一壹爲於悉切，乙爲於筆切，必以下二十七字爲卑吉切，筆以下九字爲鄙密切，蜜謐爲彌畢切，密蔤爲美畢初，悉分兩紐。一屋韻中，育爲余六切，囿爲于六切，分兩紐也。夫其開闔未殊，而建類相隔者，其殆切韻所承聲類、韻集諸書，丵嶽不齊，未定一統故也。因是析之，其違于名實益遠矣。若以是爲疑者，更舉五支韻中文字證之，嬀切居爲，規切居隋，兩紐也；虧切去爲，闚切去隨，兩紐也；奇切渠羈，歧切巨支，兩紐也；皮切符羈，陴切符支，兩紐也。是四類者，嬀、虧、奇、皮古在歌，規、闚、歧、陴古在支，魏、晉諸儒所作反語，宜有不同。及唐韻悉隸支部，反語尚猶因其遺迹，斯其證驗最箸者也。審音者不尋耑緒，欲無回惑得乎！」

案太炎先生不但明白指出廣韻所包，兼有古今方國之音，而且認爲一韻之中，也因爲古韻的來源不同，在當時雖屬同音，亦尚箸其區別於切語之中，若嬀規、虧闚之別。董同龢的廣韻重紐試釋一文❶，已充分證明太炎先生的話是十分正確的，如太炎先生所舉出的，質韵的一畢來自古韵的脂部入聲，乙筆來自古韻的微部入聲，支韵的嬀奇來自古韻的歌部，規跂來自古韵的佳部。這已成了不爭的事實。大原則決定了，至於要如何去解釋它，那是各人的自由，解釋的理由充足與否，就要看前後的說法是否一致了。

黃侃與人論治小學書說：

「廣韻分韻雖多，要不外三理；其一，以開、合、洪、細分之。其二，開、合、洪、細雖均，而古本音各異，則亦不能不異；如東、冬必分，支、脂必分，魚、虞必分，皆、佳必分，先、仙必分，覃、談必分，尤、幽必分是也。其三，以韻中有變音、無變音分：如東第一（無變音）、鍾（有變音）；齊（無變音），支（有變音）；寒、桓（無變音），刪、山（有變音）；蕭（無變音）、宵（有變音）；青（無變音）、清（有變音）豪（無變音）、肴（有變音）；添（無變音）、鹽（有變音）諸韻皆宜分析是也。」❷

案黃季剛先生對於廣韻分析入微，對於廣韻的分部，從兩方面來談他的韻部，一方面是古韵本來不同，廣韻爲了照顧它本來的區別，就不肯把它合在一部；一方面在古韻本來是相同的，由於聲母起了變化，韻書爲顧及今聲的差異，也不能不分。這些都是古今音變通塞的

❶ 丁邦新編董同龢先生語言學論文選集 六十三年十一月食貨出版社初版。

❷ 黃侃論學雜著 五十八年五月學藝出版社初版。

問題。

錢玄同文字學音篇廣韻分部說云：

「（古今沿革之分），則陸法言定韻精意，全在于此。吾儕生于二千年後，得以考明三代古音之讀法，悉賴法言之兼存古音。且此事不明，不特古音無由通曉，卽驟覩廣韻之分部，必將致疑于吾中華母音何以有若是其多。驗諸脣吻，而韻異音同者又甚夥。求其故而不得，遂以廣韵爲非，……今案廣韻二百六韻中，有古本韻，有今變韻。」❸

案玄同先生之說，實本之黃季剛先生，而說得更爲透澈些。不過似乎偏重古今通塞的討論，而未及於南北是非的差異。

羅常培切韻探賾說：

「我可以說，陸法言修集切韻的動機，是當隋朝統一南北以後，想把從前『各有土風，遞相非笑』的諸家韻書，也實行統一起來；這和吳稚暉先生等根據讀音統一會所審定的八千字音編纂國音字典的情形，差爲近似。不過，國音字典的根據是公家會議的議決，切韻的根據是私人談話的結果。並且國音字典以流行最廣的普通音爲

❸ 文字學音篇文字學形義篇合刊 五十三年七月臺灣學生書局初版。

主，而以各處方言參校之；切韻則欲網羅古今南北的聲音，兼蓄並包，使無遺漏。因此國音字典比較的可收統一國語的效果；切韻終不免支離破碎的譏評；這一層固然是切韻的缺點，同時也正是他的好處。有人說：若用現在的眼光分析起來，那麼，切韻裏所包含的，有國音字典、發音學、古今聲韻變遷考、南北方音調查錄及文學音典等許多部分，怎能不令人目迷五色、莫名奇妙呢？不過，這祇能怪他的編輯不好，不能說他的本身不好；我們現在能略窺隋唐方音和隋以前古音的概況，幸而還賴有這一部書在。」[4]

案羅常培也認爲切韻的性質是欲網羅古今南北的聲音，兼蓄並包，使無遺漏。故羅氏切韻序校釋徑云：「實在法言定韻之旨，序中『因論南北是非，古今通塞』二語，已足盡之。」[5]

本師林先生景伊（尹）中國聲韻學通論云：

「法言古今沿革之分析，約而言之，可得四端；一古同今變者，據今而分。二今同古異者，據古而分。三南同北異者，據北而分。四北同南異者，據南而分。廣韻據而增改之，故二百六韻，兼賅古今南北之音。」

[4] 國立中山大學語言歷史研究所週刊第三集第二十五六七期合刊（切韻專號），十七年五月。

[5] 同右

又說：

「況法言韻書，因論古今通塞，南北是非而定，並非據當時口齒而別，卽使當時之人讀之，其口齒亦決不能分別如此之精細，必欲究其故而辨別，卽當時之人，亦但能知某部某地併，某地分，某部某地讀若某部，某部古音讀與某部同，今音變同某部而已。故法言之書，乃當時之標準韻書，並非標準音。」❻

案向來批評的人，以爲廣韻的聲韻類既可分析得如此精密，則它音讀上也應該可以區別出來。林先生提出標準韻書與標準音的說法，正是針對上述的批評最有力的答辯，因爲切韻廣韻是標準韻書，故分聲分韻不得不詳，也就是盡可能的求其分；因爲不是標準音，所以各韻的音讀，可以隨各地方音的差異而有不同。這實在是最通達的說法了，也是最能照顧事實最精要的看法。

董同龢漢語音韻學說：

「(1)切韻的制作是前有所承的。或者我們可以逕直的說，切韻是集六朝韻書大成的作品。(2)陸法言等人『捃選精切，除削疏緩』的標準是顧到『南北是非，古今通塞』的，換句話說，他們分別部居，可能不是依據當時的某種方言，而是要能包羅

❻ 林尹中國聲韻學通論 五十年九月世界書局初版。

古今方言的許多語音系統。」❼

案董同龢先生是自西方語音學傳入國內以後，以語音學知識治聲韻學而集大成的學者，他不肯相信高本漢的長安音系統，必定是經過愼重考慮的結果，值得我們特別重視的。上來所引各家的說法，都是主張切韻包羅古今南北的語音的。雖然古今南北的範圍容有不同，可是觀念上是相近的。這派學者所謂的古今南北，大體上是指周、秦以迄隋、唐各地的方音。可以說中國聲韻學史上最大的一派，也是傳統的一派。但也有人以爲古今的範圍，只局限在魏、晉南北朝，甚至於把南北縮小到當時的黃河流域跟長江一帶的語音。這派的人，可舉黃淬伯跟何九盈爲代表。

黃淬伯討論切韻的韻部與聲紐一文說：

「從切韻序裏的要點，把他分開引申，表明切韻的內容，不是單純的，是繁複的，材料的性質，有時間性的，有空間性的，這部書非獨出心裁，創作新韻的，因藉現存的材料，加以繩削的，看待這部切韻，不妨看作一部集大成的古今(魏至隋)韻彙罷了。……根據王注與慧注，同切韵比勘，感覺切韻的組織法，大約依著諸家舊韻，斟酌韵部的分居，以爲經；依著當時方言，兼包並蓄，別出互見，以爲緯。……切韻的內容，既是非常繁複，所據的舊韵，作者非一家；所取的方言，又不限一地；法言用包羅萬有的態度，來纂次那末多的材料；則韵部與聲紐之多，乃事實上

❼ 董同龢漢語音韻學 五十七年九月廣文書局初版。

不得不然之勢也。」❽

後來黃氏又在關于切韻音系基礎的問題一文裏，重新肯定他以前的說法。黃氏說：

「王韻韻目小注發現以後，切韻多韻部的原因，乃是綜合六朝舊韵所致。因此我對于切韻一書，曾作這樣的說明：『切韻音系不是一時一地的語音記錄，更不是所謂「長安方音」，而是具有綜合性的作品。』由于六朝舊韵的作者有南朝之儒流，有北方的專家，各家韻部分合不一致，正是切韻序『江東取韻，與河北復殊』兩語的具體說明。此又導引出切韻『所包含的音系可以看作中古時期南北方言音系的全面綜合。』」

在我檢查『內部證據』論的科學價值時，曾這樣說：語言是社會現象，是人們的交際工具，在一時一地的語言中，用以區別詞義的音韻系統，有沒有像切韻那樣繁複的音系。又說：再從漢語語音發展的史實來看，切韻之前的六朝韻語，任何一家的用韻系統，也沒有像切韵那樣多的韻部。單一音系論總以爲記錄一個地域的語音，才能成爲體系。假若綜合幾個地域的語音，就不易構成體系，我針對這一點又這樣說：我們從唐寫本王仁昫刊謬補缺切韻韻目小注中看出陸法言等採取從分不從合的方法，把六朝舊韵綜合在切韻之中，這

❽ 國立中山大學語言歷史研究所週刊第六十一期　十七年十二月。

不是顯而易見的事實嗎？六朝韻書都有韵部，每一韵所包含的文字當然也有反切。所有反切，當然能各自表達它所代表的語音系統。因此我們有理由可以設想在切韻中有許多韻部包含的音系，也是綜合六朝韻書的徵象。」⑨

何九盈在切韻音系的性質及其他一文中，從切韻名稱，切韻分部，一字數韻，調類相混，聲母混雜，詞滙複雜等六項論證，證明切韻是古今南北雜湊的。對於古今雖沒有明確界定限域，於南北則指出了一定的範圍。他說：

「我們說切韻是古今南北雜湊，並不是說陸法言曾把古今南北，分作四股，各占四分之一，然後拼湊起來，主要是說它不是以洛陽活方言音系爲基礎，不是一時一地之言。但也不意味着它『包括了從北到南的一切方言音系。』羅常培先生說的：『切韻系韻書兼賅古今南北方音，想用全國方音的最小公倍數作爲統一國音的標準。』這是不够切合實際的。我們認爲，切韵音系就地點來看，主要反映的是當年黃河流域一帶，其次是長江流域一帶的語音。」⑩

案黃何兩人，一從時間的古今，縮小爲魏晉南北朝；一從空間的南北，縮小到兩大流域。恐怕也不見得就能修正傳統的說法多少。因爲方言是從古音發展出來的，故古音往往在方言中到保得存，於是古今音的分歧，往往表現在南北方言的分歧上。在魏晉時南北方音的

⑨ 黃淬伯關於切韻音系基礎問題　中國語文一九六二年二月號。

⑩ 何九盈切韻音系的性質及其他　中國語文一九六一年九月號。

分歧，河北江東的差異，像王韻小注裏所表明的五家韻書那樣。可是這些方言還是從先秦古音發展出來的。只要從方言的分，不從方言的合，那無形中就把古音也保存下來了。例如切韻分脂、之、微爲三韻，這三個韻在南北朝的韻文中，已合爲一部，正與王韻脂韻小注所說「呂，夏侯與之微大亂雜」一樣，可是法言不从呂、夏侯之合，而從陽、李、杜之分，於是無形中也就把先秦古音中三韵的不同，保存下來了，固然也合於魏晉，又何嘗就泯滅了先秦呢？至於把南北局限在兩大流域，也未見得就得其眞諦，至於切韻提到「番禺縣，在交趾」那樣的話不說，從現代閩、廣的漢語方言音系，都與切韻存有對應規律的事實看來，如果切韻沒有照顧到這些方音，恐怕也得不到合理的解釋。

不過南北方言雖包含在內，但韻書的作用，主要是用在「文藻」方面，因此不可能把每一方言的話音俗語都包含進去，只能就書面語言作一澈底的分析。書面語言，無論古今都是有憑證的，話音是較難於考鏡的，尤其是古代的話音。王力的漢語史稿就是這樣主張的。他說：

> 「切韻的系統並不能代表當時（隋代）的首都（長安）的實際語音，它只代表一種被認爲文學語言的語言系統。這種語言系統純然是屬於書面語言的；從唐代到清代，一直基本上遵守着這一個語音標準。既然這個語音系統只適用於書面語言，是不是主觀規定的呢？那又不是的。這個系統是參照了古音和方音來規定的。大致是這樣：依古音應該分別的音，就給它們分別開來；哪一種方言能照古音系統讀出一個分別來，它就算是合於規範。這個規範雖然是人爲的，却不是沒有根據的。」⑪

⑪ 王力漢語史稿上册　科學出版社一九五八年八月二版

後來他在漢語音韻裏說得更爲透徹。他說：

「(廣韻)這61類是否合于當時某一地域(例如長安)的實際語音情況呢？我們認爲是不合的。陸法言在切韻序裏說得很清楚：『因論南北是非，古今通塞……蕭、顏多所決定。』假如只是記錄一個地域的具體語言系統，就用不着『論南北是非，古今通塞』，也用不着由某人『多所決定』了。章炳麟說：『廣韻所包，兼有古今方國之音』。他的話是對的。實際上，照顧了古音系統，也就是照顧了各地的方音系統，因爲各地的方音也是從古音發展來的。陸法言的古音知識是從古代反切得來的，他拿古代反切來跟當代方音印證，合的認爲『是』，不合的認爲『非』，合的認爲『通』，不合的認爲『塞』。這樣就在很大程度上保存了古音系統，例如支、脂、之三韻在當代許多方言裏都沒有分別，但是古代的反切證明這三個韻在古代是有分別的。陸法言就不肯把它們合併起來。其中有沒有主觀臆測的地方呢？肯定的是有的，但是，至少可以說，切韻保存了古音的痕跡，這就有利于我們研究上古的語音系統。」⑫

案王氏的話，已經說得很清楚了。不過陸法言的古音知識除了來自古代的反切之外，而古代的韻文，也是陸氏古音知識的主要參考資料。因爲韻書的編纂，主要是爲文學作品押韻用的。所以陸法言的序裏說：「欲廣文路，自可清濁皆通，若賞知音，卽須輕重有異。」他

⑫ 王力漢語音韻　中華書局一九六三年八月出版。

是想以「賞知音」的方法，達到「廣文路」的目的。所以又說：「凡有文藻，卽須明聲韻。」韻書的編輯，以韵部爲綱，以便辭人按韻押韻，而反切的註明，則以矯正方音的誤讀。賞知音，故取徑於古代的反切；廣文路，故不能不參藉於古代的韵文。但是韵書是供當代人使用的，所以也不能一味的泥古，自然也須適今。所以段玉裁說：『分之所以存古，類之所以適今。』這樣的劃時代的編纂，眞可說是「剖析毫釐，分別黍累」了。無怪乎此書一出，前此之韵書，皆爲它所淘汰了。

(二) 切韻爲當時音

戴震聲韻考云：

「隋、唐二百六韻，據當時之音，撰爲定本。」

案戴氏此說，與前面所引雖前後略有矛盾，然以爲切韻音系所據爲當時之音，確是他的主張。而且這種說法也是從他開始的。陳澧切韻考更進一步，不僅二百六韻是當時的音，甚至每韻當中韻母的差異，也是當時實有的分別。陳氏說：

「陸時分二百六韻，每韻又有分二類、三類、四類者，非好爲繁密也，當時之音實有分別也。」

戴震與陳澧雖認爲切韻音系是當時之音，但是屬於當時甚麼地方的音，則沒有說明。直到瑞典高本漢（B. Karlgren）才明確地指出切韻所代表的乃當時長安方音。他在漢文典(Grammata Serica, script and phonetics in Chinese and Sino-Japanese) 裏頭說：

「The language spoken in Ch'ang-an, the Capital, in Suei and early T'ang time (*6th and early 7thc. A.D.*). This language, the s.-c. Ancient Chinese, most fully represented by the dictionary Ts'ie yün(*published in 601A. D.*) has been reconstructed by me in Etudes Sur la Phonologie Chinoise (1915-26) and the Reconstruction of Ancient Chinese (*T'ong pao XXI, 1922*) 隋及唐代初年（六世紀及七世紀初）首都長安的口說語言，極完整的被記錄下於切韻一書中（公元六〇一年刊行）我已在中國音韻學研究及中國古音的重構兩文中構擬出其音系。」⑬

高氏認爲切韻代表長安方音的說法，中國學者頗不以爲然。茲舉林語堂珂羅倔倫考訂切韻韻母隋讀表的批評爲例。林氏說：

「因爲珂氏對於切韻二百六韻的解釋，與中國音韻學家不同，假定每韻之音必與他韻不同，因此不得不剖析入微，分所難分，實則切韻之書，半含存古性質，切韻

⑬ Bernhard Karlgren: Grammata Serica, Scricpt and phonetics in Chinese and Japanese. 成文出版社六十二年四月影印初版

作者八人，南北方音不同，其所擬韻目，非一時一地之某種方音中所悉數分出之韻母，乃當時衆方音中所可辨的韻母系統，如某系在甲方音同於A，在乙方音同於B，故別出C系而加以韻目之名，於甲於乙檢之皆無不便，實際上此C系，並非在甲乙方音中讀法全然與AB區別，或甲乙方音已併，而丙有音尚分爲二，則仍依丙方音分之。必如此然後檢字之韻書，可以普及適用於各地方言，法言自敍謂『呂靜夏侯該陽休之周思言李季節杜臺卿等之韻書，各有乖互，江東取韻與河北復殊。』其時分韻之駁雜，方音之淩亂可知。因爲江東韻書只分江東的韻，不能行於河北，河北的韻書，只顧到河北的音切，不能行於江東，獨法言的書是論『南北是非』而成，因其能將江東河北吳楚燕趙的方音中系統面面顧到，所以能打倒一切方音韻書而獨步一時。所謂『支脂魚虞共爲一韻（支合脂、魚合虞）先仙尤侯俱論是切（先合仙、尤合侯）』法言明言爲當日方音現象，當日韻目之分，非如珂氏所假定之精細可知。然甲方音有合支脂者，法言必不從甲，而從支脂未混之乙，乙方音有合魚虞者，法言必不從乙，而從魚虞未混之丙。法言從其分者，不從其併者，因是而韻目繁矣。然而在各地用者，皆能求得其所分，不病分其所已併，因是天下稱便，是書出而韻略韻集諸書亡。又因爲方音所分，同時多是保存古音（如支脂東冬之分），所以長孫訥言稱爲『酌古沿今，無以加也。』所以咍泰皆三韻之別，古咍音近之，泰音近夬祭廢，皆音近齊灰，源流不同，其區別當然於一部方音尚可保存，非隋時處處（或北地）方音都能區別這三韻的音讀。又如古先音近眞，仙音近元，方音有已合併者，有尚保存其音讀區別者，故法言分先仙，非必隋時處處方音（或標準音）中必讀先仙爲介音輕重之別。」⑭

林氏的批評，於切韻音系分部之故，頗爲透徹，故高本漢以爲代表長安方音的假定，已經根本動搖了。於是另外有一派人，乃把當時的音，後長安搬到了洛陽。陳寅恪從史實論切韻一文爲首開其端。他說：

「陸法言寫定切韻，其主要取材之韻書，乃關東江左名流之著作。其決定原則之羣賢，乃關東江左儒學文藝之人士，夫高齊鄴都之文物人才，實承自太和遷都以後之洛陽，而東晉南朝金陵之衣冠，亦源自永嘉南渡以前之京邑（卽洛陽），是切韻之語音系統，乃特與洛陽及其附近之地域有關，自易推見矣。又南方士族所操之音聲，最爲接近洛陽之舊音，而切韻一書所遵用之原則，又多取決於南方士族之顏蕭。然則自史實言之，切韻所懷之標準者，乃東晉南渡以前，洛陽京畿舊音之系統，而非楊隋開皇仁壽之世長安都城行用之方言也。」⑮

陳氏此說，初只謂陸氏定韻，取金陵洛邑之音，作爲衡度去取之標準而已，亦非全據洛陽音系而完全照錄的意思。故陳氏又說：

⑭ 林語堂語言學論叢　文星書局五十六年五月臺一版

⑮ 陳寅恪從史實論切韻　嶺南學報九卷二期一九四九年六月。

「陸法言自述其書之成，乃用開皇初年劉臻等八人論難之記錄爲準則，以抉擇諸家音韻古今字書之是非而寫定，是此書之語音系統，並非當時某一地行用之方言可知。」

而後人竟因陳氏提到切韵以洛陽舊音作爲衡度是非、決定去取之標準，遂徑直地認爲切韵的音系，就是當時洛陽的音系。李于平陸法言的切韻一文可爲其代表、李氏說：

「切韻系統是當時的語音系統。」

又說：

「有人因爲切韻序有『因論南北是非，古今通塞』的話，就說切韻所代表的語音系統，包含古今四方的，這種看法是不足信的。……任何時代都有方言的差別，切韻的時代也不例外，可是切韻的時代有方言差別，並不能說切韻就包羅各地方言的音系。切韻序末題『大隋仁壽元年』隋的都城在長安，因此也有人說切韻代表長安方言。陳寅恪先生從史實論切韻指出陸法言和劉臻等都不是世居關中之人，切韻序提到呂靜韻集等五書都不是關中人之著作，切韻序批評『吳楚則時傷清淺，燕趙則多涉重濁，秦隴則去聲爲入，梁益則平聲似去。』列舉各地方言的缺點，沒有提到中原，可見劉臻等認爲中原卽洛陽及其附近的語音。因此認爲切韵代表洛陽語音，不代表長安語音。」⑯

李氏幾次轉彎，就把陳氏的原意代表到當時的洛陽語音上去了。

王顯切韻的命名和切韻的性質以及再談切韻音系的性質兩文，也是主張切韻音系以當時洛陽音系爲基礎的。王氏在前面的一篇文章說：

「切韻音系是以當時的洛陽話爲基礎的，它也適當地吸收了魏晉時代的個別音類，同時也適當地吸收了當時河北區其他方言音系的個別音類，以及金陵音系的一部分音類。因爲切韻不是洛陽語音的實際記錄，所以它的音系不是單純的。因爲切韻所吸收的成分主要是來自同時的金陵音系和河北地區其他方言音系，如上所述，金陵音系是接近洛陽話的，而河北地區其他方言音系跟洛陽話更是一家，所以它的體系也不是那麼複雜的。至于魏晉時代個別音類的吸收，這也沒有增加它的混亂和破壞它的體系，因爲大家公認魏晉六朝的語音在漢語發展史上是屬于同一階段的。」⑰

⑯ 李于平陸法言的切韻　中國語文一九五七年二月號

⑰ 王顯切韻的命名和切韻的性質　中國語文一九六一年四月號

王氏在後文又說：

「切韻所反映的音系基本上是洛陽語言。」⑱

雖然由於切韻序裏明白指出「因論南北是非，古今通塞」，加上全王韵目下的小注，王氏不大好解釋，於是在前一文中所得的結論，使人看了仍不明白他認爲切韻是單一音系還是綜合音系？照他的結論好像大部分是單一音系，小部分是綜合的。事實上後文才是他心目中的切韵眞正的性質，還是基本上以洛陽語音爲基準的。邵榮芬切韵音系的性質和它在漢語音韻史上的地位一文，也跟王顯一樣採取同一種看法。邵氏說：

「我們看來切韻音系大體上是一個活方言的音系，只是部分地集中了一些方言的特點，具體地說，當時洛陽一帶的語音是它的基礎，金陵一帶的語音是它主要的參考對象。」⑲

趙振鐸從切韻序論切韻一文，也採同樣的看法。趙氏說：

「洛陽一帶的話是切韻音系的基礎，但是某個具體的音上，陸法言也曾有所去取，採用了一些別的方言中，他認爲精切的音，削除了一些他認爲疏緩的音。」⑳

---

⑱ 王顯再談切韻音系的性質 中國語文一九六二年十二月號。

⑲ 邵榮芬切韻音系的性質和它在漢語語音史上的地位 中國語文一九六一年四月號。

⑳ 趙振鐸從切韻序論切韻 中國語文一九六二年十月號。

不管他們的主張是完全單一洛陽音系，或大部分爲洛陽音系，小部分爲綜合他處方言（如金陵），林語堂對高本漢長安音系的批評，也都能適應於洛陽音系，所以他們的可靠性，仍是值得保留，値得懷疑的。

(三) 當時書音或雅音音系

此說亦肇自陳寅恪氏，陳氏從史實論切韻云：

「更就顏黃門論金陵洛下士庶語音之優劣觀之，知其必有一衡度之標準，此標準爲何，殆卽東漢曹魏西晉以來居住洛陽及其近傍之士大夫集團所操之雅音是也。」

這裏所謂的雅音就是書音，所以陳氏又說：

「大抵吾國士人，其平日談論所用的言語，與誦習經典諷詠詩什所操之音聲，似不能完全符合。易言之，卽談論唯用當時之音，而諷誦則常存古音之讀是也。依此，南方士族，其談論乃用舊日洛陽通行之語言，其諷誦則準舊日洛陽太學之音讀。考東漢之時，太學最盛，且學術文化，亦有綜合凝定之趨勢，頗疑當時太學之音聲，已爲一美備之複合體，此複合體卽以洛陽京畿之音爲主，且綜合諸家師授，兼採納各地方音而成者也。」

然而當時的讀書音是否卽以洛陽京畿之舊音爲主，這仍須加以考訂的。周祖謨切韻的性質和它的音系基礎一文析論較詳。周氏此文，首從切韻序分析，以爲就序文所表明的，我們可以了解以下幾點：

(1)當時各處方言語音不同。

(2)切韻以前諸家韻書分韻不同。

(3)切韻爲辨析聲韻而作，參校古今，折衷南北，目的在於正音，要求在於切合實際。

根據這些事實，周氏最後的推論認爲：

「總起來說，切韻是根據劉臻、顏之推等八人論難的決定，並參考前代諸家音韻、古今字書編定而成的一部有正音意義的韻書，它的語音系統就是金陵、鄴下的雅言，參酌行用的讀書音而定的。既不專主南，亦不專主北，所以並不能認爲就是一個地點的方音的記錄，以前有人認爲切韻的語音系統代表隋代的長安音，那是錯誤的。」

周氏又從王仁煦刋謬補缺切韻韻目下小注中，所注呂靜等五家韻目分合之情況，加以探究。以爲切韻的分韻，是以呂靜等五家韻書爲資據，而又加以整齊，因此分韻就較以前各家爲多。且四聲相承，頗有倫序，大勝於前。五家之中，呂靜與夏侯該兩家分韻都比較細。夏侯書最大的特點在於二等韻都獨立爲部，呂靜書最大的特點在於一攝之內三四等韻大半分立。這是比陽、李、杜三家較細的地方。陽、李、杜三家脂、之、微三韻有別，而呂、夏侯兩家則脂與之、微相亂，故周氏說：

「切韻除採用呂靜、夏侯該兩家以外，又參酌於陽、李、杜。凡各家立有成規，審音細密，開合洪細之間條理清楚的，切韻都一一承用。遇到諸家辨析不甚明晰的，又分別異同，並使四聲都能相應。」

拿切韻跟五家韻書比較以後，可知切韻是兼取各家之長的。而且又自成類例的。他說：

「審音精密，重分不重合，一攝之內，一三等有分，三四等有分，二等完全獨立，體例嚴整，秩然不紊。分韻辨音，折衷南北，不單純採用北方音。前代諸家韻書隨南北方音而異，陸法言生於河北，而採用夏侯書的地方獨多。這與以前諸家僅以一方方音爲準者大不相同。

陸法言撰集切韻所以要審音精密，折衷南北，目的固在於正音，同時也便於南北通用。南北語音不同，或分或合，用的人完全可以根據自己的方音與韻書比合同異，按音檢字，所以分韻不妨精密。這種辦法，當然不無缺點，主要缺點在於不是單純一地語音的記錄。但是從歷史的條件來看，當時這些學者要想編定一部韻書，既要保持語音中細緻的區別，又要使南北人都能應用，也不得不如此。當時南北韻書分辨聲韻雖有疏密之分，而大類相去不遠。在一大類之中，區別同異，取其分而不取合，對整個語音系統不會有根本的改變，因此這樣做也完全是可以行得通的，並且也符合客觀的情況和實際的需要。」

周氏又從隋以前齊梁陳之間詩文押韻情況，以明切韻與實際語音之差距，並了解切韵所憑藉的語音基礎。周氏認爲切韻所分的韻多與齊梁陳之間的江東音相合，而梁代吳郡顧野王玉篇的韻類幾乎全部相同。由此可知切韻在韻的方面所採用的分類大都本之於南方的韻書(夏侯該韻略)與字書(顧野王玉篇)。故周氏據以推斷：

「切韻的分韻主要是顏之推、蕭該二人所決定的。顏之推論南北語音曾說：『冠冕君子，南方爲優，閭里小人，北方爲愈。』他旣然認爲士大夫階級通用的語言南優於北，而他本人又原是南方士大夫階級中的人物，他所推重的自然是南方士大夫的語音。切韻分韻旣合於南朝夏侯該、顧野王之作，而二人都是梁朝士流，夏侯該曾讀數千卷書，顧野王又爲梁太學博士，他們所根據的必然是當時承用的書音和官於金陵的士大夫通用的語音，這與顏之推所提倡的也正相符合。然則切韻的語音系統也就是這種雅言和書音的系統無疑。」

周氏最後的結論是：

「總之，切韻是一部極有系統、而且審音從嚴的韻書，它的音系不是單純以某一地行用的方言爲準，而是根據南方士大夫如顏、蕭等人所承用的雅言、書音，折衷南北的異同而定的。雅言與書音總是合乎傳統讀音居多，切韻分韻定音既然從嚴，此一類字與彼一類字就不會相混，其中自然也保存了前代古音中所有的一部分的分別，並非顏蕭等人有意這裏取方音，那裏取古音。切韻的音系是嚴整的，是有實際的雅言和字書的音讀做依據的。顏之推、蕭該二人必然都能分辨，其他諸人也一定同意這些類別……這個系統既然是由南北儒學文藝之士共同討論而得，必定與南北的語言都能相應。這個音系可以說就是六世紀文學語言的語音系統。」㉑

周法高論切韻音一文，根據周祖謨的說法，更進一層，將此一語音系統的範圍，從周祖謨說的金陵，擴大到了洛陽與長安。周法高說：

「根據我研究玄應音的結果，也得出和切韻差不多的音韻系統，可見六、七世紀中，不管金陵、洛陽、長安，士大夫階級的讀書音都有共同的標準。」㉒

陳寅恪與周祖謨等提出了讀書音的問題，我想這點是應該肯定的，因爲韻書的主要目的是爲文人撰作文辭用的，所謂「凡有文藻，即須明聲韻」，就是指這一方面來說的。而且以切韻的音切來說，所有的音切與方言能取得對應規律的，都偏重在讀書音方面，而與白話音

㉑ 周祖謨問學集四三四頁至四七三頁　中華書局一九六六年一月一版。

㉒ 周法高論切韻音　香港中文大學中國文化研究所學報第一卷一九六八年。

則多格格不相入。試以厦門語爲例，廣韻寒韻寒胡安切，屬山攝開口一等，平聲寒韵匣紐。厦門書音〔꜀han〕㉓合於規範，語音爲〔꜀kuã〕不合規範；又如敢韻敢古覽切，屬咸攝開口一等，上聲敢韻見母，厦門書音〔꜂kam〕，合於規範，語音〔꜂kan〕，也有人說是〔꜂kã〕不合規範。願韻勸去願切，屬山攝合口三等，去聲願韻溪紐，厦門書音〔k'uan꜄〕，合於規範，語音〔k'ŋ꜄〕，不合規範。職韻食乘力切，曾攝開口三等，入聲職韻神紐，厦門書音〔sɪk꜆〕合於規範，語音〔tsia꜆〕，不合規範。由此可以隅反，則切韻所根據確爲書音無疑。至於各地的書音彼此之間的確是較話音相近些，但彼此之間仍是有很大的差距的，否則又何必折衷南北呢？周祖謨以爲切韻根據的是「官於金陵的士大夫通用的語音。」如果拿這一語音作爲衡度是非的標準，固無不可。若說「切韻的語音系統就是這種雅言和書音的系統。」實在是大有可疑。假使切韻眞是金陵的雅音系統，那麼只要讓世居建鄴的蕭顏等完全照實直錄就可以了。陳寅恪氏說得好：「序文所以以『蕭顏多所決定』爲言，卽謂非全由蕭顏決定者。」周法高氏以爲金陵、洛陽、長安士大夫階級的讀書音都有共同的標準，恐怕更與事實不副，各方言的讀書音雖與口語音有差別，但並不是每一個字音都有讀書音跟口語音的區別，相反的大多數的字音都沒有書音跟話音的分歧，只要陸法言當時有方言存在，各個不同方言的讀書音就不可能有共同的標準。否則同爲書面語言而作的韻書，爲甚麼呂靜等五家會各有乖互呢？爲甚麼「江東取韻與河北復殊」呢？證之現代各大方言區的讀書音彼此不同，尤可了然。

㉓ 此處所引厦門書音與語音錄自漢語方音字滙。

(四) 個人對切韻性質的看法

看了上面三種說法以後，個人仍然是依從於「兼包古今方國之音。」不過這個「音」字，主張以第三說的「讀書音」當之，不包括語音。理由如下：

1.切韻序云：「因論南北是非，古今通塞，欲更捃選精切，除削疏緩。蕭顏多所決定」假若切韻只是記錄一時一地之音，或當時各地共同標準的書音，則根本不須「論南北是非，古今通塞。」更不須由蕭該跟顏之推多所決定。只須將當時實際語音系統據實記錄就可以了。今既不然，可見絕非單一語音系統。討論切韻的性質，我們願意相信陸法言的話呢？還是陳澧或高本漢、李于平呢？個人是願意相信陸法言的。

2.現存王仁煦刊謬補缺切韻各本韻目下的小注，都注明呂靜等五家韻目之分合。茲舉周祖謨校補過的迻錄於次：

平聲	上聲	去聲	入聲
1 東	1 董 呂與腫同，夏侯別，今依夏侯。	1 送	1 屋
2 冬 無上聲，陽與鍾江同韻，呂夏侯別，今依呂夏侯。	2 腫	2 宋 陽與用絳同、夏侯別、今依夏侯	2 沃 陽與燭同，呂夏侯別，今依呂夏侯。
3 鍾	3 講	3 用	3 燭
4 江	4 紙	4 絳	4 覺
5 支		5 寘	

6 脂 呂夏侯與之微大亂雜，陽李杜別，今依陽李杜。
7 之
8 微
9 魚
10 虞
11 模
12 齊
13 佳
14 皆 呂陽與齊同，夏侯杜別，今依夏侯杜。
15 灰 夏侯陽杜與咍同，呂別，今依呂
16 咍
17 眞 呂與文同，夏侯陽杜別，今依夏侯陽杜。

5 旨 夏侯與止爲疑，呂陽李杜別，今依呂陽李杜。
6 止
7 尾
8 語 呂與麌同，夏侯陽李杜別，今依夏侯陽李杜。
9 麌
10 姥
11 薺
12 蟹 李與駭同，夏侯別，今依夏侯。
13 駭
14 賄 李與海同、夏侯爲疑，呂別，今依呂。
15 海
16 軫

6 至 夏侯與志同、陽李杜別，今依陽李杜。
7 志
8 未
9 御
10 遇
11 暮
12 泰 無平上聲
13 霽 李杜與祭同，呂別，今依呂。
14 祭 無平上聲
15 卦
16 怪 （夏侯與泰同，杜別，今依杜。）
17 夬 無平上聲、李與怪同。呂別與會同，夏侯別，今依夏侯。
18 隊 李與代同，夏侯爲疑，呂別，今依呂。
19 代
20 廢 無平上聲，夏侯與隊同呂別，今依呂。
21 震
5 質

18 臻 無上聲，呂陽杜與眞同，夏侯別、今依夏侯。
19 文
20 殷，陽杜與文同，夏侯與臻同，今並別。
21 元 陽夏侯杜與魂同，呂別，今依呂。
22 魂 呂陽夏侯與痕同，今別。
23 痕
24 寒
25 刪 李與山同，呂夏侯陽別，今依呂夏侯陽。
26 山 陽與先仙同，夏侯杜別，今依夏侯杜。
27 先 夏侯陽杜與仙同，呂別，今依呂。
28 仙
29 蕭
30 宵
31 肴 陽與蕭宵同，夏侯杜別，今依夏侯杜。
32 豪
33 歌

17 吻
18 隱 呂與吻同，夏侯別，今依夏侯。
19 阮 夏侯陽杜與混很同，呂別，今依呂。
20 混
21 很
22 旱
23 產 呂與旱同，夏侯別，今依夏侯。
24 潸 陽與銑獮同，夏侯別，今依夏侯。
25 銑，夏侯陽杜與獮同，呂別，今依呂。
26 獮
27 篠，李夏侯與小同，呂杜別，今依呂杜。
28 小
29 巧 呂與皓同，陽與篠小同，夏侯並別，今依夏侯。
30 晧
31 哿

22 問
23 焮
24 願 夏侯與慁別，與恨同，今並別。
25 慁 呂李與恨同，今並別。
26 恨
27 翰
28 諫 李與襉同、夏侯別、今依夏侯。
29 襉
30 霰，夏侯陽杜與線同，呂別，今依呂。
31 線
32 嘯 （陽李夏侯與笑同，夏侯與效同、呂杜並別，今依呂杜。）
33 笑
34 效 （陽與嘯笑同，夏侯杜別，今依夏侯杜。）
35 号
36 箇 呂與禡同，夏侯別，今依夏侯。

7 櫛 呂夏侯與質同，今別。
8 迄 夏侯與質同，呂別，今依呂。
9 月 夏侯與沒同，呂別，今依呂。
10 沒
11 末
12 黠
13 鎋
14 屑 李夏侯與薛同，呂別、今依呂。
15 薛

34 麻	32 馬	37 禡	
35 覃	33 感	38 勘	20 合
36 談 呂與銜同，陽夏侯別，今依陽夏侯。	34 敢 呂與檻同，夏侯別，今依夏侯。	39 闞	21 盍（□□□同、夏侯□□□夏侯。）
37 陽 呂杜與唐同，夏侯別，今依夏侯。	35 養 夏侯在平聲陽唐，入聲藥鐸並別，上聲養蕩爲疑，呂與蕩同，今別。	40 漾 夏侯在平聲陽唐、入聲藥鐸並別，去聲漾宕爲疑，呂與宕同，今並別	27 藥（呂杜與鐸同，夏侯別，今依夏侯。）
38 唐	36 蕩	41 宕	28 鐸
39 庚	37 梗 夏侯與靖同，呂別，今依呂	42 敬 呂與諍勁徑同，夏侯與勁同與諍徑別，今並別	19 陌
40 耕	38 耿 李杜與梗迥同，呂與靖迥同與梗別，夏侯與梗靖迥並別，今依夏侯。	43 諍	18 麥
41 清	39 靜 呂與迥同，夏侯別，今依夏侯。	44 勁	17 昔
42 青	40 迥	45 徑	16 錫 李與昔同，夏侯與陌同、呂與昔別，與麥同今並別
43 尤 夏侯杜與侯同，呂別，今依呂。	41 有 李與厚同，夏侯爲疑、呂別，今依呂。	46 宥，呂李與候同，夏侯爲疑今別。	
44 侯	42 厚	47 候	
45 幽	43 黝	48 幼 杜與宥同，呂夏侯別，今依夏侯。	
46 侵	44 寑	49 沁	26 緝
47 鹽	45 琰 呂與忝范豏同，夏侯與范豏別，與忝同，今並別	50 豔，呂與梵同，夏侯與㮇同，今並別。	24 葉 呂與怗洽同今別。
48 添	46 忝	51 㮇	25 怗

49 蒸	47 拯 無韻，取蒸之上聲。	52 證	29 職
50 登	48 等	53 嶝	30 德
51 咸 李與銜同，夏侯別，今依夏侯。	49 豏 李與檻同，夏侯別，今依夏侯。	54 陷 李與鑑同，夏侯別，今依夏侯。	22 洽 李與狎同，呂夏侯別，今依呂夏侯。
52 銜	50 檻	55 鑑	23 狎
53 嚴	51 广 陸無此韻目，失。	56 嚴 陸無此目，失。	31 業
54 凡	52 范 陸無反，取凡之上聲，失。	57 梵	32 乏 呂與業同，夏侯與合同，今並別。㉔

從這些小注看來，陸氏所分，純據五家而別，從其分者，不從其合者。是以分韻特多，它不是一時一地的語音系統，顯然可見。如果說是共同標準的讀書音，從這些小注更得到強而有力的反證。因爲韻書之作，純爲韻文而設，則所據者當然是書面語言，各家韻書參差若是，顯然並沒有共同的標準。如殷韻小注所示，陸法言之特立殷韻，既不從陽杜之併於文，也不從夏侯之合於臻，則其爲折衷南北的結果，顯然可知。陳寅恪氏以爲根據小注，「乍視之似陸氏之寫定切韻乃唯取其別而不依其同者，但詳繹之，則知其殊爲不然。何以言之？顏氏家訓音辭篇略云：『韻集以「成」「仍」「宏」「登」合成兩韻，「爲」「奇」「益」「石」分作四章，不可依信。』韻集以成仍宏登合成兩韻，而王仁煦本切韻則成在四十一清，仍在四十九蒸，宏在四十耕，登在五十登，此切韻不從韻集之合者也。韻集以爲奇益石分作

㉔ 周氏附註：(1)韻目全依王仁煦書第二種第三種寫本。
(2)入聲韻目取其與平上去相應，排列次序與原來次序不盡相同。
(3)注文加（　）號的表示只見於第二種寫本。

四章，而切韻則爲奇同在五支，益石同在十七昔，此切韻不從韻集之分者也。然則切韻於諸家韻書固非專取其韻部之別者而捨其同者，特陸氏於注中不載捨其 韻部之別者而取其同者耳。」顏氏所謂分作四章，並不一定指的是韵部，韻集把爲奇二字分開，可能是二字韻母開合不同，韻集把益石分開，可能是二字的韵母元音不同，因爲「益」自上古到晉代都屬錫部，「石」自上古到晉代都屬鐸部，到顏之推時此二字已合成爲昔韵，顏氏根據當時的語音來論晉代的韻集，所以認爲不妥。因爲切韵也不能泥古而違今的。韵圖把益字安置四等，不列三等㉕，還可以看出一些蛛絲馬跡，所以陳氏的說法並不正確。切韻據各家韻書從分不從合，確實是斟酌時的古今與地的南北而爲之的。

3.顏氏家訓音辭篇說：「自茲厥後，音韻鋒出，各有土風，遞相非笑，指馬之諭，未知孰是。共以帝王都邑，參校方俗，考覈古今，爲之折衷，権而量之，獨金陵與洛下耳」。陸氏切韻之作，顏氏多所決定。顏之推論韻的標準，是欲以帝王都邑金陵與洛下的書音，來権量各地方俗韵書的是非，考核古今音的通塞，這與切韻序裏的話，是完全符合的，我們有甚麼更好的理由而不相信他的話？

4.唐封演聞見記卷二聲韻條說：「隋朝陸法言與顏魏諸公定南北音，撰爲切韻，凡一萬二千一百五十八字，以爲文楷式。而先仙刪山之類，屬文之士苦其苛細。國初許敬宗等詳議，以其韻窄奏合而用之。法言所謂欲廣文路，自可清濁相通者也。」據通鑑唐高宗永徽六年（六五五）九月戊辰以許敬宗爲禮部尚書，封演所說奏切韻韵窄事，可能就在他掌禮部的時

㉕參見拙著等韻述要　藝文印書館六十三年九月初版。

候，上距切韻的成書，還不到六十年，而屬文之士，已苦其苛細了。這可能是有共同標準的讀書音嗎？難道那些屬文之士都不承用這個標準的讀書音而用他的方俗口語嗎？又難道不到六十年，語音演變急劇得就讓後人感到難以分辨先仙刪山了嗎？其實許敬宗奏合而用之，所據的才是當時的雅音，因爲開科取士，用韻必有標準，不可人用其鄉。這個標準是甚麼？就是當時的雅言或承用的書音了。而且許氏的併合，也不是看見韻窄就併入於他韻，例如肴韻至窄，也沒有併於蕭宵或豪韻（我曾鈔過宋代兩位多產詩人蘇軾與陸游的七言律詩與絕句用韻的情形，在十八家詩鈔裏收了蘇軾的律詩五百四十首，用肴韻的一首也沒有，絕句四百三十八首，押肴韻的只有一首。陸游的律詩五百五十四首，用肴韻的一首，絕句六百五十二首，押肴韻的也只見四首。足見肴韻之窄了。）欣韵至窄，也沒有併入文或眞韻。而脂甚寬，卻併入於支之。可見他的併合，一定有一個實際的語言作標準，若許氏所據的就是雅言或書音，則切韻所據的就絕不是當時的雅言或共同標準的書音了。

5.唐末李涪的刊誤說：「至陸法言採諸家纂述，而爲己有。原其著述之初，士人尚多專業，經史精練，罕有不述之文，故切韻未爲時人之所急。後代學問日淺，尤少專經，或舍四聲，則秉筆多礙，自爾以後，乃爲要切之具。然吳音乖舛，不亦甚乎？上聲爲去，去聲爲上。又有字同一聲，分爲兩韻。且國家誠未得術，又於聲律求人，一何乖濶？然有司以一詩一賦而定否臧，音匪本音，韻非中律，於此考覈，以定去留，以是法言之爲，行於當代。法言平聲以東農非韻，以東崇爲切；上聲以董勇非韻，以董動爲切；去聲以送種非韻，以送眾爲切；入聲以屋燭非韻，以屋宿爲切。又恨怨之恨，則在去聲，很戾之很，則在上聲；又言辯之辯，則在上聲，冠弁之弁，則在去聲；又舅甥之舅，則在上聲，故舊之舊，則在去聲；又皓白之皓，則在上聲，號令之號，則在去聲。又以恐字恨字俱去聲。今士君子於上聲呼恨，去聲呼恐，得不爲有知之所笑乎？又尙書曰嘉謀嘉猷，詩曰載沉載浮，法言曰載沉載浮（伏予反）。夫吳民之言，如病瘖風而噤，每啟其口，則語戾喎吶，隨筆作聲，下筆竟不自悟。凡中華音切，莫過東都，蓋居天地之中，稟氣特正。予嘗以其音證之，必大哂而異焉。且國風杕杜篇云：『有杕之杜，其葉湑湑，獨行踽踽。豈無他人，不如我同姓。』又小雅大東篇曰：「周道如砥，其直如矢，君子所履，小人所視。」此則不切聲律，足爲驗矣。何須東多中終，妄別聲律。詩頌以聲韻流靡，貴其易熟人口，能遵古韻，足以詠歌。如法言之非，疑其怪矣。予今別白上去，各歸本音，詳較重輕，以符古義，理盡於此，豈無知音？」

李涪所處時代，雖在晚唐，然距切韻之成書，亦不過兩百餘年，苟切韻之音系代表當時洛陽語音，縱然音隨時變，亦何至於斥爲「如病瘖風而噤」指爲「吳音乖舛，不亦甚乎！」我們現在讀曹雪芹的紅樓夢，他描寫的北平話，與今國語之間，還是非常一致，而前後相去的時間也差不多的。難道古今語音，在唐時會變得特別快，而今時則特別慢嗎？若爲通行之書音，李涪既以爲「中華音切，莫過東都」，則豈有不諳習不知道之理，何故會說「如法言之非，疑其怪矣。」的話。李涪的刊誤，實在是一強有力的證據，我們不能承認切韻音系根據的是洛陽語音，因爲他指出切韻與東都的語音差距實在太大了。

6. 主張切韻音系是單一音系的人，往往把切韻內部一致作爲證據㉖。他們以爲「切韻聲母在反切方面有很規律的表現」，就是一個堅實的內部證據。他們認爲聲母的反切是幾乎不可能不反映當時的實際語音的，既然聲母方面反映當時的實際語音，有什麼理由說韻母是一

㉖ 見高本漢中國音韻學研究中譯本一九至二〇頁，亦見周法高論切韻音一〇八頁及一一〇頁。

個兼綜南北古今的綜合體呢？

這個理由，乍看起來是很中聽的，但只要跟事實一對證，就完全站不住腳了。切韻系韻書的聲母眞是代表一種實際的語音系統嗎？恐怕也未必然。我們知道，廣韻的切語，於端、知、照三類聲母是有分別的，那末它們眞有三類不同的音讀嗎？答案恐怕是否定的。我們試以北平、廣州、廈門三地方言爲例，來看這三組聲母的音讀：

	端母			知母			照母		
	答	都	當	豬	竹	張	諸	照	蒸
北平	ta	tu	taŋ	tʂu	tʂu	tʂaŋ	tʂu	tʂau	tʂəŋ
廣州	tap	tou	tɔŋ	tʃy	tʃok	tʃœŋ	tʃy	tʃiu	tʃiŋ
廈門	tap	tɔ	tɔŋ	ti	tiok	tiɔŋ	tsu	tsiau	tsiŋ㉗

我們應當根據北平與廣州把知母合併於照母，還是根據廈門把知母合併於端母呢？恐怕既不能併知於照，也不能併知於端，只有把知母獨立，才能合於三處方言的語音系統，可是事實上任何一種方言都沒有三種不同的讀法。再以北平、溫州、廈門來看切韻精莊照三組聲母：

㉗ 以上方言音讀俱見漢語方音字滙。「章」字廈門音讀字滙與「張」書音無別，同為〔tiɔŋ〕疑誤，今據羅常培廈門音系及其音韻聲調之構造與性質改作〔tsiɔŋ〕。

	精母		莊母		照母	
	左	災	扎	莊	照	章
北平	tsuo	tsai	tʂa	tʂuaŋ	tʂau	tʂaŋ
溫州	tsəu	tsE	tsa	tsɔ	tɕiɛ	tɕi
廈門	tso	tsai	tsap	tsɔŋ	tsiau	tsiɔŋ

我們應當根據溫州併莊入精，還是根據北平併莊入照，抑據廈門三組合而爲一。顯然也只有將三組分別獨立，才能照顧三處的方言。任何一種方言有可能區別三種音讀嗎？答案顯然是否定的。由此看來，法言聲母的分類仍是跟韻母一樣，从分不从合的。我們有甚麼理由說它是代表單一的實際的語音系統？

7.現代所知的漢語方言，在聲韻調各方面都可與切韻的音系取得對應的關係，而且是非常有規律性，例外所佔的比例極少。若切韻爲一時一地之音，那只有承認現代各地的方言都是從切韻發展出來的。這種想法，恐怕沒有人會愚蠢得去承認的，因爲這與整個漢語發展的歷史事實不符合。那麼要合理解釋切韻與近代各地方言存在着的對應規律，也只有承認切韻「兼包古今方國之音」的一途了。

8.現代中國境內各已知方言在聲韻調三方面與廣韻對照如下表：[28]

	聲母	韻母	聲調
北平	22	38	4

[28] 以下方言資料據漢語方言字滙與漢語方言詞滙及漢語方法概要。

濟南	24	38	4	
西安	27	38	4	
太原	21	36	5	入分陰陽
漢口	19	35	4	
成都	21	36	4	
揚州	17	46	5	平分陰陽
蘇州	27	49	7	平去入分陰陽
溫州	28	33	8	平上去入分陰陽
長沙	20	37	6	平去分陰陽
雙峯	28	34	5	平去分陰陽無入
南昌	19	63	6	平去分陰陽
梅縣	19	75	6	平入分陰陽
廣州	20	53	6	平上去入各分陰陽，陰入又分上中
廈門	14	86	7	平去入分陰陽
潮州	18	82	8	平上去入分陰陽
福州	15	49	7	平去入分陰陽
瀋陽	19	36	4	
昆明	22	28	4	
合肥	22	43	5	平分陰陽

陽江	21	47	9	平去分陰陽入分四調
廣韻	41	141不含上去	4	

近代方言中聲母最多的方言是溫州跟雙峯的二十八，韻母最多的是厦門的八十六。拿來跟廣韻相比，都僅足一半而已。可見廣韻聲韻母系統的複雜，絕對不是現代任何方言所能望其項背的。這也惟有以切韻廣韻的音系是兼括古今方國之音，從分不從合的結果，才可以解釋這種現象，否則就難以理解了。

六十八年四月八日凌晨脫稿於臺北鍥不舍齋

（原載中國學術年刊第三期　民國六十八年六月）

聲韻學導讀

一、緒　言

(一) 甚麼是聲韻學

聲韻學是我國傳統的一門學問，民國以前把它跟文字學、訓詁學合稱爲小學。所謂小學就是研究中國文字的字形、字音、字義的學問。研究字形的我們稱它爲文字學，研究字義的稱它爲訓詁學，研究字音的我們現在叫它做聲韻學。但是我們要知道，聲韻學雖然是研究字音的，可是它並不等於發音學，因爲它還要照顧我們漢族語言各個時期的語音系統，跟它們的歷史演變的規律。我們中國的文化有悠久的歷史，這是大家所熟知的，實際上中國的語言，特別是漢族的語言，比我們的文化還要悠久些。現代的漢族語言，不論它是那種方言，無論是語音、語法、詞彙各部門，都是從古代漢語逐漸發展出來的，只是分化的時間有些比較早，有些比較遲，有些保留較古的形式，有些呈現較晚的形式，這樣就形成了方言的參差。假如我們用現代的國語讀唐詩，就常常會發現有些詩的韻腳都不和諧了，平仄也不協調了。例如杜甫的蕭八明府實處覓桃栽詩：

奉乞桃栽一百根，春前爲送浣花村，
河陽縣裏雖無數，濯錦江邊未滿園。

這首詩的韻腳「根」ㄍㄣ、「村」ㄘㄨㄣ、「園」ㄩㄢˊ三字，「根」「村」都收音於ㄣ，讀起來還覺和諧，但「園」字收音於ㄢ，就很不對頭了，爲甚麼還可以在一起押韻呢？又如杜牧的泊秦淮詩：

煙籠寒水月籠沙，夜泊秦淮近酒家。
商女不知亡國恨，隔江猶唱後庭花。

第三句的格律應該是「平仄仄平平仄仄」，可是國語讀「國」作ㄍㄨㄛˊ，應屬陽平，也就不合律了。但杜牧原詩的格律音響是非常和協的。這都是因爲唐代那個時候的讀音，發展到現代已經起了變化的緣故。假如我們讀詩經，碰到像「參差荇菜，左右采之；窈窕淑女，琴瑟友之。」一類不押韻的地方就更多一些，因爲詩經時代離開我們現在的時間更長久，所以語音的差距也就更大了。

古人很早就發現了這種現象，他們從不同的角度去分析這些語音變化的現象，解釋它們變化的原因，尋找它們變化的規律。這樣就逐漸建立起來聲韻學這門科學。傳統的聲韻學包括「今音學」、「古音學」、「等韻學」三個部門。大致說起來，今音學所研究的是中古時期特別是隋唐兩宋時的音韻系統，尤其是切韻廣韻等韻書所代表的音系；古音學所研究的是上古時期特別是先秦時代的音韻系統；等韻學是分析漢語發音原理跟方法的一門學問，相當於現代的發音學。在每一個部門裏，歷代的音韻學家都下了不少功夫，獲得很大的成績。但是過去的學者沒有現代語言科學的訓練，在分析音素跟詮釋名詞上往往弄得非常玄妙，使初學的人越看越糊塗。民國以後，我國學者吸收了西方語言學的方法，對聲韻學的研究取得了新的成就，大大地超越前人。但是他們寫的一些闡明聲韻學的著作中，往往著重結果，而忽略了方法，有的又太嫌專門了些，文字也過於深奧。初學的人還是不大容易懂，往往望洋興嘆，甚至於一講到聲韻學就感到恐懼。本文的目的，就是想用比較淺近的文字，向初學的人介紹一些聲韻學的基本知識，希望引導初學的人步入聲韻學的大門。

(二)爲甚麼要學聲韻學

我們研究中國聲韻學的目的主要是爲了讀懂古書，以便全面地瞭解中國文化。我國文字的構造雖然是形符，但我國文字的運用依然是音符。從我國文字構造的六書來說，諧聲一類，十居八九。轉注跟假借也都是由於聲韻的關係而滋生。這原因是文字由語言而來，語言靠聲音來表達，因此用文字記錄語言的時候，有許多文字還沒有構造出來，只好借用音義相近的字暫時替代，這就是許愼所說的「本無其字，依聲託事」的假借了。也有些文字雖然早就構造好了，可是紀錄語言的人，還不知道，或者記憶不清，於是也只好隨便用一個同音的字，暫時替代，那就成了「本有其字，依聲託事。」也就是所謂同音通假了。中國方言分歧得也十分厲害，原先本來是一種聲音，由於方言的差異，各地方的人又根據自己的方言，造出不同的字來，字雖然是兩個，意義卻是一樣。在文字統一以後，我們要加以溝通，就用得上「建類一首，同意相受」的轉注了。無論諧聲、假借、轉注，沒有一樣不是以音爲用的。但是一般人所感痛苦的，這些音常有古今南北的差異，憑甚麼方法才能確切地明瞭那些字是同音？那些字是不同音呢？這絕不是憑猜測想像所能解決的，也不是憑一時一地的方言可以擬議的。必須有聲韻上基礎的知識，知道音變的規律，才可運用自如確切掌握，所以要減少閱讀古書的困難，明白文字訓詁的條例，不懂得聲韻學是沒有辦法的。

我國典籍蘊藏深奧的指義，用字遣辭的慣例，很多跟現代人不一樣了。又經過幾千年來傳鈔誤刻，免不了有許多的錯誤，我們要整理這批文化遺產，自然首先得校正剔除它的錯誤，我們憑甚麼才能做得到呢？高郵王念孫的讀淮南子雜志後序說得好。他說：

「夫入韻之字或有譌脫，或經妄改，則其韻遂亡。有因字誤而失其韻者，有因字脫而失其韻者，有因字倒而失其韻者，有因句倒而失其韻者，有句倒而又移注文者，有錯簡而失其韻者，有改字而失其韻者，有改字以合韻而實非韻者，有改字以合韻而反失其韻者，有改字而失其韻又改注文者，有改字而失其韻又刪注文者，有加字而失其韻者，有句讀誤而又加字以失其韻者，有既誤且倒而失其韻者，有既誤且脫而失其韻者，有既誤且改而失其韻者，有既誤而又加字以失其韻者，有既脫而又加字以失其韻者。」（讀書雜誌卷九）

王氏僅僅根據韻腳來校正古書的錯誤，就得到校讐凡例十八條。如果不懂得聲韻學，又怎麼能够探求本源，校改錯誤呢！所以說我們要整理古書，承繼民族遺產，也需要聲韻學做爲工具。

我們現在研究聲韻學，除了讀古書以外，還有一個重要的目標，就是要瞭解漢語的歷史，尋找出漢語語音的內部發展規律，以及確立國語讀音的標準。我們要瞭解某種語言的現狀，只有從歷史上去研究，才能更清楚。聲韻學是漢語史上一個重要部門，我們想要更好地瞭解和掌握現代漢語的語音系統，就必須要學習聲韻學。因爲聲韻學能够告訴我們：現代漢語語音的各種現象是怎樣從古代漢語的語音系統發展出來的。比方「吸汲泣，接節絜，貼鐵帖，割閣葛」一類的字，現代南方許多方言讀起來跟國語都很不一樣，使得操這類方言的人學習國語的時候遭遇到許多困難。假如我們能從歷史上的發展來看，曉得了這些字怎樣從古代發展到現代的，明白了它們的演變規律，那就容易學習了。確立國語讀音的標準，也只有從歷史上找出根源，纔能得到滿意的答案。例如：「危險」的「危」跟「微風」的「微」，國語目前有陰平ㄨㄟ和陽平ㄨㄟˊ兩種讀音，「波浪」的「波」有不送氣的ㄅㄛ跟送氣的ㄆㄛ兩種讀法，到底那一種讀音合於標準呢？不能僅憑主觀和個人的習慣來決定，因爲你說這種讀音是對的，他說那種讀音是對的，誰也沒法說服別人。如果我們能够根據語音發展的規律，指出「危」、「微」應讀陽平聲ㄨㄟˊ，「波」應讀不送氣的ㄅㄛ，那才能令人信服，也才容易解決問題。所以能够掌握語音發展的規律，也是要借重於聲韻學這門學科的。

研究文學，聲韻學也是一大助手。劉勰的文心雕龍聲律篇說：「異音相從謂之和，同聲相應謂之韻。」所謂異音相從，就是不同聲母的字相迭爲用，這樣的文辭唸起來，才不會有佶屈聱牙的艱澀；同聲相應，就是相同韻母的字互相呼應。這樣的韻文讀起來才會覺得珠圓玉潤，鏗鏘悅耳。我國文學自齊梁以後，注重聲律，文尚駢麗，詩變律體，然其音節，不外乎同音相成的重疊與異音相接的錯綜，然後間以雙聲疊韻，協以對偶呼應，造成我國文學特有的格律。到了宋詞元曲，律度更嚴，辨聲則判陰陽，協韻則究開閉。凡此種種，如果沒有聲韻學的基礎，那是很難得其要竅的，所以說聲韻學也是研究文學的必備工具。

(三)怎麼樣學習聲韻學

聲韻學本身並不艱難，主要的要看是否得其方法，能得其方法則很容易學習，不得其法，則往往皓首窮年，終生還大惑不解，現將研究的方術，剖析於下：

1.審明音理

聲韻學既是研究字音之學，它就須要研究人類口齒所發的聲音，推廣到文字上來。所以它偏重在口耳相傳，因此首先要辨別聲韻，分析音素。因爲聲韻學既是研究人類口齒所發的音爲宗旨，就必須能夠辨識各種音素的發音部位與方法，在輔音上要明白清濁發送收等的異同，在元音上要識別高低前後洪細的差異，進而瞭解各種音素接合的條件以及彼此影響的變化。能如此就具備初步的基礎了。

2.知道變遷

地方有南北的不同，時間有古今的差異，聲音也不是一成不變的，它隨時隨地都在變遷，我們要瞭解它演變的條件，變遷的路線，絕不可固執不化，引一時一地之音作爲研究聲韻學的根本，以為不可變易。假如這樣，無疑是閉戶造車，出必不合於轍，也可斷言的了。

3. 尋求旁證

聲韻學既然是推求漢語語音歷史演變的規律，可是古人的語音既無法久留人間，又無留音的東西，把古人的聲音保留下來。那麼我們尋究之道，就是旁求證據。這可從漢語方言，古籍文字，域外譯音各方面求其線索，以資參證，能如此必能言之有物，而不流於虛妄。

4. 統一名詞

昔人研究聲韻學，因為沒有一定的標準，於是學者偶有所得就喜歡自己創立名詞，於是在名稱上有同名異實，或異名同實，弄得烏煙瘴氣，讓初學的人感到非常頭痛。甚至有些學者喜歡比傅，講平仄搞些鐘鼓木石來譬喻。說清濁引用天地陰陽來附會，弄得天昏地暗，鐘鼓亂鳴，不僅初學，內行人也感傷透腦筋，所以我們對於聲韻學上許多名稱，一定要整齊劃一，給它一個統一的名稱，正確的意義。這樣就可免得節外生枝，誤入歧途。

二、今音學概要

(一) 反切的方法

所謂今音學，就是以切韻、廣韻等韻書所代表的音韻系統而言，也就是所謂的中古音系。切韻一書現在殘缺不全，廣韻根據切韻加以增補，並無刊削，所以廣韻的音系基本上與切韻並無二致。只要把廣韻一書弄清楚了，聲韻之學也就思過半矣。廣韻一書兼賅古今南北的音，上可以追溯到周秦的古音，下可以窮究現代各地的方言與標準國語，它在聲韻學上的功用至爲宏大。那末，我們應該怎樣來研究廣韻呢？廣韻的音是拿反切來表現的，所以我們要瞭解廣韻，首先就得瞭解廣韻的反切，反切是用兩個字來拼一個字的音。我們可以把反切分爲兩部分，一部分我們稱它爲反切上字，另一部分稱它爲反切下字，反切上字跟它所拼的字，聲母相同，我們叫它做雙聲；反切下字跟它所拼的字，韻母相同，我們叫它做疊韻。現在舉一個例子來說明。例如：

同，徒紅切。

同字是由徒跟紅兩個字拼合而成，徒字的聲母ㄊ跟同字的聲母ㄊ相同，所以徒同就是雙聲字。也就是說同字以徒字做反切上字，就是取徒字的聲母ㄊ，所以反切上字跟它所拼切的字一定是同一個聲母。紅字就是反切下字，紅字的韻母ㄨㄥˊ跟同字的韻母ㄨㄥˊ相同，所以紅跟同就是疊韻字。也就是說同字以紅字做反切下字，就是取紅字的韻母ㄨㄥˊ，所以反切下字跟它所拼切的字，一定是同一個韻母，當然是同在一個韻裏頭。不過我們要記住，以徒紅兩字來拼切同字，我們只取反切上字徒的聲母ㄊ，徒的韻母ㄨˊ就要捨棄；反切下字紅也只取韻母ㄨㄥˊ，紅的聲母ㄏ也要捨棄。這樣才能正確地拼切出同字的音來。

(二) 系聯反切上字的條例

我們瞭解了廣韻反切的原則以後，進一步就要去歸納廣韻的反切上字，廣韻的反切上字大約有五百個左右，這五百多個反切上字，雜亂無章地分散在廣韻二〇六韻當中。所以我們應該首先把它們整理出個頭緒來，整理的方法，清代的學者陳澧在他的切韻考一書裏已經說得很明白了，我現在把它抄在下面。陳澧說：

「切語上字與所切之字雙聲，則切語上字同用者，互用者，遞用者聲必同類也。同用者如冬都宗切、當都郎切，同用都字也。互用者如當都郎切，都當孤切，都當二字互用也。遞用者如冬都宗切、都當孤切，冬字用都字，都字用當字也。今據此系聯之爲切語上字四十類。

廣韻同音之字不分兩切語，此必陸氏舊例也。其兩切語下字同類者，則上字必不同類，如紅戶公切，烘呼東切，公東韻同類、則戶呼聲不同類，今分析切語上字不同類者，據此定之也。切語上字旣系聯爲同類矣，然有實同類而不能系聯者，以切語上字兩兩互用故也。

如多得都當四字聲本同類，多得何切，得多則切，都當孤切，當都郎切，多與得，都與當兩兩互用，遂不能四字系聯矣。今考廣韻一字兩音者互注切語，其同一音之兩切語上二字聲必同類，如一東涷德紅切又都貢切，一送涷多貢切，都貢、多貢同一音，則都多二字實同一類也。今於切語上字不系聯而實同類者，據此以定之。」

(切韻考卷一)

以上三條就是陳澧最有名的系聯條例，第一條我們叫它爲「基本條例」，第二條爲「分析條例」，第三條爲「補充條例」。基本條例的作用在把散布廣韻各韻雜亂無章的反切上字歸納出一個頭緒來，分析條例在防止把不同類的反切上字誤歸爲一類，補充條例則當我們歸不攏來的時候，可以參考一些又音來歸類。瞭解方法以後，下面我們舉一個實例來說明：

補充條例系聯

端、多官切 ＞遞用
多、得何切 ＞互用
得、多則切

丁、當經切 ＞同用
都、當孤切 ＞互用
當、都郎切 ＞同用
多、都宗切

根據基本條例可以把以上七個反切上字歸納爲兩類，端多得三字自成一類，不能跟丁都當多四字系聯。根據分析條例，沒有同類的反切下字，則不能斷定反切上字非分兩類不可。根據補充條例，廣韻平聲一東韻有一個涷字德紅切又都貢切，這涷字又見於去聲一送韻多貢切又音東。東韻的又音都貢切，就是送韻的正音多貢切，所以都貢、多貢是同一音的兩切語，這兩個切語要同音，則都跟多的聲類必須相同。我們根據補充條例，就可以把端多得跟丁都當多系聯成一類了。把它們系聯爲一類以後，在同類字當中取一字以標聲類之目，就叫做聲母。例如我們取「端」字作爲這一類的標目，那末，這類字我們就稱它爲「端」母字了，「端」就是這類字的聲母。

(三) 熟練反切上字的方法

照理說我們每一個學習聲韻學的人都應該按照陳氏的條例去歸納廣韻的反切上字，但是這一步工作對初學的人來說太繁重了，那會減低學習興趣的，所以不必去作，好在陳澧已經把它系聯好了，我們只要知道那些字是一類就好了。對於反切上字不僅要知道那些字是一類，更要熟記那些反切上字屬於那些聲母？這種熟記，不是靠背誦而是靠練習。怎麼樣練習才能熟記得了呢？首先要依據廣韻從上平聲一東韻到入聲三十四乏韻，每一個「韻紐」跟反切都抄下來，所謂「韻紐」，就是廣韻每一個韻內小圈圈下的第一個字，也有人稱它爲「小韻」的。把韻字跟反切抄下來以後，就可以根據林尹先生的中國聲韻學通論後面所附的反切上字表，查出每一個反切上字所屬的聲母。這樣把二百零六韻每一個反切上字都查過之後，就自然可以熟記下來了。現在舉一東韻的反切爲例，說明如何抄反切？如何查聲母？

韻紐	切語	聲母
東	德紅	端
同	徒紅	定
中	陟弓	知
蟲	直弓	澄
終	職戎	照
忡	敕中	徹

崇	嵩	戎	弓	融	雄	瞢	穹	窮	馮	風	豐	充	隆	空	公	蒙	籠	洪
鋤弓	息弓	如融	居戎	以戎	羽弓	莫中	去宮	渠弓	房戎	方戎	敷隆	昌終	力中	苦紅	古紅	莫紅	盧紅	戶公
牀	心	日	見	喻	為	明	溪	羣	奉	非	敷	穿	來	溪	見	明	來	匣

叢	徂公	從
翁	烏紅	影
怱	倉紅	清
通	他紅	透
葼	子紅	精
蓬	薄紅	並
烘	呼東	曉
𡵓	五東	疑
檧	蘇公	心

練習的步驟，先要抄好韻紐跟切語，把二百零六韻所有的韻紐通統抄好以後，再查聲母，經過這樣查一遍以後，那一些切語上字屬於那類聲母，就自然滾瓜爛熟了。

(四)廣韻的四十一聲母

廣韻的反切上字可歸納爲四十一類，每一類取一個字來標目，就是四十一聲母。它是：

喉音：影曉匣喻爲。

牙音：見溪羣疑。

舌頭音：端透定泥。

舌上音：知徹澄娘。

齒頭音：精清從心邪。

正齒音：

近舌者：照穿神審禪。

近齒者：莊初牀疏。

重脣音：幫滂並明。

輕脣音：非敷奉微。

半舌音：來。

半齒音：日。

以上四十一聲母的標目，大多數是沿襲唐代釋守溫的三十六字母，只有「爲」、「莊」、「初」、「神」、「疏」五個聲母是守溫的三十六字母所沒有的。守溫的爲併於喻，莊併於照，初併於穿，神併於牀，疏併於審。它們的分合有如下表：

守溫三十六字母　廣韻四十一聲母

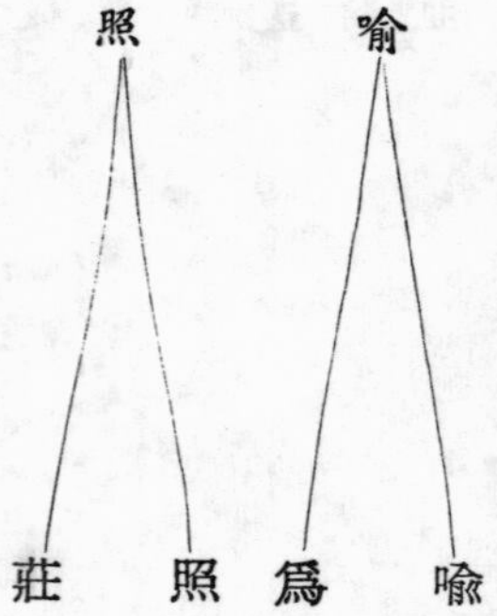

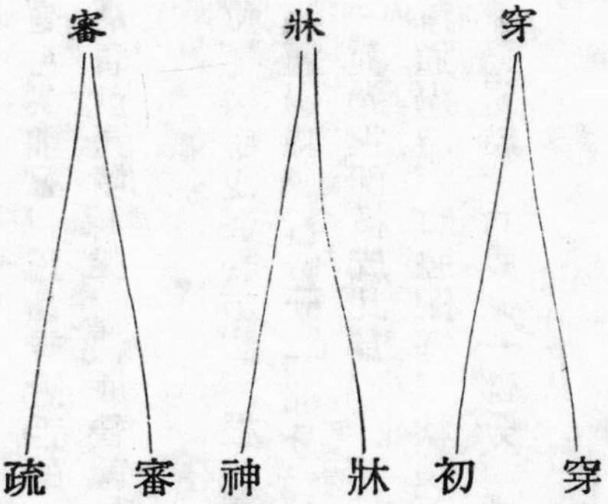

（五）聲母發音的部位和方法

喉、牙、舌、齒、脣是指聲母的發音部位，這些部位可以根據發音器官的不同而一一加以說明的。依照語音學理，我們可以把聲母分別爲以下的十二類：

1. 喉聲：是由聲帶的緊張，以節制外出的氣流構成。
2. 小舌聲：由舌根跟小舌接觸，以節制外出的氣流構成。
3. 舌根聲：以舌根跟軟顎接觸來節制外出的氣流構成。
4. 舌面中聲：以舌面後部跟硬顎接觸來節制外出的氣流構成。

5. 舌面前聲：由舌面前部跟硬顎接觸以節制外出的氣流構成。

6. 舌尖面混合聲：以舌尖跟舌面混合部分來跟硬顎上齒齦相交處接觸、節制外出的氣流構成。

7. 舌尖後聲：由舌尖翻抵上齒齦的後面來節制外出的氣流構成。

8. 舌尖中聲：由舌尖抵緊上齒齦來節制外出的氣流構成。

9. 舌尖前聲：由舌尖與上齒尖端接觸以節制外出的氣流構成。

10. 齒間聲：由舌尖的最前端，放在上下門齒之間，使氣流從舌齒中間的縫隙摩擦而出。

11. 脣齒聲：由上門齒跟下脣內緣接觸以節制外出的氣流構成。

12. 雙脣聲：由下脣跟上脣接觸，以節制外出的氣流構成。

四十一聲母的喉音就是上述的喉聲，牙音就是舌根聲，舌頭音就是舌尖中聲，舌上音是舌面前聲，齒頭音是舌尖前聲，正齒音近舌的一類是舌面前的塞擦聲跟擦聲，近齒的一類是舌尖面混合聲，重脣音就是雙脣聲，輕脣音就是脣齒聲，半舌音是舌尖中的邊聲，半齒音是舌面前的鼻塞擦聲。

講明了發音部位，再說說發音方法，根據語音學理，就發音方法來分析聲母可得六類：

1. 塞聲：當氣流通過時，口腔某一部分，一時完全阻塞，氣流待阻塞解除後，才能流出，這樣的一種過程卽構成此音。

2. 鼻聲：當氣流通過時，口腔閉塞，軟顎下垂，氣流由鼻腔流出，卽構成此音。

3. 擦聲：當氣流通過時，口腔某一部分，通道變得狹小，氣流從那裏擠出來，卽構成此音。

4.邊聲：當氣流通過時，口腔中間或一旁遭受阻塞，氣流從兩邊或另一旁流出，即構成此音。

5.顫聲：當氣流通過時，口腔中富有彈性之部分，起一極爲敏捷的顫動，即構成此音。

6.塞擦聲：塞聲在阻塞解除前，口腔中氣流用力從這一阻塞部位擠出，使這一塞聲變成同部位的擦聲，即構成此音。

在傳統的聲韻學上，有所謂「發聲」、「送氣」、「收聲」等名稱，實際上也就是指聲母的發聲方法。大致說來，所謂發聲，就是指不送氣的塞聲跟塞擦聲而言，送氣就是指送氣的塞聲跟塞擦聲而言，收聲就是指鼻聲邊聲等而言。

除了發送收等名稱外，又有所謂清濁也是指的聲母發音的方法。清聲就是聲帶不受摩擦而顫動，語音學上叫做不帶音（Voiceless），濁聲就是聲帶受摩擦而顫動，語音學上叫做帶音（Voiced）。這個道理也很容易理解的，我們甚至可以用手指頭按住喉節而感覺出來。例如我們發國語聲母「ㄕ」時，聲帶是不顫動的，所以「ㄕ」是清聲；發聲母「ㄖ」時，聲帶是顫動的，所以「ㄖ」是濁聲。用手指頭按住喉節，就可以覺察出這兩個聲母顫動跟不顫動的差異。不過廣韻的聲母不能用這種方法來試驗，因爲古代很多的濁聲母演變爲現代的國語都變作清聲去了。但如我們能夠把廣韻裏頭的反切上字都歸類清楚，則每一字的清濁也極易辨識。陳澧說：

「切語之法，以上字定清濁。不辨清濁，故不識切語，今以切語上字四十類，分別清聲二十一類，濁聲十九類。（按以四十一聲母計，濁聲當爲二十類）又於每類取平聲字爲

首，首一字清，則系聯一類皆清，首一字濁，則系聯一類皆濁，了然可知也。」（切韻考卷二）

從陳氏這段話，可以知道只要我們把四十一聲母的清濁辨別清楚了，則任何一個字的清濁都可由此推知了。

下面是一張四十一聲母的清濁跟發送收分配表：

發聲部位	清濁	發聲	送氣	收聲
喉	清	影（即喻之清）	曉（即匣之清）	
	濁	喻「爲」（即影之濁）	匣（即曉之濁）	
牙	清	見	溪（即羣之清）	（疑之清無字）
	濁	（見之濁無字）	羣（即溪之濁）	疑
舌頭	清	端	透（即定之清）	（泥之清無字）
	濁	（端之濁無字）	定（即透之濁）	泥
舌上	清	知	徹（即澄之清）	（娘之清無字）
	濁	（知之濁無字）	澄（即徹之濁）	娘

半舌		半齒		正齒（近于舌上者）		正齒（近于齒頭者）		齒頭		重脣	
清	濁	清	濁	清	濁	清	濁	清	濁	清	濁
				照	（照之濁無字）	「莊」	（莊之濁無字）	精	（精之濁無字）	幫	（幫之濁無字）
				穿審（卽神禪之清）	「神」禪（卽穿審之濁）	「初」「疏」（卽牀之清）	牀（卽初之濁）（疏之濁無字）	清心（卽從邪之清）	從邪（卽清心之濁）	滂（卽並之清）	並（卽滂之濁）
（來之清無字）	來	（日之清無字）	日							（明之清無字）	明

輕脣			
清	非	敷（即奉之清）	（微之清無字）
濁	（非之濁無字）	奉（即敷之濁）	微

從右表，我們可以知曉四十一聲母中，那一母是清，那一母是濁，他們的發聲、送氣、收聲的分配是怎樣的，都可了然清楚。能分辨四十一聲母的清濁跟發送收，則任何字音的清濁與發送收都可由此推知。例如：蟲，直弓切，我們經由反切上字的系聯歸類，知道「直」字屬澄母，澄在右表爲送氣濁聲，那末蟲字自然也是送氣濁聲了。

（六）系聯反切下字的條例

我們對聲母方面有此認識以後，再從廣韻的切語下字談談韻母的問題。要了解廣韻的切語下字仍舊要從陳澧的系聯條例著手。我們先把陳澧的系聯條例抄下來再說：

「切語下字與所切之字爲疊韻，則切語下字同用者，互用者，遞用者韻必同類也。同用者如東德紅切、公古紅切、同用紅字也。互用者如公古紅切，紅戶公切，紅公二字互用也。遞用者如東德紅切，紅戶公切，東字用紅字，紅字用公字也。今據此系聯之爲每韻一類二類三類四類。

廣韻同音之字，不分兩切語，此必陸氏舊例也。其兩切語上字同類者，下字必不同類，如公古紅切，弓居戎切，古居聲同類，則紅戎韻不同類，今分析每韻二類三類四類者，據此定之也。

切語下字旣系聯爲同類矣，然亦有實同類而不能系聯者，以其切語下字兩兩互用故也。如朱、俱、無、夫四字韻本同類，朱、章俱切，俱、舉朱切，無、武夫切，夫、甫無切，朱與俱，無與夫，兩兩互用，遂不能四字系聯矣。今考平上去入四韻相承者，每韻分類亦多相承，切語下字旣不系聯，而相承之韻又分類，乃據以定其分類，否則雖不系聯，實同類耳。」（切韻考卷一。）

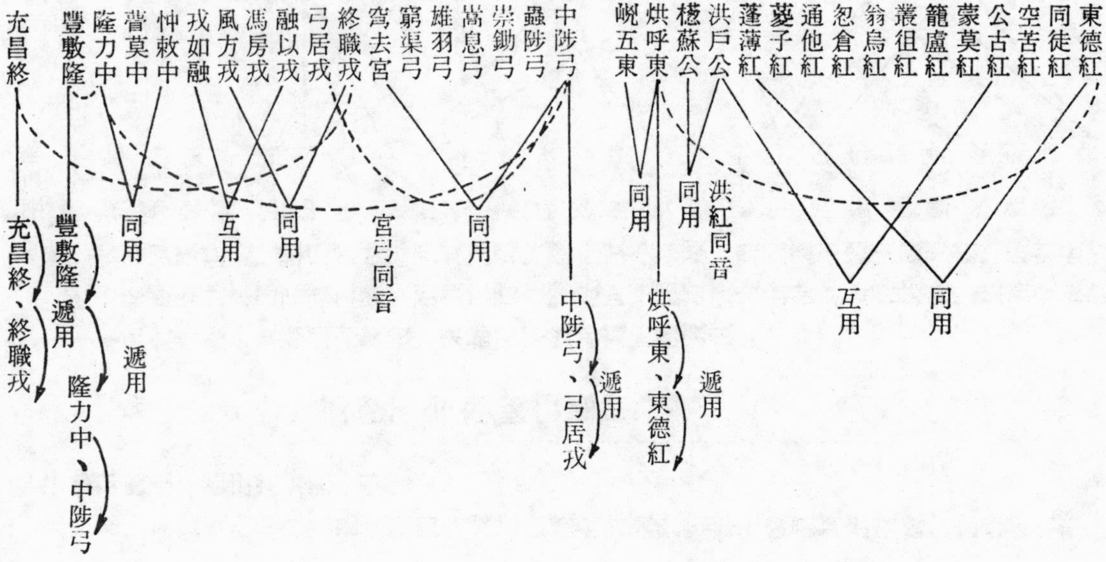

第一條我們仍稱它爲基本條例，第二條爲分析條例，第三條爲補充條例。它們的作用，一如反切上字的三個條例一樣。

（七）反切下字條例的運用

下面我們舉一東韻的字爲例，來說明這幾個條例的運用。

一東韻據此系聯可得二類，而此二類必須分別，因爲公古紅切，弓居戎切，根據分析條例，古居同屬見母，聲已同類，所以紅跟戎韻一定不同類。但假若系聯兩類之後，根據分析

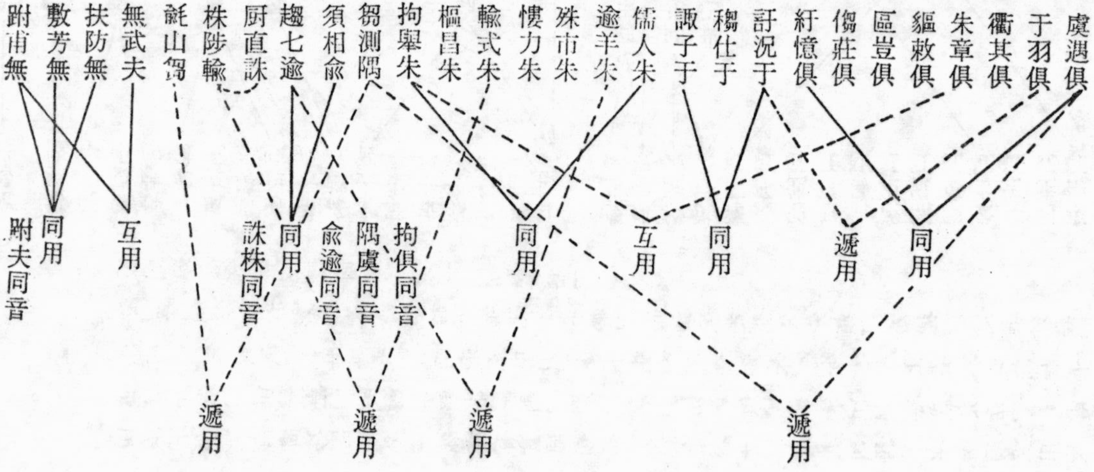

條例，找不出聲同類的例子，而這兩類之不能系聯，又恰好是兩兩互用的關係，那我們就可以運用補充條例來判斷是否同類了。茲舉虞韻爲例來說明：

因朱章俱切，拘（俱）舉朱切，無武夫切，跗（夫）甫無切，兩兩互用，於是朱俱跟無夫就不能系聯了。但朱俱一類跟無夫一類並沒有同聲母的，所以並不能斷定非分兩類不可。只有根據補充條例察看相承的上去兩韻系聯的情形而定，例如去聲遇韻就可系聯爲一類，則朱俱無夫也應合併爲一類。但此韻相承上聲的麌韻又因羽（雨）王矩切，矩俱雨切，主之庚切，庚以主切，矩雨、主庚兩兩互用而不系聯，那也不要緊。此韻府方矩切，則府矩韻同類，府之平聲爲跗；矩之平聲爲俱，則亦可證俱跗同類的。相反的，平聲朱章俱切，朱俱韻同類，朱的上聲爲主，俱的上聲爲矩，也可證主矩是同類的。反切雖不無缺點，但對初學的人來說，這還是瞭解廣韻的不二法門。

（八）開齊合撮四等呼

陳澧系聯廣韻的切語下字，每韻最多只得四類的緣故，就是因爲在收音的時候，有「開口」與「合口」的不同。開口與合口又各有「洪音」「細音」的區別，故只得四類。開口洪音爲「開口呼」，簡稱叫「開」，以其收音的時候，開口而呼之；開口細音爲「齊齒呼」，簡稱叫「齊」，以其收音的時候，齊齒而呼之；合口洪音爲「合口呼」，簡稱叫「合」，以其收音的時候，合口而呼之；合口細音爲「撮口呼」，簡稱叫「撮」，以其收音的時候，撮脣而呼之。這樣說起來，開合的區別，實在是由於收音聲勢的不同，所以也極容易分辨。潘耒說：

「初出於喉，平舌舒脣，謂之『開口』，擧舌對齒，聲在舌顎之間，謂之『齊齒』，斂脣而蓄之，聲滿頤輔之間，謂之『合口』，蹙脣而成聲，謂之『撮口』。」（類音）

錢玄同先生更以羅馬字母來加以說明，分析得更爲清楚。他說：

「今人用羅馬字母表中華音，于開口呼之字，但用子音母音字母拼切，齊合撮三呼，則用 i、u、ü 三母介於子音母音之間，以肖其發音時口齒之狀，與潘氏之說，適相符合。試以寒、桓、先韻中影紐字言之，則『安』爲開，拼作 an，『煙』爲齊，拼作 ian，『灣』爲合，拼作 uan，『淵』爲撮，拼作 üan，此其理至易明瞭，無待煩言者也。」（文字學音篇第二章）

從錢先生這段話已經可以十分清楚地看出，開齊合撮的區別，全以介音 i、u、ü 的有無爲定。抑又有言，介音的 ü 實在還是 i、u 音結合而成。因此我們可以說，開合的不同，是看有無 u 介音爲斷，有則爲合口，無則爲開口；洪細的區別，是看有無 i 介音爲準，有則爲細音，無則爲洪音。

(九) 陰陽入三聲

廣韻二百六韻中，有陰聲、陽聲、入聲三類。廣韻平聲（舉平以賅上去）的支、脂、之、微、魚、虞、模、齊、佳、皆、灰、咍、蕭、宵、肴、豪、歌、戈、麻、尤、侯、幽及去聲（此無平上聲相配的）祭、泰、夬、廢二十六韻，都是陰聲韻。平聲的東、冬、鍾、江、眞、諄、臻、文、欣、元、魂、痕、寒、桓、删、山、先、仙、陽、唐、庚、耕、清、青、蒸、登、侵、覃、談、鹽、添、咸、銜、嚴、凡共三十五韻，都是陽聲韻。與陽聲韻相承的屋、沃、燭、覺、質、術、櫛、物、迄、月、沒、曷、末、黠、鎋、屑、薛、藥、鐸、陌、麥、昔、錫、職、德、緝、合、盍、葉、怗、洽、狎、業、乏共三十四韻，都是入聲韻。所謂陰聲，就是收韻時不帶鼻音；所謂陽聲，則收韻時帶有鼻音。不過陽聲的帶鼻音又有三種不同：一爲舌根鼻音，一爲舌尖鼻音，一爲雙脣鼻音，在廣韻的陽聲韻中，收舌根鼻音ŋ的共有十二韻，就是東、冬、鍾、江、陽、唐、庚、耕、清、青、蒸、登各韻。收舌尖鼻音n的有十四個韻，就是眞、諄、臻、文、欣、元、魂、痕、寒、桓、删、山、先、仙諸韻。收雙脣鼻音m的共有九韻，就是侵、覃、談、鹽、添、咸、銜、嚴、凡等韻。陰聲、陽聲古人雖分別甚嚴，但卻沒有很清楚地說明它們之間的區別，也沒有適當的名稱來表示它。直到清代戴震才開始說明它們的區別。戴氏說：

「僕審其音，有入者，如氣之陽，如物之雄，如衣之表；無入者，如氣之陰，如物之雌，如衣之裏。」（答段若膺論韻書）

到戴震的學生孔廣森著詩聲類的時候，乃根據戴震的說法，於是定「如氣之陽，如物之雄，如衣之表」的那一類爲「陽聲」。定「如氣之陰，如物之雌，如衣之裏」的一類爲「陰聲」。陰聲、陽聲的名稱才開始正式確定。

至於入聲，乃是介於陰陽之間的，入聲有塞音韻尾，頗有類於陽聲。（凡陽聲收ŋ的，跟它相配的入聲，則收舌根塞音韻尾k；陽聲收n的，入聲收舌尖塞音韻尾t；陽聲收m的，入聲收雙脣塞音韻尾p。）但是入聲的音非常短促，聽覺上頗類於陰聲。所以說入聲是介於陰陽之間的。因爲入聲介於陰陽之間，所以可以兼承陰陽，而與二者皆可通轉。

（十）聲調與韻目的相配

韻有開、合、洪、細及陰、陽、入的區別，是屬於韻的原質問題；其有平、上、去、入的不同，那是韻的聲調問題。廣韻是有平、上、去、入四個聲調的，關於聲調，幾經討論，一般都傾向於漢以前不知有四聲，至齊、梁間才與起四聲，實際上四聲就是由於收音時留聲的長短而爲區別。古代的聲調只有平、入兩大類，平聲是比較舒揚的一類，入聲是比較短促的一類，它們就以舒揚與短促作爲留音長短的界限，後來讀平聲稍短就變作上聲，讀入聲音稍長就變作去聲，於是乃形成了平、上、去、入四個聲調。段玉裁說：

「古四聲之道有二無四，二者平入也。平稍揚之則爲上，入稍重之則爲去，故平上一類也，去入一類也，抑之、揚之、舒之、促之，順逆交遞而四聲成。古者創爲文字，因乎人之語言而爲之音讀，曰平上、曰去入、一陽一陰之謂道也。」（答江晉三段氏說明四聲的形成，道理已經很明白了，所以後來的學者像黃侃、王力基本上都採用了他的說法。古代聲調雖然只有兩大類，但廣韻確有四聲。廣韻二〇六韻中，是平、上、去、入四聲相承的。但今廣韻平聲五十七韻，上聲五十五韻，去聲六十韻，入聲三十四韻，所以參差不齊的緣故，那是因爲冬臻兩韻的上聲，因爲字少，分別附於鍾韻的上聲腫韻及欣韻的上聲隱韻去了，故缺少了兩韻，因此上聲就只有五十五個韻。去聲所以有六十韻的道理，是因爲多出了去聲特有的祭、泰、夬、廢四個韻，而臻韻的去聲僅有一個齔字附到上聲隱韻去了。廣韻的入聲專配陽聲，陽聲三十五韻而入聲只有三十四韻的道理，是因爲痕韻的入聲字數太少併入魂韻入聲沒韻中去了。

三、古音學概要

(一)研究古音的資料和方法

我們歸納前人研究古音的資料和方法，不外乎下列的幾項，現在列表說明於後：

資料	學例 屬於聲者	屬於韻者
古代韻文	連字如詩谷風「匍匐救之」匍匐並母雙聲；對字如無衣「安且燠兮」安燠影紐雙聲。	如詩關雎以「得」「服」「側」韻，終南以「梅」「止」「裘」「哉」韻。
經籍異文	詩實惟我「特」，韓詩作「直」，直特雙聲。詩「匍匐救之」檀弓引作「扶服」皆雙聲字	如易「箕子」之明夷，劉向曰今易作「荄茲」；書「哉」生魄，晉書作「才」。
、文形聲	如耏廼從而聲，仍從乃聲，菔從服聲。	如能從以聲，海從每聲，風從凡聲。
重文讀若	如紱或作鞴，周禮太卜注：「陟讀如王德翟人之德。」	如祀重文作禩，玖讀若芑。
音訓釋音	釋名負背也；渚遮也。	說文天顚也；尤異也。
古今方言	錢竹汀云今人呼鰒魚爲鮑魚，此方音之存古者。	章君云衡嶺之間呼子如宰，以之韻縱口呼之，此合於古韻者也。

(二) 古聲紐的研究

1. 錢大昕的研究：

在古聲紐方面研究而著有成績的，首應推清儒錢大昕氏，錢氏在古聲紐的研究上有兩項創見，都經後人同意可認爲定論的。他在十駕齋養新錄裏有兩篇文章，一爲古無輕脣音，他說：「凡輕脣之音，古讀皆爲重脣。」於是舉出詩「匍匐救之」檀弓引作「扶服」，家語引作「扶伏」，漢書天文志的「奢爲扶」，鄭讀爲「蟠」，說文引易「服牛乘馬」作「犕牛」，史記「南面倍依」卽「負扆」，水經注的「文水」卽「門水」——等例來加以證明。另一爲舌音類隔之說不可信，他的意思是說古無舌上音。他說：「古無舌頭、舌上之分，知、徹、澄三母以今音讀之，與照、穿、牀無別也，求之古音，則與端、透、定無異。」也舉出說文「沖讀若動」，周禮故書「中」爲「得」，周禮注「陟讀如王德翟人之德」，詩「陟其高山」，箋以「陟」爲「登」，詩「實爲我特」，韓詩作「直」，孟子「直不百步」、「直」訓爲「但」，論語「君子篤於親」，汗簡古文作「竺」，「身毒」卽「天竺」，「滮池」，卽「淲沱」……等例子來加以證明。錢氏這兩項創見，皆具獨慧，同爲不刊之說。

2.章炳麟的研究：

章炳麟在國故論衡裏有一篇文章，就是古音娘日二紐歸泥說，在這篇文章裏，他說：「古音有舌頭泥紐，其後支別，則舌上有娘紐，半舌半齒有日紐，于古皆泥紐也。」例證則有「湼」從「日」聲，而「湼而不緇」亦作「泥而不滓」，說文引傳「不義不䵒」，考工記弓人杜子春注引傳作「不義不昵」，釋名「入、內也。」白虎通「男、任也。」羊讀若能，然或作𦼮，而讀爲能，如轉爲奈……各例來加以證實，都是信而有徵的，所以論者以爲章氏此說可與錢大昕的兩項發明，先後輝映。

3.黃侃的研究

繼錢、章二人之後，在古聲紐研究方面有顯著成績的，就要推黃侃了。黃氏從廣韻以考究古音，他在古聲研究方面，曾說最得力於陳澧的切韻考。他說：

「番禺陳君著切韻考，據切語上字以定聲類，據切語下字以定韻類，於字母等子之說，有所辨明，足以補闕失，解拘攣，信乎今音之管籥，古音之津梁也。」（與人論治小學書）

於是他根據陳澧所考，證於錢、章二家的發明，加以他自己的心得，而確定古聲爲十九個聲紐。他說：

「今聲字母三十六，不合廣韻，今依陳澧說，附以己意，定爲四十一，古聲無舌上輕脣，錢大昕所證明，無半舌日及舌上娘，本師章氏所證明，定爲十九，侃之說也，前無所因，然基於陳澧之所考，始得有此。」（音略略例）

黃侃確定古聲爲十九紐，是得力於他對切韻一書的透徹了解，因爲切韻兼論「南北是非，古今通塞」，則其四十一聲紐中，自亦兼備古今，有正聲與變聲的不同。若非、敷、奉、微、知、徹、澄、娘、日各紐，乃經錢、章二人所考定確爲後世的變聲，不是古本聲。於是進而考察廣韻二百六韻，凡是沒有非、敷、奉、微、知、徹、澄、娘、日九紐的韻部或韻類，也一定沒有喻、爲、羣、照、穿、神、審、禪、邪、莊、初、牀、疏等十三紐，可見此十三紐與非等九紐是同一性質的聲紐，非等九紐既經考定爲變聲，則喻等十三紐自然也就是變聲，剩下的十九紐當然就是正聲了。現在把他的四十一紐正聲變聲表列後：

發音部位	正聲	變聲	
喉	影曉匣	喻爲	清濁相變
牙	見溪疑	羣	清濁相變
舌	端透定泥來	知徹澄娘 照穿神日 審禪	輕重相變
齒	精清從心	莊初牀疏 邪	輕重相變 心邪清濁相變
脣	幫滂並明	非敷奉微	輕重相變

黃侃所考定的正聲十九紐，是從整個古音系統的觀察而獲得的。至於後代的變聲二十二紐，古應歸屬正聲那些紐，他只作了一個粗略的說明，還來不及詳細地舉證，就與世長辭了。但經他舉證的，仍有下面幾類，極爲後人所推崇。分述於下：

(1)正齒音的照、穿、神、審、禪古聲歸舌頭音端、透、定：黃侃考定正齒音當中的照、穿、神、審、禪五紐近於舌音，爲舌頭音端、透、定的變聲。並舉出爾雅釋天「太歲在乙曰旃蒙。」史記曆書作「端蒙」，書禹貢「被孟豬」，左傳、爾雅作「孟諸」，史記夏本紀作「明都」；左傳「孟公綽」，「綽」或作「卓」；禮記「不充出於富貴」，「充」或作「統」。「它」或體爲「蛇」，「椎」長言「終葵」，「受」讀如「紂」，「奢」當爲「都」……等等的例來證明。

⑵正齒音的莊、初、牀、疏古聲歸齒頭音精、清、從、心：黃侃又考定正齒音當中的莊、初、牀、疏四紐近於齒音，爲齒頭音精、清、從、心的變聲，也舉出書舜典「黎民阻飢」，漢書食貨志作「祖飢」；書禹貢「滄浪之水」，史記夏本紀作「蒼浪」；詩小雅車攻「助我舉柴」，說文引作「訾」；詩大雅緜「予曰有疏附」，尚書大傳引作「胥附」……等例子來證明。黃侃的這兩條創見，證據確實，足跟錢、章兩家的說法並駕齊驅了。

4.曾運乾的研究

黃侃雖考知喻、爲二紐爲變聲，尚未及證明便遽歸道山。益陽曾運乾不但能證明爲、喻二紐爲變聲，更進一步考證出來這兩紐不是影紐的變聲，而原來各另有本聲，在他的喻紐古讀考一文考證得非常詳盡。他說：

「喻于（卽本篇的爲母）二母，本非影母的濁聲，于母古隸牙聲匣母，喻母古隸舌聲定母，部仵秩然，不相陵犯。」

於是舉出韓非子「自營爲私」，說文作「自環」；詩齊風「子之還兮」，漢書引作「營」；春秋「陳孔奐」，公羊作「孔瑗」；詩皇矣「無然畔援」，漢書作「畔換」，詩卷阿作「泮奐」，魏都賦作「叛換」；毛詩「方渙渙兮」說文引作「汍」，韓詩作「洹」……等例證明為母古隸牙聲匣母。又舉出易渙「匪夷所思」，「夷」荀本作「弟」，左傳「邢遷於夷儀」公羊作「陳儀」。詩四牡「周道倭遲」，韓詩作「威夷」；「斁」古「度」字，「惕」或作「悐」……等例證明喻母字古隸舌聲定母。曾運乾這一考定被羅常培推許為繼錢大昕後對古聲紐的考證，最具有貢獻的一篇文章。

5.錢玄同的研究：

錢玄同有古音無邪紐證一文，以為邪紐古歸定紐。像形聲字中「隋」聲有「隨」，「也」聲有「灺」，「延」聲有「涎」，「盾」聲有「循」……等例都是很好的說明。後來他的學生戴君仁先生復遵依師說，詳舉例證，而作古音無邪紐補證一文，條舉毛詩羔羊的「委蛇」韓詩作「褘隋」；左傳文公十六年傳「分為二隊」哀公十三年傳「伐吳為二隧」，「隊」即「隧」；禮記學記「術有序」鄭注「術當為遂」……諸例推闡錢說有據，非同妄說的。

6.陳新雄的研究：

筆者著古音學發微與音略證補二書，更全盤研究，以為黃侃所說「清濁相變」一類的說法，可靠性頗有問題。遂提出羣紐古歸匣紐的說法，像書微子「我其發出狂」史記便作「往」，水經泗水注云「狂黃聲相近」，孟子的「亥唐」，在抱朴子裏就寫成了「期唐」。根據這些證據認為羣、為、匣三紐在古音裏頭只是一個匣紐，後來因韻母的差異，遂分化成為匣、羣、為三個聲紐。

以上各家雖然或多或少，都對黃侃的古聲學說提出了部分修正，但對古聲十九紐都一致贊同。筆者更以我所擬測的古聲讀法與黃侃的古聲十九紐，列成對照表，遂錄在下面，以供參考。

黃侃 發聲部位	脣音	舌音	齒音	牙音	喉音	
古聲名稱	幫滂並明	端透定泥來	精清從心	見溪疑	曉匣	影
今定 今定古聲	p p' b' m	t t' d' n l	ts ts' dz' s	k k' ŋ	x ɣ	ʔ
發聲部位	雙脣音	舌尖音	舌尖前音	舌根音		喉音

(三) 古韻部的研究

自宋吳棫著韻補一書，開創古音的研究以來，多數學者都在韻方面打轉，因此韻的義例，更爲顯明。宋鄭庠著詩古音辨分古韻爲東、支、魚、眞、蕭、侵六部，實開古韻分部的先河，然專就唐韻求其合，而不知析唐韻以求其分，故多未當。使古韻分部走上有條理的研究，還是從清儒開始的。茲分述列於次：

1. 顧炎武的研究：

顧炎武著音學五書分古韻爲十部，他所以分畫成十部，不僅歸納先秦有韻之文而得，更能從唐韻的離析分合上而得古音的眞象，實爲研究古韻的一大發明。今把顧炎武古韻十部跟唐韻各韻對應的關係列於後：

(1)東、冬、鍾、江第一。(舉平以晐上去後倣此。)

(2)支、脂、之、微、齊、佳、皆、灰、咍第二。去聲祭、泰、夬、廢。入聲質、術、櫛、昔之半，職、物、迄、屑、薛、錫之半，月、沒、曷、末、黠、鎋、麥之半，德、屋之半。

⑶魚、虞、模、侯第三。入聲屋之半，沃之半，燭、覺之半、藥之半，鐸之半，陌、麥之半，昔之半。

⑷眞、諄、臻、文、殷、元、魂、痕、寒、桓、刪、山、先、仙第四。

⑸蕭、宵、肴、豪、幽第五。入聲屋之半，沃之半，覺之半，藥之半，鐸之半，錫之半。

⑹歌、戈、麻第六。

⑺陽、唐、庚之半第七。

⑻耕、清、青、庚之半第八。

⑼蒸、登第九。

⑽侵、覃、談、鹽、添、咸、銜、嚴、凡第十。入聲緝、合、盍、葉、怗、洽、狎、業、乏。

顧炎武除在古韻分部方面，有他的創見外，在研究古韻的方法上，也還有兩項貢獻，爲後人所樂於稱道的，那就是：⑴離析唐韻以求古音的分合。⑵變易唐韻入聲的分配。

2.江永的研究：

江永著古韻標準一書，分古韻爲十三部，他的分部大致是依據顧炎武來的，但他卻比顧氏多了三部。第一、他把顧炎武的第四部分爲眞、元二部，以眞、諄、臻、文、殷、魂、痕及先之半爲眞部，又以元、寒、桓、刪、山及先之另半爲元部；第二、江永把顧炎武的第十部分作侵談兩部，以侵韻、覃之半，鹽之半爲侵部，又以談、添、嚴、咸、銜、凡及覃、鹽二韻之半爲談部；第三、他從顧炎武第三部分出侯韻，第五部分出尤幽兩韻，然後把尤侯幽合成爲尤部。比起顧炎武來，他就多出了元、談、尤三部，這三部之分，他不僅純粹依據客觀的材料，也有些是憑藉他審音的精到。

3.段玉裁的研究：

段玉裁著六書音韻表分古韻爲十七部。古韻分部到了他的手裏，可以說是規模已立。又因爲他的六書音韻表是附在說文解字注的後面，對於初學的人，最爲有用。先錄他的六類十七部於後：

第一類：

(1)第一部：之、咍、職、德。

第二類：

(2)第二部：蕭、宵、肴、豪。

(3)第三部：尤、幽、屋、沃、燭、覺。

(4)第四部：侯。

(5)第五部：魚、虞、模、藥、鐸。

第三類：

(6)第六部：蒸、登。

(7)第七部：侵、鹽、添、緝、葉、怗。

(8)第八部：覃、談、咸、銜、嚴、凡、合、盍、洽、狎、業、乏。

第四類：

⑼第九部：東、冬、鍾、江。

⑽第十部：陽、唐。

⑾第十一部：庚、耕、清、青。

第五類：

⑿第十二部：眞、臻、先、質、櫛、屑。

⒀第十三部：諄、文、欣、魂、痕。

⒁第十四部：元、寒、桓、刪、山、仙。

第六類：

⒂第十五部：脂、微、齊、皆、灰、祭、泰、夬、廢、術、物、迄、月、沒、曷、末、黠、鎋、薛。

⒃第十六部：支、佳、陌、麥、昔、錫。

⒄第十部：歌、戈、麻。

段玉裁的十七部，所以比江永多出四部的原因，首先就是他樂於稱道的支、脂、之分爲三部。他說：

「五支、六脂、七之三韻，自唐人功令同用，鮮有知其當分者矣。今試取詩經韻表第一部、第十五部、第十六部觀之，其分用乃截然。且自三百篇外，凡羣經有韻之文，及楚騷、諸子、秦、漢、六朝詞章所用，皆分別謹嚴，隨舉一章數句，無不可證。或有二韻連用而不辨爲分用者，如詩相鼠二章齒、止、俟第一部也；三章體、禮、死第十五部也。魚麗二章鱧、旨第十五部也；三章鯉、有第一部也。板五章懠、毗、迷、尸、屎、葵、資、師第十五部也；六章篪、圭、攜第十六部也。孟子引齊人言，雖有智慧二句，第十五部也；雖有鎡基二句，第一部也。屈原賦寧與騏驥抗軛二句，第十六部也；寧與黃鵠比翼二句，第一部也。……三部自唐以前分別最嚴，蓋如眞、文與庚；青與侵，稍知韻理者，皆知其不合用也。」（六書音韻表一）

另外則眞、諄分爲二部，也是他的獨見。他說：

「江氏考三百篇，辨元、寒、桓、刪、山、仙獨爲一部矣。而眞、臻一部與諄文欣魂痕一部分用，尚有未審，讀詩經韻表而後見古韻分別之嚴，唐、虞時『明明上天，爛然星陳，日月光華，宏予一人。』第十二部也；『南風之薰兮，可以解吾民之慍兮。』第十三部也；『卿雲爛兮，糺縵縵兮；日月光華，旦復旦兮。』第十四部也。三部之分，不始於三百篇矣。」（六書音韻表一）

再次，便是把侯部從江永的尤部獨立出來。他說：

「載馳之驅，侯不連下文悠、漕、憂爲一韻；山有蓲之蓲、楡、婁、驅、愉不連下章栲、杻、埽、考、保爲一韻；南山有臺之枸、楰、耇、後不連上章栲、杻、壽、

茂爲一韻；左氏傳專之渝，攘公之羭，不與下文猶、臭爲一韻；此第四部之別於第三部也。」（六書音韻表一）

段玉裁分別脂之與支，諄與眞，侯與尤，實在是古韻學上一大發明，因爲這幾部後世讀音都非常相近，如果不是考古之精，實在很難察覺的。難怪乎江有誥要發出「雖古人復起，無以易矣。」的讚歎了。

4. 戴震的研究：

戴震著聲類表分古韻爲九類二十五部，他所以比段玉裁多了八部的原因，就是把入聲九部完全獨立，他把入聲全部獨立的原因，是受了他審音知識的影響。他認爲古韻分部應該純就古代韻母系統着眼，而不完全依靠古人用韻作標準，因此乃大膽的把入聲都獨立起來了。他的九類二十五部如下：每部下附注段氏古韻分部，以資參照。

第一類：(1)阿段十七部 (2)烏段五部 (3)堊段五部入聲
第二類：(4)膺段六部 (5)噫段一部 (6)億段一部入聲
第三類：(7)翁段九部 (8)謳段三、四部 (9)屋段三部入聲
第四類：(10)央段十部 (11)夭段二部 (12)約段三部入聲
第五類：(13)嬰段十一部 (14)娃段十六部 (15)戹段十六部入聲
第六類：(16)殷段十二、十三部 (17)衣段十五部 (18)乙段十二、十五部入聲
第七類：(19)安段十四部 (20)靄段十五部 (21)遏段十五部入聲
第八類：(22)音段七部 (23)邑段七部入聲

第九類：(24)醃段八部 (25)諜段八部入聲

戴震最大的特點就是把陰、陽、入三分，使入聲各部從陰聲韻部獨立起來。除此以外，戴震的創見就只有靄部的獨立還算是改進段玉裁的地方。但是仍舊不够精密，因爲縱使在陰陽入三分的情況下，也只能將靄(即廣韻祭、泰、夬、廢)遏(即廣韻月、曷、末、黠、鎋、薛)二部合爲一部，不宜分成兩部。因此嚴格說來，戴氏除將入聲獨立確爲有功外，其他各部則似密而實疎，他不肯接受段玉裁的尤、侯分部及眞、諄分部的結果，也是太自信他審音能力的疎漏。

5. 孔廣森的研究：

孔廣森著詩聲類分古韻爲十八部，他最大的特點就是東、冬分爲二部。他自已說：「東、冬之分爲二，……廣森自率臆見，前無所因。」(詩聲類卷四)孔廣森的東、冬分部連古音學大家段玉裁也稱揚不已。段氏說：

「檢討擧東聲、同聲、丰聲、充聲、公聲、工聲、冢聲、怱聲、从聲、龍聲、容聲、用聲、封聲、凶聲、邕聲、共聲、送聲、雙聲、尨聲爲一類，今一東、三鍾、四江是也。冬聲、衆聲、宗聲、中聲、蟲聲、戎聲、宮聲、農聲、降聲、宋聲爲一類，今之二冬是也。核之三百篇、羣經、楚辭、太玄無不合。」(答江晉三論韻書)

一般人多以爲孔廣森的十八部，就是段玉裁的十七部再加冬部獨立而已，其實這是一種誤解。因爲他的十八部除增多冬部以外，也還有跟段玉裁相異的地方。那就是段氏十二、十三兩部，孔氏合爲辰部，段氏七、八兩部的入聲孔氏併成爲一個合部。這才是段、孔兩家分部的區別。

此外孔氏在古音學上又有陰陽對轉的說法，實在也是發前人所未發，是很有創見的。他說：

「本韻分爲十八……曰元之屬、耕之屬、眞之屬、陽之屬、東之屬、冬之屬、侵之屬、蒸之屬、談之屬是爲陽聲者九；曰歌之屬、支之屬、脂之屬、魚之屬、侯之屬、幽之屬、宵之屬、之之屬、合之屬，是爲陰聲者九。此九部者，各以陰陽相配而可以對轉。」（詩聲類自序）

錢玄同先生曾說：「音之轉變，失其本有者，加其本無者，原是常有之事，如是則對轉之說，當然可以成立。」（文字學音篇）孔廣森能注意到這一點，實在是難能可貴。而且他所定的對轉各部，像蒸之對轉、耕支對轉、東侯對轉、陽魚對轉、眞脂對轉、元歌對轉等都是非常合於音理的，這就不能不推崇他考證的精切了。

6.王念孫的研究

王念孫著古韻譜分古韻爲二十一部。他的貢獻有以下幾點：⑴他把段玉裁十二部的入聲質、櫛、屑諸韻及廣韻去聲至、霽一部分的字合併成至部。⑵他把段玉裁十五部中的祭、泰、夬、廢及入聲的月、曷、末、黠、鎋、薛諸韻獨立爲祭部。⑶他把段玉裁第七部的入聲獨立爲緝部。⑷把段氏第八部的入聲獨立爲盍部。⑸他又把屋、沃、燭、覺四韻當中从屋、从谷、从木、从卜、从族、从鹿、从賣、从業、从彔、从束、从辱、从豕、从曲、从玉、从蜀、从足、从局、从岳、从肯得聲之字，改爲侯部的入聲。

7.江有誥的研究

江有誥著音學十書也分古韻爲廿一部，他的見解跟王念孫頗爲相近。他的創見是：⑴把祭部獨立。他說：「段氏以去祭、泰、夬、廢，入之月、曷、末、鎋、薛附於脂部，愚考周、秦之文，此九韻必是獨用。」（古韻凡例）⑵緝部跟葉部獨立。他說：「昔人以緝、合九韻分配侵、覃，愚遍考古人有韻之文，唐韻之偏旁諧聲，而知其無平上去，故別分緝、合之及洽半爲一部，盍、葉、怗、狎、業、乏及洽之半爲一部。」（古韻凡例）以上祭、緝、葉三部之分，是他的見解跟王念孫相同的。⑶他另取孔廣森東、多分部的道理，把孔氏的多部改稱爲中部，故總數也是廿一部。

後來他的朋友夏炘著詩古韻表二十二部集說，就是以他的二十一部作基礎，再加上王念孫的至部，就成了爲人所宗尚的二十二部了。這二十二部是清儒研究古韻的總結果，爲顧炎武、江有誥以下諸儒心血的結晶，比較注重考古及材料的歸納，不容以後說私見參雜其間。

8.章炳麟的研究

章炳麟著國故論衡跟文始二書，分古韻爲二十三部。用同樣的方法，研究同樣的材料，而能跳出清儒的範圍，在古韻分部上有新創見的人，就是餘杭章先生了。他以爲王念孫脂部的去入聲字，詩經多獨用，不跟平上聲通用，於是乃據以別出隊部。他說：

「脂隊二部同居而旁轉，舊不別出，今尋隊與術、物諸韻，視脂、微、齊平上不同。其相轉者，如彖從豕聲，渠魁之字借爲顝，突出之字借爲𠂤頧是也。」（國故論

衡小學略說）

據此則隊部別出，實章氏的卓見，合前人所分，共得古韻二十三部。茲錄其二十三部韻目如左：

陽聲	陰聲
寒	歌、泰
諄	隊、脂
眞	至
青	支
陽	魚
東	侯
侵、冬、緝	幽
蒸	之
談、盍	宵

上表上一列爲陽聲，下一列爲陰聲，凡陰陽相對的韻部可以對轉，數部同居的則同一對轉。他又據此二十三部而作成均圖，以爲說明文字轉注假借及其孳乳之由。茲錄其成均圖於左方：

成均圖

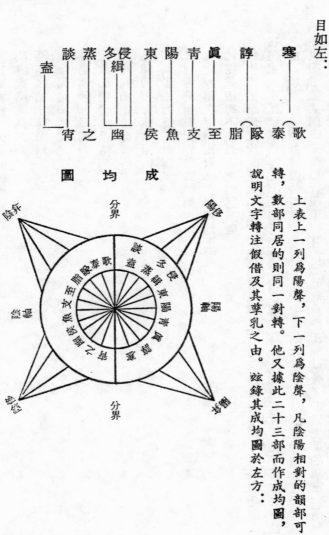

他自定對轉、旁轉的條例如下：

陰弇與陰弇爲同列。

陽弇與陽弇爲同列。

陰侈與陰侈爲同列。

陽侈與陽侈爲同列。

凡數部同居爲近轉。

凡同列相比爲近旁轉。

凡同列相近爲次旁轉。

凡陰陽相對爲正對轉。

凡自旁轉而成對轉爲次對轉。

凡近旁轉次旁轉正對轉次對轉爲正聲。

凡雙聲相轉不在五轉之例爲變聲。

世人每於章氏成均圖深表不滿，以爲他這個圖是無所不通無所不轉，近於取巧的方法。其實這都是不了解章氏作此圖的用意而產生的誤解。章氏此圖僅在說明文字轉注假借及其孳乳之由，以及古籍例外押韻的現象，並沒有泯滅古韻的大界。所以作這樣的一種安排，只不過在說明古韻某部與某部相近罷了。且古韻分部自段玉裁以後，無論怎樣的縝密，而例外押韻的情形，仍是在所不免。在前人或叫做合韻，或稱爲通韻，又或叫借韻。章氏整齊百家，一之以對轉旁轉二名，所以使名號一統而使後學易於了解，爲圖以表明之，則所以省記識之繁而已，世人不明此理，妄加指斥，實在是率爾操觚未加深思的。

因爲對轉、旁轉的道理，實聲韻學史上常見的事實。就現象說：所謂對轉，乃指陰聲韻部與陽聲韻部之間，有例外押韻或諧聲的事實；所謂旁轉，就是陰聲韻部與陰聲韻部之間、或陽聲韻部與陽聲韻部之間，有互相押韻或諧聲的現象。就音理說：對轉是陰聲加收鼻音而成陽聲，或陽聲失落鼻音而成陰聲。旁轉是某一陰聲或陽聲韻部因舌位高低前後的變化，成爲另一陰聲或陽聲韻部。這些變化都是非常可能而合理的。胡以魯說：

「方音者起於空間的社會心理與夫時間的社會心理之差，蓋自然之勢也。保持之特質，與自然趨勢相衝擊，折衷調和之，乃發近似之音聲。近似者，加之鼻音（謂之對轉者此），別之弇侈（謂之旁轉者此）也，弇侈之別，口腔大小之差耳，訛傳固甚易易，而鼻音亦其相近者也。」（國語學草創）

胡氏這段話拿來解釋對轉旁轉所以形成的道理，已經很明白了。所以胡氏又說：「對轉、旁轉者，音聲學理所應有，方音趨勢所必至也。」有了章炳麟的成均圖，對於古韻諸部的音轉，也就可以執簡馭繁了。

9.黃侃的古韻研究

黃侃著音略，分古韻爲廿八部。黃氏承繼顧、江以下諸人及餘杭章氏研究的結果，考古與審音兩方面都兼顧到了。他的古韻分部，實際上是以餘杭章氏的廿三部爲基礎，並采用戴震陰、陽、入三分的學說，故所得結果，最爲圓滿，可以說是集古韻研究大成之作了。黃侃曾說：

「古韻部類自唐以前未嘗昧也。唐以後始漸茫然。宋鄭庠肇分古韻為六部，得其通轉之大界，而古韻究不若是之疏，爰逮清朝，顧、江、戴、段諸人畢世勤劬，各有啓悟，而戴君所得獨優，本師章氏論古韻廿三部，最為瞭然，余復益以戴君所明，成為二十八部。」（音略）

如前面說過的，戴震在古韻分部上的主要貢獻，就是陰、陽、入三分。黃侃既主戴氏之說，所以他把入聲韻部都獨立了。下面是他的古韻廿八部：

陰聲部	入聲部	陽聲部
	屑	先
灰	沒	魂痕
歌戈	曷末	寒桓
齊	錫	青
模	鐸	唐
侯	屋	東
蕭		
豪	沃	多
咍	德	登
	合	覃
	怗	添

這廿八部，都是前有所承的，黃氏並說明他的廿八部之根源。他說：

「今定古韻陰聲八、陽聲十、入聲十，凡二十八部，其所本如左：

歌（顧炎武所立）灰（段玉裁所立）齊（鄭庠所立）模（鄭所立）侯（段所立）蕭（江永所立）豪（鄭所立）咍（段所立）寒（江所立）痕（段所立）先（鄭所立）青（顧所立）唐（顧所立）東（鄭所立）冬（孔廣森所立）登（顧所立）覃（鄭所立）添（江所立）曷（王念孫所立）沒（章氏所立）屑（戴震所立）錫（戴所立）鐸（戴所立）屋（戴所立）沃（戴所立）德（戴所立）合（戴所立）怗（戴所立）

此廿八部之立，皆本昔人，曾未以臆見加入，至於本音讀法，自鄭氏以降，或多未知，故二十八之名，由鄙生所定也。」（音略）

他的廿八部，不僅是前有所承，即考之於廣韻亦有所據。因爲「廣韻所包，兼有古今方國之音，非並時同地得聲勢二百六種也。」廣韻既包含有古今方國之音，那末，古音自在其間。所以黃氏說：

「古本音即在廣韻二百六韻中，廣韻所收，乃包舉周、漢至陳、隋之音，非別有所謂古本音也，凡捨廣韻而別求古音皆妄也。」（劉賾聲韻學表解引）

廣韻既包含有周、漢古音，自可即廣韻而求得古本音。黃氏自廣韻而求古本音之法，大致是這樣的：他根據陳澧切韻考所定之廣韻四十聲類，更進而考得影、曉、匣、見、溪、疑、端、透、定、泥、來、精、清、從、心、幫、滂、並、明等十九紐爲正聲，其他各紐爲變聲。（參見古聲紐的研究節）更立一聲經韻緯表，察廣韻二百六韻之聲紐，凡僅有此正聲十九紐而無變聲之韻或韻類，即爲古本韻，其有變聲者，因本聲爲變聲所挾而變，則爲變韻。黃氏據此而考得廣韻二百六韻中僅有正聲而無變聲之韻共得三十二韻（舉平入以晐上去）。此三十二韻中，魂痕、寒桓、歌戈、曷末八韻互爲開合，併其開合，則恰爲二十八部。適與顧、江、戴、段諸人以及章氏所析，若合符節，此其所以爲籠罩百代，戛然獨造，論韻及此，實已如日在中天，皦然大白了。故錢玄同稱揚之爲「其說之不可易」（文字學音篇）。又因廣韻二百六韻中，此二十八部原爲古本韻，黃氏旣從廣韻中求得古本韻之韻，卽以古本韻之韻目爲題識，錢玄同說：

「此古本韻韻目三十二字，實爲陸法言所定之古韻標目，今遵用之，正其宜也。」

自黃先生古本韻廿八部之說出，後世多有非難之者，其實後人所持非難的理由，都從片面立說，實絲毫無損黃氏立說之精確。在我的古音學發微一書裏，已有很詳細地辨白，此處不擬多說，讀者可自行參看，就可了然了。

黃氏晚年又著談添盍怗分四部說一文，又察及廣韻的談、敢、闞、盍四韻的切語，也只具有古本聲十九紐，不雜變聲的韻。故主張談、盍兩部，也應從他的二十八部當中的添怗二韻分出來。從文字諧聲上看來，這兩部的獨立也是有必要的。大體說來，黃氏所分的談部，是以談、銜兩韻的字爲主，另收鹽、嚴兩韻一部分字；黃氏的添部，是以添、咸二韻的字爲主，再加鹽、嚴兩韻另一部分字。盍部則以盍、狎爲主，另收葉、業一部分字；怗部以怗、洽二韻的字爲主，另加葉、業其他部分的字。這是四部分別的界線，如此說來，則黃氏晚年主張把古韻分爲三十部的。

我著古音學發微，又基於黃侃古韻三十部的基礎上，兼採姚文田的匊部，王力的微部，而分古韻爲三十二部。姚文田的匊部，事實上只要把黃氏蕭部的入聲字分出來就是了。現在我們稱它爲覺部。王力的微部，是把黃氏的灰部，別作脂、微兩部，王氏的脂部以廣韻的齊韻字爲主，別收脂皆兩韻開口字組成，王氏的微部，以廣韻微、灰兩韻的字爲主，另加脂、皆兩韻的合口字組成。這種分析，在諧聲的分配上，是有充足理由的。茲將我所定的三十二部與前說各家的古韻分部，列一對照表於後，以明其分合而便於查考：

鄭庠	六部	東一					支二							
顧炎武	十部	東一		陽七	耕八	蒸九	支二							
江永	十三部	東一		陽八	庚九	蒸十	支二							
段玉裁	十七部	東九		陽十	庚十一	蒸六	支十六		脂十五			併于眞		
戴震	二十五部	翁七		央十	嬰十三	膺四	娃十四	○十五	衣十七			乙十八	靄二十	遏二十一
孔廣森	十八部	東五	冬六	陽四	丁二	蒸八	支十一		脂十二					
王念孫	廿一部	東一		陽五	耕六	蒸二	支十一		脂十三			至十二	祭十四	
江有誥	廿一部	東十五	中十六	陽十四	庚十三	蒸十七	支七		脂八				祭九	
章君	廿三部	東十四	冬十六	陽二	青四	蒸十二	支三		脂八		隊七	至五	泰十一	
黃君	三十部	東十八	冬二一	唐十四	青十一	登二四	齊九	錫十	灰四		沒三	屑一	曷末六	
今定	三十二部	東十八	冬二三	陽十五	耕十二	蒸二六	支十	錫十一	脂四	微七	沒八	質五		月二

		魚三			眞四			蕭五						侵六		
		魚三		歌六	眞四			蕭五				併于魚		侵十		
		魚三		歌七	眞四		元五	蕭六		尤十一				侵十二		覃十三
之一		魚五		歌十七	眞十二	諄十三	元十四	蕭二	併于尤	尤三		侯四	併于尤	侵七		覃八
噫五	億六	烏二	堊三	阿一	殷十六		定十九	夭十一	約十二	謳八			屋九	音二二	邑二三	醃二四
之十七		魚十三		歌十	辰三		原一	宵十六		幽十五		侯十四		綅七	合十八	談九
之十七		魚十八		歌十	眞七	諄八	元九	宵二一		幽二十		侯十九		侵三	緝十六	談四
之一		魚五		歌六	眞十二	文十一	元十	宵三		幽二		侯四		侵十八	緝二一	談十九
之十九		魚一		歌十	眞六	諄九	寒十二	宵二一		幽十五		侯十三		侵十七	緝十八	談二二
哈二二	德二三	模十二	鐸十三	歌戈七	先二	魂痕五	寒桓八	豪十九	沃二十	蕭十六		侯十五	屋十七	覃二六	合二五	添二八
之二四	職二五	魚十三	鐸十四	歌一	眞六	諄九	元三	宵十九	藥二十	幽二一	覺二三	侯十六	屋十七	侵二八	緝二七	添三十

至於三十二部古韻的讀法，經重加考定，有如後表所示：

	諜二五	
	併于合	
	盇十五	
	葉二十	
	盇二三	
盇二九	帖二七	談三十
盇三一	帖二九	談三二

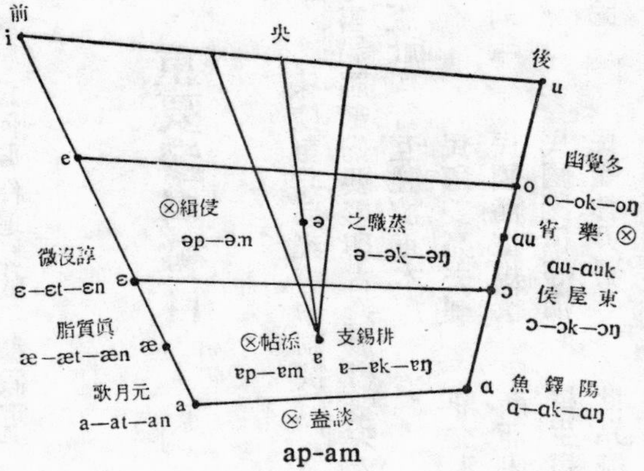

這三十二部音讀，爲何要作這樣的一種假定，則拙著古音學發微已詳加討論過了，這裏就不遑細說了。

四、重要參考書目

大宋重修廣韻　宋陳彭年邱雍等奉勑撰　商務印書館四部叢刊影印古逸叢書本　中華書局四部備要影印古逸叢書覆宋本　藝文印書館影印張士俊澤存堂本　聯貫出版社印行互註校正本

瀛涯敦煌韻輯　民國姜亮夫撰　鼎文書局民國六十一年九月初版

瀛涯敦煌韻輯新編　民國潘重規撰　新亞研究所民國六十一年十一月初版

十韻彙編　民國劉復等編　學生書局民國五十七年九月再版

中國聲韻學通論　民國林尹著　世界書局民國五十年九月初版

漢語音韻學　民國董同龢著　廣文書局民國五十七年九月初版

音略證補　民國陳新雄著　文史哲出版社民國六十年五月景印初版

古音學發微　民國陳新雄著　文史哲出版社民國六十四年十二月再版

語言學大綱　民國董同龢撰　中華叢書編審委員會民國五十三年五月印行

中國聲韻學大綱　民國謝雲飛撰　蘭臺書局民國六十年十二月初版

中國音韻學研究　瑞典高本漢（B. Karlgren）原著　民國趙元任羅常培李方桂合譯

商務印書館民國二十九年九月初版　民國五十一年六月臺一版

文字學音篇　民國錢玄同著　學生書局民國五十三年七月臺初版

聲韻學表解　民國劉賾撰　商務印書館民國二十一年初版　菁華文化傳播公司影印

中國聲韻學　民國姜亮夫著　世界書局民國二十年初版

音韻學通論　民國馬宗霍著　商務印書館民國十九年初版　泰順書局六十一年三月臺初版

中國聲韻學概要　民國張世祿撰　商務印書館民國十九年四月初版　民國五十二年四月臺一版

聲韻學大綱　民國葉光球著　正中書局民國二十五年二月初版　四十八年八月臺一版

中國音韻學　民國王力著　商務印書館民國二十五年初版　按此書大陸淪陷後改名漢語音韻學，香港龍門書局曾據影印。泰順書局影印出版時復改名中華音韻學

中國音韻學史　民國張世祿著　商務印書館民國五十四年十一月臺一版

廣韻研究　民國張世祿著　商務印書館民國二十二年二月初版

漢語音韻學導論　民國羅常培著　香港太平書局一九七〇年三月版

漢語史稿　民國王力著　泰順書局影印民國五十九年十月初版

漢語音韻　民國王力著　弘道文化事業有限公司民國六十四年八月初版

中國聲韻學大綱　瑞典高本漢原著　民國張洪年譯　中華叢書委員會民國六十一年二月初版

音學簡述　民國陳新雄著　木鐸第二期　民國六十二年十二月十一日出版

聲韻學入門　民國陳新雄著　學粹第十八卷第一、二期國學研究法專號　民國六十五年四月三十日出版

（原載國學導讀叢編、民國六十八年八月）

酈道元水經注裏所見的語音現象

酈道元的水經注裏隱藏了許多語音現象，值得研究中國語音史的人重視，本文搜集了水經注裏有關語音的資料，試用現代語音學理及歷史語音的演進各方面加以解釋。發現像陰陽對轉、複聲母、一二等混淆……等問題，在水經注裏頭早已埋藏了許多線索。本文乃一一加以發掘，細加解釋，是研究水經注語音現象的一篇專文，也是一篇有助於瞭解自上古音到中古音過渡期間語音的演變，重要的語音資料的整理。

北魏酈道元（？——五二七）的水經注裏，隱藏着許多語言學的材料，一般研究語言的學者，利用這些材料的尚不多見。酈氏所處的時代，正是從周秦兩漢的古音過渡到切韻的時期。酈氏的卒年距離切韻的成書（六〇一），相去七十四年。粗略地估計，他活着的時候，約早於切韻一個世紀。所以水經注裏的語音現象，是相當淩亂的，有些上同於周秦的古音，有些下合於切韻時代的語音。再加上水道的不同，地域的差異，於是方俗異音，語言譌變，顯現出來的材料，更爲厖雜。有些甚至以古今音變，語言學理，都無法加以解釋。不過，我覺得愈不能解釋的材料，也許所隱含的事實愈爲可貴。很可能酈氏甄錄的方言中，仍保存着許多遠古漢語語音的遺跡。因此，本文在資料的處理上，先把能够解釋的放在前面；不能找出理由來解釋的，擱在後頭。在解釋上也是上古、中古兼用。雖不免有雜揉之嫌，但它本來就是處在流變的時代，也是無可避免的，希望讀者諸君諒詧。至於本文所採用的上古與中古的擬音系統，多出自筆者的古音學發微，間亦旁及高本漢、董同龢、王了一、李方桂諸氏❶。下面就按我所看到的語音現象，依水經注出現的次序，分別摘錄，並加以解釋。

一、陰陽對轉

陰聲是指開尾韻母或元音收尾的韻母，陽聲是指帶鼻音韻尾 -m. -n. -ŋ 的韻母。如果主要元音相同，這兩種韻母互變，就叫做陰陽對轉。陰陽對轉是漢語史上常見的現象，在水經注裏也屢見不鮮。例如：

卷二十一汝水注：「東歷麻解城北，故鄤鄉城也，謂之蠻中。左傳所謂單浮餘圍蠻氏，蠻氏潰者也。杜預曰：『城在河南新城縣之東南，伊洛之戎陸渾蠻氏城也。』俗以爲麻解城，蓋蠻麻讀聲近故也。」

又卷三十一滍水注：「其水又南，逕蠻城下，蓋蠻別邑也，俗謂之麻城，非也。」

廣韻蠻莫還切，雙脣次濁明母，陽聲刪韻二等開口；麻莫霞切，雙脣次濁明母，陰聲麻

❶ 高本漢的擬音多採自中日漢字諧聲論（Grammata Serica），董同龢採自上古音韻表稿，王力採自漢語史稿，李方桂採自上古音研究。

韻二等開口。則其音讀蠻當爲man;麻爲ma。陰陽對轉本因爲方俗語音的遷變，故此二處的蠻轉讀爲麻，也都起於方俗音的不同。兩字聲母相同，主要元音一樣，蠻有舌尖鼻音，麻則爲開尾韻。故酈氏說蠻麻讀聲近。

卷三十淮水注：「又東，逕鄲縣故城南，漢景帝中元年，封周應爲侯國。王莽更之曰單城也，音多。」

廣韻單都寒切，舌頭全清端母，陽聲寒韻一等開口；多得何切，舌頭全清端母，陰聲歌韻一等開口。單讀音爲tan，多爲ta。王莽單音多，亦是失去鼻音韻尾-n，王力漢語史稿說：「陰陽對轉不應該了解爲一個字同時有陰陽兩讀，而應該了解爲語音發展的一種規律，即陽聲失去鼻音韻尾變爲陰聲，陰聲加上鼻音韻尾變爲陽聲。前者比較容易了解的，但後者也不是不可能的。陽聲失去韻尾，往往先經鼻化階段。例如：an→ã→a。現代昆明話『單』唸ta『身』唸ʃɛ，就是陰陽對轉的例子。」王氏這段話拿來說明水經注的單讀多，非常適切。

卷三十三決水注：「俗謂之澮口，非也。斯決灌之口矣。……蓋灌澮聲相倫，習俗害眞耳。」

廣韻灌古玩切，牙音全清見母，陽聲換韻合口一等，澮古外切，牙音全清見母，陰聲泰韻合口一等。灌音讀爲kuan，澮爲kuai。所不同的是灌爲舌尖鼻音韻尾-n，澮爲前高元音-i韻尾。如果對照上古音來看，灌爲*kuan，澮爲*kuat，舌尖鼻音韻尾-n與舌尖塞音韻尾-t，發音部位相同，故酈氏說聲相倫。我懷疑灌轉爲澮的時代，澮恐怕還是屬於長入的入聲，在酈氏以後轉變爲陰聲，它們的變化是*uāt→uai。

卷三十六桓水注：「尚書禹貢：岷嶓旣藝，沱潛旣道，蔡蒙旅平，和夷底績。鄭玄曰：和上夷所居之地也。和讀曰桓。地理志曰：桓水出蜀郡蜀山西南行羌中者也。」

廣韻和戶戈切，喉音全濁匣母，陰聲戈韻合口一等；桓胡官切，喉音全濁匣母，陽聲桓韻合口一等。和音讀爲ɣuɑ，桓爲ɣuan，此爲陰聲轉陽聲，卽讀和ɣuɑ時韻尾加一舌尖鼻音，卽成桓ɣuan音了。

卷三十七夷水注：「夷水又東北，有水注之，其源百里，與丹水出西南望州山。……登城望見一州之境，故名望州山，俗語訛，今名武鍾山。」

廣韻望巫放切，輕脣次濁微母，陽聲漾韻合口三等，州職流切，正齒全清照母，陰聲尤韻開口三等；武文甫切，輕脣次濁微母，陰聲麌韻合口三等，鍾職容切，正齒全清照母，陽聲鍾韻合口三等。中古音讀音已演變，難以見其對轉的關係。推到上古，則非常明顯了。上古音望的音讀爲*mjuɑŋ，州爲*tjo；武爲*mjuɑ，鍾爲*tjuɑŋ。我懷疑鍾字的音在水經注

的方言裏已由 *tjuɔŋ→tjoŋ，uɔ合成為 o，張口度更閉一些了。王力漢語史稿擬作 ĭwoŋ，可供參考。如果推測不錯，望州轉武鍾，正是陰陽對轉的現象。它們的關係是：

望州 *mjuɑŋ *tjo→武鍾 *mjuɑ *tjoŋ。望轉武為陽轉陰，州轉鍾為陰轉陽。如果有人認為這是一種換位（metathesis）現象，我覺得也有可能。

二、一二混等

等韻的一、二等都是洪音，江永的四聲切韻表凡例說：「一等洪大，二等次大。」於是高本漢便以元音的後ɑ與前 a 來區別一二等。羅常培漢語音韻學導論說：「今試以語音學術語釋之，則一二等皆無〔i〕介音，故其音大，三四等皆有〔i〕介音，故其音細。同屬大音，而一等之元音較二等之元音略後略低，故有洪大與次大之別。如歌〔ɑ〕之與麻〔a〕，咍〔ɑ̌i〕之與皆〔ǎi〕，泰〔ɑi〕之與佳〔ai〕，豪〔ɑu〕之與肴〔au〕，寒〔ɑn〕之與刪〔an〕，覃〔ɑ̌m〕之與咸〔ǎm〕，談〔ɑm〕之與銜〔am〕皆以元音之後〔ɑ〕與前〔a〕而異等。」❷從水經注的語音看來，似乎當時一等韻跟二等韻很容易混淆，而難以區別。例如：

卷十二濡水注：「桑乾水自源東南流，右會馬邑西川，俗謂之磨川矣。蓋狄音語訛，馬、磨聲相近，故爾。」

❷ 羅氏原文，各韻後未附韻值，今據高氏系統補列，以便比較。元音音標上的（v）是標記短音的符號。

廣韻馬莫下切，重脣次濁明母，陰聲馬韻開口二等；磨莫婆切，重脣次濁明母，陰聲戈韻合口一等。磨字雖然廣韻跟韻鏡、七音略、四聲等子、切韻指掌圖、經史正音切韻指南都列在戈韻合口一等，但戈韻的脣音字上古音原從*a來，王力漢語史稿也認爲戈韻脣音字的是*a→ua。大概由於脣音聲母的影響使它們變成合口的吧！王氏並說：「漢代到六朝初期(一世紀到五世紀)，韻文中常見歌麻合韻，那時的歌部還和上古差不多；但是，上古魚部中的麻韻字跟歌部中的麻韻字當時已經合流了。」水經注的音讀，正合於王氏的推測，磨是歌部字，上古音爲*ma，到六朝時仍爲*ma，馬是魚部麻韵字，與歌部麻韵字合流，故音讀亦爲*ma。因此一二等的區別，那時好像還沒有分。至於酈氏說的「狄音語訛」，可能是指聲調方面狄音平上不大區分。

卷十六甘水注：「余按甘水東十許里洛城南，有故甘城焉，北對河南故城，世謂之鑒洛城。鑒甘聲相近，卽古甘城也。」

廣韻甘古三切，牙音全清見母，陽聲談韻開口一等；鑒古銜切，牙音全清見母，陽聲銜韻開口二等。水經注的音讀恐怕沒有甘kam與鑒kam的對立，以歌麻合流類推，恐怕不是同讀爲kam，就是同讀爲kam了。

卷二十四瓠子河注：「今廩丘東北有故高魚城，俗謂之交魚城。」

廣韻高古勞切，牙音全清見母，陰聲豪韻開口一等；交古肴切，牙音全清見母，陰聲肴韻開口二等。據廣韻則高讀 kau，交讀 kau。水經注的方俗之音，恐怕也無法區分了。

> 卷二十四睢水注：「梁國睢陽縣南有橫亭，今在睢陽縣西南，世謂之光城。蓋光橫聲相近，習傳之非也。」

廣韻光古黃切，牙音全清見紐，陽聲唐韻合口一等；橫戶盲切，喉音全濁匣母，陽聲庚韻合口二等。它們的音讀光是 kuaŋ，橫是 ɣuaŋ。聲母雖有差異，韻母恐怕當時無法區分了。

從這些音看來，當時一二等韻在音讀上是不大能够區析的，那麼黃季剛先生所說：「分等者大概以本韻之洪爲一等，變韻之洪爲二等。」恐怕還值得我們愼重考慮他的價值，也許較高氏的假定，更合於語音的實際情況吶！

三、開合互變

開口、合口的不同，是根據韻頭〔u〕的有無來斷定，有〔u〕介音的叫合口，沒有的叫開口，在廣韻跟韻圖裏，除了一些脣音聲母的字，開合界限不嚴以外，其他的字，大體上開合都分得很清楚。但是在水經注裏卻有開合不分的現象。例如：

卷二河水注：「黃義仲十三州記曰：『縣、弦也。弦以貞直，言下體之居鄰民之位，不輕其誓，施繩用法，不曲如弦。』弦聲近縣，故以取名，今糸字在半也。」

廣韻弦胡田切，喉音全濁匣母，陽聲先韻開口四等；縣黃絢切，喉音全濁匣母，陽聲霰韻合口四等。弦音讀爲 ɣien，縣爲 ɣiuen。二字讀音除聲調之不同外，則爲介音〔u〕之有無了。

卷七濟水注：「一水東南流，俗謂之衍水，卽沇水也。衍沇聲相近，轉呼失實也。」

廣韻衍以淺切，喉音次濁喩母，陽聲獮韻開口三等；沇以轉切，喉音次濁喩母，陽聲獮韻合口三等。衍音讀爲 ien，沇爲 iuen；王力衍讀 ĭen，沇爲 ĭwen，都是介音〔u〕或〔w〕的不同，大概當時轉呼失實的，就是把沇〔iuen〕水的介音〔u〕去掉了，就俗謂之衍〔ien〕水了。

卷十一滱水注：「竹書紀年曰：『魏殷臣、趙公孫裒伐燕還，取夏屋城曲逆者也。』其城東側，因阿仍墉築一城，世謂之寡婦城，賈復從光武追銅馬五幡于北平所作也。世俗音轉，故有是名矣。」

又卷二十一汝水注：「潵水東入父城縣，與桓水會，水出魯陽北山，水有二源，奇導于賈復城，合爲一瀆，逕賈復城北，復南擊酈所築也。俗語訛謬，謂之寡婦城，水曰寡婦水。」

廣韻寡古瓦切，牙音全清見母，陰聲馬韻合口二等；婦房久切，輕脣全濁奉母，陰聲有韻開口三等；賈古雅切，牙音全清見母，陰聲馬韻開口二等；復扶富切，輕脣全濁奉母，陰聲有韻開口三等。寡婦的音讀 kua b'jəu，賈復爲 ka b'jəu。俗語訛謬把賈〔ka〕多加了個介音〔u〕便變了寡〔kua〕。在這裏還有一點語音現象値得一提的，已經可以看出全濁上聲的「婦」跟去聲的「復」合流了。

卷三十一滍水注：「滍水又東北，澧水注之，水出雉衡山東南，逕建城東，建當爲卷，字讀誤耳。」

廣韻建居萬切，牙音全清見母，陽聲願韻開口三等；卷居轉切，牙音全清見母，陽聲獮韻合口三等。建音讀爲 kiɐn，卷爲 kiuɐn ❸。卷字少掉了個合口介音〔u〕，就誤讀成了開口的建，這當然是某種方言的現象，所以酈氏才明說它是字讀誤了。

---

❸ 王力漢語史稿云：「圈、卷、援、媛、瑗等字，廣韻兼入元仙兩韻，當以元爲正。」今擬音從王氏說，所擬爲元韻的音。

四、平上同讀

上古聲調，古有四聲，古無四聲，爭論紛紜，迄無定論。因此我們也無法肯定的說，那種說法一定是對的。不過在水經注裏所看到的，似乎是平上兩聲不大區分。例如：

卷八濟水注：「今防門北有光里，齊人言廣音與光同，卽春秋所謂守之廣里者也」

廣韻廣古晃切，牙音全清見母，上聲蕩韻合口一等；光古黃切，牙音全清見母，平聲唐韻合口一等。廣音讀爲 kuaŋ。光亦讀 kuaŋ。今廣韻聲韻全同，不同者只是聲調，水經注裏所記齊人的語音，則是把上聲的廣，讀得跟平聲的光同音了。

卷十二瀑水注：「益狄音語訛，馬磨聲相近故爾。」

馬磨的音讀前面曾經討論，這裏再顯示出狄語把上聲的馬，讀成了平聲的磨。而且我們應該特別注意的，雖然是齊、狄異音，可是他們卻都把上聲讀成了平聲，這不也是值得我們留心的麼？在研究聲調的時候，也不宜忽視這種現象。

五、輕重脣無別

錢大昕的十駕齋養新錄，古無輕脣音一文說：「凡輕脣之音，古讀皆爲重脣。」這種現象，在水經注裏更是普遍存在。例如：

卷十三㶟水注：「㶟水又東，逕無鄉城北。地理風俗記曰：燕語呼毛爲無，今改宜鄉也。」

廣韻無武夫切，輕脣次濁微母，陰聲虞韻合口三等；毛莫袍切，重脣次濁明母，陰聲豪韻開口一等。無上古音讀爲*mjuɑ，毛爲*mɑu，都有主要元音ɑ，聲母相同，故燕語呼毛爲無。高本漢漢文典無讀*mi̯wo/mi̯u，毛讀*mog/mâu，也都有主要元音o。李方桂上古音研究無讀*mjag/mju，毛讀*magw/mâu。則兩音尤近，轉毛爲無，更爲容易。

卷二十七沔水注：「漢水又東，逕漢廟堆下，昔漢女所遊側水爲釣臺，後人立廟于臺上，世人覩頹基崇廣，因謂之漢廟堆，傳呼乖實，又名之爲漢武堆，非也。」

廣韻廟眉召切，重脣次濁明母，陰聲笑韻開口三等；武文甫切，輕脣次濁微母，陰聲麌韻合口三等。廟的音讀爲*mjau→mieu，武爲*mjuɑ→mi̯u。在上古音讀中，兩音的音素相同，只是主要元音〔a〕的位置不同，所以極容易傳呼失實。而在中古音中，mieu 與 miu 也極爲相近，只是差個元音 e 罷了。

又卷二十七沔水注：「漢水又左會文水，水卽門水也。出胡城北山石穴中，長老云：杜陽有仙人宮石穴，宮之前門，故號其川爲門川，水爲門水。」

廣韻文無分切，輕脣次濁微母，陽聲文韻合口三等；門莫奔切，重脣次濁明母，陽聲魂韻合口一等。文上古讀 *mjuən，門讀 *muən，只是介音 j 的有無之差，所以極易相混。錢大昕古無輕脣音一文曾引此條爲證。

六、喻讀近舌音

喻母字，廣韻屬喉音，曾運乾喻母古讀考以爲讀近舌音。在水經注裏仍留下一些痕跡，可以支持曾氏的說法。例如：

卷七濟水注：「山海經曰：王屋之山，聯水出焉，西北流注于泰澤。郭景純云：聯沇聲相近，卽沇水也。」

廣韻聯力延切，半舌次濁來母，陽聲仙韻開口三等；沇以轉切，喉音次濁喻母，陽聲獮韻合口三等。聯上古音讀爲 *ljan。沇讀 *djuɛn。郭璞以聯沇聲相近，或者就是指聲母皆出於舌音這點而言。李方桂關於喻母的意見，也可由水經注的現象得到支持。李氏說：「大體上看來，我暫認喻母四等是上古時代的舌尖前音，因爲他常跟舌尖前塞音互諧，如果我們看這類字很古的借字或譯音，也許可以得到一點線索。古代臺語 Tai Language (Li, 1945, 340頁）用 *r- 來代替酉 jïəu 字的聲母，漢代用烏弋山離去譯 Alexandria，就是用弋 jïək 去譯第二音節 lek，因此可以推測喻母四等很近 r 或者 l，又因爲他常跟舌尖塞音諧聲，所以也可以說很近 d-。」

卷二十二湨水注：「東流入湨水，時人謂之勑水，非也。勑湨音相類，故字從聲變耳。」

廣韻勑恥力切，舌上次淸徹母，入聲職韻開口三等；湨與職切，喉音次濁喻母，入聲職韻開口三等。勑的音讀 *tʻjak→ţʻiak，湨讀 *djak→iak。可以考見喻母的湨旣與舌上的勑 *tʻjak 音相類，則它在上古必定也是近於 *tʻ-的音，各家假定爲 *d-，是相當符合實際的。

卷三十一淯水注：「洱水又東南流，注于淯水，世謂之肄水，肄洱聲相近，非也。」

廣韻肄羊至切，喉聲次濁喻母，陰聲至韻開口三等；洱仍吏切，半齒次濁日母，陰聲志韻開口三等。肄的音讀爲 *djǣt→i ，洱爲 *njə→nzi 。在上古它們的聲母相近，到中古韻母相同，我懷疑肄洱兩音，在水經注裏正處在聲母相近、韻母相同的過度時期，即原爲長入的肄，塞音韻尾已丟掉了，元音也已高化爲 e。洱的元音亦已前移，可能都是 -je，所以當世以爲聲相近。丁邦新魏晉音韻研究一文指出魏晉的詩文已有脂之合韻的現象，他把之部的韻擬作 -jəï，把脂部的去聲韻擬作 -jəd，-jïəd，也認爲具有共同的元音，可供參考。

七、舌頭舌上不分，正齒照系近於舌音

自從錢大昕提出古無舌上音的說法後，現在大家都接受了他的意見，而且更進一層認爲正齒音的照系字，也是從上古的舌頭音端系發展出來的，雖然解釋上意見還不一致，但大的方向總是不錯的。水經注裏也留下很多這種線索可供探究。例如：

卷二十二洧水注：「洧水又東南，逕辰亭東，俗謂之田城，非也。蓋田辰聲相近，城亭音韻聯故也。」

廣韻辰植鄰切，正齒全濁禪母，陽聲眞韻開口三等；田徒年切，舌頭全濁定母，陽聲先韻開口四等。亭特丁切，舌頭全濁定母，陽聲青韻開口四等；城是征切，正齒全濁禪母，陽聲清韻開口三等。這幾個字從上古到中古的音讀，羅列於後：

辰 *dʻjɛn→ʑin　田 *dʻiæn→dʻien

亭 *dʻiəŋ→dʻieŋ　城 *dʻjəŋ→ʑiəŋ

由辰亭的 *dʻjɛn *dʻiəŋ→田城的 *dʻiæn *dʻjəŋ，實在聲韻都相當接近，則方俗的音，把辰亭呼作田城，也就很自然的了。而且我們要特別注意，把辰呼田是把禪母讀成定母，把亭呼城，則讀定爲禪，正好是一次顚倒來回，這樣更可加強我們上面的構擬，認爲定禪是同出一源，也就是說正齒音的照系字在上古是跟舌頭音的端系不分的。

卷二十六濰水注：「齊地記曰：東武城東南有盧水，水側有勝火木，方俗音曰檉子，其木經野火燒死炭不滅。」

廣韻勝詩證切，正齒次清審母，陽聲證韻開口三等，檉丑貞切，舌上次清徹紐，陽聲清韻開口三等。勝音讀爲 *tʻjəŋ→ɕiəŋ，檉讀 *tʻjəŋ→ţʻiəŋ。古音音讀極爲相近，只不過元音有高低之微別罷了。透審同源，這裏又得一證。

卷四十都野澤注：「一水又東逕百五十里入豬野，世謂之東海，通謂之都野矣。」

廣韻猪陟魚切，舌上全清知母，陰聲魚韻合口三等；都當孤切，舌頭全淸端母，陰聲模韻合口一等。猪的音讀是 *tjɑ→ţio，都爲 *tɑ→tu。可見在較早的時期，猪都的音讀非常相近，故當時把猪混讀爲都，只是少了個介音 -j- 罷了。可見錢大昕的學說，在水經注裏很可得到支持。

八、娘日歸泥

章太炎先生國故論衡有古音娘日二紐歸泥說一文，主張中古音娘母與日母，在上古中是跟泥母同出一源。這種說法，在水經注裏也可以得到支持。例如：

卷十四濡水注：「難河右則汚水入焉，水出東塢南，西北流逕沙野南，北人名之曰沙野鎮，西北入難河。濡難聲相近，狄俗語訛耳。」

廣韻濡人朱切，半齒次濁日母，陰聲虞韻合口三等；難那干切，舌頭次濁泥母，陽聲寒韻開口一等。濡的音讀是 *njuɔ→njuo→nʑiu，難爲 *nan→nɑn。從中古音讀，我們看到的只是日母的nʑ-與泥母的n-，它們的韵母根本不相同，說一個舌面鼻塞擦音跟舌尖鼻音聲相近，總覺牽強。但若它們原本仍是上古的 *n-，那麼狄音語訛，也就有此可能了。

卷二十二潁水注：「縣故城南有汝水枝流，故縣得其稱矣。闞駰曰：『本汝水別流，其後枯竭，號曰死汝水，故其字無水。』余按汝女乃方俗之音，故字隨讀改，未必一如闞氏之說，以窮通損字也。」

廣韻汝人渚切，半齒次濁日母，陰聲語韻開口三等；女尼呂切，舌上次濁娘母，陰聲語韻開口三等。它們的音讀汝是 *nja→nʑio，女爲 *nja→ȵio。我覺得酈氏在這裏指出漢語史上一個非常重要的事實，那就是方言異讀的問題。有些方言也許把汝讀成了 ȵio，另外的方言卻讀成 nʑio ④，這是酈氏明指出來的現象，而卻爲近代研究漢語史的學者所忽略了。如果切韻有方言存在其中，我們有必要去找出汝 nʑio，女 ȵio 在上古音中的不同來源嗎？

九　正齒莊系近於齒頭

清夏燮的述韻與黃季剛先生的音略，都指出莊系四母的古音同於精系四母，大的原則近來各家都沒有異議。在水經注裏也可以找出這種證據，支持這一說法。例如：

卷二十四瓠子河注：「東逕沮丘城南，京相璠曰：今濮陽城西南十五里有沮丘城，六國時沮楚同音，以爲楚丘，非也。」

廣韻沮七余切，齒頭次清清母，陰聲魚韻開口三等；楚創舉切，正齒次清初母，陰聲語韻開口三等。它們的音讀沮 *ts'jɑ→ts'io，楚 *ts'jɑ→tʃ'io。酈氏旣明言六國時沮楚同音，則先秦此二字不僅聲母相同，卽其聲調恐亦已無別了。

④ 也許那時候娘母還是 n-，日母是 ȵ-。

卷四十漸江水注：「穀水又東，逕長山縣南，與永康溪水合，縣卽東陽郡治也。縣、漢獻帝分烏傷立；郡、吳寶鼎中分會稽置，城居山之陽，或謂之長仙縣也。言赤松采藥此山，因而居之，故以爲名，後傳呼乖謬，字亦因改。」

廣韻山所閒切，正齒次清疏母，陽聲山韻開口二等。仙相然切，齒頭次清心母，陽聲仙韻開口三等。它們的音讀，山是 *sean→ʃan，仙 *sjan→sien。兩字聲母在上古同讀爲*s-，只是韻頭稍有差異，傳呼乖謬，極爲可能。

十、羣匣同源

高本漢首先提出羣匣在上古同源的說法，李方桂贊成他的見解，而解釋得更加周延。筆者在古音學發微裏也主此說。並舉出過水經注及別的材料來證明這種說法的依據。現在再把這個例證證列在後頭：

卷二十五泗水注：「澧水又東合黃水，時人謂之狂水，蓋狂黃聲相近，俗傳失實也。」

廣韻黃胡光切，喉音全濁匣母，陽聲唐韻合口一等；狂巨王切，牙音全濁羣母，陽聲陽韻合口三等。它們的音讀，照我的擬音黃是 *ɣuaŋ→ɣuaŋ，狂是 *ɣjuaŋ→gʿjuaŋ；照

李方桂的擬音黃是 *gwaŋ→ɣwaŋ，狂是 *gwjiaŋ→gjwaŋ。它們的聲母總是相同的，所異的只是韻母介音的差別罷了，音既相近，俗傳失實，也就可能了。

十一、旁紐雙聲

發音部位相同的，古人叫做旁紐雙聲。水經注裏有好幾條，聲母的發音部位相同就叫聲相近。例如：

卷五河水注：「亦曰小漳河，商漳聲相近，故字與讀移耳。」

廣韻商式羊切，正齒次清審母，陽聲陽韻開口三等；漳諸良切，正齒全清照母，陽聲陽韻開口三等。它們自上古到中古的音讀是：商 *t'jaŋ→ɕjaŋ，漳 *tjaŋ→tɕjaŋ。無論是上古音或中古音，這兩字聲母的發音部位都是相同的。說文商从商章省聲。白虎通商之爲言章也。費誓：「我商賚女。」徐仙民音章，都可作爲參考。

卷六湛水注：「湛水出軹縣南原湛溪，俗謂之椹水也。是蓋形聲盡鄰，故字讀俱變，同于三家之誤耳。」

廣韻湛直深切，舌上全濁澄母，陽聲侵韻開口三等；椹知林切，舌上全清知母，陽聲侵韻開口三等。自上古至中古，它們的音讀是：湛 *d'jem→d'jem，椹 *tjem→tjem。它們的聲母無論上古中古發音部位都相同，只不過清濁之微殊，故酈氏說是形聲盡隣。

> 卷十一滱水注：「城之西北，泉源所道，西逕郎山北，郎唐音讀近寔，兼唐水之傳。」

廣韻郎魯當切，半舌次濁來母，陽聲唐韻開口一等；唐徒郎切，舌頭全濁定母，陽聲唐韻開口一等，它們的音讀是：郎 *laŋ，唐 *d'aŋ。中古亦同。以今語音術語釋之，它們的發音部位同屬舌尖中音（alveolar）。

十二、同位雙聲

同位雙聲以現在的語音術語來說，就是發音方法相同。在水經注裏也有這一類的現象出現。不過我們要嚴格限制，那就是它們的韻母一定要相同。例如：

> 卷十一滱水注：「此城之東，有山孤峙，世以山不連陵，名之曰孤山，孤都聲相近，疑卽所謂都山也。」

廣韻孤古胡切，牙音全清見母，陰聲模韻合口一等；都當孤切，舌頭全清端母，陰聲模韻合口一等。它們的音讀是：孤 *kuɑ→*kuo→ku，都 *tɑ→*to→tu。照時代論，在水經注的時代，它們應該分別是孤 *kuo ，都 *to 。也許在當時高昌縣一帶的方言仍保持較古的 *-uɑ, *-ɑ 的讀法，只是已有開合不分的趨勢，他們把 *-uɑ 與 *-ɑ 都讀成了 *-uɑ ，也是可能的。證之同屬滱水流域的賈復城讀作了寡婦城，就不全是臆測了。

十三、歌模音近

歌部我們都認爲是讀 *-a 元音，模部先是讀 *-ɑ，再高化爲 *-o，然後變爲 u。汪榮寶歌戈魚虞模古讀考一文說：「依余研究之結果，則唐宋以上，凡歌戈韻之字皆讀 a 音，不讀 o 音；魏晉以上，凡魚虞模之字亦皆讀 a 音，不讀 u 音或 ü 音也。」並引了許多梵華譯音的例子加以證明。其中一條云：「賓度羅，阿羅漢 arhat 之一，梵文作 pandura，本義爲白，而晉時譯爲賓頭盧，前秦記稱釋道安嘗注諸經，夢見梵道人頭白眉長，識者知安所夢賓頭盧也，是以盧爲 ra 矣。」又一證云：「南史新羅國傳云：『魏時曰新盧，宋時曰新羅。』此辨古今語音之變，最爲明瞭。蓋 Sinra 之名未始有改，曰盧曰羅，乃中國譯字之異，此又古音讀盧如羅之確據矣。」汪榮寶氏的研究結果，在水經注裏可以得到支持。例如：

卷三十五江水注：「城南對蘆洲，舊吳時築客舍于洲上，方便惟所止焉，亦謂之羅洲矣。」

廣韻盧蘆同音落胡切，半舌次濁來母，陰聲模韻合口一等；羅魯何切，半舌次濁來母，陰聲歌韻開口一等。它們從上古到中古音讀是：蘆 *lɑ→*lo→lu，羅 *la→lɑ。從蘆羅的上古讀音看來，汪氏的說法是不錯的。很可能蘆讀 lɑ的時間一直延續到水經注的時期。

十四、東唐音近

我在古音學發微裏把東部的主要元音假定為 ɔ，使得東部與陽部音讀非常接近，陽部的主要元音是 ɑ，不料這一假構 (reconstruction) 竟然在水經注裏還能得到支持。請看下面的例子：

> 卷十五洛水注：「洛水又東，合水南出半石之山，北逕合水塢而東北流，注于公路澗，但世俗音譌，號之曰光祿澗，非也。」

廣韻公古紅切，牙音全清見母，陽聲東韻開口一等；路洛故切，半舌次濁來母，陰聲暮韻合口一等。光古黃切，牙音全清見母，陽聲唐韻合口一等；祿盧谷切，半舌次濁來母，入聲屋韻開口一等。它們從上古到中古的音讀，根據我的擬音分別是：

公 *kɔŋ→kɔŋ→kuŋ

路 *lɑk→lo→lu

光 *kuaŋ→kuaŋ

祿 *lɔk→lok→luk

比較公路 *kɔŋ lɔk→光祿 *kuaŋ lɔk。這樣的音譌不是也很自然嗎？我們特別注意把公路譌讀爲光祿，是經過了兩次元音的互變，如果像中古的讀音差得那麼遠，說它這麼容易譌變，那就不可想像了。

十五　複聲母的啓示

如果我們不認爲疊韻就是聲相近的充分條件，那麼下面的水經注的例子，就隱含着某些複聲母的存在了。

卷六汾水注：「侯甲水又西合于嬰侯之水，逕鄔縣故城南，晉大夫司馬彌牟之邑也，謂之鄔水，俗亦曰慮水，慮鄔聲相近，故因變焉。」

廣韻鄔安古切，喉音全清影母，陰聲姥韻合口一等；慮良倨切，半舌次濁來母，陰聲御韻開口三等。它們的音讀是：鄔 *ʔɑ→ʔo→ʔu；慮 *ljɑ→lio。在聲母上毫無關係，但是說文慮从思虍聲。虍廣韻荒烏切屬曉母模韻，上古音爲 *xɑ。這樣對照起來慮字的上古聲母就很可能是 *gl-，如此，虍*xɑ諧慮 *gljɑ 才合理。至於影母與舌根聲母是常諧聲的，對照景

*kjaŋ: 影 *ʔjaŋ，公 *kɔŋ: 翁 *ʔɔŋ 就可瞭然了。

卷二十二洧水注：「洧水又東，逕陰坂北，水有梁焉，俗謂是濟為參辰口。左傳襄公九年，晉伐鄭，濟于陰坂，次于陰口而還是也。杜預曰：陰坂洧津也。服虔曰：水南曰陰，口者水口也。參陰聲相近，蓋傳呼之謬耳。」

廣韻參所今切，正齒次清疏母，陽聲侵韻開口三等，陰於金切，喉音全清影母，陽聲侵韻開口三等。它們的音讀是：參 *sjəm→sim；陰 *ʔjəm→ʔim。聲母上也沒有關連。自從班尼迪（Paul K. Benedict）❺比較漢藏語研究遠古中國語（Proto-Chinese），認為遠古中

---

❺ 班尼迪（Paul K. Benedict）這方面的著作如下：

1972 Sino-Tibetan: A Conspectus (Contr. ed. J.A. Matisoff), Cambridge: Cambridge University Press.

1972 bis, "The Sino-Tibetan Tonal System." In Languages et techniques, Nature et Société, Vol. 1, Paris: Editions Klincksieck.

1973 bis, "The Proto-Sino-Tibetan (PST) Reconstruction" Paper presented at the Sixth Sino-Tibetan Conference, La Jolla, October.

1974 "The Chinese S-orgy." Paper presented at the Seventh Sino-Tibetan Conference, Georgia State Univ., October.

1975 bis, "The Chinese S-orgy: Further Adventures and Misadventures." Paper presented at the Eigth Sino-Tibetan Conference, Berkeley, October.

1976 "Sino-Tibetan: Another Look." Journal of the American Oriental Society, Vol. 96/Number 2/April-June 1976.

國語可能有*s-k-的附加音首(prefix)，而此類音中古變影母ʔ。例如班氏所舉瓮*s-kuŋ/ʔuŋ饔*s-ki̯uŋ→ʔi̯woŋ等例❻。班氏這個假定如果可信，拿來解釋參陰的音讀正合適。陰說文从𨸏侌聲，侌从云今聲。如果陰是*s-kjəm，那麼，諸今*kjəm讀參*sjəm，都是非常好的解釋。中古讀影母，也是*s-kjəm→ʔjəm→ʔim自然演變的結果。

卷二十四瓠子河注：「黃初中，賈逵爲豫州刺史，與諸將征吳于洞浦，有功。魏封逵爲羊里亭侯，邑四百戶，卽斯亭也，俗名之羊子城，非也。葢韻近字轉耳。」

廣韻里良士切，半舌次濁來母，陰聲止韻開口三等；子卽里切，齒頭全清精母，陰聲止韻開口三等。它們的音讀是：里*ljə→lï，子*tsjə→tsï，在聲母上也沒有關連。但說文李从木子聲，則子在上古似乎也是某種複聲母，也許就是*tsl-。如果子是*tsljə，諸李*ljə、通里*ljə都不成問題了。

卷二十六巨洋水注：「巨洋又東北流，堯水注之，水出劇縣南角崩山，卽古義山也。俗人以其山角若崩，因名爲角崩山，亦名爲角林山，皆世俗音譌也。」

廣韻崩北滕切，重脣全清幫母，陽聲登韻開口一等；林力尋切，半舌次濁來母，陽聲侵

❻ 這兩個例子見於班氏"Another Look." p. 182.

韻開口三等。它們的音讀是：崩 *pəŋ→pəŋ，林 *ljəm→lim。除了主要元音相同外，聲韻母都沒有甚麼關連。可是說文崩从朋聲，朋卽古文鳳字，鳳从凡聲，古音在侵部。那末再向前推，崩也可能是收音於 -m 的字。王靜如跋高本漢的上古中國音當中幾個問題並論多燕兩部就是這樣主張的。再看从凡得聲的字有風，从風得聲的字有嵐葻並盧含切，來母覃韻開口一等。從這些蛛絲馬跡連繫起來，整個問題就淸楚了。原來崩是 **pləm→**pəm→*pəŋ，韻尾受聲母異化 (dissimilation) 變成舌根鼻音韻尾了。如果崩是 **pləm與林 *ljəm的讀音就沒有問題了。酈氏雖說是世俗音譌，實在是方俗語言中保留古音的絕好例證。

> 卷三十淮水注：「淮水又東北，窮水入焉，水出六安國安風縣窮谷，春秋左傳楚救濡，司馬沈尹戌，與吳師遇于窮者也。川流泄注于決水之右，北灌安風之左，世謂之安風水，亦曰窮水，音戎，竝聲相近，字隨讀轉。」

廣韻窮渠弓切，牙音全濁羣母，陽聲東韻開口三等；戎如融切，半齒次濁日母，陽聲東韻開口三等。它們的音讀是：窮 *ɣjoŋ→gʻiuŋ；戎 *njoŋ→nziuŋ。聲母沒有關連。可是我們注意從戎得聲的字有駥、娀、狨、蝛、鬞，廣韻息弓切，心母東韻開口三等。上古音是 *sjoŋ→siuŋ。跟戎 *n- 的聲母也沒有關連。所以這些字較古的時候恐怕都不是單純的聲母，應該是某種複聲母存在。楊福綿引述李方桂的推測有下面幾種形式存在：

Arch *sk-, *skw-→s-, sw-, 像楔、損等。

*skw-+j→sw-，像崧。

*sŋ+j→nʑ 像蒐、饒、兒等。

我認爲他們的說法，可以拿來解釋窮音戎，戎又諧賊等的問題。戎遠古時期可能是 **sŋjoŋ→*njoŋ→nʑiuŋ。賊、娀、㓘等可能是 **skjoŋ→*sjoŋ→siuŋ。這樣窮 *ɣjoŋ 音戎 **sŋjoŋ的問題就好講了，ɣ 跟 sŋ 不是很容易混淆嗎？所以酈氏說竝聲相近，字隨讀轉了。

卷三十一淯水注：「棘水自新野縣東而南流入淯水，謂之當力口也。棘力聲相近，當爲棘口也，又是方俗之音，故字從讀變，若世以棘子木爲力子木是也。」

廣韻棘紀力切，牙音全清見母，入聲職韻開口三等；力林直切，半舌次濁來母，入聲職韻開口三等。它們的音讀是：棘 *kjək→kiək；力 *ljək→liək。聲母沒有關連。棘恐怕是 **kljək→*kjək。如果棘是 **kljək，它跟僰的諧聲就是 **kljək諧 **b'lək。方俗之音譌變爲力 *ljək 也就很自然了。當時這種複聲母留下的痕跡還很普遍，所以棘子木也叫做力子木了。

卷三十二漻水注：「賜水西南流入于漻，卽厲水也。賜厲聲相近，宜爲厲水矣。」

廣韻賜斯義切，齒頭次清心母，陰聲寘韻開口三等；厲力制切，半舌次濁來母，陰聲祭韻開口三等。它們的音讀是：賜*sjək→sje→si；厲*ljāt→liæi。聲韻母都不同，韻母方面根據丁邦新的研究，在魏晉時期，祭部的字有與支部去聲字押韻的例❼。因爲這兩個都是長入的字，它們這時候都丢掉了塞音韻尾，很可能厲是*lājt→lja，以賜的 sje 跟厲的 lja 相對照，也還說得過去，何況方音中厲也可能已變了 lje。還有可能兩者都掉了韻尾，賜 sjə、厲 lja，都可以說得過去。惟獨聲母方面似乎差得很遠。厲从蠆聲，蠆丑犗切，徹母*tʻ-，蠆聲有噧他達切，透母*tʻ-，噧又讀許介切，曉母*x-。有邁莫話切，明母*m-，此字篆體正作邁从萬聲，故可不計。則蠆聲字亦有*tʻ-，*x-，*l-，三類，其非單純聲母可知；再看賜从易聲，易羊益切，喻母*d-，易聲有逿他歷切，透母*tʻ-，有錫先擊切，心母*s-。可見也非單純的聲母。楊福綿有下列幾種擬音可供參考❽。

---

❼ 丁氏舉出祭與支去合韻的例子，有孫惠與郭璞二人。參見魏晉音韻研究一〇八頁。

❽ 楊福綿 Paul Fu-mien Yang, S.J.) 有關的著作如下：

1975, "Prefix *S-in Proto-Chinese." Paper For Sino-Tibetan Languages and Linguistics the 8th International Conference Berkeley, October.

1976, "Prefix *S-and *SK-, *SKL-Clusters in Proto-Chinese." Part I. "Prefix *S-and *SK-Clusters." Paper for U.S. Japan Seminar, Tokyo, July.

1976, "Prefix *S-and *SK-, *SKL-Clusters in Proto-Chinese." Part II, "Prefix *S-and *SKL-Clusters." Paper for the 9th International Conference on Sino-Tibetan Languages and Linguistics, Copenhagen, October.

1977, "Proto-Chinese *S-KL-and Tibeto-Burman Equivalents." Paper for the 10th International Conference on Sino-Tibetan Languages and Linguistics, Washington D.C., October.

*sk'l-→t'-　　*sk'-→t'

*s-k'l-→x-　　*s-k'-→x

*s-gl-→s-　　*s-g-→s　　*sg-→i̯ (via di)

這幾項擬音都有助於解決賜厲的音讀問題，易聲的字，不與舌根聲母發生關係，本來比較簡單，可是在這裏跟厲拉上了關係，就不是那麼簡單了。所以我們先把蠆聲的字先解決。假定我們作如下的構擬：

蠆**sk'leāt→*t'eāt→ṭ'ai

囆**s-k'leāt→*xeāt→xai

厲**gljāt→*ljāt→liæi

厲**gl- 自可从蠆**sk'l 得聲。假若厲是**gl-，那麼：

賜就得是**s-gjək→sjək→sje→si。

逷就是**sk'iək→*t'iək→t'iek。

易**sgjək→*djək→iek。

這樣賜**s-gjək厲**gljāk才會聲相近。當然我不是說酈氏時代的音是如此的，而是那個把賜厲混讀的方言，在較早的時候有這種可能性。不爾，乃無法解釋這些複雜的諧聲跟音讀。

卷三十八鍾水注：「漼水卽桂水也。漼桂聲相近，故字隨讀變，經仍其非矣。」

廣韻漼七罪切，齒頭次清清母，陰聲賄韻合口一等；桂古惠切，牙音全清見母，陰聲霽韻合口四等。它們的音讀是：漼**ts‘uɛ→ts‘uɐ→ts‘uAi；桂*kiuɐ→kiuæ→kiuei。韻母相近，聲母沒有關連。圭聲的字大致說來，不出喉牙兩系，只有一個眭字息爲切，侵入齒頭心母*s-。但是漼从崔聲，崔從隹聲，隹聲的諧聲字卻十分紊亂，有舌頭端系的堆都回切端母*t-，有蓷他回切透母*t‘-，有䨊杜回切定母*d‘-，有唯以追切喻母*d-；有齒頭精系的嗺臧回切精母*ts-，有摧昨回切從母*dz‘-，有睢息遺切心母*s-。有牙音見系的季居悸切見母*k-，有匯苦懷切溪母*k‘-，有睢許規切曉母*x-，有淮戶乖切匣母*ɣ-，有半舌來母的蜼力軌切*l-，除了脣音跟鼻音聲母外，幾無所不包，如何解決這樣複雜的聲母？恐怕也得借助於複聲母才行。我仍採用楊福綿的辦法，把端系字擬作**skl-；精系字擬作**s-kr-；喉音曉匣作**s-k‘l-，**s-g‘l，牙音見系作**kl-，來母作*gl-。圭聲的字擬成簡單的*k-就可以了，至於那個心母眭字可擬作**s-g-。則上列各字的音讀如下：

桂：*kiuɐ→kiuæ→kiuei

眭：**s-gjuɐ→*sjuɐ→sjue→siui

* * *

堆：**skluɛ→*tuɛ→tuɐ→tuAi

蓷：**sk‘luɛ→*t‘uɛ→t‘uɐ→t‘uAi

䨊：**sg‘luɛ→*d‘uɛ→d‘uɐ→d‘uAi

唯：**sgljuɛ→*djuɛ→djue→iui

嗺：**s-kruɛ→*tsuɛ→tsuɐ→tsuAi

灌：**s-k'ruɛ→*ts'uɛ→ts'uɐ→ts'uAi
摧：**s-g'ruɛ→*dz'uɛ→dz'uɐ→dz'uAi
睢：**s-gljuɛ→*sjuɛ→sjue→siui
季：**kljæt→*kjæt→kjet→ki
滙：**k'leuɛ→*k'euɛ→k'uæ→kuai
睢：**s-k'ljuɛ→*xjuɛ→xjue→xiui
淮：**s-g'leuɛ→*ɣeuɛ→ɣuæ→ɣuai
蜼：**gljuɛ→*ljuɛ→ljue→liui

灌：**s-k'ruɛ 桂 *kiuɐ 聲相近，也許較早時候的方言中是這樣來的。我這篇文章，主要在指出水經注的語音現象加以說明，並非要設計一套古代複聲母系統，所以儘管還不够精密，拿來說明還是可以的。

十六、鼻音互換

在現代漢語方言裏頭，有許多地方的方言，把舌根鼻音韻尾 -ŋ，讀成了舌尖鼻音韻尾 -n。例如：幫長沙讀 pan，方讀 fan，浪讀 nan，倉讀 ts'an；曾漢口 tsən，揚州 tsən，長沙 tsən，南昌 tsɛn；成漢口 ts'ən，揚州 ts'ən，長沙 tʂ'ən，南昌 ts'ən；庚漢口 kən，揚州 kən，長沙 kən，南昌 kiɛn；京漢口 tɕin，蘇州 tɕin，長沙 tɕin，梅縣 kin 等等。也有些方言把舌尖鼻音韻尾-n，讀成舌根韵音韻尾-ŋ。例如判潮洲puɐŋ，福洲 pʻuaŋ；天潮洲福州 tʻieŋ，牽潮州 kʻaŋ，福州 kʻeiŋ；因太原 iŋ，溫州 iaŋ，潮州福州 iŋ，君太原 tɕyŋ，溫州 tɕyoŋ，潮州福州 kuŋ。這種鼻音互換的現象，在水經注裏也曾經出現。例如：

卷三河水注：「吐京郡治故城，卽土軍縣之故城也，胡漢譯言，音爲訛變矣。」

廣韻京舉卿切，牙音全清見母，陽聲庚韻開口三等；軍舉云切，牙音全清見母，陽聲文韻合口三等。它們的音讀是：京 *kjɐŋ→kiɐŋ；軍 *kjuɐn→kiuɐn。也許當時胡語把軍讀了kjɐŋ，就跟京kjɐŋ相去不遠了，參考前文開合不甚區分處，就更可瞭然了。

卷二十八沔水注：「縣西北四十里，漢水中有洲名滄浪洲，庾仲雍漢水記謂之千齡洲，非也。是世俗語訛，音與字變矣。」

廣韻滄七岡切，齒頭次清清母，陽聲唐韻開口一等；浪魯當切，半舌次濁來母，陽聲唐韻開口一等；千蒼先切，齒頭次清清母，陽聲先韻開口四等，齡郎丁切，半舌次濁來母，陽聲青韻開口四等。它們的音讀如下：

滄：*tsʻɑŋ→tsʻɑŋ。

浪：*lɑŋ→lɑŋ。

千：*tsʻiæn→tsʻiɛn。

齡：*liæn→lieŋ。

漢水流域古之楚國，那個方言的音讀很可能像現在的長沙方言一樣，把舌根鼻音-ŋ讀成了舌尖鼻音-n，於是滄浪的音讀ts'an lan，就近於千齡的音讀ts'iæn liæn了。

十七、元音央化

現代方言元音央化的現象很多，就像國語我的你的的「的」tə，來了走了的「了」lə。在水經注裏也有這種現象。例如：

卷二十六瓠子河注：「時卽耏水也，音而。春秋襄公三年，齊晉盟于耏者也。京相璠曰：今臨淄惟有澅水，西北入濟，卽地理志之如水矣。耏如聲相似，然則澅水卽耏水也。」

廣韻耏如之切，半齒次濁日母，陰聲之韻開口三等；如人諸切，半齒次濁日母，陰聲魚韻開口三等。它們的音讀是：耏*njə→nzi；如*nja→nzio。這很可能是如的主要元音-a，在這個方言裏讀成了央元音，所以就跟耏很相近似了。

十八、其他

水經注裏常常說某某聲相近，然後才導致方俗傳呼的謬誤，其實酈氏說的聲相近，往往就是完全同音。例如：

卷十濁漳水注：「水土之名變易，世失其處，見降水則以爲絳水，故依而廢讀，或作絳字，非也。」

又卷二十二淇水注：「又東，役水注之，水出苑陵縣西隙侯亭東，世謂此城爲郤城，非也。蓋隙郤聲相近耳。」

又卷三十五江水注：「北岸烽火洲，卽舉洲也。北對舉口，仲雍作莒字，得其音而忘其字，非也。」

又卷三十九漉水注：「縣南臨淥水，水東出安城鄉翁陵山，余謂漉淥聲相近，後人藉便以淥爲稱，雖翁陵名異，而卽麓是同。」

又卷四十漸江水注：「漸江又東逕禦兒鄉。萬善歷曰：吳黃武六年正月，獲彭綺，是歲由拳西鄉有產兒，墮地便能語。云：天方明，河欲清，鼎脚折，金乃生。因是詔爲語兒鄉，非也。禦兒之名遠矣。蓋無智之徒，因藉地名，生情穿鑿耳。國語曰：勾踐之地，北至禦兒是也，安得引黃武證地哉！」

按廣韻降絳同音古巷切，全清見母絳韵開二；隙郤同音綺戟切，次清溪母陌韵開三；舉莒同音居許切，全清見母語韻開三；淥漉同音盧谷切，次濁來母屋韵開一；語禦同音魚巨切，次濁疑母語韻開三。從這幾條例證看來，可見酈氏所謂聲相近的字，必定有相當密切的聲韻關係。下面幾條，我的說法只是猜測，不敢肯定。

卷十濁漳水注：「衡漳又逕東昌縣故城北，經所謂昌亭也，王莽之田昌也，俗名之曰東相，相昌聲韻合，故致茲誤矣。」

廣韻相息良切，齒頭次清心母，陽聲陽韻開口三等；昌尺亮切，正齒次清穿母，陽聲陽韻開口三等。它們的音讀是：相 *sjaŋ→siaŋ；昌 *tɕ'jaŋ→tɕ'iaŋ。相昌兩字的諧聲字都是本系自諧，不雜他系。所以這不能認爲是複聲母，可能兩類聲母均經顎化爲舌面聲母，故酈氏以爲聲韻合而致此誤。

卷二十六沭水注：「沭水又南，逕東海郡卽丘縣，故春秋之祝丘也。闞駰曰：卽祝魯之音，蓋字承讀變矣。」

廣韻卽子力切，齒頭全清精母，入聲職韻開口三等；祝之六切，正齒全清照紐，入聲屋韻開口三等。它們的音讀是：卽 *tsjək→tsiək；祝 *tjok→tɕiuk。卽祝亦各諧本系字，所以也不是複聲母，可能兩音聲母均爲舌面聲母，而祝的元音稍央化，故卽乃字從讀變爲祝了。

水經注裏頭的聲相近，也是韻母不同而僅聲母相同的。如：

卷十八渭水注：「雍水又東，逕召亭南，世謂之樹亭川，蓋召樹聲相近誤耳。亭故召公之采邑也。」

廣韻召寔照切，正齒全濁禪母，陰聲笑韻開口三等；樹常句切，正齒全濁禪母，陰聲遇韻合口三等。它們的音讀是：召 *dʻjau→ʑieu ；樹 *dʻjuo→dʻjuo→ʑiu 。此二字韻母不同，但聲母相同。

卷二十一汝水注：「汝水又東南，逕奇頟城西北，今南潁川郡治也。水濆出焉，世亦謂之大㶁水。爾雅曰：河有雍，汝有濆。然則濆者汝別也。故其下夾水之邑，猶流汝陽之名，是或濆㶁之聲相近矣。」

廣韻濆符分切，輕脣全濁奉母，陽聲文韻合口三等；㶁於斤切，喉音全清影母，陽聲欣韻開口三等。它們的音讀是：濆*bʻjuən→bvʻiuən；㶁ʔjɛn→ʔiɛn。聲母不同，我無法解釋。但對照古代的聯綿詞像葐蒀，氛氳，馩馧，轒輼，轒輐，都是由奉影兩紐組成，這中間未必沒有連繫，只是我無從探索罷了。謹錄於此，以待賢者之取資焉。

下面還有幾條，我目前也不能說明它們的音讀關係，一併附在後面。

卷二河水注：「閤門河又東逕浩亹縣故城南，王莽改曰興武矣。闞駰曰：浩讀閤也。故亦曰閤門水，兩兼其稱矣。」

廣韻浩胡老切，匣濁皓開一；閤古沓切，見淸合開一。聲母發音部位相同，韻母不同，無從解釋。

卷三河水經：「又南過高奴縣東。」注：「民俗語訛，謂之東樓城也。」

卷四河水注：「淸水歷其南東流逕皐落城北。服虔曰：赤翟之都也。世謂之倚亳城，蓋讀聲近轉，因失實也。」

這兩條極具價值，也許有某種前加音首或複聲母存在，韻母的差異，也饒興味。並抄錄於此，以待後來。

民國六十七年四月五日脫稿於臺北鍥不舍齋

主要參考書

水經注　酈道元　藝文印書館百部叢書集成本
魏書　魏收　藝文印書館二十五史本
說文解字注　段玉裁　藝文印書館
廣韻　陳彭年等　中華書局四部備要本
廣韻校本　周祖謨　世界書局
廣韻校勘記　周祖謨　世界書局

十駕齋養新錄　錢大昕　商務印書館
述韻　夏燮　清刊本
漢語方音字滙　北大中文系語言教室編
國故論衡　章炳麟　世界書局章氏叢書本
黃侃論學雜著　黃侃　學藝出版社
喻母古讀考　曾運乾　古聲韵討論集　學生書局
歌戈魚虞模古讀考　汪榮寶　古聲韻討論集　學生書局
中國音韻學研究　高本漢原著　趙元任李方桂譯　商務印書館
中日漢字形聲論（Grammata Serica）　高本漢　成文書局
Analytic Dictionary of Chinese and Sino-Japanese, B. Karlgren, 成文書局
Grammata Serica Recensa, B. Karlgren, Stockholm, 1964.
Compendium of Phonetics in Ancient and Archaic Chinese, B. Karlgren, Göteborg 1970.
跋高本漢的上古音當中幾個問題並論多蒸兩部　王靜如　學藝出版社
廣韻聲系　沈兼士　中華書局
漢語音韻學導論　羅常培　九思出版社
上古音韻表稿　董同龢　史語所
漢語史稿上册　王力　科學出版社
上古音研究　李方桂　清華學報新九卷第一、二期合刊
魏晉音韻研究　丁邦新　史語所

古漢語韻母系統與切韻　張琨　史語所

上古漢語和漢藏語　周法高　香港中文大學中國文化研究所學報第五卷

Sino-Tibetan: Another Leok, Paul K. Benedict, JAOS Vol. 96, 1976・

Prefix *S-and *SK-, *SKL- Clusters in Proto-Chinese, Paul Fu-mien Yang, S. J. 1976.

Proto-Chinese *S-KL- and Tibeto-Burman Equivalents, Paul, Fu-mien Yang, S. J. 1977.

古音學發微　陳新雄　文史哲出版社

等韻五種　藝文印書館

音略證補　陳新雄　文史哲出版社

等韻述要　陳新雄　藝文印書館

中國語言學論集　幼獅月刊社編

（原載中國學術年刊第二期　民國六十七年六月）

禮記學記「不學博依不能安詩」解

——孔孟學會第一七四次研究會講詞

主席、各位先進、各位先生、各位女士：

今天應孔孟學會之邀請，前來演講，內心感到十分的惶恐，曾屢次向華總幹事請辭，均未蒙俯允，既不獲免，只好硬著頭皮前來，在各位先進面前現醜了。因爲鄙人多年以來都是從事於文字音韻等小學方面的研究，實感不能登大雅之堂。今既不獲免，就只好以「賢者識其大者，不賢者識其小者」的心情，來談一談禮記學記篇的幾個問題，就教於各位先生。

我的題目雖然是「禮記學記『不學博依不能安詩』解」，但也願意附帶地談一談學記篇上其他的幾個小問題。現在請看學記下面的兩段原文。

「大學之敎也，時敎必有正業，退息必有居學。不學操縵，不能安弦；不學博依，不能安詩；不學雜服，不能安禮；不興其藝，不能樂學。故君子之於學也，藏焉、脩焉、息焉、遊焉。夫然，故安其學而親其師，樂其友而信其道，是以雖離師輔而不反也。兌命曰：『敬孫務時敏，厥脩乃來。』其此之謂乎！

今之敎者，呻其佔畢，多其訊言，及于數進而不顧其安，使人不由其誠，敎人不盡其材，其施之也悖，其求之也佛。夫然，故隱其學而疾其師，苦其難而不知其益也。雖終其業，其去之必速，敎之不刑，其此之由乎！」

大學之敎也以下句讀，依陳澔禮記集說；今之敎者以下句讀參考王引之經義述聞。這兩段文字，共有句讀、義詁等好幾個問題須提出來跟大家商討的。在研商各家解說的優劣之前。我先舉韓非子外儲說右上記載的一段故事，提出來供大家參考。韓非子說：

「郢人有遺燕相國書者，夜書，火不明，因謂持燭者曰：舉燭。而誤書舉燭，舉燭非書意也。燕相國受書而說之，曰：舉燭者，尚明也，尚明也者，舉賢而任之。燕相白王，王大悅，國以治。治則治矣，非書意也。今世學者，多似此類。」

這段故事，就是現今成語「郢書燕說」的由來，其實古人解經，又何嘗不是有很多是郢書燕說的，所以韓非子才感喟地說：今世學者，多似此類。此類學者，眞是何世無之！現在請看禮記注疏的解釋。

注：「有居，有常居也。操縵、雜弄。博依、廣譬喻也。依或爲衣。雜服，冕服皮弁之屬。興之言喜也，歆也。藝爲禮樂射御書數。藏謂懷抱之，脩、習也，息謂作勞休止於之息，遊謂閒暇無事於之遊。敬孫，敬道孫業也。敏、疾也，厥、其也。學者務及時而疾，而所脩之業乃來。呻、吟也。佔、視也。簡謂之畢，訊猶問也。言今之師自不曉經之義，但吟誦其所視簡之文，多其難問也。其發言出說，不首其義，動云有所法象而已。務其所誦多，不惟其未曉。由、用也，使學者誦之，而爲之說，不用其誠。材、道也。謂師有所隱也。易曰：兼三材而兩之，謂天地人之道。教者言其非，則學者失問。隱，不稱揚也。不知其益，若無益然。速、疾也，學不心解，則亡之易。刑猶成也」

疏：「大學之教也時者，言教學之道，當以時習之。教必有正業者，謂先王正典，非諸子百家，是教必用正典教之也。退息均有居者，退息謂學者疲倦而暫休息，有居，謂學者退息必有常居之處，各與其友人同居。得相諮決，不可雜濫也。學不學操縵不能安弦者，此以下並正業積漸之事也。此教樂也，樂主和，故在前，然後須以積漸，故操縵爲前也。操縵者，雜弄也。弦、琴瑟之屬，學之須漸。言人對學琴瑟，若不先學調弦雜弄，則手指不便，手指不便，則不能安正其弦，先學雜弄，然後音曲乃成也。不學博依不能安詩者，此教詩法者，詩是樂歌，故次樂也。博、廣也，依謂依倚也，謂依附譬喻也。若欲學詩，先依倚廣博譬喻，若不學廣博譬喻，則不能安善其詩，以詩譬喻故也。不學雜服不能安禮等，此教禮法也。前詩後禮，亦其次也。雜服自袞而下，至皮弁朝服无端之屬，禮謂禮之經也。禮經正體在於服章，以表貴賤，今若欲學禮，而不能明雜衣服，則心不能安善於禮也。不與其藝不能樂學者，此總結上三事，並先從小起義也。興謂歆喜也，故爾雅云：歆、喜、興也。藝謂操縵、博依、六藝之等，若欲學詩書正典。意不歆喜其雜藝，則不能躭翫樂於所學之道。

呻其佔畢者，此明師惡也，呻、吟也，佔、視也，畢、簡也，故釋器云：簡謂之畢。言今之師不曉經義，但詐吟長詠以視篇簡而已。多其訊者，訊、問難也。既自不曉義理，而外不肯默然，故假作問難，詐了多疑，言若已有解之然也。言及于數者，數謂法象。既不解義理，若有所言，而輒詐稱有法象也。

其次請看陳澔的禮記集說：

「舊說，大學之教也時，句絶，退息必有居，句絶，今讀時字連下句，學字連上句，謂四時之教，各有正業，如春秋教以禮樂，冬夏教以詩書，春誦夏絃之類是也。退而燕息，必有燕居之學，如退而省其私，亦足以發是也。絃也，詩也、禮也，此時教之正業也，操縵、博依、雜服，此退息之居學也。凡爲學之道，貴於能安，安則心與理融而成熟矣。然未至於安，則在乎爲之不厭，而不可有所作輟也。操縵，操弄琴瑟之弦也。初學者手與絃未相得，故退息時，亦必操弄之不廢，乃能習熟而安於絃也。詩人比興之辭，多依託於物理，而物理至博也，故學者但講之於學校，而不能於退息之際，廣求物理之所依附者，則無以驗其實，而於詩之辭，必有疑殆而不能安者矣。雜服、冕弁衣裳之類，先王制作，禮各有服，極爲繁雜，學者但講之於學，而不於退息時，游觀行禮者之雜服，則無以盡識其制，而於禮之文，必有彷彿而不能安者矣。呻、吟諷之聲也，佔、視也。畢、簡也。訊、問也。言今之教者，但吟諷其所佔視之簡牘，不能通其緼奧，乃多發問辭以訊問學者，而所言又不止一端，故云言及于數也。」

最後，請參看孫希旦的禮記集解：

「張子曰：依、聲之依永者也。服、事也。雜服、灑掃應對投壺沃盥細碎之事。依當如張子讀爲聲依永之依，博依、謂雜曲可歌詠者也。雜服、謂私燕之所服，若深衣之屬也。操縵、非樂之正也，然不學乎此，則於手指不便習，而不能以安於琴瑟之弦矣。博依，非詩之正也，然不學乎此，則於節奏不嫻熟，而不能以安於詩矣。雜服、非禮之重也。然不學乎此，則於藝文不素習，而不能安於禮矣。

朱子曰：數謂形名度數，欲以是窮學者之未知，非求其本也，注疏法象之說恐非。呻其所視之簡畢，如徒務乎口耳之麤繁，稱乎度數，而不究乎義理之本，則其教人也，不足以盡人之材，而使之有所成就矣。」

在我所引學記第一段文字中，除了「不學博依，不能安詩」這兩句，是我們要討論的主題，我想留在最後來商討外，仍有兩個小問題，想在這裏一併說明。第一是句讀問題。如果照注疏的舊讀，把開頭的幾句斷作「大學之敎也時，敎必有正業，退息必有居，學不學操縵，不能安弦。」很顯然的，注疏的舊讀，不如陳澔的禮記集說合理。照注疏的解釋，有居就是有常居之處，也算不得是一種甚麼特別敎學法。而且下文「不學操縵，不能安弦；不學博依，不能安詩；不學雜服，不能安禮；不興其藝，不能樂學。」句法一律，今在「不學操縵」上，多一「學」字，亦覺文理不倫。所以，我以爲陳澔的集說，較注疏的舊說要高明些，把時敎釋爲四時之敎，居學解作燕居之學，也覺得文從字順得多了。

其次一個問題是「雜服」到底是甚麼意思？孫希旦的禮記集解曾引張子說，把服釋作事，雜服就是灑掃應對投壺沃盥細碎之事。本來解得很好，可惜孫氏不從，又受舊說的影響，釋爲私燕之所服。俞曲園的羣經平議裏，關於雜服的解說，我想是比較容易懂而可以接受的。俞氏說：

「冕服皮弁之屬，不可謂之雜服，且冕服皮弁之屬，在今人視爲絶學，誠費講求，在古人則所習見習聞也，有何可學乎！此服字，止當從爾雅釋詁服事也之訓，襍服者，襍事也，洒掃應對，無一非禮，故必學襍事，然後能安禮，馴而至於動容周旋，中禮不難矣。曲禮、少儀諸篇所載皆其事也。」

在上所引學記第二段文字裏，既有訓釋的問題，也有句讀的問題，照注疏的解釋，爲師者於經義既多疑不曉，且動輒使詐，那根本就不足以爲人師了。其實，這一段文字只在說明敎者之不得法，並沒有絲毫意思說敎者本質不好。王引之經義述聞說：

「佔讀爲笘，說文曰：潁川人名小兒所書寫爲笘。又曰：籥、書僮竹笘也。廣雅曰：笘、䈞也。春秋齊陳書字子占，佔占竝與笘同，佔亦簡之類，故以佔畢連文，鄭以吟誦其所視之文，殆失之迂矣。

禮記纂言（元吳澄撰、三十六卷）讀多其訊言爲句，及于數進爲句，云數進謂數進之，學者未可進而又進之也。引之謹案：吳之句讀是也，而義尚未安。今案多其訊言者，釋文曰：訊字又作誶。爾雅曰：誶、告也。誶本又作訊。陳風墓門篇：歌以訊止。毛傳：訊、告也，訊本又作誶。小雅雨無正篇：莫肯用訊。鄭箋曰：訊、告也。是訊與誶通，而同訓爲告也。多其訊言，猶云多其告語，謂不待學者之自悟而強語之，非謂多其問難也。及于數進而不顧其安者，隱元年公羊傳曰：及猶汲汲也。爾雅曰：數、疾也。鄭注曾子問曰：數讀爲速，及于數進，謂汲汲於求速進也。」

王引之的解釋，較之舊注釋數爲法象，集說之訓數爲不止一端，集解引朱子謂數爲形名度數，對於經義的了解，何啻天壤之別。

現在，我們討論本題「不學博依、不能安詩」這兩句。我想提出兩個問題？一、甚麼是博依？二、爲甚麼不學博依，就不能安詩？鄭注：「博依、廣譬喻也。」博釋爲廣，自無疑義。依釋作譬喻，根據甚麼？考說文：依訓倚。於是疏乃疏釋成「依謂依倚也，謂依附譬喻也，先依倚廣博譬喻。」鄭注只釋依爲譬喻，孔疏把依釋作依附，則譬喻二字無所着落，好像是憑空掉下來似的。集說云：「詩人比興之辭，多依託於物理。」也是把依釋作依託。能進一步說到「詩人比興之辭」，尚不無發明。至於集解把「博依」說成「雜曲可歌詠者也。」並說「博依、非詩之正也，然不學乎此，則於節奏不嫻熟，而不能以安於詩矣。」簡直就是跑野馬，毫未熟思「不學博依，不能安詩」的文理，而竟把「博依」說成「非詩之正也」。豈不可笑！鄭注釋「依」爲「譬喻」是對的，只是沒有說出「依」何以可釋作「譬喻」的所以然來。清焦循的禮記補疏所說，我認爲很可以補充鄭注的不足。焦氏云：

「循案：說文：衣、依也。白虎通云：衣者、隱也。漢書藝文志詩賦家有隱書十八篇。師古引劉向別錄云：隱書者，疑其言以相問對者，以慮思之，可以無不諭。韓非子難篇云：人有設桓公隱者云：一難二難三難。呂氏春秋重言篇云：荆莊王立三年，不聽而好讔。高誘注云：讔、謬言。下載成公賈之讔云：有鳥止于南方之阜，三年不動不飛不鳴，是何鳥也？王曰：其三年不動，將以定志意也。不飛，將以長羽翼也，不鳴，將以覽民則也。是鳥雖無飛，飛將冲天，雖無鳴，鳴將駭人，賈出矣，不穀知之矣。明日朝，所進者五人、退者十人，羣臣大悅。史記楚世家亦載此事，爲伍舉曰願有進隱。裴駰集解云：隱謂隱藏其意，時楚莊王拒諫，故不直諫，而以鳥爲譬喻，使其君相悅以受，與詩人比興正同，故學詩必先學隱也。其後淳于髡、鍾離春、東方朔皆善隱，司馬遷以爲滑稽，蓋未識古人之學矣。」

焦循以爲「依」釋作「譬喻」乃「讔」字的假借，其說極是。考說文無讔字，俗只作隱。集韻上聲十九隱：「讔、廋語。倚謹切。」康熙字典言部：「讔、廋語也。」按舊作庾語也誤，承陳志遠先生指正，敬謝。」並引劉向新序「齊宣王發隱書而讀之。」謂隱卽讔字。考說文：「隱、蔽也。从𨸏、㥯聲。」「㥯謹也。从心㦔聲。」「㦔有所依也。从受工。」段玉裁注：「依㥯雙聲，又合韻最近，此與𨸏部隱，音同誼近，隱行而㥯廢矣。」文心雕龍諧隱篇云：

「讔者、隱也；遯辭以隱意，譎譬以指事也。」

從上所述，讔就是廋語，就是譬喻。字或作讔，亦通作隱。史記滑稽列傳云：

「淳于髡者，齊之贅壻也。長不滿七尺，滑稽多辯，數使諸侯，未嘗屈辱。齊威王之時喜隱，好爲淫樂長夜之飲，沈湎不治。委政卿大夫，百官荒亂，諸侯並侵，國且危亡，在於旦暮，左右莫敢諫，淳于髡說之以隱曰：國中有大鳥，止王之庭，三年不蜚又不鳴，王知此鳥何也？王曰：此鳥不飛則已，一飛沖天；不鳴則已，一鳴驚人。」

按鄭注博依之依，或作衣。依衣與殷隱聲多相通。禮記中庸：

「武王纘大王王季之緒，壹戎衣而有天下。」

鄭注：「戎、兵也。衣讀如殷，聲之誤也。齊人言殷聲如衣，壹戎殷者，壹用兵伐殷。」

中庸的「壹戎衣」，實在就是書康誥「殪戎殷」。可見衣殷古通。從殷之字、古亦從㥯。轞、車聲。或从殷作𨍭。濦水出潁川陽城少室山東入潁，字亦从隱作濦，从殷作溵。可見殷隱古通。廣韻八微韵：「依、於希切，倚也。」廣韻十九隱韻：「隱、於謹切，藏也。」集韻上聲十九隱韻：隱讔同音倚謹切。考之周秦古韻依屬微部。高本漢漢文典擬音是：*ĭər/.iəi/yi/。我的擬音是：*ʔjɛ/ʔiɛi/i/。讔屬諄部。高氏擬音是 *.ĭən/.iən/yin/。我的擬音是：*ʔjɛn/ʔiɛn/in/。無論是高氏的擬音，或我古音學發微的擬音，依讔二字的聲母相同，介音相同、元音相同，所不同的只是韻尾罷了。因此在聲韵上的相通是毫無問題的。

讔既解作廋語、廋、方言云：「隱也。」淮南子詮言訓：「冒廋而無溉於志。」注：「廋、隱也。」如此看來，廋語就是隱語，也就是不明說出來，用別的事物來作譬喻。五代史李業傳說：

「而帝方與業及聶文進、後贊郭允明等狎昵，多爲廋語相誚戲，放紙鳶于宮中。」

孫覿何嘉會寺丞嫁遣侍兒襲明有詩次韻云：

「廋語尚傳黃絹婦，多情在好紫髯翁。」

廋語亦作廋詞。曹鄴梅妃傳云：

「江妃庸賤，以廋詞宣言怨望。」

亦作廋辭。國語晉語五云：

「范文子暮退於朝，武子曰：何暮也？對曰：有秦客廋辭於朝，大夫莫之能對也。吾知三焉。」韋昭注：「廋、隱也。謂以隱伏譎詭之言問於朝也。東方朔曰：非敢詆之、與爲隱耳。」

齊東野語云：

「古之所謂廋辭，卽今之隱語。而俗謂之謎。」

上來所舉證，可見廋語就是隱語，也就是隱言，就是不明顯說出而曲爲譬喻，故此字從言隱會意隱亦聲，乃會意兼形聲之字，故字作讔，也作𧮬。博依就是博讔，也就是廣泛的譬喻。作詩之法有三，就是賦比興。譬喻就是比，如果學詩不先學會廣泛譬喻之法，就不善於作詩，也就是不能把詩作好。不善於比，純任於賦，自然就不能安善於詩了。民國六十八年六月十七日中國時報副刊載夏志清先生「重會錢鍾書紀實」一文，談到錢氏詁「依」爲「隱」，此說實出於焦氏補疏，故爲拈出。不過像陳澔集說與焦氏補疏、認爲此「依」可兼詩的比興，則有未確。博依只是比，不能把興概括進去的。關於比興的區別，蘇軾或說蘇轍的詩論說得極好。蘇氏說：

「今之詩傳曰：殷其雷，在南山之陽；出自北門，憂心殷殷；揚之水，白石鑿鑿；終朝采綠，不盈一匊，瞻彼洛矣，維水泱泱。若此者皆興也。而至關關雎鳩，在河之洲；南有樛木，葛藟纍之；南有喬木，不可休息；維鵲有巢，維鳩居之；喓喓草蟲，趯趯阜螽，若此者又皆興也。其意以爲興者有所象乎天下之物，以自見其事，故凡詩之爲此事而作，其意有及於是物者，則必彊爲是物之說，以求合其事，蓋其爲學亦已勞矣。且彼不知夫詩之體固有比矣。而皆合之以爲興；夫興之爲言猶曰其意云爾，意有所觸乎當時，時已去而不可知，故其類可以意推，而不可以言解也。殷其雷，在南山之陽，此非有所取乎雷也。蓋必其當時所見，而有動乎其意，故後之人，不可以求得其說，此其所以爲興也。若夫關關雎鳩，在河之洲，是誠有取於其摯而有別，是以謂之比而非興也。嗟夫！天下之人，欲觀於詩，其先知夫興之不可與比同而無彊爲之說，以求合其當時之事，則夫詩之意，庶乎可以意曉而無勞矣。」

蘇東坡深於詩學，詩作得極好，故深明比興的差別。朱子的詩集傳於比興的定義也下得很好。如關雎首章下云：「興者，先言他物，以引起所詠之詞也。」螽斯首章下云：「比者，以彼物比此物也。」可惜詩集傳不能嚴守此一分際，一遇興體，仍多比附之言，講得跟比體無別。本會華總幹事仲麐教授在他的大著中國文學史論裏頭，於比興之別，論說極詳。

華先生說：

「毛傳於賦比二體，都不注明，而獨標詩人托物興詞，觸物起情的興體。然而毛傳、鄭箋事實上却將興體詩開頭之句，勉強要拉與本題有關，結果興體詩，都一概變成了比體了。其實文學的創作方法，到今天還是不出這三體，而其中興體，最爲隱晦難知，也最爲難能可貴。鄭樵六經奧論云：『凡興者，所見在此，所得在彼，不可以事類推，不可以義理求也。』王應麟在困學紀聞中更有妙的說明。他說：『敍物以言情，謂之賦，情盡物也；索物以記情，謂之比，情附物也；觸物以起情，謂之興，物動情也。』這些曰敍、曰言、曰索、曰記的賦比之體，都是有心而明顯的，惟有曰觸、曰起的興體之詩，却是無意而隱晦的，有時根本就不知所云，只有詩人自己才知道是怎麼回事。朱夫子雖然深通此理，但詩集傳一遇興體之詩，一定要明知故犯的說雎鳩『摯而有別、生有定偶』來比附君子淑人，這未必是作者的本意。」

屈萬里先生的詩經釋義，亦持此說，更引了兩首魯西歌謠來說明興體詩。茲錄於后：

擀麪杖，兩頭尖。
俺娘送俺泰安山。
泰安山上鶯歌叫，

俺想娘，誰知道？
說着說着哥來叫。
問爹好，問娘安，
問問小侄歡不歡？

※ ※ ※ ※

小草帽，戴紅纓。
娘說話，不中聽。
媳婦說話笑盈盈。
娘病了，要吃梨。
又沒有街道又沒有集。
又沒有閒錢買東西。
媳婦病了要吃梨。
又有街道又有集。
又有閒錢買東西。
打着傘，踏着泥。
買來了燒餅，買來了梨。
打掉了根蒂去了皮。
偷偷地放在媳婦手心裏。
別叫老娘看見了，

老娘看見不歡喜。
別叫老天看見了，
老天看見打雷劈。

擀麵杖、小草帽一開頭的兩句，都跟歌謠的本意毫無關係。只是「先言他物，以引起所詠之詞」而已。這樣說來，興只是開個頭而已，有時引起的詞只是可以跟前頭的話押韻，在意義上一無關連。拿這個標準來看詩經。像唐風的山有樞，眞是標準的興詩了。玆錄與後：

山有樞。隰有榆。子有衣裳，弗曳弗婁。子有車馬，弗馳弗驅。宛其死矣，他人是愉。

山有栲。隰有杻。子有廷內，弗洒弗埽。子有鐘鼓，弗鼓弗考。宛其死矣，他人是保。

山有漆。隰有栗。子有酒食，何不日鼓瑟。且以喜樂，且以永日，宛其死矣，他人入室。

毛傳跟朱子都以爲是興，的確是不錯的，山隰的樹木多得很，所以偏挑樞跟榆，只是爲了要跟下文婁、驅、愉押韻罷了。跟後面的文意並沒有連續的關係。栲杻，漆栗也都是如此的。至於邶風柏舟首章：

汎彼柏舟。亦汎其流。耿耿不寐，如有隱憂。微我無酒，以遨以遊。

序說是「言仁而不遇」，毛傳以爲興，但是又說「柏所以宜爲舟，亦汎汎其流，不以濟渡。」箋亦云：「舟載渡物者，與衆物汎汎然俱流水中，喻仁人不見用。」照傳箋的解釋，那明明是比體，所以朱子就直指爲比，我認爲朱子是對的。至於鄘風的相鼠。序說：「刺無禮也。」

相鼠有皮。人而無儀。人而無儀。不死何爲。

毛傳沒有說是興，或以爲比。然鼠之皮跟下文的文意並沒有必然的關係，所以用此「皮」字，只爲了要跟下文的儀爲押韻罷了。我們不用皮字而用毛字，也可以表達同樣的意思。如果把此詩改作成如下面的樣子。

相鼠有毛。人而無操。人而無操。不死何逃。

恐怕在意義上，並沒有甚麼差別，可見並非要用「皮」字不可，朱子詩集傳以爲興，我認爲他又對了。

至於小雅四牡三章與四章；

翩翩者鵻，載飛載下。集于苞栩。王事靡盬，不遑將父。

翩翩者鵻，載飛載止。集于苞杞。王事靡盬，不遑將母。

序指「勞使臣之來。」箋說：「鵻，夫不，鳥之愨謹者，人皆愛之，可以不勞，猶則飛則下，止於栩木，喻人雖無事，其可獲安乎，感厲之。」照箋的說法，顯然是「以彼物比此物」的比體了。而朱子詩集傳以爲興，顯然地，朱子這首詩是說錯了。

文心雕龍比興篇說：「比顯而興隱」，其實也不對。興只是起頭，劉氏說：「興者起也」是對的，沒有甚麼文義上必然的關係。比固然有顯的，但也有隱的，所以齊東野語才說「今之隱語，俗謂之謎。」了。

像古詩十九首裏的「胡馬依北風，越鳥巢南枝。」潘岳悼亡詩裏的「如彼翰林鳥，雙棲一朝隻；如彼遊川魚，比目中路析。」都是「以彼物比此物」的比體詩。至於古豔歌的「煢煢白兔，東走西顧。衣不如新，人不如故。」則純粹是「先言他物，以引起所詠之詞」的興體了。

今天天氣很熱，看到各位先進對中國文化與孔孟學說的熱忱，而自己拉拉雜雜說得毫無頭緒，躭誤各位寶貴的時光，使我更加惶恐，表現於外的更是汗流浹背了。敬請各位多加指教，謝謝大家。

六十九年四月廿五日整理完畢

（原載孔孟月刊第十八卷第九期民國六十九年五月）

評介潘、陳合著「中國聲韻學」

書名：中國聲韻學
著者：潘重規、陳紹棠
出版者：東大圖書有限公司
出版年月：民國六十七年八月初版
版面及頁數：二十四開版，正文二九〇頁
定價：平裝新臺幣六十八元

潘師重規跟陳君紹棠合著的「中國聲韻學」出版了。這書是自董同龢先生的「漢語音韻學」後，在國內出版刊行的最完整而有系統的聲韻學著作。全書共分六章，大略地介紹於後：

第一章是緒論。首節討論中國聲韻的名義，認爲中國聲韻學不同於西洋的語音學，語音學是以音素爲單位，就生理學與物理學的基礎來分析語音的一切現象；而聲韻學是以中國字作單位，分析每一字音的音節，瞭解每一字音的發聲、收音跟聲調的特色。第二節講中國聲韻的分期，比較了各種說法以後，贊同錢玄同先生文字學音篇所分的六期。卽周秦爲一期，兩漢爲一期，魏晉南北朝一期，隋唐兩宋一期，元明清一期，民國以後自成一期。認爲錢玄同的分期，條理清楚，分析細微，有助於我們對中國聲韻學史的瞭解。第三節歸結聲韻學的功用在通文字、語言、典籍、文學。各舉實例，以明聲韻的功效。

第二章是聲。首節講聲的名稱，以新的術語解釋舊的名詞，用現代語音學理說明聲母發聲的部位跟方法，使得初學的人都能確切的掌握要領，非同扣槃捫燭，徒爲影響之談。次節講三十六字母，就三十字母的產生跟三十六字母的異同，作一詳盡的說明，並歸結三十字母實爲唐代沙門所創，經過守溫的修改，由胡僧了義所傳。並說字母的產生，雖淵源於悉曇，但它的語音確是根據華語，所以大致能够跟韵書的切語相符合。清代番禺陳澧認爲三十六字母跟韻書系統不能完全密合，所以依據他所定的系聯條例，把廣韵的切語上字系聯爲四十類，蘄春黃季剛（侃）先生更分析明、微爲二，而得四十一聲類。本書更歷敍黃氏以後的各家，像白滌洲，張煊、曾運乾、周祖謨、陸志韋、李榮、王力等人的分類，一一批判他們的是非得失，而仍力主黃氏四十一聲類之說。著者說：「廣韻四十一類之說，雖經學者屢次更動，而終不可易者，以其能與其時之音理密合也。」第三節談清濁。除根據聲帶的顫動與否，作爲辨別清濁的條件外，更進一步認爲發聲時除阻以後氣流外洩的強弱也與清濁有關，因此乃科別爲全清、次清全濁次濁四類，並以語音學術語解釋。後附以各家的異名，而使讀者可加以比較，得一更清楚的觀念。第四節說發、送、收。認爲發、送、收與清濁雖然都是指聲母的發聲方法，但實際上是不相同的，以語音學學理來說明，則發聲指不送氣的塞聲跟塞擦聲，送氣是送氣的塞聲、塞擦聲跟擦聲，收聲則包括鼻聲邊聲跟半元音等。也列出了各家的異名，可以互相比較它們的異同，尤能收正名的功效，而讓初學的人得貫通之樂。

第三章談的是韻。共分五節：第一節說到韻的名稱，乃從元音的性質及類別，解說韻母的構成，並兼釋有關韻的異名。次節討論陰陽，認爲韻之分陰陽，純粹是依據韻尾收音作爲標準，至于入聲，則介乎陰陽二者之間，跟兩者都可通轉。第三節談等呼，著者認爲宋元等韻裏頭所講的「呼」，是繫於嘴脣形狀的差異；所說的「等」，則繫於元音的斂侈與介音 i 的有無；明清等韻併呼等爲一，別爲四等呼，則全繫於介音的性質來區別。本書對於二者嬗變的關係，均能明其源委。第四節是韻類。韻類的名稱，定於陳澧的切韻考，陳澧系聯廣韻的切語下字得三百十一類。陳氏以後，黃季剛先生、高本漢、林師景伊、王力、周祖謨、李榮、董同龢各家都有所修訂，本書於上述各家，都詳加比勘，擇善而從。第五節說韻攝。以爲凡合韻尾相同主要元音相近的數韻爲一類叫做韻攝，這種做法，實起源於韻圖併合好幾個韻而成一圖，在所有講韻攝的書當中，本篇認爲分析得最精密的，應首推切韵指掌圖，而指掌圖的缺失，則黃季剛先生的二十三攝已加補正，所以最後補列黃先生的二十三攝表。

第四章是聲調。細分成三節：第一節談聲調的名義，說聲調是指音的高低、升降、遲疾、長短或輕重來說的。近代學者因有西洋語音學的傳入，劉復等人根據四聲實驗的方法以定四聲的調值，以爲四聲的不同，純粹在於聲音的高低。但本篇認爲高低也只是相對的說法，而不是絕對的。實在漢語聲調的特徵，只是音高曲線高低起伏的不同形狀而已。在這一節裏，除解釋聲調的名義外，又兼論四聲與五聲（宮、商、角、徵、羽）的關係，根據日僧空海文鏡秘府論所載劉善經四聲指歸引到的李季節音譜決疑序，引周禮證明商不合律，說五聲原來是以相當的字來跟四聲相配，作爲稱用的細目，是則五聲就是未有平上去入之名稱以前，用來代表聲調的稱呼。千年糾葛，得此說而廓淸，豈非講聲韻學的一大快事嗎！次節講聲調的起源，認爲在語言產生的時候，已自有之的。只是後來的學者對於四聲，仍有許多爭論，有些認爲漢語的四聲，是自古有之的，到齊梁時才爲人發現而已；有些學者以爲古代原只有兩類聲調，到魏晉時代才發展成四聲，至齊梁時才確立名稱。說四聲定於齊梁，無論那派，都無異說。此節末了，附引陳寅恪四聲三問一文，以備一家之言。第三節討論古今聲調的差別，對於上古的聲調，力主黃季剛先生古惟有平入二聲的說法，至於上古的二聲怎麼樣發展成爲中古的四聲，它們分化的因素與理由，則採用了王力在漢語史稿裏的說法。

第五章講標音法的演進。也分作三節：第一節談反切以前的標音方法。稽考古書，反切前的標音法，約有三類：一種叫做譬況，像古書所載的急氣、緩氣、長言、短言、籠口、閉口、橫口、蹴口一類的說法，都屬於這一類。一種是讀若，像「卸讀若汝南人寫書之寫」，「鋌讀如麥秀鋌之鋌」都屬於這一類。第三種是直音，直音一定要兩字完全同音，像算音集之例是。第二節談反切的方法。反切的方法，本來極爲簡單，切語的上字一定跟本字同聲母，字音的淸濁卽由反切上字定之，不必管它的聲調；切語的下字一定跟本字同韻母，四聲也根據下字決定，而不必管它的淸濁。因此說來，反切的主要條件純賴切語上下字跟本字間音素的切合。說到反切的緣起，則從章太炎先生的說法，以爲起于漢末。第三節討論到等韻與等韻圖。等韻本來是對反切方法的進一步說明，所以談完了反切的方法以後，緊接著談等韻，說明等韻的緣起，根據巴黎藏伯二〇一二號守溫韻學殘卷，因其文字切音都稱作反，與唐人寫本韻書相同，與唐以後異，足證其爲唐人所作，而守溫韻學殘卷已載四等重輕例，其各等之區分，又與韵鏡等合，可見等韻之起源，必在守溫之前。此節根據後來學者像羅常培、董同龢等的研究，縱論韻圖的格式與韻書的關係，內外轉的意義，皆能擇精取華，扼要敍述，以示初學，可以說是要言不煩了。第四節談反切的改良。反切以兩個字來拼一個字的音，但是上字的韻跟下字的聲，仍舊是無可避免的夾雜其中，而不容易確切的直接拼出正確的音讀來。因此，自集韻以後，歷來的韻書，多有改進。後世像明呂坤的交泰韻、清潘耒的類音、李光地的音韻闡微都是改良反切最著名的書。他們改良反切的方法，是取上字能生本音，下字能收本韻的，但是受了中國文字本質的限制，雖然改進到像音韻闡微那樣，仍舊有些不能完全解決的。於是乃有以音符代替反切的方法出現。這一類的改進，最早的要算金尼閣的西儒耳目資了。到清代末年，像盧戇章的一目了然初階，蔡錫勇的傳音快字，沈學的盛世元音，力捷三的切音官話字書，王炳耀的拼音字譜，王照的官話字母，都是以音符的形式來代替反切的。民國以後，讀音統一會採用了章太炎先生的主張，取古文籀篆徑省之形，改進成爲注音符號，反切的改良已逐漸趨於完善了。近些年來中共推行拼音方案，以拉丁字母取代注音符號，最終的目的，想要完全廢除漢字，而實行所謂文字拉丁化。這已不是改良反切，而竟是包藏禍心，想藉此摧毀中國的文字與文化了。所以著者在本書裏頭特別提出章太炎先生駁中國用萬國新語說一文，主張中國文字必不可廢。認爲章太炎先生的意見，實如暮鼓晨鐘，發人深省，有再三拜讀的必要。憂時之心，洋溢於字裏行間。

第六章講歷代聲韻的沿革。共分作兩節。第一節是古音略說。開章明義揭示所謂古音是指周秦兩漢之音，認爲聲音有今古的不同，漢代大儒鄭康成爲毛詩作箋的時候，已發其端緒。晉、宋以來，徐邈、沈重、陸德明、顏師古紛謂協句、取韻、協韻、合韻，這無非都在說明古今的音異。宋代以後又有所謂叶音、通轉等說法，雖然未必合於古代詩韻的眞象，歸其要旨，也都在說明古音的端倪，及宋項安世、明陳第出，於古音學才開始有正確的觀念。有清三百年古音學蔚成大邦，初僅及於韻部的研究，其後漸及於古聲母與語音系統的推求。對於古韻的研究，由於方法的不同，可分爲考古跟審音兩派。考古派歷經顧炎武、江永、段玉裁、江有誥、王念孫、章太炎、王力諸氏，如果從分不從合，古韻分部最後的結果應爲二十四部。書中對各家的學說要旨與分部得失，都有詳細的評介。審音派則起自戴震的陰陽入三分，析古韻爲九類二十五部，黃季剛先生根據章太炎先生古韵二十三部，參考戴氏陰陽入三分法，把入聲韻部獨立，卓定古韻爲二十八部，遂爲集清代古韵分部之大成。本書對於二派的歧異，都有詳細的論述。古聲研究方面，自錢大昕十駕齋養新錄創古無輕脣舌上，章太炎先生發古音娘日歸泥，黃季剛先生依錢章兩家之說而確立古聲爲十九紐，後人縱有訂正，對於古聲母有十九紐之說，則都一致同意，而無異辭。第二節是韻書略說。首講廣韻以前的韻書，次講廣韻及廣韻以後的韻書，都一一敍述內容，揭舉條例，莫不元元本本，殫見洽聞。

縱覽全書以後，覺得有四大特色，揭舉於後：

(一)發揚師說：

潘師石禪從蘄春黃季剛先生受業，而陳君紹棠又潘師之弟子，薪火相傳，一脈相承。黃季剛先生於聲韻學既集前代學者的大成。但是生平不輕易著書，對於聲韻學方面的著作，除早期發表的音略、聲韻略說、與友人論治小學書等外，其餘的都只是傳之於生徒，流於口授。黃先生已經發表的著作也只是簡述大要，提出研究的結論。因此讀其書的人，每每不明其所以然之故，乃多持懷疑之論。著者此篇，於黃季剛先生的學說，多所闡發。例如黃先生於古聲調主平入二分說？至於古聲調平入二類如何演變爲切韻之平上去入四聲，則語焉不詳。本書釋之云：『古音平上爲一類，去入爲一類，清人已知之，終以爲四聲之界不可泯。段玉裁古無去聲之說，後人沿用者亦寡。黃季剛先生斷然將四聲合爲平入二類後，當時之學者，皆不以爲然。及一九五八年王了一氏著漢語史稿，平入二分說，終能證出，可見黃先生之卓識。』（第二三三頁）至於討論到古今聲調的不同，則引王了一的說法，來證明黃先生定聲調爲平入二聲的卓見。書中引王氏的話說：「段玉裁說上古沒有去聲，他的話是完全對的。中古去聲字有兩個來源；第一類是由入聲變來的。例如歲字，依廣韻該讀去聲（直到現在還是去聲。）但是詩經豳風七月叶發、烈、褐、歲，大雅生民叶軷、烈、歲，可見歲字是一個收t的字，屬入聲，所以它和發、烈、褐、軷等字叶韻，一字具有去入兩讀也可以作爲證據，例如害、契、易、食、識、亟、惡、復、宿、暴、溺等字都有去入兩讀。這些字的異讀還可以認爲辨義的；但是，像囿音于救切，又音于六切，植音直吏切，又音常識切，借字子夜切又音賓昔切，都沒有辨義作用，而這類字也很多，可見是先有入聲，然後化爲去入兩讀。其次從諧聲偏旁也看得出去入相通的痕跡。如祭聲有察，夬聲有決，至聲有姪等。都可以推知聲符本身原是入聲。至於各聲有路，式聲有試，舄聲有寫等，它們的聲符，直到現代的吳粵方言裏還是入聲，更可以推知被諧字原是入聲了。……總之，一大部分的去聲字在上古屬於入聲（長入），到中古喪失了尾音t、k變爲去聲，這是毫無疑問的。」（一六九頁至一七〇頁）古代聲調，平上爲一類，去入爲一類，上聲多由平聲轉變，去聲多由入聲轉變。先秦的聲調除了以特定的音高爲特徵外，又分舒（平）、促（入）兩大類，但又細分爲長音與短音，舒而長的聲調，中古爲平聲，舒而短的，中古爲上聲，促而長的聲調叫長入，中古轉爲去聲，促而短的爲入聲。這樣解釋，已經照顧到了先秦聲調演變成中古四聲的條件，那末，黃先生之說，得此證明，就更爲圓滿了。

㈡引證翔實

潘先生與陳君合著此書，實已充分掌握了一切資料，資料之豐富，前此諸書，罕有其比。例如談到古音學的起源，各家的敍述，都從宋吳棫以後直接元戴侗。而本書乃更博徵舊籍，考出確指詩經用韻係本音者，當首推宋項安世。並舉出項氏家說論詩音條云：「凡詩中東字皆協蒸字韻，南字皆協侵字韻，下字馬字皆協補字韻，母字有字皆協止字韻，英字明字皆協唐字韻，華字皆協模字韻，爲字皆協戈字韻，服字皆協德字韻，天字皆協眞字韻，其所通韻，皆有定音，非泛然雜用而無別者，於此可見古人呼字，其聲之高下，與今不同。又有一字而兩呼者，古人皆兼用之，後世小學，字既皆定爲一聲，則古之聲韻，遂失其傳，而天下之言字者，於是不復知有本聲矣。雖然求之方俗之故言，參之制字之初聲，尚可考也。如烏謂之鴉，姑謂之家，潭之字爲沈，庵之字爲陰，明都之明爲望，不羮之羮爲郎，甄官之後音眞，陳常之後爲田，萠之爲葡，馮之爲憑，凡此皆方俗之故言也，而考之于詩而合焉。

痏、洧從有而音偉，宄、軌從九而音鬼。婪、淋皆從林聲，而讀如藍。鱏、鐔皆從覃聲，而讀如尋。英之聲從央，盲之聲從亡，顚、塡之聲從眞，福、輻之聲從畐，爲弧、苽者瓜聲，爲波、頗者皮聲，凡此皆制字之初聲也，而考之于詩而又合焉。夫字之本聲，不出于方俗之言，則出于制字者之說，舍是二者，無所得聲矣，今參之二者以讀聖經，旣無不合矣。而世之儒生，獨以今禮部韻略不許通用，而遂以爲詩人用韻，皆泛濫無準，而不信其爲自然之本聲也，不亦陋乎？」（二一二頁至二一三頁）項氏此說，實爲明陳第、顧炎武導其先河，而竟湮沒而不傳，豈不可惜。今本書揭舉其言，爲之表彰，使講古音的人，知道在吳棫以後，戴侗、陳第以前，還有宋項安世一家所言本音也頗得其要。談到廣韻的聲類，則自陳澧、黃季剛先生四十、四十一聲類以後，又廣徵白滌洲廣韻聲紐韻類之統計及黃淬伯慧琳一切經音義反切考的四十七類，張瑄求進步齋音類的三十三類，羅常培切韻探賾的二十八類，曾運乾切韻五聲五十一類考，周祖謨陳澧切韻考辨誤，陸志韋證廣韻五十一聲類諸家之說，皆各詳言其得失，指出其是非。談到廣韻的韻類，則自陳澧、黃季剛先生以下，諸如高本漢、林師景伊，王了一、周祖謨、李榮、董同龢諸家之說，莫不摘其異同，度其得失。眞可說是掌握材料，所以能够駕馭自由，而所言則適如其分。

㈢立言精確

本書因已充分掌握材料，絜較各家的得失，因此凡所隨從，都精確可信。例如講到廣韻的聲類，在討論各家的分類後，確認廣韻四十一聲類，實是難更易的。雖然是根據黃季剛先生的說法，實在已經過一番度長絜短的考量，而得一折衷至當的結論。著者綜論其要旨說：「吾人討論廣韻聲類之根據，乃在於反切上字，其分類之參差，實因分類標準各不相同。蓋反切上字與字母之間，其建立基礎，有根本上之分別。反切之產生，固由於雙聲疊韻而來，然表現於韻書上的反切上字，其分類未經系統化之編排，故其間聯系情況，或疏或密。如端系之分爲丁、多二類，姑不論根據陳蘭甫氏之以又音聯繫法，或白滌洲氏之韻圖出現之統計法，抑爲曾運乾氏之審音法，皆不以端系有丁、多二類而合之爲一，可爲一證。至於三十六字母，則爲國人分析語音之表現，屬於有系統之分類，其間疏密，雖論者之見解不同，而其類別不至如據反切上字所定之聲類之歧異。然吾人所當知者，即近人用各類精密之條例所審定之切韻聲類，並不能將其與卅六字母等量齊觀。因語音本有系統，而切韻系之韻書，其建立之初，既未能自覺地將書中所收之字全部依語音系統作有效整理，但將其字依韻及四聲排列分類。而所分之韻，亦僅依類歸納，非每一韻之眞正韻母，故其分析亦未盡，此點當于下文討論之。惟吾人所宜知者，即將反切上下字分別歸納，所得之結果，亦僅爲切韻系韻書之聲類及韻類之間架，未必即眞正語音之類別也。蓋切韻系韻書之產生，其初主要乃爲文人作詩文時之工具，故特著重四聲及韻部之分別，至於書中各韻間相互之關係；聲母與介音之眞相如何，皆不能於書中之編制得知，此乃因時代知識所限。曾運乾氏之五十一類，乃依後人之見解而將其聲類盡量分析而已。陳蘭甫氏謂反切乃隋以前雙聲疊韻之樞紐，此乃就普遍之情形言之，然作爲樞紐之反切上下字，經統計後，上字四百餘，下字則每韻少者二字，多者數十，非經嚴密整理，不能知其概略。是以學者論廣韻之聲類，僅能依其系聯情形觀察。而三十六字母與韻圖之出現，乃國人知分析語音之開始，反切之產生，遠較字母韻圖爲早，故反切上字之聯系，與韻圖所表現之語音系統不能完全密合，乃必然之事。近人好藉韻圖之表現而分析切語上字，不知此僅能作爲其時聲母結構之參考，不能認其所分卽爲其時之語音系統也。故廣韻之反切上字，不論定爲四十一、四十七、五十一，皆就其類言之。陳蘭甫稱之爲聲類，此其高見也。若以實況言，近人李榮之分析，認爲切韵時脣音不分，僅卅六類，廣韻亦如之。近人如王了一氏，早歲亦主四十七類，近年則已改變，其論廣韻切韻之聲類，皆主三十六類，脣音不分輕重。但脣音中唐時已開始分化，乃學者公認之事實，故其分類實與陳蘭甫及黃季剛二氏相合。是知廣韻四十一類之說，雖經學者屢次更動，而終不可易者，以其能與其時之音理密合也。」（七〇頁至七三頁）實則談切韻跟廣韻的聲類，如果除開後人所分的「俟」母不計，就音位學的觀點來說，最多也只能分析爲四十一類，其他四十七、五十一之分，並不是聲母本身的分頭，只不過是後接的韻母不同罷了。至於「俟」之所以可不計的原因，因爲這個聲母，在切韻裏雖然自成一系，而實際上只不過兩個字，概括性不大，何況在廣韻裏又可以跟「牀」母系聯。這樣說來，談廣韻的聲類，分析到黃季剛先生的四十一類，已可得其大綱，過於詳細的分析，不但沒有必要，而且也嫌瑣碎。至於多加合併，當然也非所宜。

㈣層次分明

本書編排得極有條理，很適合初學的人歷階而升。第一章緒論，說明中國聲韻學的名義分期與功用後，緊接第二章聲，說明聲的名稱，字母的產生，廣韻聲類的清濁及發送收等。

第三章韻，說明韻的名稱，韻母的構成，陰陽與等呼及廣韻的韻類等。講明廣韻一書切語聲韻類的系統以後，學者已有較清晰的概念。然後接上第四章，講聲調，由廣韻一書所顯示的聲調實況，進一步推測上古聲調的類別。第五章標音法的改進，由原始標音法而說到反切的原理與起源，從等韻跟等韻圖的出現而談到反切的方法的改進，脈絡貫串，非常清楚。最後一章，歷代聲韻的沿革，對廣韻一書聲韻調各方面都有了基礎，進而推論古音學，古音學既明，則廣韻前後韻書概略地說明，也是研究聲韻學的人所應當知曉的。這種編排，層次分明，循序漸進，頗能適合初學的人的程度。

本書除了以上四項特色值得稱許外，如果以春秋責備賢者的要求說來，則尚宜商榷者，還有下面幾點，謹提出鄙見，就教於著者。茲分兩方面來說：

（甲）**撰述方面**：第一點商榷的是在古音學略說一節，於各家古韻分部部目之前或後，都另以括弧標示韻部，這些括弧裏的韻目，有些很容易了解，像顧炎武第一部，括弧裏的東部，那是因為顧氏第一部包括廣韻東冬鍾江，東韻在前，故可簡稱為（東部）。但有些卻很難理解，例如二二九頁於黃季剛先生二十八部之下，皆另以括弧標其韻目。很難理解黃先生灰部下為什麼要以（微）表示，因為黃先生的灰部，包括廣韻脂微三分之二齊半皆灰三分之二等韵，不用脂而用微，總覺得沒有一定的標準。這些韵目究竟是何人的標目，抑為新定的古韻標目？又為何要用此類標目？書中都沒有明顯的交代，易啟人迷惑，此為美中不足的第一點。第二點要商榷的是，全書似應增附廣韻四十一類的切語上字表與各韻韻類的切語下字表，古韻廿八部後應增列諧聲表，在指導學生習作時，無此三表，應用上至為不便，似應增列，不知著者以為然否？第三點書後應增列參考書目，使讀者讀此書時，遇有疑惑，可根據所附書目檢核原文。一本像這樣有價值的學術著作，缺少了參考書目，總覺得是美玉之微瑕。

（乙）**印刷方面**：第一點像九十二頁注音符號韻母示意圖跟一九八頁的國際音標元音分配圖，本應像九〇頁的國際音標元音圖一樣，是一上寬下狹不等邊的倒梯形樣，而竟印成上下等寬的樣子，看起來非常刺眼而不美觀，簡直就是外行人隨便亂畫的。東大圖書公司劉經理印書向來要求嚴格，像這類專門的學術著作，如果在付印前能夠送請專家學者過目，就不致有此種疏忽了。第二點本書用了很多國際音標，像一〇五頁的音標如果能夠橫排，就會顯得清爽得多，不致於有跨行擁擠的窘逼之感。

民國四十四年秋，我年正弱冠，考入師範大學國文系就讀，時適潘師石禪擔任系主任，優聘良師來系任教，本師瑞安林景伊先生就是在石禪師擔任系主任時，敦聘來系任教的。四十五年夏潘師應邀赴南洋講學，我從景伊師習文字聲韻有年，於五十八年前後完成古音學發微跟音略證補二文，也是著重在發皇蘄春黃君之說的。潘師後由南洋轉香港，執教於新亞書院，陳紹棠君卽潘師在新亞所教的學生，今得見陳君與潘師合撰中國聲韻學一書在國內印行，嘉惠學子。觀其文筆，似出於陳君之手，書中觀點多與鄙見不謀而合，我與陳君迄今雖無緣晤面，然海內存知己，也是人生一大樂事，故爲詳介其書，以告世之知音者。

民國六十七年九月六日脫稿於臺北市和平東路二段鍥不舍齋

（原載出版與研究三十一期民國六十七年十月）

上古音當中的-d跟-r韻尾

（B. KARLGREN 原著）

馬悅然（Göran Malmqvist）先前的一篇文章，提出了一個很有意義也很重要的現象須加討論㊀。根據他的研究，認為上古漢語的韻尾 -d 跟 -r，全都是從遠古漢語的韻尾 -d分化出來的。這種分化是由於聲調的不同。其分化如下式：

遠古漢語	上古漢語
-d¯，-dˇ	-r¯，-rˇ
-dˋ	-dˋ

根據馬悅然的說法，遠古漢語的韻尾 -d，轉變成韻尾 -r 是在平聲跟上聲❶，去聲則保留韻尾 -d 而不變。這是一種很巧妙的說法。但是如果接受他的說法，卻有些事實似乎將成為嚴重的障碍，所以在這裏我提出一種不同的解說。

先讓我們瞧瞧下列四組的例子❷：

A. 上古音的 at, ət 韻組，就是以 a 跟 ə 為主要元音的入聲韻部。某些南方方言仍舊保留韻尾輔音。（如上古韻母1葛ât瞎ăt察ɑt，2烈iɑt歇iăt截iɑt，3活wât刮wɑt八wăt，4說iwɑt月iwăt決iwɑt 5訖 iət鐵iet，6骨wət屈iwət闋iwet，7戛ɛt猾wɛt橘iwɛt）

B.上古音ad, əd韻組，在切韵（中古音）前韻尾輔音已經消失了。（如上古韵母8害 âd蠆ɑd介ăd，9世iɑd艾iăd契iɑd，10外wâd敗wɑd拜wăd，11歲 iwɑd吠 iwăd，12愛əd氣iəd戾iəd，13對wəd謂iwəd惠 iwə̆d，14屆ɛd 棄 iɛd 喟 wɛd 位 iwɛd）。

C.上古音 ar, ər 韻組，在切韻前，平上聲失掉了韻尾輔音。（如上古韻母15鼉 âr 柴 ăr，16觶 iɑr訛 iăr虁iɑr，17果wâr踝wɑr，18揣 iwɑr燬 iwăr，19哀 ər 衣 iər 齊 iər，20回 wər 歸 iwər 睽 iwər，21皆 ɛr 几 iɛr 懷 wɛr 葵 iwɛr）。

D.上古音 ar, ər 韻組，在切韻前韻尾輔音失去了。若依我的擬音（請參看中國聲韻大綱二〇九頁跟三〇三頁㊁），則跟C組完全一樣；依據馬悅然的擬音，則跟B組完全相同。我用「次 Arch, ts'ier/d」這樣的一種式子來表示我們不同的看法。-r代表高本漢的擬音，-d代表馬悅然的擬音。這組的上古韻母如下：ˊr/d, iăr/d, iwăr/d; ər/d, iər/d, wər/d, iwər/d, iɛr/d, iɛr/d, wɛr/d, iwɛr/d。爲討論方便起見，我們最好把D組的字全部表列出來。凡字右旁打一星號的。表示這字有平上聲跟去聲的異讀。它們是22堁課 K'/wâr/d，23 *踒 wr/âd，24柴 tsiăr/d，25疵 ts'iăr/d，26 *骴𩨨 dz'iăr/d，27 *委餧 ·iwăr/d，28 緌 d'iwăr/d，29 *諉 niwăr/d，30 *累 liwăr/d，31 *鎧 K'ər/d，32 *禨 Kiər/d，33 *衣 ·iər/d，34 示 d̂iər/d，35 *視嗜 d̂iər/d，36 *遲稺緀稚 d'iər/d，37 柅膩 niər/d，38 [illegible]樲 'niər/d，39 恣 tsiər/d，40 次佽絘 ts'iər/d，41 *比芘庇*妣 piər/d，42 坒*紕 b'iər/d，43 媚 miər/d，44 塊 K'wər/d，45 螝 g'wər/d，46 *儽未 lwər/d，47 *妃 p'wər/d，48 *緯 giwər/d，49 *魏

ngi̯wər/d，50諱χi̯wər/d，51畏·i̯wər/d，52雟*蜼di̯wər/d，53*誹pi̯wər/d，54*陫蜚剕厞扉非 b'i̯wər/d，55詣ngiər/d。56醫·iər/d，57*柢tiər/d，58*涕*洟*薙t'iər/d，59*弟*娣悌第*睇d'iər/d 60*躋霽tsiər/d，61濟嚌濟穧*懠*劑粢dz'iər/d 62妻ts'iər/d，63*尼*泥niər/d，64冀驥覬Ki̯ər/d，65塊K'wər/d⑪，66壞g'wər/d，67愧媿Ki̯wər/d，68餽g'i̯wər/d。

關於A、B、C三組，首先我們留心注意一些重要的事實：第一，上古 at, ət 韻組（就是上面A組的二〇個韻母）跟上古 ad, əd 韻組（就是上面 B 組的二一個韻母），經常在諧聲字上互諧，一個 kât音常是 kâd音的聲符，反之亦然。例如：69害 g'âd 諧70割 kât；71發 Pi̯wăt 諧72廢 Pi̯wăd。在我的「上古音的聲調」一文中曾引述這類例子達三十四個之多，拙著「修正漢文典」裏尚可以找出更多的例子來。這相同的幾組也經常在上古的韻文裏頭叶韻，一個「發」字 pi̯wăt 常跟「歲」字 si̯wăd 押韻之類的例子甚多。在「上古音的聲調」一文中，我曾從詩經跟易經裏頭舉了十九個例子出來。

第二，上古 at, ət 組（就是A組）跟 ad, əd 組（B組）實際上從來不跟上古韻母 ar¯，ar´，ər¯，ər`（就是上述C組的十九個韻母）發生諧聲關係。舉例來說，一個 i̯ət 音或 i̯əd 音很少會是 i̯ər¯ 或 i̯ər` 音的聲符，反之亦然。少到這種程度，實際上簡直可以不計。（這三組有幾百個諧聲的例子都跟韻尾 -t, -d 相諧，而跟 -r¯，-r´ 相諧的例則不到一打。）

同樣的，A組的 at, ət 從來就沒有跟C組的 ar¯，ar´；ər¯，ər` 在上古韻文裏頭相叶的；B組的 ad, əd 也非常地少，在詩經中只有四個這種例子。（詩北門、巧言、谷風、釆菽）

那末，這就是一個顯然的問題，我們上述的D組（ar/d等十一個韻母）在諧聲跟押韻上是怎麼樣的呢？

假定馬悅然的意見是對的，則D組的字應該是上古音的 ad（ǎd, iǎd, iwǎd），əd（əd, iəd, wəd, iwəd, iə̌d, iɛd, wəd, iwɛd）。那末它們就絕對應該跟上述B組 ad, əd 的字一致才對。如此的話，我們應該可以預期下面的結果：

甲、D組的字在古代的書體寫法上，應該在原始聲母上跟B組的字諧聲。其次，也應該跟A組的字相諧。（正如同AB兩組的字相諧一樣）但是沒有。❸

乙、這些字（馬悅然假定為 ad`，əd` 等等）就應當跟B組 ad, əd 的字在上古韻文裏頭押韻，也應該跟A組 at, ət 的字押韻才對，然而亦不見。在詩經中僅僅只有兩個押韻的例子。（詩載馳、皇矣）

總而言之，D組的字在諧聲跟押韻上，與AB兩組極少相諧，那末，馬悅然假定D組在上古也是 -d，韻尾組的說法，就很難取信於人了。

另一方面，如果我解釋D組的上古音是 ɑr`，ər` 的擬音正確的話，如非去聲，實際上跟C組是相同的。那末我們應可預期得到下面的結果：

甲、D組的字應跟C組（上古音 ar¯，ar`，ər¯，ər`）的字在諧聲上互諧，那是毫無疑問的，所以常有D組的「次」tsiər` 作為C組「資」tsiər¯ 的聲符，C組的「鬼」kiwər` 作為D組「塊」K'wər` 的聲符等。㊃差不多上面所列D組全部的字，跟C組的字在諧聲上都有接觸。❹

乙、在上古韻文方面，D組字跟C組字（上古音ar¯，ar´，ər¯，ər´）也有押韻的，雖然這類合韻不算多。在詩經裏頭只有八個確實無誤的例子。它們是將仲子的懷 g'wər¯

跟畏 ·i̯wərˋ 押，載驅及旱麓的濟 tsiərˊ 跟弟 d'i̯ərˋ 押，東山的畏 ·i̯wərˋ 跟懷 g'wərˉ 押，蓼蕭的泥 niərˊ 跟弟 d'i̯ərˋ 押，大田的私 si̯ərˉ 跟穉 d'i̯ərˋ 押，穉 d̂i̯ərˋ 跟火 Xwârˊ 押，雲漢的畏 ·i̯wərˋ 跟摧 dz'wərˉ 押。

CD兩組這幾個押韻的例，是很重要的現象。由於D組字從來不跟AB兩組字押韻的事實看來，似乎是很不相稱的。非常明顯地，畢竟這少數押韻的例子仍然存在。除開詩經CD兩組少數叶韻的例子外，我們還可以從其他古籍裏增加一些別的證據跟例子：

1. 書皐陶謨：畏 ·i̯wərˋ 叶威 ·i̯wərˉ。
2. 易師卦：尸 śi̯ərˉ 叶次 ts'i̯ərˋ。
3. 易旅卦：次 ts'i̯ərˋ 叶資 tsi̯ərˉ。
4. 左傳文公七年：威 ·i̯wərˉ 叶壞 g'wɛrˋ。
5. 禮記檀弓：壞 g'wɛrˋ 叶萎 ·i̯wărˉ。
6. 禮記中庸：歸 ki̯wərˉ 叶畏 ·i̯wərˋ。
7. 禮記儒行：威 ·i̯wərˉ 叶愧 ki̯wərˋ。
8. 禮記儒行：示 d̂i̯ərˋ 叶死 si̯ərˊ。
9. 大戴禮哀公問五義：歸 ki̯wərˉ 叶壞 g'wɛrˋ。
10. 楚辭九辯：濟 tsiərˊ 叶死 si̯ərˊ。

D組字在諧聲跟韻文上與AB兩組收音於 -d 跟 -t 的字分開，卻跟收音於 -rˉ，-rˊ 的字在諧聲上緊密地連繫（也有小部分韻文）。在我看來，那非常明顯地指出CD兩組實際上僅不過是一個韻組，C組是 arˉ，arˊ，ərˉ，ərˊ，D組是 arˋ，ərˋ。這樣說來，這些 ar，ər

等韻母實際上是存在於平上去聲當中的。

這種事實更由於像C組「衣」(衣服) ·i̯erˉ D組「衣」(穿衣) ·i̯er˙; C組「妻」(妻子) ts'i̯erˉ D組「妻」(妻之) ts'i̯er˙ 那種音讀變化而得到進一步地加強。像這些例子，照馬悅然的說法，勢必迫使我們提出上古音衣(衣服) ·i̯erˉ (穿衣) ·i̯əd˙變讀的例子。但是在周代早期的文獻中，很難得有一個同一個字形作爲兩種用法的。

更重要的是另外的一種現象，馬悅然把它撇開完全不管。那就是除了上古音的 at, ad, ar跟ət, əd, ər 各部以外，還有 et (及 ĕt)，ed˙(及 ĕd˙) 部，這部分再顯示出韻尾 -d很正常的有去聲的讀法(例如必 pi̯et 諸祕 pi̯ĕd˙)，在我的「上古音的聲調」一文的一五四到一五五頁上，舉了十二個這種例子，在「修正漢文典」裏可找出另外一些例子。在這些例子當中，沒有在相配的 -r 韻部中發現(一個孤立的例子貸 ti̯ĕr 是十分例外的)。那就可能在ed˙(ĕd˙) 韻部中，平聲跟去聲是互相配合的。

上古音收尾於 -r 的一大類字，明顯地有一種特有的性質(不跟收尾於 -d及 -t 的字相諧聲或叶韻)，那就很自然的放棄迫使它們置於遠古漢語收音於 -d 的標題下，而在同語族語言中在別處尋找出它們對應的部分。在西藏語中有很多收尾於 -r 的字，此外，我們還可更進一層在西藏語大量收尾於 -s 的字中，也可能發現有上古漢語收音 -r 對應部分的字。我們應當記得印歐的韻尾 -s，有時也變成日耳曼的 -r。(印歐單數主格的 *Sŭnus，哥德語爲 Sunus：古冰島語爲 Sunr；印歐受格複數的 Wlquōs，哥德語爲 Wulfōs：古冰島語爲 ulfar 等等) 那就正可引起我們假定一些類似的漢語的例子。在這篇短文裏頭，我無意在這方面提出我的資料。我僅引證兩則例子：

西藏語「二」g-nyis：上古漢語「二」'ni̯ər。

西藏語「米」bras：上古漢語「米」mi̯ər。（bras來自古*mras，猶同希臘語「人類的」brotos 來自古 mrotos 。至於語言中元音系統的歷史演變，則請比較西藏語的「泣」K'rab 跟上古漢語的「泣」K'li̯əp，西藏語的「多量」drags 與上古漢語「峙」（積聚）d'i̯əg`。

我希望盡快地回到本題來，可是由於上述的關係，B組 ad`，əd`的去聲字仍舊留下極爲重要的問題不能解決。上述問題，也在 ed` 韻部中同樣發生。假如馬悅然的說法確實可以對這些去聲字有很好的解釋，但仍難以接受。因爲那會爲D組所列的字造成一種不能接受的擬音。那末，我們如何解釋這些不變的所有收尾於 -d 的去聲字呢？

最簡單明瞭的解釋似乎是說這裏的去聲，不是主要的而是次要的現象，在上古音收尾於 -d 的字，這個韻尾-d 已經把字調降低成爲較低的聲音才造成 ad`，əd`，ed` 這樣的結果。相反地，這種說法可能被反對。若是如此，那末，我們應當有一致的現象發生在舌根韻尾才對啊！所有的 -g 韻尾也應該形成一種類似的音調的降低而成爲 ag`，eg`，og` 等才是啊！然自我們卻有成千上百的字上古音是 âg¯，âg´，eg¯，eg´，ôg¯，ôg´ 等等，音調並沒有降低。

這也可能被辯護說：舌尖前的韻尾 -d 毋需乎跟舌根後的韻尾 -g 在語史上作相同的演變。可是這種辯護的理由是很薄弱的。眞正的事實可能是更複雜的，所有的 -d¯，-d´ 都變成 -d`，那種語音上自然的發展，不可能是充分的理由。

在舌根韻尾組，有一連串重要的 k~g 語尾互變的例子，全部例子中，韻尾 -g 的變體有中古音的去聲音讀，在我的「上古音的聲調」一文中，我解說這些上古漢語已有的去聲獲得的結論是由於稍後降音的變化。有許多的例子像1度 d'ák（量度）：dàg`（度量），2惡·ák（惡劣）：·àg`（厭惡），3畐 pi̯uk（幸福）：富 pi̯ug`（財富），4易 di̯ĕk（交易）：di̯ĕg`（變易），5復 b'i̯ôk（反復）：b'i̯ôg（再又）等等，這類靠得住的例子，留下一條線索，這裏的去聲跟 i̯og¯，i̯oǵ…等韻母正成對比，另外還有許多字，肯定地非因語音自然的變化，而是由於關連到語尾互變的一種特質。

再者，在上古音中，有一些值得注意的例子，在那些例子當中 -K 跟 -g 互變，正如像一字的兩個異體。例如：6告 kôk 與 kôg`，7肉 ńi̯ok 與 ńi̯og`，8囿 gi̯ŭk 與 gi̯ŭg`，9射 d̂'i̯ăk 與 d̂'i̯ăg`，10畫 g'wĕk 與 g'weg`。這再顯示出前述韻部中的去聲，只是語尾互變的一種特徵。

如果我們現在回來討論收尾於-d的各組，我們將會發現有正跟這兩種現象相似的情形：一方面，我們有：11發 pi̯wăt 諧12廢 pi̯wăd`；13結 kiet 跟14髻 kied` 同一諧聲；15悅 di̯wat 的聲符是16兌 d'wâd；17脫 t'wát 跟18蛻 t'wâd` 同一諧聲；19說有 ́si̯wat（說話）́si̯wad`（說服）兩音；20質有 t̂i̯ĕt（物質）t̂iĕd`（人質）二讀；21出有 t̂'i̯wət（出去）t̂'i̯wəd（帶出）兩音；22絕 dz'i̯wat 跟23脃 ts'i̯wad 同一語源；24割 kât 跟25犗 kâd` 同一諧聲；26殺有 săt（殺死）săd`（殺除）兩讀。

另一方面，我們也有：27率有 sli̯wət 跟 sli̯wəd` 兩音；28噎饐有 ·iet 與 ·ied` 二讀；29軷有 b'wât 跟 b'wâd` 兩讀；30晣有 t̂i̯at 跟 t̂iad` 兩音；31掇有 t̂i̯wat 跟 t̂i̯wad` 兩讀；32蕝有 tsi̯wat 與 tsi̯wad` 二音；33柲有 pi̯ĕt 跟 pi̯ĕd` 兩音；34閉有 piet 與 pied` 二讀；

35孛有 b'wət 與 b'wəd、兩音；36嫉有 dz'jət 跟 dz'jəd、兩音等例。

跟-g尾各組完全相似，所以我們的結論是：在韻尾 -g、裏頭的去聲，關聯到語尾互變，是一種形態變化的特徵，不是自然語音發展的結果。同樣的，-d 組裏的去聲，也是語尾互變的結果。

B組是不容易瞭解的一組，在我的修正漢文典裏頭，有三百個字屬於 -d、尾形式的字。（實際上 -d 尾字的數目還稍爲大些，因爲在少數例子中，一個字具有兩個或幾個不同的詞意。）這三百個例字之外，大約有七十個字是屬於前述語尾互變組，一個字基於形態變化而有一個去聲的聲調。

關於其他各組是怎麼樣的呢？

因爲我們已經證明了，要在 -r 組（C組）找尋它在遠古漢語屬於 -d-，-d、韻部，而期望它在上古音中消失，那是徒勞無功的。我們可能被誘使相信它們隱藏在保留上古韻尾 -d、的二三〇個例子中。然而這是十分可疑的，說在同一語言中上古只有 -d、而沒有 -d· 尾。（-g- 組除外）

在主要的觀點中：我們不必想在上古漢語裏頭，能用上古音塡出一張完整的聲韻配合的圖表來。一方面我們有：kân, tân, tsân, lân, nân（數量很多），然我們僅有：kən，而沒有 tən, tsən, lən nən 等音；我們有：kịət, tsịət，有 kwət, tswət, b'wət，也有 kiwət, tsiwət, liwət, piwət，卻沒有 kət, tsət, lət, pət 等音。㊄我們有 əng, ək, əg（登、德、咍韻），有 ông, ôk, ôg（冬、沃、豪韻）。但是我們僅有 ok, og 而沒有相配的陽聲 ong。

讓問題留在事實上，那就是在上古有三百個 -dˊ，而沒有-dˉ -dˋ，那應當是完全可以承認的。當然，所有這些現象，我們都可歸之於這個語言的較早歷史，不過，目前我們仍無從知曉。

但是假如我們猜想某些遠古漢語的 -dˉ，-dˋ 隱藏在上古音的 -dˊ 組裏頭，都就容易了解這可能是怎麼回事了。

除了這三百個例子外，假設 -dˉ 和 -dˋ 原來就少，正如同上述的 -en 和 -et 一樣。而另一方面，有一組爲人所承認的 -dˊ，原來就存在，其後，被加進到那強大的一組形態變化的原始就有的七十個 -dˊ 裏頭去了，去聲一組由於類化作用強烈地併吞了 -dˉ 和 -dˋ。那末，上古音中大批的 -dˊ（去聲）就不是由於自然的語音變化，而是由於一種類化的發展。所有的 -dˉ，-dˋ 變成了，-dˊ 都是經由一組強有力的 -dˊ 組類化的影響。

那末，爲甚麼在 -g 尾各組的情況卻不一樣呢？簡單的理由就是因爲在這些組裏，我們有成百上千的，-gˉ，-gˊ；-ôgˉ，-ôgˊ 等等，這些組是太強了，以致於不能屈從於 -gˊ 組的類化影響。

民國六十七年二月十日脫稿於臺北鍥不舍齋

原　註

❶ 關於這些上古聲調，請參看高本漢上古音的聲調（Tones in Archaic Chinese, BMFEA 32, 1960）一文。

❷ 至於詳細資料，請參看高本漢中國聲韻學大綱（Compendium of Phonetics in Ancient and Archaic

Chinese, BMFEA 22, 1954）二八六頁以後。（譯者按此書張洪年有譯文，由中華叢書委員會出版）

❸ 當我們提到「諧聲」時，我們必須記得諧聲字的基礎是「假借」，就是以聲符加上形符來解說。例如「發」piwǎt 被假借為音近的「廢」piwǎd，加上形符並不妨礙前者是後者的假借字。當我們說到詩經或書經的諧聲時，我們簡捷地說假借就是形聲字的聲符，形符往往是後加的。成千上萬個這種假借諧聲字，在周代初期已經被創造出來了。相傳的經典與銅器銘文上已經有了。另一方面，殷商時期，記錄在甲骨文上的假借諧聲字，使用還沒有那麼普遍。諧聲（＝假借的擴大），從周代初期上古音的音韻觀點看來，這些諧聲字在周代的經典上通用的形式竟是如此的真實。

❹ 為了辯護的緣故，縱使我們假定大量的假借字（稍後改進為諧聲），在周代之前已經創造出來了。可是另一方面，如果馬悅然遠古漢語C組 adˉ, adˊ, ədˉ, ədˊ, D組 ədˋ, adˋ, 的擬音是對的，那仍然不可解釋為甚麼D組的 adˋ ədˋ, 有大批的假借諧聲跟所假定的C組遠古漢語的 adˉ adˊ, ədˉ, ədˊ 相關連、而卻從來不跟B組的adˋ, ədˋ, 相關連。按照馬悅然的說法，它們應當是一致的。顯然地，他的說法應需要假定假借字的創造者在周代以前就已挑選出來了。因為D組的字如果是adˋ ədˋ，這些字一定來自B組的 adˋ, ədˋ。

譯註

㈠ 馬悅然論上古音中脂 ər 隊 əd 兩部的區別（On Archaic Chinese ər and əd）一文與高本漢此文同時發表在一九六二年瑞京遠東博物館館刊第三十四號（BMFEA, 34, 1962）。筆者曾有譯文發表於六一年十月三十日文史季刊第三卷第一期。

㈡ 按高氏原本中國聲韻學大綱，頁碼是從二一一頁起，根本沒有二〇九頁，疑為二九〇頁之誤。

㈢ 按塊字廣韻屬隊韻，依高氏系統擬音當為 K'wər/d，已見44。此處擬作 K'wɛr/d，當為皆駭怪韻的字，故65塊字疑為壞字之誤，壞字廣韻屬怪韻，有古壞、胡怪二音，古壞一切與65 K'wɛr/d 擬音正合，故66壞 gʻwɛr/d 緊接此音，則與胡怪切之音正相符合。

㊃ 此處「塊」字擬音作 K'wer`，疑亦當作 K'war`。

㊄ 此處擬音似指韻圖寒韵一等有牙音見系（Kân干），舌頭端系（tân單），齒頭精系（tsân贊），半舌來母（lân 蘭）舌頭泥母（nân 難）；而痕韵一等則無端系、精系、來母、泥母字、惟牙音見系（kən 根）而已。入聲字方面迄質韵有見系、精系；沒韻有見系、精系、幫系；物術韵有見系、精系、來母、幫系，而沒（紇）韵無見系、精系、來母、幫系之字。

（原載木鐸第七期民國六十七年三月）

簡介佛瑞斯特中國古代語言之研究方法

佛瑞斯特（R. A. D. Forest）所著中國語言（The Chinese Language）一書，爲今西方學者研究中國語言集大成之著作。於歐美學術界，至受重視，幾爲西歐學者研究中國語言必讀之書。全書共分十二章：首敍論，次中國文字，三古代語言研究之方法，四中國語言概述，五、相關與相近之語言，六遠古中國語，七上古中國語，八中古中國語，九近代與現代中國語，十與十一現代方言，十二中國語言今後之趨向及其問題。於中國語言之各方面均曾論及，西歐學者之論華語之著作中，佛氏此著，堪稱完備。本文僅簡述其第三章古代語言研究之方法（Methods of investigations of the ancient language）。擬藉此以窺歐美學者研究漢語之方法，覘其優劣，較其異同。佛氏此書所論方法，雖皆陳說，然近半世紀來，西方學者研究中國語言之方法，已盡見於此矣。他山之石，可以攻錯，遂不揣淺陋，爲之簡介，海內方家，幸垂教焉。

佛氏以爲研究中國語言，首應分期，於是分中國語言爲五期：曰遠古（Proto-Chinese）

曰上古（Archaic Chinese），曰中古（Ancient Chinese），曰近代（Middle Chinese），曰現代（Modern language）。並謂此類劃分純爲研究之方便，並無清晰之界域，各期之間，其語言亦非快速之突變。

遠古期之資料，有中國原始之器物銘刻，文學及其他。其時尚未與國外交往，故無從藉譯音以定中國文字之音值。然可知者，中國現存之最古詩歌與文字，均已於此時產生。

上古期之語言，可由孔孟及其同時學者之著作中窺知，其時間約在西曆紀元前五百年左右，上古中期，爲人所熟知之中文書寫形成，已由於李斯之整理而確立。

中古約當西曆紀元後之首六世紀，其時語音係以長安之語言爲標準語，西元六〇一年陸法言所刊行之切韻，已盡錄此一語言之眞象。

近代之末期與現代之開端，已由西元一〇六七年司馬光所刊行之韻圖而啟其端倪。前此按韻編排之字典，由於時間之差異，字之音讀，多已不同。當時學者，已難追溯其古代之音讀矣。韻圖之創，主明語音之簡化。

佛氏亦認爲所用遠古（Proto-Chinese），上古（Archaic Chinese），中古（Ancient Chinese）等專門術語，或未盡的當，然西方學者如高本漢（B. Karlgren），西門（W. Simon）等之著作中，皆如此使用，已成慣習，爲免混淆，故仍而不改。研究古代語言，本已引人入勝，初似無望，然自埃及古文及楔形文字譯成今文之後，語言學者乃大受鼓舞。中國古代語音能爲吾人所知，亦緣此種研究之方法。數百年來，中國學者已考知語音隨時而異。古代詩篇，本皆協韻，及其後也，竟有無論以何處方言讀之而韻不協者。此類字音，經古代學者反復辯難，其音讀已漸爲人知，後世韻圖，亦多錄其音，然求之詩韻，已難復諧協矣。時代愈後，韻之差異，益爲顯著。近世學者擬構詩經時代之語音，其所得結果，以語言學之觀點衡之，僅有部份成功。羅思宏（Von Rosthorn）近將早期研究中國語言之學者研究之方法與結論作一提要，爲吾人研究中國語言揭示簡徑。

佛氏以爲研究中國語言，須按其年代之先後分成若干時期，然後從現代上溯古代，如此則於語音之瞭解，特爲顯明。蓋現代語之音值，可藉耳聞，求之不難。然後推論之近代，足以擬構出中古之語音系統，再據中古之基礎，以重建上古音系，自亦有所憑藉矣。玆將佛氏所論研究中國古代語言之方法，逐條提示於後：

(1)**境內方言**：中國境內方言之比較研究，實爲研究中國語言之首要工作。蓋方言乃吾人研究計畫中之原始資料，藉此得考知古代漢語之眞象，例如客家方言讀「木」爲 /muk，保留舌根韻尾輔音，則顯然較寧波與福州之只具喉塞音韻尾者爲古，至於北平讀「木」爲/mu，較之客家之保存古音成分遠遜矣。由此可知，古音原有輔音韻尾，其後則逐漸消失。又如溫州與寧波方言，聲母仍有 d- 與 t- 淸濁之別，而福建方言則一律爲 t-。在語言學上，若無法得知此語言有聲調或元音之不同時，則應認定不同之聲母乃保存古代之不同聲母，絕不可認爲從一古代聲母分化而成兩紐。此一語言學之主要原則，卽同音在同一條件下，必須同一演變。故吾人可知，現代不同之音，於古代亦必不同，除非此兩音之間，有不同之條件（如聲調、韻母等），否則不可認爲同出一源。譬如廣州讀「爐」與「勞」皆爲ˌlou，客家則分別爲ˌlu 與ˌlau。無任何方言足令吾人相信此二字原有不同之韻尾輔音而今消失之跡象。故吾人可毫不猶豫推斷，客家音讀乃保持本來不同之聲音，而非從某一古代音化爲二音。能明此理，當構擬古音時，則可知客家方言之兩讀遠較廣州之一讀爲可信。

(2)**域外方言**：中國文字之形成，隨中國文化傳播於高麗、日本與安南。高麗借用中文之字形，亦借用其讀音，借用之時代約在西元三世紀左右。根據日本歷史之記載，孔子之經典由高麗學者傳入日本，亦在同一世紀。日本當時借用字形，亦借字音，此種字音乃當時在長江三角洲區域所使用者。西元七世紀時，日本又借用中國北部之音讀。此兩類讀音系統，在日本卽爲吾人所熟知之「吳音」與「漢音」。西元九世紀時，中國文字亦借用於安南。高麗與日本仍使用漢字，安南則使用所謂「國語」之拉丁拼音文字所替代。高麗、日本、安南皆曾使用中國文字，而且仍保持借用時之音讀，僅受彼等語言本身之影響，音讀稍有變化。由於此種關係，故可證中國之古音。吾人毋應假定中國字音之每一成分均保存於此三種語言之中，其實每一語言皆已將中國字音調整適合其原有之語言習慣。三種語言中，今惟安南仍保持聲調系統，高麗與日本已拋棄聲調系統。在韻尾輔音方面，高麗與日本均難於保存古漢語之舌尖塞音韻尾（日本於其他塞音輔音韻尾亦然），高麗以 -l 代 -t，日本則以 -tsu 代 -t，故以域外方言推求古代漢語時，應特別留意此類變化。顯然此種借字主要功用在於推斷中文音變之時代。如果發現某字安南讀 v-，中國北方讀 w-音，廣州讀 m-音。（如「尾」字北平讀 ˊwei，中古讀 ˏmjwei，廣州讀 ˏmei）則可推論在西元十世紀左右，mjw- 之音早已存在，至少可說，安南方言變化極快，已接近於 v- 遠勝於 m-。

(3)**韻圖反切**：所謂「韻圖」，乃根據字音之聲韻，縱橫排列，組成圖表，直行爲聲，橫行爲韻。此類韻圖，產生於十一世紀時，其聲母依現代方言音讀，凡屬清不送氣之聲母（如 p, t, k, ts 及其他塞擦音），皆顯分兩行。例如「半」ˋPan 與「伴」ˋPan，兩字於現代多數方言聲母皆爲 P-，然卻分屬於不同之兩行。吾人注意此兩行之異，乃濁音 (b, d, g, dz) 與清音（p, t, k, ts）之不同，更有助於瞭解其中之秘蘊。蓋現代吳語與日本吳音仍保有此種清濁之區別。由此可知，清濁之別，早已存在於中古音中，因為現代方言仍具有清濁兩類塞音聲母。吾人仍可知此種清濁之異，在十一世紀之官話中仍然存在，因為司馬光奉勅編撰之韻圖已然。其他韻書亦於其他方面予吾人至多助益，例如聲調一事，現代方言仍然保存卽然。十二世紀周德清所編中原音韻一書，提示吾人當時北方仍有 -m 韻尾存在，卽為明顯之證據。與韻圖性質相同者則為「反切」，反切乃拼音之方法，以兩字拼一字之音，前一字表聲，後一字表韻（元音、韻尾輔音及聲調），吾人檢閱康熙字典，「林」字北平讀 /lin，乃由「力尋」/l(i,ə) im二字表示。此種拼音系統可能係漢代佛教徒所傳入。有時亦可用兩相似之音拼合，事實上雖用於拼合，而音原有區別。

(4)國外譯音：由於以上諸法之使用，已可獲得中國古音之結論，若參以自漢代卽由佛教徒傳入之梵文譯音，或可得更多之證據。由於當地文法與音韻學者之努力，梵文之音值已為吾人所知，故亦能對中國古音之秘蘊求得相當程度之了解。吾人當知，與外國語言中相當之中國音，未必完全二者相當，梵華之間，每一相當之音，亦未必全然相同，故較之其他方法，可用之資料顯然甚少，而又難以說明某一譯音首譯之時地以及其語言之背景，迄今為止，以梵華譯音比較而得之結果，仍值稱許。此種結果已可證實其他方法所求得之中國古音系統，彼此尚能一致。一種幸運之機會已大有助於吾人之研究，卽一種藏文與中文本合編之佛教經典，已經出現❶。此種漢藏對照之經典，顯然可知，藏文乃為說中國話而不識漢字之僧侶而編，此種文獻編輯之日期，約從八世紀開始，藏文字母係在此不久前，從印度借用過來，故有其價值，在本書中古中國音章中，將予以多方說明❷。雖然此一方言並非當時之標準語，然在讀音上，與吾人推論所得之唐代讀音已相當一致。

(5)**形聲分配**：今之中國文字，極可能在上古時期大部分均已造成，迄今為止，所造之字，不僅是象形字，亦包括半為意符、半為音符結合而成之形聲字。形聲字配合詩經韻腳之細心歸納，高本漢曾創建一極為準確之上古音系。雖然吾人於孔子時代之語音，所知不多，遠遜於吾人對中古音之瞭解，然此種研究之成果，足知中國語言之成長過程中，其音原極豐富，當同一諧聲音符同諧兩字時，此兩字創造之時代相同或相近，然而於今任何方言，聲音卻皆不同。高本漢瞭解音之和諧之原則，此種諧聲字之接合，皆由於音之相近。即所諧之音，必需發音部位相同，而可有清濁與是否送氣之不同。例如諧聲音符 *da，可與 *da, *ta 或*t'a, 諧聲，然不與 *ba 或 *ka 諧聲，與*na 諧者亦少。此一諧聲原則與中古聲母奇異之分配予以連繫，高本漢乃獲致極其引人入勝之成果。中古音之清塞音聲母，有送氣 k' 與不送氣 k 兩類，而濁塞音中，惟有送氣 g'，而無不送氣之 g。有一類字常用為別類字之諧聲音符，例如「攸」中古讀 ˍjɛu， ，在中古音中無聲母輔音之痕跡。（即現代方言亦少有疑問），然卻為其他有聲母字之音符，如「條」中古音讀 ˍd'ieu，北平讀 ˊt'iao 。亦有其他例子，如「或」中古讀 -gwek，北平讀/Xuo，卻為舌根聲母「國」中古 -kwək，北平 ˊkuo 之音符，亦為「域」中古 ˍjwək，北平/jy 之音符。尤有進者，此類聲母從未混淆，即諧聲音符所諧之字，若非無聲母與舌根聲母諧，即無聲母與舌頭聲母諧，未曾發現有舌根與舌頭相諧者。根據此一諧聲現象，可得一結論，即中古無聲母之字，實為上古不送氣濁塞音聲母之遺失，此種聲母輔音已在七世紀之標準語及現代方言中遺失。然則根據上舉之例，吾人可知「攸」ˍjɛu 與「條」ˍd'ieu 諧聲時原有聲母 d-。同理，從「路」中古讀 luo 以「各」中古

讀 -kak 爲諧聲音符之事實觀之，高本漢假定諧聲時代有 kl-，gl- 一類複輔音存在，與其他各種語言之情形相同。然在上引「路」「各」兩字看來，此複輔音殆不能爲 kl-，因爲若爲kl，若保持舌根聲母，則兩字均應保持，若遺失，兩字均應遺失。倘若假定 gl-爲「路」字之上古音聲母，其後 g 遺失，則與前文所舉 -jwək 之演變一致矣。

⑹**詩經韻脚**：詩經相傳爲孔子所刪輯，然無論從任何一方面言，此書所收之詩，其時代遠較孔子爲早，全部中國詩皆協韻者，當時無韻詩 (blank verse) 尙不爲人知，雖亦可能疑惑古代詩人亦有偶不協韻者，從中國詩之全部皆押韻之事實，此種懷疑，實難成立。全部韻腳將予吾人一合理而不矛盾之結果，證明中國古代語言比之其他語言，韻極少變化。佛氏曾在第四章遠古中國語一章，提出詩經韻腳之重要貢獻[3]。今日每一地方幾乎均已無如吾人所構擬之輔音韻尾，對於此一問題，詩韻之研究與中國文字之組織結合研究時，將予吾人一清析之概念。

⑺**漢語借字**：最近李方桂提及中國借字 (loan-words) 在臺語之情形，開創一嶄新而有前途研究之方法。此種資料到目前爲止，仍很少爲人談及。雖然此類語言尤其北部之語言，全部屬於中國語系，然卻不易斷定，其借用之字所借之時代，以及其所代表之中國語言史上之階段。甚至可說，漢字與臺語乃專家之觀點上極密切之血緣，然某一字之與漢字相似，並非其可信之臺語對應之部分。然迄今爲止，此類研究所獲之成就，已可印證由其他方法所獲致之上古中國語之結果。

民國六十五年十一月脫稿於美國馬里蘭州學園

附註

❶ 指史坦因（Sir Aurel Stein）從敦煌發現經卷之事實，至於所謂漢藏對照之經卷，則指伯希和（pelliot）所編號當 MSS 之卷子。

❷ 此本藏音，以 -g, -b, -d 譯注漢語清輔音韻尾。佛氏曾以此點與朝鮮之以 -l 以代替 -t 相提並論，又舉「五」中古/ŋuo 敦煌 hgo（=ŋgo）漢音 go，「內」中古 ˏnuai，敦煌 hdva(=ndwe) 漢音 tai，「問」中古 ˏmiuən，敦煌 bun(=bun) 漢音 bun 諸音以明鼻音聲母之失去鼻音之過程。

❸ 曾舉詩經「風」中古 -piuŋ 與「心」中古 -siem 音之事實，以明「風」之上古音讀等。

（原載潘重規教授七秩誕辰論文集民國六十六年三月）

廣韻韻類分析之管見

自陳澧切韻考考訂廣韻韻類爲三百十一類以來，歷來學者各有增訂，茲將諸家異同表列於后：

	東一	董	送一	屋一	東二	○	送二
陳澧	東一	董	送一	屋一	東二	○	送二
黃侃	〃	〃	〃	〃	〃	○	〃
高本漢	ung	〃	〃	uk	i̯ung	○	〃
錢玄同	uŋ	〃	〃	uk	i̯uŋ	○	〃
林尹	東一	〃	〃	屋一	東二	○	〃
王力	uŋ	〃	〃	uk	iuŋ	○	〃
周祖謨	〃	〃	〃	〃	〃	○	〃
陸志韋	紅 uŋ	孔 〃	貢 〃	木 uk	弓 ɪuŋ	○	仲 〃
李榮	〃	〃	〃	〃	〃	○	〃
董同龢	〃	〃	〃	〃	〃	○	〃
周法高	uŋ	〃	〃	uk	iuŋ	○	〃
備考			㊀	㊀			

江	燭			鍾	沃			冬	屋 二
		用	腫			宋	湩		
							附于腫韻		
〃	〃	〃	〃	〃	〃	〃	〃	〃	〃
ång	i̯wok	〃	〃	i̯wong	uok	〃	〃	uong	i̯uk
ɔŋ	i̯wok	〃	〃	i̯woŋ	uok	〃	〃	uoŋ	i̯uk
江	燭	〃	〃	鍾	沃	〃	〃	冬	屋 二
ɔŋ	ĭwok	〃	〃	ĭwoŋ	uok	〃	〃	uoŋ	ĭuk
〃	〃	〃	〃	〃	〃	〃	〃	〃	〃
江 ɔŋ	玉 ɪwok	用 〃	隴 〃	容 ɪwoŋ	沃 wok	宋 〃	(湩) 〃	冬 woŋ	六 ɪuk
〃	〃	〃	〃	〃	〃	〃	〃	〃	〃
〃	〃	〃	〃	〃	〃	〃	○	〃	〃
oŋ	iuok	〃	〃	iuoŋ	uok	〃	○	uoŋ	iuk
			㊃				㊂		

支三			支二			支一	覺		
爲許	寘二	紙二	羈許	寘一	紙一	支香		絳	講
支二	寘併於一	紙併於一	支併於一	寘一	紙一	支一	〃	〃	〃
(j)wie	○	○	○	〃	〃	(j)iệ	ȧk	〃	〃
wiệ	○	○	○	〃	〃	iệ	ɔk	〃	〃
支二	○	○	○	〃	〃	支一	覺	〃	〃
ĭwe	○	○	○	〃	〃	ĭe	ɔk	〃	〃
支三	〃	〃	支二	〃	〃	支	〃	〃	〃
爲 Iwei	(義) 〃	綺 〃	宜 Iei	義 〃	氏 〃	支 iei	角 ɔk	絳 〃	項 〃
支合A	寘開B	紙開B	支開B	寘開A	紙開A	支開A	〃	〃	〃
支④	寘②	紙②	支②	寘①	紙①	支①	〃	〃	〃
iue	〃	〃	ie	〃	〃	iɪ	ok	〃	〃
				㊆	㊅	㊄			

	脂二			脂			支四		
旨二	追渠	至一	旨一	脂渠	寘四	紙四	規許	寘三	紙三
旨二	脂二	至一	旨一	脂一	寘併於二	寘併於二	支併於二	寘二	紙二
〃	(j)wi	〃	〃	(j)*i*	○	○	○	〃	〃
〃	wi	〃	〃	i	○	○	○	〃	〃
〃	脂二	〃	〃	脂一	○	○	○	〃	〃
〃	wi	〃	〃	i	○	○	○	〃	〃
〃	脂二	〃	〃	脂一	〃	〃	支四	〃	〃
鄙〃	追 ɪwĕi	利〃	几〃	夷 ɪĕi	（僞）〃	弭〃	（爲）iwei	僞〃	委〃
旨合A	脂合A	至開A	旨開A	脂開A	寘合B	紙合B	支合B	寘合A	紙合A
旨②	脂②	至①	旨①	脂①	寘⑧	紙⑧	支⑧	寘④	紙④
〃	iui	〃	〃	iɪi	〃	〃	iuɪ	〃	〃
		㊁	㊈	㊇					

		之			○			脂三	
志	止		○	○		至三	旨三	追渠	至二
〃	〃	〃	○	○	○	至二 併於	旨二 併於	脂二 併於	至二
〃	〃	(j)i	○	○	○	○	○	○	〃
〃	〃	i(:)	○	○	○	○	○	○	〃
〃	〃	之	○	○	○	○	○	○	〃
〃	〃	ĭə	○	○	○	○	○	○	〃
〃	〃	之	〃	〃	脂四	〃	〃	脂三	〃
吏 〃	里 〃	之 iĕi	至 〃	姊 〃	脂 iĕi	醉 〃	癸 〃	隹 iwĕi	位 〃
〃	〃	〃	至開B	旨開B	脂開B	至合B	旨合B	脂合B	至合A
〃	〃	〃	至④	○	○	至⑧	旨⑧	脂⑧	至⑧
〃	〃	i	〃	〃	iei	〃	〃	iuei	〃
	㊀								

虞			魚			微二			微一
	御	語		未二	尾二	非於	未一	尾一	希於
〃	〃	〃	〃	〃	〃	〃	〃	〃	〃
iu	〃	〃	i̯wo	〃	〃	(j)we̯i	〃	〃	(j)e̯i
i̯u	〃	〃	i̯wo	〃	〃	wĕi	〃	〃	ĕi
虞	〃	〃	魚	〃	〃	微二	〃	〃	微一
ĭu	〃	〃	ĭo —	〃	〃	ĭwəi	〃	〃	〃
〃	〃	〃	〃	〃	〃	〃	〃	〃	ĭəi
俱 Iwo	據 〃	呂 〃	魚 io	貴 〃	鬼 〃	非 Iwəi	既 〃	豈 〃	希 Iəi
〃	〃	〃	〃	〃	〃	〃	〃	〃	〃
〃	〃	〃	〃	〃	〃	〃	〃	〃	〃
iuo	〃	〃	io	〃	〃	iuəi	〃	〃	iəi
㊄	㊃						㊂	㊁	

	齊二			齊一			模		
薺二	撝古	霽二	薺一	奚古	暮	姥		遇	麌
〃	〃	〃	〃	〃	〃	〃	〃	〃	〃
〃	iwei	〃	〃	iei	〃	〃	uo	〃	〃
〃	iwei	〃	〃	iei	〃	〃	uo	〃	〃
○	齊二	〃	〃	齊一	〃	〃	模	〃	〃
○	iwei	〃	〃	iei	〃	〃	u	〃	〃
○	〃	〃	〃	〃	〃	〃	〃	〃	〃
○	撝 ʷɛi	計 〃	禮 〃	奚 ɛi	故 〃	古 〃	胡 wo	遇 〃	庚 〃
薺四合	齊四合	霽四開	薺四開	齊四開	〃	〃	〃	〃	〃
○	〃	〃	〃	〃	〃	〃	〃	〃	〃
〃	iuɛi	〃	〃	iɛi	〃	〃	uo	〃	〃
									㊅

卦一	蠏一	佳一 蛙古	泰二	泰一	○	祭二	祭一	○		霽二
〃	〃	〃	〃	〃	○	〃	〃	○		〃
〃	〃	a*i*	wâ*i*	â*i*	○	i̯wä*i*	i̯ä*i*	○		〃
〃	〃	aːi	uaːi	aːi	○	i̯wæi	i̯æi	○		〃
〃	〃	佳一	泰二	泰一	○	祭二	祭一	○		〃
〃	〃	ai	uai	ai	○	ĭwɛi	ĭɛi	○		〃
〃	〃	〃	〃	〃	○	〃	〃	○		〃
懈 〃	蠏 〃	佳 æi	外 uai	蓋 ai	芮 iwɛi	衞 ɪwɛi	制 iɛi	例 ɪɛi	移	惠 〃
〃	〃	〃	〃	〃	祭合B	祭合A	祭開B	祭開A	齊丑開	霽四合
〃	〃	〃	〃	〃	祭⑧併於	祭③	祭①	祭②		〃
〃	〃	æi	uai	ai	iuai	iuæi	iai	iæi		〃
㊈	㈥						㊆			

			皆二			皆一			佳二
夬一	怪二	○	懷古	怪一	駭	諧古	卦二	蟹二	蛙古
〃	〃	○	〃	〃	〃	〃	〃	〃	〃
ɑi	〃	○	wăi	〃	〃	ăi	〃	〃	wai
a:i	〃	○	wai	〃	〃	ai	〃	〃	wa:i
夬一	〃	○	皆二	〃	〃	皆一	〃	〃	佳二
æi	〃	○	wɐi	〃	〃	ɐi	〃	〃	uai
〃	〃	○	〃	〃	〃	〃	〃	〃	〃
犗 ai	怪 〃	○	懷 wɐi	拜 〃	駭 〃	皆 ɐi	卦 〃	夥 〃	媧 ʷæi
〃	〃	○	〃	〃	〃	〃	〃	〃	〃
〃	〃	○	〃	〃	〃	,	〃	〃	〃
ai	〃	○	uɛi	〃	〃	ɛi	〃	〃	uæi
㊂				㊂		㊂			

		○			咍			灰	
○	○		代	海		隊	賄		夬二
○	海二	咍二	〃	海	咍一	〃	〃	〃	〃
○	○	○	〃	〃	ậi	〃	〃	uậi	wai
○	○	○	〃	〃	ɑi	〃	〃	uɑi	wa:i
○	○	○	〃	〃	咍	〃	〃	灰	夬二
○	○	○	〃	〃	ɒi	〃	〃	uɒi	wæi
○	○	○	〃	〃	〃	〃	〃	〃	〃
○	iɐi	○	代 〃	亥 〃	來 ɒi	對 〃	罪 〃	囘 wəi	夬 wai
○	海 丑茝 開	○	代一開	海一開	咍一開	〃	〃	〃	〃
○	○	○	〃	〃	〃	〃	〃	〃	〃
○	○	○	〃	〃	əi	〃	〃	uəi	uai
			㉟		㉞	㉝			

質二			眞二	質一			眞一		
	○	軫二	巾於		震	軫一	眞於	廢二	廢一
〃	震二	〃	〃	〃	震一	〃	〃	〃	〃
○	○	i̯wĕn	○	i̯ĕt	〃	〃	i̯ĕn	i̯wɒi	i̯ɒi
	○	i̯uĕn	○	i̯ĕt	〃	〃	i̯ĕn	i̯wɐi	i̯ɐi
質	〃	〃	眞二	質一	〃	〃	眞一	廢	○
ĭwĕt	〃	ĭwĕn	○	ĭĕt	〃	〃	ĭĕn	iwɐi	ĭɐi
〃	〃	〃	〃	〃	〃	〃	〃	〃	〃
乙 ĭĕt	（刃） 〃	（忍） 〃	巾 ĭĕn	質 iĕt	刃 〃	忍 〃	鄰 iĕn	廢 ɪwɐi	肺 ɪɐi
質開B	震開B	軫開B	眞開B	質開A	震開A	軫開A	眞開A	〃	〃
質②	○	軫②	眞②	質①	震①	軫①	眞①	〃	○
iɪt	〃	〃	iɪn	iet	〃	〃	ien	iuɑi	iɑi
				[illegible]	[illegible]	[illegible]	[illegible]		[illegible]

	臻	術			諄	質 三			眞 三
○			稕	準			○	○	倫於
○	〃	〃	〃	〃	〃	○	○	○	○
○	i̭ɛn	i̭uĕt	〃	〃	i̭uĕn	○	○	○	○
○	i̭en	i̭uet	〃	〃	i̭uen	i̭uĕt	〃	〃	i̭uĕn
○	臻	術	〃	〃	諄	術○併入	○	○	諄○併入
○	ĭĕn	iwĕt	〃	〃	ĭuĕn	○	○	○	○
（榛）	〃	〃	〃	〃	〃	○	○	○	○
○	臻 ɪĕn	聿 iuĕt	閏 〃	尹 〃	倫 iwĕn	律 ɪwĕt	○ 〃	殞 〃	（倫） ɪwĕn
○	臻開A	質合A	震合A	軫合A	眞合A	質合B	震合B	軫合B	眞合B
○	〃	質⑧	震②	軫⑧	眞⑧	○	○	②併於	③併於
○	en	iuɪt	〃	〃	iuɪn	iuet	○	〃	ɪuen
㊂				㊂	㊃				

迄			殷	物			文	櫛	
	焮	隱			問	吻			○
〃	〃	〃	〃	〃	〃	〃	〃	〃	○
i̯ət	〃	〃	i̯ən	i̯uət	〃	〃	i̯uən	i̯ɛt	○
i̯ət	〃	〃	i̯ən	i̯uət	〃	〃	i̯uən	i̯et	○
迄	〃	〃	殷	物	〃	〃	文	櫛	○
ĭət	〃	〃	ĭən	ĭuət	〃	〃	ĭuən	ĭet	○
〃	〃	〃	〃	〃	〃	〃	〃	〃	（齔）
迄 ɪət	靳 〃	謹 〃	斤 ɪən	勿 ɪwət	問 〃	粉 〃	云 ɪwən	瑟 ɪĕt	○
〃	〃	〃	〃	〃	〃	〃	〃	櫛 開 A	○
〃	〃	〃	〃	〃	〃	〃	〃	〃	○
iət	〃	〃	iən	iuət	〃	〃	iuən	et	○
㊱							㉟		㉞

	魂	月二			元二	月一			元一
混			願二	阮二	袁恩		願一	阮一	軒語
〃	〃	〃	〃	〃	〃	〃	〃	〃	〃
〃	uən	i̯wɐt	〃	〃	i̯wɐn	i̯ɐt	〃	〃	i̯ɐn
〃	uən	i̯wɐt	〃	〃	i̯wɐn	i̯ɐt	〃	〃	i̯ɐn
〃	〃	月二	〃	〃	元二	月一	〃	〃	元一
〃	uən	ĭwɐt	〃	〃	ĭwɐn	ĭɐt	〃	〃	ĭɐn
〃	〃	〃	〃	〃	〃	〃	〃	〃	〃
本 〃	昆 wən	月 ɪwɐt	願 〃	阮 〃	袁 〃	竭 ɪɐt	建 〃	偃 〃	言 ɪɐn
〃	〃	〃	〃	〃	〃	〃	〃	〃	〃
〃	〃	〃	〃	〃	〃	〃	〃	〃	〃
〃	uən	iuat	〃	〃	ɪwan	iat	〃	〃	ian
						([illegible])	(高)		

曷			寒	○			痕	沒	
	翰	旱			恨	很			慁
〃	〃	〃	〃	麧	〃	〃	〃	〃	〃
ât	〃	〃	ân	一	〃	〃	ən	uət	〃
at	〃	〃	an	ət	〃	〃	ən	uət	〃
曷	〃	〃	寒	○	〃	〃	痕	沒	〃
at	〃	〃	an	○	〃	〃	ən	uət	〃
〃	〃	〃	〃	（麧）	〃	〃	〃	〃	〃
割 ɒt	旰 〃	旱 〃	干 ɒn	（沒） ət	恨 〃	很 〃	痕 ən	沒 wət	困 〃
末開	翰開	旱開	寒開	沒合	〃	〃	〃	〃	〃
曷	翰	旱	寒	沒②	〃	〃	〃	沒①	〃
at	〃	〃	an	ət	〃	〃	ən	uət	〃
			㉟					㊹	

	刪二	黠一			刪一	末			桓
潸二	還古		諫一	潸一	頑古		換	緩	
〃	〃	〃	〃	〃	〃	〃	〃	〃	〃
〃	wan	鍺 at	〃	〃	an	uât	〃	〃	uân
〃	wa(:)n	黠 a(:)t	〃	〃	a(:)n	uat	〃	〃	uan
〃	刪二	黠一	〃	〃	刪一	末	〃	〃	桓
〃	wan	鍺 at	〃	〃	an	uat	〃	〃	uan
〃	〃	〃	〃	〃	〃	〃	〃	〃	〃
板 〃	還 wan	黠 ɐt	晏 〃	（赧-） 〃	姦 ɐn	括 wɒt	貫 〃	管 〃	官 wɒn
〃	〃	鍺開	〃	〃	〃	末合	翰合	旱合	寒合
綰	〃	鍺 ①	〃	〃	〃	末	換	緩	桓
〃	uan	鍺 at	〃	〃	an	uat	〃	〃	uan
		㊺		㊹		㊸	㊷		

鎋 二			山 二	鎋 一			山 一	黠 二	
	襇 二	產 二	頑古		襇 一	產 一	閑古		諫 二
〃	〃	〃	〃	〃	〃	〃	〃	〃	〃
黠 wăt	〃	〃	wăn	黠 ăt	〃	〃	ăn	鎋 wat	〃
wat	〃	〃	wan	鎋 at	〃	〃	an	wa(:)t	〃
鎋 二	〃	〃	山 二	鎋 一	〃	〃	山 一	黠 二	〃
wæt	〃	〃	uæn	黠 æt	〃	〃	æn	wat	〃
〃	〃	〃	〃	〃	〃	〃	〃	，	〃
刮 ʷat	幻 〃	（緔） 〃	頑 ʷan	鎋 at	莧 〃	限 〃	閑 an	滑 wet	患 〃
黠合	〃	〃	〃	黠開	〃	〃	〃	鎋合	〃
黠②	〃	〃	〃	黠①	〃	〃	〃	鎋②	〃
黠 uæt	〃	〃	uæn	黠 æt	〃	〃	æn	鎋 uat	〃
					㊻	㊼	㊽		

	仙一	屑二			先二	屑一			先一
獮一	乾於		霰二	銑二	玄古		霰一	銑一	賢古
″	″	″	″	″	″	″	″	″	″
″	i̭än	ɪwet	″	″	ɪwen	ɨet	″	″	ɨen
″	i̭æn	iwet	″	″	iwen	ɨet	″	″	ien
″	仙一	屑二	″	″	先二	屑一	″	″	先一
″	ĭɛn	iwet	″	″	iwen	iet	″	″	ien
″	仙一	″	″	″	″	″	″	″	″
輦 ″	延 :ɛn	決 ʷɛt	縣 ″	泫 ″	玄 ʷɛn	結 ɛt	甸 ″	典 ″	前 ɛn
獮開A	仙開A	″	″	″	″	″	″	″	″
獮②	仙②	″	″	″	″	″	″	″	″
″	ian	iuɛt	″	″	iuɛn	iɛt	″	″	iɛn
	㊸						㊺		㊾

薛三			仙三	薛二			仙二	薛一	
	線三	獮三	緣於		線二	獮二	權於		線一
併於薛三	併於線三	併於獮二	併於仙二	〃	〃	〃	〃	〃	〃
同薛二	○	○	同仙二	i̯wät	〃	〃	i̯wän	i̯ät	〃
○	○	○	○	i̯wæt	〃	〃	i̯wæn	i̯æt	〃
○	○	○	○	薛二	〃	〃	仙二	薛	〃
○	○	○	○	ĭwɛt	〃	〃	ĭwɛn	〃	〃
〃	〃	〃	仙三	〃	〃	〃	仙二	ĭɛt	〃
悅 iwɛt	絹 〃	兗 〃	緣 iuɛn	劣 ɪwɛt	戀 〃	（免） 〃	員 ɪwɛn	列 ɪɛt	扇 〃
薛合B	線合B	獮合A	仙合A	薛合B	線合B	獮合B	仙合B	薛開A	線開A
薛⑧	線⑧	獮③	仙③	薛④	線④	○	仙④	薛②	線②
iuæt	〃	〃	iuæn	iwɛn	〃	〃	iuan	iat	〃
								(五四)	(五三)

	蕭	○			○	○			○
篠			○	○			○	○	
〃	〃	○	○	○	○	○	○	○	○
〃	ieu	○	○	○	○	○	○	○	○
〃	ieu	○	○	○	○	○	○	○	○
〃	蕭	○	○	○	○	○	○	○	○
〃	ieu	○	○	○	○	○	○	○	○
〃	〃	○	○	○	○	薛 四	線 四	○	○
了 〃	聊 εu	○	○	○	○	列 iεt	戰 〃	善 〃	連 iεn
〃	〃	○	○	○	○	薛 開 B	線 開 B	獮 開 B	仙 開 B
〃	〃	○	線 ⑤	○	○	薛 ①	線 ①	獮 ①	仙 ①
〃	iεu	○	○	○	○	iæt	〃	〃	iæn

效	巧	肴	笑二	小二	宵二	笑一	小一	宵一	嘯
效一	巧一	肴一	〃	〃	〃	〃	〃	〃	〃
〃	〃	au	○	○	○	〃	〃	i̯ău	〃
〃	〃	au	○	○	○	〃	〃	i̯æu	〃
〃	〃	肴	○	○	○	〃	〃	宵	〃
〃	〃	au	○	○	○	〃	〃	ĭɛu	〃
〃	〃	〃	〃	〃	宵二	〃	〃	宵一	〃
教 〃	巧 〃	交 au	笑 〃	沼 〃	遙 iɛu	召 〃	小 〃	嬌 ɪɛu	弔 〃
〃	〃	〃	笑B	小B	宵B	笑A	小A	宵A	〃
〃	〃	〃	笑②	小②	宵②	笑①	小①	宵①	〃
〃	〃	au	〃	〃	iau	〃	〃	iæu	〃
						㊱	㉟	㉞	

歌			○			豪			○
	○	○		號	晧		○	○	
〃	·號二	·晧二	·豪二	號一	晧一	豪一	·效二	·巧二	·肴二
â	○	○	○	〃	〃	âu	○	○	○
a	○	○	○	〃	〃	*a*u	○	○	○
歌	○	○	○	〃	〃	豪	○	○	○
a	○	○	○	〃	〃	*a*u	○	○	○
〃	○	○	○	〃	〃	〃	○	○	○
何 ɒ	○	○	○	到 〃	晧 〃	刀 ɒu	○	○	○
歌一開	○	○	○	〃	〃	〃	○	○	○
〃	○	○	○	〃	〃	〃	○	○	○
a	○	○	○	〃	〃	*a*u	○	○	○
						㊆			

		麻		戈二			戈一		
禡一	馬一	加陟	戈一 併於	伽醋	過	果	戈七	箇	哿
〃	〃	〃	戈三	〃	〃	〃	〃	〃	〃
〃	〃	a	○	○	〃	〃	uâ	〃	〃
〃	〃	a	i̭uɑ	i̭ɑ	〃	〃	uɑ	〃	〃
〃	〃	麻一	戈三	戈二	〃	〃	戈一	〃	〃
〃	〃	a	ĭuɑ	ĭɑ	〃	〃	uɑ	〃	〃
〃	〃	〃	戈三	戈二	〃	〃	戈一	〃	〃
禡 〃	下 〃	加 a	靴 ɪwɒ	伽 ɪɒ	臥 〃	果 〃	禾 wɒ	箇 〃	可 〃
〃	〃	〃	歌丑合	歌丑開	箇一合	哿一合	歌一合	箇一開	哿一開
〃	〃	〃	戈③	戈②	過	果	戈①	〃	〃
〃	〃	a	iuɑ	iɑ	〃	〃	uɑ	〃	〃
(六〇)					(五九)	(五八)			

陽一			○			麻三			麻二
良巨	○	○		禡三	馬三	邪陟	禡二	馬二	瓜陟
〃	○	•馬四	○	〃	〃	〃	〃	〃	〃
i̭ang	○	○	○	〃	〃	*ia*	〃	〃	wa
i̭aŋ	○	○	○	〃	〃	i̭a	〃	〃	wa
陽一	○	○	○	〃	〃	麻三	〃	〃	麻二
ĭaŋ	○	○	○	〃	〃	ĭa	〃	〃	wa
〃	○	○	○	〃	〃	〃	〃	〃	〃
良 ıaŋ	○	○	○	夜 〃	者 〃	遮 ia	化 〃	瓦 〃	瓜 ʷa
〃	○	○	○	〃	〃	〃	〃	〃	〃
〃	○	○	○	〃	〃	〃	〃	〃	〃
iaŋ	○	○	○	〃	〃	ia	〃	〃	ua
㊂									

		唐一	藥二			陽二	藥一		
宕一	蕩一	郎胡		漾二	養二	王巨		漾一	養一
〃	〃	〃	〃	〃	〃	〃	〃	〃	〃
〃	〃	âng	i̭wak	〃	〃	i̭wang	i̭ak	〃	〃
〃	〃	ɑŋ	ĭwak	〃	〃	i̭waŋ	i̭ak	〃	〃
〃	〃	唐一	藥二	〃	〃	陽二	藥一	〃	〃
〃	〃	ɑŋ	ĭwɑk	〃	〃	ĭwaŋ	ĭak	〃	〃
〃	〃	〃	〃	〃	〃	〃	〃	〃	〃
浪 〃	朗 〃	郎 ɒŋ	縛 ɪwɑk	放 〃	往 〃	方 ɪɑwŋ	略 ɪɑk	亮 〃	兩 〃
〃	〃	〃	〃	〃	〃	〃	〃	〃	〃
〃	〃	〃	〃	〃	〃	〃	〃	〃	〃
〃	〃	ɑŋ	iuɑk	〃	〃	iuɑŋ	iɑk	〃	〃

庚二	陌一			庚一	鐸二			唐	鐸一
横古		映一	梗	行古		宕二	蕩二	光胡	
〃	〃	〃	〃	〃	〃	〃	〃	〃	〃
weng	ɐk	〃	〃	ɐng	wâk	〃	〃	wâng	âk
wɐŋ	ɐk	〃	〃	ɐŋ	uɑk	〃	〃	uɑŋ	ɑk
庚二	陌一	〃	〃	庚一	鐸二	〃	〃	唐二	鐸一
wɐŋ	ɐk	〃	〃	〃	〃	〃	〃	uɑŋ	ɑk
〃	〃	〃	〃	ɐŋ	uɑk	〃	〃	〃	〃
横 ʷaŋ	格 ak	孟 〃	梗 〃	庚 aŋ	郭 wɒk	曠 〃	晃 〃	光 wɒŋ	各 ɒk
〃	〃	〃	〃	〃	〃	〃	〃	〃	〃
庚①	陌①	映①	梗①	庚①	〃	〃	〃	〃	〃
uaŋ	ak	〃	〃	aŋ	uɑk	〃	〃	uɑŋ	ɑk
	(六六)	(六五)	(六四)	(六三)					(六二)

		庚 四	陌 三			庚 三	陌 二		
映 四	梗 四	榮許		映 三	梗 三	卿卯		映 二	梗 二
〃	〃	〃	〃	〃	〃	〃	〃	〃	〃
〃	〃	i̯weng	i̯ɐk	〃	〃	i̯ang	wek	〃	〃
〃	〃	i̯weŋ	i̯ɐk	〃	〃	iɐŋ	wek	〃	〃
〃	〃	庚 四	陌 三	〃	〃	庚 三	陌 二	〃	〃
〃	〃	ĭweŋ	ĭɐk	〃	〃	ĭɐŋ	wek	〃	〃
〃	〃	〃	〃	〃	〃	〃	〃	〃	〃
病 〃	永 〃	兵 ɪwæŋ	戟 ɪæŋ	敬 〃	影 〃	京 ɪæŋ	擭 ʷak	横 〃	礦 〃
〃	〃	〃	〃	〃	〃	〃	〃	〃	〃
映④	梗④	庚④	陌③	映③	梗③	庚③	陌②	映②	梗②
〃	〃	iuaŋ	iak	〃	〃	iaŋ	uak	〃	〃

清一	麥二			耕二	麥一			耕一	○
盈於		○	○	宏烏		諍	耿	莖烏	
〃	〃	諍二	·耿二	〃	〃	諍一	耿一	〃	陌四
i̯äng	wɛk	〃	〃	wɛng	ɛk	〃	〃	ɛng	○
i̯æŋ	wɐk	〃	〃	wɐŋ	ɐk	〃	〃	ɐŋ	○
清一	麥二	○	○	耕二	麥一	〃	〃	耕一	○
ĭɛŋ	wæk	〃	○	wæŋ	æk	〃	〃	æŋ	○
〃	〃	〃	○	〃	〃	〃	〃	〃	○
盈 iɛŋ	獲 wɐk	○	○	宏 wɐŋ	革 ɐk	迸 〃	幸 〃	耕 ɐŋ	（役）?
〃	〃	○	○	〃	〃	〃	〃	〃	〃
〃	麥②	○	○	耕②	麥①	諍①	耿①	耕①	○
iæŋ	uæk	○	○	uæŋ	æk	〃	〃	æŋ	○
								㊆	

		青一	昔二			清二	昔一		
徑	迥一	螢古		○	靜二	縈於		勁一	靜一
〃	〃	〃	〃	勁二	〃	〃	〃	〃	〃
〃	〃	ieng	i̭wäk	〃	〃	i̭wäng	i̭äk	〃	〃
〃	〃	ieŋ	i̭wæk	〃	〃	i̭wæŋ	i̭æk	〃	〃
〃	〃	青一	昔二	○	〃	清二	昔一	〃	〃
〃	〃	ieŋ	ĭwɛk	〃	〃	iwɛŋ	ĭɛk	〃	〃
〃	〃	〃	〃	〃	〃	〃	〃	〃	〃
定 〃	挺 〃	經 ɛŋ	役 iwɛk	○	頃 〃	營 iwɛŋ	益 iɛk	正 〃	郢 〃
〃	〃	〃	〃	○	〃	〃	〃	〃	〃
〃	〃	〃	〃	○	〃	〃	〃	〃	〃
〃	〃	iɛŋ	iuæk	○	〃	iuæŋ	iæk	〃	〃
	[illegible]						[illegible]		

○	職			蒸	錫二			青二	錫一
		證	拯			○	迥二	螢古	
‧蒸二	職一	證一	〃	〃	〃	徑二	〃	〃	〃
○	i̯ə̂k	〃	〃	i̯ə̂ng	iwek	〃	〃	iweng	iek
○	i̯ə̂k	〃	〃	i̯ə̂ŋ	iwek	〃	〃	iweŋ	iek
○	職	〃	〃	蒸	錫二	○	〃	青二	錫一
○	ĭək	〃	〃	ĭəŋ	iwek	〃	〃	iweŋ	iek
○	〃	〃	〃	〃	〃	〃	〃	〃	〃
○	力 iĕk	證 〃	拯 〃	陵 iĕŋ	闃 ʷɛk	○	迥 〃	扃 wɛŋ	歷 ɛk
○	〃	〃	〃	〃	〃	○	〃	〃	〃
○	職 ①	〃	〃	〃	〃	○	〃	〃	〃
○	iek	〃	〃	ieŋ	iuɛk	○	〃	iuɛŋ	iɛk
						(古)			

		登二	德一			登一	○		
○	○	弘古	一	嶝	等	恒古		○	○
·嶝二	·等二	〃	〃	〃	〃	〃	職二	·證二	○
○	○	wəng	ək	〃	〃	əng	i̯wək	○	○
○	○	uəŋ	ək	〃	〃	əŋ	i̯wək	○	○
○	○	登二	德一	〃	〃	登一	○	○	○
○	○	uəŋ	ək	〃	〃	əŋ	ĭwək	○	○
○	○	〃	〃	〃	〃	〃	〃	○	○
○	○	肱 wəŋ	則 ək	鄧 〃	等 〃	登 əŋ	逼 iwĕk	○	○
○	○	〃	〃	〃	〃	〃	〃	○	○
○	○	登②	德①	〃	〃	登①	職②	○	○
○	○	uəŋ	ək	〃	〃	əŋ	iuek	○	○
			(去)				(去)		

		侯			○			尤	德 二
候	厚		○	○		宥	有		
候 一	厚 一	侯 一	·宥 二	·有 二	·尤 二	宥 一	有 一	尤 一	〃
〃	〃	ə̯u	○	○	○	〃	〃	iə̯u	wək
〃	〃	ə̯u	○	○	○	〃	〃	iə̯u	uək
〃	〃	侯	○	○	○	〃	〃	尤	德 二
〃	〃	əu	○	○	○	〃	〃	ĭəu	uək
〃	〃	〃	○	○	○	〃	〃	〃	〃
候 〃	后 〃	侯 əu	○	○	○	救 〃	九 〃	鳩 iəu	或 wək
〃	〃	〃	○	○	○	〃	〃	〃	〃
〃	〃	〃	○	○	○	〃	〃	〃	德 ②
〃	〃	əu	○	○	○	〃	〃	iəu	uək
						⑭		⑬	

侵一			○			幽			○
	○	○		幼	黝		○	○	
侵	·幼二	○	·幽二	幼一	〃	幽一	·候二	·厚二	·侯二
i̯əm	○	○	○	〃	〃	i̯ĕu	○	○	○
iəm	○	○	○	〃	〃	i̯əu	○	○	○
侵	○	○	○	〃	〃	幽	○	○	○
ĭĕm	○	○	○	〃	〃	iəu	○	○	○
侵一	○	○	○	〃	〃	〃	○	○	○
金 Iĕm	○	○	○	幼 〃	黝 〃	幽 iĕu	○	○	○
侵 A	○	○	○	〃	〃	〃	○	○	○
侵 ②	○	○	○	〃	〃	〃	○	○	○
iɪm	○	○	iɪu	〃	〃	ieu	○	○	○
(去)									

–		覃	緝二			侵三	緝一		
勘	感			○	寑二	三		沁	寑一
〃	〃	〃	・〃	○	・〃	○	〃	〃	〃
〃	〃	ậm	○	○	○	○	ịəp	〃	〃
〃	〃	ɑm	○	○	○	○	ịəp	〃	〃
〃	〃	覃	○	○	○	○	緝	〃	〃
〃	〃	ɒm	○	○	○	○	ĭĕp	〃	〃
〃	〃	〃	〃	〃	〃	侵二	〃	〃	〃
紺 〃	感 〃	含 ɒm	入 iĕp	鴆 〃	荏 〃	林 iĕm	立 ĭĕp	禁 〃	錦 〃
〃	〃	〃	緝 B	沁 B	寑 B	侵 B	緝 A	沁 A	寑 A
〃	〃	〃	緝 ①	沁	寑 ①	侵 ①	緝 ②	○	寑 ②
〃	〃	əm	iep	〃	〃	・iem	iɪp	〃	〃
									㊅

鹽 一	○			○	盍			談	合
		○	○			闞	敢		
〃	○	○	·敢 二	·談 二	〃	〃	敢 一	談 二	〃
i̯ä̂m	○	○	○	○	âp	〃	〃	âm	ập
i̯æ̂m	○	○	○	○	*a*(:)p	〃	〃	*a*(:)m	*a*p
鹽	○	○	○	○	盍	〃	〃	談	合
ĭɛm	○	○	○	○	*a*p	〃	〃	*a*m	ɒp
鹽 一	○	○	○	○	〃	〃	〃	〃	〃
廉 ɪɛm	○	○	○	○	盍 *a*p	濫 〃	敢 〃	甘 *a*m	合 ɒp
鹽 A	○	○	○	○	〃	〃	〃	〃	〃
鹽 ②	○	○	○	○	〃	〃	〃	〃	〃
iæm	○	○	○	○	*a*p	〃	〃	*a*m	əp
					㊆				

		添	葉 二			鹽 二	葉 一		
栝	忝			艷 二	琰 二			艷 一	琰 一
〃	〃	〃	○	〃	〃	〃	〃	〃	〃
〃	〃	iem	○	○	○	○	i̯äp	〃	〃
〃	〃	iem	○	○	○	○	i̯æp	〃	〃
〃	〃	添	○	○	○	○	葉	〃	〃
〃	〃	iem	○	○	○	○	ĭɛp	〃	〃
〃	〃	〃	〃	〃	〃	鹽 二	〃	〃	〃
念 〃	忝 〃	兼 ɛm	涉 iɛp	豔 〃	琰 〃	（廉） iɛm	輒 ɪɛp	驗	檢 〃
〃	〃	〃	葉 B	艷 B	琰 B	鹽 B	葉 A	豔 A	琰 A
〃	〃	〃	葉 ①	艷 ①	琰 ①	鹽 ①	葉 ②	豔 ②	琰 ②
〃	〃	iɛm	iap	〃	〃	iam	iæp	〃	〃
								(十九)	(十六)

銜	洽			咸	○			○	帖
		陷	豏			○	○		
銜 一	〃	〃	〃	〃	○	○	·忝 二	○	〃
am	ăp	〃	〃	ăm	○	○	○	○	ɨep
a(:)m	ap	〃	〃	am	○	○	○	○	iep
銜	洽	〃	〃	咸	○	○	○	○	帖
am	ɐp	〃	〃	ɐm	○	○	○	○	iep
〃	〃	〃	〃	〃	○	○	○	○	〃
銜 am	洽 ɐp	陷 〃	減 〃	咸 ɐm	○	○	○	○	協 ɛp
〃	〃	〃	〃	〃	○	○	○	○	〃
〃	〃	〃	〃	〃	○	○	○	○	〃
am	æp	〃	〃	æm	○	○	○	○	iɛp

		嚴	○			○	狎		
醃	儼			○	○			鑑	檻
〃	〃	〃	○	·鑑二	○	·銜二	〃	鑑一	〃
〃	〃	iɐm	○	○	○	○	ap	〃	〃
〃	〃	i̯ɐm	○	○	○	○	a(:)p	〃	〃
〃	〃	嚴	○	○	○	○	狎	〃	〃
〃	〃	ĭɐm	○	○	○	○	ap	〃	〃
〃	〃	〃	○	○	○	○	〃	〃	〃
欠 〃	广 〃	嚴 ɪɐm	○	○	○	○	甲 ap	鑑 〃	檻 〃
〃	〃	〃	○	○	○	○	〃	〃	〃
〃	〃	〃	○	○	○	○	ap	〃	〃
〃	〃	iɑm	○	○	○	○	ap	〃	〃
	(合)								

○	乏			凡	○			○	業
		梵	范			○	○		
·凡二	乏一	梵一	范一	凡一	○	醶二	○	○	〃
○	i̯wɐp	〃	〃	i̯wɐm	○	○	○	○	i̯ɐp
○	i̯wɐp	〃	〃	i̯wɐm	○	○	○	○	i̯ɐp
○	乏	〃	〃	凡	○	○	○	○	業
○	ɪwɐp	〃	〃	ɪwɐm	○	○	○	○	ɪɐp
○	〃	〃	〃	〃	○	○	○	○	〃
○	法 ɪwɐp	劍 〃	犯 〃	凡 ɪwam	○	○	○	○	業 ɪɐp
○	〃	〃	〃	〃	○	○	○	○	〃
○	法	梵 泛(1)	范	凡	○	(劍)	○	○	〃
○	iuap	〃	〃	iuam	○	○	○	○	iap
		(二)							

范	梵	乏
		○
○	○	
二	二	二
○	○	○
○	○	○
○	○	○
○	○	○
○	○	○
○	○	○
○	○	○
○	梵劍②	○
○	○	○

陳澧之韻類分析見於所著切韻考，黃侃之說見於音略，高本漢之韻類分析見於中國音韻學研究，本篇所錄擬音據原本中國音韻學大綱（B. Karlgren: Compendium of phonetics in Ancient and Archaic Chinese. Göteborg 1970）錢玄同說見於趙蔭棠等韻源流附錄一錢玄同廣韻之韻類及其假定之讀音。本師林先生說見於所著中國聲韻學通論，王力說見於所著漢語史稿上册，周祖謨說見於問學集下册陳澧切韻考辨誤，陸志韋說見於古音說略切韻的音值，李榮說見於切韻音系，董同龢說見於漢語音韻學，周法高說見於論切韻音（香港中文大學中國文化研究所學報第一卷）。以上各家或錄韻類，或錄擬音，所擬之音既據韻類而來，在基本上固無二致也。惟諸家分類亦多參差，系聯與否亦各有是非，茲將諸家異同略申論於後，亦僅據現存材料分析，未敢以爲確論也。

㈠去聲一送韻：鳳馮貢切誤，按鳳字平聲爲馮房戎切，入聲爲伏房六切，均爲合口細音，則相承之鳳自亦當入合口細音一類無疑，韻鏡、切韻指掌圖皆列三等可證。（廣韻一東韻夢莫中切又武仲切，武仲切卽一送韻之莫鳳切，亦可證鳳仲韻同類。）

㈡入聲一屋韻：祿盧谷切，穀（谷）古祿切，卜博木切，木莫卜切兩兩互用不能系聯，然此韻目莫六切，則卜六韻不同類，卜旣與六韻不同類，故倂卜木谷祿爲一類，韻鏡以木卜谷祿同列一等可證倂卜木於谷祿是也。

㈢上聲二腫韻：湩都䳮切，䳮莫湩切，湩䳮互用不與他字系聯，此實爲多韻上聲字，當別出爲一類。

㈣腫韻：腫之隴切，隴力踵（腫）切，拱居悚切，悚息拱切兩兩互用不系聯，然此韻洶許拱切，王二許勇切則勇拱韻同類，勇余隴切，拱旣與勇同類，則亦與隴同類矣。又本韻末有㯲職勇切與腫之隴切同音，切三、王一、王二、全王俱無，蓋增加字也。

㈤五支韻諸家分類，最爲參差，茲整理如下：

⑴爲薳支切誤。廣韻爲薳支切又王僞切，寘韻爲于僞切又允危切，危廣韻魚爲切，據爲字又音，則危爲正互用爲類，不與支移同類也。

⑵宜魚羈切，羈居宜切，羈宜互用，旣不與支移爲一類，亦不與爲危垂等一類，然支韻於韻鏡居三四等，其爲細音無疑，究其極端，不外二類。羈上聲掎居綺切，去聲寄居義切皆爲齊齒一類，則羈宜自亦當倂入齊齒一類。

⑶倂羈宜入支移又出現重紐問題，本師林先生切韻韻類考正論及此類問題嘗曰：「虧闚二音，廣韻切殘刊謬本皆相比次，是當時陸氏搜集諸家音切時，蓋音同而切語各異者，因並錄之，並相次以明其實同類，亦猶紀氏（容舒）唐韻考中（陟弓）中（陟宮）相次之例，嬀䝯、祇奇、摩陸、陴皮疑亦同之，今各本之不相次，乃後之增加者竄改而混亂也。」隨旬爲切，虧去爲切，闚去隨切可證虧闚原本同音也。關於重紐問題董同龢先生有廣韻

重紐試釋一文以爲係古音來源不同，此點余極同意，但仍認爲在廣韻爲同音較合理。

(4)茲整理支韻韻母如后：

移支知離羈宜奇一類齊齒呼；

爲規垂隨隋危吹一類撮口呼。

(六)上聲四紙韻：本韵跪去委切，綺墟彼切，去墟聲同類則彼委韵不同類，彼字甫委切，切語用委字蓋其疏也。今全王本彼補靡反當據正。狔女氏切，集韵乃倚切，是倚氏韵同類。又本韻俾並弭（渳）切、渳綿婢切，婢便俾（俾）切三字互用，然王二婢避爾反，則爾俾韵同類也。其兩類韵母如下：

氏紙帋此是豸侈爾綺倚彼靡弭婢俾一類齊齒呼

委詭累捶毀髓一類撮口呼

(七)去聲五寘韵：本韵恚於避切，餧於僞切，上字聲同類，則避僞韵不同類，僞危睡切，避既與僞不同類，則亦與睡不同類。考本韵諉女恚切，王二女睡反，則恚睡韵同類，是恚與避韵不同類也，恚之切語用避字蓋其疏也。周祖謨氏陳澧切韵考辨誤云：『反切之法，上字主乎聲，下字主乎韵，而韵之開合皆從下字定之，惟自梁陳以迄隋唐，制音纂韵諸家，每以脣音之開口字切牙喉音之合口字，似爲慣例，如經典釋文軌媿美反，宏戶萌反，虢寡白反，敦煌本王仁煦切韻卦古賣反，坬古罵反，化霍霸反，切三、唐韵韄乙白反，嚄胡伯反是也。』恚於避切，亦以脣音開口字切喉牙音之合口字也，按韵鏡避義一類在內轉第四開，恚睡一類在內轉第五合，分別畫然，足證恚以避爲切蓋其疏也。今重訂兩類韵母於后：

義智寄賜跂企避一類齊齒呼

睡僞瑞累恚一類撮口呼

(八)平聲六脂韻：廣韻尸式之切誤，切三、王二式脂反當據正。又本韵眉武悲切，悲府眉切，悲眉互用與各類不系聯。按韵鏡內轉第六開以悲丕邳眉一類列於三等與飢耆狋等一類當从之。本韵帷洧悲切亦以脣音開口切喉牙音合口字也。重訂本韵兩類韵母於后：

夷脂飢私肌資尼悲眉一類齊齒呼

追隹遺維綏(帷)一類撮口呼

(九)上聲五旨韵：本韻几居履切，履力几切；視承矢切，矢式視切。履几、矢視兩兩互用不能系聯。然切三、王二視承旨切、則旨矢韵同類、旨職雉切，雉直几切，則几矢亦韵同類矣。又本韵美無鄙切，鄙方美切，鄙美互用。韵鏡內轉第六開以鄙嚭否美與黹犧雉几同列三等爲一類當从之。又本韵洧榮美切，亦以脣音開口切喉牙音合口字也。本韵嶵徂累切誤，累在四紙韵，全王徂壘反是也，當據正。重訂兩類韵母於后：

雉矢履几姊視美鄙一類齊齒呼

洧軌癸水誄壘一類撮口呼

㈠去聲六至韻：本韵至脂利切，利力至切；悸其季切，季居悸切。利至、季悸兩兩互用不系聯，考本韵瞲香季切，王一許鼻反，則季鼻韵同類，鼻毗至切，故季至韵亦同類。本韵位于愧（媿）切，媿俱位切；遂徐醉切，醉將遂切。愧位、醉遂兩兩互用不系聯，考本韻⿰差皮楚愧切，王一楚類反，則類愧韵同類，類力遂切，則愧遂韵亦同類也。又本韵郿（媚）明祕切，祕兵媚切，祕媚互用。韵鏡內轉第六開以祕濞備郿與冀器至示同列三等爲類當从之。重訂兩類韵母於后：

利至器二冀季四悸自寐祕媚備一類爲齊齒呼

愧醉遂位類萃一類撮口呼

㈡上聲六止韵：止諸市切、市時止切；士鉏里切、里良士切，兩兩互用不系聯。考本韵以羊已（紀）切，切三作羊止反，則已止韵同類，已居理（里）切，則理止亦韵同類矣。

㈡上聲七尾韻：尾無匪切，匪府尾切；鬼居偉（韙）切，韙于鬼切，兩兩互用不系聯，今考本韻韙于鬼切，玉篇于匪切，則匪鬼韻同類也。

㈢去聲八未韻：貴居胃切，胃于貴切，未（味）無沸切，沸方味切，兩兩互用不系聯。考本韻沸方味切，王一府謂反，則味謂（胃）韻同類矣。又本韻䨾扶涕切誤，涕在十二霽，王一、王二均作扶沸切當據正。

㈣去聲九御韻：御牛倨切，據（倨）居御切；署常恕切，恕商署切，兩兩互用不系聯。署王一常據反，則恕據韻同類也。

㈤上平十虞韻：無武夫切，跗（夫）甫無切，夫無互用，切三跗甫于切，則無于韻同類也。

㈥上聲九麌韻：羽（雨）王矩切，矩俱雨切；主之庾切，庾以主切，兩兩互用不系聯。考甫方矩切，切三方主切。則矩主韻同類也。

㈦去聲十三祭：本韻犈丘吠切，猭呼吠切，按吠在二十一廢，非本韻字。全王、唐韻皆無，蓋廢韻增加字誤入本韻者也。

㈧上聲十二蟹：丫乖買切，以脣音開口字切喉牙音合口字也。

㈨去聲十九卦：卦古賣切，以脣音開口字切喉牙音合口字也。

㈩上平十四皆：崴乙皆切，切三乙乖切當據正。

(一一)去聲十六怪：本韻擽博怪切，陳澧切韻考卷四云：『擽布戒切，張本、曹本及二徐皆博怪切誤也，戒古拜切，是拜戒韻同類，今從明本顧本。』按陳說是也。韻鏡外轉第十四合以拜湃憊（犕）昒列二等，然憊平聲為排步皆切，昒平聲為埋莫皆切，韻鏡以排埋列外轉第十三開，平去二聲脣音字不相應，當从陳氏所考據明本改擈爲布戒切爲開口，韵鏡十四轉蓋誤植也。今重訂本韵兩類韵母於后：

怪壞一類合口呼

界拜介戒一類開口呼

㈢去聲十七夬：夬古賣切誤，賣在十五卦，非本韵字，全王、唐韵古邁切，當據正。

㈢去聲十八隊：佩蒲昧（妹）切，妹莫佩切；隊徒對切，對都隊切，兩兩互用不系聯，然王一、王二、全王對都佩切，則隊佩韵同類。

㈣上平十六咍：裁（才）作哉切，𢦏（哉）祖才切，才哉互用，考本韵裁切三昨來切，則哉來韻同類。

㈤去聲十九代：慨苦蓋切誤，蓋在十四泰，非本韵字，王二、全王苦愛切當據正。

㈥去聲二十廢：廢方肺切，全王方肺切，當據正，肺方廢切，全王芳廢切，當據正。韵鏡第九開以刈列三等，不與廢吠等同列第十轉合口。周祖謨陳灃切韵考辨誤云：『廢韵刈魚肺切，王二魚廢切，韻鏡此字列爲開口，今從之。分廢韵爲二類。又祭韻㹕緣二字入此爲合口字。』按緣呼吠切韵鏡誤植於第十轉牙音清濁疑母下，故又誤植刈於第九轉開口，實則廢韵僅一類爲撮口呼，周說未必然也。

㈦上平十七眞：本韵有囷去倫切，贇於倫切，**麏**居筠切，筠爲贇切當併入諄。又本韵巾銀一類韵鏡列於外轉十七開。考法國巴黎國家圖書館藏唐本文選音殘卷，臻切側巾，詵切所巾，榛切仕巾，顯然可知本韻巾銀一類字原與臻韻相配之喉牙脣音也，故韻鏡隨臻韻植於十七轉開口，迨切韻眞臻有別，此類字乃置於眞韻，就韻母言仍爲齊齒音，其有以爲撮口者未必然也。

(二八)上聲十六軫：殞于敏切，以脣音開口字切喉牙音合口字也。本韻殞窘(渠殞切)二字當併入準韻，愍字切語用殞字蓋其疏也。查愍字平聲爲珉武巾切，實與臻韻相配之脣音字，窘入則愍亦當爲與臻韻上聲𧤺齔相配之脣音字，非撮口也。韻鏡以愍入十七轉開口，窘入十八轉合口可證，然則韻鏡十七轉有殞亦爲誤植。龍宇純君韻鏡校注云：『廣韻軫韻殞湏碩隕霣愪荺等七字于敏切、合口，當入十八轉喻母三等，七音略十八轉有隕字是也。唯其十七轉愪字亦當刪去。』按龍說是也，殞當併入準韻，置於韻鏡十八轉合口喻三地位。

(二九)去聲二十一震：呁九峻切，峻與㕙同音，當併入稕韻。

(三〇)入聲五質韻：密美畢切、切三美筆反當據正，率所律切，律在六術韻當併入術韻。本韻乙筆密一類，實與臻韻入聲櫛相配之脣牙喉音，公孫羅文選音決櫛音側乙反可證。據此則乙筆密亦猶巾銀一類當爲齊齒呼也。

(三一)上平十八諄：趣渠人切，吩普巾切當併入眞韻。

(三二)上聲十七準：螼弃忍切，脤珍忍切，脪興腎切，濜鉏紖切當併入軫韻，軫韻窘殞二字當併入本韻。

(三三)臻韻上聲有𧤺亲仄謹切，齔初謹切，因字少併入隱韻，並借用隱韻謹爲切語下字。

(三四)臻韻去聲有櫬瀙嚫䞋襯儭齔初覲切，因字少併入震韻，或謂僅有一齔字併入隱韻，兩說均有根據，前說則據韻鏡十七轉齒音二等有櫬字，後說則據隱韻齔字又初靳切，初靳切當入焮韻，焮韻無齒音字則其屬臻韻去聲無疑，焮韻無此字，故謂附於隱韻也。兩說皆不可非之。

㉕上平二十文：芬府文切，與分同音，全王撫雲切，明本撫文切，當據正。

㉖入聲九迄韻：訖居乙切誤，乙在五質韻，切三居乞反，當據正。

㉗去聲廿五願：籔芳万切與嬔芳万切同音誤，王二作𥳐與𪉳同紐音叉万切，又初万切，當正作叉万切。周祖謨廣韻校勘記云：『籔故宮王韻作叉万切，當據正。此字或體𪉳字，玉篇亦音叉萬切，𪉳見鹵部，張改作芳万切非也，段校改芳作方，亦非，若作芳万切則與嬔字芳万切音同。』又本韻健渠建切，圈臼万切，渠臼聲同類，則建万韻不同類，建居万切，切語用万字，蓋其疏也。今按韻鏡外轉第二十一開以建健堰憲爲類同列三等，外轉二十二合以販萬圈願怨爲類同列三等，今從之別爲二類。又考建字之平聲爲犍居言切，上聲爲湕居偃切均爲齊齒一類則建字亦當爲齊齒無疑。今重訂兩類韻母於后：

怨願販万一類撮口呼

建堰一類齊齒呼

㉘入聲十月韻：月魚厥切，厥居月切；伐房越切，越王伐切。兩兩互用不能系聯，然本韻髮方伐切，王二方月切，則伐月韻同類。

(三九)入聲十一沒：本韻麧下沒反與搰戶骨切音同，按麧本爲痕韻相承之入聲，因字少併入沒韻，因借沒爲切語下字耳。又本韻沒莫勃切，勃蒲沒切；忽呼骨切，骨古忽切，兩兩互用不系聯，考窣蘇骨切，王二蘇沒反，則沒骨韻同類。

(四〇)上平廿五寒：本韻有濡乃官切，當併入桓韻。

(四一)上聲廿四緩：本韻滿莫旱切，五代刊本切韻作莫卵反，當據正。伴蒲旱切五代刊本切韻作步卵反。當據正。又本韻攤奴但切當併入二十三旱韻。

(四二)去聲廿九換：本韻半博慢切，慢在三十諫，全王、唐韻博漫反，當據正，漫(緩)莫半切，漫半互用不系聯。考韻鏡外轉二十四合以半判畔縵與段玩等爲一類，今從之。

(四三)入聲十五末：末莫撥切，撥北末切，括古活切，活戶括切，兩兩互用不系聯，按本韻跋蒲撥反，切三蒲活反，則撥活韻同類。

(四四)上聲廿五潸：本韻睆戶板切與僩下赧反同音、按全王僩胡板反睆戶板反二音相次，考韻鏡外轉二十四合以睆綰爲一類，潸僩爲一類置於外轉二十三開。廣韻刪潸諫黠四韻脣音字配列參差最爲無定，茲分列於下：

平聲刪韻	上聲潸韻	去聲諫韻	入聲黠韻
開口合口	開口合口	開口合口	開口合口
班 布還	版 布綰	○	八 博拔

攀 普班	眅 普板		襻 普患	汃 普八
○	阪 扶板	○	○	拔 蒲八
蠻 莫還	矕 武板	慢 謨晏		傄 莫八

刪韻全合口、潸黠二韻全在開口，諫韻開合各一，韻鏡全在合口。高本漢以爲皆爲開口。（參見譯本中國音韻學研究四二頁）此類脣音字似列入開口爲宜，其入合口者以脣音聲母俱有合口色彩故也。即班 Pʷan—Pwan。

（四五）入聲十四黠：滑戶八切，此以脣音開口切喉牙音合口字也。婠烏八切亦以開口切合口也。黜五骨誤、唐韻五滑反是也。當據正。

（四六）上平二十八山：切三此韻有頑吳鰥反一音，當據補。

（四七）上聲二十六產：周祖謨云：『產韻陳氏分爲剗㦃二類，按㦃廣韻初綰切，唐本殘韻並無，綰在潸韻，㦃萬象名義音叉產反，玉篇叉限反，是此與剗爲同音之字，今合併爲一類。』按全王㦃與醆同音側限反，不別爲音，周說是也，當併爲一類。

（四八）去聲卅一襇：幻胡辨切，此以脣音開口切喉牙音合口字也。

（四九）下平一先韻：先蘇前切，前昨先切；顚都年切，年奴顚切，兩兩互用不系聯。考本韻賢胡田切，切三胡千切，則千田韻同類，千蒼先切，田徒年切，則先年韻亦同類矣。

（五〇）去聲三十二霰：縣黃練切誤，王二玄絇反，當據正。

（五一）下平二仙韻：延以然切，然如延切，焉於乾切，乾渠焉切。兩兩互用不系聯。考本韻嘕許延切，五代刊本切韻許乾反，則延乾韻同類。又專職緣（沿）切，沿與專反；權巨員切，員王權切。兩兩互用不系聯，考本韻嬽於權切，五代刊本切韻於緣反，則權緣韻同類。今重訂兩類韻母於后：

然仙延乾焉一類齊齒呼

緣泉全專宣川員權圓攣一類撮口呼

㈢去聲卅三線：戰之膳（繕）切，繕時戰切；線私箭切，箭子賤切，賤才線切；膳戰互用。箭賤線互用，兩類不系聯，考本韻騗匹戰切，集韻匹羨切，則戰羨韻同類，羨似面切，面彌箭切，則戰箭韻同類矣。又絹吉掾切，掾以絹切；眷（卷）居倦切，倦渠卷切，兩兩互用不系聯，考本韻淀辝戀切，王二辝選反，則戀選韻同類，戀力卷切，選息絹切，則卷絹韻同類也。又本韻徧方見切，見在三十二霰，全王徧博見反與遍同音，在三十二霰韻，當併入彼。今重訂兩類韻母於后：

箭膳戰扇賤線面碾一類齊齒呼

變掾眷卷絹倦戀選釧彥囀一類撮口呼

㈣入聲十七薛：絕情雪切，雪相絕切；輟陟劣切，劣力輟切。兩兩互用不系聯，考本韻爇如劣切，切三、王二、全王如雪反，則劣雪韻同類。又本韻揭丘謁切誤，謁在十月韻，切三、王二、全王去竭反，唐韻丘竭反，當據正。

(五四)下平四宵韻：宵相邀（要）切，要於霄切；昭止遙切，遙餘昭切；喬巨嬌（驕）切，驕舉喬切。彼此互用不系聯。考本韻焦卽消（霄）切，切三卽遙反，則遙霄韻同類，又喬巨嬌切，切三巨朝反，則嬌朝韻同類，朝陟遙切，故嬌遙韻亦同類。

(五五)上聲三十小：小私兆（肇）切，肇治小切；沼之少切，少書沼切。本韻摽苻少切，切三苻小反，故少小韻同類。

(五六)去聲卅五笑：照之少切，少失照切；笑私妙切，妙彌笑切，兩兩互用不系聯，考本韻照之少切，王一、王二之笑反，則少笑韻同類。

(五七)下平六豪韻：勞魯刀切，刀都牢（勞）切，褒博毛切，毛莫袍切，袍薄褒切。刀牢互用，毛袍褒三字互用遂不系聯。今考本韻蒿呼毛切，切三呼高切，則高毛韻同類，高古勞切，則毛勞韻亦同類。

(五八)上聲三十四果：爸捕可切，𠱫作可切，蓋哿韻增加字，誤入本韻，此二字切三皆無。

(五九)去聲三十九過：侉安賀切，王一、全王烏佐反，當入三十八箇，七音略內轉二十七箇韻有侉字是也。又本韻有磋字七過切與剉麤臥切音同，韻鏡內轉二十七，七音略內轉二十七以磋入箇韻，此字全王七箇反是也，當據正。

(六〇)去聲四十禡：化呼霸切，此以脣音開口切喉牙音合口之例也。集韻火跨切，可據正。

(六一)下平十陽韻：本韻強巨良切，狂巨王切，則王良韻不同類。陳澧切韻考卷五云：『王雨方切，此韻狂字巨王切，強字巨良切，則王與良韻不同類，方字府良切，王既與良韻不同類，則亦與方韻不同類，王字切語用方字，此其疏也。』本師林先生景伊以爲王字切語用方字未誤，方字切語用良字乃其疏也。考方字上聲爲昉，廣韻分兩切，玉篇分往切，正爲合口細音一類，廣韻四聲相承，故可證方字切語用良字之疏誤也。考廣韻陽及其上去入相承之脣音字，宋元韻圖之配列甚爲可疑。茲先錄諸韻切語於后，然後加以申論：

平聲陽韻	上聲養韻	去聲漾韻	入聲藥韻
方府良切	昉分网切	放甫妄切	○
芳敷方切	髣妃兩切	訪敷亮切	𩃼孚縛切
房符方切	○	防符況切	縛符钁切
亡武方切	网文兩切	妄巫放切	○

除入聲藥韻𩃼縛二字確與撮口一類系聯外，其平上去三聲皆齊撮兩類雜用無截然之分界宋元韻圖韻鏡、七音略、四聲等子，切韻指南皆列開口，切韻指掌圖列合口。若從多數言似當列開口，然此類脣音字，後世變輕脣，則指掌圖非無據也。周祖謨氏萬象名義中原本玉篇音系一文（問學集三六三頁）卽以宕攝羊類脣音字屬合三等，擬音爲-iuang, -iuak。就脣音變輕脣言，此類字應屬合口殆無疑義。高本漢中國聲韻學大綱亦以筐王方、縛爲一類擬音爲-iwang, -iwak。據此論，方字切語用良字蓋誤，林先生說是也。上聲昉當據玉篇正作分往切，往正作于昉切，网正作文往切，髣字切語用兩字，亦其疏也。去聲況許訪切，訪敷亮切，亮字亦疏，況王二許放反，原本玉篇況詡誑反皆爲合口細音一類，入聲列合口細音無誤，四聲相承、平上去三聲亦當同列合口細音，其入開口者誤也。周祖謨陳澧切韻考辨誤云：『陽韻脣音字方芳房亡，韻鏡七略音均爲開口，均韻考據反切系聯亦爲開口，然現代方音等多讀爲輕脣f（汕頭福州讀hu，文水讀xu），可知古人當讀同合

口一類也。（脣音聲母於三等合口前變輕脣）等韻圖及切韻考之列為開口，其誤昭然可辨。』

(六二)入聲十九鐸：郭古博切，此以脣音開口字切喉牙音合口也。

(六三)下平十二庚：陳澧切韻考卷五：『横戶盲切，此韻諻字虎横切，脝字許庚切，虎與許聲同類，則横與庚韻不同類，盲字武庚切，横既與庚韻不同類，則亦與盲韻不同類，横字切語用盲字，此其疏也。』按此亦以脣音開口字切喉牙音合口字也。

(六四)上聲三十八梗：陳澧切韻考卷五：『影於丙切，此韻警字居影切，憬字俱永切，居俱聲同類，則影與永韻不同類，丙字兵永切，影既與永韻不同類，則亦與丙韻不同類，影字切語用丙字亦其疏也。』按集韻影於境切，可據正。猛莫平切，幸在三十九耿，明本莫杏切是也。礦古猛切，陳氏曰：『礦字無同類之韻，故借用猛字。』按此亦以脣音開口字切喉牙音合口字。陳氏又云：『此韻末又有打字德冷切，冷字魯打切，二字切語互用，與此韻字絕不聯屬，且其平去入三聲皆無字，又此二字皆已見四十一迥，此增加字也，今不錄。』按陳說非也，董同龢氏漢語音韻學以冷打與梗杏同屬一類考韻鏡外轉三十三開冷列梗韻二等與梗同等，則董氏所分是也，打字韻鏡未見，龍宇純君韻鏡校注以為打字當補於三十三轉舌音清位梗韻一等處。又按今音打冷二字之音皆與梗韻二等合與四等迥韻讀音異。

(六五)去聲四十三映：蝗戶孟切，此以脣音開口切喉牙音合口字也。

(六六)入聲二十陌：按本韻韄乙白切，嚄胡伯切，謋虎伯切，虢古伯切，皆以脣音開口字切喉牙音合口字也。韻鏡外轉三十四合以虢擭砉（謋同音字）嚄同列陌韻二等可證。按擭一虢切實與韄同音，七音略三等無字，二等作韄，集韻韄擭同音握虢切即其證。

(六七)下平十三耕：宏戶萌切，脣音開口切喉音合口也。

(六八)入聲廿二昔：昔思積切，積資昔切；石常隻切，隻之石切，兩兩互用不系聯，考本韻彳丑亦（繹）切，王二丑尺反，則尺亦韻同類，尺昌石切，繹羊益切，益伊昔切，則石昔韻同類。然隻之石切，蓂之役切，上字聲同類，則石役韻不同類也。役既與石韻不同類，則亦與隻韻不同類，役字切語用隻字蓋其疏也。

(六九)上聲四十一迥：迥戶頂切與婞胡頂切音同，陳氏曰：『明本、顧本、曹本戶頂切，頃字在四十靜，徐鉉戶穎切，穎字亦在四十靜，蓋熲字之誤也。今從而訂正之，徐鍇篆韵譜呼炯反，篆韵譜呼字皆胡字之誤，炯字則與熲同音，集韵戶茗切，茗與熲韻同類，皆可證熲字是也。』按陳氏以熲切迥是也、至謂茗熲同類則非也。考本韻脣音字鞞補鼎切入齊齒，頩匹迥切，竝蒲迥切，茗莫迥切入撮口，與平聲𤳖普丁切，瓶薄經切；去聲𩈻莫定切；入聲壁北激切，霹普擊切，甓扶歷切，覓莫狄切之皆入齊齒者不一律，實則青迥徑錫四韻脣音字惟齊齒一類，韻鏡置於外轉三十五開四等可證。

(七〇)去聲四十六徑：周祖謨陳澧切韻考辨誤云：『徑韵陳氏定爲一類。案鎣烏定切，與徑定非一類，定開口，鎣合口也，今以鎣字自爲一類。』按周說是也。考鎣字相承之上聲爲濙，同偏旁之平聲字熒戶扃切皆入撮口一類，韵鏡亦以鎣入三十六合可證。

(七一)入聲二十四職韵：職之翼切，弋（翼）與職切；直除力切，力林直切，兩兩互用不系聯。本韻職之翼切，集韵質力切，則翼力韵同類。又本韻域雨逼切，洫況逼切，皆以脣音開口字切合口字也。韵鏡以洫域一類入內轉四十三合三等可證。本韻赩許極切，洫逼況切，上字同類，則下字不同類，極逼既同類，則洫逼不同類也。

(十二)入聲廿五德：德多則切，則子德切；墨莫北切，北博墨切，兩兩互用不系聯，考本韻黑呼北切，王二、全王呼德反，卽北德韻同類。

(十三)下平十八尤：浮縛謀切，謀莫浮切，兩字互用。韻鏡內轉三十七開與不甫鳩切同列三等，按浮字上聲爲婦房久切，去聲爲復扶富切均可與喉舌牙齒各類系聯，則浮謀亦當與本韻他類字同類，切語偶失系聯耳。

(十四)去聲四十九宥：宥于救切，救居祐（宥）切；僦卽就切，就疾僦切。兩兩互用不系聯，考僦全王卽救反，則就救韻同類。

(十五)下平廿一侵：尋徐林切，林力尋切，斟職深切，深式針（斟）切；吟魚金切，金居吟切。兩兩互用不系聯。集韻林黎針切，則林針韻同類，又考本韻岑鋤針切，全王鋤金反，則針金韻同類。

(十六)上聲四十七寑：荏如甚切，甚常枕切，枕章荏切，錦居飮（歆）切，歆於錦切。兩兩互用不系聯，考本韻蕈慈荏切，切三、全王慈錦反，則荏錦韻同類。

(十七)入聲二十八盍：皶都搕切誤，搕在合韻，全王皶都盍反，當據正。囃倉雜切誤，全王倉臘反，當據正。又考本韻砝居盍切，譫章盍切，切三、王二、全王皆無，增加字也，當刪。

(十八)上聲五十琰：本韻險虛檢切，䫡丘檢切，顩魚檢切，貶方斂切，儉巨險切，檢居奄切，奄衣儉切，王二分別爲險虛广反，䫡丘檢反，顩魚儉反，貶彼檢反，儉巨險反，檢居儼反，奄應險反均在五十一广韻，當从之併入五十二儼韻。

(十九)去聲五十五豔：豔以贍切，贍時豔切；驗魚窆切，窆方驗切，兩兩互用不系聯。今考本韻愴於驗切，集韻於贍切，則贍驗韻同類。然此字王一、王二、全王均於驗反又於豔反，似本有二音，韻鏡以愴屬外轉三十九開豔韻三等，厭屬外轉四十開豔韻四等。今姑據集韻切語系聯，俟再考。

(七)上聲五十二儼：儼魯掩切誤，王一虞埯反可證魯為魚之譌，掩為埯之譌。琰韻險、頩、顩、貶、儉、檢、奄等字當从王二入本韻。

(八)去聲六十梵：本韻劍居欠切，欠去劍切，俺於劍切三字，當併入五十七釅韻與釅魚欠切，脅許欠切，欦丘釅切為一類。釅韻荾廣韻亡劍切誤，全王字誤作蔆妄泛切，字誤音不誤，當改作妄泛（汎）切，改入梵韻。

新雄按：黃先生以為脣音皆合口未必然也，諸家分類所以參差者若周祖謨、陸志韋、李榮、董同龢、周法高諸氏於支脂眞祭仙宵鹽諸韻分類較多，以同音異切之重紐字亦計算在內予以分開也。此類字究應如何處理？是否當予區分？周祖謨陳澧切韻考辨誤云：『以上所列凡三百二十四類，較陳氏所定多十三類，然支脂仙宵侵鹽諸韻（舉平賅上去入）之分類，皆以廣韻之切語為定，古人之讀音究竟如何分辨，不能盡詳矣。（若定支脂仙各有開合二類、宵侵鹽各有開口一類，則三百廿四為二百九十六。）』是重紐是否當分尚在兩可之間，今不分重紐，故合併如上。（重紐問題董同龢有廣韻重紐試釋，周法高有廣韻重紐研究。見史語所集刊十三本。此類問題尚待詳考，今姑不論。）

（原載中華學苑第十四期民國六十三年九月）

無聲字多音說

一、無聲字之意義

許君說文解字所收九千餘字之中，有有聲之字，有無聲之字。何謂無聲字？本師瑞安林景伊先生云：『無聲字者，卽指事、象形、會意之字，或爲意象，或爲形象，或爲意合；其形體無聲，由於造字者憑其當時之意識，取其意而定其聲者也。』（說文二徐箋異辨序）蓋中國文字之構造，悉依六書之原則。六書之中，據戴東原說（見答江愼修先生論小學書），其指事、象形、形聲、會意乃書之體；轉注、假借乃書之用。所謂體，卽文字構造之方法；所謂用，則文字運用之方法。四體之中，凡非形聲字，卽爲無聲字，試舉三例以明之：

(一) 說文四篇上羊部：『羔、羊子也。从羊、照省聲。』按羔从照得聲，爲形聲字，非無聲字也。

說文十篇上火部：『照、明也。从火、昭聲。』按照从昭得聲，亦爲形聲字，非無聲字也。

說文七篇上日部：『昭、日明也。从日、召聲。』按昭从召得聲，亦形聲字而非無聲字也。

說文二篇上口部：『召、評也。从口、刀聲。』按召从刀得聲，亦形聲字非無聲字也。

說文四篇下刀部：『刀、兵也。象形。』按刀字於六書屬象形，非形聲字，故爲無聲字。

(二)說文十二篇上手部：『捋、取易也。从手、寽聲。』按捋从寽得聲，爲形聲字，非無聲字也。

說文四篇下𠬪部：『寽、五指寽也。从𠬪、一聲。讀若律。』按寽从一得聲，爲形聲字，非無聲字也。

說文一篇上一部：『一、惟初太始，道立於一，造分天地，化成萬物。』按一字之形於六書屬指事，非形聲字，故爲無聲字。

(三)說文十三篇下土部：『墉、城垣也。从土、庸聲。』按墉从庸得聲，爲形聲字，非無聲字也。

說文三部下用部：『庸、用也。从用庚、庚、更事也。易曰：「先庚三日。」』按庸字从用庚會意，非形聲字，故爲無聲字也。

由上舉三例，可知所謂無聲字者，實卽形聲字所从得聲之最初聲母。所謂最初聲母，卽文字中之不含音符者；其含音符者，卽爲聲子，凡聲子卽非無聲字。質言之，卽一文字不再從他字得聲者則無聲字也。

更就右舉三例，圖析如左，以明無聲字與有聲字之差異：

（一）刀象形、無聲字、聲母。↘召形聲、有聲字、一級聲子。↘昭形聲、有聲字、二級聲子。↘照形聲、有聲字、三級聲子↘羔形聲、有聲字、四級聲子。

（二）一指事、無聲字、聲母。↘寽形聲、有聲字、一級聲子。↘捋形聲、有聲字、二級聲子。

（三）庸會意、無聲字、聲母。↘墉形聲、有聲字、一級聲子。

從右圖所析，如第一例之刀字既爲象形字，卽爲無聲字，而羔、照、昭、召諸字皆从刀得聲，故刀字卽爲此諸字之最初聲母。若召字對刀言，固爲聲子，對昭言，亦爲聲母，但非最初得聲之聲母。明乎此，則於無聲字之意義亦可瞭然矣。

二、無聲字多音之原因

已明『無聲字』之意義，則進而追尋無聲字何以多音？蓋中國文字本一字一音，而何以又有多音之道？許君說文敍云：『文者物象之本，字者言孳乳而寖多也。箸於竹帛謂之書，書者如也。㠯迄五帝三王之世，改易殊體，封于泰山者七十有二代、靡有同焉。』文字既孳乳而寖多，歷代文字又靡有同焉，則文字非一時一地一人所造顯然可知。文字既非一時一地一人所造，則各地之人，以同一形象，因取意不同，故意象有殊，意象既殊，則音隨義別，自然有同一形象而具多音之道。今綜其故，述之於后：

（一）文字之初起，本緣分理之可相別異，以圖寫形貌，各地之人，據其形象以爲文字。因其主觀意象之殊異，雖形象相同，取意盡可有別。例如一『丨』字也。說文云：『丨、下上通也。引而上行讀若囟，引而下行讀若退。』(一篇上丨部) 此可能於造字之時，甲地之人，造一『丨』字，而賦以『下上通』之意義，而音則讀『古本切』也；乙地之人，亦可能由下引上造一『丨』字，而賦以『上進』之義，音則讀若『囟』也；丙地之人，亦可能由上引下造一『丨』字，而賦以『下退』之義，音則讀若『退』也。迨後文字統一，乃同一『丨』而具有三義三音也。故本師林先生云：『以文字非一時一地一人所造成，因造字者意識之不同，與方音之有異，故同一形體每有不同之音讀，此無聲字所以多音而多異訓也。』(說文二徐箋異辨序)

(二) 造字之時，原非一字，音義原異，只以形體之相近，後人不察，乃合爲一體，因而形同而音義殊矣。例如說文五篇下皀部有『皀』解云：『穀之馨香也。象嘉穀在裹中之形，匕所以扱之，或說皀一粒。又讀若香。』而玉篇卷中白部有『皁』字云：『才老切，色黑也。』是『皀』之與『皁』原本二形二音二義也。後『皁』字形變而作『皀』，乃近於穀香之『皀』，故今世『肥皀』字乃多有寫成『皀』者，訛傳日久，乃學士大夫多有莫之辨者。今世之字既然，古人又何能例外！故本師婺源潘石禪先生云：『造字非一人，創文非一地，則有所表聲義各殊，而形體闇合者，如亥之古文形與豕同，玄之古文形與申同，古文口復注中、乃與日同。』(聲母多音論) 按說文亥之古文今鉉本作『豣』，鍇本作『𢁺』云：『家語子夏云：三豕渡河，亥誤爲豕，當爲此𢁺字也。』繫傳校勘記云：「豣、鉉作豕」段注本作『𠀅』。豕說文古文作『𠀅』是其形易誤合也。故潘師又云：『形既同矣，音亦傳焉，此聲母多音之故一也。』郭某云：『古文亥字與豕雖近似，而非卽是豕骨文則全不相近，骨文豕為圖形文字。古有豕亥傳譌之逸事見呂覽慎行論，子夏亦正謂「己與三相近、豕與亥相似」而已。故亥之非豕，猶己之非三。』甲研下册釋干支按郭某之說是也。原本相異之字，以其形近，後人誤書爲同，故在同一『亣』也，或音『豕』、或音『亥』，此亦猶今書一『皀』字、或音『香』、或音『阜』也。

(三) 古者文字少而民務寡，是以多象形假借。例如說文『ψ、艸木初生也，象丨出形有枝莖也。古文或以爲艸字。讀若徹。』篇下部。又『𤴔、足也，上象腓腸，下从止，弟子職曰：問疋何止。古文吕爲詩大雅字，亦吕爲足字。或曰胥字，一曰：疋、記也。』說文此類幾三十餘事。夫字既轉爲他字之用，則必亦假他字之音以傳此字之形。若說文之『屮』本訓『艸木初生』，其音則『讀若徹』。自古文假以爲『艸』字之用，則必具『艸』字『倉老切』之音矣。如荀子富國篇：『刺屮殖穀』漢書地理志：『厰屮爲繇』，又『水屮宜畜牧』，高彪碑：『犴獄生屮』等書之『屮』皆非讀『徹』而應讀『艸』，是『屮』字一形而具『徹』『艸』二音矣。

(四) 形聲之字所从之聲，每多省聲，而所省之聲，其形偶與他字相涉。於是字音亦遂涉而異。例如㺸字說文九篇上頁部云：『㺸、㺸姸也。从頁、翩省聲。讀若翩。』按㺸字今讀王矩切，乃从翩之省形羽爲聲。㺸本讀若翩，後乃又有『羽』音矣。好事者更從而傅會之以爲孔子圩頂之圩。是則一字得聲或从其本聲之朔，或从其省後之文，由是輾轉相受，音亦蕃變，今說文形聲字之省聲者，若與他文相涉同形，雖多與聲母相應，而讀成省形之聲亦往往而有。此種偶然之疏誤，實亦無聲字多音之又一故也。

綜上四條，於無聲字所以多音之故，亦可渙然冰釋矣。

三、無聲字多音說之歷史

無聲字雖有多音之道，然歷來知之者，並不多見。考歷代小學大師，能知無聲字多音之理者，蘄春黃季剛先生之前，不過三、四人而已。茲歷述之：

(一) 南唐徐鉉（鼎臣），實為知無聲字多音之理最早之人，觀其校說文言部訴下云：『斥非聲，蓋古字音多與今異，如皀亦音香，釁亦音門，乃亦音仍，他皆放此。古音失傳，不可詳究。』又玉部珕下云：『劦亦音麗，故以為聲。』又門部𨷿下云：『燹今先典切，豩呼還切，蓋燹亦有豩音，故得為聲。』又頁部顯下曰：『㬎古以為顯字，故从㬎聲。』詳詧其言，實無媿先覺。惜其時古音之學未明，徐氏無从精究，故辨析多有未明，而信之亦有未篤也。更進而然疑交心，自變其說，無聲字多音之理乃如慧星經天，瞬歸沈黯。

(二) 清姚文田（秋農）古音諧聲首有論古字亦有數音一文，實首先揭櫫無聲字多音之理之第一人。其言曰：『古音至今日大明，然諸家之蔽，見有一字兩讀者，便謂此兩部可全通，此極謬誤。蓋今字常有數音，古字亦常有數音，如皀聲近即，故即从之，又讀若香，故鄉卿從之。今謂此二部皆相通可乎？』㬎聲近濕，故濕從之，又讀若𦬁，故顯從之。今謂此二部皆相通可乎？說文於屮字下去：「古文或以爲艸字，讀若徹。」於疋字下云：「古文或以爲詩大疋字，又或以爲足字，或曰胥字。」其字之音母先有不同，則所從之聲，亦必有異。如㐁字，說文讀若導，又讀若沾，又讀若誓。此三聲斷不能皆通明矣。許書多收或體，亦有因本字異讀而各取其相近之偏旁以爲聲者，如觶有三體，或讀如戰，則從單旁作觶，或讀如振，則從辰旁作䚳，或讀如忮，則從氏旁作觗，此例許雖不言，而固可意揣而得，否則，從單從辰其聲皆遠矣。總之、部分必不可亂，其間有出入者，或通或轉，但當就此一字言之，且如一母字，葛覃與否諧，則在之部，螮蝀與雨諧，又在魚部，是同一詩而兩音矣。一久字，大過象辭與醜諧，則在幽部；既濟象辭與時來諧，又在之部。是同一易而有兩音矣。此類只可兩存，不可強通全部也。』姚氏『音母先有不同』之言，實爲無聲字多音說之先聲，姚氏所以能體會此旨者，實亦由於清代之古音學，至姚氏時已極其發達，故姚氏能體察入微而窮其妙恉也。

(三) 清、劉逢祿(申受)著詩聲衍條例，其十六條論字有兩讀應兼收二部者一條云：『說文丨部丨字注云：「丨引而上行讀若囟，引而下行讀若退。據此知古本有二音。宜兼收二部者，讀若囟在灰部，讀若退在未部。㐁讀若禫(說文三年導服之導、即禫聲之轉。)又讀若沾，又讀若誓。(誓[illegible]茜肆部，禫沾侵部。)應兼收侵未二部。幵說文得聲之字，有在青部者，有在元部者，宜兼收青元二部。皀說文又讀若香，段氏云本音當在緝、故鵖从皀聲，鄉亦从皀聲。應兼收陽緝二部。敦古音如追、亦如團。見毛詩，當兼收元微二部。

內本音在未部，奴對切，古亦用爲出內字，今叚納爲之，出內之義，則爲奴答切，詩小戎軜从內聲與合韵，是古本有奴對奴答二音，應兼收未緝二部。』(見劉禮部集) 劉氏所謂字有兩讀亦即無聲字多音之理。

(四) 清丁履恆（若士）著形聲類篇，其形聲餘論中亦有字可兩讀應兼收二部一條云：『㐁讀若禫、(說文三年導服之導，即禫聲之轉。) 又讀若沾，又讀若誓 (誓在祭部，脂部茜弜字，从西聲，禫沾並在侵部)，應兼收侵陽二部。㬎 (侵部合韻濕濕隰字，並从得聲。) 古文以爲㬎 (从日中視絲，有顯見意)，應兼收侵眞二部。丨引而上之讀若囟 (引从丨聲，在眞部。)，引而下之讀若退，應兼收眞脂二部。』按丁氏與劉氏之言，實同出一轍，詳詧其故，則因丁劉二氏皆从事於古韵研究。古韵研究必基于諧聲之分析，劉氏書名詩聲衍，丁氏書名形聲類篇，其於諧聲必已詳爲分析，見一字兩讀，音理絕殊，析之則兩美、合之則兩傷，必有見乎此，乃能爲此懸解也。雖僅簡短百餘字，要已難能可貴矣。

蘄春黃季剛以前，能知無聲字多音之理者，據余所知，不外此數人而已。第此輩雖知無聲字多音之理，尙無『無聲字』之名，名稱之定，蓋肇自黃季剛先生。故本師林先生云：『無聲字多音之理，雖前人間有談及者，然卻爲黃季剛先生所發明，無聲字多音，亦爲黃先生所定名。』黃先生雖發明無聲字多音之理，然除授之生徒外，其本人並無此類著作發表，設非本師瑞安林先生爲之闡揚，則無聲字多音之理必又將晦而不顯、隱而不彰者也。余昔翻檢黃氏論學雜著，見其『說文聲母字重音鈔』一文，凡說文之有二讀以上者，皆一一注明其切語及又音，據說文部首先後排列。此文所列，雖僅爲材料之安排，觀彼之意，殆欲爲日後考究無聲字多音及古今音變之參證。惜先生早逝，未及成書。今僅錄其一字重音之絕無音理者鈔錄于后，或卽黃氏無聲字多音說之醞釀歟！

示三 又翹夷 又市之 又支義

玨三 又敎六 又筆力 又蒲蒙

丨四 古本又息利 又丑二 又吐外 又敕列

屮一 又采早

右一篇上下

犛四 又鳴龍 又陵之 又謨袍

氂四 陵之 又謨支 又謨袍

吅二 又荀緣 又似用

彳一 又甫玉

亍二 又株遇 又甫玉

疋六 又新於 又語下 又綴玉

右二篇上下

舌一 又乎刮

諰三 想止 又所佳 又搗皆

誩三 又巨兩 又徒濫

[illegible]三 又方勇 又古勇 又荀許

厷 一 姑弘 又乎萌

叏 三 又乳褏 又節力

右三篇上下

舄 二 又閭各 又思積

丝 二 又於求 又津之

茲 二 津之 又胡涓

敫 四 吉弔 又以灼 又吉歷

貣 二 居代 又何邁

𡰪 二 居陵 又才達

則 一 卽得 又薄邁

右四篇上下

𤸰 一 魚巾 又鉏救

盄 烏昆 又苟許

井 一 又都感

羅 三 又徒力 又直略 又昨合

乘 三 神陵 又石證 又堂練

右五篇上下

杓 四 卑遙 又多嘯 又實若 又丁歷

贅 一 朱芮 又牛交

郵一 于求 又是為

右六篇上下

毇六 虎委 又丘媿 又祖毒 又卽各

臼一 又蒲侯

㡀三 脂利 又輸芮 又卽協

皛三 烏鳥 又匹陌 又戶茗

右七篇上下

仁 而鄰 又延知

件一 又迷浮

壬四 又唐丁 又知陵 又展里

覞三 又昌召 又施隻

羨五 延知 又虛延 又延善 又才線 又龍眷

右八篇上下

頫三 他刀 又匪父 又武遠

須一 又逋還

彡四 又師銜 又必幽 又匹妙

厶一 自夷 又莫後

㗊二 元俱 又子結

厂五 虛旰 又魚枕 又閒各 又恥格

产二　五委　又余廉
豩　悲巾　又呼關
右九篇上下
㬎二　又德合　又食律
㲋二　同都　又初咸
獿四　奴同　又尼交　又女安
燄六　又以贍　又夷益　又呼役
樂二　又胡瓜　又所內
𨂤二　又盧谷　又莫筆
右十篇上下
西三　又蕭前　又相咨　又乙却
丿二　又於兆　又匹蔑
乀二　又以制　又力結
弜三　又翹移　又渠良
右十二篇上下
巹三　又昵立　又弋入　又即刃
右十四篇上下

上來所錄黃氏聲母重音鈔，皆音理隔遠者，例如最末一字，『巹』字即有三種切語，其三切之古音，若據瑞典高本漢（B. Karlgren）漢文典（Grammata Serica, Script and

Phonetics in Chinese and Sino-Japanese）之擬音以推當爲*ni̯əp, *di̯əp, *tsi̯ən。三音聲母皆異，韻尾前二音亦與後一音異，則不能謂非多音也。若據余所撰古音學發微之擬音則爲*njɐp, *djɐp, *tsjɛn。前二音與後一音聲母元音韻尾皆異，差別尤大，不可謂脅不具多音也。然黃君聲母重音鈔，僅鈔錄材料，尚非正式揭明也。雖有此意圖，猶不足以充無聲字多音之確證也。

黃君正式揭櫫無聲字多音之旨，則見於其所講授研究說文之條例中，本師瑞安林先生述黃君研究說文條例二十一條。其第九條云：

『形聲字有與所從聲母聲韻畢異者，非形聲字之自失其例，乃無聲字多音之故。』本師爲之釋云：『說文女部妃字从女己聲，斤部斯字从斤其聲，酉部配字从酉己聲，段氏皆以爲非聲。黃先生以爲此等並非形聲字自破其例，乃無聲字多音之故。蓋字非一時一地之人所造，故同一符號形體，往往因時空人之關係而代表不同之意義，因之乃有不同之聲音。說文已明擧無聲字多音之字亦甚多。例如丨部丨，下上通也，引而上行讀若囟，引而下行讀若退。屮部屮、艸木初生也。象丨出形有枝莖也。古文或以爲艸字（按即有艸字之音），讀若徹。皀部皀、穀之馨香也。象嘉穀在裹中之形，匕所以扱之。或說皀一粒也。又讀若香。本音彼及切，故鳥部鵖从皀聲，卽讀彼及切。𨛜部鄉亦以皀聲，則爲許良切，音讀若香。鵖鄉二字皆以皀聲而音不同者，以皀有二音故也。設許君於撰說文時，未收錄讀若香一音，則後世於鵖鄉之異讀，又不知將滋生幾許疑惑也。』

研究說文條例第十條云：

『無聲字多音，故形聲字聲子與聲母之關係，凡有二例，一則以同聲母者，讀爲一音；一則聲母有讀如某一聲子之本音。第一例，卽今日讀之，其聲子與聲母之音，亦尚完全相同。或因聲韵之轉變，尚爲雙聲或疊韵者（四聲不同。亦在此例）。第二例卽今日讀之，其聲子與聲母之音已完全不同，實則先有聲子之本音，造字時取一與此聲子本音相同之無聲字作爲聲母（卽音符）。此一無聲字在當時兼有數音，其中之某一音，正與聲子之本音相符合，故聲子與聲母亦爲同音。其後無聲字漸失多音之道。於是此一聲子所从之聲母，再不復有與此聲子本音相同之音讀，故聲韵全異。乃滋後人疑惑也。』

其第十一條云：

『言形體先由母而至子，言聲韵則由子而至母，史有吏聲，故吏可从史，方有旁聲，故旁可从方，子有李聲，故李可从子，因此可明瞭聲母多音，亦卽無聲字多音。』

其第十四條云：

『說文中有一字讀若數字之音，此卽無聲字多音之故。』

其第十五條云：

『說文讀若之字，必與本字同音，亦必與本字之聲母同音，其有與本字同音，而與本字之聲母異音者，則讀若之字與本字之聲母，必皆另有他音，在他音亦必相同。此亦無聲字多音之證。』

本師林先生釋之云：

『例如說文玉部⿰王毄、玉也。从玉、毄聲、讀若鬲。徐音郎擊切。鬲部鬲、鼎屬也。重文作⿱厤瓦，从瓦厤聲，徐音郎激切。是則毄也⿰王毄也鬲也厤也皆有郎擊切之音也。（廣韻激擊音同）然殳部毄，相擊中也。徐音則爲古覈切。𠂤部隔，塞也。从𠂤鬲聲，徐亦音古覈切。是則毄也⿰鬲虎也隔也鬲也皆有古覈切之音也。由此足知毄隔二字除有郎擊切之音外，尚有古覈切之音也。』

黃君之言無聲字多音者惟見於此，雖僅數條，說理已詳。故自黃君之說出，無聲字多音之理乃得大明於世。黃君之後，則惟本師林先生潘先生最能得其腮理，林先生說已見於上所引黃先生說文研究條例中。潘先生說則見於其所著聲母多音論一文。其言曰：

『檢校舊文，詳稽音讀，則一字每具多聲，其關鍵連結之故，舊說前修，曾未能抉釋疑滯，此聲母多音論之所由作也。蓋聲母多音之說不明，則語源授受之涂，字音蕃衍之迹，舉有難通，誠治斯學者亟當究心之要務也。考前代小學諸師，能知古聲母多音學者，實以南唐徐鼎臣爲最早。（中略）今謂文字肇耑，本求分理別異，然寫物圖貌，有時不可區分。如丨之爲字，上下通爲丨（古本切）引而上行讀若囟，引而下行讀若退，此欲分而不可分也。又造字非一人，創文者非一地，則必有表聲義各殊而形體闇合者。如亥之古文形與豕同，玄之古文形與申同，古文囗復注中，乃與日同。形既同矣，音亦傅焉。此古聲母多音之故一也。古者文字少而民務寡，是以多象形假借（小徐語本），說文屮古文以爲艸字，疋古文以爲詩大雅字，亦以爲足字，若此之類，幾三十餘事，夫既從他義，則亦別其聲音，此古聲母多音之故二也。又形聲字所从之聲，或有省聲而與他字同形，遂從而異音者，如頁部䪻从頁翩省聲，讀若翩，今音讀王矩切，從省聲羽爲聲。又虫部蜙或作蚣，大徐曰今俗作古紅切，以爲蜈蚣蟲名。然則一字得聲，或從其本聲母之朔，或从其省後之文，由是輾轉音亦蕃變，此古聲母多音之故三也。（下略）』（制言三七三八合刊）

潘師析論聲母多音之故，最爲了然，前文言及無聲字多音之原因，已采師說。此文除少數例證確經後人考訂乃聲紐之轉變，不能目爲無聲字多音之證驗外，其全篇立論皆足以闡述黃君此論未盡之蘊。葢潘師親炙黃君左右之日久，克明其故，故能立言有則，足以揄揚其師說也。

林師潘師而外，則秀水唐蘭亦略諳其理。其中國文字學於文字的發生一章云：

『其實，和諧聲系統同樣重要的，還有一個中國文字的異讀問題。例如「角」字在「角里先生」時，「谷」字在「谷蠡王」時都讀作「祿」，「橐」字在說「不橐」時音「郎」。主張複輔音的人，也許更振振有辭，說這是很好的證據，可是在諧聲字裏沒有讀來母的，所以高本漢的Grammata也沒有寫做KL-。「角」字有「祿」音，來源是很古的，「宮商角徵羽」的「角」，倉頡篇寫作「龣」，原本玉篇音古學反，陸法言切韻卻是盧谷反，這字遠在周初的銅器裏已經發現了。假使這個從彔聲的「龣」字原就表現一個kok的音，那就把lok讀做kok，如說是複輔音，又和「剝」字pok的不能相容。我們只能說它原是一個lok，所以這是：

「角」kok：「龣」lok；

我們可以說kok能讀lok，同樣，lok也可以讀做kok，這裏並沒有複輔音的存在。更有趣的是這種異讀字，大部沒有變來母諧聲，而有大批來母諧聲字，像「各」字之類，卻從來沒有讀來母的異讀，假使中國語本有複輔音的話，這便是怪事了。要照我們的解釋，則任何聲母都有轉讀來母的可能，但並不是每個必須轉讀。……

來母以外的異讀，也是常見，如：「禚」字讀爲之若切，類乎近代俗字的「做」字從「故」聲，這種都不是偶然的。甲骨金文「噩」跟「喪」是一字。「御」字甲骨作「⿰午卩」，從午聲，而後世有「卸」字。從午字得聲的「許」字，在若干地方，和「所」字通。我們可以看見Ng和s的關係。甚至於前面所說K.T.P.等聲母各種變換的關係，我們都不能認爲複輔音，只能認爲是「聲母」轉讀。』

唐氏所言文字之異讀及聲母之轉讀，固由於唐氏反對複輔音說之理由，迹其原意，未必卽指無聲字多音言，然未嘗不可相通也。故錄其言，以待達者覽焉。

唐氏而外，周祖謨氏審母古音考一文，亦嘗言及斯旨。周氏云：

『愚意以爲中國古代之語言與文字均極流動，同一形體其所代表之語言未必限於同源。蓋當文字初興之際，形體不盡敷用，一字往往具有二音。如委字爲影母字，其諧聲字如萎逶踒矮均讀本母，而諉餧捼緌則讀泥娘日三母。又如甘字爲見母字，其諧聲字如紺柑坩均讀本母，而甜恬則讀定母。吾人旣不可假定泥娘日三母之音由影母轉來，或定母字由見母字轉來；尤不可假定委甘二字之古音當有複輔音存在。』見漢語音韵論文集。

周氏所謂『一字具有二音』，卽無聲字多音之理。周氏而外，他氏雖亦間有及之者，其能斐然成章者則闕如也。

比年以來，本師瑞安林先生，高郵高先生(仲華)講學於師範大學、政治大學等校國文研究所，皆本黃先生「無聲字多音」說以課諸生，從之受業而於此方面有所論析者，經林先生指導撰成之論文計有吾友周何之說文解字讀若文字通叚考，許錟輝之說文解字重文諧聲考，張文彬之說文無聲字衍聲考；經高先生指導者則有陳君飛龍之說文無聲字考。周許二君雖間一及之，然一篇之中，亦屢發其旨；張陳二氏乃其專著，於無聲字多音之理，各有闡釋。張氏之著主就無聲字衍聲者加以申述，各字按黃氏古韵廿八部彙聚列表說明，聲母與所衍生之聲子一目了然。表後衍聲分析，亦極詳明，何字多音，依圖可索。陳著主重無聲字本身之例釋。於多音之道，固所論列，然其所重在彼不在此，與張氏書性質固不侔也。設余所見不誤，則張著側重形聲字之分析；陳著則側重於指事、象形、會意字之研究也。或謂既有張陳二家之著，又重勞喋喋爲？按張陳二君之著，既各有體例，各就其體例以申言，洵盡美矣。然受體例所限，勢於諸端不克兼顧。茲篇之作，蓋欲擷衆說之華，滙爲一篇，俾後學之士，知所區識。是以雖蹈襲之譏，亦在所不辭；至其體例新張，則區區之創意也。

四、無聲字多音之例證

無聲字既有多音之道，以何明之？舊說前修既多有言之者，然皆隨文而發；多未能滙集各項資料一一考釋，茲篇之作，卽擬于此而有所彌縫之。今就下列五類證之于后：

(一)就說文形聲字證之：

說文九千餘文，形聲實過大半。形聲字聲母與聲子諧聲之關係，聲調不計，蓋有四類。一爲聲韻畢同，二爲聲同韻異，三爲韻同聲異，四爲聲韻畢異。前三者既有聲韻之關係。固非多音者。故凡形聲字聲母與聲子聲韻畢異者，此必無聲字多音之理。蓋其始也，此無聲字因造字者之不一，原具多義多音。形聲字既興，或取此無聲字之甲音以爲聲，或取其乙音以爲聲，語源不同，音隨剖分。其後此無聲字有一義常行，音隨義存，傳之後世；他義罕用、音亦轉晦，馴致失落。無聲字乃漸失其多音，而形聲字適有从其所失之音得聲者，後世觀之，音義不相應，乃生齟齬而以爲聲韵畢異也。今抽繹此類形聲字，實其多音之確證也。茲歷述於后：

①說文一篇上一部：『一，惟初太極，道立於一，造分天地，化成萬物。於悉切』影紐，質部。按紐指拙著古音學發微所考古聲十九紐，部指古韻三十二部，後倣此 按從一得聲者有夃呂戌切 來紐月部，有聿余律切。定紐沒部。按廣韻喻邪二紐上古同源，本應讀*d-，與定*d'-略有不送氣與送氣之微殊，今云定者，乃從曾運乾喻母古讀考及錢玄同古音無邪紐證之說，乃粗略之說法，所以如此者為便於稱說耳。後倣此。是一有三音。

②說文一篇下屮部：『屮，艸木初生也。象丨出形有枝莖也。古文或以爲艸字，讀若徹。丑列切。』透紐、月部。

按从屮得聲者有叀職緣切。端紐元部、疌疾葉切。從紐帖部，又或以爲艸字則清紐幽部，則屮有四音。

③說文二上止部：『止，下基也，象艸木出有阯，故目止爲足。諸市切。』端紐、之部。按从止聲者有企去智切。溪紐支部，以爲足則精紐屋部，故止有三音。

④說文三上卅部：『世，三十年爲一世，从卅而曳長之，亦取其聲。舒制切。』透紐、月部。

按世聲有枼與涉切。定紐帖部，故世有二音。

⑤說文三上𠬞部：『𠬞，竦手也。从𠂇又。居竦切。』見紐東部。

按𠬞聲有菐蒲沃切。並紐屋部。故𠬞有二音。

⑥說文三下又部：『厷、臂上也。从又、从古文厷，厶，古文厷、象形。古薨切。』見紐蒸部。

按厷聲有弘胡肱切。弘聲有強巨良切。匣紐陽部。是厷有二音。

⑦說文四上目部：『眔、目相及也，从目、隶省。讀若與隶同也。徒合切。』定紐緝部。

按眔聲有鰥古頑切。見紐諄部。有褱戶乖切。匣紐微部，是眔、有三音。

⑧說文四上自部：『自、鼻也。象鼻形。疾二切。』從紐質部。

按自聲有息相即切。心紐職部，故自有二音。

⑨說文四上隹部：『隹、鳥之短尾總名也。象形。職追切。』端紐微部。

按隹聲有雖思允切。心紐諄部，故隹有二音。

⑩說文四上隹部：『雀、依人小鳥也。从小隹。讀與爵同。即略切。』精紐藥部。

按雀聲有截昨結切。從紐月部，故雀有二音。

⑪說文四上苜部：『苜、目不正也。从丫目。讀若末，模結切』明紐月部。

按苜聲有莧胡官切。匣紐元部。故苜有二音。

⑫說文四上雥部：『雥、羣鳥也。从三隹。徂合切。』從紐緝部。

按雥聲有𩁼，今字作焦即消切。精紐幽部，故雥有二音。

⑬說文四下肉部：『肉，胾肉，象形。如六切。』泥紐屋部。

按肉聲有䍃以周切。定紐宵部，有育余六切、育聲有充昌終切。透紐東部。故肉有三音。

⑭說文四下肉部：『𦝠、或曰嘼名。象形，闕。郎果切。』來紐歌部。

按𦝠聲有嬴以成切。定紐耕部。故𦝠有二音。

⑮說文四下刀部：『刀、兵也。象形。都牢切。』端紐豪部。

按刀聲有忍魚旣切讀若顡。疑紐月部，故刀有二音。

⑯說文五上箕部：『箕、簸也。从竹𠀠象形。丌、其下也。𠀠、古文箕，𠑹、亦古文箕，𠀡、亦古文箕，𥫫、籀文箕，𠥱、籀文箕。渠之切，或居之切』匣紐或見紐，之部。

按其聲有斯息移切。心紐支部。故其有二音。

⑰說文五上豆部：『豆、古食肉器也。从口、象形。徒候切。』定紐侯部。

按豆聲有短都管切。端紐元部。故豆有二音。

⑱說文五上虍部：『虍、虎文也。象形。荒烏切。』曉紐魚部。

按虍聲有鬳牛建切。疑紐元部。故虍有二音。

⑲說文五上凵部：『凵、凵盧、飯器，以柳作之。象形。笭，凵或从竹去聲。去魚切。』溪紐魚部。

按㔾聲有去丘據切，去聲有𧇊呼濫切。曉紐談部，是㔾有二音。

⑳說文五下亼部：『亼、三合也。从入一象三合之形，讀若集。秦入切。』從紐緝部。

按亼聲有食乘力切。定紐職部，故亼有二音。

㉑說文五下矢部：『矢、弓弩矢也，从入象鏑羽形。式視切。』透紐脂部。

按矢聲有疾秦悉切。從紐質部；有疑語其切。疑紐之部。故矢有三音。

㉒說文五下來部：『來、周所受瑞麥來麰也。二麥一夆，象其芒刺之形。天所來也。故以爲行來之來。洛哀切。』來紐之部。

按來聲有猌魚僅切，又讀若銀。疑紐諄部。故來有二音。

㉓說文七上日部：『㬎、眾微杪也。从日中視絲，古文㠯爲顯字；或曰眾口皃、讀若唫唫；或㠯爲繭，繭者，絮中往往有小繭也。五合切。』疑紐緝部。

按㬎字古文㠯爲顯，則讀呼典切，曉紐元部；又讀若唫則爲巨錦切，匣紐侵部；或以爲繭則讀古典切，見紐元部。从㬎聲者有顯呼典切。曉紐元部，有溼夫入切。透紐緝部。有隰似入切。定紐緝部。故知㬎有四音。按㬎之緝部透定二紐蓋一聲之轉，元部見曉亦一聲之轉，故只得四音也。

㉔說文七下白部：『㿟、際見之白也。从白上下小見。起戟切。』溪紐鐸部。

按㿟聲有㣎莫卜切。明紐屋部。故㿟有二音。

㉕說文九上彡部：『彡、毛飾畫也。象形。所銜切。』心紐侵部。

按彡聲有彭薄庚切。並紐陽部。故彡有二音。

㉖說文九上文部：『文、錯畫也。象交文。無分切。』明紐諄部。

按文聲有虔渠馬切。匣紐元部。故文有二音。

㉗說文九下而部：『而、須也。象形。如之切。』泥紐之部。

按而聲有需相俞切。心紐侯部；有耎而沇切。泥紐元部。故而有三音。

㉘說文十上炎部：『炎、火光上也，从重火。于廉切，按當作余廉切』定母談部。

按炎聲有欻許勿切。曉紐沒部。故炎有二音。

㉙說文十下囱部：『囱、在牆曰牖，在屋曰囱。象形。囪古文。楚江切。』清紐東部。

按囱聲有曾作稜切。精紐蒸部，故囱有二音。

㉚說文十下大部：『大、天大地大人亦大焉。象人形，古文亣也。徒蓋切。』定紐月部。

按大聲有盇胡臘切。匣紐盇部。故大有二音。

㉛說文十下交部：『交、交脛也。从大象交形。古爻切。』見紐宵部。

按交聲有駮北角切；⿰瓜交蒲角切。幫紐並紐同屬藥部，故交有二音。

㉜說文十下囟部：『囟、頭會匘蓋也。象形。𦞤或从肉宰。息進切。』心紐眞部。

按囟聲有農奴冬切。泥紐冬部。故囟有二音。

㉝說文十二下耳部：『耳、主聽者也。象形。而止切。』泥紐之部。

按耳聲有弭緜婢切。明紐支部。故耳有二音。

㉞說文十二下弋部：『弋、橜也。象折木衺銳者形，厂象物挂之也。與職切。』定紐職部。

按弋聲有必卑吉切。幫紐質部，故弋有二音。

㉟說文十三下土部：『土、地之吐生萬物者也。二象地之下地之中，丨物出形也。它魯切。』透紐魚部。

按土聲有牡莫厚切。明紐幽部，故土有二音。

㊱說文十三下劦部：『劦、同力也。从三力。胡頰切。』匣紐怗部。

按劦聲有珕荔並郎計切來紐質部。故劦有二音。

㊲說文十四上幵部：『幵、平也。象二干對冓上平也。古賢切。』見紐元部。

按幵聲有盰苦兮切。溪紐脂部；有幷府盈切。幫紐耕部；有形刑戶經切。匣紐耕韵。故幵有四音。

㊳說文十四下厹部：『萬、蟲也。从厹，象形。無販切。』明紐元部。

按萬聲有糲(洛帶切)。蠣(力制切)。並來紐月部，故萬有二音。

㊴說文十四下丙部：『丙、位南方，萬物成炳然，侌气初起昜气將虧，从一入冂，一者昜也。丙承乙、象人肩。(兵永切)』幫紐陽部。

按丙聲有㔷(盧候切)。來紐侯部。故丙有二音。

㊵說文十四下己部：『己、中宮也。象萬物辟藏詘形也。己承戊、象人腹。(居擬切)』見紐之部。

按己聲有妃(芳非切)。配(滂佩切)。並滂紐微部，故己有二音。

(二)就說文重文字證之：

說文重文一千有餘，重文之中，諧聲之字八百有奇，實居三之二也。今考其重文諧聲偏旁之與正篆偏旁，聲韵不相應者，蓋卽無聲字多音之證也。茲摘錄於次：

①說文一上玉部：『瓊、赤玉也、从玉夐聲。璚、瓊或从矞；瓗、瓊或从巂。(渠營切)』

按夐(朽正切)。曉紐耕部；矞(余律切)。定紐沒部；巂(戶圭切)。匣紐支部。是夐矞巂三字除其本音外，又同有匣紐耕部一音。

②說文四上鳥部：『鶂、鳥也。从鳥、兒聲。春秋傳曰：六鶂退飛。鷊、鶂或从鬲；䳭、司馬相如鶂从赤。(五歷切)』

按兒(汝移切)。泥紐支部；鬲(郎擊切)。來紐錫部；赤(昌石切)透紐鐸部。是兒鬲赤三字除其本音外，又兼有疑紐錫部一音。

③說文四下肉部：『肊、胷骨也。从肉、乙聲。臆、肊或从意。於力切。』

按乙於筆切。影紐質部；意於紀切。影紐之部。是乙意二字除本音外，又兼有影紐職部一音。

④說文四下角部：『觶、鄉飲酒觶，从角，單聲。禮曰：一人洗舉觶，觶受四升。𧣝、觶或从辰。觗、禮經觶。支義切。』

按單都寒切。端紐元部；辰植鄰切。定紐諄部；氏承紙切。定紐支部。單辰氏三字是又兼有端紐支部一音。

⑤說文十下囟部：『囟、頭會𡿺蓋也。象形。𦞤、或从肉宰。息進切。』

按宰作亥切。精紐之部。是宰又兼有心紐眞部一音。

⑥說文十三上虫部：『強、蚚也。从虫、弘聲。𧑒、籀文強从蚰从彊。巨良切。』

按弘胡肱切。匣紐蒸部，是弘又兼有匣紐陽部一音。

⑦說文一上玉部：『璊、玉赬色也。从玉，㒼聲。玧、璊或从允。莫奔切。』

按㒼毋官切。明紐元部；允余準切。定紐諄部。是㒼允又兼有明紐諄部一音。

⑧說文二上口部：『吻、口邊也。从口、勿聲。脗、吻或从肉从昬。武粉切。』

按勿（文弗切。）明紐沒部；昬（呼昆切。）曉紐諄部。是勿昬又兼有明紐諄部一音。

⑨說文三上言部：『譀，誕也。从言，敢聲。誌，俗譀从忘。（下闞切。）』

按敢（古覽切。）見紐談部（本从古聲則在魚部。）；忘（武方切。）明紐陽部。是敢忘又兼有匣紐談部一音。

⑩說文八上衣部：『襱、絝踦也。从衣、龍聲。襩、襱或从賣。（丈冢切。）』

按龍（力鍾切。）來紐東部；賣（余六切。）定紐屋部。是龍賣兼有定紐東部一音。

⑪說文八上衣部：『裔、衣裾也。从衣冏聲。兖、古文裔。（余制切。）』

按冏（女滑切。）泥紐沒部；几（居履切。）見紐脂部。是冏几二字又兼有定紐月部之音。

⑫說文十四下九部：『馗、九達道也。似龜背，故謂之馗。馗、高也，從九從首。逵、馗或从辵从坴（渠追切。）』

按九（舉有切。）見紐幽部；坴（力竹切。）來紐屋部。故九坴尙兼有匣紐脂部一音。

⑬說文七上夕部『夙、早敬也。从丮夕，持事雖夕不休，早敬者也。佰、古文夙从人囱。佰、亦古文夙，从人㐁，宿从此。（息逐切。）』

按囱卽㐁（他念切）透紐添部，故囱（㐁）又兼有心紐覺部一音。

⑭說文十二下弜部：『弼、輔也，重也。从弜、㐁聲。𢐀、古文弼如此，𢏹、亦古文弼，弻、弼或如此。（房密切。）』

按西（他念切。）透紐添部；弗（分勿切。）幫紐沒部。弼（房密切。）並紐質部，弗與弼音尚可通，則西又兼有並紐質部一音。

⑮說文十三下土部：『圮，毀也。虞書曰方命圮族。从土、己聲。⿰酉非、圮或从手从非配省聲。（符鄙切。）』

按己（居擬切。）見紐之部，配（滂佩切。）滂紐沒部。二字聲韵均異。實在己字古蓋有二音，一為之部牙音，故从己聲字有記（居吏切，見紐之部）、改（古亥切，見紐之部。）、攺（居擬切，見紐之部。）、邔（居擬切見紐之部）、紀（居擬切，見紐之部。）、芑（驅里切，溪紐之部。）、杞（墟里切，溪紐之部。）、忋（墟里切，溪紐之部。）、忌（渠記切，匣紐之部。）皆牙音字也。（按曉匣二紐三十六字母屬喉音，實發之舌根，故亦牙音字也。）一為微部脣音。故衍聲字有⿱非己（非尾切，幫紐微部。）、妃（芳非切，滂紐微部）、配（滂佩切，滂紐沒部，按微沒二部陰入相配）、圮（符鄙切、並紐微部。），皆脣音字也。同一己字而有兩系不同之諧聲字，其原有二音可知。然則己字後世何以只有牙音而無脣音？蓋己字屬牙音之義常行，故音亦傳於後世：屬脣音之義罕用，故音遂湮滅不傳，此所以致疑於後代也。

（三）就說文讀若字證之：

按文字之始造，有義而後有音，有音而後有形。既有斯義，發為斯音，然後據其音義以圖構其形。故造字時本一形一音一義。然造字非一時一地一人，同一形也，此方為此音此義，彼方則為彼音彼義。故一字乃具多音多義也。說文中有一字讀若數字之音者，卽無聲字多音之理也。說文讀若之字與本字異音者，或與本字聲母異音者，則讀若之字與本字或本字之聲母，必皆另有他音，而他音則必同音，此又無聲字多音之另一證也。茲敍述之于后：

①說文一上丨部：『丨、上下通也。引而上行讀若囟，引而下行讀若退。』

按丨古本切見紐諄部，讀若囟息進切心紐眞部；又讀若退池內切透紐沒部。是丨有三音。

②說文一下艸部：『蘳、黃華。从艸、黊聲。讀若墮壞。』

按蘳乎瓦切匣紐支部，讀若墮壞之墮，按墮卽隓，隓文作𡐦，隸變為墮，許規切曉紐歌部。是蘳有二音。

③說文一下艸部：『茜、以艸補缺。从艸、西聲。讀若俠。或以爲綴。一曰約空也。』

按茜直例切定紐月部此音蓋由㐁讀若誓而來，讀若俠胡頰切匣紐帖部，是茜有二音。

④說文二上口部：『唬、嗁聲也。一曰虎聲。讀若暠。』

按唬呼訝切曉紐魚部，讀若暠按說文無暠字蓋卽嗃，胡角切匣紐宵部，是唬有二音。

⑤說文二下辵部：『遱、前頓也。从辵，枼聲。賈侍中說一讀若拾，又若郅。』

按遱先頰切心紐帖部，讀若拾是執切定紐緝部，又若郅之日切端紐質部。是遱有三音。

⑥說文三上谷部：『㐁、舌皃，从谷省，象形。𠀠、古文㐁。讀若三年導服之導。一曰竹上皮，讀若沾。一曰讀若誓。弼字从此。』

按㐁他念切透紐添部，讀若導徒皓切定紐幽部，讀若誓時制切定紐月部，是㐁有三音。

⑦說文三上言部：『詯、膽气滿，聲在人上。从言、自聲。讀若反目相睞。』

按詯荒內切曉紐質部。讀若睞洛代切來紐之部，是詯有二音。

⑧說文三下革部：『鞁，小兒履也。从革、及聲。讀若沓。』

按鞁蘇合切心紐緝部，讀若沓徒合切定紐緝部，是鞁有二音也。依段氏則沓入盍部，韻亦異也。

⑨說文四下肉部：『膘、牛脅後髀前合革肉也。从肉、票聲。讀若繇。』

按膘敷紹切滂紐宵部，讀若繇余招切定紐幽部，是膘有二音也。

⑩說文五上竹部：『箁、筵也。从竹、孚聲。讀若春秋魯公子彄。』

按箁芳無切滂紐幽部，讀若彄恪侯切溪紐侯部，是箁有二音。

⑪說文五下皀部：『皀、穀之馨香也。象嘉穀在裹中之形，匕所以扱之。或說皀一粒也讀若香。』

按皀皮及彼及二切並紐及幫紐緝部，讀若香許良切曉紐陽部。是皀有二音。

⑫說文六下邑部：『郇、周武王子所封國，在晉地。从邑、旬聲。讀若泓。』

按郇相倫切心紐眞部，讀若泓烏宏切影紐蒸部是郇有二音。

⑬說文七下穴部：『罙、深也。一曰竈突也。从穴、从火，从求省。讀若禮三年導服之導。』

按罙式針切透紐侵部，讀若導徒皓切定紐幽部，是罙有二音。

⑭說文八上老部：『耇、老人面如點處。从老省、占聲，讀如耿介之耿。』

按耇丁念切端母添部，讀如耿古杏切見紐耕部是耇有二音。

⑮說文八下儿部：『兀、高而上平也。从一在儿上。讀若敻。茂陵有兀桑里。』

按兀五忽切疑紐沒部，讀若夐朽正切曉紐元部後音轉入耕部，是兀有二音。

⑯說文九下广部：『庳、中伏舍。从广、卑聲。一曰屋庳。或讀若逋。』

按庳便俾切並紐支部，讀若逋博孤切幫紐魚部，故庳有二音。

⑰說文十下夲部：『夲，所以驚人也。从大，从羊。一曰大聲也。一曰讀若瓠。一曰俗語以盜不止爲夲。讀若籋。』

按夲尼輒切泥紐緝部，讀若瓠胡誤切匣紐魚部，讀若籋尼輒切泥紐脂部，是夲有三音。

⑱說文十二下女部：『嬽、好也。从女䙴聲。讀若蜀郡布名。』

按嬽委員切影紐元部，蜀郡布名字作縳祥歲切定母月部，是嬽有二音。

⑲說文十二下弓部：『⿰弓繇、弓便利也。从弓、繇聲。讀若燒。』

按⿰弓繇弋招切定紐幽部，燒式招切透紐宵部，是⿰弓繇有二音。

⑳說文十四上金部：『鎣、器也。从金、熒省聲。讀若銑。』

按鎣烏定切影紐耕部，讀若銑穌典切心紐諄部是鎣有二音。

㉑說文十四上車部：『⿱𦍌車、連車也。一曰郤車抵堂爲⿱𦍌車。从車、差省聲。讀若遲。』

按⿱𦍌車士皆切從紐歌部，讀若遲直尼切定紐脂部，是⿱𦍌車有二音。

㉒說文十四下孨部：『孴、盛皃。从孨、从日。讀若薿薿，一曰若存。㬪籀文孴从二子，一曰㬪卽奇字晉。』

按孴魚紀切疑紐之部，讀若存徂尊切從紐諄部。是孴有二音。

（四）就說文假借字證之：

假借本取同音，所謂『本無其字，依聲託事』是也。段玉裁云：『原夫叚借放於古文本無其字之時，許書有言以爲者，有言古文以爲者，皆可薈萃舉之。以者用也，能左右之曰以，凡言以爲者用彼爲此也。』據段氏此言，則說解中凡言以爲者，皆許君發明假借之旨也。說文假借字中，有與本字聲韻無關者，實無聲字多音之證也。茲錄於后：

①說文一下屮部：『屮，艸木初生也。象丨出形有枝莖也。古文或以爲艸字。讀若徹。丑列切』透紐月部。

按屮假以爲艸倉老切清紐幽部，是屮兼二音。

②說文二下疋部：『疋，足也。上象腓腸，下从止。弟子職曰：「問疋何止」，古文㠯爲詩大雅字，亦㠯爲足字，或曰胥字。所菹切』心紐魚部。

按雅烏加切影紐魚部，胥相居切心紐魚部皆與疋聲韻相應，以爲足即玉切精紐屋部，卽不相應矣。是疋又兼有足一音，故多音。

③說文二上止部：『止、下基也。象艸木出有阯，故㠯止爲足。諸市切』端紐之部。

按止以爲足即玉切精紐屋部，是止兼二音。

④說文五上丂部：『丂、气欲舒出，勹上礙於一也。丂古文㠯爲亏字。又以爲巧字。苦浩切』溪紐幽部。

按丂以爲亏羽俱切匣紐魚部，是丂兼二音。

⑤說文七上日部：『㬎、眾微杪也。从日中視絲，古文㠯爲顯字，或曰眾口皃。讀若唫唫，或㠯爲繭，繭者絮中往往有小繭也。五合切』疑紐緝部。

按以爲顯呼典切曉紐元部，以爲繭古典切見紐元部，是㬎又兼元部曉見二紐之音。

⑥說文八上人部：『㑋、送也。从人、㸚聲。呂不韋曰：有侁氏㠯伊尹㑋女。古文㠯爲訓字。以證切』定紐蒸部。

按㑋以爲訓許運切曉紐諄部，是㑋兼二音。

⑦說文十下大部：『臭、大白也。从大白。古文㠯爲澤字。古老切』見紐宵部。

按臭以爲澤丈伯切定紐鐸部，是臭既二音。

⑧說文十四上且部：『且、所㠯薦也。从几足有二橫，一、其下地也。𠀃、古文且。又㠯爲几字。子余切又千也切』精紐及清紐，古韵魚部。

按且又假㠯爲几居履切見紐脂部。是且有二音。

（五）就今存方言以明之：

今存方音中，同一字之音讀，其有聲韻絕異，毫無音理足言者，蓋亦無聲字多音之理也。此中固有誤讀之成分，或借形之因素，然今猶古也。今人可以誤讀借形，古又何獨不然！以今況古，則無聲字多音之故，益可明矣。試舉數例以明之：

①說文七下穴部：『竁、穿地也。从穴、毳聲。充芮切』按竁廣韻此芮切又楚稅切，說文「充」蓋誤字。餘杭章君炳麟太炎新方言二云：『今音謂鉤距穿之爲竁，俗作橇。以廣韻橇字誤讀爲起囂切，今亦誤讀竁音如轎，所謂貤繆者也。』按竁橇二字今國語依廣韻正讀當爲 ts'uei，而橇又有 tɕ'iau 一音，固然可能由於廣韻之誤讀而來，然亦可能原有二音。即令由於誤讀，則橇今有二音，是亦多音也。

②說文十下夲部：『夲、進取也。从大十、大十者兼十人也。讀若滔。土刀切』按本訓進取，音讀如滔〔t'au〕，今俗多用以爲根本字，則兼有本(pən)字之音。

③今廣州方語一元讀爲〔jəm mən〕，按〔mən〕實爲『文』字之音。推迹原始蓋原作『一文』也。但今字多寫成『元』，而音沿『文』字之音未改。是廣州『元』字除讀〔jyn〕之本音外，又兼有〔mən〕音矣。

④子字廈門語有四讀，即〔tsu〕，〔tsi〕，〔dzi〕，〔kiã〕四音，前三音尚不離齒音範圍，後一音則轉入牙音矣。

五、無聲字多音說之作用

明乎無聲字多音之理，乃可進求其用，本師潘石禪先生承蘄春黃先生之說，綜其功用，約爲四端。潘師云：『一曰可助語根之推求；二曰可以析音義之流派；三曰可以釋聲子聲母聲韵絕遠之疑；四曰可以明前師異讀韵書多音之故。』（聲母多音論）其三、四兩項用途，本文析論已詳。其有助語根之推求者。如說文十一下雨部：『需，須立也。遇雨不進止須立也。从雨、而聲。』說文九下而部：『而，須也。象形。』需从而聲，是而有齒音，則知『須』與『而』聲義相應，實同語根也。故說文而訓須，而須訓頤下毛也。（則後世須需之相淆固由來已久。）其可析音義之流派者。按說文：『臾，艸器也。象形。論語曰：「有荷臾而過孔氏之門。」蕢、篆文从艸貴聲。』分析說文从臾得聲之字，其入牙音者有：

見紐貴（居胃切）

溪紐體鬢（丘媿切）

疑紐聵（五怪切）僓（魚罪切）

匣紐繢闠潰憒殨讃（胡對切）匱韇積饋（求位切）

其入舌音者有：

定紐穨隤（杜回切）遺（以追切）

由上兩組諧聲字比較，顯然可知，其入牙音一組諧聲字屬去聲，古韵屬沒部；其入舌音一組諧聲字屬平聲，古韵屬微部。是臾之一形，原具沒部牙音，微部舌音二讀。高本漢不明無聲字多音之理，乃於GRAMMATA SERICA中將臾貴憒潰繢醩匱蕢簣韇饋遺僓聵壝諸字

皆擬作收 *-d 尾之去聲字，而以隤穨為收 *-r尾之平聲，並以「隤」字非形聲字乃會意字。高氏云：『Since the right part cannot very well be phonetic, this must be a compound ideogram, kuei（貴）meaning "high"（high wall collapsing）』高氏既以隤為會意，於穨則以為从隤省聲。茲錄其擬音於后，再辨其誤：

臾 *g'i̯wɛd/g'jwi/kuei

貴 *ki̯wəd/kjwe̯i/kuei

憒 *kwəd/kuậi/kuei

潰 *g'wəd/ɣuậi/huei

繢 *g'wəd/ɣuậi/huei

靧 *Xwəd/Xuậi/huei

匱 *g'i̯wɛd/g'jwi/kuei

櫃 *g'i̯wɛd/g'jwi/kuei

蕢 *g'i̯wɛd/g'jwi/kuei

簣 *g'i̯wɛd/g'jwi/kwei; *k'wɛd/k'wăi/k'uai

鞼 *g'i̯wɛd/g'jwi/kuei

饋 *gi̯'wɛd/g'jwi/kuei

遺 *g'i̯wɛd/i̯wi/yi

僓 *g'wɛd/ɣwăi/huai

聵 *ngwɛd/ngwăi/wai

𨘢 *gi̯wɛd/i̯wi/wei

高氏以遺𨘢从貴聲，故擬構其聲母爲，*g-，實則遺所从之貴，原本讀舌音，其聲母當爲 *d-，若知臾有 *d- 音，則隤不必改作會意，臾與隤之諧聲原爲 *d-:*dʻ-，臾與遺之諧聲原爲 *d-:*d-，不必將遺改作 *g- 矣。是則遺當爲 *dǐwər，𨘢 *dǐwər 與隤 *dʻwər 正屬同一諧聲系統。是則臾原具牙舌二音，故兩系諧聲字，其韵部聲調聲母乃截然兩分。不明此理，則有妄改說文者矣。至於董同龢先生以爲貴遺隤之諧聲可能如：

遺 *gd-: 貴 *kd-: 隤 *t-

或者如：

遺 *gd-: 貴 *k: 隤 *gtʻ-

認爲可能有複聲母之存在，關於此一問題。拙著古音學發微於討論複聲母問題時，嘗有所論述。余於該文云：

『從許愼說文說解及段氏注，可知皀字本有兩讀，廣韵 p-, x-兩讀皆據此而來，因此表現在諧聲，从 p- 母之音者有鴇 p- ，从 x- 母之音者有鄉 x- 卿 kʻ-，此顯然可知鴇 p-與鄉 x- 卿 kʻ- 原從不同之聲母而來。假若許愼失收讀若香 x- 一音，或後世失傳彼及切 p-一音。則吾人於皀既諧鴇 p- 又諧鄉 x- 卿 kʻ- 之情形，勢必又爲之擬定 xp-（或kp-）或px-（或pk-）一類複聲母，方足以解釋此類諧聲現象。今既知無聲字多音之理，皀諧鴇原爲 p- 諧 p-；皀諧鄉卿原爲 x- 諧 x-, kʻ-，可謂十分和諧。』臾之兩類諧聲，亦猶之皀之兩類諧聲，原本从不同之音讀而來，此中並無複聲母存在。由此則無聲字多音之理，大有助於古音之考訂亦明矣。夫治古音之道，有常經、有權變。據詩韵說文以考古音聲韵之部類者，經常之大道也。而知無聲字多音、音轉無方、往來無定之理，則執權足以達變也。不明此義，則於古音必有扞格難通，甚且有異常可怪非我族類之音讀出現，而指謂此乃我先民之音，其誰信之！

中華民國六十年四月五日脫稿

（原載輔仁大學人文學報第二期民國六十一年一月）

論上古音中脂ər隊əd兩部的區別㈠

（GÖRAN MALMQVIST原著）

本文之目的，在弄清楚上古音中脂 ər 隊 əd 兩部區別的確性。當我們仔細研究整個脂 ər 部字在詩經押韵的現象後，我們發現了如下的分配：

平　聲：脂 ər 部獨韵者　六十個韵例㈡

　　　　脂 ər 諄 ən 合韵者　四個韵例

上　聲：脂 ər 部獨韵者　十五個韵例

　　　　脂 ər 歌 âr 合韵者　四個韵例

去　聲：脂 ər 部獨韵者　一個韵例

　　　　脂 ər 祭 âd 隊 əd 合韵者㈢　三個韵例

合調：　二十四個韵例

現在我把全部韵例表列於後，脂 ər 部以外的字，才注明高本漢（B. KARLGREN）

的上古音值。每一個韻例後面括弧內的數字，則表示高本漢在詩經譯本（The Book of Odes, Stockholm 1950）中各篇詩上所加的號碼。

平聲脂 ər 部獨韻例

萋飛周南葛覃首章；歸私衣(2)周南葛覃三章㊃ 嵬隤罍懷(3)周南卷耳二章 纍綏(4)周南南有樛木首章 枚飢(10)周南汝墳首章 祁歸(13)召南采蘩二章 薇悲夷(14)召南草蟲三章 微衣飛(26)邶風柏舟五章 靁懷(30)邶風終風四章 微歸(36)邶風式微首二章 喈霏歸(41)邶風北風二章 頎衣妻姨私衛風碩人首章；荑脂蠐犀眉(57)衛風碩人二章 懷歸(68)王風揚之水一二三章 衣歸(88)鄭風丰四章 凄喈夷(90)鄭風風雨首章 晞衣(100)齊風東方未明二章 崔綏歸歸懷(101)齊風南山首章 萋晞湄躋坻(129)秦風蒹葭二章 衣師(133)秦風無衣一二三章 遲飢(138)陳風衡門首章 衣悲歸(147)檜風素冠二章 隮飢(151)曹風候人四章 耆師(153)曹風下泉三章 遲祁悲歸(154)豳風七月二章 歸悲衣枚(156)豳風東山首章 衣歸悲(159)豳風九罭四章 騑遲歸悲(162)小雅四牡首章 威懷(164)小雅常棣二章 薇歸小雅采薇一二三章；依霏遲飢悲哀(167)小雅采薇六章 遲萋喈祁歸夷(168)小雅出車六章 萋悲萋悲歸(169)小雅杕杜二章 纍綏(171)小雅南有嘉魚三章 晞歸(174)小雅湛露首章 棲騤(177)小雅六月一章 靁威(178)小雅采芑四章 飛躋(189)小雅斯干四章 夷違(191)小雅節南山五章 微微哀(193)小雅十月之交一章 穈階(198)小雅巧言六章 凄腓歸小雅四月二章 桋哀(204)小雅四月八章 喈湝悲回(208)小雅鼓鍾二章 茨師(213)小雅瞻彼洛矣首章 摧綏(216)小雅鴛鴦四章 惟脂(245)大雅生民七章 罍歸(251)大雅泂酌二章 萋喈(252)大雅卷阿九章 懠毗迷尸屎葵資師(254)大雅板五章 騤夷黎哀(257)大雅桑柔二章 郿歸(259)大雅崧高六章 騤喈齊歸懷(260)大雅蒸民八章 回歸(263)大雅常武六章 鴟階大雅瞻卬三章；幾悲(264)大雅瞻卬六章 追綏威夷(284)周頌有客 飛歸(298)魯頌有駜二章 枚回依遲(300)

魯頌閟宮首章

達齊遲躋遲祇圍(304)商頌長發三章

譯註

㈠本文翻譯馬悅然（GöRAN MALMQVIST）"ON ARCHAIC CHINESE ər AND əd"一文而成。馬氏原文在批判高本漢的上古脂微兩部的擬音。高本漢的 ər-class 相當於王念孫脂部的平上聲，今譯作脂部，高氏的 əd-class 相當於王念孫脂部的去聲，今譯作隊部。

㈡馬悅然原文寫作 sequence，今姑譯為韻例，意指詩經押韻的一組韻腳，例如關雎首章「鳩洲逑」三字押韻，即可稱為一個 sequence。

㈢高氏的 ən-class 相當於王氏的諄部，高氏的 âr-class 相當於王氏歌部一部分字，還有脂支兩部小部分字，今仍譯作歌部；高氏的 âd-class 相當於王氏祭部的去聲，今仍譯作祭部。

㈣高氏詩經譯本各詩皆加上號碼，今譯文悉將詩篇原題註出，以便國內學者參稽。

平聲合韻例

敦（twən）❶遺（gi̯wəd）❷摧（dz'wər）(40)邶風北門三章 芹（g'i̯ən）旂（g'i̯ər）(222)(299)小雅采菽二章 魯頌泮水一章

西（siər）痻（mi̯ən）(257)大雅桑柔四章

上聲脂ər部獨韻例

沛禰弟妳(39)邶風泉水二章　洒浼(43)邶風新臺二章　指弟(51)鄘風蝃蝀首章　體禮死(52)鄘風相鼠三章　藟弟(71)王風葛藟一二三章　水弟(92)鄭風揚之水一二章　唯(tsʻi̯wər)　水(104)齊風敝笱三章　濟濔弟(105)齊風載驅二章　尾几(160)豳風狼跋首章　韡弟(164)小雅常棣首章　鱧旨(170)小雅魚麗二章㊄　矢兕醴(180)小雅吉日四章　匕砥矢履視涕(203)小雅大東首章　尾豈(221)小雅魚藻二章　濟秭醴妣禮(290)周頌載芟

上聲合韻例

尾(mi̯wər)燬(xi̯wăr)燬(xi̯wăr)邇(ńi̯ăr)(10)周南汝墳三章　火(xwâr)葦(gi̯wər)(154)豳風七月三章

水(śi̯wər)隼(śi̯wən)弟(dʻiɛr)(183)小雅沔水首章　葦(gi̯wər)履(li̯ɛr)體(tʻliɛr)泥(niɛr)

弟(dʻiɛr)爾(ńi̯ăr)几(ki̯ɛr)(246)大雅行葦首章

「偕」字只出現於上聲韻，是一件引人入勝的事情。下面是所有與偕字押韻的各章韻例：

弟(dʻiɛr)偕(kɛr)死(si̯ɛr)(110)魏風陟岵三章　偕(kɛr)邇(ńi̯ăr)(169)小雅杕杜四章　旨(ti̯ɛr)偕(kɛr)(170)小雅魚麗五章　(220)小雅賓之初筵首章

雖然「偕」字切韻歸平聲，但是我們有充分的理由，把「偕」字看作「上聲」。

去聲脂er部獨韻例

比(bʻi̯ər) 佽(tsʻi̯ər) (119)唐風杕杜一、二章

去聲合韻例

濟(tsi̯ər) 閟(pi̯əd) (54)鄘風載馳二章 佽(tsʻi̯ər) 柴(tsi̯ăr) (179)小雅車攻五章 類(li̯wəd) 比(bʻi̯ər) (241)大雅皇矣四章

原註

❶ 敦字高本漢詩經譯本讀 twər，我採用高氏在詩國風注釋 (Glosses to the Kuo Feng Odes, BMFEA 14, 1942) 裏 112 個注釋的音讀 twən。

❷ 修正高本漢遺 gi̯wəd 字的讀音改作 gi̯wər，證據將於後文說明。

譯註

㊄ 馬氏原文鱧誤作鯉，今正。

脂ər部合調韻例

(a) 遲違畿薺弟 (35)邶風谷風二章 平平平 上上

(b) 頹懷遺(gi̯wəd) 嵬死 (201)小雅谷風二、三章 平平平 上上

(c) 師氏維毗迷師 (191) 小雅節南山三章　平上平平平平

(d) 哀違依底 (195) 小雅小旻二章　平平平上

(e) 尸歸遲弟私 (209) 小雅楚茨五章　平平平上平

(f) 藟枚回 (239) 大雅旱麓六章　上平平

(g) 晨 (d̂ǐən) 煇 (giwən) 旂 (g,ǐər) (182) 小雅庭燎三章　平上平

(h) 推雷遺遺 (giwɛd) 畏摧 (258) 大雅雲漢三章　平平平平去平

(i) 維葵膍戾 (lǐəd) (222) 小雅采菽五章　平平平去

(j) 萋祁私穉穧 (212) 小雅大田三章　平平平　去去

(k) 秭醴妣禮皆 (278) 周頌豐年　上上上平

(l) 菲體違死 (35) 邶風谷風首章　上上平上

(m) 煒美荑美 (42) 邶風靜女二三章　上上平上

(n) 羣 (g,ǐwən) 錞 (p,wər) 苑 (giwən) (128) 秦風小戎三章　平上上

(o) 依濟几依 (250) 大雅公劉四章　平上上平

(p) 泥弟豈 (173) 小雅蓼蕭三章　上去上(六)

(q) 火衣 (154) 豳風七月首二章　上平

(r) 威罪 (198) 小雅巧言首章　平上

(s) 妻弟 (240) 大雅思齊二章　平上

(t) 塵 (d'i̯ĕn) 疧 (206) 小雅無將大車首章　平上

(u) 懷畏 (76) 鄭風將仲子二三章　平去

(v) 濟弟 (239) 大雅旱麓首章　上去

(w) 禮至 (ti̯ĕd) (220) 小雅賓之初筵二章　上去

(x) 穉火 (212) 小雅大田二章　去上

在這些韻例中，我們發現一種強烈的趨向，就是以一個聲調押韻的例子，遠勝於以兩個或三個聲調合韻的例。在(a)邶風谷風(b)小雅谷風以及(i)小雅大田三個韻例中，我們都可以把它分成兩段押韻，像平平平——上上等。至於我們前面談到有關「偕」kɐr字的問題，在韻例(k)周頌豐年裏，「偕」字的聲符「皆」竟與四個上聲字押韻，那確是一種有趣的發現。

這些詳細的觀察，是根據我們研究詩經脂ər部押韻的現象而得來，很可以確定高本漢所說的在詩經韻中，聲調有強烈地趨向於一致的說法是正確的。(參見高著上古音的聲調Tones in Archaic Chinese, BMFEA 32, 1960) 我們在一一五個韻例中，找出了九十一個韻例押韻的字只有一個聲調，在合調押韻的二十四個韻例中，我們也發現一種很強烈的趨勢，趨向於用一個聲調押韻。

在九十一個一個聲調押韻的韻例中，我們發現有八十七個屬於平上聲，而只有四個屬於去聲。尤有進者，在八十七個合調押韻的字中，有七十六個是平上聲，只有四個是去聲。下文我們將要進一層討論這些對本文應予適當考慮的統計。

非常感謝羅常培周祖謨兩位學者，最近發表他們對漢代語音深入研究的結果❸，使我們現在能够更進一步尋求高本漢的脂部 ər 與隊部 əd，在兩漢用韻系統上區別的特徵了。

在我們動手作主要研究之前，必須作一簡單的說明：高本漢與羅、周二氏在古韻分部上主要的差異。高本漢的隊部 əd（漢文典第十部，中國聲韻學大綱第六部）包括有 əd, wəd, ɛd, wɛd, iəd, iwəd, iɛd, iwɛd, ied, iwed 等韻母。所擬定的濁舌尖塞音韻尾，是由於它們跟沒 ət 部㈦的字押韻，尤其是諧聲的關係而推論出來的。

高本漢的脂 ər 部（漢文典第十一部，中國聲韻學大綱第七部）包括有 ər, wər, ɛr, wɛr, iər, iwər, iɛr, iwɛr, ier, iwer 等韻母。所擬定的 -r 韻尾，是由於跟收聲於 -n 韻尾的各部，在押韻跟諧聲上的接觸而被確定的。高本漢留意到兩部中韻母完全平行的發展，因爲屬於這兩部的字，都出現在切韻相同的韻裏，因此對於這兩部個別字的處理，就必須完全依據押韻與諧聲的接觸了。

整個看起來，羅常培跟周祖謨是遵用王念孫的詩經二十二部❹。他們的分部，頗適合於我們現在的研究。——高本漢的隊 əd 部與脂 ər 部——羅常培跟周祖謨接受了其他的學者對王念孫氏古韻分部修正的意見，而有所修正❺。

譯註

㈥ 泥字廣韻有二音，一在平聲齊韻奴低切，一在去聲霽韻音奴計切，無上聲一音，馬悅然以為「泥」為上聲，不知何據。

㈦ 高本漢的 ət-class 相當於王念孫脂部的入聲，今譯作沒部。

原註

❸ 羅常培周祖謨合著漢魏晉南北朝韻部演變研究。一九五八年出版。

❹ 王念孫二十二部未出版，手稿藏國立北平大學，其輯本題為詩經羣經楚辭合韻譜。即以他的二十一部（在其子王引之所著經義述聞三一卷載王氏與李方伯論韻書中。）再加冬部（高本漢的 tông）。

❺ 這類修正意見詳細的說明，見王力上古韻母系統研究，載清華學報十二卷三期。

王念孫的脂部，包括我們的隊 əd 部跟脂 ər 部的字，按著羅常培周祖謨的意見，必須分成一個脂部，一個微部。根據這兩位學者的說法，由於這些字屬於下面七個切韻部的事實，這種細分是必需的。（那些韻的字構成了王念孫的脂部跟高本漢隊 əd 脂 ər 兩部的大部分）雖然在詩經押韻這兩部的界限不太明顯，但在諧聲上兩部的區分則保持非常的清楚。

這兩部的字與切韻各韻的關係，說明於后：

脂部：

切韻脂韻開口（高本漢的 ji）

切韻皆韻開口（高本漢的 ăi）

切韻支韻（高本漢的 jiĕ, jwiĕ）

切韻齊韻（高本漢的 iei, iwei）

微部：

切韻微韻（高本漢的 jĕi, jwĕi）

切韻灰韻（高本漢的 uâi）

切韻咍韻（高本漢的 âi）

切韻脂韻合口（高本漢的 jwi）

切韻皆韻合口（高本漢的 wăi）

王念孫至部的去聲字（高本漢上古音的 iĕd），被合併到羅常培與同祖謨的脂部去了。❻

因此，我們可知羅常培周祖謨的兩部，跟高本漢分成隊部 ǝd 與脂 ǝr 部的字是互相交割的

根據羅常培跟周祖謨的研究，這兩部——脂部與微部——在兩漢作者的押韻系統裏，已經不再有分別了。❼

由於他們對漢音研究的結果，這兩部已經被合併成一個脂部了。此部在漢代詩跟韻文中所有押韻的字，在羅常培跟周祖謨的文章裏，已全部列入韻字表（見羅、周二氏文頁一六二——一六三）平聲部分共收一五四字，上聲部分收三七字，去聲一一〇字。

現在我們可以作一很有趣的研究，在被合併後的脂部的平聲一五四個字當中，除了三個字以外，全部都屬於高本漢的脂部（ǝr-class）。這三個例外字是：1.配 p'wǝd/p'uậi 2.遺 giwǝd 跟 3. ńiăr。㈧這第一個例外的字，被發現跟「摧」dz'wǝr「懷」g'wǝr 二字押韻（張衡東京賦），因此被看作平聲字。❽

第二個例子——遺 giwǝd ——屬於一個高本漢在脂 ǝr 隊 ǝd 兩部中無法分別的音系（參見漢文典 540與 544㈨）。這類字跟脂 ǝr 部字在詩經裏獨特的押韻，也可能是有意義的。

第三個例外的字——niăr——屬於高本漢的歌部（âr-class）在這一部裏，我們找到少數幾個字併在羅常培周祖謨合併後的脂部裏，還必須說明的是在平聲部分有一個「辠」dz'wer字，這個字在漢文典裏沒有收，它的讀音是從它的聲符推測出來的❾。

原註

❻ 至於這兩部更詳細的說明，請參看羅常培周祖謨原文所引。（頁二八—頁三一）

❼ 羅常培周祖謨所據以研究的有關資料，包括嚴可均所輯全上古三代秦漢三國六朝文，及丁福保的全漢三國晉南北朝詩。

❽ 對於某一類聲調個別字的處理，羅周二氏以此字在韻例中的意義為標準，此字所標的聲調，則以切韻為根據，別的韻書不予採信。

❾ 上古音的讀見於高氏聲韻學大綱，該書已把漢文典 dz'wəd 的讀音改為 dz'wer（參見聲韻學大綱三〇二頁）

譯註

㈧ ńiăr 漢字究為何字？不太明白。馬氏自注為「旂」，然「旂」字為 g'i̯ər 非 ńiăr 也。或為羅周二氏脂部旐字之誤？

㈨ Grammata Serica, 540 a. 臾 *g'i̯wed/g'jwi, b. 貴 *ki̯wəd/kjwei, c. 憒 *kwəd/kuậi, d. 潰*g'wəd/ɣuậi, l. 繢 *g'i̯wəd/xuâi, f. 殨 *xwəd/xuâi, g. 匱 *g'i̯wɛd/g'jwi, i. 簣*g'i̯wɛd/g'jwi, j. 簣 *g'i̯wɛd/g'jwi, k. 櫃 *g'i̯wɛd/g'jwi, l. 饋 *g'i̯wɛd/g'jwi, m. 遺 *gi̯wɛd/i̯wi, o. 儩 *g'wɛd/ɣwăi, p. 聵 *ngwɛd/ngwăi, q. 𨑩 *gi̯wɛd/i̯wi（譯者按每字的前一音為上古音，後一音為中古音。）
544 a. 隤 *d'wər/d'uăi, b. 穨 d'wər/d'uâi
高氏在540系列中擬作隊 əd 部，544系列中擬作脂 ər 部，同一貴聲字，高氏或入隊 əd 或入脂ər，是高氏於此類字亦分析欠明晰也。

基於脂 ər 部字在平聲佔絕對優勢的無可更易的證據，遺 gi̯wɛd 字的讀音必須改爲 gi̯wɛr。

我們回過頭再來看羅常培周祖謨合併後的脂部的上聲韻，我們找出三十七個入韻的字，除了一個以外，全部都屬於高本漢的脂部（ər-class）。這個例外的字是倮字，此字屬於高氏的歌部（âr-class）。

平上聲有少數幾個字，由於找不到詩韻跟諧聲的關係，高本漢無法擬音。這些字的上古音值在本文的末了，將加以構擬。

漢代韻部的去聲包含少數字，那些字高本漢藉了詩韻與諧聲的關連，分別屬於不同的詩經韻部。這些字就是「至」「祕」「懿」「殪」屬於高本漢的至部（iĕd-class）⑩，「蒂」屬祭部（âd-class），「鼻」屬沒部（ət-class），「背」屬之部（əg-class）⑪。

去聲部分也有少數字，高本漢因爲缺少押韻跟諧聲的關連，無法擬音。這些字的上古音值也將在本文的末了加以標出。（下面的韻表，這類字則置於括弧內。）

現在我們可詳細研究羅周二氏脂部的去聲韻例了。在西漢的韻文中，我們找出二十一個韻例，在這些韻例中，有十四個韻例的字屬於高氏的隊 əd 部，兩個韻例的字屬於脂ər部，五個韻例的字爲隊 əd 脂 ər 合韻。

隊 əd 部韻例的詳目表列予后：

1.渭 gi̯wəd：內 nwəd；2.氣 k'i̯əd：位 gi̯wɛd；3.戾 liəd：氣 k'i̯əd；4.逮 d'əd：隊 d'wəd；5.味 mi̯wəd：貴 ki̯wəd；6.〔卉〕〔xi̯wəd〕：對 twəd；7.位 gi̯wɛd：類 li̯wəd；8.謂 gi̯wəd：劓 ngi̯ɛd；9.位 gi̯wɛd：貴 ki̯wəd；10.貴 ki̯wəd：遂 dzi̯wəd；

11.戾 liəd；燧 dzĭwəd，12.遂 dzĭwəd；逮 d'əd，13.位 gĭwəd；醉 tsĭwəd，14.隸〔liəd〕；至 ȶiĕd。⑩

脂 ər 部兩個韻例是：

15.畏 ·ĭwər；隈 ·wər；追 ȶĭwər；死 sĭər；壞 g'wər，16.圍 gĭwər；緯 gĭwər。⑪

不顧這種聲調系列有去平平上去（切韻的聲調）的不同，羅常培跟周祖謨把畏隈追死壞諸字全部看作去聲。

脂 ər 隊 əd 兩部合韻的韻例如下表：

17.譓 g'ĭwəd；贄 ȶĭəd；二 ȵĭər，18.欷 xĭər；淚 liəd，19.至 ȶiĕd；比 pĭər，20.愧 kĭwər；淚 liəd，21.罪 dz'wər；位 gĭwəd。⑫

在這些韻例中出現的脂 ər 部字，下面將作更進一層的討論。

從東漢的韻文中，我們找出總數二十八個韻例，在這些韻例中，有十九個韻例中的字，屬於高氏的隊部 əd-class（包括一個至 iĕd 部跟一個沒 ət 部字）有九個韻例兼有隊 əd 脂 ər 兩部的字。

隊 əd 部十九個韻例如下表：

1.貴 kĭwəd；悴 dzĭwəd，2.逮 d'əd；墜 d'ĭwəd；溉 kəd；昧 mwəd，3.位 gĭwəd；貴 kĭwəd，4.暨 g'ĭəd；醉 tsĭwəd；氣 k'ĭəd；退 t'wəd，5.氣 k'ĭəd；〔轡〕〔pĭəd〕，6.概 kəd；類 lĭwəd；氣 k'ĭəd，7.位 gĭwəd；棄 k'ĭəd，8.未 mĭwəd；鷙 ȶĭəd，9.貴 kĭwəd；器 k'ĭəd，10.內 nwəd；對 twəd；誶 sĭwəd，11.闠 gwəd；隧 dzĭwəd；尉 ·ĭwəd；萃 dz'ĭwəd；匱 g'ĭwəd，12.器 k'ĭəd；位 gĭwəd；肆 sĭəd；〔轡〕〔pĭəd〕，13.器 k'ĭəd；位 gĭwəd；器

k'i̯ɛd，14.氣 k'i̯əd：遂 dzi̯wəd：貴 ki̯wəd，15.穗 dzi̯wəd：悴 dz'i̯wəd，16.遂 dzi̯wəd：季 ki̯wɛd：惠 gi̯wɛd，17.胃 gi̯wəd：尉 i̯wəd，18.位 gi̯wɛd：鞸 p'i̯wət，19.曖 əd：邃 si̯wəd：秘 pi̯ɛd：濞 p'i̯əd：悸 g'i̯wɛd。⑬

兼有隊 əd 脂 ər 兩部字的九個韻例如下：

20.隊 d'wəd：師 ʂi̯ər，21.貴 ki̯wəd：墜 d'i̯wəd：氣 k'i̯əd：貳 ńi̯ər，22.器 k'i̯ɛd：位 gi̯wɛd：貳 ńi̯ər，23.師 ʂi̯ər：沸 pi̯wəd：雉 d'i̯ər：至 ti̯ɛd：潰 gi̯wəd：悴 dz'i̯wəd，24.對 twəd：〔睢〕〔xi̯wəd〕：悴 dz'i̯wəd：視 di̯ər：鞸 p'i̯wət，25.蔚 i̯wəd：瑋 gi̯wər，26.位 gi̯wɛd：次 ts'i̯ər，27.粹 si̯wəd：饋 g'i̯wɛd：遂 dzi̯wəd：寐 mi̯əd：二 ńi̯ər，28.欷 xi̯ər：喟 k'i̯wɛd。⑭

對兩漢韻譜詳加研究之後，現在我們得到下面的結論：

(a)高本漢的隊 əd 脂 ər 兩部，在漢代的押韻系統中，仍保持著有分別。

(b)羅常培跟周祖謨基於諧聲的關係，再將王念孫的脂部細分爲脂微兩部，他們的分部跟高本漢所分的隊 əd 脂 ər 兩部互有優劣。因此他們不能發現這兩部（隊əd與脂 ər）區別的特徵，而且錯誤地合併他們的脂微兩部成爲一部，他們稱爲「脂」部。然後說在漢代的押韻系統中，這一部的字是不能够分開的。

(c)高本漢分別隊 əd 脂 ər 兩部的特徵，是建立在這兩部在詩經跟諧聲保持著區別的標準上。處理這兩部字的音值是根據押韻跟諧聲的關係。一方面是 -r 跟 -n 韻尾的接觸，另一方面是 -d 跟 -t 韻尾的接觸。現在我們看出道理來了，在漢代的押韻系統中，隊 əd 部跟脂 ər 部的區別是由於聲調的不同，脂部（ər-class）的字出現在平上聲，在一九一個平聲跟上聲的韵腳中，除了四個以外，全部屬於脂部。這四個例外的字，上文已加以討論。我們也看到了隊部（əd-class）的字，不出現在去聲以外的韵例中。這些統計數字提供了充份的實在的證據，就是隊部（əd-class）跟脂部（ər-class）的區別是受了聲調的制約。

譯註

㊀ 高本漢的 i̯ed-class 相當於王念孫至部的去聲，今仍譯作至部。

㊁ 高本漢的 əg-class 相當於王念孫之部平上去聲的字，今仍譯作之部。

原註

⑩ 造裏我只寫出作者的姓名。因為更詳細的說明可參看羅常培周祖謨的研究。 1司馬相如（子虛賦譯者加註）2王褒（解謝）3王褒（四子講德論）4韋玄成（戒子孫詩）5劉向（杖銘）6楊雄（甘泉賦）7楊雄（揚州箴）8楊雄（廷尉箴）9楊雄（太常箴）10楊雄（將作大匠箴）11劉歆（遂初賦）12闕名（郊祀歌青陽）13闕名（赤蛟）14司馬相如（子虛賦）

⑪ 15枚乘（七發）16劉向（九歎愍命）

⑫ 17司馬相如（封禪文）18王褒（洞簫賦）19王褒（四子講德論）20班倢伃（擣素賦）21楊雄（連珠）

⑬ 1馮衍（顯志賦）2傅毅（廸志詩）3班固（西都賦）4班固（東都賦）5班固（東巡頌）6班固（奕旨）7王逸（琴思楚歌）8李尤（津城門銘）9李尤（匱匣銘）譯者按李尤匱匣銘原以匱器為韻，馬悅然誤寫作賁器。10張衡（思玄賦）11張衡（西京賦）12張衡（西京賦）13崔瑗（竇大將軍鼎銘）14崔瑗（遺葛龔珮銘）15闕名（古歌）16闕名（朱暉歌）17闕名（竈下養諺）18馮衍（顯志賦）19王延壽（魯靈光殿賦）

⑭ 20班固（東都賦）譯者按班固東都賦原以隊帥為韻，馬悅然誤認帥為師。21班固（答賓戲）22張衡（東京賦）23馬融（樗蒲賦）譯者按馬融樗蒲賦原以帥沸雉至潰焠為韻，馬悅然亦誤以帥為師。24王延壽（魯靈光殿賦）25王延

壽（魯靈光殿賦）26蔡邕（筆賦）27蔡邕（崔君夫人誄）譯者按此條馬悅然誤爲闕名，今正。28闕名（嚴訢碑）

事實上這兩部字間所得到的唯一明顯的部分相同之處，就是有一小部分屬於高氏脂部 (ər-class) 的字，常跟去聲字押韻。這些字是：

二、貳 (ńi̯ər)；比 (pi̯ər)；視 (d̂i̯ər)；次 (ts'i̯ər)；欷 (xi̯ər)；〔睢〕(xi̯wər)；愧 (ki̯wɛr)；瑋 (gi̯wər)；罪 (dz'wer)；雉 (d'i̯ər)；師 (si̯ər)。

在此諸字中，二貳比視次及愧諸字全都有去聲一讀，欷字有平去二讀，在楚辭離騷中，所有的早期注家，都認爲中古去聲的讀音爲 xjěi-。⑮

注意在宋玉風賦中，欷字也跟慄 (li̯ĕt) 字押韻。（參見 Karlgren: Word Families in Chinese, BMFEA 5. 〔1933〕 p. 32) 瑋罪雉諸字有上聲一音，師字有平聲一音。睢字與平去二聲皆押韻。二跟貳屬於一有限制的聲韻系列。在那系列中所有的字都有去聲一讀。這些字的配屬於脂部 (ər-class) 既不是由於押韻也不是由於諧聲上的證據。因此這些字（二跟貳）應被考慮將它劃歸於隊部 (əd-class)。比與批 (b'i̯ət)（莊子）有諧聲關係。尤有進者，切韻殘卷（切三、王一、王二）比有毗必反 (b'i̯et) 一音，則與比同音。至於師字，我們應注意在師 (si̯ər) 旅與帥 (sli̯wət) 師、將帥 (sli̯wəd) 之間，明顯的語義的關係。我們也應注意師 (si̯ər) 長與率領率循 (sli̯wət) 將率 (sli̯wəd) 之間，在師 (si̯ər) 法師範與表率 (li̯wet) 之間語義上的關係，而在次 (ts'i̯ər) 序與次[足弟] (d'i̯ət) 之間亦可能有語義上的關係。

在脂部 (ər-class) 字中，除了這些與 -t 尾接觸的字外，例外地竟發現在漢代有與去聲押韻的字。我們在收 -r 尾與收 -t 尾的字中，我們找出許多同樣的接觸——語義上的或純聲韻上的——，例如：尼 (ni̯ər) 與昵 (ni̯ət)；非 (pi̯wər) 與弗 (pi̯wət)；屝 (b'i̯wər)

與第（pĭwət）；䏶（b'ĭwər）與剕（pĭwət）；崔（dz'wər）與崒（dz'ĭwət）；追（tĭwər）與述（d̂'ĭwət）。⑯

在脂（ər）沒（ət）兩部，諧聲字的接觸如下：皆（kɛr）諧揩（kɛt）；癸（kĭwɛr）諧闋（k'ĭwət）；弟（d'iər）諧䏲（d'iət）。也請注意薾（niər）又讀（niət）（莊子）

原註

⑮ 參見姜亮夫屈原賦校注。北平，一九五七。頁七八。

⑯ 此類接觸這些跟別的例子，參見高本漢漢語詞類 Word Families in Chinese BMFEA5, 1933。

在脂（ər）沒（ət）兩部字間，這類語義上跟聲韻上的接觸，更堅定了我的看法，那就是高氏隊部跟脂部的區別，不是音素上的不同而是基於聲調特徵的差異。我們必須假定，原先這兩部都收音於-d尾，濁塞聲韻尾在去聲裏被保留下來。對這個假定增強分量，就是上古的去聲像近代的北方官話，是一種降調（falling tone）帶着漸弱的強度。除去聲以外其他的聲調——平聲跟上聲——韻尾 -d 乃逐漸弱化，終於變成 -r。

基於隊（əd）脂（ər）兩部字的分配是互補的，對高氏上古音的擬音，稍加修正是必要的。卽隊部（əd-class）限於去聲，脂部（ər-class）限於平上聲。高氏脂部全部去聲字，必須改入隊部（əd-class）。在其他的一些字，此處提出的新的音值將可與漢文典519系列的字相符合。卽利 *li̯əd/lji- 但梨 *li̯ər/lji-。

高氏隊（əd-class）脂（ər-class）兩部的區別，不是音素的差異而是聲調的不同，也可由其他的證據予以證實。當我們檢校羅常培周祖謨的脂部與其他各部合韻的字。我們得到下面的結果：

脂

之	平	14	ər
	上	8	ər
	去	5	əd
支	平	9	ər
	上	1	ər
	去	1	ər
歌	平	48	ər
	上	2	ər
	去	1	ər
祭	去	29	əd
質	入	11	əd
眞	平	2	ər

此表顯示西漢的文學作品中在羅周二氏脂部跟別的韻部全部合韻的情形。總計有八十四個跟平上押韻，而此八十四個押韻的脂部字，都是高氏的脂（ər-group）部，三十六個跟去聲押韻的字除了兩個以外，全屬高氏的隊（əd-group）部。這兩個例外的字是師（siər），這個字我們在上文曾詳加討論。還有一個塊 k'wər/k'uậi-（漢文典 569g）字，此字根據前面的修正，應改寫爲 k'wəd。注意此字與凷 k'wəd/k'uậi-（漢文典 510a）字之間如高氏所說的語義上的關係，是頗引人入勝的。

一個原始隊部（əd-group）分化成兩部在聲調上發音上都有區別的不同讀音——隊əd與脂 ər 兩部——早先一定有過聲韻上演進的過程，表現在詩經押韻跟諧聲字上，此乃爲甚麼隊脂兩部在詩韻跟諧聲接觸上比較少；也就是這個原因，爲什麼脂部與收 -n 尾的各部卻常有接觸。

自然我們也希望看到隊脂區別的特徵，應該在祭部（âd）與歌部（âr）中平行發展着，在另外的一些字中，我們會看到歌部字用在平上聲，祭部字僅用在去聲，二者是互補的。

高本漢的歌部（âr-class）包含下列各類聲母：âr, wâr, i̯ar, i̯war, i̯ăr 跟 i̯wăr。（見漢文典第六部，中國聲韻學大綱第八部。）

在詩經韻中，我們找到十一個韻例所有的字，來自高氏的歌（âr-class）部。這些字是：

(a) 尾 mi̯wər：燬 xi̯wâr：燬 xi̯wâr：邇 ńi̯ăr (10) 周南汝墳三章

(b) 泚 tsʻi̯ăr：瀰 mi̯ăr (43) 邶風新臺首章

(c) 左 tsâ：瑳 tsʻâ：儺 nâr (59) 衛風竹竿三章

(d) 火 xwâr：葦 gi̯wer (154) 豳風七月三章

(e) 葦 gi̯wer：履 li̯er：體 tʻlier：泥 nier (246) 大雅生民首章

(f) 阿 ·â：難 nâr：何 gʻâ (228) 小雅隰桑首章

(g) 番 pwâr：嘽 tʻân (259) 大雅崧高七章

(h) 佽 tsʻi̯er：柴 tsi̯ăr (179) 小雅車攻五章

(i) 萎 ·i̯wăr：怨 ·i̯wăn (201) 小雅谷風三章

(j) 火 xwâr：衣 ·i̯er (154) 豳風七月首章

(k) 穉 dʻi̯ər：火 xwâr (212) 小雅大田二章

從上表中，我們找到五個上聲字押韻的韻例，卽汝墳三章，新臺首章，竹竿三章、七月三章，生民首章，兩個平聲韻例，隰桑首章及崧高七章，一個去聲韻例車攻五章，三個聲調混用的韻例，谷風三章，七月首章，大田二章。然而必須注意在歌部字聲調混用的韻例中，除了去聲以外，其他各類聲調都有。

這些字之外，歌部（âr-class）在詩經押韻的字，我們還找到一個去聲字，就是車攻五章的柴 tsi̯ar 跟佽 ts'i̯er 押韻。因爲後一字上文曾把它改寫爲 ts'i̯ed，那也很足以使人把柴 tsi̯ăr 改寫作 tsi̯ăd。

在進一步討論之前，從別的角度來察看這一問題是必要的。如果高本漢的祭（âd）歌（âr）兩部的字，表示是來自一個原始沒有區別的祭部（*âd-class），由於聲調的制約而分成不同的讀音。如此，則我們也同樣可以期望在歌部（âr-class）與祭部（ât-class）㊁當中，找到許多語義上跟聲韻上的關連，卽一方面是歌部（âr-class），另一方面是祭部（ât-class）。我們看下面一對對的同源字的音韻關係：

癉，憚，târ，tân：怛 tât；裹 kwâr：括 kwât；播 pwâr：撥 pwât；佌 ts'i̯ăr：屑 si̯at；邇 ńi̯ăr：昵 ni̯at；惴 ti̯war：啜 ti̯wat。

譯註

㊁ 高氏的 ât-class 漢文典第五部，中國聲韻學大綱第二部，相當於王念孫祭部的入聲，今仍譯作祭部。

對這些相近的韻部的關係，作一徹底的研究，也許可以得到更多些瞭解。這些韻部在詩經合韻跟形聲字諧聲以及語源上的關連的總數，毫無疑問要少於歌元跟歌脂兩部的接觸關係。假使我們所假定脂隊兩部互補的分配是由於聲調不同，正確的話，也就適應於祭歌兩部。這種現象（歌祭關係淺，歌脂關係深）只能說明原始沒有區別的祭（*âd-class）部，分成聲調上跟聲韻上不同的兩部（祭歌）。這種分裂的過程一定早於詩韻跟諧聲。由於這一過程的早已完成，歌部的字乃在發音上更像元部與脂部。

假使我們承認分配互補的說法也在這幾部上被證實，我們就必須把高氏所擬的上古音值像隊脂兩部一樣，重新加以修正。那就是：祭（âd-finals）部的韻母只出現在去聲，歌（âr-class）部的韻母只限於平上聲出現。高氏歌（âr-finals）部去聲字的韻母，應改寫成祭（âd-finals）部的韻母。

下面我們將注意到這些韻母上古到中古的發展，來討論這個新說法的意義。稍後我們將討論歌部 âr 跟 wâr 兩類韻母。在此我彙錄這些韻母於下：

âd, wâd, ad, wad, ăd, wăd, i̯ad, i̯wad, i̯ăd; i̯wăd, iad i̯ar, i̯war, i̯ăr, i̯wăr.

摘錄高氏說明的要點，我們發現祭（âd-class）隊（əd-class）兩部的韻尾輔音 -d 已經元音化而變成了 -i。即：

âd→âi; ăd→ăi—; i̯wad→i̯wai。

祭部 iăd 跟 i̯wăd 兩類韻母的發展，實在是跟隊部 i̯əd, i̯wəd，脂部 i̯ər, i̯wər諸類韻母平行發展。根據高本漢的說法，這後者韻母的發展，是由於聲母的制約。在舌根聲母及雙脣聲母（有w介音）的後面，乃產生下面的發展：

k'i̯əd　k'i̯əi　k'jĕi

ki̯ər　ki̯əi　kjĕi

	pi̯wər	pi̯wəi	pjwĕi	

除了這些以外，在別的聲母後，我們發現下面的發展

比較	li̯əd	li̯əi	li̯ĕi	lji
	t̂i̯ər	t̂i̯əi	t̂i̯ĕi	t̂śi
	k'i̯əd	k'i̯əi	k'i̯əi	kjĕi

在舌根聲母雙脣聲母（有介音 w）後面，祭部 i̯ăd 跟 i̯wăd 兩類韻母與隊部的 i̯əd 一類韻母，是平行的發展：

ngi̯ăd	ngi̯ɐi	ngi̯ɐi
xi̯wăd	xi̯wɐi	xi̯wɐi
b'i̯wăd	b'i̯wɐi	b'i̯wɐi

在隊部 i̯əd 跟祭部 i̯ăd 兩類韻母的發展過程中，唯一的不同就是 i̯ɐi 較 i̯əi 少受顎化之影響。

在 i̯əd 跟 i̯ăd 兩類韻母之間的密切平行發展，除了舌根及雙脣（有介音 w）聲母之外，在別的聲母後面也可能有各種的讀音。

比較	tsi̯ăd	tsi̯ĕi	tsiĭ	tsiĕ
	tsi̯əd	tsi̯əi	tsi̯ĕi	tsi

這個較前較淺（aigu）的 a，自然比央元音 ə 更易受顎化影響。所以韻母 i̯ĕi<i̯ăd 乃跟韻母 i̯ĕi<i̯əd 不能符合一致。i̯ĕi 韻母的完全顎化，藉音長代換來制約的 i̯ĕi>iĭ 的演變是很自然的。最後一步發展為 iĕ，是由於 iĭ 的異化作用而成為 iĕ。

根據高本漢的說法，他的歌部⑰跟脂部發展不是平行的。在脂部，韻尾-r元音化爲 -i；然而在歌部，韻尾 -r 則消失而不留痕跡。高本漢提出韻尾 -r 的失落後，就會產生音長更換的說法。卽 t̂i̯ar>t̂i̯ă 。這種音長更換的理論，已經被引用來說明在韻尾 -r 失落後的新韻母不能跟歌部 (â-class) 的 i̯a 一致的事實。高氏也說是受上古歌部中的 ia (>iĕ) 一類強韻母類推的影響。在這些帶顎介音 w 的韻母 (i̯war 及 i̯wăr) 中，高氏提出 i 跟 w 的位置的更移，是由於換位作用。卽 xi̯wăr→xjwiĕ。

關於這些變化，現在我提議對高氏說法作如下的修正。在 i̯ar, i̯war i̯ăr, i̯wăr 諸韻母中的韻尾 -r 元音化爲 -i 因此在這一點上脂歌兩部是完全平行發展的。相反的，對脂部有關的韻母之發展來說，這種後來的發展並不是由於聲母的相異。玆表其轉變步驟於后：

ńi̯ăr　ńi̯ĕi　ńźiĭ　ńźiĕ

xi̯wăr　xi̯wĕi　xiwiĭ　xjwiĕ

這一說法，有下面幾項優點：

(a)脂歌兩部之間顯示出密切的平行發展。如：

ńi̯ər　ńi̯əi　ńźi̯ĕi　ńźi

ńi̯ăr　ńi̯ĕi　ńźiĭ　ńźiĕ

尤有進者，在如下的變化中，這種平行的關係更爲明顯：

tsi̯ăd　tsi̯ĕi　tsiĭ　tsiĕ

t̂i̯ăr　t̂i̯ĕi　tśiĭ　tśiĕ

(b)這 i̯war 跟 i̯wăr 等韻母的發展，無須用換位作用亦能解釋。

韻尾 -r 元音化爲 -i 的確證，被發現在柴字 dz'ăr>dz'ăi（修正漢文典 Grammata Serica Recensa 358x）的變化中。

於此提出歌部（âr-class）韻尾 -r 的元音化，顯然跟那些變入中古歌 â 戈 uâ 兩韻的 âr 與 uâr 兩類韻母的韻尾 -r不留痕跡的消失有些矛盾衝突。對這個問題最好的解釋就是：在後軟顎化元音 â 後韻尾 -r 早已失落，其失落的時代早在 ịar, ịwar, ịăr, ịwăr 諸韻母的韻尾 -r 元音化之前。⑱

關於祭部跟歌部韻母分配是互補的理論，由於上古音有幾個字像癉憚târ/tâ-，課k'wâr/k'uâ-，踒 wâr/uâ-以及播 b'wâr/b'uâ- 的事實，顯然還有些矛盾與衝突。

在本文所述的聲韻學的系統，這些收音於 -r 的去聲字是不規則的。自然，我們不能把這些字改入祭部（âd）。因爲這些字全部列於切韻的歌 â 戈 uâ 韻。因此沒有韻尾 -d元音化的痕跡。

下面的研究可能注意到這些字。癉字高本漢有 tân/tân, târ/tâ-兩音，切韻平聲有都寒切，徒干切兩音。又有丁可切、丁佐切二音；經典釋文認爲癉憚是同一個字。（參見高氏詩大雅頌注釋九九八注釋㊂癉憚可能與怛 tât/tât 有語義上的關連。果眞如此，則將更加強我的說法，踒字切韻有平聲一音，故宮本王仁煦刋謬補缺切韻（王一）有去聲一音。播 b'uâr/b'uâ 與撥 pwât/puât 也可能有語義上的關係。

關於這五個字，按着這個韻尾 -d 跟-r互補分配的理論來說是不規則的。依我的意見，這些例外的情形不能使現在這個分配互補的學說無效。⑲

這個問題使我們能够決定一些高本漢由於缺少詩韻與諧聲的關連而無法擬音的字的上古

音值。（見漢文典1236以下）㊃

這下面的五個字全部是羅常培周祖謨脂部平上聲部分的字。（即我們的脂部ər-class）：乖（漢文典 1240h） kwɛr/kwǎi·；蕤（1237v） ńi̯wər/ńźwi·；兮（1241d） giər/γiei·；圮（1237a.）b'i̯ər/b'ji·；睢（1237u） xi̯wər/xiwi（此字亦與去聲押韻，切韻有一個去聲變讀，因此也可擬作 xi̯wəd。）

這下面的字是在去聲韻裏找到的，因此可以把它劃歸我們的隊部（əd-class）。卉（1239a） xi̯wəd/xjwei·；隸（1241m） liəd/liei-·；轡（1237y） pi̯əd/pji-（釋名裏頭有個語源學上的等式，轡＝拂 p'iwət）㊄

下面很少數的幾個字因爲他們跟羅周兩氏脂部以外的字押韻，它們的上古音值也能加以訂定。即計（1241a） kiəd/kiei- 與蔕 tiad/tiei- 韵；洎（1237a） ki̯əd/kji-，g'i̯əd/g'ji-與戾 liəd 質 t̂i̯ət 贄 t̂i̯əb>t̂i̯əd 二 ńi̯ər（我們擬作 ńi̯əd）韵。

譯　註

㊂ 高氏詩經注釋九九八我心憚暑A條云：『毛傳：憚，勞也；所以：我的心被暑熱所苦。釋文音「憚為 *târ/tâ/to。毛氏以為它就是「癉」。「癉」字 *tân/tân/tan 和 *târ/tâ/to 兩音，指「憂苦，疲憊」，看注釋四〇二。白孔六帖引詩作「癉暑」，據毛傳而改。小雅大東篇：我哀憚人，「憚」字無疑的指「疲憊」，釋文音 *târ/tâ/to 釋文引韓氏訓「憚」為「苦」，和毛傳一樣的。』

㊃ 高氏漢文典 1236a 之前云："In the fòllowing groups I have placed words the Archaic reading of which I have been unable to reconstruct for lack of Shï rime or hie sheng Connections."

㊄ 釋名釋車：『轡，拂也，牽引拂戾以制馬也。』

原註

⑰ 這兩個韻母ăr跟wăr下面將被討論到；故此只限於討論 iar, iwar, iăr, iwăr 諸韻母。

⑱ 這個說法可以用「火」xwăr 跟高本漢的歌部（â-class）在西漢人的詩裏同一部押韻的事實來證實。（見所引羅常培周祖謨文一五四頁）至於幾個帶 i̯ar, i̯war, i̯ăr, i̯wăr 韻母的字，是在脂部的 ər 部分找到的。在這幾部中一個 -r 韻尾的存在是被這樣的押韻所證實卽沌 d'wən 與頹 d'wər 韻（王褒）以及殷 ·i̯ən 與遲 d'i̯ər 韻（楊雄）也可參見鄭玄著名的禮記中庸注：『齊人言殷 ·i̯ən 聲如衣 ·i̯ər』

⑲ 擬測這些被認為來自歌部（â-class）的字去聲的音讀也許可能是一種冒險。

（原載文史季刊第三卷第一期民國六十一年十月）

高本漢之詩經韻讀及其擬音[1]

本篇中，余將詩經韻腳改寫爲國語譯音[2]，而將所擬上古音於括弧內註出。嚴格說來，凡括弧內之擬音，均應標以星號，如「求」k'iu (*g'iôg) 等等[3]，於此一次說明之後，余以爲卽不必於所有擬音前均加註星號矣，然雖無星號，而讀者當知，尤其是在本篇中，所有括弧內之擬音，絕非中古音（切韻音），而爲上古音，亦卽詩經時期之音讀。

大體言之，余以毛詩爲主，僅在極少數情形之下，若毛詩入韻之字，顯爲誤字，而齊魯韓三家詩中任何一家有一字合於詩之韻讀，則以三家詩之異文取代毛詩，此類更改，余悉予註明。

關於每一首詩之韻讀，多數中國學者已詳加討論，大多數情況下，余皆採用段玉裁之詩經韻譜，因段氏之著，Legge 氏曾爲西方學者之便，於其所編詩經譯本中予以採用，且於每一首詩後，咸附以段氏韻表。於若干篇詩中，余寧取王念孫、江有誥之分部說，而不采用段說。本篇中，余雖未標寫中文字[4]然任一讀者，若有一本詩經在手，均極易認識余所標註韻腳之字。至於頌詩十首之韻腳，比之國風二雅，自較雜亂不規則，請參閱拙著「論詩經頌的押韻」一文，（載於1935年哥德堡大學年報）此十篇詩（清廟，維天之命，維清，烈文，天作，昊天有成命，我將，臣工，訪落，桓），余於該文已詳加討論，故本篇中，即不復贅述矣。

❶ 本篇譯自成文書局翻印高氏 Grammta Serica, script and phonetics of Chinese and Japanese（書P.90—P.110，原題為 The Rimes of The SHI KING.

❷ 原文以國語譯音註音，譯文中全部改成中文。

❸ 原文原無中文「求」，今據譯音增列，以便中國讀者。

❹ 今皆還原為中文字。

周南

關雎：首章：鳩（ki̯ôg）：洲（ti̯ôg）：逑（g'i̯ôg）。

二章：流（li̯ôg）：求（g'i̯ôg）；

得（tək）：服（b'i̯ŭk）：側（tsi̯ək）。

三章：采（ts'əg）：友（gi̯ŭg）；

芼（mog）：樂（glåk）。

葛覃：首章：谷（kuk）：木（muk）；

萋（ts'iər）：飛（pi̯wər）：喈（kɛr）。❶

二章：莫（mâk）：濩（g'wâk）：綌（k'i̯ăk）：斁（di̯ăk）。

三章：歸（ki̯wər）：私（si̯ər）：衣（·i̯ər）；

否（pi̯ŭg）：母（məg）。

卷耳：首章：筐（k'i̯wang）：行（g'âng）。
二章：嵬（ngwər）：隤（d'wər）：罍（lwər）：懷（g'wər）。
三章：岡（kâng）：黃（g'wâng）：觥（kwăng）：傷（śi̯ang）。
四章：砠（ts'i̯o）：瘏（d'o）：痡（p'wo）：吁（xi̯wo）。

樛木：首章：纍（li̯wər）：綏（sni̯wər）。
二章：荒（xwâng）：將（tsi̯ang）。
三章：縈（'i̯wĕng）：成（d̂i̯ĕng）。

螽斯：首章：詵（ṣi̯ən）：振（t̂i̯ən）。
二章：薨（xwəng）：繩（d̂'i̯əng）。
三章：揖（tsi̯əp）：蟄（d'i̯əp）。

桃夭：首章：華（g'wå）：家（kå）。
二章：實（d̂'i̯ĕt）：室（śi̯ĕt）。
三章：蓁（tṣi̯ən）：人（ńi̯ĕn）。

兔罝：首章：罝（tsi̯å）：夫（pi̯wo）。
丁（tĕng）：城（d̂i̯ĕng）。
二章：逵（g'i̯wəg）：仇（g'i̯ôg）。❷
三章：林（li̯əm）：心（si̯əm）。

芣苢：首章：采（ts'əg）：有（gi̯ŭg）。

二章：掇（tuât）：捋（lwât）。

三章：袺（kiet）：襭（g'iet）。

漢廣：首章：休（xi̯ôg）：求（g'i̯ôg）；

廣（kwâng）：泳（gi̯wăng）：永（gi̯wăng）方（pi̯wang）。

二章：楚（tṣ'i̯o）：馬（må）。

三章：蔞（gli̯u）：駒（ki̯u）。

汝墳：首章：枚（mwər）：飢（ki̯ɛr）。

二章：肄（di̯əd）：棄（k'i̯ɛd）。

三章：尾（mi̯wər）：燬（xi̯wăr）：燬（xi̯wăr）：邇（ńi̯ăr）。

麟之趾：首章：趾（ti̯əg）：子（tsi̯əg）。

二章：定（tieng）：姓（si̯ĕng）。

三章：角（kŭk）：族dz'uk）。

❶ 高氏脂微合為一部，若從王力脂微分部之說，則飛字可以不入韻。本章韻例如下：

○○○○（無韻），○○○◎（韻a），○○○◎（韻b），

○○○○（無韻），○○○◎（韻a），○○○◎（韻b）。

後凡脂微叶韻者視此，更不另注。

❷ 兔罝一二三章亦應以「罝」「夫」為韻，高氏於此等韻處，如已見首章，例不重出。

召南

鵲巢：首章：居（kịo）：御（ngå）
二章：方（pịwang）：將（tsịang）。
三章：盈（dịĕng）：成（dịĕng）。
采蘩：首章：沚（tịəg）：事（dz'ịəg）。
二章：中（tịông）：宮（kịông）
三章　僮（d'ung）：公（kung），
祁（g'ịɛr）：歸（kịwər）。
草蟲：首章：蟲（d'ịông）：螽（tịông）：忡（t'ịông）：降（g'ộng）。
二章：蕨（kịwăt）：惙（tịwat）：說（dịwat）。
三章：薇（mịwər）：悲（pịər）：夷（dịər）。
采蘋：首章：蘋（b'ịĕn）：濱（pịĕn），
藻（tsog）：潦（log）。
二章　筥（kịo）：釜（b'ịwo）。
三章：下（g'å）：女（nịo）。
甘棠：首章：伐（b'ịwăt）：茇（b'wât）。
二章：敗（b'wad）：憩（k'ịad）。
三章：拜（pwăd）：說（sịwad）。
行露：首章：露（glâg）：夜（zịăg）：露（glâg）。
二章：角（kŭk）：屋（'uk）：獄（ngịuk）：獄（ngịuk）：足（tsịuk）。

三章：牙（ngå）：家（kå），

墉（dịung）：訟（dzịung）：訟（dzịung）：從（dz'ịung）。

羔羊：首章：皮（b'ịa）：紽（d'â）：蛇（dịa）。

二章：革（kɛk）：緎（xịwɛk）：食（d'ịək）。

三章：縫（b'ịung）：總（tsung）：公（kung）。

殷其靁：首章：陽（dịang）：遑（g'wâng）。

子（tsịəg）：哉（tsəg）。

二章：側（tsịək）：息（sịək）。

三章：下（g'å）：處（t'ịo）。

摽有梅：首章：七（ts'ịĕt）：吉（kịĕt）。

二章：三（səm）：今（kịəm）。

三章：塈（xịəd）：謂（gịwəd）。

小星：首章：星（sieng）：征（tịĕng）；

東（tung）：公（kung）：同（d'ung）。

二章：昴（mộg）：裯（d'ịôg）：猶（zịôg）。

江有汜：首章：汜（dzịəg）：以（zịəg）：以（zịəg）：悔（xmwəg）。

二章：渚（tịo）：與（zịo）：與（zịo）：處（t'ịo）。

三章：沱（d'â）：過（kwâ）：過（kwâ）：歌（kâ）。

野有死麕：首章：麕（kịwɛn）：春（t'ịwən），

包（pôg）：誘（zi̯ôg）。

二章：樕（suk）：鹿（luk）：束（śi̯uk）：玉（ngi̯uk）。

三章：脫（t'wâd）：帨（śi̯wad）：吠（b'i̯wăd）。

何彼襛矣：首章：華（g'wå）：車（ki̯o）。

二章：李（li̯əg）：子（tsi̯əg）。

三章：緡（mi̯ən）：孫（swən）。

騶虞：首章：葭（kå）：豝（på）；

乎（g'o）：虞（ngi̯wo）。

二章：蓬（b'ung）：豵（tsung）；

乎（g'o）：虞（ngi̯wo）。

邶風

柏舟：首章：舟（ti̯ôg）：流（li̯ôg）：憂（'i̯ôg）：酒（tsi̯ôg）：游（di̯ôg）。

二章：茹（ńi̯o）：怒（no）；

據（ki̯wag）：愬（sâg）。

三章：石（di̯ăk）：席（dzi̯ăk）；

轉（ti̯wan）：卷（ki̯wan）：選（si̯wan）。

四章：悄（ts'i̯og）：小（si̯og）：少（śi̯og）：摽（b'i̯og）。

五章：微（mi̯wər）：衣（'i̯ər）：飛（pi̯wər）。

綠衣：首章：裏（li̯əg）：已（zi̯əg）。
二章：裳（d̑i̯ang）：亡（mi̯wang）。
三章：絲（si̯əg）：治（d̑'i̯əg）：訧（gi̯ŭg）。
四章：風（pi̯um）：心（si̯əm）。

燕燕：首章：羽（gi̯wo）：野（di̯ă）：雨（gi̯wo）。
二章：頏（g'âng）：將（tsi̯ang）；
及（g'i̯əp）：泣（k'li̯əp）。
三章：音（·i̯əm）：南（nəm）：心（si̯əm）。
四章：淵（·iwen）：身（śi̯ĕn）：人（ńi̯ĕn）。

日月：首章：土（t'o）：處（t̑'i̯o）：顧（ko）。
二章：冒（môg）：好（xôg）：報（pôg）：
三章：方（pi̯wang）：良（li̯ang）：忘（mi̯wang）。
四章：出（t̑'i̯wət）：卒（tsi̯wət）：述（d̑'i̯wət）。

終風：首章：暴（b'og）：笑（si̯og）：敖（ngog）：悼（d'og）。
二章：霾（mlɛg）：來（ləg）：思（si̯əg）。
三章：曀（·ied）：曀（·ied）：嚏（tied）。
四章：靁（lwər）：懷（g'wɛr）。

擊鼓：首章：鏜（t'âng）：兵（pi̯ăng）：行（g'ăng）。
二章：仲（d'i̯ông）：宋（sông）：忡（t̑i̯ông）。

三章：處（t̂i̯o）：馬（må）：下（g'å）。

四章：闊（k'wât）：說（di̯wat）；

手（śi̯ôg）：老（lôg）。

五章：闊（k'wât）：活（g'wât）；

洵（si̯wĕn）：信（si̯ĕn）。

凱風：首章：南（nəm）：心（si̯əm）；

夭（ˑi̯og）：勞（lôg）；

二章：薪（si̯ĕn）：人（ńi̯ĕn）。

三章：下（g'å）：苦（k'o）。

四章：音（ˑi̯əm）：心（si̯əm）。

雄雉：首章：羽（gi̯wo）：阻（tṣi̯o）。

二章：音（ˑi̯əm）：心（si̯əm）。

三章：思（si̯əg）：來（ləg）。

四章：行（g'ăng）：臧（tsâng）。

匏有苦葉：首章：葉（di̯ap）：涉（d̂i̯ap）；

厲（li̯ad）：揭（k'i̯ad）。

二章：盈（di̯ĕng）：鳴（mi̯ĕng）；

軌（ki̯wəg）：牡（môg）。

三章：鴈（ngan）：旦（tân）：泮（p'wân）。

四章：子（tsi̯əg）：否（pi̯ŭg）：否（pi̯ŭg）：友（gi̯ŭg）。

谷風：首章：風（pi̯um）：心（si̯əm）；

雨（gi̯wo）：怒（no）；

非（p'i̯wər）：體（t'liər）：違（gi̯wər）：死（si̯ər）。

二章：遲（d'i̯ər）：違（gi̯wər）：畿（g'i̯ər）：薺（dz'iər）：弟（d'iər）。

三章：沚（t̂i̯əg）：以（zi̯əg）；

笱（ku）：後（g'u）。

四章：舟（t̂i̯ôg）：游（di̯ôg）：求（gi̯ôg）：救（ki̯ôg）；

亡（mi̯wang）：喪（sâng）。

五章：慉（xi̯ôk）：讎（d̂i̯ôg）：售（d̂i̯ôg）：鞫（ki̯ôk）：覆（p'i̯ôk）；

育（di̯ôk）：毒（d'ôk）。

六章：冬（tông）：窮（g'i̯ông）；

潰（g'wəd）：肄（di̯əd）：塈（xi̯əd）。

式微：首章：微（mi̯wər）：歸（ki̯wər）；

故（ko）：露（glâg>glo）。

二章：躬（ki̯ông）：中（ti̯ông）。

旄丘：首章：節（tsiet）：日（ńi̯ĕt）。

二章：處（t̂'i̯o）：與（zi̯o）；

久（ki̯ŭg）：以（zi̯əg）。

三章：戎（ńi̯ông）：東（tung）：同（d'ung）。

四章：子（tsi̯əg）：耳（ńi̯əg）。

簡兮：首章：舞（mi̯wo）：處（t̂'i̯o）。

二章：俁（ngi̯wo）：舞（mi̯wo）：虎（xo）：組（tso）。

三章：籥（di̯ok）：翟（d'iok）：爵（tsi̯ok）。

四章：榛（tsi̯ɛn）：苓（lieng, lien）：人（ńi̯ĕn）。

泉水：首章：淇（g'i̯əg）：思（si̯əg）：姬（ki̯əg）：謀（mi̯ŭg）。

二章：泲（tsi̯ər）：禰（ni̯ər）：弟（d'i̯ər）：姊（tsi̯ər）。

三章：干（kân）：言（ngi̯ăn）；

舝（g'ât）：邁（mwad）：衞（gi̯wad）：害（g'âd）。

四章：泉（dz'i̯wan）：歎（t'ân）；

漕（dz'ôg）：悠（di̯ôg）：遊（di̯ôg）：憂（ˑi̯ôg）。❿

北門：首章：門（mwən）：殷（ˑi̯ən）：貧（b'i̯ən）：艱（kɛn）；

哉（tsəg）：之（t̂i̯əg）：哉（tsəg）。

二章：適（śi̯ĕk）：益（ˑi̯ĕk）：謫（d'ĕk）。

三章：敦（twər）：遺（gi̯wɛd）：摧（dz'wər）。

北風：首章：涼（gli̯ang）：雱（p'wâng）：行（g'âng）；

邪（zi̯o 或 dzi̯o）：且（tsi̯o）。

二章：喈（kɛr）：霏（p'i̯wər）：歸（ki̯wər）。

三章：狐（g'wo）：烏（'o）：軍（kịo）。

靜女 首章：姝（t̂ịu）：隅（ngịu）：蹰（d'ịu）。

二章：孌（lịwan）：管（kwân）；

煒（gịwər）：荑（d'iər）：美（mịər）；❷

異（gịəg）：貽（dịəg）。

新臺 二章：泚（ts'iər）：瀰（miər）：漼（ts'wər）：浘（mwər）；

鮮（sịan）：殄（d'ịən）。❸

三章：離（lia）：施（śia）。

❶ 泉水四章段玉裁、王念孫、江有誥皆以「漕」「悠」「遊」「憂」四字為韻，高氏缺一字，僅有 yu（dịôg）一音，然廣韻悠遊同切以周，其古音據高氏亦同讀 dịôg，不知所闕何字，今據段王江三家之說補列一字。

❷ 靜女二章：「說懌女美」句「美」字當入韻，疑高氏脫漏。

❸ 新臺首二章韻脚，高氏蓋據韓詩，故與毛詩異，毛詩「漼」作「洒」，「浘」作「浼」。若從毛詩當以泚瀰鮮韻，洒浼殄韻，段王江三氏皆然。

鄘風

柏舟 首章：舟（t̂ịog）：髦（mog）；

河（g'â）：儀（ngia）：他（t'â）；

天（t'ien）：人（ńịěn）。

二章：側（tsịək）：特（d'ək）：慝（d'ək）。

牆有茨：首章：埽（sôg）：道（d'ôg）：道（d'ôg）：醜（t̑'i̯ôg）。

二章：襄（si̯ang）：詳（dzi̯ang）：詳（dzi̯ang）：長（d̑'i̯ang）。

三章：束（śi̯uk）：讀（d'uk）：讀（d'uk）：辱（ńi̯uk）。

君子偕老：首章：珈（ka）：佗（d'â）：河（g'â）：宜（ngia）：何（g'â）。

二章：翟（d'iok）：髢（d'ieg）：揥（t'ieg）：晳（siek）：帝（tieg）。

三章：展（t̑i̯an）：袢（b'i̯wân）：顏（ngan）：媛（gi̯wăn）。

桑中：首章：唐（d'âng）：鄉（xi̯ang）：姜（ki̯ang）：上（d̑'i̯ang）：

中（t̑i̯ông）：宫（ki̯ông）。

二章：麥（mεk）：北（pək）：弋（di̯ək）。

三章：葑（p'i̯ung）：東（tung）：庸（di̯ung）。

鶉之奔奔：首章：疆（ki̯ang）：良（li̯ang）：兄（xi̯wăng）。

二章：疆（ki̯ang）：良（li̯ang）：

奔（pwən）：君（ki̯wən）。

定之方中：首章：中（t̑i̯ông）：宫（ki̯ông）：

日（ńi̯ĕt）：室（śi̯ĕt）：栗（li̯ĕt）：漆（ts'i̯ĕt）：瑟（ṣi̯ɛt）。

二章：虛（k'i̯o）：楚（tṣ'i̯o）：

堂（d'âng）：京（ki̯ăng）：桑（sâng）：臧（tsâng）。

三章：零（lieng 或爲 lien?）：人（ńi̯ĕn）：田（d'ien）：淵（'iwen）：千

（ts'ien）。

蝃蝀：首章：指（tịər）：弟（d'iər）。

二章：（韻字有誤）。⓭

三章人（ńịĕn）：姻（ịĕn）：信（sịĕn）：命（mịăng 或爲 mịĕn?）。

相鼠：首章：皮（b'ia）：儀（ngia）：儀（ngia）：爲（gwia）。

二章：齒（t'ịəg）：止（tịəg）：止（tịəg）：俟（dz'ịəg）。

三章：體（t'liər）：禮（liər）：禮（liər）：死（sịər）。

干旄：首章：旄（mog）：郊（kŏg）；

紕（b'ịər）：四（sịəd）：畀（pịəd）。

二章：旟（zịo）：都（to）：組（tso）：五（ngo）：予（dịo）。

三章：旌（tsịĕng）：城（dịĕng）；

祝（tịôk）：六（lịôk）：告（kôk）。

載馳：首章：驅（k'ịu）：侯（g'u）；

悠（dịôg）：漕（dz'ôg）：憂（'ịôg）。

二章：反（pịwăn）：遠（gịwăn）；

濟（tsiər）：閟（pịəd）。

三章：蝱（măng）：行（g'ăng）：狂（g'ịwang）

四章：麥（mɛk）：極（g'ịək）：尤（gịŭg）：思（sịəg）：之（tịəg）。

⓭ 按蝃蝀二章以「雨」與「母」韻，段王江三氏皆以爲魚之合韻，高氏以爲韻字有誤。陸志韋詩韻譜以爲此章末句當作「遠兄弟母父」，而以「雨」「父」魚部自韻。

衛風

淇奧：首章：猗（ʼia）：磋（tsʻâ）：磨（muâ）；
僩（gʻăn）：咺（xi̯wăn）：諼（xi̯wăn）。
二章：青（tsʻieng）：瑩（ʼieng）：星（sieng）。
三章：簀（tsĕk）：錫（siek）：璧（pi̯ĕk）；
綽（tʻi̯ok）：較（kŏk）：謔（xi̯ok）：虐（ngi̯ok）。
考槃：首章：澗（kan）：寬（kʻwân）：言（ngi̯ăn）：諼（xi̯wăn）。
二章：阿（ʼâ）：薖（kʻi̯wâ）：歌（kâ）：過（kwâ）。
三章：陸（li̯ôk）：軸（dʻi̯ôk）：宿（si̯ôk）：告（kôk）。
碩人：首章：頎（gʻi̯ər）：衣（ʼi̯ər）：妻（tsʻiər）：姨（di̯ər）：私（si̯ər）。
二章：荑（dʻiər）：脂（ti̯ər）：蠐（dzʻiər）：犀（siər）：眉（mi̯ər）；
倩（tsʻien）：盼（pʻɛn）。
三章：敖（ngog）：郊（kŏg）：驕（kʻog）：鑣（pi̯og）：朝（dʻi̯og）：勞（log）
四章：活（kwât）：濊（xwât）：發（pwât）：揭（gʻi̯at）：孽（ngi̯at）：朅
（kʻiat）。
氓：首章：蚩（tʻi̯əg）：絲（si̯əg）：謀（mi̯ŭg）：淇（gʻi̯əg）：丘（kʻi̯ŭg）：
期（gʻi̯əg）：媒（mwəg）：期（gʻi̯əg）。
二章：垣（gi̯wăn）：關（kwan）：關（kwan）：漣（li̯an）：關（kwan）

言(ngịăn)：言(ngịăn)：遷(ts'ịan)。
三章：落(glâk)：若(ńịak)；
甚(dịəm)：耽(təm)；
說(śịwat)：說(śịwat)。
四章：隕(gịwən)：貧(b'ịən)；
湯(śịang)：裳(dịang)：爽(sịang)：行(g'ăng)；
極(g'ịək)：德(tək)。
五章：勞(log)：朝(tịog)：暴(b'og)：笑(siog)：悼(d'og)。
六章：怨(ʼịwăn)：岸(ngân)：泮(p'wan)：宴(ʼian)：晏(ʼan)：旦(tân)：反(pịwăn)；
思(siəg)：哉(tsəg)。
竹竿：首章：淇(g'ịəg)：思(siəg)：之(tịəg)。
二章：右(gịŭg)：母(məg)。
三章：左(tsâ)：瑳(ts'â)：儺(nâr)。
四章：滺(dịôg)：舟(tịôg)：遊(dịôg)：憂(ʼịôg)。
芄蘭：首章：支(tịěg)：觿(xịwěg)：知(tịěg)；
遂(dzịwəd)：悸(g'ịwəd)。
二章：葉(dịap)：韘(śịap)：甲(kap)。
河廣：首章：杭(g'âng)：望(mịwang)。

二章：刀（tog）：朝（ṭi̯og）。

伯兮：首章：朅（k'i̯at）：桀（g'i̯at）；

殳（di̯u）：驅（k'i̯u）。

二章：東（tung）：蓬（b'ung）：容（di̯ung）。

三章：日（ńi̯ĕt）：疾（dz'i̯ĕt）。

四章：背（pwəg）：痗（mwəg）。

有狐：首章：梁（li̯ang）：裳（di̯ang）。

二章：厲（li̯ad）：帶（tâd）。

三章：側（tsi̯ək）：服（b'i̯ŭk）。

木瓜：首章：瓜（kwå）：琚（ki̯o）；

報（pôg）：好（xôg）。

二章：桃（d'og）：瑤（di̯og）。

三章：李（li̯əg）：玖（ki̯ŭg）。

王風

黍離：首章：離（lia）：靡（mia）；

苗（mi̯og）：搖（di̯og）：

憂（ʼi̯ôg）：求（g'i̯ôg）；

天（t'ien）：人（ńi̯ĕn）。

二章：穗(dzi̯wəd)：醉(tsi̯wəd)。

三章：實(d̂ʻi̯ĕt)：噎(iet)。

君子于役：首章：期(gʻi̯əg)：哉(tsəg)：塒(d̂i̯ə̆g)：來(ləg)：思(si̯ə̆g)。

二章：月(ngi̯wăt)：佸(gʻwât)：桀(gʻi̯at)：括(kwât)：渴(kʻât)。

君子陽陽：首章：陽(di̯ang)：簧(gʻwâng)：房(bʻi̯wang)。

二章：陶(di̯og)：翿(dʻôg)：敖(ngog)。

揚之水：首章：薪(si̯ĕn)：申(śi̯ĕn)；

懷(gʻwər)：歸(ki̯wər)。

二章：楚(tṣʻi̯o)：甫(pi̯wo)。

三章：蒲(bʻwo)：許(xi̯o)。

中谷有蓷：首章：乾(kân)：歎(tʻân)：難(nân)。

二章：修(si̯ôg)：歗(si̯ôg)：淑(di̯ôk)。

三章：溼(śi̯əp)：泣(kʻli̯əp)：及(gʻi̯əp)。

兔爰：首章：羅(lâ)：為(gwia)：罹(lia)：吪(ngwâ)。

二章：罦(bʻi̯ôg)：造(dzʻôg)：憂(i̯ôg)：覺(kôg)。

三章：罿(tʻi̯ung)：庸(di̯ung)：凶(xi̯ung)：聰(tsʻung)。

葛藟：首章：藟(li̯wər)：弟(dʻiər)；

滸(xo)：父(bʻi̯wo)：顧(ko)。

二章：涘(dzʻi̯əg)：母(məg)：有(gi̯ŭg)。

三章：漘（d̂'i̯wən）：昆（kwən）：聞（mi̯wən）。

采葛：首章：葛（kât）：月（ngi̯wăt）。

二章：蕭（siôg）：秋（ts'i̯ôg）。

三章：艾（ngâd）：歲（si̯wad）。

大車：首章：檻（g'lam）：菼（t'âm）：敢（kâm）。

二章：啍（t'wən）：璊（mwən）：奔（pwən）。

三章：室（śi̯ĕt）：穴（g'iwet）：日（ńi̯ĕt）。

丘中有麻：首章：麻（ma）：嗟（tsi̯a）：嗟（tsi̯a）：施（śia）。

二章：麥（mɛk）：國（kwək）：國（kwək）：食（d̂'i̯ək）。❶

三章：李（li̯əg）：子（tsi̯əg）：子（tsi̯əg）：玖（ki̯ŭg）。

❶ 高氏原文本章脫一韻，今據一二三章韻例補。

鄭風

緇衣：首章：宜（ngia）：爲（gwia）。

館（kwân）：粲（ts'ân）。

二章：好（xôg）：造（dz'ôg）。

三章：蓆（dzi̯ăk）：作（tsâk）。

將仲子：首章：里（li̯əg）：杞（k'i̯əg）：母（məg）。

懷（ ）（g'wɛr）：畏（·i̯wər）。

二章：牆（dz'i̯ang）：桑（sâng）：兄（xi̯wăng）。

三章：園（gi̯wăn）：檀（d'ân）：言（ngi̯ăn）。

叔于田：首章：田（d'ien）：人（ńi̯ĕn）：仁（ńi̯ĕn）。

二章：狩（śi̯ôg）：酒（tsi̯ôg）：好（xôg）。

三章：野（di̯å）：馬（må）：武（mi̯wo）：

大叔于田：首章：馬（må）：組（tso）：舞（mi̯wo）：舉（ki̯o）：虎（xo）：所（si̯o）：女（ńi̯o）。

二章：黃（g'wâng）：襄（sni̯ang）：行（g'âng）：揚（di̯ang）；射（d̑'i̯ăg>d̑'i̯o）：御（ngi̯o）；

三章：鴇（pôg）：首（śi̯ôg）：手（śi̯ôg）：阜（b'i̯ôg）；慢（man）：罕（xân）；控（k'ung）：送（sung）。掤（pi̯ang）：弓（ki̯ŭng）。

清人：首章：彭（b'ăng）：騯（păng）：英（'i̯ăng）：翔（dzi̯ang）。❶

二章：消（si̯og）：麃（pi̯og）：喬（g'i̯og）：遙（di̯og）。

三章：軸（d'i̯ôk）：陶（d'ôg）：抽（t'i̯ôg）：好（xôg）。

羔裘：首章：濡（ńi̯u）：侯（g'u）：渝（di̯u）。

二章：飾（śi̯ək）：力（li̯ək）：直（d'i̯ək）。

三章：晏（'an）：粲（ts'ân）：彥（ngi̯an）。

遵大路：首章：路（glâg>glo）：祛（k'i̯ab>k'i̯o）：故（ko）。

二章：手（śi̯ôg）：醜（d̂i̯ôg）：好（xôg）。

女曰雞鳴：首章：旦（tân）：爛（glân）：鴈（ngan）。

二章：加（ka）：宜（ngia）；

酒（tsi̯ôg）：老（lôg）：好（xôg）。

三章：來（ləg）：贈（dz'əng）。

順（d̂'i̯wən）：問（mi̯wən）；

好（xôg）：報（pôg）。

有女同車：首章：車（ki̯o）：華（g'wå）：琚（ki̯o）：都（to）；

翔（dzi̯ang）：姜（ki̯ang）。

二章：行（g'ăng）：英（·i̯ăng）：翔（dzi̯ang）：將（tsi̯ang）：姜（ki̯ang）：

忘（mi̯wang）。

山有扶蘇：首章：蘇（so）：華（g'wå）：都（to）：且（tsi̯o）。

二章：松（dzi̯ung）：龍（li̯ung）：充（t̂'i̯ông）：童（d'ung）。

蘀兮：首章：蘀（t'âk）：伯（păk）；

吹（t̂'wia）：和（g'wâ）。

二章：漂（p'i̯og）：要（·i̯og）。

狡童：首章：言（ngi̯ăn）：餐（ts'ân）。

二章：食（d̂'i̯ək）：息（si̯ək）。

褰裳：首章：溱（tși̯ɛn）：人（ńi̯ĕn）。

二章：洧（gi̯wəg）：士（dẓ'i̯əg）。

丰：首章：丰（p'i̯ung）：巷（g'ŭng）：送（sung）。

二章：昌（t'i̯ang）：堂（d'âng）：將（tsi̯ang）。

三章：裳（di̯ang）：行（g'ăng）。

四章：衣（·i̯ər）：歸（ki̯wər）。

東門之墠：首章：墠（di̯an）：阪（pi̯wăn）：遠（gi̯wăn）。

二章：栗（li̯ĕt）：室（śi̯ĕt）：即（tsi̯ĕt）。

風雨：首章：淒（ts'i̯ər）：喈（kɛr）：夷（di̯ər）。

二章：瀟（siôg）：膠（kl̥ôg）：瘳（t'li̯ôg）。

三章：晦（xmwəg）：已（zi̯əg）：喜（xi̯əg）。

子衿：首章：衿（ki̯əm）：心（si̯əm）：音（·i̯əm）。

二章：佩（b'wəg）：思（si̯əg）：來（ləg）。

揚之水：首章：水（śi̯wər）：弟（d'i̯ər）；

楚（tș'i̯o）：女（ńi̯o）。❷

二章：薪（si̯ĕn）：人（ńi̯ĕn）：信（si̯ĕn）。

出其東門：首章：門（mən）：雲（gi̯wən）：存（dz'wən）：巾（ki̯ɛn）：員（gi̯wən）。

二章：闍（to）：荼（d'o）：且（tsi̯o）：藘（li̯o）：娛（ngi̯wo）。

野有蔓草：首章：漙（d'wân）：婉（·i̯wăn）：願（ngi̯wăn）。

二章：瀼（ṇịang）：揚（dịang）：臧（tsâng）。

溱洧：首章：渙（xwân）：蕑（kǎn）；

乎（g'o）：且（tsịo）：乎（g'o）；

樂（glåk）：謔（xịok）：藥（gịok）。

二章：清（ts'ịěng）：盈（dịěng）。

❶ 本章毛詩，原以彭旁英翔為韻，然高氏擬作（*pǎng），蓋從三家作騯，旁字廣韻步光切，其上古音當為（*b'âng）；而騯字則有步光，薄庚，甫盲三切，其甫盲一音上古音正為（*pǎng），故不从毛詩作旁，而從三家作騯。

❷ 楊之水首章，據二章韻例觀之，則應以楚女女三字為韻，高氏蓋脫一韻。

齊風

鷄鳴：首章：鳴（mịěng）：盈（dịěng）：鳴（mịěng）：聲（sịěng）。

二章：明（mịǎng）：昌（t̂'ịang）：明（mịǎng）：光（kwâng）。

三章：薨（xmwong）：夢（mịung）：憎（tsəng）。

還：首章：還（dzịwan）：閑（kǎn）：肩（kian）：儇（xịwan）。

二章：茂（mịôg）：道（d'ôg）：牡（môg）：好（xôg）。

三章：昌（t̂'ịang）：陽（dịang）：狼（lâng）：臧（tsâng）。

著：首章：著（d'ịo）：素（so）：華（g'wå）。

二章：庭（d'ieng）：青（ts'ieng）：瑩（ịěng）。

三章：堂（d'âng）：黃（g'wâng）：英（ịǎng）。

東方之日：首章：日（ńi̯ĕt）：室（śi̯ĕt）：室（śi̯ĕt）：卽（tsi̯ĕt）。

二章：月（ngi̯wăt）：闥（t'ât）：闥（t'ât）：發（pi̯wăt）。

東方未明：首章：明（mi̯ăng）：裳（ḓi̯ang）；

倒（tog）：召（ḓi̯og）。

二章：晞（xi̯ər）：衣（·i̯ər）；

顚（tien）：令（li̯ĕng, li̯ĕn）。

三章：圃（pwo）：瞿（ki̯wo）；

夜（zi̯ag）：莫（mâg）。

南山：首章：崔（dz'wər）：綏（sni̯wər）：歸（ki̯wər）：歸（ki̯wər）：懷（g'wɛr）。

二章：兩（li̯ang）：蕩（d'âng）；

雙（sŭng）：庸（di̯ung）：從（dz'i̯ung）。❶

三章：何（g'â）：何（g'â）；

畝（məg）：母（məg）；

告（kôk）：鞠（ki̯ôk）。

四章：克（k'ək）：得（tək）：得（tək）：極（gi̯ək）。

甫田：首章：田（d'ien）：人（ńi̯ĕn）；

驕（ki̯og）：忉（tog）。

二章：桀（ki̯at）：怛（tât）。

三章：孌（li̯wan）：丱（kwan）：見（kian）：弁（b'i̯an）。

盧令：首章：令（li̯ĕng, li̯ĕn）：仁（ni̯ĕn）。
二章：環（g'wan）：鬈（g'i̯wan）。
三章：鋂（mwəg）：偲（ts'əg）。

敝笱：首章：鰥（kwɛn）：雲（gi̯wən）。
二：：鱮（dzi̯o）：雨（gi̯wo）。
三章：唯（di̯wər）：水（śi̯wər）。

載驅：首章：薄（p'âk）：鞹（k'wâk）：夕（dzi̯ăk）。
二章：濟（tsiər）：濔（niər）：弟（d'iər）。
三章：湯（śi̯ang）：彭（pâng）：蕩（d'âng）：翔（dzi̯ang）。❷
四章：滔（t'ôg）：儦（pi̯og）：敖（ngog）。

猗嗟：首章：昌（t'i̯ang）：長（d'i̯ang）：揚（di̯ang）：蹌（ts'ang）：臧（tsâng）。
二章：名（mi̯ĕng）：淸（ts'i̯ĕng）：成（di̯ĕng）：正（ti̯ĕng）：甥（sĕng）。
三章：孌（li̯wan）：婉（i̯wăn）：選（si̯wan）：貫（kwân）：反（pi̯wăn）：亂（lwân）。

❶ 據首章「歸」字兩入韻，則本章「膚」字亦當兩入韻，高氏蓋脫其一，當補。

❷ 載驅三章「行人彭彭」，「彭」字無異文，廣韻薄庚切，高氏擬作（*pâng）非「彭」字古音，疑有誤，當正作（*b'ăng）。

魏風

葛屨：首章：霜（si̯ang）：裳（di̯ang）：
襋（ki̯ək）；服（b'i̯ŭk）。
二章：提（d'ieg）：辟（b'i̯ĕg）：揥（t'ieg）：刺（ts'i̯ĕg）。
汾沮洳：首章：洳（ńi̯o）：莫（mâg>mo）：度（d'âg>d'o）：路（glâg>glo）。
二章：方（pi̯wang）：桑（sâng）：英（·i̯ăng）：行（g'âng）。
三章：曲（k'i̯uk）：藚（dzi̯uk）：玉（ngi̯uk）：族（dz'uk）。
園有桃：首章：桃（d'og）：殽（g'ŏg）：謠（di̯og）：驕（ki̯og）；
哉（tsəg）：其（ki̯əg）：之（ti̯əg）：思（si̯əg）。
二章：棘（ki̯ək）：食（d'i̯ək）：國（kwək）：極（g'i̯ək）。
陟岵：首章：岵（g'o）：父（b'i̯wo）；
子（tsi̯əg）：已（zi̯əg）：止（ti̯əg）。
二章：屺（k'i̯əg）：母（məg）；
季（ki̯wɛd）：寐（mi̯əd）：棄（k'i̯ɛd）。
三章：岡（kâng）：兄（xi̯wăng）；
弟（d'iər）：偕（kɛr）：死（si̯ər）。
十畝之間：首章：閒（kăn）：閑（g'ăn）：還（g'wan）。
二章：外（ngwâd）：泄（zi̯ad）：逝（di̯ad）。
伐檀：首章：檀（d'ân）：干（kân）：漣（li̯an）：廛（d'i̯an）：貆（xwân）：餐（ts'ân）。
二章：輻（pi̯ŭk）：側（tsi̯ək）：直（d'i̯ək）：億（·i̯ək）：特（d'ək）：食

(d̂'i̯ək)。

三章：輪(li̯wən)：漘(d̂'i̯wən)：淪(li̯wən)：囷(k'i̯wən)：鶉(d̂'i̯wən)：飧(swən)。

碩鼠：首章：鼠(śi̯o)：黍(śi̯o)：女(ńi̯o)：顧(ko)：女(ńi̯o)：土(t'o)：所(ṣi̯o)。

二章：麥(mɛk)：德(tək)：國(kwək)：直(d'i̯ək)。

三章：苗(mi̯og)：勞(log)：郊(kŏg)：號(g'og)。

唐風

蟋蟀：首章：莫(mâg>mo)：除(d'i̯o)：居(ki̯o)：瞿(ki̯wo)。

二章：逝(d̂i̯ad)：邁(mwad)：外(ngwâd)：蹶(ki̯wad)。

三章：休(xi̯ôg)：慆(t'ôg)：憂(·i̯ôg)：休(xi̯ôg)。

山有樞：首章：藲(·u)：榆(di̯u)：婁(gli̯u)：驅(k'i̯u)：愉(di̯u)。

二章：栲(k'ôg)：杻(ni̯ôg)：埽(sôg)：考(k'ôg)：保(pôg)。

三章：漆(ts'i̯ĕt)：栗(li̯ĕt)：瑟(ṣi̯ɛt)：日(ńi̯ĕt)：室(śi̯ĕt)。

揚之水：首章：鑿(tsåk)：襮(påk)：沃(·ok)：樂(glåk)。

二章：皓(kôg)：繡(si̯ôg)：鵠(g'ôk)：憂(·i̯ôg)。

三章：粼(li̯ĕn)：命(mi̯ăng, mi̯ĕn)：人(ńi̯ĕn)。

椒聊：首章：升(śi̯əng)：朋(b'əng)；

聊（li̯ôg）：條（d'i̯ôg）。
二章：匊（ki̯ôk）：篤（tôk）。
綢繆：首章：薪（si̯ĕn）：天（t'ien）：人（ńi̯ĕn）。
二章：芻（tș'i̯u）：隅（ngi̯u）：逅（g'u）。
三章：楚（tș'i̯o）：戶（g'o）：者（t̂i̯å）：
杕杜：首章：杜（d'o）：湑（si̯o）：踽（ki̯wo）：父（b'i̯wo）：
比（b'i̯er）：佽（ts'i̯er）。
二章：菁（tsi̯ĕng）：睘（gi̯wĕng）：姓（si̯ĕng）。❷
羔裘：首章：祛（k'i̯ab>k'i̯o）：居（ki̯o）：故（ko）。
二章：褎（dzi̯ôg）：究（ki̯ôg）：好（xôg）。
鴇羽：首章：羽（gi̯wo）：栩（xi̯wo）：盬（ko）：黍（śi̯o）：怙（g'o）：所（și̯o）。
二章：翼（gi̯ək）：棘（ki̯ək）：稷（tsi̯ək）：食（d̂'i̯ək）：極（g'i̯ək）。
三章：行（g'âng）：桑（sâng）：粱（li̯ang）：嘗（d̂i̯ang）：常（d̂i̯ang）。
無衣：首章：七（ts'i̯ĕt）：吉（ki̯ĕt）。
二章：六（li̯ôk）：燠（'i̯ôk）。
有杕之杜：首章：左（tsâ）：我（ngâ）：
好（xôg）：食（dzi̯əg）。
二章：周（t̂i̯ôg）：遊（di̯ôg）。
葛生：首章：楚（tș'i̯o）：野（di̯å）：處（t̂'i̯o）。

二章：棘（kịək）：域（gịwək）：息（sịək）。

三章：粲（ts'ân）：爛（glân）：旦（tân）。

四章：夜（zịag>zịo）：居（kịo）。

五章：日（ńịět）：室（śịět）。

采苓：首章：苓（lieng, lien）：巔（tien）：信（sịěn）；

旃（tịan）：然（ńian）：言（ngịăn）：焉（gịan）。

二章：苦（k'o）：下（g'å）：與（zịo）。

三章：葑（p'ịung）：東（tung）：從（dz'ịung）。

❶「蓲」毛詩作「樞」，高氏蓋從魯詩，蓲廣韻烏侯切，樞昌朱切，高氏擬作（*·u），其為「蓲」字之音顯然可知。

❷「煢」毛詩作「睘」，煢睘廣韻同渠營切。

秦風

車鄰：首章：鄰（lịěn）：顛（tien）：令（lịěng, lịěn）。

二章：漆（ts'ịět）：栗（lịět）：瑟（sịet）：耋（d'iet）。

三章：桑（săng）：楊（dịang）：簧（g'wâng）：亡（mịwang）。

駟鐵：首章：阜（b'ịôg）：手（śịôg）：狩（śịôg）。

二章：碩（dịăk）：獲（g'wăk）。

三章：園（gịwăn）：閑（g'ăn）；

鑣（pịog）：驕（xịog）。

小戎：首章：收（śi̯ôg）：輈（ti̯ôg）；

續（dzi̯uk）：轂（kuk）：馵（ti̯ug）：玉（ngi̯uk）：曲（k'i̯uk）。

二章：阜（b'i̯ôg）：手（śi̯ôg）；

中（ti̯ông）：驂（ts'əm）；

合（g'əp）：軜（nəp）：邑（ʔi̯əp）；

期（g'i̯əg）：之（ti̯əg）。

三章：群（g'i̯wən）：錞（d'wər）：苑（ʔi̯wăn）；

膺（ʔi̯əng）：弓（ki̯ŭng）：縢（d'əng）：興（xi̯əng）：音（ʔi̯əm）。

蒹葭：首章：蒼（ts'âng）：霜（ṣi̯ang）：方（pi̯wang）：長（d'i̯ang）：央（ʔi̯ang）。

二章：淒（ts'i̯ər）：晞（xi̯ər）：湄（mi̯ər）：躋（tsi̯ər）：坻（d'i̯ər）。

三章：采（ts'əg）：已（zi̯əg）：涘（dz'i̯əg）：右（gi̯ŭg）：沚（ti̯əg）。

終南：首章：有（gi̯ŭg）：梅（mwəg）：止（ti̯əg）：裘（g'i̯ôg）：哉（tsəg）。

二章：堂（d'âng）：裳（di̯ang）：將（ts'i̯ang）：忘（mi̯wang）。

黃鳥：首章：棘（ki̯ək）：息（si̯ək）：息（si̯ək）：特（d'ək）；

穴（g'i̯wet）：慄（li̯ĕt）；

天（t'ien）：人（ńi̯ĕn）：身（śi̯ĕn）。

二章：桑（sâng）：行（g'âng）：行（g'âng）：防（b'i̯wang）。

三章：楚（tṣ'i̯o）：虎（xo）：虎（xo）：禦（ngi̯o）。

晨風：首章：風（pi̯um）：林（gli̯əm）：欽（k'i̯əm）；

何（g'â）：多（tâ）。

二章：櫟（liok）：駮（pôk）：樂（glåk）。

三章：棣（d'i̯əd）：檖（dzi̯wəd）：醉（tsi̯wəd）。

無衣：首章：衣（·i̯ər）：師（si̯ər）。

袍（b'ôg）：矛（mi̯ôg）：仇（g'i̯ôg）。

二章：澤（d'ăk）：戟（ki̯ăk）：作（tsâk）。

三章：裳（d̂i̯ang）：兵（pi̯ăng）：行（g'ăng）。

渭陽：首章：陽（di̯ang）：黃（g'wâng）。

二章：思（si̯əg）：佩（b'wəg）。

權輿：首章：渠（g'i̯o）：餘（di̯o）：輿（zi̯o）。

二章：簋（ki̯wəg）：飽（pôg）。

陳風

宛丘：首章：湯（d'âng）：上（d̂i̯ang）：望（mi̯wang）。

二章：鼓（ko）：下（g'å）：夏（g'å）：羽（gi̯wo）。

三章：缶（pi̯ôg）：道（d'ôg）：翿（d'ôg）。

東門之枌：首章：栩（xi̯wo）：下（g'å）。

二章：差（ts'â）：麻（ma）：娑（sâ）。[1]

三章：逝（d̂i̯ad）：邁（mwad）：荍（g'i̯og）：椒（tsi̯ôg）。

衡門：首章：遲（dʻi̯ɛr）：飢（ki̯ɛr）。
二章：魴（bʻi̯wang）：姜（ki̯ang）。
三章：鯉（li̯əg）：子（tsi̯əg）。
東門之池：首章：池（dʻi̯a）：麻（ma）：歌（kâ）。
二章：紵（di̯o）：語（ngi̯o）。
三章：菅（kan）：言（ngi̯ăn）。
東門之楊 首章：楊（di̯ang）：牂（tsâng）：煌（gʻwâng）。
二章：肺（pʻi̯wăd）：晢（ti̯ad）。
墓門：首章：斯（si̯ĕg）：知（ti̯ĕg）；
已（zi̯əg）：矣（zi̯əg）。
二章：萃（dzʻi̯wəd）：誶（si̯wəd，此據徐邈異文及其音讀）❷
三章：顧（ko）：予（di̯o）。
防有鵲巢：首章：巢（dzʻôg）：苕（dʻi̯og）：忉（tog）；
二章：甓（bʻiek）：鷊（ngliek）：惕（tʻiek）。
月出：首章：皎（ki̯og）：僚（li̯og）：糾（gʻi̯og）：悄（tsʻi̯og）。
二章：皓（kôg）：懰（li̯ôg）：憂（ʼi̯ôg）：慅（sôg）。❸
三章：照（ti̯og）：燎（li̯og）：紹（di̯og）：燥（tsʻog）。❹
株林：首章：林（gli̯əm）：南（nəm）。
二章 馬（må）：野（di̯å）；

澤陂：首章：陂（pịa）：荷（g'â）：何（g'â）：爲（gwịa）：沱（d'â）。

二章：蕑（kăn）：卷（g'ịwan）：悁（ʾịwan）。

三章：萏（d'əm）：儼（ngịăm）：枕（tịəm）。

❶ 按東門之枌二章實以「差」，「原」「麻」，「娑」韻，高氏「原」不入韻疑誤，此章與下章韻例一致，其韻例如下：○○○◎（韻），○○○◎（韻），○○○◎（韻），○○○◎（韻）。

❷ 墓門二章毛詩誶本作訊，經典釋文云：『訊又作誶，音信，徐息悴反，告也。』顧氏詩本音云：「釋文訊又作誶，徐音息悴反，廣韻六至部中有「誶」字，引此詩作「歌以誶止」，楚辭章句引此亦作「誶予不顧」考雨無正四章亦以「訊」與「退」，「遂」，「瘁」為韻，明是「誶」字之誤。』

❸ 月出二章詩以「皓」，「懰」「受」，「慅」為韻，高氏第三韻擬作（*ịôg）似以此字為「憂」，或以上字「懮」入韻，不知究為何字之誤。「受」字上古音當為（*dịôg）。

❹ 懆毛詩作慘，江有誥云：『當从五經文字作「懆」。』按說文作慘訓毒也，懆訓愁不安也，據文意當作「懆」為是，高氏擬音亦从「懆」也。

檜風

羔裘：首章：遙（dịog）：朝（d'ịog）：忉（tog）：

二章：翔（dzịang）：堂（d'âng）：傷（śịang）。

三章：膏（kog）：曜（dịog）：悼（d'og）。

素冠：首章：冠（kwân）：欒（lwân）：慱（d'wân）。

二章：衣（ịər）：悲（pịər）：歸（kịwər）。

三章：韠（pi̯ĕt）：結（kiet）：一（·i̯ĕt）。

隰有萇楚：首章：枝（t̂i̯ĕg）：知（ti̯ĕg）。

二章：華（g'wå）：家（kå）。

三章：實（d̂'i̯ĕt）：室（si̯ət）。

匪風：首章：發（pi̯wăt）：偈（k'i̯at）：怛（tât）。

二章：飄（pi̯og）：嘌（p'i̯og）：弔（tiog）。

三章：鬵（dzi̯əm）：音（·i̯əm）。

曹風

蜉蝣：首章：羽（gi̯wo）：楚（ts'i̯o）：處（t̂'i̯o）

二章：翼（gi̯ək）：服（b'i̯ŭk）：息（si̯ək）。

三章：閱（di̯wat）：雪（si̯wat）：說（śi̯wad）。

候人：首章：祋（twâd）：芾（pi̯wəd）。

二章：翼（gi̯ək）：服（b'i̯ûk）。

三章：咮（tu）：媾（ku）。

四章：薈（·wâd）：蔚（·i̯wəd）；

孌（·iwăn）：孌（li̯wan）；

隮（tsiər）：飢（ki̯ər）。

鳲鳩：首章：七（ts'i̯ĕt）：一（·i̯ĕt）：一（·i̯ĕt）：結（kiet）。

二章：梅（mwəg）；絲（si̯əg）；絲（si̯əg）；騏（g'i̯əg）。

三章：棘（ki̯ək）；忒（t'ək）；忒（t'ək）；國（kwək）。

下泉：首章：泉（dz'i̯wan）；歎（t'ân）；

稂（lâng）；京（kli̯ăng）。

二章：蕭（si̯ôg）；周（ti̯ôg）。

三章：蓍（ṣi̯ər）；師（ṣi̯ər）。

四章：膏（kog）；勞（log）。

豳風

七月：首章：火（xwâr）；衣（·i̯ər）。

發（pi̯wăt）；烈（li̯at）；褐（g'ât）；歲（si̯wad）；

耜（dzi̯əg）；趾（ti̯əg）；子（tsi̯əg）；畝（məg）；喜（xi̯əg）。

二章：陽（di̯ang）；庚（kăng）；筐（k'i̯wang）；行（g'ăng）；桑（sâng）；

遲（d'i̯ər）；祁（g'i̯ɛr）；悲（pi̯ər）；歸（ki̯wər）。

三章：火（xwâr）；葦（gi̯wər）；

桑（sâng）；斨（ts'i̯ang）；揚（di̯ang）；桑（sâng）；黃（g'wâng）；陽

（di̯ang）；裳（di̯ang）。

四章：葽（·i̯og）；蜩（d'i̯ôg）；

穫（g'wâk）；擇（t'âk）；貉（g'lâk）；

貍 (li̯əg)：裘 (g'i̯ôg)；

同 (d'ung)：功 (kung)：豵 (tsung)：公 (kung)。

五章：股 (ko)：羽 (gi̯wo)：野 (di̯å)：宇 (gi̯wo)：戶 (g'o)：

下 (g'å)：鼠 (śi̯o)：戶 (g'o)：處 (t'i̯o)。

六章：薁 ('i̯ôk)：菽 (śi̯ôk)；

棗 (tsôg)：稻 (d'ôg)：酒 (tsi̯ôg)：壽 (di̯ôg)；

瓜 (kwå)：壺 (g'o)：苴 (ts'i̯o)：樗 (t'i̯o)：夫 (pi̯wo)。

七章：圃 (pwo)：稼 (kå)；

穋 (gli̯ôk)：麥 (mwɛk)；

同 (d'ung)：功 (kung)；

茅 (môg)：綯 (d'ôg)；

屋 ('uk)：穀 (kuk)。

八章：沖 (d'i̯ông)：陰 ('i̯əm)；

蚤 (tsôg)：韭 (ki̯ôg)；

霜 (si̯ang)：場 (d'i̯ang)：饗 (xi̯ang)：羊 (zi̯ang)：堂 (d'âng)：

觥 (kwăng)：疆 (ki̯ang)。

鴟鴞：首章：鴞 (gi̯ôg)：子 (tsi̯əg)；

恩 ('ən)：勤 (gi̯ən)：閔 (mi̯ən)

二章：雨 (gi̯wo)：土 (t'o)：戶 (g'o)：予 (di̯o)。

三章：據（kịo）：荼（dʻo）：租（tso）：瘏（dʻo）：家（kå）。

四章：譙（dzʻịog）：翛（siôg）：翹（gʻịog）：搖（dịog）：嘵（xiog）。

東山：首章：山（săn）：歸（kịwər）；

東（tung）：濛（mung）；

歸（kịwər）：悲（pịər）：衣（ịər）：枚（mwər）；

蠋（dịuk）：宿（sịôk）。

二章：實（dịĕt）：室（śịĕt）；

野（dịå）：下（gʻå）。

宇（gịwo）：戶（gʻo）；

場（dʻịang）：行（gʻăng）；

畏（ịwər）：懷（gʻwər）。

三章：垤（dʻiet）：室（śịĕt）：窒（tịĕt）：至（tịĕd）；

薪（sịĕn）：年（nien）。

四章：飛（pịwər）：歸（kịwər）；

羽（gịwo）：馬（må）；

縭（lia）：儀（ngia）：嘉（ka）：何（gʻâ）。

破斧：首章：斨（tsʻịang）：皇（gʻwâng）：將（tsịang）。

二章：錡（gʻia）：吪（ngwâ）：嘉（ka）。

三章：銶（gʻịôg）：遒（dzʻịôg）：休（xịôg）。

伐柯：首章：克（kʻək）：得（tək）。

二章：遠（gi̯wăn）：踐（dzʻi̯an）。

九罭：首章：魴（bʻi̯wang）：裳（d̑i̯ang）。

二章：渚（t̑i̯o）：所（si̯o）：處（t̑ʻi̯o）。

三章：陸（li̯ôk）：復（bi̯ôk）：宿（si̯ôk）。

四章：衣（ˑi̯ər）：歸（ki̯wər）：悲（pi̯ər）。

狼跋：首章：胡（gʻo）：膚（pi̯wo）；

尾（mi̯wər）：几（ki̯ɛr）。

二章：胡（gʻo）：膚（pi̯wo）：瑕（gʻå）。

鹿鳴之什

鹿鳴：首章：鳴（mi̯ĕng）：苹（bʻieng）：笙（sĕng）；

簧（gʻwâng），將（tsi̯ang）：行（gʻâng）。

二章：蒿（xog）：昭（t̑i̯og）：恌（tʻiog）：傚（gʻôg）：敖（ngog）。

三章：芩（gʻi̯əm）：琴（gʻi̯əm）：湛（təm）：心（si̯əm）。

四牡：首章：騑（pʻi̯wər）：遲（d̑ʻi̯ər）：歸（ki̯wər）：悲（pi̯ər）。

二章：騑（pʻi̯wər）：歸（ki̯wər）；

馬（må）：盬（ko）：處（t̑ʻi̯o）。

三章：下（gʻå）：栩（xi̯wo）：盬（ko）：父（bʻi̯wo）。

四章：止（t̂i̯əg）：杞（k'i̯əg）：母（məg）。

五章：駸（ts'i̯əm）：諗（śi̯əm）。

皇皇者華：首章：華（g'å）：夫（pi̯wo）；

隰（dzi̯əp）：及（g'i̯əp）。

二章：駒（ki̯u）：濡（ńi̯u）：驅（k'i̯u）：諏（tsi̯u）。

三章：騏（g'i̯əg）：絲（si̯əg）：謀（mi̯ûg）。

四章：駱（glâk）：若（ńi̯ak）：度（d'âk）。

五章：駰（·i̯ĕn）：均（ki̯wĕn）：詢（si̯wĕn）。

常棣：首章：韡（gi̯wər）：弟（d'iər）。

二章：威（·i̯wər）：懷（g'wɛr）；

裒（b'ug）：求（g'i̯ôg）。

三章：原（ngi̯wân）：難（nân）：歎（t'ân）。

四章：（原文難以確定）❶

五章：平（b'i̯ĕng）：寧（nieng）：生（sĕng）。

六章：豆（d'u）：飫（?）：具（g'i̯u）：孺（ńi̯u）。❷

七章：合（g'əp）：翕（xi̯əp）；

琴（g'i̯əm）：湛（təm）。

八章：家（kå）：帑（no）：圖（d'o）：乎（g'o）。

伐木：首章：丁（tĕng）：嚶（·ĕng）；

谷（kuk）：木（muk）；

聲（śi̯ěng）：聲（śi̯ěng）：生（sěng）：平（b'i̯ěng）。

二章：許（xo）：藇（dzio）：羜（d'i̯o）：父（b'i̯wo）：顧（ko）；

埽（sôg）：簋（ki̯wəg）：牡（môg）：舅（g'i̯ôg）：咎（g'i̯ôg）。

三章：阪（pi̯wǎn）：衍（gi̯an）：踐（dz'i̯an）：遠（gi̯wǎn）：愆（gi̯wǎn）；

湑（si̯o）：酤（g'o）：鼓（ko）：舞（mi̯wo）：暇（g'å）：湑（si̯o）。

天保：首章：固（ko）：除（d'i̯o）：庶（śi̯wag śi̯wo·）。

二章：穀（kuk）：祿（luk）：足（tsi̯uk）。

三章：興（xi̯əng）：陵（li̯əng）：增（tsəng）。

四章：享（xi̯ang）：嘗（d̂i̯ang）：王（gi̯wang）：疆（ki̯ang）。

五章：福（pi̯ŭk）：食（d̂'i̯ək）：德（tək）。

六章：恆（g'əng）：升（śi̯əng）：崩（pəng）：承（d̂i̯əng）；

壽（d̂i̯ôg）：茂（mi̯ôg）。

采薇：首章：薇（mi̯wər）：歸（ki̯wər）；

作（tsâk）：莫（mâg）；

家（kå）；故（ko）：居（ki̯o）：故（ko）。

二章：柔（'ni̯ôg）：憂（'i̯ôg）；

烈（li̯at）：渴（k'ât）；

定（d'i̯eng）：聘（p'i̯ěng）。

三章：剛（kâng）：陽（di̯ang）；
盬（ko）：處（t'i̯o）；
疚（ki̯ŭg）：來（lǝg）。
四章：華（g'wå）：車（ki̯o）；
業（ngi̯âp）：捷（dz'i̯ap）。
五章：騤（g'i̯wǝr）：依（i̯ǝr）：腓（b'i̯wǝr）；
翼（gi̯ǝk）：服（b'i̯ŭk）：戒（kɛg）：棘（ki̯ǝk）。
六章：依（i̯ǝr）：霏（p'i̯wǝr）：遲（d'i̯ǝr）：飢（ki̯ɛr）：悲（pi̯ǝr）：哀（ǝr.）

出車：首章：車（ki̯o）：所（ṣi̯o）：夫（pi̯wo）。
二章：郊（kôg）：旐（d'i̯og）：旄（mog）；
牧（mi̯ôk）：來（lǝg）：載（tsǝg）：棘（ki̯ǝk）：
旐（d'i̯og）：悄（ts'i̯og）；
旆（b'wâd）：瘁（dz'i̯wǝd）。
三章：方（pi̯wang）：彭（pâng）：央（i̯ang）：方（pi̯wang）：襄（sni̯ang）。
四章：華（g'wå）：塗（d'o）：居（ki̯o）：書（ṣi̯o）。
五章：蟲（d'i̯ông）：螽（ti̯ông）：忡（t'i̯ông）：降（kông）：仲（d'i̯ông）：戎（ni̯ông）。
六章：遲（d'i̯ǝr）：萋（ts'i̯ǝr）：喈（kɛr）：祁（g'i̯ɛr）：歸（ki̯wǝr）：夷（di̯ǝr）。

杕杜：首章：杜（d'o）：盬（ko）；
實（d̂'i̯ĕt）：日（ńi̯ĕt）；
陽（di̯ang）：傷（'si̯ang）：遑（g'wâng）。
二章：萋（ts'iər）：悲（pi̯ər）：歸（ki̯wər）。
三章：杞（k'i̯əg）：母（məg）；
憚（t̂'i̯an）：痯（kwân）：遠（ngi̯wăn）。
四章：來（ləg）：疚（ki̯ŭg）；
至（t̂i̯ĕd）：恤（si̯wĕt）；
偕（kɛr）：近（g'i̯ən）：邇（ńi̯ăr）。

魚麗：首章：罶（li̯ôg）：酒（tsi̯ôg）；
鯊（sa）：多（tă）。
二章：鱧（liər）：旨（t̂i̯ər）。
三章：鯉（li̯əg）：有（gi̯ŭg）。
四章：多（tâ）：嘉（ka）。
五章：旨（t̂i̯ər）：偕（kɛr）。
六章：有（gi̯ŭg）：時（d̂i̯əg）。

❶ 常棣四章顧炎武，段玉裁，王念孫諸氏皆以「務」與「戎」韵，江有誥改「務」為「侮」，以為本章無韵高氏蓋從江氏之說。

❷ 常棣六章「飫」字當入韵，其上古音當為（*·i̯o），但此字从夭聲，疑其經下列音變（*·i̯og→*·i̯o）。

南有嘉魚之什

南有嘉魚：首章：罩（tŏg）：樂（glåk）。
二章：汕（san）：衎（k'ân）：
三章：纍（li̯wər）：綏（sni̯wər）。
四章：來（ləg）：又（gi̯ŭg）。

南山有臺：首章：臺（d'əg）：萊（ləg）：基（ki̯əg）：期（g'i̯əg）。
二章：桑（sâng）：楊（di̯ang）：光（kwâng）：疆（ki̯ang）。
三章：杞（k'i̯əg）：李（li̯əg）：母（məg）：已（zi̯əg）。
四章：栲（k'ôg）：杻（ni̯ôg）：壽（d̂i̯ôg）：茂（mi̯ôg）。
五章：枸（ki̯u）：楰（di̯u）：耉（ku）：後（g'u）。

蓼蕭：首章：湑（si̯o）：寫（si̯ag>si̯o）：語（ngi̯o）：處（t̂'i̯o）。
二章：瀼（ńi̯ang）：光（kwâng）：爽（si̯ang）：忘（mi̯wang）。
三章：泥（niər）：弟（d'iər）：豈（k'ər）。
四章：濃（nung）：沖（d'i̯ông）：雝（'i̯ung）：同（d'ung）。

湛露：首章：晞（xi̯ər）：歸（ki̯wər）。
二章：草（ts'ôg）：考（k'ôg）。
三章：棘（ki̯ək）：德（tək）。
四章：椅（'i̯a）：離（li̯a）：儀（ngi̯a）。

彤弓：首章：藏（dz'âng）：貺（xi̯wang）：饗（xi̯ang）。

二章：載（tsəg）：喜（xi̯əg）：右（gi̯ŭg）。

三章：櫜（kôg）：好（xôg）：醻（di̯ôg）。

菁菁者莪：首章：莪（ngâ）：阿（'â）：儀（ngia）。

二章：沚（ti̯əg）：喜（xi̯əg）。

三章：陵（li̯əng）：朋（b'əng）。

四章：舟（ti̯ôg）：浮（b'i̯ôg）：休（xi̯ôg）。

六月：首章：棲（siər）：騤（g'i̯wər）；

飭（t'i̯ək）：服（b'i̯ŭk）：熾（t'i̯əg）：戒（kəg：鹽鐵論引此詩作我是用戒）：國（kwək）。❶

二章：則（tsək）：服（b'i̯ŭk）；

成（di̯ĕng）：征（ti̯ĕng）；

里（li̯əg）：子（tsi̯əg）。

三章：顒（ngi̯ung）：公（kung）；

翼（gi̯ək）：服（b'i̯ŭk）：服（b'i̯ŭk）：國（kwək）。

四章：度（dâk 易林引此詩作玁狁匪度）：穫（g'wâk）；❷

方（pi̯wang）：陽（di̯ang）：章（ti̯ang）：央（'i̯ang）：行（g'âng）。

五章：安（'ân）：軒（xi̯ăn）：閑（g'ăn）：原（ngi̯wăn）：憲（xi̯ăn）。

六章：喜（xi̯əg）：祉（t'i̯əg）：久（ki̯ŭg）：友（gi̯ŭg）：鯉（li̯əg）：矣（zi̯əg）：

采芑：首章：芑（kʻi̯ĕg）：畝（mĕg）：止（ȶi̯ĕg）：試（śi̯ĕg）：止（ȶi̯ĕg）：騏（gʻi̯ĕg）：

友（gi̯ŭg）。

田（dʻien）：千（tsʻien）；

翼（gi̯ĕk）：奭（xi̯ĕk）：服（bʻi̯ŭk）：革（kεk）。

二章：鄉（xi̯ang）：央（·i̯ang）：衡（gʻăng）：瑲（tsʻi̯ang）：皇（gʻwâng）：珩

（gʻăng）。

三章：止（ȶi̯ĕg）：試（śi̯ĕg）：止（ȶi̯ĕg）；

鼓（ko）：旅（gli̯o）；

淵（·iwen）：闐（dʻien）。

四章：讎（d̑i̯ôg）：老（lôg）：猶（zi̯ôg）：醜（ȶʻi̯ôg）；

焞（tʻwen）：狁（zi̯wen）；

雷（lwər）：威（·iwər）。

車攻：首章：攻（kung）：同（dʻung）：龐（lung）：東（tung）。

二章：好（xôg）：阜（bʻi̯ôg）：草（tsʻôg）：狩（śi̯ôg）。

三章：苗（mi̯og）：囂（xi̯og）：旄（mog）：敖（ngog）。

四章：奕（di̯ăk）：舄（si̯ăk）：繹（di̯ăk）。

五章：佽（tsʻi̯ăr）：柴（tsi̯ăr）；

調（d̑i̯ôg）：同（dʻung）。

六章：駕（ka）：猗（·ia）：馳（dʻia）：破（pʻwâ）。

七章，鳴(miẹ̌ng)：旌(tsịěng)：驚(kịěng)：盈(dịěng)。

八章：征(tịěng)：聲(śịěng)：成(dịěng)。

吉日：首章：茂(mug)禱(tôg)：好(xôg)：阜(b'ịôg)：阜(b'ịôg)：醜(t'ịôg)。

二章：午(ngo)：馬(må)：麌(ngiwo)：所(ṣịo)：

同(d'ung)：從(dz'ịung)。

三章：有(gịŭg)：俟(dz'ịəg)：友(gịŭg)：右(gịŭg)：子(tsịəg)。

四章：矢(śiər)：兕(dziər)：醴(liər)。

[1] 六月首章詩原以「飭」「服」「熾」「急」「國」為韵，高氏急从鹽鐵論改作「戒」，按「急」為(*g'iep)亦自可為韵。陸志韋詩韵譜云：『「急」之叶「飭」，實猶「陰」之叶「沖」，小雅侵叶遂，則緝亦可叶之，乃古音遺跡。」

[2] 詩原以「茹」「穫」為韵，高氏據易林改作「度」。

鴻雁之什

鴻雁：首章：羽(giwo)：野(dịå)：寡(kwå)。

二章：澤(d'ăk)：作(tsăk)：宅(d'ăk)。

三章：嗸(ngog)：勞(log)：驕(kịog)。

庭燎：首章：央(ịang)：光(kwâng)：將(tsịang)。

二章：艾(ngâd)：晣(tịad)：噦(xwâd)。

三章：晨(dịən)：煇(giwən)：旂(g'iər)。

汚水：首章：水（śi̯wər）：隼（si̯wən）：弟（d'iər）；
海（xməg）：止（t̑i̯əg）：友（gi̯ŭg）：母（məg）。
二章：湯（śi̯ang）：揚（di̯ang）：行（g'ăng）：忘（mi̯wang）。
三章：陵（li̯əng）：懲（d'i̯əng）：興（xi̯əng）。

鶴鳴：首章：野（di̯å）：渚（t̑i̯o）；
園（gi̯wăn）：檀（d'ân）；
蘀（t'âk）：錯（ts'âk）。
二章：天（tien）：淵（·iwən）；
穀（kuk）：玉（ngi̯uk）。

祈父：首章：牙（ngå）：居（ki̯o）。
二章：士（dz'i̯əg）：止（t̑i̯əg）。
三章：聰（ts'ung）：饔（·i̯ung）❶。

白駒：首章：苗（mi̯og）：朝（t̑i̯og）：遙（di̯og）。
二章：藿（xwâk）：夕（dzi̯ăk）：客（k'i̯ăk）。
三章：來（ləg）：期（g'i̯əg）：思（si̯əg）。
四章：谷（kuk）：束（śi̯uk）：玉（ngi̯uk）；
音（·i̯əm）：心（si̯əm）。

黃鳥：首章：穀（kuk）：粟（si̯uk）：穀（kuk）：族（dz'uk）。
二章：桑（sâng）：粱（li̯ang）：明（mi̯ăng）：兄（xi̯wăng）。

三章：栩（xi̯wo）：黍（śi̯o）：處（t̂ʻi̯o）：父（bʻi̯wo）。

我行其野：首章：野（di̯å）：樗（tʼi̯o）：故（ko）：居（ki̯o）：家（kå）。

二章：蓫（tʻi̯ôk）：宿（si̯ôk）：畜（xôi̯k）：復（bʻi̯ôk）。

三章：葍（pi̯ûk）：特（dʻək）：富（pi̯ûg）：異（gi̯əg）。

斯干：首章：干（kân）：山（săn）；

苞（pôg）：茂（mi̯ôg）：好（xôg）：猶（zi̯ôg）。

二章：祖（tso）：堵（to）：戶（gʻo）：處（t̂ʻi̯o）：語（ngi̯o）。

三章：閣（klâk）：橐（tʻâk）；

除（dʻi̯o）：去（kʻi̯ab>kʻi̯o）：芋（xi̯wo）。

四章：翼（gi̯ək）：棘（ki̯ək）：革（kɛk）。

飛（pi̯wər）：躋（tsiər）。

五章：庭（dʻieng）：楹（di̯ĕng）：正（t̂i̯ĕng）：冥（mieng）：寧（nieng）。

六章：簟（dʻiəm）：寢（tsʻi̯əm）；

興（xi̯əng）：夢（mi̯ûng）；

何（gʻâ）：羆（pia）：蛇（d̂ʻi̯a）。

七章：羆（pia）：蛇（d̂ʻi̯a）；

祥（dzi̯ang）：祥（dzi̯ang）。

八章：牀（dẓʻi̯ang）：裳（d̂i̯ang）：璋（t̂i̯ang）：喤（gʻwăng）：皇（gʻwâng）：

王（gi̯wang）。

九章：地(dʻi̯a)：瓦(ngwa)：儀(ngi̯a)：議(ngi̯a)：羅(lia)。

無羊：首章：羣(gʻi̯wən)：惇(ńi̯wən)；濈(tsi̯əp)：濕(śi̯əp)：笠(li̯əp)；阿(·â)：池(dʻi̯a)：訛(ngwâ)。餱(gʻu)：具(gʻi̯u)。❷

二章：蒸(ti̯əng)：雄(gi̯ûng)：兢(ki̯əng)：崩(pəng)：肱(kwəng)：升(śi̯əng)。

三章：魚(ngi̯o)：旟(zi̯o)；年(nien)：溱(tsi̯ɛn)。

❶ 祈父三章高氏與第二章通為一章，今分節從毛詩正義，仍別為三章。

❷ 無羊首章無「笠」字相叶，高氏以二章之「笠」與首章之「濈」「濕」為韻，故未加區分。

節南山之什

節南山：首章：巖(ngam)：瞻(ti̯am)：惔(dʻâm)：談(dʻâm)：斬(tsăm)：監(klam)。

二章：猗(·i̯a)：何(gʻâ)：瘥(dzʻâ)：多(tâ)：嘉(ka)：嗟(tsi̯a)。

三章：師(si̯ər)：氏(ti̯ər)：維(di̯wər)：毗(bʻi̯ər)：迷(miər)：師(si̯ər)。

四章：親（ts'ịĕn）：信（sịĕn）；

五章：仕（dz'ịəg）：子（tsịəg）：已（zịəg）：殆（d'əg）：仕（dz'ịəg）。

五章：傭（dịung）：訩（xịung）；

惠（g'iwəd）：戾（liəd）：屆（kɛd）：闋（k'iwət）；

夷（dịər）：違（gịwər）。

六章：定（d'ieng）：生（sĕng）：寧（nieng）：酲（d'ịĕng）：成（dịĕng）：政（tịĕng）：姓（sịĕng）。

七章：領（lịĕng）：騁（t'ịĕng）。

八章：惡（·âk）：懌（dịăk）；

矛（mịôg）：醻（d'ịôg）。

九章：平（b'ịĕng）：寧（nieng）：正（tiĕng）。

十章：誦（dzịung）：訩（xịung）：邦（pŭng）。

正月：首章：霜（sịang）：傷（śịang）：將（tsịang）：京（klịăng）：痒（zịang）。

二章：瘉（dịu）：後（g'u）：口（k'u）：愈（dịu）：侮（mịu）。

三章：祿（luk）：僕（b'uk）：祿（luk）：屋（·uk）。

四章：蒸（tịəng）：夢（mịŭng）：勝（śịəng）：憎（tsəng）。

五章：陵（lịəng）：懲（d'əng）：夢（mịŭng）：雄（gịŭng）。

六章：蹐（tsịĕk）：脊（tsịĕk）：蜴（dịĕk）。

七章：特（d'ək）：克（k'ək）：則（tsək）：得（tək）：力（lịək），

八章：結（kiət）：厲（li̯ad）：滅（mi̯at）：威（xmi̯wat）。

九章：雨（gi̯wo）：輔（b'i̯wo）：予（（di̯o）。

十章：幅（pi̯ŭk）：載（tsi̯əg）：意（·i̯əg）。

十一章：沼（ṭi̯og）：炤（ṭi̯og）：殽（g'ŏg）；

樂（glåk）：虐（ngi̯ok）。❶

十二章：云（gi̯wən）：慇（·i̯ən）。

十三章：屋（·uk）：穀（kuk）：祿（luk）：椓（tŭk）：獨（d'uk）。

十月之交：首章：卯（môg）：醜（ṭ'i̯ôg）；

微（（mi̯wər）：哀（·ər）。

二章：行（g'ăng）：良（li̯ang）：常（ḍi̯ang）：臧（tsâng）。

三章：電（d'i̯en）：令（li̯ĕng, li̯ĕn）；

騰（d'əng）：崩（pəng）：陵（li̯əng）：懲（d'i̯əng）。

四章：徒（d'o）：夫（pi̯wo）：馬（må）：處（ṭ'i̯o）；

士（dz'i̯əg）：宰（tsəg）：史（sli̯əg）

五章：時（ḍi̯əg）：謀（mi̯ŭg）：萊（ləg）：矣（zi̯əg）。

六章：向（xi̯ang）：藏（dz'âng）：王（gi̯wang）：向（xi̯ang）、

七章：勞（log）：囂（ngog）；

天（t'ien）：人（ńi̯ĕn）。

八章：里（li̯əg）：痗（mwəg）；

憂('i̯ôg)：休(xi̯ôg)；

徹(t'i̯at)：逸(di̯ĕt)。

兩無正：首章：德(tək)：國(kwək)；

圖(d'o)：辜(ko)：鋪(p'wo)。

二章：滅(mi̯at)：戾(li̯ad)：勩(di̯ad)；

夜(zi̯ag)：夕(dzi̯ăk)：惡('ăk)。

三章：天(t'i̯en)：信(si̯ĕn)：臻(tsi̯ɛn)：身(śi̯ĕn)：天(t'i̯en)。

四章：退(t'wəd)：遂(dzi̯wəd)：瘁(dz'i̯wəd)：誶(si̯wəd)：退(t'wəd)

❷

五章：出(t'i̯wəd)：瘁(dz'i̯wəd)；

流(li̯ôg)：休(xi̯ôg)。

六章：仕(dz'i̯əg)：殆(d'əg)：使(sli̯əg)：子(tsi̯əg)：使(sli̯əg)：友(gi̯ŭg)。

七章：都(to)：家(kå)；

血(xi̯wet)：疾(dz'i̯ət)：室(śi̯ĕt)。

小旻：首章：土(t'o)：沮(tsi̯o)；

從(dz'i̯ung)：用(di̯ung)：邛(g'i̯ung)。

二章：訿(tsi̯ăr)：哀('ər)：違(gi̯wər)：依('i̯ər)：底(ti̯ər)。

三章：猶(zi̯ôg)：就(dz'i̯ôg)，韓詩外傳引此詩作「是用不就」)：咎(g'i̯ôg)：

道（d'ôg）。③

四章：程（d'i̯ĕng）：經（kieng）：聽（t'ieng）：爭（tsĕng）：成（di̯ĕng）。

五章：止（ti̯əg）：否（pi̯ŭg）：謀（mi̯ŭg）；

艾（ngi̯ăd）：敗（b'wad）。

六章：河（g'â）：他（t'â）；

兢（ki̯əng）：冰（pi̯əng）。

小宛：首章：天（t'ien）：人（ńi̯ĕn）。

二章：克（k'ək）：富（pi̯ŭg）：又（gi̯ŭg）。

三章：采（ts'əg）：負（b'i̯ŭg）：似（dzi̯əg）。

四章：令（li̯ĕng）：鳴（mi̯ĕng）：征（ti̯ĕng）：生（sĕng）；

邁（mwad）：寐（mi̯əd）。

五章：粟（si̯uk）：獄（ngi̯uk）：卜（puk）：穀（kuk）。

六章：木（muk）：谷（kuk）；

兢（ki̯əng）：冰（pi̯əng）。

小弁：首章：斯（si̯ĕg）：提（di̯ĕg）。

罹（lia）：何（g'â）。

二章：道（d'ôg）：草（ts'ôg）：擣（tôg）：老（lôg）：首（śi̯ôg）。

三章：梓（tsi̯əg）：止（ti̯əg）：母（məg）：裏（li̯əg）：在（dz'əg）。

四章：嘒（xiwəd）：淠（p'i̯ad）：屆（kɛd）：寐（mi̯əd）。

五章：伎（g'i̯ĕg）：（雌）枝（ti̯ĕg）：知（ti̯ĕg）。

六章：先（siən）：墐（g'i̯ɛn）：忍（ńi̯ən）：隕（gi̯wɛn）。

七章：讎（t'i̯ôg）：究（ki̯ôg）；

掎（kia）：杝（d'ia）：佗（t'â）。

八章：山（sân）：泉（dz'i̯wan）：言（ngi̯ăn）：垣（gi̯wăn）；

笱（ku）：後（g'u）。

巧言：首章：且（tsi̯o）：辜（ko）：幠（xmwo）；

威（·i̯wər）：罪（dz'wəd）。

二章：涵（g'əm）：讒（dz'ăm）；

怒（no）：沮（tsi̯o）；

祉（t'i̯əg）：已（zi̯əg）。

三章：盟（mi̯ăng）：長（ti̯ang）；

盜（d'ôg）：暴（b'og）；

甘（kâm）：餤（d'âm）；

共（ki̯ung）：邛（g'i̯ung）。

四章：作（tsâk）：莫（mâk）；

度（d'âk）：獲（g'wăk）。

五章：樹（di̯u）：數（si̯u）：口（k'u）：厚（g'u）。

六章：麋（mi̯ər）：階（kɛr）；

勇（dịung）：尰（d̂ịung）；

伊（ʼịɛr）：幾（kịər）；

多（tâ）：何（gʻâ）。

何人斯：首章：艱（kɛn）：門（mwən）：云（gịwən）。

二章：禍（gʻwâ）：我（ngâ）：可（kʻâ）。

三章：陳（dʻịĕn）：身（sịĕn）：人（ńịĕn）：天（tʻien）。

四章：風（pịum）：南（nəm）：心（sịəm）。

五章：舍（śịå）：車（kịo）：盱（xịwo）。

六章：易（dịĕg）：知（tịĕg）：祇（tịĕg）。

七章：篪（dʻịĕg）：知（tịĕg）：斯（sịĕg）。

八章：蜮（gịwək）：得（tək）：極（gʻịək）：側（tṣịək）。

巷伯：首章：錦（kịəm）：甚（d̂ịəm）。

二章：箕（kịəg）：謀（mịŭg）。

三章：人（ńịĕn）：信（sịĕn）。

四章：幡（pʻịwăn）：言（ngịăn）：遷（tsʻịan）。

五章：好（xôg）：草（tsʻôg）；

天（tʻien）：人（ńịĕn）。

六章：者（tịå）：虎（xo）；

食（d̂ịək）：北（pək）；

受（dǐôg）：昊（g'ôg）。

七章：丘（k'ǐǔg）：詩（sǐəg）：之（tǐəg）。

❶ 高氏蓋從段氏以十二章之「穀」與十一章之「沼」「炤」韻。

❷ 雨無正四章諸家皆以「荅」字為韻，按「荅」字新序漢書皆作「對」，則「對」字當入韻。「對」上古音為（*twəd）。

❸ 小旻三章毛詩作「是用不集」。

❹ 小弁五章「尚求其雌」，「雌」字當入韻。

谷風之什

谷風：首章：雨（gǐwo）：女（nǐo）：予（dǐo）。
二章：頹（d'wər）：懷（g'wər）：遺（g'ǐwəd）。
三章：嵬（ngwər）：萎（ʔǐwǎr）：怨（ʔǐwǎn）。

蓼莪：首章：蒿（xog）：勞（log）；
蔚（ʔiwəd）：瘁（dz'ǐwəd）。
二章：恥（t'ǐəg）：久（kǐǔg）：恃（d'ǐəg）；
恤（sǐwět）：至（tǐed）。
三章：鞠（kǐôk）：畜（xǐôk）：育（dǐôk）：復（b'ǐôk）：腹（pǐôk）；
德（tək）：極（g'ǐək）。
四章：烈（lǐat）：發（pǐwǎt）：害（g'âd）。

五章：律（bli̯wət）：弗（pi̯wət）：卒（tsi̯wət）。

大東：首章：匕（pi̯ər）：砥（t̂i̯ər）：矢（śi̯ər）：履（li̯ər）：視（d̂i̯ər）：涕（t‘ier）

二章：東（tung）：空（k‘ung）；
霜（si̯ang）：行（g‘âng）。
來（ləg）：疚（ki̯ŭg）。

三章：泉（dz‘i̯wan）：歎（t‘ân）；
薪（si̯ĕn）：人（ńi̯ĕn）；
載（tsəg）：息（si̯ək）。

四章：子（tsi̯əg）：來（ləg）：服（b‘i̯ûk）：裘（g‘i̯ôg）：試（śi̯əg）。

五章：漿（tsi̯ang）：長（d‘i̯ang）：光（kwâng）：襄（sni̯ang）。

六章：襄（sni̯ang）：章（t̂i̯ang）：箱（si̯ang）：明（mi̯ăng）：庚（kăng）：行
（g‘âng）。

七章：揚（di̯ang）：漿（tsi̯ang）；
舌（d̂‘i̯at）：揭（g‘i̯at）。

四月：首章：夏（g‘å）：暑（śi̯o）：予（di̯o）。

二章：淒（ts‘iər）：腓（b‘i̯wər）：歸（ki̯wər）。

三章：烈（li̯at）：發（pi̯wăt）：害（g‘âd）。

四章：梅（mwəg）：尤（gi̯ûg）。

五章：濁（tŭk）：穀（kuk）。

六章：紀（kịəg）：仕（dẓ'ịəg）：有（gịŭg）。
七章：天（t'ien）：淵（'iwen）。
八章：薇（mịwər）：桋（diər）：哀（'ər）。

北山：首章：杞（k'ịəg）：子（tsịəg）：事（dẓ'ịəg）：母（məg）。
二章：下（g'å）：土（t'o）；
濱（pịĕn）：臣（d̂ịĕn）：均（kịwĕn）：賢（g'ien）。
三章：騯（pâng）：傍（pwang）：將（tsịang）：剛（kâng）：方（pịwang）。[1]
四章：息（sịək）：國（kwək）；
牀：（dẓ'iang）：行（g'ăng）。
五章：號（g'og）：勞（log）；
仰（ngiang）：掌（t̂ịang）。
六章：酒（tsịôg）：咎（g'ịôg）
議（ngia）爲（gwia）。

無將大車：首章：（原文難以確定）[2]
二章：冥（mieng）：熲（kiweng）。
三章：雝（ịung）：重（d'ịung）。

小明：首章：土（t'o）：野（dịå）：暑（śịo）：苦（k'o）：雨（gịwo）：罟（ko）。
二章：除（d'ịo）：莫（mâg>mo）：庶（siwag>siwo）：暇（g'å）：顧（ko）：
怒：（no）。

三章：奧（·i̯ôk）：蹙（tsi̯ôk）：菽（śi̯ôk）：戚（ts'i̯ôk）：宿（si̯ôk）：覆（p'i̯ôk）。

四章：處（t'i̯o）：與（zi̯o）：女（ni̯o）。

五章：息（si̯ək）：直（d'i̯ək）：福（pi̯ŭk）。

鼓鍾：首章：將（tsi̯ang）：湯（śi̯ang）：傷（śi̯ang）：忘（mi̯wang）。

二章：喈（kɛr）：湝（g'ɛr）：悲（pi̯ər）：回（g'wər）。

三章：鼛（kôg）：洲（ti̯ôg）：妯（t'i̯ôg）：猶（zi̯ôg）。

四章：欽（k'i̯əm）：琴（g'i̯əm）：音（·i̯əm）：南（nəm）：僭（ts'i̯əm）。

楚茨：首章：棘（ki̯ək）：稷（tsi̯ək）：翼（gi̯ək）：億（·i̯ək）：食（d'i̯ək）：祀（dzi̯əg）：侑（gi̯ŭg）：福（pi̯ŭk）。

二章：蹌（ts'i̯ang）：羊（zi̯ang）：嘗（d'i̯ang）：亨（xi̯ang）：將（tsi̯ang）：祊（păng）：明（mi̯ăng）：皇（g'wâng）：饗（xi̯ang）：慶（k'i̯ăng）：疆（ki̯ang）。

三章：踖（ts'i̯ak）：碩（d'i̯ak）：炙（ti̯ăk）：莫（măk）：客（k'lăk）：錯（ts'âk）：度（d'âk）：獲（g'wăk）：格（klăk）：酢（dz'âk）。

四章：愆（k'i̯an）：孫（swən）；祀（dzi̯əg）：食（d'i̯ək）：福（pi̯ŭk）：式（śi̯ək）：稷（tsi̯ək）：敕（t'i̯ək）：極（g'i̯ək）：億（·i̯ək）。

五章：備（b'i̯əg）：戒（kɛg）：告（kôg）：止（ti̯əg）：起（k'i̯əg）：

尸(śịər)：歸(kịwər)：遲(dʻịər)：弟(dʻiər)：私(sịər)。

六章：奏(tsug)：祿(luk)；

將(tsịang)：慶(kʻịăng)；

飽(pôg)：首(śịôg)：考(kʻôg)；

盡(dzʻịĕn)：引(dịĕn)。

信南山：首章：甸(dʻien)：田(dʻien)；

理(lịəg)：畝(məg)。

二章：雲(gịwən)：雰(pʻịwən)；

霂(muk)：渥(ˑûk)：穀(kuk)。

三章：翼(gịək)：彧(ˑịŭk)：穡(ṣịək)：食(d̂ʻịək)；

賓(pịĕn)：年(nien)。

四章：廬(lịo)：瓜(kwå)：菹(tṣịo)：祖(tso)：祜(gʻo)。

五章：酒(tsịôg)：牡(môg)：考(kʻôg)；

刀(tog)：毛(mog)：膋(liog)。

六章：享(xịang)：明(mịăng)：皇(gʻwâng)：疆(kịang)。

❶「騯」毛詩作「彭」，說文引詩作「騯」，廣韻在庚韻甫盲切，訓「馬行」，高氏擬作(*pâng)，疑當為(*pang)，之誤，「傍」釋文布彭反，故高氏擬作(*pwang)。

❷無將大車首章，循韻例似當以「塵」與「疷」韻，然諸說紛紜，莫衷一是。江有誥云：『無將大車一章疷與塵不協，宋劉彝改作痕，然痕字廣韻所無，僅見于集韻，似不足據，故段氏仍作「疷」指為合韻，然疷屬支，塵屬文

相去甚遠，不能合韻，孔氏改作痻，以自實其陰陽相配之說，然痻乃胝乃之重文，廣韻注皮厚也，于詩義不協，惟戴氏以為當是瘠字之訛，此說得之，蓋傳寫者脫其半耳，廣韻痻與瘠皆注病也，訓詁正同。』

甫田之什

甫田：首章：田（d'ien）：千（ts'ien）：陳（d'i̯ĕn）：人（ńi̯ĕn）：年（nien）：畝（məg）：耔（tsiəg）：薿（ngi̯əg）：止（ti̯əg）：士（dz'i̯əg）。

二章：明（mi̯ăng）：羊（di̯ang）：方（pi̯wang）：臧（tsâng）：慶（k'i̯ăng）：鼓（ko）：祖（tso）：雨（gi̯wo）：黍（śi̯o）：女（ni̯o）。

三章：止（ti̯əg）：子（tsiəg）：畝（məg）：喜（xi̯əg）：右（gi̯ŭg）：否（pi̯ŭg）：畝（məg）：有（gi̯ŭg）：敏（？）。

四章：粱（li̯ong）：京（kli̯ăng）：倉（ts'âng）：箱（si̯ang）：粱（li̯ang）：慶（k'i̯ăng）：疆（ki̯ang）。

大田：首章：戒（kəg）：事（dz'i̯əg）：耜（dzi̯əg）：畝（məg）：碩（di̯ăk）：若（ńi̯ak）。

二章：皁（dz'ôg）：好（xôg）：莠（zi̯ôg）；螣（d'ək）：賊（dz'ək）；穉（d'i̯ər）：火（xwâr）。

三章：萋（ts'iər）：祁（g'i̯ər）：私（si̯ər）：穉（d'i̯ər）：穧（dz'i̯ər）：穗（dzi̯wəd）：利（li̯əd）。

四章：止（t̂i̭əg）：子（tsi̭əg）：畝（məg）：喜（xi̭əg）：祀（dzi̭əg）：

黑（xmək）；稷（tsi̭ək）：祀（dz'i̭əg）：福（pi̭ûk）。

瞻彼洛矣：首章：矣（zi̭əg）：止（t̂i̭əg）；

茨（dz'i̭ər）：師（si̭ər）。

二章：珌（pi̭ĕt）：室（ŝi̭ĕt）。

三章：同（d'ung）：邦（pŭng）。

裳裳者華：首章：湑（si̭o）：寫（si̭ag>si̭o）：處（t̂'i̭o）。

二章：黃（g'wâng）：章（t̂i̭ang）：慶（k'i̭ăng）。

三章：白（b'ăk）：駱（glâk）：若（ńi̭ak）。

四章：左（tsâ）：宜（ngia）；

右（gi̭ŭg）：有（gi̭ŭg）：似（dzi̭əg）。

桑扈：首章：扈（g'o）：羽（gi̭wo）：胥（si̭o）：祜（g'o）。

二章：領（li̭ĕng）：屏（b'ieng）。

三章：翰（g'ân）：憲（xi̭ăn）：難（nân）：那（nâr）。

四章：觩（g'i̭ôg）：柔（ńi̭ôg）：敖（ngog）：求（g'i̭ôg）。

鴛鴦：首章：羅（lia）：宜（ngia）。⓫

二章：翼（gi̭ək）：福（pi̭ŭk）。

三章：秣（mwât）：艾（ngâd）。

四章：摧（dz'wər）：綏（sni̭wər）。

頍弁：首章：何（g'â）：嘉（ka）：他（t'â）；
柏（pǎk）：奕（di̯ǎk）：懌（di̯ǎk）。
二章：期（gi̯əg）：時（d̑i̯əg）：來（ləg）。
上（d̑i̯ang）：怲（pi̯ǎng）：臧（tsâng）。
三章：首（śi̯ôg）：阜（b'i̯ôg）：舅（g'i̯ôg）；
霰（sian）：見（kian）：宴（'ian）。

車舝：首章：舝（g'ǎt）：逝（d̑i̯ad）：渴（k'ât）：括（kwât）；
友（gi̯ŭg）：喜（xi̯əg）。
二章：鷮（ki̯og）：教（kôg）：射（di̯ăg）。❷
三章：酒（tsi̯ôg）：殽（g'ôg）；
女（ńi̯o）：舞（mi̯wo）。
四章：湑（si̯o）：寫（si̯ăg>si̯o）。
五章：仰（ngi̯ang）：行（g'ǎng）；
琴（g'i̯əm）：心（si̯əm）。

青蠅：首章：樊（b'i̯wǎn）：言（ngi̯ǎn）。
二章：棘（ki̯ək）：國（kwək）。
三章：榛（tsi̯ɛn）：人（ńi̯ɛn）。

賓之初筵：首章：楚（tș'i̯o）：旅（gli̯o）；
設（śi̯at）：逸（di̯ĕt）；

抗(k'âng)：張(tịang)；
同(d'ung)：功(kung)；
的(tiok)：爵(tsịok)。

二章：鼓(ko)：祖(tso)；
禮(liər)：至(t̂ịĕd)；
林(glịəm)：湛(təm)；
能(nəng)：又(gịùg)：時(d̂ịəg)。

三章：筵(dịan)：反(pịwăn)：幡(p'ịwăn)：遷(ts'ịan)：僊(sịan)；
怭(b'ịĕt)：秩(d̂ịĕt)。

四章：呶(?)：僛(k'ịəg)：郵(gịŭg)；
俄(ngâ)：傞(ts'â)；
福(pịŭk)：德(tək)；
嘉(ka)：儀(ngia)。
否(pịŭg)：史(slịəg)：恥(t'ịəg)：怠(d'əg)；
語(ngịo)：羖(ko)；
識(t̂ịəg)：又(gịŭg)。

⓫ 羅字廣韻魯何切，其古音當為(*la)，高氏擬作(*lia)疑誤，或高氏讀「羅」為「罹」也。

⓬ 車舝二章當以鷮教為韻，譽射為韻，高氏以「射」與「鷮」「教」韻非是。

魚藻之什

魚藻：首章：首（si̯ôg）：酒（tsôg）。

二章：尾（mi̯wər）：豈（k'ər）。

三章：蒲（b'wo）：居（ki̯o）。

采菽：首章：筥（kli̯o）：予（di̯o）；

馬（må）：黼（pi̯wo）。

二章：芹（g'i̯ən）：旂（g'i̯ər）；

淠（p'i̯ad）；嘒（xi̯wəd）：駟（si̯əd）：屆（kεd）。

三章：股（ko）：下（g'å）：紓（śi̯o）：予（di̯o）；

命（mi̯ăng, mi̯ĕn）：申（śi̯ĕn）。

四章：蓬（b'ung）：邦（pŭng）：同（d'ung）：從（dz'i̯ung）。

五章：維（di̯wər）：葵（g'i̯wər）：膍（b'i̯ər）：戾（li̯əd）。

角弓：首章：反（pi̯wăn）：遠（gi̯wăn）。

二章：遠（gi̯wăn）：然（ńi̯an）；

敎（kôg）：傚（g'ôg）。

三章：裕（gi̯ug）：瘉（di̯u）。

四章：良（li̯ang）：方（pi̯wang）：讓（ńi̯ang）：亡（mi̯wang）。

五章：駒（ki̯u）：後（g'u）：饇（k'i̯u）：取（ts'i̯u）。

六章：木（muk）：屬（d̂i̯uk）。

七章：漉（pi̯og）：消（si̯og）：驕（ki̯og）。

八章：浮（b'i̯ôg）：流（li̯ôg）：髦（mog）：憂（'i̯ôg）。

菀柳：首章：息（si̯ək）：暱（*n̂i̯ək？中古音爲 n̂i̯ĕt，然此字本章詩韵皆顯示爲 *n̂i̯ək）：極（g'i̯ək）。

二章：愒（k'i̯ad）：瘵（tsăd）：邁（mwad）。

三章：天（t'ien）：臻（tsi̯ɛn）：矜（g'i̯ĕn）。

都人士：首章：黃（g'wâng）：章（t̂i̯ang）：望（mi̯wang）。

二章：撮（ts'wât）：髮（pi̯wăt）：說（di̯wat）。

三章：實（d̂'i̯ĕt）：古（ki̯ĕt）：結（kiet）。

四章：厲（li̯ad）：蠆（t'ăd）：邁（mwad）。

五章：餘（di̯o）：旟（zi̯o）：盱（xi̯wo）。

采綠：首章：綠（li̯uk）：匊（ki̯ôk）：局（g'i̯uk）：沐（muk）。

二章：藍（glâm）：襜（t̂'i̯am）：詹（t̂i̯am）。

三章：弓（ki̯ûng）：繩（d̂'i̯əng）。

四章：鱮（dzi̯o）：者（t̂i̯å）。

黍苗：首章：膏（kog）：勞（log）。

二章：牛（ngi̯ŭg）：哉（tsəg）。

三章：御（ngi̯o）：旅（gli̯o）：處（t̂'i̯o）。

四章：營（gi̯wĕng）：成（d̂i̯ĕng）。

五章：平（b'i̯ĕng）：清（ts'i̯ĕng）：成（d̂i̯ĕng）：寧（nieng）。

隰桑：首章：阿（·ô）：難（nâr）：何（g'â）。

二章：沃（·ok）：樂（glåk）。

三章：幽（·i̯ôg）：膠（klôg）。

四章：愛（·əd）：謂（gi̯wəd），

藏（dz'âng）：忘（mi̯wang）。

白華：首章：束（śi̯uk）：獨（duk）。

二章：茅（mâg）：猶（zi̯ôg）。

三章：田（d'ien）：人（úi̯ĕn）。

四章：薪（si̯ĕn）：人（ńi̯ĕn），

煁（d̂i̯əm）：心（si̯əm）。

五章：外（ngwâd）：邁（mwad）。

六章：林（gli̯əm）：心（si̯əm）。

七章：梁（li̯ang）：良（li̯ang），

翼（gi̯ək）：德（tək）。

八章：卑（pi̯ĕg）：疷（g'i̯ĕg）。

緜蠻：首章：阿（·â）：何（g'â），

食（dzi̯əg）：誨（xmwəg）：載（tsəg）。

二章：隅（ngi̯u）趣（ts'i̯u）。

三章：側（tsi̯ək）極（g'i̯ək）。

瓠葉：首章：亨（p'ǎng）嘗（ȡi̯ang）。

二章：首（śi̯ôg）酒（tsi̯ôg）；

燔（b'i̯wǎn）獻（xi̯ǎn）。

三章，炙（ȶi̯ǎk）酢（dz'âk）。

四章：炮（b'ôg）醻（ȡi̯ôg）。

漸漸之石：首章：高（kog）勞（log）朝（ȡi̯ôg）。

二章：卒（tsi̯wət）沒（mwət）出（ȶ'i̯wət）。

三章：波（pwâ）沱（d'â）他（t'â）。

苕之華：首章：黃（g'wâng）傷（śi̯ang）。

二章：青（ts'ieng）生（sěng）。

三章：首（śi̯ôg）罶（li̯ôg）飽（pôg）。

何草不黃：首章：黃（g'wang）行（g'ǎng）將（tsi̯ang）方（pi̯wang）。

二章：玄（g'iwen）矜（g'i̯ěn）民（mi̯ěn）。

三章：虎（xo）野（ȡi̯å）夫（pi̯wo）暇（g'å）。

四章：狐（g'wo）車（ki̯o）；

草（ts'ôg）道（d'ôg）。

文王之什

文王：首章：天（t'ien）：新（si̯ĕn）；
時（d̂i̯əg）：右（gi̯ŭg）。
二章：已（zi̯əg）：子（tsi̯əg）；士（dẓ'i̯əg）；
世（śi̯ad）：世（śi̯ad）。
三章：翼（gi̯ək）：國（kwək）；
生（sĕng）：楨（ti̯ĕng）：寧（nieng）。
四章：止（t̂i̯əg）：子（tsi̯əg）；
億（ʼi̯ək）：服（b'i̯ŭk）。
五章：常（d̂i̯ang）：京（kli̯ăng）；
冔（xi̯wo）：祖（tso）。
六章：德（tək）：福（pi̯ŭk）；
帝（tieg）：易（di̯ĕg）。
七章：身（śi̯ĕn：韻腳當爲身，躬顯爲誤字。❶）：天（t'ien）；
臭（t̂'i̯ôg）：孚（p'i̯ŭg）。

大明：首章：上（d̂i̯ang）：王（gi̯wang）：方（pi̯wang）。
二章：商（śi̯ang）：京（kli̯ăng）：行（g'ăng）：王（gi̯wang）。
三章：翼（gi̯ək）：福（pi̯ŭk）：國（kwək）。

四章：集（dzʻi̯əp）：合（gʻəp）；
湙（dzʻi̯əg）：止（ti̯əg）：子（tsi̯əg）。
五章：妹（mwəd）：渭（gi̯wəd）；
梁（li̯ang）：光（kwâng）
六章：天（tʻien）：莘（si̯en）；
王（gi̯wang）：京（kli̯ăng）：行（gʻăng）：王（gi̯wang）：商（śi̯ang）。
七章：旅（glio）：野（di̯å）；女（ni̯o）
林（gli̯əm）：興（xi̯əng）：心（si̯əm）。
八章：洋（zi̯ang）：煌（gʻwâng）：彭（pâng）：揚（di̯ang）：王（gi̯wang）：
商（śi̯ang）：明（mi̯ăng）。❷

緜：
首章：瓞（dʻiet）：漆（tsʻi̯ĕt）：穴（gʻi̯wet）：室（śi̯ĕt）。
二章：父（pi̯wo）：馬（må）：滸（xo）：下（gʻå）：女（ni̯o）：宇（gi̯wo）。
三章：飴（di̯əg）：謀（mi̯ŭg）：龜（ki̯wəg）：時（di̯əg）：茲（tsi̯əg）。
四章：止（ti̯əg）：右（gi̯ŭg）：理（li̯əg）：畝（məg）：事（dzʻi̯əg）。
五章：徒（dʻo）：家（kå）；
直（dʻi̯ək）：載（tsəg）：翼（gi̯ək）。
六章：陾（ni̯əng）：薨（xmwəng）：登（təng）：馮（bʻi̯əng）：興（xi̯əng）：
勝（śi̯əng）。
七章：伉（kʻâng）：將（tsʻi̯ang）：行（gʻăng）。

八章：慍（ˑi̯wən）：問（mi̯wən）；
拔（b'wâd）：兌（d'wâd）：駾（t'wâd）：喙（t̂'i̯wad）。
九章：成（d̂i̯ĕng）：生（sĕng）；附（b'i̯u）：後（g'u）：奏（tsu；經典釋文引詩作「予日有奔走。」）
侮（mi̯u）。

棫樸：首章：槱（zi̯ôg）：趣（ts'i̯u，可能有誤。）
二章：王（gi̯wang）：璋（t̂i̯ang）；
峨（ngâ）：宜（ngia）。
三章：楫（tsi̯ɛp）：及（g'i̯ɛp）。
四章：天（t'ien）：人（ńi̯ĕn）。
五章：章（t̂i̯ang）：相（si̯ang）：王（gi̯wang）：方（pi̯wang）。

旱麓：首章：濟（tsiər）：弟（d'iər）。
二章：中（t̂i̯ông）：降（kông）。
三章：天（t'ien）：淵（ˑiwen）：人（ńi̯ĕn）。
四章：載（tsəg）：備（b'i̯əg）：祀（dzi̯əg）：福（pi̯ŭk）。
五章：燎（liog）：勞（log）。
六章：枚（mwər）：回（g'wər）。

思齊：首章：母（məg）：婦（b'i̯ŭg）；
音（ˑi̯əm）：男（nəm）。

二章：公（kung）：恫（t'ung）：邦（pǔng）；
妻（ts'iər）：弟（d'iər）。
三章：廟（mi̯og）：保（pôg）。
四章五章：（無規則韵腳）
皇矣：首章：赫（xâk）：莫（mâk）：獲（g'wǎk）：度（d'âk）：廓（k'wâk）：
宅（d'ǎk）。
二章：翳（ied：韓詩作「其菑其殪」。）：例（li̯ad）；
辟（b'i̯ěk）：剔（t'iek）；
椐（ki̯o）：柘（ti̯ag>ti̯o.）：路（glâg>glo·）：固（ko）。
三章：拔（b'wâd）：兌（d'wâd）；
對（twəd）：季（ki̯wɛd）；
兄（xi̯wǎng）：慶（k'i̯ǎng）：光（kwâng）：喪（sâng）：方（pi̯wang）。
四章：心（si̯əm）：音（i̯əm）；
比（piər）：類（li̯wəd）；③
悔（xmwəg）：祉（t'i̯əg）：子（tsi̯əg）。
五章：援（gi̯wǎn）：羨（dzi̯an）：岸（ngân）；
恭（ki̯ung）：邦（pǔng）：共（kung）；
怒（no）：旅（gli̯o）：祜（g'o）：下（g'å）。
六章：京（kli̯ǎng）：疆（ki̯ang）：岡（kâng）；

阿（'â）：池（d'i̯a），
陽（di̯ang）：將（tsi̯ang）：方（pi̯wang）：王（gi̯wang）。
七章：德（tək）：色（și̯ək）：革（kɛk）：則（tsək）。
王（gi̯wang）：方（pi̯wang）：兄（xi̯wăng，後漢書引作「同爾弟兄」。）
衝（t'i̯ung）：墉（di̯ung）。
八章：閑（g'ăn）：連（li̯an）：安（'ân），
附（b'i̯u）：侮（mi̯u），
茀（pi̯wət）：仡（ngi̯ət）：肆（si̯əd）：忽（xmwət）：拂（b'i̯wət）。

靈臺：首章：營（gi̯ĕng）：成（di̯ĕng），
亟（ki̯ək）：來（ləg）。
二章：囿（gi̯ŭk）：伏（b'i̯ŭk），
濯（d'ŏk）：翯（xŏk）：沼（ti̯og）：躍（di̯ok）。
三章：樅（tsi̯ung）：鏞（di̯ung）：鍾（ti̯ung）：廱（'i̯ung）。
四章：鍾（ti̯ung）：廱（'i̯ung）：逢（b'i̯ung）：公（kung）。

下武：首章：王（gi̯wang）：京（kli̯ăng）。
二章：求（g'i̯ôg）：孚（p'i̯ug）。
三章：式（și̯ək）：則（tsək）。
四章：德（tək）：服（b'i̯ŭk）。
五章：武（mi̯wo）：祜（g'o）。

六章：賀(g'â)：佐(tsâ)。

文王有聲：首章：聲(śi̯ĕng)：寧(nieng)：成(di̯ĕng)。

二章：功(kung)：崇(dẓ'i̯ông)：豐(p'i̯ông)。

三章：洫(xi̯wĕt，韓詩、魯詩作「築城伊淢」，此字切韻讀xi̯wək(泥逼切)，乃由於其同義字「淢」以「或」爲聲符之故，然此字之聲符「血」及其在此詩之協韻，二者皆顯示其上古音有韻尾 *-t)：匹(p'i̯ĕt)；❹

欲(gi̯uk)：孝(xôg)。

四章：垣(gi̯wăn)：翰(g'ân)。

五章：績(tsiek)：辟(pi̯ĕk)

六章：廱('i̯ung)：東(tung)；

北(pək)：服(b'i̯ŭk)。

七章：王(gi̯wang)：京(kli̯ăng)；

正(ti̯ĕng)：成(di̯ĕng)。

八章：芑(k'i̯əg)：仕(dẓ'i̯əg)：謀(mi̯ŭg)：子(tsi̯əg)。

❶ 詩云「無遏爾躬」字本作「躳」，高氏蓋從江有誥說改作「身」，按錢大昕潛研堂集以為聲隨義轉，錢氏云：『其以義轉者，如躬之義為身，即讀躬如身。詩「無遏爾躬」，與「天」為韻。』

❷ 「彭」字高氏擬作(*păng)；其音不明，按此字廣韻在庚韻薄庚切，據高氏系統當為(*b'ang)。

❸ 皇矣四章：『其德克明，克明克「類」，克長克君，王此大邦，克順克「比」。』類比為韻。本應「類」前「比」後，高氏改作「比」前「類」後，不知何所據而云然。

❹ 「洫」詩作「淢」，亦有作「洫」者，韓魯作「洫」。段玉裁云：『依詩義自當以「洫」為正字』。

生民之什

生民：首章：民（mi̯ĕn）：嫄（ngi̯wăn）；
祀（dzi̯əg）：子（tsi̯əg）：止（t̂i̯əg）；
夙（si̯ôk）：育（di̯ôk）：稷（tsi̯ək）。

二章：月（ngʻi̯wăt）：達（tʻât）：害（gʻâd）。
靈（lieng）：寧（nieng）；
祀（dzi̯əg）：子（tsi̯əg）。

三章：字（dzʻi̯əg）：翼（gi̯ək）；
林（gli̯əm）：冰（pi̯əng）；
去（kʻi̯ab＞kʻi̯o，）：呱（kwo）；
訏（xi̯wo）：路（glâg＞glo）。

四章：匐（bʻək）：嶷（ngi̯ək）：食（d̂ʻi̯ək）；
旆（bʻwâd）：穟（dzi̯wəd）；
幪（mung）：唪（pung）。

五章：道（dʻôg）：草（tsʻôg）：茂（mi̯ôg）：苞（pôg）：褎（zi̯ôg）：秀（si̯ôg）：
好（xôg）；栗（li̯ĕt）：室（śi̯ĕt）。

六章：秠（pʻi̯əg）：芑（kʻi̯əg）：畝（məg）：芑（kʻi̯əg）：負（bʻi̯ŭg）：
祀（dzi̯əg）。

七章：舀（di̯ôg，說文引此詩作「或舂或舀」）：蹂（ńi̯ôg）：叟（si̯ôg）：
浮（b'i̯ôg）；❶
惟（di̯wər）：脂（t̂i̯ər）；
軷（b'wât）：烈（li̯at）：歲（si̯wad）
八章：登（təng）：升（śi̯əng）；
歆（xi̯əm）：今（ki̯əm）；
時（d̂i̯əg）：祀（dzi̯əg）：悔（xmwəg）。

行葦：首章：葦（gi̯wər）：履（li̯ər）：體（t'li̯ər）：泥（niər）：弟（d'iər）：
爾（ńi̯ăr）：几（ki̯ɛr）。
二章：席（dzi̯ăk）：酢（dz'âk）：炙（t̂i̯ăk）：臄（g'i̯ak）：咢（ngâk）；
御（ngi̯o）：斝（kå）。
三章：堅（kien）：鈞（ki̯wĕn）：均（ki̯wĕn）：賢（g'ien）；
句（ku）：鍭（g'u）：樹（d̂i̯u）：侮（mi̯u）。
四章：主（t̂i̯u）：醹（ńi̯u）：斗（tu）：耇（ku）：
背（pwəg）：翼（gi̯ək）：祺（g'i̯əg）：福（pi̯ŭk）。

既醉：首章：德（tək）：福（pi̯ŭk）。
二章：將（tsi̯ang）：明（mi̯ăng）。
三章：融（di̯ông）：終（t̂i̯ông）；
俶（t̂'i̯ôk）：告（kôk）。

四章：何（g'â）：嘉（ka）：儀（ngia）。

五章：時（di̯əg）：子（tsi̯əg）；

匱（ki̯wəd）：類（li̯wəd）。

六章：壼（k'wən）：胤（di̯ən）。

七章：祿（luk）：僕（b'uk）。

八章：士（dz'i̯əg）：子（tsi̯əg）。

鳧鷖：首章：涇（kieng）：寧（nieng）：馨（xieng）：成（d̂i̯ĕng）❷

二章：沙（sa）：宜（ngia）：多（tâ）：嘉（ka）：爲（gwia）。

三章：渚（t̂i̯o）：處（t̂'i̯o）：湑（si̯o）：脯（pi̯wo）：下（g'å）。

四章：潨（dz'ung）：宗（tsông）：降（g'ông）：崇（d'zi̯ông）。

五章：亹（mwən）：薰（xi̯wən）：欣（xi̯ən）：芬（p'i̯wən）：艱（kɛn）。

假樂：首章：子（tsi̯əg）：德（tək）；

人（ńi̯ĕn）：天（t'ien）：命（mi̯ăng, mi̯ĕn）：申（śi̯ĕn）。

二章：福（pi̯ŭk）：億（i̯ək）；

皇（g'wâng）：王（gi̯wang）：忘（mi̯wang）：章（t̂i̯ang）。

三章：抑（i̯ək, i̯ĕt?）：秩（d'i̯ĕt）：匹（p'i̯ĕt）；

疆（ki̯ang）：網（mi̯wang）。❸

四章：紀（ki̯əg）：友（gi̯ŭg）：士（dz'i̯əg）：子（tsi̯əg）；

位（gi̯wəd）：塈（xi̯əd）。

公劉：首章：康(k'âng)：疆(kịang)：倉(ts'âng)：糧(lịang)：囊(nâng)：
光(kwâng)：張(tịang)：揚(dịang)：行(g'ǎng)。
二章：原(ngịwǎn)：繁(b'ịwǎn)：宣(sịwan)：歎(t'ân)：巘(ngịǎn)：
原(ngịwǎn)；
瑤(dịog)：刀(tog)。
三章：泉(dz'ịwan)：原(ngịwǎn)；
岡(kâng)：京(klịǎng)；
野(dịå)：處(t̂ịo)：旅(glịo)：語(ngịo)。
四章：依(ịər)：濟(tsiər)：几(kịɛr)：依(ịər)；
曹(dz'ôg)：牢(lôg)：匏(b'ôg)；
飲(ịəm)：宗(tsông)。
五章：長(d'ịang)：岡(kâng)：陽(dịang)；
泉(dz'ịwan)：單(tân)：原(ngịwǎn)；
糧(lịang)：陽(dịang)：荒(xwâng)。
六章：館(kwân)：亂(lwân)：鍛(twân)。
理(lịəg)：有(gịŭg)；
澗(kan)：澗(kan)；
密(mịĕt)：卽(tsịək, tsịĕt)。

泂酌：首章：茲(tsịəg)：饎(t̂'ịəg)：子(tsịəg)：母(məg)。

二章：壘（lwər）：歸（ki̯wər）。

三章：溉（kəd）：塈（xi̯əd）。

卷阿：首章：阿（â）：歌（kâ）；

南（nəm）：音（i̯əm）。

二章：游（di̯ôg）：休（xi̯ôg）：酋（dz'i̯ôg）。

三章：厚（g'u）：主（ti̯u）。

四章：長（d'i̯ang）：康（k'âng）：常（di̯ang）。

五章：翼（gi̯ək）：德（tək）：則（tsək）。

六章：卬（ngâng）：璋（ti̯ang）：望（mi̯wang）：網（mi̯wang）。❹

七章：止（ti̯əg）：士（dz'i̯əg）：使（sli̯əg）：子（tsi̯əg）。

八章：天（t'ien）：人（ńi̯ĕn）：命（mi̯ăng, mi̯ĕn）：人（ńi̯ĕn）。

九章：鳴（mi̯ĕng）：生（sĕng）；

岡（kâng）：陽（di̯ang）；❺

萋（tsi̯ər）：喈（kɛr）。

十章：車（ki̯o）：馬（må）；

多（tâ）：馳（d'i̯a）：多（tâ）：歌（kâ）。

民勞：首章：康（k'âng）：方（pi̯wang）：良（li̯ang）：明（mi̯ăng）：王（gi̯wang）。

二章：休（xi̯ôg）：逑（g'i̯ôg）：怓（?）：憂（i̯ôg）：休（xi̯ôg）。

三章：息（si̯ək）：國（kwək）：極（g'i̯ək）：慝（t'nək）：德（tək）。

四章：愒（k'i̯ad）：泄（zi̯ad）：厲（li̯ad）：敗（b'wad）：大（d'âd）。

板：

首章：板（pwan）；癉（tân）：然（ńi̯an）：遠（gi̯wăn）：管（kwân）：亶（tân）：遠（gi̯wăn）：諫（klan）。

二章：難（nân）：憲（xi̯ăn）。

蹶（ki̯wad）：泄（zi̯ad）；

輯（dz'i̯əp）：洽（g'ɛp）；

懌（di̯ăk）：莫（mâk）。

三章：僚（liog）：囂（ngog）：笑（si̯og）：蕘（ńi̯og）。

四章：虐（ngi̯ok）：謔（xi̯ok）：蹻（g'i̯ok）：耄（mog）：謔（xi̯ok）：熇（xok）：藥（gi̯ok）。

五章：懠（dz'iər）：毗（b'i̯ər）：迷（miər）：尸（śi̯ər）：屎（?）：葵（g'i̯wɛr）：資（tsi̯ər）：師（și̯ər）。

六章：篪（d'i̯ĕg）：圭（kiwəg）：攜（g'iwəg）。

益（·i̯ĕk）：易（di̯ĕk）：辟（p'i̯ĕk）：辟（bi̯ĕk）。

三章：安（·ân）：殘（dz'ân）：綣（k'i̯wăn）：反（pi̯wăk）：諫（klan）。

七章：藩（pi̯wăn）：垣（gi̯wăn）：翰（g'ân）；

屏（b'ieng）：寧（nieng）：城（d̂i̯ĕng）；

壞（g'wɛr）：畏（·i̯wər）。

八章：怒（no）：豫（di̯o）；

渝(dịu)：驅(k'ịu)；

明(mịăng)：王(gịwang)；

且(tân)：衍(gịan)。

❷「𥬔」毛詩作「揄」，廣韻以周切，抒臼也。此字从「俞」聲，上古音當為「*dịu」。

❷ 鳧鷖首章「清」(*tsịĕng)字當入韻，高氏脫漏。

❸ 假樂三章「受福無疆，四方之綱」，綱字高氏誤讀為網，按綱上古音為(*kâng)。

❹ 卷阿六章「豈弟君子，四方為綱」，正義「此樂易之君子，能與四方為綱紀」。正義以綱紀連言，其原為「綱」字顯然，高氏亦誤讀為「網」。

❺ 卷阿九章「鳳凰鳴矣，于彼高岡，梧桐生矣，于彼朝陽」。此章「鳴」與「生」韻，「岡」與「陽」韻，高氏[illegible]「岡」「陽」一韻，今補。

蕩之什

蕩：首章：帝(tieg)：辟(pịĕk)：帝(tieg)：辟(p'ịĕk)；

諶(dịəm)：終(tịông)。

二章：克(k'ək)：服(bịŭk)：德(tək)：力(lịək)。

三章：類(lịwəd)：懟(d'iwəd)：對(twəd<twəb)：內(nwəd<nwəb)；

祝(tịôk)：究(kịôg)。

四章：國(kwək)：德(tək)：側(tsịək)；

明(mịăng)：卿(k'ịăng)；

五章：式(śịək)：止(tịəg)：晦(xmwəg)：

呼（xo）：夜（zi̯ag>zi̯o.）。
六章：螗（d'âng）：羹（kăng）：喪（sâng）：行（g'âng）：方（pi̯wang）。
七章：時（d̂i̯əg）：舊（g'i̯ŭg）；
刑（g'ieng）：聽（t'ieng）：傾（k'i̯wĕng）。
八章：揭（g'i̯at）：害（g'âd）：撥（b'wât）：世（śi̯ad）。

抑：
首章：隅（ngi̯u）：愚（ngi̯u）；
疾（dz'i̯ət）：戾（liəd）。
二章：訓（xiwən）：順（d̂'i̯wən）；
告（kôk）：則（tsək）。
三章：政（t̂i̯ĕng）：刑（g'ieng）；
酒（tsi̯ôg）：紹（d̂i̯og）。
四章：尙（d̂i̯ang）：亡（mi̯wang）：章（t̂i̯ang）：兵（pi̯ăng）：方（pi̯wang）；
寐（mi̯əd）：內（nwəb>nwəd）。
五章：度（d'âg>d'o·）：虞（ngi̯wo）；
儀（ngia）：嘉（ka）：磨（mwâ）：爲（gwia）。
六章：舌（d̂i̯at）：逝（d̂i̯ad）；
讎（d̂i̯ôg）：報（pôg）；
友（gi̯ôg）：子（tsi̯əg）；❶
七章：顏（ngan）：愆（k'i̯an）；

漏（lu）：覯（ku）；

格（klăk）：度（d'âk）：射（dįăk）。

八章：嘉（ka）：儀（ngįa）；

賊（dz'ək）：則（tsək）；

李（lįəg）：子（tsįəg）。

九章：絲（sįəg）：基（kįəg）；

僭（tsįəm）：心（sįəm）。

十章：子（tsįəg）：否（pįəg）：事（dz'įəg）：耳（ńįəg）：子（tsįəg）；

盈（dįĕng）：成（dįĕng）。

十一章：昭（tįog）：樂（glåk）：燥（ts'og）：藐（mŏk）：教（kŏg）：

虐（ngįok）：耄（mog）。❷

十二章：子（tsįəg）：止（tįəg）：謀（mįŭg）：悔（xmwəg）；

難（nân）：遠（gįwăn）；

國（kwək）：忒（t'ək）：德（tək）：棘（kįək）。

桑柔：首章：柔（ńįôg）：劉（lįôg）：憂（·įôg）；

旬（dzįwĕn）：民（mįĕn）：塡（d'įen）：矜（g'įĕn）。

二章：騤（g'įwɛr）：夷（dįɛr）：黎（liɛr）：哀（·ər）；

翩（p'įan）：泯（mįĕn）：燼（dz'įĕn）：頻（b'įĕn）。

三章：資（tsįɛr）：維（dįwɛr）：階（kɛr）；

將（tsi̯ang）：往（gi̯wang）：競（g'i̯ăng）：梗（kăng）。

四章：愍（ʔi̯ən）：辰（d̑i̯ən）：西（siər，此句當作「自東徂西」。）

痻（xmwən）；

宇（gi̯wo）：怒（no）：處（t̑'i̯o）：圉（ngi̯o）。

五章：毖（pi̯ĕd）：恤（si̯wĕt）：熱（ńi̯at）；

削（si̯ok）：爵（tsi̯ok）：濯（d'ŏk）：溺（ni̯ok）。

六章：風（pi̯um）：心（si̯əm）；

僾（pəd）：逮（d'əd）；

穡（si̯ək）：食（d̑'i̯ək）。

寶（pôg）：好（xôg）。

七章：王（gi̯wang）：痒（zi̯ang）：荒（xwâng）：蒼（ts'âng）；

賊（dz'ək）：國（kwək）：力（li̯ək）。

八章：相（si̯ang）：臧（tsâng）：腸（d̑'i̯ang）：狂（g'i̯wang）。

九章：林（gli̯əm）：譖（tsi̯əm）。

鹿（luk）：穀（kuk）：谷（kuk）。

十章：里（li̯əg）：喜（xi̯əg）：忌（g'i̯əg）。

十一章：廸（d'i̯ôk）：復（b'i̯ôk）：毒（d'ôk）。

十二章：谷（kuk）：穀（kuk）：垢（ku）。

十三章：隧（dzi̯wəd）：類（li̯wəd）：對（twəd＞twəd）：醉（tsi̯wəd）：

悖（b'wәd）。

十四章：作（tsâk）：獲（g'wăk）：赫（xâk）。

十五章：極（g'i̯ək）：背（b'wәg）：克（k'ək）：力（li̯ək）。

十六章：可（k'â）：歌（kâ）。

雲漢：首章：天（t'ien）：人（ńi̯ĕn）：臻（tși̯ɛn）；

牲（sĕng）：聽（t'ieng）。

二章：蟲（d'i̯ong）：宮（ki̯ông）：宗（tsông）：臨（bli̯əm）：躬（ki̯ông）。

三章：推（t'wər）：雷（lwər）：遺（g'i̯wɛd）：畏（.i̯wər）：摧（dz'wər）。

四章：沮（tsi̯o）：所（și̯o）：顧（ko）：助（dẓ'i̯o）：祖（tso）：予（di̯o）。

五章：川（t̂'i̯wən）：焚（b'i̯wən）：熏（xi̯wən）：聞（mi̯wən）：遯（d'wən）。

六章：去（k'i̯ab>k'i̯o）：故（ko）：莫（mâg>mo·）：虞（ngi̯wo）：怒（no）。

七章：紀（ki̯əg）：宰（tsəg）：右（gi̯ŭg）：止（t̂i̯əg）：里（li̯əg）。

八章：星（sieng）：贏（di̯ĕng）：成（d̂i̯ĕng）：正（t̂i̯ĕng）：寧（nieng）。

崧高：首章：天（t'ien）：神（d̂'i̯ĕn）：申（śi̯ĕn）；

翰（g'ân）：蕃（pi̯wăn）：宣（si̯wan）；

二章：事（dẓ'i̯əg）：式（śi̯ək）；

伯（păk）：宅（d'ăk）；

邦（pŭng）：功（kung）。

三章：邦（pŭng）：庸（di̯ung）；

田（dʻien）：人（ńi̯ěn）。

四章：營（gi̯wěng）：城（d̂i̯ěng）：成（d̂i̯ěng）；

藐（mǒk）：蹻（gʻi̯ok）：濯（dʻǒk）。

五章：馬（mǎ）：土（tʻo）；

寶（pôg）：保（pôg）。

六章：郿（mi̯ər）：歸（ki̯wər）；

疆（ki̯ang）：粻（ti̯ang）：行（gʻǎng）。

七章：番（pwâr）：嘽（tʻân）：翰（gʻân）：憲（xi̯ǎn）。

八章：德（tək）：直（dʻi̯ək）：國（kwək）；

碩（d̂i̯ǎk）：伯（pǎk）。

蒸民：首章：則（tsək）：德（tək）；

下（gʻǎ）：甫（pi̯wo）。

二章：德（tək）：則（tsək）：色（si̯ək）：翼（gi̯ək）：式（śi̯ək）：力（li̯ək）；

若（ńi̯ag>ńi̯o）：賦（pi̯wo）。

三章：考（kʻôg）：保（pôg）；

舌（d̂ʻi̯at）：外（ngwâd）：發（pi̯wǎt）。

四章：將（tsi̯ang）：明（mi̯ǎng）；

身（si̯ěn）：人（ńi̯ěn）。

五章：茹（ńi̯o）：吐（tʻo）：甫（pi̯wo）：茹（ńi̯o）：吐（tʻo）：寡（kwǎ）：

禦 (ngi̯o)。

六章：舉 (ki̯o)：圖 (d'o)：舉 (ki̯wo)：助 (dẓ'i̯o)：補 (pwo)。❸

七章：業 (ngi̯ăp)：捷 (dz'i̯ap)：及 (g'i̯əp)；

彭 (pâng)：鏘 (ts'i̯ang)：方 (pi̯wang)。

八章：騤 (g'i̯wɛr)：喈 (kɛr)：齊 (dz'iər)；歸 (ki̯wər)；

風 (pi̯um)：心 (si̯əm)。

韓奕：首章：甸 (d'ien)：命 (mi̯ăng, mi̯ĕn)；

道 (d'ôg)：考 (k'ôg)；

解 (g'ĕg)：易 (di̯ĕg)：辟 (pi̯ĕk)。

二章：張 (ti̯ang)：王 (gi̯wang)：章 (ti̯ang)：衡 (g'ăng)：鍚 (di̯ang)：

幭 (miek)：厄 (ĕk)。

三章：祖 (tso)：屠 (d'o)：壺 (g'o)：魚 (ngi̯o)：蒲 (b'wo)：車 (ki̯o)：

且 (tsi̯o)：胥 (si̯o)。

四章：子 (tsi̯əg)：止 (ti̯əg)：里 (li̯əg)；

彭 (pâng)：鏘 (ts'i̯ang)：光 (kwâng)；

雲 (gi̯wən)：門 (mwən)。

五章：到 (tog)：樂 (glåk)；

土 (t'o)：訏 (xi̯wo)：虞 (ngi̯wo)：虎 (xo)：居 (ki̯o)：譽 (zi̯o)。

六章：完 (g'wân)：蠻 (mlwan)；

貊（mǎk）：伯（pǎk）：壑（xâk）：籍（dz'i̯ăk）；
皮（b'ia）：羆（pia）。

江漢：首章：浮（b'i̯ôg）：滔（t'ôg）：游（di̯ôg）：求（gi̯ôg）；
車（ki̯o）：旟（zi̯o）：舒（śi̯o）：鋪（（p'wo）。
二章：湯（śi̯ang）：洸（kwâng）：方（pi̯wang）：王（gi̯wang）；
平（b'i̯ĕng）：定（d'ieng）：爭（tsĕng）：寧（nieng）。
三章：滸（xo）：虎（xo）：土（t'o）；
棘（ki̯ək）：極（g'i̯ək）；
理（li̯əg）：海（xməg）。
四章：宣（si̯wan）：翰（g'ân）；
子（tsi̯əg）：似（zi̯əg）：祉（t'i̯əg）。
五章：人（ńi̯ĕn）：田（d'ien）：命（mi̯ăng, mi̯ĕn）：年（nien）。
六章：首（śi̯ôg）：休（xi̯ôg）：考（k'ôg）：壽（d̂i̯ôg）；
子（tsi̯əg）：已（zi̯əg）；
德（tək）：國（kwək）。

常武：首章：祖（tso）：父（pi̯wo）；
戒（kɛg）：國（kwək）。
二章：父（pi̯wo）：旅（gli̯o）：浦（p'wo）：土（t'o）：處（t̂'i̯o）：緒（dzi̯o）。
三章：赫（xâk）：作（tsâk）；❹

游（dịôg）：騷（sôg）；
霆（d'ieng）：驚（kịĕng）。

四章：武（mịwo）：怒（no）：虎（xo）：虜（lo）：浦（p'wo）：所（şịo）。

五章：嘽（t'ân）：翰（g'ân）：漢（xân）；
苞（pôg）：流（lịôg）；
翼（gịək）：克（k'ək）：國（kwək）。

六章：塞（sək）：來（ləg）；
同（d'ung）：功（kung）。
平（b'ịĕng）：庭（d'ieng）；
回（g'wər）：歸（kịwər）。

瞻卬：首章：惠（g'iwed）：厲（lịad）：瘵（tsăd）；
寧（nieng）：定（dieng）；
疾（dz'ịet）：屆（kɛd）；
收（şịôg）：瘳（t'lịôg）。

二章：田（d'ien）：人（ńịĕn）；
奪（d'wât）：說（t'wât）。

三章：成（dịĕng）：傾（k'ịĕng）；
鴟（t'ịər）：階（kɛr）；
天（t'ien）：人（ńịĕn）；

誨（xmwəg）：寺（dzi̯əg）。
四章：忒（t'ək）：背（b'wəg）：極（g'i̯əg）：慝（t'ək）：倍（b'wəg）：
識（śi̯ək）：事（dẓ'i̯əg）：織（t̂i̯ək）。
五章：刺（tsi̯ĕk）：狄（d'iek）；
富（pi̯ŭg）：忌（g'i̯əg）；
祥（dzi̯ang）：亡（mi̯wang）；
類（li̯wəd）：瘁（dz'i̯wəd）。
六章：罔（mi̯wang）：亡（mi̯wang）；
優（·i̯ôg）；憂（i̯ôg）；
幾（ki̯ər）：悲（pi̯ər）。
七章：深（śi̯əm）：今（ki̯əm）：（其餘不韵）
召旻：首章：喪（sâng）：亡（mi̯wang）：荒（xwâng）。
二章：訌（g'ung）：共（kung）：邦（pŭng）。
三章：玷（tiam）：貶（pi̯am）。
四章：茂（mi̯ôg）：止（t̂i̯əg）。
五章：富（pi̯ŭg）：時（d̂i̯əg）：疚（ki̯ŭg）：玆（tsi̯əg）；（其餘不韵）。
六章：竭（g'i̯at）：害（g'âd）；
中（t̂i̯ông）：弘（g'wəng）：躬（ki̯ông）。
七章：里（li̯əg）：哉（tsəg）：舊（g'i̯ŭg）。

❶「友」字上古音為（*gi̯ŭg），此處擬作（*gi̯ŏg）誤。

❷「慓」毛詩作「慘」。

❸蒸民六章『維仲山甫「擧」之』與『民鮮克「擧」之』兩「擧」字，高氏前者作（*ki̯wo），後者作（*ki̯o）此二「擧」字義同音同，不應區別，其擬作（*ki̯wo）者疑誤。

❹常武三章首句詩原文作「赫赫業業」，高氏蓋從江有誥改作「業業赫赫」以「赫」字入韻。

周頌・清廟之什

執競：王（gi̯wang）：康（k'âng）：皇（g'wâng）：方（pi̯wang）：明（mi̯ăng）：
喤（g'wăng）：將（ts'i̯ang）：穰（ńi̯ang）；
簡（kăn）：反（pi̯wăn）：反（pi̯wăn）。

臣工之什

振鷺：雝（i̯ung）：容（di̯ung）；
惡（âk）：斁（di̯ăk）；
夜（zi̯ag>zi̯o·）：譽（zi̯o）。

豐年：黍（śi̯o）：稌（t'o）；
秭（tsi̯ər）：醴（liər）：妣（pi̯ər）：禮（liər）：皆（kɛr）。

有瞽：瞽（ko）：虡（g'i̯o）：羽（gi̯wo）：鼓（ko）：圉（ngi̯o）：舉（ki̯o）；
庭（d'ing）：聲（śi̯ĕng）：鳴（mi̯ĕng）：聽（t'ieng）：成（di̯ĕng）。

潛：沮（tsi̯o）：魚（ngi̯o）；
鮪（gi̯wəg）：鯉（li̯əg）：祀（dzi̯əg）：福（pi̯ŭk）。

雝：雝（'i̯ung）：公（kung）；
肅（si̯ôk）：穆（mi̯ôk）；
牡（môg）：考（k'ôg）：
祀（dzi̯əg）：子（tsi̯əg）。
人（ńi̯ĕn）：天（t'ien）：
后（g'u）：後（g'u）；
壽（di̯ôg）：考（k'ôg）；
祉（t'i̯əg）：母（məg）。

載見：王（gi̯wang）：章（ti̯ang）：陽（di̯ang）：央（'i̯ang）：鶬（ts'i̯ang）：
光（kwâng）：享（xi̯ang）；
壽（di̯ôg）：保（pôg）；
祜（g'o）：嘏（kå）。

有客：馬（må）：旅（gli̯o）；
追（ti̯wər）：綏（sni̯wər）：威（'i̯wər）：夷（di̯ər）。

閔予小子之什

閔予小子：造（dz'ôg）：考（k'ôg）：孝（xog）；

庭 (d'ieng)：敬 (ki̯ĕng)；
王 (gi̯wang)：忘 (mi̯wang)。

敬之：之 (t̂i̯əg)：思 (si̯əg)：哉 (tsəg)：茲 (tsi̯əg)：止 (t̂i̯əg)；
將 (tsi̯ang)：明 (mi̯ăng)：行 (g'ăng)。

小毖：蜂 (p'i̯ung)：蟲 (d'i̯ông)；
鳥 (tiôg)：蓼 (gliôg)；

載芟：柞 (tsăk)：澤 (śi̯ăk)；
耘 (gi̯wən)：畛 (t̂i̯ən)；
以 (zi̯əg)：婦 (b'i̯ŭg)：士 (dz'i̯əg)：耜 (dzi̯əg)：畝 (məg)；
活 (g'wât)：達 (d'ât)：傑 (g'i̯at)；
苗 (mi̯og)：麃 (pi̯og)；
濟 (tsiər)：秭 (tsi̯ər)：醴 (liər)：妣 (pi̯ər)：禮 (liər)；
香 (xi̯ang)：光 (kwâng)；
馨 (xieng)：寧 (nieng)。

良耜：耜 (dzi̯əg)：畝 (məg)；
女 (ńi̯o)：筥 (kli̯o)：黍 (śi̯o)；
糾 (ki̯ôg)：趙 (d'i̯og)：蓼 (gli̯ôg)：朽 (xi̯ôg)：茂 (mi̯ôg)；
挃 (t̂i̯ĕt)：栗 (li̯ĕt)：櫛 (tṣi̯ɛt)：室 (śi̯ĕt)；
盈 (di̯ĕng)：寧 (ni̯ĕng)；

絲衣：紑(p'i̯ŭg)：俅(g'i̯ŭg)：基(ki̯əg)：牛(ngi̯ŭg)：鼒(tsi̯əg)：觩(g'i̯ôg)：
角(kŭk)：續(dzi̯uk)。
柔(ńi̯ôg)：休(xi̯ôg)。

魯頌・駉之什

駉：首章：馬(mǎ)：野(di̯ǎ)：者(ti̯ǎ)；
皇(g'wâng)：黃(g'wâng)：彭(pâng)：疆(ki̯ang)：臧(tsâng)。
二章：駓(p'i̯əg)：騏(g'i̯əg)：伾(p'i̯əg)：期(gi̯əg)：才(dz'əg)。
三章：駱(glâk)：雒(glâk)：繹(di̯âk)：斁(di̯âk)：作(tsâk)。
四章：騢(g'ǎ)：魚(ngi̯o)：祛(k'i̯ab>k'i̯o)：邪(dzi̯ǎ)：徂(dz'o)。

有駜：首章：黃(g'wâng)：明(mi̯ǎng)；
下(g'ǎ)：舞(mi̯wo)。
二章：牡(môg)：酒(tsi̯ôg)；
飛(pi̯wər)：歸(ki̯wər)。
三章：駽(xi̯wan)：燕(ʼian)；
始(śi̯əg)：有(gi̯ŭg)：子(tsi̯əg)。

泮水：首章：芹(g'i̯ən)：旂(g'i̯ər)；
茷(b'wâd)：噦(xwâd)：大(d'âd)：邁(mwad)。
二章：藻(tsog)：蹻(ki̯og)：昭(ti̯og)：笑(si̯og)：敎(kŏg)。

三章：芇(mông)：酒(tsi̯ôg)：老(lôg)：道(d'ôg)：醜(t'i̯ôg)。

四章：德(tək)：則(tsək)，

武(mi̯wo)：祖(tso)：祜(g'o)。

五章：德(tək)：服(b'i̯ŭk)：馘(kwɛk)，

陶(dôg)：囚(dzi̯ôg)。

六章：心(si̯əm)：南(nəm)，

皇(g'wâng)：揚(di̯ang)，

訩(xi̯ung)：功(kung)。

七章：觩(g'i̯ôg)：搜(si̯ôg)，

博(pâk)：斁(di̯ăk)：逆(ngi̯ăk)：獲(g'wăk)。

八章：林(gli̯əm)：黮(d'i̯əm)：音(i̯əm)：琛(t'i̯əm)：金(ki̯əm)。

閟宮：

首章：枚(mwər)：回(g'wər)：依(i̯ər)：遲(d'i̯ər)，

稷(tsi̯ək)：福(pi̯ŭk)：穋(gli̯ôk)：麥(mwɛk)：國(kwək)：穡(si̯ək)，

黍(śi̯o)：秬(g'i̯o)：土(t'o)：緒(dzi̯o)。

二章：王(gi̯wang)：陽(di̯ang)：商(śi̯ang)，

武(mi̯wo)：緒(dzi̯o)：野(di̯a)：虞(ngi̯wo)：女(ńi̯o)：旅(gli̯o)：

父(b'i̯wo)：

魯(lo)：宇(gi̯o)：輔(b'i̯wo)。

三章：公(kung)：東(tung)：庸(di̯ung)，

子(tsịəg)：祀(dzịəg)：耳(ńịəg)；
解(g'ĕg)：帝(tieg)；
犧(xia)：宜(ngia)：多(tâ)；
祖(tso)：女(ńịo)。
四章：嘗(dịang)：衡(g'ăng)：剛(kâng)：將(ts'ịang)：羹(kăng)：房(b'ịwang)：
洋(zịang)：慶(k'ịăng)：昌(t̂'ịang)：臧(tsâng)：方(pịwang)：常(dịang)；
崩(pəng)：騰(d'əng)：朋(b'əng)：陵(lịəng)。
五章：乘(d̂ịəng)：縢(d'əng)：弓(kịŭng)：綅(ts'ịəm)：增(tsəng)：膺(ịəng)：
懲(d̂ịəng)：承(d̂ịəng)；
熾(t̂'ịəg)：富(pịŭg)：背(pwəg)：試(śịəg)；
大(d'âd)：艾(ngâd)：歲(sịwad)：害(g'âd)。
六章：巖(ngam)：詹(t̂ịam)；
蒙(mung)：東(tung)：邦(pŭng)：同(d'ung)：從(dz'ịung)：
功(kung)。
七章：繹(dịăk)：宅(d'ăk)：貊(măk)：諾(nâk)：若(ńịak)。
八章嘏：(kå)：魯(lo)：許(xịo)：宇(gịo)；
喜(xịəg)：母(məg)：士(dz'ịəg)：有(gịŭg)：祉(t̂'ịəg)：
齒(t'ịəg)。
九章：柏(păk)：度(d'âk)：尺(t̂'ịăk)：舄(sịăk)：碩(dịăk)：

奕 (dịăk)：作 (tsâk)：若 (ńịak)。

商頌·那之什

那：鼓 (ko)：祖 (tso)；
成 (dịĕng)：聲 (śịĕng)：平 (bʻịĕng)：聲 (śịĕng)；
斁 (dịăk)：奕 (dịăk)：客 (kʻlăk)：懌 (dịăk)：昔 (sịăk)：作 (tsâk)；
夕 (dzịăk)：恪 (kʻlâk)；嘗 (dịang)：將 (tsịang)。

烈祖：祖 (tso)：祜 (gʻo)，所 (sịo)：酤 (gʻo)；
成 (dịĕng)：平 (bʻịĕng)：爭 (tsĕng)；
疆 (kịang)：衡 (gʻăng)：鶬 (tsʻịang)：享 (xịang)：將 (tsịang)：
康 (kʻâng)：穰 (ńịang)：饗 (xịang)：疆 (kịang)：嘗 (dịang)：
將 (tsịang)。

玄鳥：商 (śịang)：芒 (mwâng)：湯 (tʻang)：方 (pịwang)；
有 (gịŭg)：殆 (dʻəg)：子 (tsịəg)；
勝 (śịəng)：乘 (dʻịəng)：承 (dịəng)；
里 (lịəg)：止 (tịəg)：海 (xməg)；
河 (gʻâ)：宜 (ngia)：何 (gʻâ)

長發：首章：商 (śịang)：祥 (dzịang)：芒 (mwâng)：方 (pịwang)：疆 (kịang)：
長 (dʻịang)：將 (tsịang)：商 (śịang)。

二章：撥（pwât）：達（d'ât）：越（gi̯wăt）：發（pi̯wăt）：烈（li̯at）：
截（dz'i̯at）。
三章：違（gi̯wər）：齊（dz'i̯ər）：遲（d'i̯ər）：躋（tsi̯ər）：遲（d'i̯ər）：
祇（ti̯ər）：圍（gi̯wər）。
四章：球（g'i̯ôg）：旒（li̯ôg）：休（xi̯ôg）：絿（g'i̯ôg）：柔（ńi̯ôg）：
優（'i̯ôg）：遒（dz'i̯ôg）。
五章：共（kung）：厖（mŭng）：龍（li̯ung）：勇（di̯ung）：動（d'ung）：
竦（si̯ung）：總（tsung）。
六章：旆（b'wâd）：鉞（gi̯wăt）：烈（li̯at）：遏（'ât）：櫱（ngi̯at）：
達（d'ât）：截（dz'i̯at）：伐（b'i̯wăt）：桀（g'i̯at）。❶
七章：葉（di̯ap）：業（ngi̯ăp）；
子（tsi̯əg）：士（dz'i̯əg）；
衡（g'ăng）：王（gi̯wang）。

殷武：首章：武（mi̯wo）：楚（ts'i̯o）：阻（tṣi̯o）：旅（gli̯o）：所（ṣi̯o）：緒（dzi̯o）。
二章：鄉（xi̯ang）：湯（t'âng）：羌（k'i̯ang）：享（xi̯ang）：王（gi̯wang）：
常（di̯ang）。
三章：辟（pi̯ĕk）：績（tsi̯ek）：辟（pi̯ĕk）：適（d'ĕk）：解（g'ĕg）。
四章：監（klam）：嚴（ngi̯ăm）：濫（glâm）；
國（kwək）：福（pi̯ŭk）。

五章：翼（gi̯ək）：極（g'i̯ək）；
聲（śi̯ĕng）：靈（lieng）：寧（nieng）：生（sĕng）。
六章：山（săn）：丸（g'wân）：遷（ts'i̯an）：虔（g'i̯an）：梴（t'i̯an）：
閑（g'ăn）：安（·ân）。

❶ 長發六章「遏」毛詩作「曷」（*g'ât）高氏作「遏」者，蓋从魯詩韓詩也。王先謙詩三家義集疏注：『魯韓「曷」作「遏」』。

本篇音標對照

一、輔音

高本漢	國際音標	高本漢	國際音標
k	〔k〕	tś	〔tɕ〕
g	〔g〕	dź	〔dʑ〕
ng	〔ŋ〕	ś	〔ɕ〕
t	〔t〕	ź	〔ʑ〕
d	〔d〕	ń	〔ȵ〕
n	〔n〕	ńź	〔nʑ〕
t̂	〔ȶ〕	ts	〔ts〕
d̂	〔ȡ〕	dz	〔dz〕

s	〔s〕
z	〔z〕
ṭ	〔ʈ〕
ḍ	〔ɖ〕
tṣ	〔tʂ〕
dẓ	〔dʐ〕
ṣ	〔ʂ〕
ẓ	〔ʐ〕
x	〔x〕
ɣ	〔ɣ〕
•	〔ʔ〕
‘（送氣）	

二、元音

高本漢	國際音標
â	〔ɑ〕
a	〔a〕
ä	〔ɛ〕
ɛ	〔æ〕

高本漢	國際音標
ɒ	〔ɐ〕
e	〔e〕
å	〔ɔ〕
ə	〔ə〕
o	〔o〕
ö	〔ø〕
i	〔i〕
u	〔u〕
ü	〔y〕
w	〔w〕
□̂ 〔深〕	
□̌ （短）	
□̣ （短）	
□̭ 〔輔音性〕	

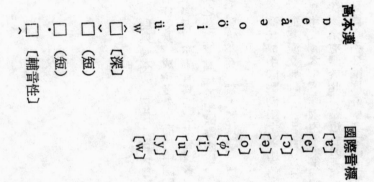

跋

瑞典高本漢（Bernhard Karlgren）先生，方今西方漢學之泰斗也，畢生從事漢學研究，著作等身，成績斐然。而於中國聲韻學造詣尤深，其所成就，非僅駕軼清儒之上，卽民國以來學者，亦罕有其匹。尤有進者，近數十年來，國人之研究聲韻學之有成績者，莫不階於高氏之基礎，高氏於中國聲韻學，非僅及於音類之分析，更進而求音值之構擬，雖則小有錯誤，賢者不免，然大體皆醇，以一西人，以究華夏之學，而有此登壇入室之成就，寧非可佩！

高氏於中國聲韻學之著述甚豐，已譯成中文者，爲數固多，然尙無中文譯本者，亦尙不少；而其漢文典（Grammta Serica）一書，又爲集其中國聲韻學研究成績大成之著，迄今竟尙無中文譯本，寧非國內學術界一大憾事，國內學者之不諳西文者，更無從參藉，尤爲莫大損失。余有鑒於此，雖短於西文，乃不自量力，爲譯此文，其目的蓋出以拋磚引玉之心，盼由此譯，引發國內外學者之中西文皆優者，多介紹西方學者研究國學之成績於國人，俾中西文化得以交流，研究方法得以切磋，而導使國內學術研究更具成績，區區之心，蓋在此耳。本文限於學力，自知錯誤甚多，敬祇博雅不吝賜正，實無任企佇。

又余初識高氏研究中國聲韻之著，實由本師許詩英先生之誘導，故譯此文，以爲許師六秩稱壽，師其亦有樂見於此者歟！

民國五十九年八月十五日脫稿

（原載許詩英先生六秩誕辰論文集，民國五十九年十月）

幾本有價值的聲韻學要籍簡介

在我的『六十年來之聲韻學』一文中，因爲限於時間，有些聲韻學概論性的書籍，只列出一張書目，未能加以詳細地敍述，始終感到於心未愜。木鐸編者希望我寫一篇有關聲韻學的文章，談談有關聲韻學的問題，作爲初學者的參考。因此我想介紹幾本在臺灣可以買得到的有價值的聲韻學要籍，對初學的同學也許有些微幫助。那末，就先從被採用爲教科書的幾種談起吧！

第一部要介紹的，就是我的老師瑞安林景伊先生所寫的中國聲韻學通論，這書是林先生早年在國立北平師範大學講聲韻學時的講義，後來整理成書，交由中華書局出版，來臺後版歸世界書局，現在由世界書局印行。這書一共分爲四章，首章爲緒論，次章講聲，三章講韻，四章談反切。書中於聲韻學的名稱、通例、起源、流別、方法、途徑多方面都加以詳細的說明，林先生以爲廣韻一書，論古今通塞南北是非而成，實爲聲韻學的樞機，所以本書的重點也在講明廣韻。在聲的一方面，由名稱與通例說到聲目之緣起，講聲目則先談三十字母，以爲三十字母爲唐舍利所刱，後守溫又增益爲三十六字母。再由三十六字母說到廣韻聲類，主張蘄春黃季剛先生的四十一類，以爲廣韻的聲類分析爲四十一紐，已可得其大綱，足夠運用了。自然若詳爲分別，當不止四十一，因爲聲與韻相接合之際，每因韻母洪細的不同，聲母的發音部位也會隨著而產生差異。廣韻的聲母既確認爲四十一，再從發音部位喉牙舌齒脣，與發音方法清濁發送收去辨識聲母的同異。聲母能夠辨識清楚，就可以進一層探求它的古今沿革，明白了聲母的古今演變，在廣韻聲母的四十一類當中，那些是正聲——本來就有的聲母？那些是變聲——由正聲演變而來的聲母？也就可以迎刃而解了，聲的正變既明，再研究它的音讀，自然也就水到渠成。在韻的一方面，也從韻的名稱與通例談起，因爲廣韻是承繼切韻而來的，所以又比較切韻與廣韻韻目的異同，以明切韻的眞象。四聲是借韻來表現的，所以談韻就得先把平上去入四聲講清楚。能夠分辨四聲，對於廣韻韻目的四聲相配，才能夠瞭然於心。談韻就必須把韻母的成素弄明白，一般說來，構成韻母的成素有三，就是韻頭韻腹韻尾。由於韻尾的不同，可把廣韻的二百零六韻，分成爲『陰聲』、『陽聲』及『入聲』三類，而三類韻母又各有關連。從韻頭的觀點以分析韻母，就可明瞭開齊合撮等呼上的差異，韻尾韻頭分析清楚以後，再加上韻腹的成素，就可以知道廣韻二百零六韻中到底可分成若干不同的韻母。廣韻的韻母分析清楚以後，再進而談到等韻的轉攝及各類韻圖的差異也就如同折枝之易了。有了轉攝等列的觀念再推求韻母的古今演變，自然可以曉得廣韻那些是正韻那些是變韻了，韻的正變既明，再說明二百零六韻的音讀。也就不怎麼費事了。廣韻一書主在明音，而音由反切來表現，要明音就得首先說明反切，所以本書將反切單獨成爲一章。先談反切的名稱與通例，再談反切的起源，三者既明就可詳爲解剖反切的方法，知道反切的方法以後，甚麼是『音和』，甚麼是『類隔』也就沒有甚麼疑問了。知道了方法，於反切的缺點及改進之道也就可指明了。由上所說可知林先生此書的編排相當合理，很適合於初學聲韻學的程度，可由淺入深，適當地引導到相當的深度，使學習的人樂其易而不苦其難，所以我在各大學講述聲韻學採以爲教材，也是因爲這書能執簡御繁，操本齊末適合初學的程度。本書主要在明廣韻，於等韻古音各方面只大略提到，欲希望得到更多的知識，就須另尋材料，希望將來林先生能夠寫本更詳細些的聲韻學，將這兩方面也兼顧到，那就更爲完美了。

其次要介紹的一部是董同龢先生所著的漢語音韻學。董先生這書最先的名稱爲中國語音史，由中央文物供應社出版，我讀大學的時候，先師許詩英先生就是採用此書爲教材的。董先生過世後改名爲『漢語音韻學』，加添了一些材料，現在由董夫人王守京女士發行，由廣文書局經銷。本書共分十三章，外加一篇附錄。在本書的第一章引論裏頭，董先生有一節談到本書講述的步驟。現在就以這一節作爲指引，談談本書的編排及其內容。因爲漢語音韻學屬於歷史語音學的一部分，所以本書以前稱爲中國語音史。講語音要有一套代表語音的符號，本書的附錄『語音略說』就是把本書所用的符號，作一個簡單的說明。因爲這套符號不是漢語音韻學的內容，只是一種說明的工具，所以只列爲附錄而不加入正文。說到漢語音韻學本身，董先生主張從現代講起，以爲眼前的材料，初學的人容易瞭解，而且現代也是瞭解古代的基礎，不過現代的範圍太廣了，本書只能以國語爲主，附帶的論及其他方言，所以本書在第一章引論講完後，接上去就是第二章國語音系與第三章現代方音。近代是現代的較古形式，所以也以現代爲出發點來說，第四章早期官話所談到的中原音韻、中州音韻、洪武正韵等書，都是從現代爲出發點來敍述的。其中以中原音韻影響最大，所以也就講得最爲詳細。明瞭了現代與近代就要追溯到古代了，作者以爲談到『古』，最好是從中古開始，切韵系的韵書與韵圖是研究古音比較最完備的材料，同時也是解說起來很費事的部分。所以關於這一部分，董先生用了四章篇幅來解說它。第五章切韵系的韵書，由韵書產生的背景，說到六朝韵書與陸法言切韵的修撰，再談到切韵一書的性質與內容，及切韵以後增訂切韵的韵書，因爲這一系的韵書都以四聲來分卷的，所以又談到四聲與分卷的關係。廣韵是這一系韵書最重要的韵書，所以抄錄了廣韵二百零六韵的四聲配合表。廣韵以前多家分韵的異同，也分別注出，可以瞭解諸家分合之異同。廣韵每韵的注音是由反切表現的，所以先說明反切的方法，然後介紹利用反切以探求中古聲韵母系統的陳澧和他的系聯反切的條例，並批評其得失。最後主張廣韵的反切上下字，盡量從分，上字主曾運乾的五十一類，下字分成三二八類。第六章等韵圖，韵圖是依附韵書而作的，瞭解韵書的聲韵母以後，始可以言韵圖的體例，這一章從字母而談到韵圖的興起，由早期韵圖演變到宋元韵圖，更從字母與廣韵反切上字，四十三轉與二百零六韵的關係探尋等與轉的意義及韵圖格式與內容，復就韵圖表現中古韵母系統的出入而說到等韵的門法。這是相當有分量的一章，也是很有建設性的一部分。第七章中古音系，經由第五第六兩章的討論，於中古聲母韵母音類有了淸晰的概念，所以可進而擬定中古音系的音值了。第八章中古音韵母的簡化，這是從切韵廣韵以後的韵圖韵書的內容而瞭解實際語言並不是像切韵那麼兼包並蓄的，從實用的觀點就有簡化韵母的必要了。因爲切韻系統包括了『古今通塞，南北是非』，現代音的來源差不多都可以完全在那裏面尋到，所以第九章由中古到現代，就是說明由中古的聲韻母演變到現代的過程，指出其演變的條件，這一章在語音的規範上是很有用的，講明了中古，就要上推到上古，一向研究上古都是以中古音的知識爲基礎的，在時代上上古音最早，但講述上卻要放在最後，就是這個緣故。關於上古音，董先生也用了四章篇幅來講述。第十章古韻分部：董先生接收了顧炎武以來各家分部的結果，確立古韻爲二十二部。並以諧聲字之字根分隸於各部之下，並標明演變入廣韻各韻的韻目，可以很清楚的瞭解到他的二十二部的內容。第十一章上古韻母系統的擬測，接收了高本漢、西門華德、李方桂等各位先生已有的成果，而再加以改進，他所構擬出的上古音，可以說是集各家之精華，系統最完整的了。但所構擬上古韻部的元音太過複雜，未免有些紙上談兵，與實際語音恐怕不太切合。第十二章上古聲母，約略地敍述了一下以前研究上古聲母的成就，根據他自己研究的結果，上古聲母應有七類三十六母。一一構擬出上古聲值，複聲母問題也提出來討論了，有些意見頗富啟示性。最後一章爲上古聲調的問題，主張上古有平上去入四個調類，並且推測上古所以平上去多兼叶，是因爲韻尾相同，去入韻尾不同而亦多兼叶，是因調值似近，平上與入韻尾既不同，調值又遠，所以極少兼叶。我們都知道根據先秦的韻文，以考求上古的聲調，只能得到調類的大概，至於調值的是否相近，那是無從推測的。董先生這部書到目前爲止，還是來臺以後一部最完整的教科書，二十多年來還沒有能編出一部勝過他，眞值得我們後學好好的努力啊！

第三部要介紹的是同門學長謝雲飛先生所著的中國聲韻學大綱。謝君此書由蘭臺書局於民國六十年十二月出版。全書共分七編十七章。第一編緒論，談到中國聲學韻學的名義，以爲在各種名稱中，『聲韻學』一名仍是完善無缺的，舉出中國聲韻學的研究範圍，包括了語音知識，標準語、方言、音韻流變，文學音律，字音變遷，文字音義關係各方面，亦談到中國聲韻學之分期與研究的材料，謝君主張分爲現代、近代、近古、中古、上古五期。各期之下，羅列著可供參考的有關資料。第二編爲研究中國聲韻應具的基本知識。謝君認爲應具備語音知識與音韻知識，語音知識部分講到語音學的分類，發音的器官，輔音與元音的種類。音韻知識分爲聲、韻、調、反切四方面加以扼要敍述。第三編爲現代音，講國語與現代方言，現代方言舉了蘇州、梅縣、福州、厦門、廣州五種作爲代表。第四編爲近代音與近古音，近代音方面講到中原音韻及其以後的韻書和韻圖，近古音講到禮部韻略、集韻、五音集韻、詩韻、韻會、洪武正韻、音韻闡微等書。第五編爲中古音。講切韻系韻書，主要講廣韻，說明研究廣韻的方法及廣韻聲母與韻母的分類，聲母分四十七類，韻母舉平以賅上去入爲九十類。講明廣韻聲韻類以後，進一層研究等韻，說明等韻圖的格式與成因，介紹了七音略、韻鏡、四聲等子、切韻指掌圖、切韻指南等五部重要韻圖的概略，更提出韻圖歸字的方法與字母的安排，並替等韻門法作一簡要的說明。也擬構了中古音聲韻母的音值，並敍述其嬗變到現代國語的關係，可以說是全書最重要的一編，也是全書重心所在。第六編爲上古音，略說上古音研究的方法，上古韻母研究的成績，主張分古韻爲三十部，並列三十部諧聲表，於上古聲母說明研究的簡史，確定上古聲紐爲十八，匣母合併於見母，爲謝君本人的創見。於上古聲調主張有四個調類，但認爲不同於後代，大體上承認王了一漢語音韻關於調類的說法。第七編說明聲韻學的實用。從全書的內容與編排上看，謝君的書是綜合了本師林先生景伊與董同龢先生兩家之說而成，也不失爲一本完整的教科書。但以集韻入近古，廣韻爲中古，其實兩書修集的時代既相去不遠，聲韻系統基本上也還一致。匣母合併於見母，只從諧聲着眼，缺乏音理上的說明，若專從諧聲假借上看來，頂多只能證明匣見兩紐的發音部位相同，至於是否同源，那還待深入探討。又主張古無次清音聲母，也僅是從諧聲上推論。這些都是仁智之見，不敢苟同的。

除了以上三書以外，在臺灣能看到的聲韻學書，按時代先後，分別簡介於後

㈠高本漢（B. Karlgren）中國音韻學研究，商務印書館民國二十九年九月初版，民國五十一年六月臺一版。

高氏此書原文於一九一五、一六、一九、二六數年當中陸續刋行。全書共分五項：⑴緒論，⑵古代漢語，⑶現代方言的描寫語音學，⑷歷史的研究，⑸方言字彙。以現代語音的知識來分析中國境內現代的方言，同時又就反切與韻表交互參證，於切韻的語音，詳加構擬。高氏的貢獻有：①將切韻時代的音系擬測出來，作爲現代方音系統的起點。②將中國方言的語音，作一番完整的描寫。③將現代方言從古音演變的歷程求出，並加以聲韻學上的解釋。高氏實爲正式應用印歐比較語言學上的構擬方法，來研究中國語言得到相當成績的第一人。近日中國學者構擬切韻的音系，仍多跳不出高氏的範圍。高氏此書的第一卷古代漢語，主要的在找出切韻音系的類別來，所描寫的古音系統，大體皆能成立。第二卷現代方言的描寫語音學，實爲一部極好的普通語音學大綱，第三卷歷史的研究，不僅包括切韻音系的擬測，且

於切韻音系至現代方言之沿革，更詳爲說明。第四卷方言字彙，首列各字古音，並將所收二十五種方言音讀列於其下，檢一字而衆音俱備，尋一音而殊方畢集，也是一種了不起的開創工作。這本書凡是研究中國聲韻學的人，都應該列爲必讀的參考書，受過一年聲韻學訓練的都應該可以看得懂。

(二)錢玄同文字學音篇。學生書局民國五十三年七月臺初版。

錢玄同先生此書共分五章，第一章爲紐與韻，第二章爲廣韻的紐韻，第三章爲反切，第四章爲三代古音，第五章爲注音字母。實則錢先生的音篇，乃後來音韻學通論概論一類著作的範本，後來各家的書，沒有一部，不是源出於音篇的間架與體製，說它是聲韻學教科書的始祖，實不爲過。

(三)劉賾聲韻學表解。商務印書館民國二十一年初版，菁華文化傳播公司影印。（無出版年月）

劉氏此書分上下二篇，上篇爲今音之學，下篇爲古音之學。劉氏所謂今音卽廣韻。在上篇裏，他談到音的構成、發音的部位，發送收及清濁，廣韻的聲類、雙聲，三十六字母及四十一聲類的標目，四十一聲類發音及其標目讀法，四十一聲類正變，韻母、等呼，四十一聲類字音之等呼、四聲、疊韻，廣韻韻目及其四聲相配，二百零六韻分類，二百零六韻正變，入聲分配陰聲陽聲，二百零六韻歸併，音之異同及其概數，反切，廣韻切語上字常用字及其音讀，廣韻切語下字分類，注音符號與聲類韻母比較等各項問題。下篇古音學部分，他談到音之變遷，求古音之資料，求古音之方式及系統，聲韻條例古今同異，聲之通轉，古本聲十九類，韻之通轉，古二聲，古本韻二十八部及其對轉旁轉，二百零六韻之離合分隸二十八部，二十八部與諸家古韻部居次第標目對照，古本音讀法，說文最初聲母分列古本韻二十八部各項問題。實際上就是替蘄春黃季剛先生的聲韻學作一有系統的整理，每節說明，首列表式，尤爲簡明易曉，實爲研究聲韻學的最中肯扼要的著作，要想瞭解黃季剛先生的音學要旨，這本書是不能不看的。

㈣姜亮天中國聲韻學。世界書局民國二十年初版，文史哲出版社影印民國六十三年四月。

姜氏此書共分四編，第一編前說，概說中國聲韻的分類，指出音的物理與生理的基礎，並說形音義相互間的關係及由於時地之故而產生差異所發生的轉變。第二編聲，講明聲的原理與歷史，敍述到字母與廣韻古音的聲紐概況。第三編韻。講韻的原理、等呼與四聲，討論廣韻的韻部與古韻的源流。第四編反切，講反切的原理與方法，敍述反切的原流，批評反切的弊端。敍述頗爲簡明，編排也頗有次序。立論多本章炳麟黃侃的說法，參以語音學學理，是一部値得推薦的聲韻學要籍。

㈤馬宗霍音韻學通論。商務印書館民國十九年初版，泰順書局六十一年三月臺初版。

馬氏此書共分八篇，篇目爲元音、變音、古音、廣韻、反切、四聲、字母、等韻。各篇都有詳細的解說，其廣韻篇內的唐宋用韻與廣韻之出入一節，根據唐宋人作詩用韻的實際，來探討廣韻分部的眞象，是這部書的一大特色。此書可供參考，作爲教科書，則編次嫌凌亂。

㈥張世祿中國聲韻概要。商務印書館民國十九年四月初版，民國五十二年四月臺一版。

張氏此書共分四編，第一編爲語音總論，說明人類發音的作用，語音跟文字的關係，語音的區域與時代。第二編爲聲母與韻母，內容包括聲韻母的名稱，聲韻母的種類及其音素四聲與五聲。第三編爲歷代聲韻的變遷，談到周漢的古音研究，魏晉以後的今音研究，元明以來國音的形成。第四編爲拼音，內容談到聲韻的拼合；反切的名稱、原理、方法與改進。各編的敍述，受了字數的限制，都有語焉不詳的感覺。

㈦葉光球聲韻學大綱。正中書局民國二十五年二月初版，四十八年四月臺一版。

葉氏此書共分四章，第一章爲韻學概要，談到等呼、陰陽、四聲等韻理，今韻的研究，古韻學研究的大略，從中原韻演變爲注音符號的過程。第二章爲聲學概要，講述五音、清濁等聲理，三十六字母與廣韻的聲類，古聲類研究的成績，注音符號的聲母。第三章爲反切。講述反切，以北音來研究反切時應注意的要點。第四章等韻學概要，談到等呼、韻攝跟門法。全書字數雖不多，但觀點尚正確，頗值得一讀。

㈧王力中華音韻學。泰順書局影印出版（不詳年月）

王氏此書原名中國音韻學，由商務印書館在民國二十五年出版，大陸淪陷後，改名爲漢語音韻學，泰順書局影印出版時又改名爲中華音韻學。如果不以人廢言，這部書應該是所有聲韻學教科書中，材料最賅備，編次最合理的一部書。全書分作四編，第一編前論，開宗明義先講語音學常識，給讀者打好審音的基礎，然後統一名詞的含義與解釋，並且簡單地介紹了中國古代的發音學等韻的名義與重要著作。第二編是本論上，著重在廣韻的研究，於廣韻的歷史、聲韻母及其音值、反切多方面都作了詳細地討論。第三編是本論中，由廣韻以上推古音，敍述了古音學的略史，各家的研究，古代音值跟聲調的問題。第四編是本論下，由廣韻下推今音，先說明廣韻以後的韻書概略，現代音的推求，不僅及於官話音系，也旁及於吳、閩、粵、客各種方言。編一部教科書，儘管沒有自己的刱見，而能蒐羅眾說，抉擇精當，條理清晰，容易了解的，便算是好的著作。王氏此書可以稱得上合於這一條件。

(九)張世祿中國音韻學史上下兩册，商務印書館民國五十四年十一月臺一版。

張氏此書著重於史的敍述，上册五章：第一章導言，第二章古代文字上表音的方法，第三章周漢間的訓詁和注音，第四章反切和四聲的起源，第五章魏晉隋唐間的韻書；下册四章：第六章字母和等韻的來源，第七章宋後韻書和等韻的沿革，第八章明清時代的古音學，第九章近代中國音韻學所受西洋文化的影響。一共九章，各章下詳列子目，中國聲韻學史應該談的問題也都談到了。腳注裏頭保留了許多寶貴的原始資料，是此書的一大特色。在張世祿許許多多聲韻學著作當中，這是他寫得最好的一部。

(十)羅常培漢語音韻學導論，泰順書局出版。

羅氏此書共分五講，第一講緒論，講到音韻學與音韻的沿革，音韻學的功用與研究的方法，還有古今音韻變遷大勢。第二講聲類之分析，講到聲母的定義，輔音的發音部位，辨別五音與七音，更從受阻的狀態，聲帶的帶音與否，送氣跟不送氣三種角度來分析輔音的發音方法，末了拿來跟傳統的名稱互相對照。第三講韻類的分析，說明韻母的成素，從舌位跟脣態來分析元音，然後說明廣韻一書跟今通行的注音字母當中元音的異同，又進而說到介音跟尾音的差異，從介音與元音的配合上解釋等呼的觀念，最後闡述曲韻六部的收音異同與乎轉攝與陰陽的含義。第四講調類的分析，先講明聲調的定義，然後討論平上去入四種調類的特徵，再談到古今聲調的差異，與乎四種聲調的性質，並指出今人辨識聲調之困難與遵循的方法。第五講漢字標音方法的演進，先講漢字字音的結構，反切以前的標音法，反切與反切的改良，其後說明注音字母與國語羅馬字。末了以高本漢所擬的切韻音值來標注唐詩作爲附錄。雖是一本薄薄的小册子，眞說得上是麻雀雖小，五臟俱全，價錢既不高，隨時翻閱，必會使你獲益不小。

㈡王力漢語史稿，某書局影印（不詳年月）

王氏漢語史稿的第二章語音的發展，也是一部很詳細的聲韻學教科書，王氏先構擬出廣韻聲母與韻母的音值，然後講由上古到中古的語音發展，由中古到現代的語音發展，每一細節都照顧到了，而且講得十分細膩，有不少是王氏的創見，頗富於啟示性，修正了瑞典高本漢氏不少的說法，這些都是他的特色。

㈢高本漢中國聲韻學大綱，中華叢書編審委員會民國六十一年二月印行，臺灣書局總經銷。

高氏此書並不是要對中國歷史音韻學，增加些什麼新的理論，或新的成就，而只是把他歷年來關於中國聲韻學的主要論點，作一綜合敍述罷了。這裏面包括了：中古及上古音韻系統的擬測，及從上古到中古語言漸變的情形，至於從中古音到現代繁複方言的演變，則間有提及，但沒有作詳細的說明。高氏從一九一五年開始，著手對中國古代音韻系統進行探討起，直至一九三四年，完成了上古音的擬測爲止，這許多年來，他對以前的說法，因受了同行其他學者像馬伯樂（H. Maspero）、李方桂、趙元任及羅常培等的影響，曾經作過不少的補充和修改，這期間相承改變的情形，見於他一連串發表的文章中，對於一個有興趣于聲韻學這方面的初學者來說，爲了要知道現在仍舊採用的擬音根據所在，而得將他過去所有的文章全都看一遍，未免太過麻煩了。所以高氏撰寫此書，乃挑選了一些他認爲依然是有力的論斷，以最簡單的方式，重新陳述一次，以便於學者觀覽。所以這書實是高氏一生對中國聲韻學意見精華所在，得此一書，不啻得到高氏研究中國聲韻學的全部作品的精華。

以上是關於中國聲韻學概論性質的書，瀏覽所及而在臺灣又能購求得到的，簡介如上。至於其他專著及單篇論文，則容後續談。

（原載木鐸三、四期合刊，民國六十四年十一月）

蘄春黃季剛（侃）先生古音學說駁難辨

蘄春黃季剛先生（一八八六—一九三五），邃於音學，廣韻一書，最所精研，日必數檢，韋編三絕，其中義蘊，盡發無遺，非獨能詮其名詞，釋其類例；更由是以稽先秦古音，而考定古韻廿八部，古聲十九紐。雖其所考，由廣韻而定，然與詩騷之用韻，說文之諧聲，竟全然脗合，絲毫不爽；徵之清儒所發明者，亦如析符復合，絕無差失。是以自黃先生之說出，並世之碩儒老師，乃競相稱述，其論音韻，亦翕然以古聲十九紐古韻廿八部之說爲依歸。顧黃先生早逝，其說多另星閒見，尙無專著。是故自其古音之說出，贊成之者，固不乏人；然非議之者，亦時有聞。新雄從本師瑞安林先生景伊治聲韻之學有年，於黃先生之古音學說，略窺端倪。用敢不揣固陋，搜集非議諸家之說，爲之一一辨釋，以質諸世之知音者，並求敎正焉。

至黃先生古音學說之內容，因非本文所論重心，是故闕而不言。讀者諸君，欲知其詳，可參見黃先生所著音略，聲韻略說，聲韻通例，與人論治小學書諸文（在中華書局出版黃侃論學雜著內），及劉賾聲韵學表解（商務印書館出版），本師林先生（尹）聲韻學通論（世界書局出版）本師潘先生（重規）中國聲韻學（新亞書院中文系出版），同門生謝一民著蘄春黃氏古音說（嘉新水泥公司文化基金會出版），拙著古音學發微（嘉新文化基金會排印中）音略證補（慶祝瑞安林景伊先生六十誕辰論文集）。

下文爲行文之便，皆先錄非議諸家之原文，然後爲之辨釋。綜合諸家之言，蓋有四家十難，辨釋於后：

一、林語堂先生古音中已遺失的聲母一文非難黃先生云：『更奇怪的，是黃侃的古音十九紐說的循環式論證，黃氏何以知道古音僅有十九紐呢？因爲在所謂「古本韻」的三十二韻中，只有這十九紐。如果你再問何以知道這三十二韻是「古本韻」呢？那末清楚的回答便是：因爲這三十二韻中只有「古本紐」的十九紐。這種以乙證甲，又以甲證乙的乞貸論證（begging the question），豈不是有點像以黃臉孔證明中國人爲偉大民族？何以知道中國人偉大呢？因爲他們黃臉。但是何以知道黃臉人偉大呢？因爲中國人就是偉大民族！』

辨曰：欲辨釋林語堂先生此難，且先問廣韵一書有無包含古音之成分？廣韻沿襲陸法言切韻而來，陸氏切韻序：『因論南北是非，古今通塞。』既云論古今通塞，是其書原兼含古音在內，關於此點，林先生亦不能不承認。林先生於珂羅倔倫攷訂切韻韻母隋讀表一文即云：『實則切韻之書，半含存古性質，切韻作者八人，南北方音不同，其所擬韻目，非一地一時之某種方音中所悉數分出之韻母，乃當時眾方音中所可辨的韻母統系。』又云：『又因爲方音所分，同時多是保存古音（如支脂東冬之分），所以長孫訥言稱爲「酌古沿今，無以加也。」』廣韻一書既兼存古音，則於是書求出其所存之古音系統，在理論上有何不可？更何況黃先生考求古音之方法，乃先據前人攷求古韵分部所得之結果，其廿八部之立，全據昔人所分。黃先生音略云：『今定古韻陰聲八，陽聲十，入聲十，凡二十八部。其所本如左：

歌顧炎武所立。灰段玉裁所立。齊鄭庠所立。模鄭所立。侯段所立。蕭江永所立。豪鄭所立。咍段所立。寒江所立。痕段所立。先鄭所立。青顧所立。唐顧所立。東鄭所立。多孔廣森所立。登顧所立。覃鄭所立。添江所立。曷王念孫所立。沒章氏所立。屑戴震所立。錫戴所立。鐸戴所立。屋戴所立。德戴所立。沃戴所立。合戴所立。帖戴所立。

此二十八部之立，皆本昔人，曾未以肊見加入。』至於非、敷、奉、微、知、徹、澄、娘、日九紐之爲變聲，又經前人考實。錢大昕有古無輕脣音一文以爲「凡輕脣之音，古讀皆爲重脣。」錢氏舌音類隔之說不可信一文則謂「古無舌頭舌上之分。知徹澄三母，以今音讀之，與照、穿、牀無別也，求之古音，則與端透定無異。」章太炎先生古音娘日二紐歸泥說一文則證明「古音有舌頭泥紐，其後支別，則舌上有娘紐，半舌半齒有日紐，于古皆泥紐也。」黃先生進察廣韵二百六韵中，凡無變聲非敷奉微知徹澄娘日九紐之韵或韵類，同時亦必無喻、爲、羣、照、穿、神、審、禪、邪、莊、初、牀、疏十三紐，則喻爲等十三紐亦必與非、敷等九紐同一性質可知，非敷等九紐既爲變聲，則喻爲等十三紐亦屬變聲無疑。黃先生據此以考廣韻二百六韻，其不見變聲二十二紐者，得三十二韵，而此三十二韵中，魂痕寒桓歌戈曷末八韵互爲開合，併其開合，則得廿八部。而此二十八部適與顧江戴孔段王嚴章諸氏所析，適相符合。陸氏切韵既兼存古音，則此二十八部，卽陸氏所定之古本韻，又復奚疑！如此何得謂爲乞貸論證？尤有進者，卽黃先生所斷爲變聲之喻爲等十三紐，經後人證明皆確爲變聲。曾運乾喻紐古讀考以喻爲二紐爲定匣之變聲，錢玄同、戴君仁先生古音無邪紐證，古音無邪紐補證二文則證明邪爲定之變聲。前乎此者，清夏燮已有照穿神審禪古歸端透定，莊初牀疏古歸精清從心之見，見所著述韵。筆者亦有羣紐古讀考附驥，以爲羣者匣之變聲也。此除證明黃先生之有眞知灼見之外，又何「乞貸」之可言？

二、林語堂先生前文又非難黃先生云：『實在黃氏所引三十二韻中，不見黏顎聲母並不足奇，也算不了什麼證據，因爲黏顎的聲母，自不能見於非黏顎的韻母，絕對不能因爲聲母之有無，而斷定韻母之是否「古本韻」，更不能乞貸這個古本韻來證明此韻母中的聲母之爲「古本紐」。』

辨曰：黏顎韻母與非黏顎韻母之斷定，當以介音之有無爲準，有者爲黏顎之韻母，無者爲非黏顎之韻母。至於黏顎聲母與非黏顎聲母之斷定，則其標準據羅常培普通語音學綱要蓋有三焉，卽㈠當發聲母之時，舌面接近硬顎，所發聲母具有舌面音之色彩，則此聲母爲黏顎之聲母，否則爲非黏顎之聲母。㈡聲母發音時，因後接元音舌位高低不同，因受元音之影響，使聲母舌位亦有高低之殊，舌位較高時所發之聲母，爲黏顎聲母，否則爲非黏顎之聲母。㈢就語言歷史過程中，本非舌面音之聲母其後變爲舌面音者，稱之爲黏顎聲母，否則爲非黏顎聲母。於黏顎聲韻母與非黏顎聲韵母有此認識後。再檢視黃先生之三十二古本韻，則顯然可知此三十二古本韵並非全然無介音i之韻母，若齊、若先、若蕭、若青、若添、若屑、若錫、若帖，於等韻全居四等，則不可謂無介音i，自不可謂非黏顎之韻母，然此諸韻皆不見黏顎之聲母，又如何不足奇？且非黏顎之聲母如端t、透tʻ-、定dʻ-、泥n-，如何變成黏齶之聲母如知ȶ-，徹ȶʻ-、澄ȡʻ-，娘ȵ-？設無非黏齶之聲母與黏齶之韻母相接，則又何從產生知ȶ-，徹ȶʻ-，澄ȡʻ-，娘ȵ-等之黏齶聲母？非黏齶之聲母既可見於黏齶之韻母，何以非黏齶之韻母，就必不可有黏齶之聲母。且如江韻董同龢先生中國語音史考訂其中古音值爲-ɔŋ。林語堂先生所親譯高本漢氏答馬斯貝囉論切韻之音一文中，高本漢氏亦以江韻切韻之音值爲無i之-ɔŋ(原文作ång)。則江韻爲非黏齶之韻母可知，江韻既爲非黏齶之韻母，又何以韻中亦有惷(丑江切徹ȶʻ-)，幢(宅江切，澄ȡʻ-)膿(女江切，娘ȵ-)諸音？何以亦有黏齶之聲母之存在？又林先生所譯高氏答馬斯貝囉論切韻之音一文跋語中，亦主張先、添、青、齊諸韻之開口韻皆具je-音，則此諸韻爲黏齶之韻母更無疑。然則林先生所謂『黏齶的聲母，自不能見於非黏齶的韻母』之言，並無任何理論上必然之根據。更何況黃先生所謂古本韻者，並非純屬非黏齶之韻母，則林語堂先生此難，尙不足以爲黃先生病也。又林先生在支脂之三部古讀考中云：『聲母與各韻的連帶關係，這是凡考古音者所必注意，而中國音韻家所未能注意的一種方法。』黏齶聲母何以不能見於非黏齶韻母？林先生曾注意否？此豈非聲母與韻母之連帶關係。黃先生實中國聲韻學家第一人注意及之者，故其音略云：『古聲既變爲今聲，則古韻不得不變爲今韻，以此二物相挾而變。』未料卻爲林先生責爲「乞貸」！

三、王了一先生於中國音韻學批評黃先生學說云：『但所謂「古本韻中只有古本紐」，亦不能無例外。』

辨曰：黃季剛先生於此類例外切語，亦嘗注意。其與人論治小學書云：『先韻有狗牀紐，此增加字。新雄按狗字廣韻崇玄切在韻末，唐寫本切韻殘卷第三種（後簡稱切三）及敦煌本王仁煦刊謬補缺切韻（後簡稱王一）皆無，其非陸氏之舊，為後世增加者無疑矣。灰韻上聲有偆字，為紐，此增加字。新雄按偆字廣韻于罪切，在韻末，切三及故宮本王仁煦刊謬補缺切韻（後簡稱王二）作羽罪反，皆在韻末。王一作素罪反，屬心紐為古本聲，以其平去二聲準之，齒音四紐具足，感上聲獨缺心紐，或當據王一正作素罪反。龍宇純君韻鏡校注以為偆蓋祭韻衛之上聲字。則其附寄於此者當為字少之故。曷韻有鶷字，喻紐，此增加字。新雄按鶷字廣韻各本矛割切，陳氏切韻攷謂當從明本顧本作予割切，此字切三、王一、王二、唐韻皆無，非陸氏之舊，黃君以為增加字者是也。桓韻上聲有鄹字，邪紐，此增加字，新雄按鄹字廣韻辭纂切，唐寫本切韻殘卷第一種（後簡稱切一）切三、王一皆無，五代刊本切韻作䏈詞纂切，非陸氏之舊，其為增加字無疑也。齊韻有臡字，日紐，此增加字。新雄按廣韻臡人兮切移成臡切，在韻末，切三及五代刊本切韻皆有此二字，且雜在韻中。董同龢先生中國語音史云：「廣韻咍海兩韻有少數昌（即穿）母以及以（即喻）母字，齊韻又有禪母及日母字，這都是特殊的現象，因為一等韻與四等韻，照例不與這些聲母配，根據韻圖以及等韻門法中寄韻憑切與日寄憑切兩條，可知他們當是與祭韻相當的平上聲字，因字少分別寄入咍海齊三韻，而借用那幾個韻的反切下字。寄入齊韻的移字，或本唐韻自成一韻，集韻又入咍韻，都可供參考。」據董先生此說，則臡移二字原非齊韻之字，則雖為變聲，實與齊韻之為古本韻無礙。移字禪紐，此增加字。按見上。去聲有遂字，徹紐，此增加字，新雄按遂字丑戾切，廣韻在韻末，王一、唐韻皆無，王二有，在韻末，蓋亦為增加字矣。錫韻有歡字，徹紐，此增加字。新雄按歡字廣韻丑歷切在韻末，切三、王一、王二、唐韻皆無，增加字也。侯韻上聲有鯫字牀紐，此增加字。新雄按鯫字廣韻仕垢切在韻末，王一土垢反，王二仕垢反皆在韻末，切三土垢反又土溝反，亦在韻末，土字疑七字之誤，其又音土溝反。廣韻正作七溝反可證。又張本廣韻侯韻劉紐鯫字又七苟切，正是此音，則土為七之誤益明矣。又廣韻趣取棷三字倉苟切，王一取棷二字倉垢反，王二取棷二字倉垢反，皆在韻末，切三無，則顯為增加字無疑，趣取棷為增加字，則鯫切三原作七垢反益無疑矣。東一類去聲有諷非紐賵敷紐鳳奉紐字以平聲準之當入第二類。咍韻有犕字，穿紐，新雄按犕廣韻昌來切，在韻末，切三、王一皆無，增加字也。又參見臡字下引董氏語。上聲有腆字，喻紐，新雄按腆字廣韻與改切在韻末，切一、切三、王一、王二皆無增加字也。又參見臡字下按語。疓字，日紐，皆增加字也。新雄按疓字廣韻如亥切在韻末，切一、切三、王一、王二皆無，增加也。凡此變音諸字，雜在本音中，大氏後人增加，綴於部末，非陸君之舊，不可以執是以譏鄙言之不驗也。』此外劉盼遂氏又查出『先韻上聲有編字方典反、非紐。先韻入聲有弻字方結反、非紐。灰韻有胚字芳杯反，奉紐。灰韻上聲有鬠字陟賄反，知紐。魂韻去聲有奔字甫悶反，非紐。戈韻有猢字巨靴反，羣紐。又有伽字求迦反，羣紐。戈韻去聲有縛字符臥反，奉紐。錫韻有甓字扶歷反，奉紐。登韻去聲有倗字父鄧反，奉紐。又有𥧲字方隥反，非紐。又有懵字武亘反，微紐。侯韻上聲有掫字方垢反，非紐。咍韻有焙字扶來反，奉紐。咍韻上聲有茝字昌待反，穿紐。』劉氏於所著黃氏古音廿八部商兌一文為之辨云：『以上變紐十五文，黃先生所未及舉，總上黃先所錄者共得三十字，皆性謬於古音定則，使學士滋惑也。盼遂嘗深思所以致誤之由，至於輾轉伏枕而不能解，迨後得唐寫本王仁煦切韻（清大內出吳彩鸞寫本，上虞羅氏印。）寫本切韻（海寧王先生影寫敦煌石室殘卷三種。）及唐寫本唐韻（吳縣蔣氏藏吳彩鸞寫本殘卷。）取以參校廣韻，此疑頓爾冰釋。前方三十字中，其東部去韻諷賵鳳三字此不論。（新雄按黃先生已自辨其故，說見前。）若狗鄹蓬歠犕膜疠（新雄按此七字已辨，見前。）鬠（新雄按切三、王一、王二皆無。）猢（新雄按切三、王一、王二皆無。）伽（新雄按伽字求迦切，伽字切三無反語，王一去迦反，王二云反法，且迦字切三無，則伽為增加字可知，均在韻末。）縛（新雄按王一、王二、唐韻皆無。）倗（新雄按王一、王二在韻末，唐韻無）焙（新雄按切三切一皆無。）等十四字皆不見於陸孫之書，若魂韻去聲之奔，唐韻則脯悶反，注云一加（新雄按顯為增加字，王一有，王二無。）侯韻上聲之鯫，切韻作士垢反（新雄按見前。）是二字仍屬古本紐也。餘如胚（新雄按此字切三、王一皆作芳肧反，本師瑞安林先生云：「廣韻尤韻颩紐有肧字，其又音為普回切，可見灰韻之肧字，原為滂母，韻鏡列一等脣音次清位，指掌圖列滂母下可證。」）脩（新雄按辨見前。）茝（新雄按辨見前鬠字下引董氏語。）編（新雄按此字切三方顯反，王一方蘭反，切一、五代刊本無，廣韻一先韻邊紐有編，又音方泫切，又有萹又音北泫切，方泫北泫即銑韻方典切之音，由萹字又切北浤，足證編原為幫母，韻鏡列脣音清音下四等位，切韻指掌圖卽列於幫母下可證此原字讀重脣。弫 新雄按此字切三、王一、王二、唐韻皆作方結反，然以平上去三聲準之當屬幫母，集韻作必結切，指掌圖入幫紐下，足為旁證。 甓 新雄按此字切三、王一、唐韻與廣韻同作扶歷反，然王二作蒲歷反為並紐，以平上去三聲準之，王二是也。 ⿱竹朋 新雄按此字王一、王二方鄧反唐韻方鄧反以平上入三聲準之，當屬幫母，集韻逋鄧切，指掌圖入幫紐下，足爲旁證。 慒 新雄按此字王一、王二皆作武亘反，以平上入三聲準之，當屬明母，集韻母亘切，指掌圖入明紐下，足為旁證。 ⿰扌鄙 新雄按此字廣韻作⿰扌部方垢切，王一王二皆方后反，以平去二聲準之，當入幫紐下，集韻彼口切指掌圖入幫母下足證。 鸏栘 新雄按此二字辨見前。 等十一字，二書均同廣韻，疑出於長孫箋注緒正朱箋所加，非陸氏所本有，不然何以茲十一字均駙於部末而與上文不一例邪？由是益徵黃先生之精於推論，然非得唐氏秘書，亦終屬託辭而未敢質言之矣。』除黃先生及劉氏所舉諸字之外，廣韻灰韻尚有浼字武罪切，微紐。新雄按切三、王二皆作武罪切，以平去二聲準之，當屬明母，集韻母罪切，指掌圖列明母下。 豪韻上聲有蓩字武道切，微紐。新雄按切三、王一皆作武道反，以平去二聲準之，當為明母字，切韻指掌圖列於明紐下，亦足為旁證矣。 登韻有瞢武登切，微紐。新雄按切三、王一皆然，集韻彌登切，指掌入明母。 侯韻有呣亡侯切，微紐 新雄按切三、王一、王二皆無，增加字也。 合韻有⿺辶參字士合切，牀紐。新雄棠切三、王二、唐韻皆無，增加字也。 合黃君劉氏所舉，共得三十五字雜有變聲，除顯然為增加字者外，其混淆無理者，脣音獨多。大唐舍利創字母三十，脣音不、芳、並、明，尚無輕重之別。陳澧所考廣韻聲類，亦明微不分。由此觀之，重脣之支分為輕脣，時代甚晚，陸氏時尚無輕脣重脣之別。董同龢先生中國語音史卽謂：『中古早期還沒有輕重脣的分別。』了一先生漢語史稿亦云：『直到切韻，脣齒音還沒有從雙脣音分化出來。』因陸氏時輕重脣尚無區別，故輕脣重脣多混用也。明乎此，其無害於黃先生古音學說之成立，亦已明矣。除脣音外，其他諸變聲字，皆可尋其羼入之端，由此尤可見黃先生識見之精審，於音學之有獨詣矣。

四、王了一先生於中國音韵學又云：『我們不能贊成黃氏拿廣韻的反切法去做推測古音的工具，因爲反切法是後起的東西，與古音不會發生關係。』

辨曰：廣韻切語承襲切韻而來，雖則間有改易，然基本上其反切仍沿襲切韵，而系統一致，此殆無可疑。羅常培先生中國音韵沿革講義云：『廣韻反切大體沿用法言以下諸家，而於聲音遞變者，間亦改從時音，以求和協。其有改之未盡者，卽所謂「類隔」切也。廣韻一字互注之切語，多用類隔，以明古聲之本同。考古音者，系聯類隔切語，參證切韻佚音，正足窺見隋音消息，探討法言舊法。』王了一先生亦謂：『一般所謂「切韻系統」也就是廣韻的系統。』又說：『廣韻的語音系統基本上是根據唐韵的，唐韵的語音系統則又基本上是根據切韻的。』由羅王兩氏所言，則廣韻之反切法卽切韻之反切法。至於切韻之反切法，可否作爲推測古音之工具。茲仍引王了一先生自己之說以爲說明。王先生在漢語音韻內說：『陸法言的古音知識是從古代反切得來的，他拿古代反切來跟當代方音相印證，合的認爲「是」，不合的認爲「非」，合的認爲「通」，不合的認爲「塞」。這樣就在很大程度上保存了古音系統。例如支脂之三韻在當代許多方言裏都沒有分別，但是古代的反切證明這三個韻在古代是有分別的，陸法言就不肯把它們合併起來。其中有沒有主觀臆測的地方呢？肯定是有的；但是至少可以說，切韻保存了古音的痕跡，這就有利于我們研究上古的語音系統。』切韻旣保存古音痕跡，而陸法言之古音知識，又從古代反切而來。然則以廣韵之反切法，推測其書古音系統，又有何不可？漢語音韻係王了一先生晚年定論，已對其早年所疑，自作圓滿之解答矣。

五、王了一先生於中國音韻學又批評黃先生云：『而且他所指出的古本韻，實際上是在韻圖中居一等或四等的韻；舌上音與正齒音本來沒有一四等，輕脣音與日母本來沒有一二四等，自然不能入於黃氏所謂古本韻之中。由此看來，黃氏只在每一個古韻部中（例如之部或支部）。揀出一個一等或四等的韻（例如之部咍韻居一等，支部齊韻居四等），認爲古本韻。這對於古音系統仍不能證明，倒反弄出不妥來。例如「齊」字本身屬於古音脂部，而黃氏所謂齊部，卻指古音支部而言；「先」字本身屬於古音諄部，而黃氏所謂先部，卻指古音眞部而言。』

辨曰：等韻之分等，尤其是早期之等韻圖，例如韻鏡與七音略，實際上係據切韻廣韻等韻書而制定者，王了一先生卽嘗云：『在宋、元兩代反切圖是專爲切韻、廣韻或集韻的反切而作的。』又因切韻系韻書並非反映當時具體語言之實際語言系統，而是兼顧古音系統，則等韻之四等實際上亦反映出韻書之古音系統。故王了一先生又於漢語音韻云：『韻圖所反映的四等韻只是歷史的陳迹了。』此言基本上實爲絕對正確者。因爲四等之分，只不過是歷史之陳迹，而非實際之語音系統。因其爲歷史之陳迹，故必然存有古音之系統。卽如王先生所謂舌上、正齒本無一四等，輕脣與日母本無一二等而言，此誠然矣。然則吾人當問何以舌上、正齒不存於一四等？輕脣半齒不存於一二四等？卽如高本漢氏所定四等之分，一等主要元音爲較后之〔ɑ〕或〔o〕，二等主要元音爲較前之〔a〕，三等主要元音爲更前之〔ɛ〕，並有韻頭〔j〕，四等主要元音爲更前之〔e〕

並有韻頭〔i〕。原來一二等元音之〔ɑ〕與〔a〕雖同屬洪音，但〔ɑ〕較〔a〕爲后，不易影響聲母發生變化，而〔a〕則因爲『很前很淺（aigu）』故較易影響聲母發生變化。三四等之韵頭〔j〕與〔i〕雖同屬細音，但輔音性韵頭〔j〕因發音部位極高又帶摩擦性，故易使前接聲母顎化；元音性韵頭〔i〕則較不易。何況據王先生漢語史稿古音二等性韵母當有輔音性之韻頭〔e〕，則較高氏所定〔a〕尤易使聲母變化。因爲二三等之韻頭易使聲母變化，則等韵中二三等之聲母多屬變聲又何可疑？舌上、正齒、輕脣、半齒今皆證明其爲變聲。則其不見於一四等韵豈非極自然之事！明乎此則何以黃先生所謂古本韵在等韵中僅居一四等，其理亦極顯明。因爲一四等韵之元音及韻頭較不易使聲母變化，自然易於保存古音之聲韵母系統。

至於黃先生古本韻標目問題，確如王先生所云有略爲欠妥之處，然此亦極易解釋。吳興錢玄同先生論諸家古韻標目之異同嘗云：『黃季剛二十八部，雖亦用廣韻韻目爲標，然與王（念孫）章（炳麟）嚴（可均）黃（以周）四家任舉一字者迥異。因廣韻二百六部中，此三十二韻原是古本韻，黃氏既於廣韻中求得古本韻之韻，故卽用古本韻韻目題識，此古本韻韻目三十二字，實爲陸法言所定之古韵標目，今遵用之，正其宜也。』（見劉賾聲韻學表解引）據錢先生此言，可知黃先生之古韻標目乃陸氏所定之古韻標目，然陸氏與劉臻等八人定韻之時，雖則『剖析毫釐，分別黍累。』大體皆尚精當。然彼輩數人，「定則定矣」。終不免有審音未到之處，亦難免存有主觀臆斷之處。故乃以齊表支，以灰表脂，以先表眞，其齊、灰、先皆不在本部。蓋陸氏審音之疏，此與黃先生無涉也。是故黃先生雖遵用其舊目，而於部內則必使歸本部，此正所以規陸氏之失也。

六、王先生中國音韻學又云：『所謂「古本紐」（例如幫）與「變紐」（例如非），在古代的音值是否相同呢？如不相同，則非不能歸併於幫，亦卽不能減三十六紐爲十九紐；如古代非幫的音值相同，則幫紐可切之字，非紐何嘗不可切呢？』

辨曰：古本紐與變紐於古音值自當相同，易言之，卽尚未分化前自是相同，惟至陸氏時，古本紐與變紐之音值已起變化。陸氏於已變之音值，認爲變紐，故其古本韻絕不雜用變紐。如知 ȶ- 徹 ȶ'- 澄 ȡ'- 娘 ȵ- 日 ȵʑ- 諸變紐，其音值至陸氏時已與古本紐端 t- 透 t'- 定 d'- 泥 n- 諸紐音值迥殊，故陸氏定韻之時，其古本韻中絕不以知徹澄娘日諸變紐爲切語上字；至於重脣幫、滂、並、明四紐與輕脣非、敷、奉、微四紐，於陸氏時尚未盡區分，卽音值多相同。故陸氏定韻，其古本韻中脣音八母多互混淆，蓋亦以音值之相同，故彼此互切也。然陸氏時已變者，則絕不混切，此其所以爲剖析豪釐者乎！

七、王先生中國音韻學又云：『又如泰韻既無變紐，爲什麼不認爲古本韻，而認爲曷末之變韻呢？我們不信黃氏的說法，這也是一個強有力的理由。』

辨曰：泰韻中之聲紐，純爲古本紐，此誠然矣。然何以不視爲古本韻，而以爲曷末之變韻乎？蓋黃季剛先生之考定古本韻，除以紐類韻部交比之外，（按見拙著古音學發微。）尚兼涉於聲調之變化。黃先生音略略例云：『四聲，古無去聲，段君所說；今更知古無上聲，惟有平入而已。』又聲韻通例云：『凡聲有輕重，古聲惟有二類：曰平、曰入。今聲分四類：重于平曰上，輕于入曰去。』又云：『凡今四聲字，讀古二聲，各從本音。本音為平，雖上去入亦讀平；本音為入，雖平上去亦讀入。』本師瑞安林先生中國聲韻學通論亦云：『古惟有「平」「入」二聲，以為留音長短之大限。迨後讀「平聲」少短而為「上」，讀「入聲」稍緩而為「去」。』蓋黃先生以為古惟有平入二聲，其上聲去聲則後世之變也。關於古代聲調，王了一先生近年亦有類似之見。其漢語史稿云：『先秦的聲調除了以特定的音高為其特徵外，分為舒促兩大類，但又細分為長短，舒而長的聲調就是平聲，舒而短的聲調就是上聲。促聲不論長短，我們一律稱為入聲。促而長的聲調就是長入，短而促的聲調就是短入。……關於聲調區分的理論根據是這樣：①依照段玉裁的說法，古音平上為一類，去入為一類。……從詩韻和諧聲看，平上常相通，去入常相通。這就是聲調本分舒促兩大類的緣故。②中古詩人把聲調分為平仄兩類，在詩句裏平仄交替，實際上像西洋的「長短律」和「短長律」。由此可知古代聲調有音長的音素在內。』又云：『在上古的聲調中舒聲有長短兩類，就是平聲和上聲，促聲也有長短兩類，就是去聲和入聲。所謂舒聲，是指沒有 -p, -t, -k 收尾的音節來說的；所謂促長，是指有 -p, -t, -k 收尾的音節來說的。上古的長入，由於它們的元音都是長元音，在發展過程中，韻尾 -t, -k, 逐漸消失了。長入韻尾的消失大約是在第五世紀或更早的時期完成的。……**段玉裁說上古沒有去聲，他的話是完全對的。**』泰韻於廣韻為去聲，去聲上古既無，則其為變韻何疑！泰韻於古音為入聲，王了一先生漢語音韻亦嘗說明。其言曰：『戴氏的古韻廿五部，似密而實疎。……祭、泰、夬、廢獨立，這是他的創見，但是即使在陰、陽、入三分的情形下，他也只該像王念孫那樣把四個韻和入聲月曷末等韻合成一部。（黃侃正是這樣做的）而不應該分為兩部。』又云：『黃氏認為上古的聲調只有平入兩類，因此他的入聲韵部實際上包括了廣韻裏大部分的去聲字。在這一點上他比戴氏高明。』此爲王先生晚年定論，已足將其早年之疑慮，徹底廓淸矣。

八、魏建功先生古音系研究批評黃先生云：『那有降而在切韻書裏面找古音部類的，於是開「韵部紐類交比法」的例。我們說過等列變遷的來源，韻書與等列都是諧聲系統沒落以後的東西。等列裏可以包含一些古音的間架，可不見得古音系統在等列裏頭完全保存著；所以我們也說過了。等列自身變遷可以做等韵以來等列所代表的音系的歷史研究，卻不能逕行拿來推論那更早的音系。韻書的情形也是如此。……這種方法首先利用的人是黃侃。』

辨曰：普通韻書若中原音韵，洪武正韻之類，固未必保存古代音系，然切韻、廣韻乃論「南北是非，古今通塞」之作，其保存有古音系統，實無可疑。（參見前辨諸難。）魏氏此難，實昧於廣韻爲一兼賅古方今方國之語成爲標準韻書之理。而將切韻、廣韻諸書，視同普通韻書，以爲唐、宋以來產物，其韻字僅爲唐、宋以來之音系；以爲只可從廣韵中聲韻相互關係論音變，而不能考古音系統。實由於基本觀念之錯誤。對切韻廣韻爲書之基本性質，未能認識淸楚。故宮本王仁昫刋謬補缺切韵若干韵目下注明各韵諸家分合之異同。茲錄於后：

冬都宗 無上聲、陽與鍾江同，呂、夏侯別，今依呂、夏侯。

脂章夷 呂、夏侯與微韵大亂，陽、李、杜別，今依陽、李、杜。

職隣眞 呂與文同，夏侯、陽、杜別，今依夏侯、杜。

側詵臻 無上聲、呂、陽、杜與眞同韻、夏別，今依夏。

敦煌本王仁煦刊謬補缺切韻亦有若干韻目注明各家分合之異同。亦錄於後：

董 多動反、呂與腫同、夏侯別、今依夏侯。

旨 職雉反、夏侯與止爲疑、呂、陽、李、杜別、今依呂、陽、李、杜。

語 魚舉反、呂與麌同、夏侯、陽、李、杜別、今依夏侯。

蟹 鞵買反、李與駭同、夏侯別，今依夏侯。

賄 呼猥反、李與海同、夏侯爲疑、呂別，今依呂。

隱 於謹反、呂與吻同、夏侯別、今依夏侯。

阮 虞遠反、夏侯、陽、杜與混很同、呂別、今依呂。

潸 數板反、呂與旱同、夏侯別、今依夏侯。

產 所簡反、陽與銑獮同、夏侯別、今依夏侯。

銑 蘇典反、夏侯、陽、杜與獮同、呂別、今依呂。

篠 蘇鳥反、陽、李、夏侯與小同、呂別、今依呂。

巧 苦絞反、呂與皓同、陽與篠小同、夏侯並別，今依夏侯。

養 餘兩反、夏侯在平聲陽唐、入聲藥鐸別、上聲養蕩爲疑、呂與蕩同、今別。

梗 □□反、夏侯與靖同、呂別、今依呂。

耿 古幸反、李杜與梗迥同、呂與靖迥同、□與耿別、夏侯與梗靖迥並別、今依夏侯。

靜 疾郢反、呂與迥同、夏侯別、今依夏侯。

有 □□□李與厚同、夏侯與□同、呂別、今依呂。

敢 古覽反、呂與檻同、夏侯別、今依夏侯。

琰 以冉反，呂與忝范、豏同、夏侯與范豏別，與忝同、今並別

宋 、蘇統反、陽與用、絳同夏侯別、今依夏侯。

至 脂利反、夏侯與志同、陽、李、杜別、今依陽、李、杜。

怪 古懷反、夏侯與泰同、呂別、今依呂。

隊 徒對反、李與代同、夏侯爲疑、呂別、今依呂。

廢 方肺反、無平上聲、夏侯與隊同、呂別、今依呂。

願 魚怨反、夏侯與慁別、與恨同、今並別。

諫 古晏反、李與襇同、夏侯別、今依夏侯。

霰 蘇見反、陽、李、夏侯與線同、夏侯與□同、呂、杜並別、今依呂、杜。

嘯 蘇弔反、陽、李、夏侯與笑同、夏侯與效同、呂杜並別、今依呂、杜。

効 胡教反、陽與嘯笑同、夏侯、杜別、今依夏侯、杜。

箇 古賀反、呂與禡同、夏侯別、今依夏侯。

漾 餘亮反、夏侯在平聲陽唐入聲□□並別、去聲漾宕爲疑、呂與宕同、今□□。

敬 居命反、呂與諍同、勁諍徑並同、夏侯與勁同、與諍徑別、與淨勁別、今並別。

宥 尤救反、呂、李與候同、夏、侯爲疑，今別。

幼 伊謬反、杜與宥、候同、呂、夏侯別、今依呂、夏侯。

豔 以贍反、呂與梵同、夏侯與㮇同、今別。

陷 戶㮇反、李與鑑同、夏侯別、今依夏侯。

沃 烏酷反、陽與燭同、呂夏侯別，今依呂、夏侯。

櫛 阻瑟反、呂、夏與質同、今別。

迄 許訖反、夏侯與質同、呂別、今依呂。

月 魚厥反、夏侯與沒同，呂別，今依呂。

屑 先結反、李、夏侯與薛同，呂別，今依呂。

藥 以灼反，呂與鐸同，夏侯別，今依夏侯。

錫 先擊反，李與昔同，夏侯與陌同，呂與昔同，與麥同，今並別。

葉 與涉反，呂與帖洽同，今別。

洽 侯夾反，李與狎同，夏侯別，今依夏侯

從以上兩本王韻韻目所注可知，凡某人相混，陸氏必不從其混，某人有別，陸氏則從其分。其非當時實際語音系統，已極其顯然。故羅常培先生云：『對於切韻論定「南北是非，古今通塞」的性質，也就用不着再辯論了。』

吳興錢玄同先生云：『廣韻一書，兼賅古今南北之音，凡平仄、清濁、洪細、陰陽諸端分別甚細。今日欲研究古音，當以廣韻爲階梯。』又云：『廣韻分韻之多，其故有四：㈠平上去入之分，㈡陰聲陽聲之分，㈢開齊合撮之分，㈣古今沿革之分。』『第四項之分，則陸法言定韻精意，全在于此。吾儕生于二千年後，得以考明三代古音之讀法，悉賴法言之兼存古音。』（見文字學音篇）。廣韻兼顧古今沿革，自可保存古音系統，觀錢先生此言，亦足以釋魏氏之疑矣。

九、魏建功先生前書又云：『廣韻所收（1）有說文所無的，還有（2）依諧聲系統應是此

部而廣韵入他部的，（3）更有別部收入此部的。』

辨曰：廣韵一書爲標準韻書，非字書也。以其爲標準韻書，故乃求備韵，收字與說文之有無，並無關連，且經傳典籍之字，說文失收者，亦所在多有，故本韵所收之字，說文之有無，並不足以影響其是否爲古本韵。劉賾聲韵學表解云：『古本韻二十八部，係指收音而言，非指每韻所收之字而言也。』至依諧聲應入此部而卻入於他部者，則法言兼載古韵今韵，旣非純爲古韵而作，自應兼顧今韵。如移、皮、宜、爲等字，依諧聲自當入歌韵，而廣韵入於支韵者，兼及於今音也。他部而收入此部者，其理亦同。卽以歌韵而論，其鼉、驒、䕼、儺、虉等字依諧聲當入寒韵，今入於歌韵者，其故一則歌寒古近，音可相通；一則寒變入歌，爲時已久，法言錄之，正足以見古音之相通，又不違於當時之音讀，固無損歌之爲古本韻也。

十、董同龢先生中國語音史論黃先生古韻分部云：『古韻分部，近年又有黃侃二十八部之說，實在並無新奇之處。他所以比別人多幾部，是把入聲字從陰聲各部中抽出獨立成「部」的緣故。就古諧聲而論，那是不能成立的。因爲陰聲字與入聲字押韻或諧聲的例子很多，如可分，淸儒早就分了。』

辨曰：董先生批評之焦點，在於入聲諸部應否獨立成部。關於此點，近年王了一先生在漢語音韵一書論之綦詳。其言曰：『黃侃承受了段玉裁古無去聲之說，更進一步主張古無上聲，這樣就只剩下平入二類，平聲再分陰陽，就成了三分的局面。用今天語音學的術語來解釋，所謂陰聲，就是以元音收尾的韻部，又叫做開口音節；所謂陽聲，就是以鼻音收尾的韻部；所謂入聲就是以清塞音p、t、k收尾的韻部。這樣分類是合理的。陰陽兩分法和陰陽入三分法的根本分歧，是由于前者是純然依照先秦韵文來作客觀的歸納，後者則是在前者的基礎上，再按照語音系統進行判斷，這裏應該把韵部和韵母系統區別開來。韵部以能互相押韻爲標準，所以只依照先秦韻文作客觀歸納就够了；韻母系統則必須有它的系統性（任何語言都有它的系統性），所以研究古音的人必須以語音的系統性着眼，而不能專憑材料。

具體說來，兩派的主要分歧表現在職覺藥屋鐸錫六部是否獨立。這六部都是收音于-k的入聲字，如果併入了陰聲，我們怎樣了解陰聲呢？如果說陰聲之、幽、宵、侯、魚、支六部既以元音收尾，又以清塞音-k收尾，那麼顯然不是同一性質的韵部，何以不讓它們分開呢？況且收音于-p的緝葉，收音于-t的質物月都獨立起來了，只有收音于-k的不讓它們獨立，在理論上也講不通。既然認爲同部，必須認爲收音是相同的；要末就像孔廣森那樣，否認上古有收-k的入聲（原注：孔氏同時還否認上古有收-t的入聲，這裏不牽涉到收-t的問題，所以只談收-k的問題。）要末就像西洋某些漢學家所爲，連之、幽、宵、侯、魚、支六部都認爲也是收輔音的。〔原注：例如西門（Walter Simon）和高本漢（B. Karlgren）。西門做得最徹底，六部都認爲是收濁擦音γ高本漢顧慮到開口音節太少了，所以只讓之幽宵支四部及魚部一部分收濁塞音g。〕我們認爲這兩種做法都不對：如果像孔廣森那樣，否定了上古的-k尾，那麼中古的-k尾是怎樣發展來的呢？如果像某些漢學家那樣，連之、幽、宵、侯、魚、支六部收塞音（或擦音），那麼，上古漢語的開音節那樣貧乏，也是不能想像的。（王先生於漢語史稿亦云：『高本漢拘泥於諧聲偏旁相通的痕跡，於是把之幽宵支四部的全部和魚部的一半都擬成入聲韻（收-g）又把脂微兩部和歌部的一部分擬爲收-r的韻，於是只剩下侯部和魚歌的一部分是以元音收尾的韻，卽所謂「開音節」。世界上沒有任何一種語言的開音節是像這樣貧乏的。（原注：倒是有相反的情形：例如彝語（哈尼語等）的開音節特別豐富，而閉音節特別少。）只要以常識判斷，就能知道高本漢的錯誤。這種推斷完全是一種形式主義。這樣也使上古韻文失掉聲韻鏗鏘的優點；而我們是有充分理由證明上古的語音不是這樣的。』）王力之所以放棄了早年的主張，採用了陰陽入三聲分立的說法，就是這個緣故。』從王了一先生上文觀之，則入聲字應否脫離陰聲韻獨立成部，已彰彰明矣。入聲韻部獨立後，其與陰聲韻部諧聲與押韻之現象，如何解釋？王了一先生又云：『不同聲調可以押韻，至今民歌和京劇、曲藝都是這樣的。甚至入聲也可以跟陰聲押韻，只要元音相同，多了一個唯閉音收尾還是勉強相押，這叫做「不完全韻」。』

本文搜集諸家之說，彙而釋之，純就事論事，以學理爲說明。並無對諸家有何褒貶之處。其實以上諸家在聲韻學上之成就，向爲筆者所欽慕。若能經由此篇之討論，而於中國聲韻學若干存疑之問題，皆獲徹底之解決，則幸甚焉。

民國五十九年四月一日脫稿於師大。

（原載師大學報第十五期，民國五十九年六月）

評介「瀛涯敦煌韻輯新編」

自從清末在我國西北甘肅省敦煌縣的莫高窟千佛洞等石室裏，發現唐代寫本韻書，以及故宮內府珍本開放以來，廣韻一系韻書所承的切韻之眞面目，才開始爲後人所認識。敦煌石室及故宮所保存的韻書，經過整理而行世的，有下列幾種：

㈠英國倫敦大英博物院藏得自敦煌之唐寫本切韻殘卷三種。這三種殘卷有王國維手寫石印本，國人簡稱爲切一、切二、切三；向來以爲藏於法國巴黎國家圖書館，其實是英人史坦因（Stien）得自敦煌而藏於英倫博物院。

㈡國立北平故宮博物院藏唐寫本王仁昫刊謬補缺切韻一種。此書有北平延光室攝影本，上虞羅氏影印秀水唐蘭寫本。

㈢法國巴黎國家圖書館藏唐寫本王仁昫刊謬補缺切韻一種。此本爲劉復留法時抄錄回來。有敦煌掇瑣刻本。

㈣日本大谷光瑞家藏唐寫本韻書斷片。此本王國維摹入韻學餘說，後又有觀堂別集後編排印本，並附考證。

㈤法國巴黎國家圖書館藏五代刻本切韻殘卷。此本由魏建功氏搜得，共攝影片十六葉，非盡屬於一種韻書之斷片。

㈥德國柏林普魯士學士院藏唐寫本韻書斷片。攝影本，爲兩種韻書之斷片。

㈦吳縣蔣斧藏唐寫本唐韻一種。此書有國粹學報館影印本。

劉復將以上幾種韻書會輯在一起，另加古逸叢書影宋本重修廣韻一種，定名「十韻彙編」，由國立北京大學研究院文史部出版。此書排印採取上下排列諸本對照之方式，彼此每韻收字之多少與異同，以及部目部次參差不一的地方，均可展卷而一目了然。每部之後附廣韻校勘記，書後附載分韻索引及部首索引，極便翻檢。除十韻彙編所收幾種切韻系韻書之外，其後陸續發現的，尚有下列數種：

㈠宋濂跋本唐寫本王仁煦刋謬補缺切韻。此爲王氏刋謬補缺切韻最完整的本子。抗戰勝利後第三年，唐蘭氏發現於北平書估中，而亟請故宮博物院購得，並經影印行世。今有臺北廣文書局影印本。

㈡姜亮夫瀛涯敦煌韻輯：此書乃姜氏於民國廿四、五年之際，訪書於巴黎、倫敦，搜羅了許多敦煌韻書材料，回國後，彙集成編，於一九五五年出版。今有臺北鼎文書局影印本。姜氏於書首總目中介紹全書的內容說：「全書共分三部，計字部九卷，皆摹錄原卷者也。共收三十三種，計原卷摹本二十七種，附錄六種。論部十卷，則所以考論記述字部三十卷之作也。譜部五卷，所以綜攝字部諸內蘊，而比其同異者也。」茲錄其字部所搜韻書詳目於後：

1. P二一二九卷抄本
2. P二六三八卷抄本
3. P二〇一九卷抄本
4. P二〇一七卷抄本
5. 巴黎未列號諸卷之戊摹本（按卽四九一七）
6. S二六八三卷摹本
7. 巴黎未列號諸卷之乙摹本（按卽P四九一七）
8. JIVK 75 卷摹本　附日本武內義雄本
9. S二〇七一卷摹本
10. S二〇五五卷摹本
11. 巴黎未列號諸卷之甲摹本（按卽P四七四六，P四九一七。）附大谷光瑞所錄本抄本
12. P二〇一一卷摹本
13. P二〇一八卷摹本
14. VI 21015卷摹本
15. P二〇一四卷摹本
16. P二〇一五卷摹本
17. P五五三一卷摹本
18. 巴黎未列號諸卷之丙摹本
19. JIIDIa 卷摹本

20. JIIDIb 卷摹本
21. JIIDIc 卷摹本
22. JIIDId 卷摹本
23. 巴黎未列號諸卷之丙摹本
24. P二七五八卷抄本
25. P二七一七卷抄本
26. S五一二卷抄本　附P二九〇一卷抄本

以上凡稱摹本者，皆據原卷影摹，大小品式與原卷一樣；其稱抄本者，品式與原卷没有不同，而大小長短與原卷不完全相同。P爲伯希和（M. Paul Pelliot）所得；S爲史坦因（Stien）所得。附者爲未見原卷，引自他書者。以上諸本以S二〇七一及P二〇一一兩卷最爲完整。

姜氏在瀛涯敦煌韻輯中，指陳劉復所錄P二〇一一刋謬補缺切韻卷，誤抄的多至二千條，所以學術界都認爲姜氏的韻輯，是當時最完善的敦煌韻書總集。

潘師石禪於一九六七年秋天，訪書於法國國家圖書館，偶然以姜氏韻輯與敦煌原卷互校，卻發現姜氏所錄，譌誤綦多，甚至敦煌掇瑣、十韻彙編不誤而姜氏抄錯的也不少。一個多月以後，潘師再往倫敦大英博物館校閱敦煌韻書，又發現姜書每一卷都有重要的錯誤，而極具價值的P二〇一七卷，姜氏所錄至少有六十個以上的失誤。潘師於一九六九年第二次至巴黎、倫敦，將姜書重新再細校一遍，並補抄姜氏未收的卷子。回香港後，彙輯成書，定名爲「瀛涯敦煌韻輯新編」。其卷首自序介紹全書內容說：「總括起來，我對姜書字部，作了一番新校的工夫，並補抄姜書未收的倫敦巴黎所藏的韻書卷子；對於姜書論部，作了一番訂正的工夫，而對於譜部則存而不論。因此我這一部書分爲三部分，第一部分是摹印姜書三十三種卷子，和我新補抄的十二種卷子。第二部分是核對姜書字部的新校。第三部分是姜書論部的案語。爲了便於觀覽，以卷子爲經，每一卷子先列姜的摹抄本，跟着便是該卷子的新校和案語。」又說：「除普魯士學院所藏的韻書，據云已燬於二次大戰外，其他各卷都作成新校，姜書提到P二〇一四、P二〇一五的缺頁，和未提到的P三六九三、P三六九四、P三六九五、P三六九六、P三七九八、P三七九九、以及P二〇一二等卷，都已補抄。還有姜抄的字寶碎金，僅收P二七一七殘卷，我補輯P二〇五八、P三九〇六、S六一八九、S六二〇四各卷校成較完足的本子。」

由潘師「新編」的新校部分，可發現姜書有以下重要的缺失：

(一)漏抄

1. 漏抄字句：例如姜書P二六三八卷抄本第二葉正面第十一行：「有可昭其憑」，原卷作「有可細不可行之及古體有依約之並採以爲證庶無壅而昭其憑」，「有可」下，姜抄脫二十一字。

2. 漏抄原文旁加的符號：例如姜書P二六三八卷抄本第二葉正面第六行：「子細之言研窮」，原卷作「子細言之研窮」，「言之」旁加「卜」，乃表示「言之」爲衍文，姜氏漏抄。

3.漏抄反語：例如姜書P二○一七卷抄本第十七行：「二一震」，原卷作：「廿一職刄震」，姜漏抄反語。此卷漏抄之反語有三十二個以上。

㈡誤抄

1.誤抄字句：例如姜書P二六三八卷第十行：「大隨」，原卷「隨」作「隋」。又S二○七一卷第十三頁反面第六行：「茶葉又慶麻反」，原卷「葉」作「苦茶」。

2.誤抄韻目：例如姜書P二○一七卷抄本第十七行：「廿三」，原卷「㤝」作「焮」。

3.誤抄反語：例如姜書P二○一七卷抄本第十三行：「七止雨」，原卷「雨」作「而」，姜誤認。又姜書P二○一一卷摹本：「詰去疾反」，原卷「疾」作「吉」，姜誤抄。

4.原文可識而往以爲缺文：例如姜書巴黎未列號諸卷之丁（卽P五○○六）反面第二行：「琰冉□」，原卷缺文作「以」。

㈢以意臆加或增改

1.臆加反語：例如姜書P二○七一卷摹本第三二頁正面第八行：「具舉許劣反三」，原卷無「許劣反三」四字。又姜書P二一二九卷抄本：「又支章移反脂旨夷反魚語居反虞遇俱反共爲不韻先蘇前反仙相然反尤于求反侯胡溝反俱論是切」，原卷於每個韻目之下並無反語，此乃姜氏臆加。

2.以意增改：例如姜書P二〇一七卷摹本第廿六行：「七無反語取蒸上聲」，原卷作「七拯」，「無反語取蒸上聲」七字，乃姜臆加，原卷實有：「之□」反語。

3.以簡字易原字：例如姜書P二〇一七卷摹本第十三行：「之乂寘」，原卷「乂」作「義」。

由於以上種種的失誤，姜書中錯誤的反語，觸目皆是，不勝枚舉。姜書中的「論部」，是姜氏考論「字部」的個人意見，潘師以爲姜氏底本既誤，據以立論，恐未可深信，於是根據校正的卷子，訂正了姜書「論部」中許多立論錯誤之處，在卷後附以案語。例如P四七四六卷（卽巴黎未列號之甲），末行有「切韻卷第五」的字樣，「切韻卷」三字，原文可識而姜氏徑以爲缺文，遂論定此卷爲長孫訥言別本，潘師在此卷之後加以案語云：「末行實爲『切韻卷第五』。是此爲切韻殘卷甚明。S二〇五五有『切韻第一』標題；S二〇七一有『切韻卷第二』、『切韻卷第三』、『切韻卷第五』標題，此云『切韻卷第五』，當爲同類卷子。」又如姜書論部S二〇五五卷爲長孫訥言箋註本證一文，論聲母之變異云：「東韻烘字乎同反王內本同廣韻作呼東，曉匣之異也。」潘師於此卷後加以案語云：「此卷烘呼同反，姜云乎同反，誤。」再如姜書論部P二〇一一王仁昫刋謬補缺切韻研究，論輕重脣之易云：

「覇簿駕，廣韻作必駕，並與非之易；
琫方孔，廣韻作邊孔，非與並之易」

潘師的案語是：「本卷作博駕，『簿』當作『博』。『博』、『必』均邦紐，姜謂『並與非之易』，誤。」「本卷無𤩪字。S二〇七一卷有，作方孔反。方非紐，邊邦紐，姜云『非與並之易』，誤。」諸如此類，姜氏因誤抄或臆加而致誤者，不煩縷舉。潘師的新校，可使以後利用姜書的人，不致於根據錯誤的新材料，推論出不正確的新學說。

P二〇一四第八、第九兩頁，在姜氏與伯希和晤面時，伯希和已選送倫敦參加中國藝術展覽，所以姜氏未及收錄。當時天津大公報（二十四年十月六日）巴黎通訊，載其詳目云：

「二六六六（藝展陳列號碼）　二零一四（伯希和號碼）

大唐刊謬補闕切韻　刻本，僅選兩葉與會」

記者在二〇一四號下云：「是書爲唐王仁煦撰，書名上標『大唐』兩字，則爲刻於唐代可知也。」魏建功先生十韻彙編序根據通訊記者所寫，略記疑點說：「二〇一四『大唐刋謬補闕切韻』題字是一張末葉，我們不能必斷是王仁煦無疑。故宮本王仁煦韻祗寫『切韻』，敦煌掇瑣本王仁煦韻都寫『刋謬補闕切韻』，體制原不一定。後人復刋前代的書並不改字，澤存堂刻廣韻依然題『大宋重修廣韻』，有大唐字樣還可以有五代刻的可能。隋唐韻書作者蠭起，名稱相襲相重的屢見不一，我們不能因爲知道王仁煦有刋謬補缺之作，遇有刋謬補闕的就給王仁煦遇缺卽補。故宮本王韻與敦煌掇瑣本王韻不相同，這刻本也不與那兩本相同。第一宣韻不是王韻裏有的；第二鹽韻五十一的次第不是王韻的系統；第三宣韻三十三和鹽韻五十一排不連攏，第四三十五豪韻影片注二〇一四（8）與注二〇一四（5）的看韻殘葉影片確是同板的兩張印本，然則二〇一四總號下的各紙必是從書的形式上的觀察集合起許多殘葉來的了：從這四點上看，我們反不敢說什麼話了。」魏氏又比較二〇一四和敦煌掇瑣中P二〇一一兩卷的異同，作出幾種假設：

「刊謬補缺不止王仁煦的一種；
孫愐或李舟也許有刊謬補缺之名；
或許別有像故宮本混合意味的韻書叫刊謬補缺。」

姜亮夫先生在瀛涯敦煌韻輯中也有推論，他說：「此卷蓋晚唐人依諸隋唐韻書如陸法言，王仁煦、孫愐、李舟之作，另爲編排而又增益文字義訓者也，故內容與諸家不殊，而韻部大異。」魏姜二氏的推論極有見地，然未見原卷，還是得不到結論，而潘師根據補抄的P二〇一四第九頁，作出了令人可信的結論：

㈠大唐刊謬補闕切韻可能是晚唐人根據王仁煦的切韻增編續修的。潘師在自序中說：「我們得見P二〇一四第九頁，末行標明『大唐刊謬補闕切韻一部』，而這一頁正反面有職韻的殘字，及卅四德、卅五業、卅六乏的韻目及殘字。可見此本入聲有三十六個韻部。又P二〇一四卷四前頁殘存第五清至五八凡的韻目，第四種又有卅一宣韻目，可見此本平聲有五十八個韻部。P五五三一與P二〇一四是同類的本子，它的第一頁殘存有廿雪、廿一錫兩韻，雪韻是由薛韻分出的入聲新韻部。此本如上去聲存在，合計韻部當有二百一十部。不獨韻部多於P二〇一一和宋濂跋本王仁煦刊謬補缺切韻，而且也多於宋人增修廣韻。夏竦古文四聲韻所據唐切韻，平聲韻後有移韻，仙韻後有宣韻，上聲獮韻後有選韻，去聲梵韻後有釅韻，入聲質韻後有聿術二韻，正是與P二〇一四相近的韻書。大概陸法言切韻盛行以後，韻學家剖析日密，王仁煦據切韻一百九十三韻增爲一百九十五韻，孫愐又增訂爲二百零五韻，晚唐人根據刊謬補闕切韻分析增加到二百十韻」

㈡刊謬補切韻是有「無宣韻」與「有宣韻」的兩種。潘師在自序中云：「無宣韻的在前，有宣韻的是晚唐人據刊謬補缺切韻分析增益而成的本子。」

由這一頁韻書殘卷，潘師提出可靠的結論，解決了久懸的疑案，可見材料的完缺，對於學說的發明以及結論的是否可靠有極大的關係。

至於新抄的材料，是那一種韻書的殘卷？由潘師的考證得知：

P三六九三，二紙，韻次皆與宋濂跋本王仁煦刊謬補缺切韻相同。

P三六九四，一紙，似與P三六九三同一寫手，蓋同一書。

P三六九六，一紙，筆跡與P三六九三全同，蓋爲同書。此卷標明「切韻卷第四去聲五十六韻」，與標明「切韻卷第五」之P三六九四，蓋同一書。

P三六九五，一紙，筆跡與三六九六，似同一書。

P三六九六，一紙，筆跡與P三六九五全同，蓋同一書。

P三七九八，一紙，切韻殘卷。

P三七九九，一紙，切韻殘卷。

P二〇一一，十一紙，王仁煦刊謬補闕切韻，劉復收入敦煌掇瑣中，間有失誤，故加以重抄。

這些珍貴的新材料，正可做爲學術界人士今後研究的參考，出新學說的根據。

總之，潘師的這部「新編」，不但指正了姜書的錯誤，補充了姜書的遺漏，修訂了聲韻學上的一些問題，在研究方法上，給了我們許多的啟示；而且使我們知道，爲了愛護中國的學術典籍，每個人應該貢獻心力爲它做出有價值的工作。

跟「瀛涯敦煌韻輯新編」併行的，潘師還有一部「瀛涯敦煌韻輯別錄」。版式與「新編」同，共九二頁，也是由新亞研究所印行，定價港幣二十元，美金四元，民國六十二年三月出版。據潘師自序，這部別錄，是姜亮夫所闕略失採的，故每篇各綴以校記，考定爲別錄一卷，亦由潘師手寫付印。在這本別錄裏頭，共收錄六篇文字，它們是：

巴黎藏伯二七一七號字寶卷子校記

影寫瀛涯敦煌韻輯P二七一七卷抄本

新抄S六一八九字寶碎金殘卷

S六二零四字寶碎金殘卷題記

巴黎藏伯二〇一二號守溫韻學殘卷校記

新抄P二零一二守溫韻學殘卷

潘師所抄各卷皆註明其質地樣式，如巴黎藏伯二七一七號字寶卷子校記中說：『巴黎國家圖書館藏伯二七一七號卷子，白楮，四界。正面字寶序，首缺。背面爲學僮習字。劉復載入敦煌掇瑣，姜亮夫載入瀛涯敦煌韻輯，皆據此卷。』潘師更以其所抄與劉復、姜亮夫所抄的作成校記，發現劉姜二氏多有誤抄。例如本卷平聲，肥膢體 筆留 肥宛 又□一行，筆苗反的「苗」字，劉姜二氏都誤抄爲「者」字。總共校對出六七處有誤的地方，不過這中間也有原卷錯誤，而根據他卷改正的。

至於伯二七一七號字寶卷子，究竟是一種甚麼性質的卷子呢？潘師說：『詳觀此卷，抽繹序言，知作者有感於人人口中之語言，不能著於人人目睹之文字，口能言之，而筆不能書之，故曰：「言常在口，字難得知。」又通行俗字，用以記口中之語言，然其字不見於經典史籍之內，學士大夫多不能識。故曰：「猥刺之字，不在經典史籍之內，閒於萬人理論之言，字多僻遠，口則言之，皆不之識。」於是耳聆通俗語言，或不能書；目睹通俗文字，或不能識。……然在上者既不肯著錄以示人，小學家又輕忽而不屑，遂使日日宣於口中者不能書，日日書於紙上者不能識。故作者發憤成此一卷書，以濟時而救弊也。』由此可知，此卷『所採緝者皆當世口中之恒言，所著錄者皆通俗手寫之文字。倘能聆音識字，即可立曉其義。』以此看來，這本卷子，實在是研究唐五代俗語的一種最寶貴的語言學資料。昔人很少利用這些材料從事語言學的研究，正有待我們後來的人繼續努力吶！因爲這本卷子著重在「聆音識字」。所以卷中詞語注明音讀至詳，而解釋意義者絕罕，然時移語變，未注明意義者，則後世讀者多不能解。故潘師批評它說：『此作者拘墟於目前，以爲世人通曉，不煩詳解其義，而不知文字語言常隨時空而流變，故其書不足通古今之郵也。』實爲一語中的。

此外，因此卷手抄訛誤甚多，潘師就其正文與音切互校，以爲有據正文而可正音切之誤者，亦有可據音切而正正文之誤者，今各錄一條以明師校勘之精審。下條是據正文改正音切之誤而極有見地的。如：

磽若交反只用反 案：廣韻五肴：「磽，石地，口交切。」「若」當爲「苦」字之誤，口苦皆溪母字。礭蓋確之俗寫，廣韻入聲四覺：「確，靳固也，或作碻。苦角切。」此卷「只用反」疑爲「口角反」之誤。

左條是據音切而改正正文的錯誤。如：

鼓聲鼕徒紅反案廣韻二冬：「鼕，鼓聲，徒冬反。」

疑正文「鼕」爲「鼕」之誤。

潘師校正原卷之錯誤，其精審處皆如此。惟原卷平聲面齇風友加反，聲聺聺友咬反。兩切語上字的「友」字，潘師根據廣韻下平九麻「皻、皰鼻。側加反」及五肴「聺，耳中聲，側交反」兩個切語。斷定當係「支」形近誤字。以爲支側皆屬照母，側爲照母二等字，支爲照母三等字也。然筆者以爲與其定「友」爲「支」字之形誤，曷若定爲「仄」字之形誤。考廣韻入聲二十職韻，仄側同音阻力切，二字同屬照母二等（卽莊母）。未知潘師以爲如何？影寫瀛涯敦煌韻輯P二七一七卷抄本。大概是想讀者可利用潘師的抄本彼此互相對照吧！

新抄S六一八九字寶碎金殘卷。潘師記道：『白楮，四界，字大，僅存二行。』S六二〇四字寶碎金殘卷題記。潘師記云：『白楮質粗，凡七紙，兩面書。紙高十一吋，長十六吋，裝裱成册。字不甚工，無四界。首葉已殘損，序文存十三行，……末附絕句四首，與P三九〇六卷全同。』這兩卷都是殘缺材料，展卷可知，這裏就不多加介紹了。

最後兩篇是巴黎藏伯二〇一二號守溫韻學殘卷校記及新抄P二〇一二卷守溫韻學殘卷。潘師記云：『白楮，十一紙，正面佛畫。背記韻學三截。劉復載入敦煌掇瑣，題云：守溫撰論字音之書。姜亮夫瀛涯敦煌韻輯未載。』師校正劉氏誤抄共三十九處。守溫韻學殘卷，劉半農先生抄錄回國後，羅莘田先生曾撰敦煌寫本守溫韻學殘卷跋一文（載中央研究院歷史語言研究所集刊第三本第二分），多有闡發。惟推斷此卷所載三十字母爲守溫所訂，今所傳三十六字母，則爲宋人所增改，而仍託諸守溫者。本師瑞安林景伊先生曾對羅氏此說提出疑義。林師云：『竊謂若依羅說，則有可疑者三：一、此殘卷無有標題，雖署爲守溫述，不知其標題究何所指。況述者有述而不作之意，安知其非述前人所擬之字母？二、因守溫自有所增改，或先述前人之作，再以己意定之，而殘卷適佚其己之所定，存其述前人之作，亦未可知。三、與今傳三十六字母較之，其所少六字母，適符呂介孺之說，則呂氏之說亦未必不可信。』（見中國聲韻學通論）今潘師於此卷曾親自過目，既爲新抄，又作校記，則對此卷之觀察必細微縝密，與那些輾轉寓目的不同。潘師云：『余細察此卷，蓋僧徒隨手摘錄守溫韻學之所爲，故任意寫於一拂畫卷之背面，且一截在倒數第二紙，一截在倒數第三紙，一截在倒數第六紙，並不貫聯銜接，第二紙第六紙，字體較接近，第三紙字大而尤草率，似非同時所書，且行款參差錯落，極不整齊，亦非經意之作，前無標目，後無題款，首尾皆不完備，與紙墨遭受殘損，以致書缺有間者不同。余意僧徒蓋據守溫韻學完具之書，隨手摘抄數截於卷子之背，並未全錄原書，故僅存此片段遺文耳。又案：此卷首署「南梁漢比丘守溫述」，述之云者，前有所因之詞，疑守溫之作，蓋亦本於前修。更即此卷內容觀之，凡文字切音，皆稱爲反，此在唐人寫本韻書莫不皆然，唐以後則否。即此一端，已足證此卷爲唐人之作。』這本守溫韻學殘卷，雖不是紙墨之殘損，然既爲僧徒隨意摘抄，則非守溫之原書顯然可知，本師林先生之所致疑，得潘師之親見目聞，尤其可以確信了。此卷既爲唐人之作，則守溫也必然是唐代的人無疑。而守溫所述字母又前有所因，那麼前修之爲舍利亦大有可能。然則以舍利首擬三十字母，守溫增益爲三十六字母之說仍極可信。潘師更據此本之分析等第輕重與宋人切韻指掌圖，韻鏡吻合，因以爲指掌圖與韻鏡亦必本於唐人舊製。若然，則韻鏡一書已使用三十六字母之系統，那麼三十六字母不可能是宋人所訂，因爲如果是宋人所定，韵鏡就不可能使用這個系統了。

潘師在瀛涯敦煌韵輯新編序裏最後有一段語重心長的話，謹引錄於此，作爲我們寫這部書評介紹給讀者的同樣動機。潘師說：『我整理這部瀛涯敦煌新編，目的便是在繼續前輩學者的勉力，尋回失落在海外的學術新材料，正確的呈獻給學術界人士，作爲發明新學說的可靠的根據。我希望從事學術的朋友，爲了愛護中國學術的共同心願，不斷的予以指正和修訂，使我們獲得的新材料越來越豐富，越來越正確，我們不分先後，不分彼此，我們一切都是爲了愛護中國學術的共同心願。』

（原載華學月刊第二十五期，民國六十三年一月與林炯陽合撰）

說文解字分部編次

漢代爲我國文化史上最光輝燦爛之時期，無論經學、史學、哲學、文學乃至於科學，皆有傑出之人才出現。如劉向、劉歆、賈逵、馬融、鄭玄、司馬遷、班固、楊雄、桓譚、王充、司馬相如、枚乘、蔡邕、張衡諸人，則其尤著者也。由於劉向諸人之奕世劬勤，使我國文化在漢代大放異彩，爲我國文化奠定深厚基礎，垂示後人極可寶重之文化遺產。

許愼，字叔重，汝南郡召陵人。卽爲此期中傑出之經學家，當時人譽之爲『五經無雙』許君生於東漢初年，正古文經學盛行之際，古文經出自孔壁，以古文寫就，與當時通行之隸書大相逕庭。於是今文學家羣起而攻，大相非毀。以爲秦時隸書，乃古帝所造，父子相傳，何得改易。並且隨意解說文字，牽強附會，一無條理。翫其所習，蔽所希聞，怪舊藝而善野言，以所知爲祕妙。許君既博通羣籍，並從賈逵受古學。於今文家之鄉壁虛造，巧說邪辭，致令是非無正，使天下學者疑之作風，深惡痛絕。遂立意搜羅篆文，合以古籀，參以羣籍，編纂成說文解字一書。博問通人，至於小大，務使信而有徵、始稽譔其說。一則以明字例之條，一則以求文字正詁。實爲一畫時代之偉大鉅構。

許君深切體認文字之功用，于文化之發展有極重大之關係。嘗曰：『蓋文字者，經藝之本，王政之始，前人所以垂後，後人所以識古，故曰本立而道生，知天下之至賾而不可亂也。』吾人欲承繼固有文化，閱讀古代典籍，若無一脈相傳之文字，實無能爲力也。設無許君說文一書以爲正字標準，則吾人今日根本無以認識秦漢篆刻之器物銘文，更遑論商代甲骨與殷周鐘鼎文字。則我國古代之寶貴遺產，於吾人有如破銅朽骨。古史之了解更無從談起，說文之可貴於此可見。

許君此書題爲『說文解字』，文指獨體指事象形之文，字指合體會意形聲之字。許君根據文字之構造及其形義之關係，按六書之分類，以分析篆文，凡形旁相同，則類聚一部，抽取偏旁，以爲部首。同偏旁字系屬其下。敍所云『其建首也，立一爲耑，方以類聚，物以羣分，同條牽屬，共理相貫』者是也。如此則能將極其繁雜之萬千文字，予以極具條理之安排。此種方法，實許君之創見。不如此，中國文字幾無從查索，實爲一極科學合理之編排法。故後世字典之檢字法，多數沿襲許君之成規。

許君說文一書傳世迄今幾兩千年，雖爲歷代所寶重，撢究之者，代有其人。然時至今日，由於時代所限，小學不修，說文不講，故一般學者每苦其難。筆者因不揣檮昧，擬從其編次，抽其條緒，以爲探究說文之一助。然以執筆倉促，疏漏孔多。尚祈博雅君子，摘其瑕疵，補其隙漏，則不勝厚望焉。

說文後敍云：『其建首也，立一爲耑，方以類聚，物以羣分，同條牽屬，共理相貫，襍而不越，據形系聯，引而申之，以究萬原，畢終於亥，知化窮冥。』此許君自言其分部建首之原則也。蓋說文所收九千三百五十三文，於『天地、鬼神、山川、草木、鳥獸、蚰蟲、襍物、奇怪，王制、禮儀，世間人事，莫不畢載』。故必須按其形類，以分別部居，使其不相雜厠。因此『不相雜厠』乃其目的，而『分別部居』則爲其方法。如何分別部居？首須確立部首，許君根據每字之構造，歸納其相同之形類，以確立部首，使每一文字皆有其所屬之首，提綱挈領，以簡馭繁。此許君之獨創，實空前之大發明。故顏之推家訓書證篇云：『許愼說文，檢以六文，貫以部分，使不得誤，誤則覺之。其爲書隱括有條例，剖析窮根源，若不信其說，則冥冥不知一點一畫有何意焉。』徐鍇說文解字繫傳云：『分部相從，自愼爲始。』段玉裁說文注云：『故合所有之字，分別其部爲五百四十，每部各建一首，而同首者則曰凡某之屬皆从某，於是形立而音義易明，凡字必有所屬之首，五百四十字可以統攝天下古今之字，此前古未有之書，許君之所獨創，若網在綱，如裘挈領，討原以納流，執要以說詳，與史籀篇、倉頡篇、凡將篇亂雜無章之體例，不可以道里計。』王鳴盛蛾術篇卷十六更有『分部許氏特剏』一條，以張其說。實則許君分部之理論，首在確認獨體爲文、合體爲字，文爲字根，字爲文屬，字由文孳，文可馭字。故建立部首，以統屬九千餘字，確有可能、亦有必要。故能以『同條牽屬，共理相貫』而聯系之也。

㈠分部之準則

1. 執簡以馭繁：分析文字之構造，歸納形類相同之字族，抽取其相同之形類以爲部首，而以從此形類而來之字列部，說文每部所云『凡某之屬皆从某』是也。例如說文一篇上：

一、惟初太極、道立於一、造分天地、化成萬物。凡一之屬皆从一。

元、始也。从一兀聲。

天、顚也。至高無上。从一大。

丕、大也。从一不聲。

吏、治人者也。从一从史、史亦聲。

以上元、天、丕、吏諸字形以一爲本，故許君執簡馭繁，卽立「一」爲部首，以統屬諸从一之字。其他諸部莫非此理。

2.有屬必建首：凡一字有他字从之者，則必立爲部首，蓋欲使其字有所屬。雖本字可併入他部，亦不合併。例如說文一篇上玨部：

玨、二玉相合爲一玨。凡玨之屬皆从玨。

段玉裁注云：『因有班⿲王車王字，故玨專列一部，不則綴於玉部末矣。凡說文通例如此。』按玨不併於玉部者，以有班⿲王車王字从之故也。

又如一篇下蓐部：

蓐、陳艸復生也。从艸辱聲。凡蓐之屬皆从蓐。

段氏注云：『此不與艸部五十三文爲類而別立蓐部者，以有薅字从蓐故也。』按說文薅、披田艸也。从蓐好省聲。若蓐併於艸部，則薅無所屬，以有薅字从之，故許君爲立蓐部也。本師高仲華先生云：『若歸入艸部，訓卽繇瑣；若从艸从⿰女辱，⿰女辱爲俗字，且又無聲，非造字之本意。此「蓐」字必立一部之故也。』

3.分體以統屬：凡同一字而古籀體殊，後世字形，有从古从籀者，說文爲使各有所屬，故爲之分別立部。例如十篇下：

大、天大地大人亦大焉。象人形。古文亣也。凡大之屬皆从大。

段氏注云：『大下云：古文亣。亣下云：籀文大。此以古文籀文互釋，明祇一字而體稍異，後來小篆偏旁，或从古、或从籀，故不得不殊爲二部。亦猶从人从儿必分系二部也。』按大部所屬有奎、夾、奄、夸、𡘙、奃、𡙇、𢧵、奔、奆、奅、奈、𡘊、奔、奄、契、夷諸字从之。若不立大部，則此諸字皆無所屬矣。故必爲立大部，然後奎等十七字始有所統屬之部首。

又亣部：

亣、籀文大、改古文。亦象人形。凡亣之屬皆从亣。段氏注云：『謂古文作大，籀文乃改作亣也。本是一字而凡字偏旁，或从古或从籀不一，許爲字書，乃不得不析爲二部，猶人儿本一字必析爲二部也。』按本部有奕、奘、臭、奚、耎、㚅、奰諸字从之，故不得不爲另立亣部也。

除大亣二部之外，其餘若人儿、自白、𦣻首、鬲䰜之析爲二部，皆由於所从之偏旁有異故也。

4.啟後以立部：本部雖無屬字，然他部蒙此而生，亦不得不爲之立部也。例如一篇上三部：

三、數名。天地人之道也。凡三之屬皆从三。

按此部除古文弎外，別無所从，似不應立爲部首。然此部上蒙示部之三垂，下啟王玉諸部，以王玉諸部皆由此而生，故不得不爲之立部也。

又如十三篇下它部：

它、虫也。从虫而長、象冤曲𠂹尾形。上古艸尻患它，故相問無它乎。凡它之屬皆从它。

按本部除或體蛇外，亦別無所从。亦以上蒙虫部而下啟黽諸部也。

(二)分部之次第

說文之始一終亥，必非偶然適會，實有其涵義在。蔣元慶氏說文始一終亥說云：『洨長治孟易，故說文自序稱易孟氏。許書所列五百四十部次第，始於一終於亥，其卽得諸孟喜易學之意乎！說文爲字書，而因字達義，以周知天下之情狀。自序所云「萬物咸覩、靡不兼載」是也。顧善究物情之變者莫如易。庖羲氏以一畫開天，天下之數起於一。字之必以一始，固易理也。其知許宗孟易者，則以許書分部末取干支而終之以亥也。說文亥下云：荄、久也。又子下云：十一月陽氣動、萬物滋。按漢書儒林傳，趙賓以易箕子明夷，爲萬物荄滋。云受孟喜，喜爲名之。則許君荄滋之說，卽採諸孟易，確有明徵矣。且攷唐大衍議云：「十二月卦出於孟氏章句。」其說易本於氣，而後以人事明之。則許書以十二支分部，其意又從十二月卦氣推出。而許君於干支之上，先以數名標部，數始於一、成於十，乃不以十終，而終之以九者，要亦易義。列子天瑞篇言太易曰：「易無形埒，易變而爲一，一變而爲七，七變而爲九。九變者究也。乃復變而爲一，一者形變之始也。清輕者上爲天，濁重者下爲地。沖和氣者爲人，故天地含精，萬物化生。」此係周季說易古誼。許書以一建首，於一下釋曰：「惟初太極，道立於一，造分天地，化成萬物。」旣與之合。又以數標部而終於九，於九下釋曰：「易之變也。」，亦與之合。因之終附干支之亦合易理，殆無可疑。旣以干支分部，自當以亥終。許君曰：「亥从二，一人男，一人女也」。男女卽乾道成男，坤道成女之謂。易言：「有天地然後有萬物，有萬物然後有男女，有男女然後有夫婦，有夫婦然後有父子。」亥从二人，夫婦之象也。故又从乚，象褱子之形。而子尚未生，則包含萬物始萌之機焉。人之初生，如天地之開闢，是亦一太極也。故曰：「亥而生子，復從一起。」然則證之易理，而許書之始一終亥，具見循環無已之妙義焉。』蔣氏以爲許君始一終亥，蓋得諸孟喜易學之意，其說實不盡然。本師高仲華先生辨之甚晰，玆引其說爲證。高先生曰：『後敍云：「其建首也，立一爲耑。」而「一」字下釋云：「惟初太極，道立於一，造分天地，化成萬物。」小徐本作「太極」，大徐本作「太始」。易繫辭傳云：「易有太極，是生兩儀。」此「太極」一詞之所本。易乾鑿度云：「太極者，未見其氣；太初者，氣之始；太始者，形之始，太素者，質之始。」此「太始」一詞之所本。老子云：「道生一，一生二，二生三，三生萬物。」淮南子天文訓云：「道曰規，始於一，一而不生，故分爲陰陽，陰陽合和而萬物生。故曰：一生二，二生三，三生萬物。」原道訓又云：「道者，一立而萬物生矣，是故一之理施四海，一之解際天地。」許君嘗注淮南，說文有取於淮南者極多。許君於「一」字之解說，乃兼取周易（或易緯）、老子、淮南之說。列子僞書，出於晉世，其天瑞篇所言，未可遽認爲周季說易古誼，而取以爲證。以干支紀日，殷代已然，甲骨文可證。民國十八年，燕京大學購得甲骨一枚，列六十甲子甚備，可知干支之起源甚古。春秋紀日亦用干支，史記天官書以十二支配十二月，淮南子天文訓言干支紀日之事，如「冬至甲午，立春丙子、……」之類；亦言十二支配十二月之事，如「正月指寅，十二月指丑，一歲而匝，終而復始」是也。說文以干支殿末，蓋亦本古人治曆明時之意。其釋十干，多本史記曆書及太一經爲說；其釋十二支，則多本史記律書及淮南子天文訓爲說。凡此皆可檢驗而知。說文之始一終亥，說解之所本甚明，大抵出於淮南子者爲多，亦有兼參老子、史記、太一經、易繫辭、易緯者，而皆與孟氏學無與。說文敍云：「其偁易孟氏」，亦就偁引易經者而言，言偁引易經，其文字概依孟氏也。始「一」終「亥」，未偁引易經原文，自無取於孟氏，其參取易繫辭傳或易緯，亦但取周易之通義，而非取於孟氏學，謂「始一終亥，得諸孟喜易學之意」，殆係傅會之詞，未足信也。』許君始一終亥之安排，雖有哲理之涵義，但取易之通義，而無與於孟氏亦可知矣。

至於五百四十部先後之次，徐鍇說文解字繫傳部敍云：『一天地之始也，一气之化也，天先成而地後定，天者上也，故次之以丄在上者莫若天二古文上字。垂三光以示人，故次之以示，川者三光也，故次之以三通三才而後為王，故次之以王玉者君子所以比德也，王者所服用也，故次之以玉玉雙為珏故次之以珏山澤以出气，山澤之精玉石以出也，故次之以气气象陶蒸，人事以成，故次之以士士事也，不可不一，道心惟微。故次之以丨一也，自丨而起者屮，故次之以屮，屮、艸之初也，故次之以艸艸之深為蓐，故次之以蓐，蓐之廣博為茻，故次之以茻三者皆屮之屬也，丨初分為小，小才可分也。故次之以小……』徐氏之部敍悉以字義以申明其諸部之相系，故不免穿鑿。王鳴盛說文分部次敍評之云：『徐鍇說文繫傳作部敍二卷，綴于其後，自一部下推原所以編排緣由，仿敍卦傳而云故次以上，上卷終于㡀部，下卷始于人部，徐鍇于人部別自起頭，一若以一固當居首；而人爲萬物之靈，亦當別起，其前不必有所承矣。徧觀他部，則無一部不有說牽聯者，獨里字下並無一言，遽接故次之以田者，非無說以處此也，謂田里相承不待言而可知也。愚謂許既分部，部之前後，不可無一編次之道，從一字連貫而下，至連之無可連，則不欲強爲穿鑿，聽其斷而不連，別以一部重起，全書中如此者屢矣，不止帣與人也。徐鍇乃必欲盡連之，獨闕帣與人，故有穿鑿，一病也。且有跳過上一部，甚或跳過數部而遙接者，徐鍇必欲使銜尾相承則鑿說多，二病也。部敍多以字形相似牽連，不必定有意義，而徐鍇必以文義貫通，遂多強說，三病也。』金錫齡說文目錄次第說評之云：『鍇又作部敍二卷，本易序卦傳爲之推原偏旁所以相次之故，使五百四十部一字不紊，其說不無牽合，如玨下次气，气遙接三不接玨，而鍇云：「山澤以出气，山澤之精，玉石所出，故次之以气。」气下次士，「士推十合一」遙接「一貫三爲王」，不接气。而鍇云：「气象陶蒸，人事以成，故次之以士。」士下次丨，不過因士推十合一，而十中有丨，聊以形似牽連，而鍇云：「士、事也。不可不一，道心惟微，故次之以丨。」如此類者，皆非確詁。』王、金二氏於徐鍇以義相敍之觀點批評皆極精當。實則許君後敍自言其部次之原則云：『其建首也，立一爲耑，方以類聚，物以羣分，同條牽屬，共理相貫，襍而不越。據形系聯，引而申之，以究萬原，畢終於亥。』是據形系聯爲其基本之原則，至形無可系，則亦未嘗不兼義也，形誼兼無，則冒特出，亦理之常也。段玉裁說文解字注、迮鶴壽蛾術編案語、張度說文補例，於此多有闡發。今據諸家之言，摘說文部次條貫於后：

1. 據形系聯

許君云：『立一爲耑』，又云：『據形系聯』。蓋『一』爲文字中至簡之形，至顯之義；形簡則易書，義簡則易識也。據此至簡之形義，可孳乳至繁極紛之文字，自可系聯於他部，故立『一』以爲端也。

段玉裁云：『五百四十部次第，大略以形相連次，使人記憶易檢尋。如八篇起人部，則全篇三十六部皆由人而及之是也。雖或有義爲次，但十之一而已。部首以形爲次，以六書始於象形也。』

迮鶴壽云：『說文相蒙之部，皆以形象爲次序。』

張度云：『部首遞次之例，固以形系。』

然據形系聯爲其原則，然細加區分，尚有可別：

(1)連部相蒙爲次者：

迮鶴壽云：『如「上」部蒙「一」，以古文上作「二」也。「示」部蒙古文「二」，「三」部蒙「示」，以「示」有三垂也。「王」部蒙「三」，以一貫三也。「玉」部蒙「王」，形相近也。「玨」部蒙「玉」，「玨」本可附「玉部」，而另立一部者，因班𤤱等字从玨故也。』

(2)隔部相蒙爲次者：

迮鶴壽云：『如「告」部中隔一部而蒙「牛」，「气」部中隔三部而蒙「三」，「丨」部中隔三、四部而蒙「王」「玉」。甚至有隔十二部而相蒙，如「足」之蒙「止」是也。有隔三十四部而相蒙，如「言」之蒙「口」是也。』

(3)數部相蒙爲次者：

迮鶴壽云：『如「可」「兮」「号」「亏」之皆蒙「丂」，「兩」「网」「襾」「巾」之皆蒙「冂」，「兒」「兂」「皃」「兜」「先」「禿」「見」之皆蒙「儿」是也。』

(4)形似相蒙爲次者：

迮鶴壽云：『「㚔」部次于「辛」，其形下體類「辛」也，「冓」部次于「𠦒」，其形上體類「𦥔」也。「革」部次于「臼」之後，以古文革从「臼」也。』

張度云：『品之與龠，殺之與乙，食之與亼，丮之與𠬞，印之與色，包之與苟，壺之與壹，取一字之上下左右形同者遞次，絕無誼通，形系之正也。』

2. 類義爲次：

許君固以形系聯，聯之無可復聯，亦未嘗不以義爲次也。張度說文補例云：『部首遞次之例，固以形系，亦未嘗不兼誼也，惟偏重在形耳。形之例多變，義則無變，有形則系以形，無形則系以誼。』按張說是也。然義系之中，亦有數例，分釋于次：

(1) 以義次而義相類者：

迮鶴壽云：『「牙」部次于「齒」，牙之形無所蒙，而其爲物則「齒」類也。「爻」部次蒙于「卜」之後，卦爻之事與「卜」相近也。「衣」部次于「身」，衣从二人，且所以彰身也。』又云：『「木」部之後，旣蒙之「東」部「林」部矣。而「才、艸木之初也。」「叒、博叒也。」「㞢」部、「帀」部、「出」部、「𣎵」部、「生」部、「乇」部、「垂」部、「𠌶」部、「華」部、「禾」部皆言艸木之事也。』

張度云『齒之與牙，爪之與丮，韋之與弟，才之與叒，出之與𣎵，東之與𠧪，齊之與束，克之與彔，韭之與瓜，面之與丏，冄之與而，易之與象，犬之與鼠，黑之與囪，雲之與魚，龍之與飛，至之與西，琴之與曲，甾、瓦、弜、勺、几、斤、斗、矛、車之類，無形可象，誼系之正也。』

(2) 以義相次而義相關者：

張度云：『許君於數目、鳥獸字之爲部首者，不盡類次，榦支二十二部類次于末所謂

「畢終于亥，知化窮冥也。」榦支既順敍而以寅爲歲首，遵漢厤也。』按數目與干支形既不近，義亦不盡類，只以同爲計數與敍時相關，故類次之也。

3. **獨立特出：**

形既不相似，義亦不相關，則冒特起之例焉。王鳴盛謂：『從一字連貫而下，至連之無可連，則不欲強爲穿鑿，聽其斷而不連，別以一部重起，全書中如此者屢矣。不止黹與人也。』

張度曰：『形義俱無，是冒特起之例。』

迮鶴壽曰：『亦有絕不相蒙者，非但幺之與冓，人之與黹兩部不相蒙。』按除幺與冓，人與黹外，若「竹」與「角」，「甘」與「巫」皆無所關聯，其爲獨立特出顯然，段氏所注不蒙上者尤眾。顧此爲有仁智之見，尚難定於一尊耳。

㈢部首之總數

後敍云：『此十四篇五百四十部也。』段注云：『林罕字源偏旁小說增一部，序云五百四十一字，郭忠恕與夢英書云：見寄偏旁五百三十九字，張美和撰吳均增補復古編序，說文以五百四十二字爲部。』

據段氏所注，則說文之部數，後世所見，容各有異同。張度說文補例云：『按王伯厚曰：林罕小說三卷，凡五百四十一字，其說頗與許愼不同。郭忠恕與夢英書有曰：說文字原惟有五百四十部，孑字合收在子部，今目錄妄有更改之，又集解中誤收去部在注中，今檢點偏旁少晶惢至龜弦五部。故知林氏虛誕，誤于後進者，小說見宜焚之。鼂公武讀書後志曰：

夢英書偏旁五百三十九字，因林氏虛誕，書此以正之，柴禹錫立石，據此足知小說之說之謬。其部數之多少，亦不足爲說文證矣。夢英書偏旁所謂五百三十九字者，今石本少「丶」部，多孑部，仍是五百四十，與各說不符。字體音切之謬，盧氏文弨、畢氏秋颿曾糾之，它如臥身㐆衣裘老毛毳尸尺尾等部改作裘老毛毳尸尺尾臥身㐆衣，徐鍇部敍篇目同，鼎臣所加標目亦同，與許君部首偏重形系者不合，足見亦一時之妄也。許君自敍部數與敍中所列部目均合，當是原本，似不可以後來無定之說，疑其有異同也。』按張說是也。後世傳本，如徐鉉校定本，徐鍇繫傳本、段玉裁注本、桂馥義證本、王筠句讀本，部數悉爲五百四十，皆合於許君自敍，則後世少有差異，固無關於宏旨也。

（原載木鐸五、六期合刊，民國六十六年三月）

說文古籀排列次第先後考

陳新雄

許叔重說文解字非特能明字例之條，闡釋文字構造之法；且首刱分部之法，以五百四十部統攝九千三百五十三文，使字有所屬之首，誠所謂討原以納流，執要以說詳者也。不僅此也，即部首之先後，每部之字次，或以形系，或以義及，莫不井井有序，檃栝而有條例，前賢論者已多，自毋勞贅辭。惟於古文籀文二者排列次第之先後，則尚無定論，猶待考索。往者余讀段懋堂說文解字注。見其於說文十四篇下四部「四、侌數也，象四分之形。凡四之屬皆从四。𠬪、古文四如此，亖、籀文四。」注云：「此筭法之二二如四也，二字兩畫均長，則三字亦四畫均長，今人作篆多誤。覲禮四享，鄭注曰：四當為三。書作三四字，或皆積畫，字相似，由此誤。聘禮注云：朝貢禮純四只，鄭志答趙商問、四當為三。周禮內宰職注：天子巡守禮制幣丈八尺純四䋻。鄭志答趙商問亦云：四當為三。左傳：是四國者，專足畏也。劉炫謂四當為三，皆由古字積畫之故。按說文之例，先籀文、次古文。此恐轉寫誤倒。」三復斯言，竊有所疑。一者、說文正篆之後，兼錄古籀者，其先籀文次古文者固亦有之：然先古文次籀文者，亦復不少，四部而外，如二部「房」、冏部「商」、廾部「矢」、殺部「殺」等皆先古文後籀文，若皆謂轉寫誤倒，則說文一書又何誤之甚邪！二者，尋段氏說明許書之例，每於說文首見之字出之。如言許書行文屬辭之例，於「凡某之屬皆从某」，則於一部「一」字下發之云：「凡言凡某之屬皆从某者，自序所謂分別部居，不相襍廁也。」於「从某、某聲」，則於一部「元」字下發之云：「凡言从某某聲者，謂於六書為形聲也。」於「从某某」，則於一部「天」字下發之云：「凡會意合二字以成語。如一大、人言、止戈皆是。」於「某亦聲」，則於一部「吏」字下發之云：「凡言亦聲者，會意兼形聲也。凡字有用六書之一者，有兼六書之二者。」今尋檢說文，如二部之「旁」、㕯部之「商」、廾部之「兵」、殺部之「殺」，此皆前於四部之「四」，若子部之「子」、申部之「申」、酉部之「醬」，則又後於四部之「四」。其古籀排列之次，皆先古文次籀文，與段氏所言之例不合，而此等處，段氏竟無片言隻字以發其疑，獨於十四篇下四部發之，與段氏全書發明許書例之慣例相背，此亦大足滋疑惑也。

往每擬通檢全書古籀排列之次，求證段氏之說，究竟有無事實依據，然恐一人之精力有限，有所疏漏，不能求得正確之資料，故遲遲未敢著手。近年以來，教授於輔仁大學、文化學院，擔任說文研究與文字學諸課，乃令諸生詳為查核，諸生所查核之結果，皆足證段氏所謂「先籀文，次古文」之言，與說文字體排列次第之事實不盡相符，遂益堅余之所疑。今以大徐本說文為主，將說文先古文後籀文及先籀文後古文之實例，分別按其篇卷之先後，條舉於次，其小徐繫傳本及段注本有異同者，分別說明之：

(一)說文先古文後籀文者：

(1)一篇上上部：

旁、溥也。从二、闕、方聲。

旁、古文旁。

旁、亦古文旁。

旁、籀文。

(2) 一篇上丨部：

中、和也。从口丨上下通。

中、古文中。

中、籀文中。

按繫傳本籀文先於古文，叚注本刪去籀文。

(3) 三篇上㕯部：

商、从外知內也。从㕯章省聲。

商、古文商。

商、亦古文商。

商、籀文商。

(4) 三篇上𠬞部：

兵、械也。从廾持斤、并力之皃。

兵、古文兵、从人廾干。

兵、籀文。

(5) 三篇下殺部：

殺、戮也。从殳杀聲。

殺、古文殺。

殺、古文殺。

殺、古文殺。

𣏂、古文殺。

𢽌、籀文殺。

(6)三篇下皮部：

皮、剝取獸革者謂之皮。从又，爲省聲。

𠬶、古文皮。

𠬸、籀文皮。

(7)三篇下䰂部：

䰂、柔韋也。从北从皮省从夐省。

𠈙、古文䰂。

𦣞、籀文䰂。从夐省。

(8)四篇下𠦒部：

棄、捐也。从廾推𠦒棄之。从𠫓。𠫓、

逆子也。

弃、古文棄。

棄、籀文棄。

按繫傳棄亦古文，無籀文。

(9) 四篇下𣦼部：

叡、深明也，通也。从𣦼从目从谷省。

睿、古文叡。

壡、籀文叡从土。

(10) 四篇下刀部：

則、等畫物也。从刀从貝，貝、古之物貨也。

𠟭、古文則。

𠟭、亦古文則。

𠟭、籀文則从鼎。

按繫傳本𠟭在籀文𠟭之後。段注本刪去此字。

(11) 五篇上箕部：

箕、簸也。从竹甘象形、下其丌也。

甘、古文箕省。

[illegible]、亦古文箕。

[illegible]、亦古文箕。

[illegible]、籀文箕。

[illegible]、籀文箕。

(12) 五篇上丂部：

乃、曳詞之難也。象气之出難。

𠄎、古文乃。

𠄔、籀文乃。

(13) 六篇上木部：

槃、承槃也。从木、般聲。

鎜、古文从金。

盤、籀文从皿。

(14) 七篇下疒部：

疾、病也。从疒矢聲。

𤕫、古文疾。

𤼋、籀文疾。

按繫傳本先籀文次古文，鍇注本改古文

為廿，亦先籀文次古文。

(15) 七篇下网部：

网、庖犧所結繩以漁，从冂下象网交文

罔、网或从亡。

䋄、网或从糸。

𠔿、古文网。

𦉳、籀文网。

(16) 十篇上馬部：

馬、怒也，武也。象馬頭髦尾四足之形

𩣺、古文。

𩣵、籀文，馬與𩣺同有髦。

按段注本改籀文之形為𩣺，而古籀之次

無異。

(17) 十篇上鹿部：

麗、旅行也。鹿之性見食急則必旅行，从鹿丽聲。禮麗皮納聘，蓋鹿皮也。

丽、古文。

𠀑、籀文麗字。

按繫傳本及段注本皆古文作丽，以𠀑為篆文。段懋堂更云：「疑丽者古文，麗者籀文，𠀑者小篆也。」若如段說，則為先籀後古。

(18) 十篇上火部：

烖、天火曰烖。从火𢦏聲。

灾、或从宀火。

𤆎、古文从才。

災、籀文从巛。

按繫傳本與段注本皆先籀後古。

(19) 十篇上火部：

煙、火气也。从火垔聲。

烟、或从因。

𡏖、古文。

𪹟、籀文从宀。

按繫傳本及段注本皆先籀後古，繫傳或體更在古文之後。

(20) 十二篇上鹵部：

西、鳥在巢上，象形。日在西方而鳥棲故因以為東西之西。

棲、西或从木妻。

𠧧、古文西。

卥、籀文西。

按繫傳本或體在籀文後。

(21) 十三篇上糸部：

繘、綆也。从糸矞聲。

𦃇、古文从絲。

𦅾、籀文繘。

(22) 十三篇下土部：

堂、殿也。从土尚聲。

坣、古文堂。

𩫖、籀文堂从高省。

(23) 十三篇下土部：

封、爵諸侯之土也。从之从土从寸，守其制度也。

𡊄、古文封省。

𡉘、籀文从丰。

按繫傳本與段注本皆先籀後古。

(24) 十三篇下土部：

壞、敗也。从土褢聲。

𡊅、古文壞省。

𣀔、籀文壞。

按繫傳本與段注本皆先籀後古。

(25)十四篇下四部：

四、陰數也。象四分之形。

𠔺、古文四。

亖、籀文四。

(26)十四篇下子部：

子、十一月陽气動萬物滋。人以為偁，象形。

𢀈、古文子从巛，象髮也。

𢀇、籀文子。囟有髮，臂脛在几上也

(27)十四篇下申部：

申、神也。七月陰气成體自申束，从臼

自持也。吏以餔時聽事，申旦政也。

𦥔、古文申。

𤰶、籀文申。

按段注本古文作𠃜。

(28)

十四篇下酉部：

醬、盬也。从肉从酉，酒以和醬也，爿聲。

𤖨、古文。

𤅩、籀文。

按繫傳本古文作醬。

(29)

一篇上王部：

璿、美玉也。从玉睿聲。春秋傳曰：璿

幷玉纓。

璿、古文璿。

叡、籀文璿。

按繫傳本段注本籀文作壡，幷先籀後古

又按此字應列於旁後中前，漏列，補於此。

(30)

十一篇下雨部：

靁、陰陽薄動靁雨生物者也。从雨、畾象回轉形。

𩇓、古文靁。

𩆷、亦古文靁。

𩇔、籀文靁，閒有回，回、靁聲也。

按繫傳本段注本皆先籀後古。

此當列煙後畐前。

(31) 十二篇下女部：

婁、空也。从毋中女，空之意也。一曰：婁務也。

□、古文。

□、籀文婁从□人中女。

按繫傳本段注本皆先籀後古。此當列卣後，繙前。

以上總計三十一字，大徐本說文皆先古文後籀文。除中、棄、則、疾、麗、烖、煙、封、壞、璿、靁、婁等十二字，繫傳本段注本古籀之次與大徐本略有異同外，尚餘十九字三本皆先古文次籀文，與段氏所發之例不符。

(二)說文先籒文後古文者：

(1)二篇下辵部：

速、疾也。从辵束聲。

遬、籒文从敕。

𧦝、古文从敕从言。

按繫傳本先古文次籒文。

(2)三篇上農部：

農、耕也。从晨囟聲。

辳、籒文農从林。

𨑒、古文農。

莀、亦古文農

(3)四篇下𠬪部：

𠭖、進取也。从𠬪古聲。

𣪋、籀文𠭖。

𢽏、古文𠭖。

(4) 七篇上米部：

糂、以米和羹也。一曰粒也。从米甚聲

䊉、籀文糂从朁。

糝、古文糂从參。

按繫傳本先古文次籀文。

(5) 八篇上尸部：

屋、居也。从尸、尸所主也。一曰尸象屋形。从至。至、所至止。室屋皆从至。

𡱁、籀文屋从厂。

屋、古文屋。

(6) 九篇下石部：

磬、樂石也。从石、殸，象縣虡之形，殳擊之也。古者母句氏作磬。

殸、籀文省。

硜、古文从巠。

(7) 九篇下㣇部：

㣇、脩豪獸。一曰河内名豕也。从彑，下象毛足。

𧰲、籀文。

𢑌、古文。

按繫傳本先古文次籀文。

(8) 十三篇上虫部：

蚳、螘子也。从虫氏聲。

𧖄、籀文蚳从䖵。

𨑪、古文蚳从辰土。

以上總計八字，大徐本說文皆先籀文次古文。除逑、糂、𣬉三字繫傳本有異同外，僅餘五字為先籀文次古文，合於段氏所發之例。此外尚有數字，雖大徐本未明言古文抑籀文，而據段注知其有古籀二體之殊者，亦宜一併討論。例如：

(1) 三篇下聿部：

肄、習也。从聿、𣬉聲。

隸、籀文隸。

隸、篆文隸。

按段氏云：「此條先以古文，亦上部之例也。必先古文者，古文從聿，篆不從聿也。各本篆文右從聿，則何不以篆文居首哉！肆從隶而隸作肆，肄亦同也。」段氏改篆作隸，是以此字先古文後籀文也。繫傳本篆文正作隸，與段說合。

(2) 五篇上丌部：

巽、具也。从丌𠀀聲。

巺、古文巽。

巽、篆文巽。

按段氏改篆文𢍁為籒文𢍁。並云：「竊疑此篆字當作籒，字之誤也。古文下从廾，廾亦具意也。籒文繁重，則从𢀜从廾，而又从丌。」據段說則巽字亦先古文次籒文也。

(3) 五篇下人部：

仝：完也。从入从工。

全：篆文仝从玉。

𠓛、古文仝。

按段氏云：「篆當是籒之誤，仝全皆从人，不必先古後篆也，今字皆从籒，而以仝為同字。」據段說則仝字先籒後古也。

(4) 五篇下𣆪部：

覃、長味也。从𣆪、鹹省聲。

覃、古文覃。

覃、篆文覃省。

按段玉裁云：「以古覃篆覃推之，則覃乃籀也。先籀後篆者，上部之例也。」據段說則覃字先籀後古也。

另有卣、㮚二字，據段注亦應有一籀文，惟與古文之次第，孰為先後，未曾明言，今略而不論。

總計以上三類，共得四十三字。若後四字略

而不論，則為三十九字，三十九字中，大徐本先古文次籀文者三十一字，先籀文次古文者僅八字而已，僅及四分之一強。小徐繫傳本先古文次籀文者達二十二字，而先籀文次古文者僅十五字，前者亦多出近三分之一。段注本先古文次籀文者竟亦達二十一字之多，其先籀文後古文者僅十七字，前者亦多四字。若連後四字計入，則前者二十三字，後者十九字，雖相接近，而先古後籀仍為多數。尤有進者，三本古籀次第相同者，先古文後籀文得十九字，先籀文後古文者僅得五字，相去尤遠。

據上統計，在在顯示說文先古文後籀文之排

列，絕非如段氏所謂「轉寫誤倒。」然則段氏「先籀文、次古文」之言，實無事實依據，自難成為說文之一例。更徵之許君之言，說文敘云：「今敘篆文，合古籀。」又云：「皆不合孔氏古文，謬於史籀。」古籀連言，皆先古後籀，則說文之先古文後籀文，必皆轉寫誤倒乎！蓋許君之於古籀，本隨文敘錄，原未措意其先後，則又何例之可言！

六十一年元月十九日脫稿

文則論

我國立基寰宇，祀逾五千，敷采陳辭，雕言鏤藻，文章之富，世無其匹，文辭之美，亦莫與京。詞人墨客，名溢縹囊，錦字珠篇，卷盈緗帙。論文之書，原自典論；舍人文心，又其專著。自茲厥後，論文之著，代有其人。或品評全篇，或偶舉隻義，或陳例以發凡，或類舉以見義，而摘錄纂比之著，標識評點之册，尤屬紛披，立難遽數。要皆各陳善義，競聲辭苑，惟俱散見，莫有專集，海隅扃塞，翻檢爲難。且世多謂文成法立，作文之法，可由心會，難以言傳；又或謂文本天成，妙手偶得，神而明之，存乎其人。此皆知其當然，昧其所以，矜其所得，罕識本源。設若循其所說，終亦徒滋虛玄而已。余從高師仲華治文心雕龍與文學理論，於文章法則，略聞端緒，謹申舊聞，粗挈綱維，以爲仲華師六十稱壽，師其亦有樂見於此者歟！

文心有言：積學以儲寶，酌理以富才。是以文章之基，肇端學識，學豐才富，定墨運斤，自臻其妙。又文章之成，階於文字，我國文字，音義與形，名雖有三，合之則一，形爲方體，音皆獨立，義見於音，音附於形。原形以知音，尋音以得義，此識字之方也，亦用字之法也。夫文之成也，名之爲篇，篇之定也，累積於章，章之合也，構成於句，句之造也，集基於字。故積字爲句，疊句爲章，累章成篇。篇有篇法，章有章法，句有句法，字有字法，篇章句字，法有成規，循規以摹，法可立得。執法以司文，雖未必其卽中，而伐柯之則，亦不遠矣。不以規矩，不能成方圓，不以六律，不能正五音，此四法者，其爲文之規矩六律者乎！

首論字法

文心曰：「綴字屬篇，必須練擇：一避詭異，二省聯邊，三權重出，四調單複。」詭異者，字體瓌怪者也。曹攄詩稱「豈不願斯遊，褊心惡咇呶。」兩字詭異，大疵美篇，況乃過此，其可觀乎！聯邊者，半字同文也。狀貌山川，古今咸用，施於常文，則齟齬爲瑕，如不獲免，可至三接，三接之外，其字林乎！黃叔琳云：『三接者，如張景陽雜詩「洪潦浩方割」，沈休文和謝宣城詩「別羽汎清源」之類。三接之外，則曹子建雜詩「綺縞何繽紛」，陸士衡日出東南隅行「璚珮結瑤璠」，五字而聯邊者四，宜有字林之譏也。若賦則更有十接、二十接不止者矣。』新雄按：賦之所以有十接、二十接者，以其鋪采摛文多爲狀貌山川之故也。

重出者，同字相犯者也。詩騷適會，而近世齊梁忌同，若兩字俱要，則寧在相犯，故善爲文者，富於萬篇，貧於一字，一字非少，相避爲難也。

單複者，字形肥瘠者也。瘠字累句，則纖疎而行劣，肥字積文，則黯黕而篇闇，善酌文者，參伍單複，磊落如珠矣。

文心所論，最具至理，善屬文者，宜體斯旨。練字之要，非僅關乎文之通塞，尤繫乎文之疵美。故古之作者，每斤斤於一字之得失。茲舉數例，以見往哲練字之功：

㈠隋唐嘉話載賈島初赴舉京師，一日于馬上得句云：「鳥宿池邊樹，僧敲月下門。」初欲作推字，練之未定，不覺衝尹。時韓吏部權京尹，左右擁之前，島具告所以，韓立馬良久曰：作敲字佳矣。

㈡冷廬雜識云：『作文固無取冗長，然用字有以增益而愈佳者。歐陽修作晝錦堂記，「仕宦至將相，富貴歸故鄉，此人情之所榮，今昔之所同也。」後增二字，「仕宦而至將相，富貴而歸故鄉。」乃覺更勝。』

㈢宋范仲淹作嚴先生祠堂記，李覯讀至終篇「先生之德，山高水長」句曰：「公此文一出名世，只一字未妥，先生之德，不如以風字代德字。」仲淹欣然從之。

此皆深於練字者也。若陶潛雜詩：「采菊東籬下，悠然見南山」，今文選本作「望」，則閒適之情趣索然矣。以是言之，練字之功，關乎非淺也。茲分敍其法：

(甲) 同字疊用，以明旨之所重

墨子兼愛篇。疊用愛字三十一次，以明兼愛之旨。茲錄一段，以觀用字之法。「然則兼相『愛』交相利之法。將奈何哉！子墨子曰：視人之國，若視其國，視人之家，若視其家，視人之身，若視其身。是故諸侯相『愛』，則不野戰，家主相『愛』，則不相篡，人與人相『愛』，則不相賊。君臣相『愛』則惠忠，父子相『愛』則慈孝，兄弟相『愛』則和調，天下之人皆相『愛』。強不執弱，衆不劫寡，富不侮貧，貴不敖賤。」

莊子齊物論連疊用我若二字，以成對比而明彼此是非之難定。「既使『我』與（若）辯矣，（若）勝『我』，『我』不（若）勝，（若）果是也，『我』果非也邪？『我』勝（若），（若）不吾勝，『我』果是也，而果非也邪？其俱是也，其俱非也耶？『我』與（若）不能相知也。則人固受其黮闇，吾誰使正之：使同乎（若）者正之，既與（若）同矣，惡能正之？使同乎『我』者正之，既同乎『我』矣，惡能正之？使異乎『我』與（若）者正之，既異乎『我』與（若）矣，惡能正之？使同乎『我』與（若）者正之，既同乎『我』與（若）矣，惡能正之？然則『我』與（若）與人俱不能相知也，而待彼也邪？」

（乙）同義異字，以避文之重複

荀子之文，最得其旨要。如修身篇云：

「血氣剛強，則柔之以調和；知慮漸深，則一之以易良；勇膽猛戾，則輔之以道順；齊給便利，則節之以動止；狹隘褊小，則廓之以廣大；卑濕重遲貪利，則抗之以高志；庸衆駑散，則劫之以師友；怠慢僄弃，則炤之以禍災；愚款端愨，則合之以禮樂；通之以思索。」

李斯諫逐客書云：

「惠王用張儀之計，拔三川之地，西幷巴蜀，北收上郡，南取漢中。」

(丙) 斟酌文意，力避用字累贅

如魏書云：「容貌姿美」意卽貌美。容姿與貌同義而重複；又三國志：「文艷博富」意卽文富，艷博與富同義而重複。故善酌文者，凡此贅辭，皆宜删盡，務求用字精簡。

(丁) 取字諧音，貴得和調之美

所謂諧音，卽能調利脣吻，無詰曲聱牙之苦。文心聲律云：「異音相從謂之和，同聲相應謂之韻。」此卽謂句內雙聲叠韻平仄須和調也。如冷齋夜話所載東坡口吃詩：「江干高居堅關扃，耕犍躬駕角挂經，孤航繫舸菰茭隔，笳鼓過軍雞狗驚，解襟顧影各箕踞，擊劍高歌幾舉觥，荆笄供膾愧攪聒，乾鍋更戛甘瓜羹。」此聲之不調也。又陔餘叢考載高季廸吳宮詞：「筵前憐蟬娟，醉媚睡翠被，精兵驚升城，棄避愧墜淚。」此韻之未和也。蓋雙聲叠韻適度運用，自增音節美感，若連篇累牘，則讀者生厭矣。

文鏡秘府云：劉滔云：『重字之有關關，叠韻之有窈窕，雙聲之有參差，並興於風如詩矣。如曹植詩云：「壯哉帝王居，佳麗殊百城。」卽居佳、殊城是雙聲之病也。凡安雙聲唯不得隔字，若踟躕、躑躅、蕭瑟、流連之輩，兩字一處，於理卽通，不在病限。』又云：『曹植詩云：「皇佐揚天惠」，皇揚叠韻而隔字，爲叠韻之病，若叠韻兩字一處，於理得通，如飄颻、窈窕、徘徊、周流之等，不是病限，若相隔越，卽不得耳。』

(戊) 翻新出奇，以窮變化之妙

袁守定佔畢叢談云：『史遷更遣長者扶義而西，不曰仗義而曰扶義，有扶持之意也。范史鄧彪仁厚委隨，不能有所匡正，不曰委靡而曰委隨，有隨從之意也。又左雄疏或因罪咎引高求名，不曰務高而曰引高，有借飾之意也。南史沈約云，此公護前，不讓則羞死，不曰護過而曰護前，前字所包更廣也。必用此字，其義乃安，其義乃盡耳。』又文心練字云：『尚書大傳有別風淮雨，帝王世紀云列風淫雨，別列淮淫，字似潛移，淫列義當而不奇，淮別理乖而新異，傅毅制誄，已用淮雨，固知愛奇之心，古今一也。』此皆用字新奇，而屬文之富於變化者也。

（己）變化陳辭，襲用以濟其窮

襲古人之美藻，而變化以用之，如用之得當，可得畫龍點睛之妙。如詩北門「天實爲之，謂之何哉！」曹植求通親親表襲用其語曰：「今臣以一切之制，永無朝覲之望，至於注心皇極，結情紫闥，神明知之矣！然天實爲之，謂之何哉！」語如自造，何等自然！又如嵇康高士傳：「蔣詡字元卿，杜陵人，初爲兗州刺史，王莽居宰衡，詡移疾歸杜陵，荆棘塞門，舍中竹下開三徑，惟求仲羊仲從之遊，二仲皆逃名士。」庾肩吾襲其辭於贈周處士詩云：「九丹開石室，三徑沒荒林。」陶淵明又襲用於歸去來辭云：「三徑就荒，松菊猶存。」皆能盡其變化。按此宜多蓄古人成語，臨文擇其穩者貼之，則字有來歷而文雅馴。

（庚）遷俗就雅，以求字面穩妥

此宜熟讀古人文章，精研古人行文用字習慣。如云：「王者之行仁政也，非外由仁義而行，實根柢於中心，而無往不在仁義禮智。」「不在」二字非穩，若改作「非」字，則合於文言之習慣矣。

（辛）尋究虛字，用之應求其當

如「也」「矣」同在句末，似同而實有別。

由也升堂矣，未入於室也。論語先進

俎豆之事，則嘗聞之矣，軍旅之事，未之學也。論語衛靈公

矣字多屬時之過去，也字多屬現在與未來。此其大較也。馬氏文通云：『凡句意之爲當然者「也」字結之，凡句意之已然者「矣」字結之。』文言虛字甚多，至其實例可就古書推尋，僅發其凡於此。若澈底明白虛字用法，則陳鱣、莊簡集有對策一篇，發助語之條例最詳備。另有馬氏文通，經傳釋詞，古書虛字集釋，文言虛字諸書可供參稽。

次論句法

句者。聯字以爲言，句司數字，待相接以爲用，雖則句無常格，而字有恆數。大體言之：四言密而不促，六字格而非緩，文之句也，以此爲常，嗣或變之以三五，濟之以七九，

亦有短至一二，長逾於十，皆應機之權節也。文鏡秘府論四云：『篇既聯位而合，位亦累句而成，然句無定方，或長或短，長有逾於十。如陸機文賦云：「沉辭怫悅，若游魚銜鉤而出重淵之深；浮藻聯翩，猶翔鳥纓繳而墜層雲之峻。」下句皆十一字也 如王褒聖主得賢臣頌云：「翼乎！若鴻毛之順風；沛乎！若巨鱗之縱壑。」上句皆兩字也 在於其內，固無待稱矣。謂十字以下，三字以上，文之常體，故不待稱矣。 然句既有異，聲亦互舛，句長聲彌緩，句短聲彌促，施於文筆，皆須參用，雜文筆等，皆句字或長或短，須參用也。其若詩、贊、頌、銘，句字有限者非也。 就而品之，七言以去，傷於太緩，三言以還，失於至促，惟可以閒文勢，時時有之。至於四言，最為平正，詞章之內，在用宜多。凡所結言，必據之為述。至若隨之於文，合帶以相參，則五言六言，又其次也。至如欲其安穩，須憑諷讀，事歸臨斷，難用辭窮，言欲安施字句，須讀而驗之，在臨時斷定，不可預言者也。 然大略而論，忌在頻繁，務遵於變化。若置四言、五言、六言等體不得頻繁，須變化相參用也。 假令一對之語，四句而成，筆皆四句合成一對 便用四言，以居其半，其餘二句雜用五言、六言等，謂一對語內，二句用四言，餘二句或用五言六言七言是也。 或經一對兩對以後，乃須全用四言。若一對四句，全用四言也。 且既用四言，又更施其雜體，謂上下對內。四言與五言等參用也。 循環反復，務歸通利，然之於而以閒句，常頻對有之，讀則非便，能相廻避，則文勢調矣。謂而以之於等間成句者不可頻對體同。 其二言、三言等須看體之將變，勢之相宜，隨而安之，令其抑揚得所，然施諸文體，互有不同，文之大者，得容於句長，若碑誌論檄賦誄等文體，大者得容六言以上者多。 文之小者，寧取於句促，若表啓等文體小者，寧使四言以上者多也。 何則？附體立辭，勢宜然也。細而推之，開發端緒，寫送文勢，則六言、七言之功也。泛敘事由，平調聲律，四言、五言之能也。體物寫狀，抑揚情理，三言之要也。雖文或變動，不可專據。（謂可任人意改變，不必盡依此等狀。）敘其大抵，實在於茲。其八言、九言、二言等時有所值，可得施之，其在用至少，不復委載也。』

按此言句法之字數，實精研得理，足資信守者矣。然所言皆屬句之構成法也。句有長短者，繫乎字也，正說反說者，繫乎意也。所謂正說者，乃按常理出之。如云：「管氏不知禮也。」是正說。而論語云：「管氏而知禮，孰不知禮也。」即爲反說。反說者，旨在聳動人之精神，加重文辭之效果。

富而可求也，雖執鞭之士，吾亦爲之。（論語述而）

不仁而可與言，則何亡國敗家之有？（孟子離婁）

允治天下，不待禮文與五教，則吾以皇帝爲疣贅。（揚雄法言）

皆反說之例也。亦有正反俱言，反復申論旨意者。如：

人能弘道（正），非道弘人（反）。（論語衛靈公）

人之居乎此也，其必有樂乎此也。居斯樂（正），不樂不居也（反）。（蘇洵、圓覺禪院記）

倒裝句法，避修詞之平弱，變化法式，以使語氣雄健也。例如：

甚矣！吾衰也，久矣！吾不復夢見周公。（論語述而）

夫子聞之曰：誰與？哭者。（禮記檀弓）

諺所謂室於怒，市於色者，楚之謂矣。（左、昭十九）

捫蝨新語論造句巧拙之言，亦所以顯示句之構成之不一也。錄后：『文字意同，而立語有巧拙。沈存中記穆修、張景二人同造朝，方論文次。適有奔馬踐死一犬，遂相與各記其事，以較工拙。穆修曰：「馬逸，有黃犬遇蹄而斃。」張景曰：「有犬死奔馬下。」今較此二語，張當爲優，然存中但云：「適有奔馬踐死一犬。」則又渾成矣。』唐宋八家叢話亦載此事云：『歐陽公在翰林日，與同院出游，有奔馬斃犬於道。公曰：「試書其事。」同院曰：「有犬臥通衢，逸馬蹄而死之。」公曰：「使子修史，萬卷未已也。」曰：「內翰以爲何如？」曰：「逸馬殺犬於道。」』同一事實，而有六類句法。卽：

1. 有奔馬踐死一犬。
2. 馬逸，有黃犬遇蹄而斃。
3. 有犬死奔馬之下。
4. 有奔馬斃犬於道。
5. 有犬臥通衢，逸馬蹄而死之。
6. 逸馬殺犬於道。

此皆造句之法，由賓主先後輕重本末之形式而構成，外此則句中之主語賓語亦爲構成句之要素。因侵及文法之範，茲不論。可參閱馬氏文通及許師世瑛國文文法。

句之構成法論畢，再言句之排比法：

（甲）對偶法：句用對偶，所以求文之齊整，述意之富贍。

水流濕、火就燥。易、文言

居廟堂之高，則憂其民；處江湖之遠，則憂其君。范仲淹、岳陽樓記。——性質相反，名爲反照之兩意雙進。

庖有肥肉，廐有肥馬。孟子、梁惠王。

日有光，月有明。三年不目日，視必盲；三年不目月，精必矇。揚雄法言——性質相同，名爲排比之兩意雙進。

不在其位，不謀其政。論語泰伯

聖人不死，大盜不止。莊子胠篋——因果相成，名爲接續之一意貫通。

智可以欺王公，不可以欺豚魚。蘇軾、潮州韓文公廟碑。

能開衡山之雲，不能回憲宗之惑。仝上——正反相成，名爲正反之一意貫通。

此外又有「蹉對」，故變其辭，以求語之矯健。例如：

猿獮錯木據水，則不如魚鼈；歷險乘危，則騏驥不如狐狸。戰國策

春與猿吟兮，秋鶴與飛。韓愈、柳州羅池廟碑

（乙）**層疊法**：同一類句排比而成，所以壯文勢，廣文義也。

可以保身，可以全生，可以養親，可以窮年。莊子養生主

屈平疾王聽之不聰也，讒諂之蔽明也，邪曲之害公也，方正之不容也。史記屈原賈生列傳

夫以尼仲之才也，而器不周於魯衛，以仲尼之辯也，而言不行於定哀，以仲尼之謙也，而見忌於子西，以仲尼之仁也，而取讎於桓魋，以仲尼之智也，而屈厄於陳蔡，以仲尼之行也，而招毀於叔孫。李康、運命論。

（丙）承遞法：意逐句移，層層推進，所以求文意相接，氣勢流暢也。

克明俊德，以親九族，九族既睦，平章百姓，百姓昭明，協和萬邦。書、堯典

知止而后有定，定而后能靜，靜而后能安，安而后能慮，慮而后能得。禮記大學

（丁）回文法：兩句成文，交互旋回，所以闡述文意，提示旨要者也。

臣哉鄰哉，鄰哉臣哉！書、益稷

知者不博，博者不知！老子

有德者必有言，有言者不必有德。論語憲問

（戊）照略法：下承上省，所以求句緊而辭勁也。

夷敵之有君，不如諸夏之亡（君）也。論語八佾

殺人以挺與（以）刃，有以異乎？孟子、梁惠王

能斬捕大將者，賜金五千斤，封萬戶，（捕斬）列將（者賜金）三千斤，封五千戶。

史記、吳王濞傳

蘄春黃君文心雕龍札記有約論古書文句異例一篇，於古書文句之駁犖奇侅者，釐爲倒文、省文、複文、變文、足句五科，甄舉詳密，足資取法。文長不錄

劉大櫆論文偶記曰：『神氣者，文之最精處也。音節者，文之稍粗處也。字句者，文之最粗處也。然余謂論文而至於字句，則文之能事盡矣。蓋音節者，神氣之迹也。字句者，音節之矩也。神氣不可見，於音節見之，音節無可準之。』又曰：『音節高則神氣必高，音節下則神氣必下，故音節爲神氣之迹。一句之中，或多一字，或少一字，一字之中，或用平聲，或用仄聲，同一平字仄字，或用陰平陽平上聲去聲入聲，則音節迥異，故字句爲音節之矩。』『作文若字句安頓不妙，豈復有文字乎？但所謂字句音節，須從古人文字中，實實講貫過始得。』

再論章法

夫設情有宅。宅情曰章，章者明也，章明情志，必有所寄而次序顯晰也。總義包體，所以明情者也。文心雕龍札記云：『今謂集數字而顯一意者，謂之一句，集數意以顯一意者，謂之一章。一章已顯則不待煩辭，一章未能盡意，則累數章以顯之。其所顯者，仍爲一意，無問其章數多寡，或傳一人，或論一理，或述一事，皆謂之一篇而已矣。』所謂章法，乃論

段落節次之法則也。章既窮意以成體，故其控引情理，當廻環抗墜，使『啟行之辭，逆萌中篇之意，絕筆之言，追賸前句之旨。』文鏡秘府云：『故將發思之時，先須推諸事物合於此者，既得所求，然後定其體分，必使一篇之內，文義得成，一章之間，事理可結，通人用思，方得爲之。大略而論，建其首，則思下辭而可承，陳其末，則尋上義不相犯，擧其中，則前後須相附依，此其大指也。』故章之法則，亦可得而言，約其大旨，蓋得八端：

（甲）層疊法：同一形式，成二以上之疊用。

刻意尙行，離世異俗，高論怨誹，爲亢而已矣，此山谷之士，非世之人，枯槁赴淵者之所好也層一；語仁義忠信，恭儉推讓，爲修而已矣，此平世之士，教誨之人，遊居學者之所好也層二；語大功，立大名，禮君臣，正上下，爲治而已矣，此朝廷之士，尊祖強國之人，致功并兼者之所好也層三；就藪澤，處閒曠，釣魚閒處，無爲而已矣，此江海之士，避世之人，閒暇者之所好也層四；吹呴呼吸，吐故納新，熊經鳥申，爲壽而已矣。此道引之士，養形之人，彭祖壽考者之所好也層五。——莊子、刻意

此層疊之齊整者也。其不齊整者，則如莊子、逍遙遊：『故夫知效一官……彼且惡乎待哉！』是也。後世善效者如韓愈、伯夷頌：『一家非之，力行而不惑者寡矣；至於一國一州非之，力行而不惑者，蓋天下一人而已矣；若至擧世非之，力行而不惑者，則千百年乃一人而已耳。』

（乙）開闔法：一名斷續法，謂段節之間，一開一合，乍斷乍續，不承前段之意，而另

開一路而進，再歸於前意者是也。莊子之文，最得其法，如逍遙遊之飄忽斷續者是也。丘遲與陳伯之書，或喻之以順逆之理，嚴之以華夷之辨，動之以故國之情。亦得斷續之妙。故蔣士銓云：『須玩其離合斷續之法，勿徒炫其藻繢也。』後則歐陽修王彥章畫像記亦「忽斷忽續，筆如游龍。」魏禧云：『語不屬而意屬者，譬如複岡斷嶺，望之各成一山，察之皆有節脈相連，意不屬而節屬者，譬如一林亂石，原無脈絡，而高下疏密，天然位置，可入畫圖。』

（丙）抑揚法：文章爲求曲折斡旋，或前抑後揚，或前揚後抑，自古文士皆喜用抑揚法。如蘇軾志林之論范增，則先抑而後揚也。司馬遷項羽本紀贊之論項羽，則前揚而後抑也。

（丁）賓主法：欲言甲事，先言乙事，主客對照，輕重相映，如孟子百里奚章，百里奚主，宮之奇賓。韓愈送楊少尹序，借疏廣、疏受以與少尹對比，疏廣、疏受爲賓，楊少尹爲主。又送高閑上人序，高閑爲主，堯、舜、禹、湯、養叔、庖丁、師曠、扁鵲、僚秋、伯倫、張旭爲賓，就中張旭善草書，直接反映高閑，是爲賓中之主，堯舜以下十一人爲賓中之賓。

（戊）擒縱法：或縱而任之，或擒而止之。如貓之捕鼠然。孟子牽牛章最善擒縱之妙。『齊宣王問曰：齊桓晉文之事，可得聞乎？孟子對曰：仲尼之徒無道桓文之事者，是以後世無傳焉。臣未之聞也。無以則王乎！曰：德何如？則可以王矣！曰：保民而王，莫之能禦也。曰：若寡人者，可以保民乎哉！曰：可。曰：何由知吾可也？曰：臣聞之胡齕曰：王坐於堂，有牽牛而過堂下者，王見之，曰：牛何之？對曰：將以釁鐘。王曰：舍之，吾不忍其觳觫若，無罪而就死地。對曰：然則廢釁鐘與？曰：何可廢也！以羊易之，不識有諸？曰：有之。曰：是心足以王矣。百姓皆以王爲愛也。臣固知王之不忍也。王曰：然，誠有百姓者，齊國雖褊小，吾何愛一牛，卽不忍其觳觫若，無罪而就死地，故以羊易之也。曰：王無異於百姓之以王爲愛也。以小易大，彼惡知之，王若隱其無罪而就死地，則牛羊何擇焉。王笑曰：是誠何心哉？我非愛其財，而易之以羊也。宜乎百姓之謂我愛也。曰：無傷也，是乃仁術也。見牛未見羊也。君子之於禽獸也，見其生，不忍見其死，聞其聲，不忍食其肉，是以君子遠庖廚也。王說曰：詩云他人有心，予忖度之。夫子之謂也。夫我乃行之，反而求之，不得吾心，夫子言之，於我心有戚戚焉，此心之所以合於王者何也？曰：有復於王者曰：吾力足以舉百鈞，而不足以舉一羽，明足以察秋毫之末，而不見輿薪，則王許之乎？曰：否？今恩足以及禽獸，而功不至於百姓者，獨何與？然則一羽之不舉，爲不用力焉，輿薪之不見，爲不用明焉，百姓之不見保，爲不用恩焉。故王之不王，不爲也，非不能也。曰不爲者與不能者之形何以異？曰挾太山以超北海，語人曰：我不能，是誠不能也。爲長者折枝，語人曰：我不能，是不爲也，非不能也。故王之不王，非挾太山以超北海之類也；王之不王，是折枝之類也。老吾老以及人之老，幼吾幼以及人之幼，天下可運於掌。詩云：刑于寡妻，至于兄弟，以御于家邦。言舉斯心加諸彼而已。故推恩足以保四海，不推恩無以保妻子。古之人所以大過人者無他焉，善推其所爲而已矣。今恩足以及禽獸，而功不至於百姓者，獨何與？』

(己) **雙關法**：左右二意，交互耦進。如韓愈與陳給事書：『其後閣下位日尊，伺候於門牆者日益進，夫位日尊，則賤者日隔，伺候於門牆者日益進，則愛博而情不專，愈也道不加修，而文日益有名，夫道不加修，則賢者不與，文日益有名，則同進者忌。』極盡雙關之妙。

（庚）正反法：或從正面說，或從反面論。韓愈獲麟解是其例。唐荊川云：『以祥與不祥二字作眼目。』

（辛）虛實法：前抽象之敍說，後具體之說明。李斯諫逐客書可爲其代表。此書以二今字，二必字，一夫字，斡旋文勢，順逆交互，翻騰而出，無重複之病，眞絕奇之作也。

末論篇法

積字成句，積句成章，積章成篇，篇者徧也，言出情鋪事，明而徧者也。合而讀之，音節見矣。歌而詠之，神氣現矣。古來文章作者之苦心，文章之布置，何從下筆，則在起極崢嶸之妙，如何着筆，則承盡開暢之美，如何斡旋，則轉具變化之神，如何收束，則結發淵永之趣。文章布置，成於作者之匠心，章節長短，全由作者之權度。

（甲）起法：開門見山，要崢嶸突兀，文意高遠，古來文章，起法不易。如蘇軾之作韓文公廟碑，爲起首數句，屢易其稿，幾乎投筆。忽得「匹夫而爲百世師，一言而爲天下法」二句，而後勢如破竹，一揮而成。歐陽修醉翁亭記起稿爲「滁州四面有山」，已草數十字，後不自安，改爲「環滁皆山也。」遂拈出通篇二十一個也字，發爲千古奇文。此皆言起首之艱困也。

㈠正起：按題意排次事實，提舉事理，不用逆筆者皆是，如韓愈原道：『博愛之謂仁，行而宜之之謂義，由是而之焉之謂道。』蘇洵審敵：『中國內也，四夷外也，憂在內者本也，憂在外者末也，天下無內憂，必有外懼，本旣固矣，曷釋其末以息肩乎？』

㈡反起：欲作突兀之勢，則用逆筆以翻騰題意。莊子胠篋篇開端：『將爲胠篋探囊發匱之盜，而爲守備，則必攝緘縢，固扃鐍，此世俗之所謂知也。然而巨盜至，則負匱揭篋擔囊而趨，唯恐緘縢扃鐍之不固也。』是其例。

㈢咏歎起：起首用咏歎之筆，如歐陽修爲君難論下『嗚呼！用人之難難矣！未若聽言之難也。』以及五代史論贊之每以「嗚呼」二字起者是也。

㈣設問起：假爲問答體，如柳宗元封建論『天地果無初乎？吾不得而知之也，生人果有初乎？吾不得而知之也。然則孰爲近？有初爲近，孰明之？由封建而明之也。』

㈤比喻起：用比喻以起首。韓愈送溫處士序：『伯樂一過冀北之野，而馬羣遂空，夫冀北馬多於天下，伯樂雖善知馬，安能空其羣邪？』按此以冀北之野喻東都，伯樂比烏公，良馬以喻石生溫生也，故後文云：『大夫烏公一鎭河陽，而東都處士之廬無人焉。』

（乙）承法：承起之意，一氣下說，猶如順水行，舟雖時有曲折，然緩急疾徐，一在舟師方寸之中也。

㈠順承：承上文而順談。韓愈，送董邵南序第二段『夫以子之不遇時，苟慕義彊仁者，皆愛惜焉。矧燕趙之士，出乎其性者哉！』卽其例。

㈡逆承：於承處用逆筆。王安石讀孟嘗君第二段『嗟呼！孟嘗君特雞鳴狗盜之雄耳。豈足以言得士。』是其例。

㈢分承：首段總提主意，第二段分承之。如柳宗元桐葉封弟辨，第二段從『王之弟當封耶？』及『不當封耶？』兩端夾擊卽其例。

㈣總承：首段用雙關法，兩意雙進。如韓愈與陳洽事書是其例。

（丙）轉法：山窮見水，情景一變，或作勢開展，或鼓氣斡旋，實爲一篇主意之發揮處。董其昌云：『文章之妙，全在轉處，轉則不窮，轉則不板，如游名山，至山窮水盡處，以爲觀止矣。俄而懸崖穿徑，忽又別出境界，則眼目大快，武夷九曲，遇絕則生，若千里江陵，直下奔迅，便無轉勢矣。』

㈠順轉：用「故」「是故」「是以」「於是」「當是時」「然則」「由是觀之」等文字，而使文意一轉。如順風揚帆，從流直進。

㈡逆轉：用「然」「然而」「雖」「不然」「不則」等文字而使文勢一變。如逆風操揖，破浪振起。

（丁）結法：乃一篇之收束，貴緊切而淵永，餘韻嫋嫋，言雖盡而意無窮，乃結法之祕訣。

㈠總收：層層說去，總括事理，造語精密。如歐陽修朋黨論『夫前世之主，能使人異心不爲朋，莫如紂……夫興亡治亂之迹，爲人君者，可以鑒也。』

㈡照應：首尾照應爲結法妙諦，亦文章第一要義。蘇軾石鐘山記：『酈元之所見聞，殆與余同，而言之不詳……余是以記之，蓋歎酈元之簡而笑李渤之陋也。』篇法匝密。

㈢翻振：將前段意翻復生成新意而於結尾一振是也。如蘇軾范增論：『雖然，增、高帝之所畏也，增不去，項羽不亡，嗚呼！增亦人傑也哉！』是其例。

(四)咏歎：以贊歎之意，收結全篇，如蘇軾留侯論：『嗚呼！此其所以爲子房歟！』是其例。

(五)疑問：以疑問收結。蘇洵春秋論：『嗚呼！後之春秋亂邪？僭邪？散邪？』卽其例也。

(六)比喻：不以正意說，而以譬喻作結。韓愈進學解：『若夫商財賄之有亡，計班資之崇庳，忘己量之所稱，指前人之瑕疵，是所謂詰匠氏之不以杙爲楹，而訾醫師以昌陽引年，欲進其豨苓也。』

(七)諷刺：不說正意而暗加譏刺。韓愈送董邵南序『爲我謝曰：明天子在上，可以出而仕矣。』

(八)嘲笑：以褒貶作結，如韓愈諱辨：『則是宦官宮妾之孝於其親，賢於周公孔子曾參者耶？』

(九)超脫：以不結爲結，洒脫前段之意，若離若卽，餘韻縹渺。如柳宗元桐葉封弟辨『或曰：封唐叔，史佚成之。』卽其例也。

吳萊云：『有篇聯，欲其脉絡貫通，有段聯，欲其奇遇迭生，有句聯，欲其長短命節，有字聯，若其賓主對待。』

文之體式雖繁，要不外敍、論二端，敍事由客觀以事實爲主而描敍，議論由主觀以事理爲主而裁決；事實尚穩當而無疏漏，事理主曲折而尚明覈。此二者區別之大較也。余以不文，妄談文則，見笑大方，知所不免。博雅君子，幸垂教焉。

主要參考書列後：

文選
古文辭類纂
文心雕龍札記
文心雕龍范注
中國文學通論
論文雜記
文心雕龍及文學理論研究筆記

（原載慶祝高郵高仲華先生六秩誕辰論文集，民國五十七年三月）

國立中央圖書館出版品預行編目資料

鍥不舍齋論學集／陳新雄著作 -- 初版 -- 臺北市：臺灣學生，民 73

6,812 面；21 公分

ISBN 957-15-0156-5（精裝）：新臺幣

-- ISBN 957-15-0157-3（平裝）：新臺幣

1. 中國語言 - 聲韻

802.4 　　　　79000430

鍥不舍齋論學集（全一冊）

著作者：陳新雄

出版者：臺灣學生書局

發行人：丁文治

發行所：臺灣學生書局

臺北市和平東路一段一九八號

郵政劃撥帳號〇〇〇二四六六八號

電話：三六三四一五六

FAX：三六三六三三四

本書局登記證字號：行政院新聞局局版臺業字第一一〇〇號

印刷所：永裕印刷廠

地址：臺北市西昌街一六八號

電話：三〇六八〇六四

香港總經銷：藝文圖書公司

地址：九龍偉業街九十九號連順大厦五字樓及七字樓

電話：七九五九五九五

定價 精裝新臺幣 平裝新臺幣 元

中華民國七十三年八月初版

中華民國七十九年十月初版二刷

80202

ISBN 957-15-0156-5（精裝）
ISBN 957-15-0157-3（平裝）